Die Raintree-Saga

MIRA® TASCHENBUCH
Band 20037
1. Auflage: November 2012

MIRA® TASCHENBÜCHER
erscheinen in der Harlequin Enterprises GmbH,
Valentinskamp 24, 20354 Hamburg
Geschäftsführer: Thomas Beckmann

Konzeption/Reihengestaltung: fredebold&partner gmbh, Köln
Umschlaggestaltung: pecher und soiron, Köln
Redaktion: Mareike Müller
Titelabbildung: Corbis GmbH, Düssledorf
Satz: GGP Media GmbH, Pößneck
Druck und Bindearbeiten: CPI – Ebner & Spiegel, Ulm
Printed in Germany
Dieses Buch wurde auf FSC®-zertifiziertem Papier gedruckt.
ISBN 978-3-86278-480-6

www.mira-taschenbuch.de

Werden Sie Fan von MIRA Taschenbuch auf Facebook!

Linda Howard

Aus dem Feuer geboren

Roman

Aus dem Amerikanischen von
Justine Kapeller

1. KAPITEL

Sonntag

*D*ante Raintree stand mit verschränkten Armen da und beobachtete die Frau auf dem Bildschirm. Das Bild war schwarzweiß, so konnte man die Details besser erkennen; Farben lenkten nur ab. Er konzentrierte sich auf ihre Hände, beobachtete jede ihrer Bewegungen. Was ihm am meisten auffiel, war allerdings, wie ungewöhnlich *ruhig* sie dasaß. Sie rutschte nicht auf ihrem Stuhl hin und her, sie spielte nicht mit den Chips, sah nicht die anderen Spieler an. Sie warf einen kurzen Blick auf ihre erste Karte und fasste sie danach nicht mehr an. Dass sie eine weitere Karte wollte, signalisierte sie, indem sie mit dem Fingernagel auf den Tisch klopfte. Aber nur, weil sie den anderen Spielern keine Beachtung zu schenken schien, war sie keineswegs so harmlos, wie sie wirkte.

„Wie heißt sie?", fragte er.

„Lorna Clay", antwortete der Kopf seiner Sicherheitsleute, Al Rayburn.

„Ist das ihr richtiger Name?"

„Sie ist vollkommen sauber."

Wenn Al sie nicht schon überprüft hätte, wäre Dante enttäuscht gewesen. Er bezahlte schließlich eine Menge Geld, damit Al effizient und gründlich arbeitete.

„Erst habe ich gedacht, sie zählt", sagte Al. „Aber dafür ist sie nicht aufmerksam genug."

„Sie ist aufmerksamer, als du glaubst", murmelte Dante. „Man sieht es ihr nur nicht an." Ein Kartenzähler musste sich an jede gespielte Karte erinnern. Eigentlich galt es als unmöglich, Karten zu zählen, bei der großen Anzahl an Decks, die in einem Kasino verwendet wurden, aber trotzdem wollte kein Kasino einen Kartenzähler an seinen Tischen haben. Nichtsdestotrotz *gab* es diese seltenen Individuen, die sich ihre Gewinnchancen sogar bei mehreren Kartendecks ausrechnen konnten.

„Das habe ich auch gedacht", sagte Al, „aber sehen Sie sich das an. Jemand, den sie kennt, kommt zu ihr, redet mit ihr, sie dreht sich um und unterhält sich mit ihm, bekommt überhaupt nicht mit, wie die Leute links von ihr spielen – und dreht sich nicht einmal um, als sie wieder an der Reihe ist, sie klopft nur mit dem Finger auf den Tisch.

Und hol mich der Teufel, wenn sie nicht gewinnt. Da. Schon wieder!"
Dante sah sich die Aufnahme an, spulte sie zurück, sah sie noch einmal an. Dann ein drittes Mal. Es musste irgendetwas geben, was er übersah, aber er entdeckte nicht ein einziges verräterisches Zeichen.

„Wenn sie betrügt", sagte Al mit einem Anflug von Respekt, „dann ist sie die Beste, die ich je gesehen habe."

„Was sagt dein Bauch?" Dante vertraute seinem Sicherheitschef. Al arbeitete seit dreißig Jahren im Kasinogeschäft, und einige Leute schworen darauf, dass er einen Betrüger erkannte, sobald er zur Tür hereinkam. Wenn Al glaubte, dass sie betrog, dann würde Dante etwas dagegen unternehmen – und sie würden sich diese Aufnahme nicht gemeinsam ansehen, wenn Al diesen Verdacht nicht hätte.

Al kratzte sich am Kinn und dachte nach. Er war ein großer, breit gebauter Mann, aber er war alles andere als träge. Schließlich sagte er: „Wenn sie nicht betrügt, ist sie der glücklichste Mensch, der auf Erden wandelt. Sie gewinnt. Woche für Woche gewinnt sie. Nie große Summen, aber ich habe die Zahlen überprüft, und sie erleichtert uns jede Woche um etwa fünf Riesen. Verdammt, Boss, wenn sie das Kasino verlässt, steckt sie einen Dollar in einen Spielautomaten und ist um fünfzig reicher. Es ist nie die gleiche Maschine. Ich habe sie beobachten lassen, ich habe sie beschatten lassen, ich habe sogar überprüft, ob sich gleichzeitig mit ihr immer die gleichen Gesichter auf den Bändern finden lassen, aber ich kann keinen gemeinsamen Nenner finden."

„Ist sie gerade hier?"

„Sie ist vor etwa einer halben Stunde gekommen. Spielt Blackjack, wie immer."

„Wer ist ihr Geber?"

„Cindy."

Cindy Josephson war Dantes beste Kartengeberin, und sie erkannte einen Betrüger fast ebenso gut wie Al. Sie arbeitete bei ihm, seit er das Inferno eröffnet hatte, und er vertraute darauf, dass sie ein ehrliches Spiel leitete. „Bring die Frau in mein Büro", entschied Dante sich schnell, „und mach keine Szene."

„Geht klar", sagte Al, drehte sich auf der Stelle um und verließ das Sicherheitszentrum, wo Wände voller Bildschirme jede einzelne Ecke des Kasinos überwachten.

Auch Dante ging hinaus und in sein Büro. Sein Gesicht zeigte keinerlei Regung. Normalerweise würde er es Al überlassen, sich um einen Betrüger zu kümmern, aber er war neugierig. Wie stellte sie es an? Es gab eine Menge schlechter Betrüger, einige gute, und manchmal kam einer daher, der Geschichte machte: der Betrüger, den man nicht erwischen konnte, auch wenn alle ihn beobachteten und die Kamera auf ihn gerichtet war – oder in diesem Fall auf sie.

Es war natürlich möglich, dass man einfach Glück hatte – zumindest das, was die meisten Menschen darunter verstanden. Das Schicksal konnte aus einem ewigen Verlierer einen Gewinner machen, und im Grunde lebten Kasinos ja von genau dieser Hoffnung. Aber das Glück selbst war alles andere als gewöhnlich, und er wusste, dass das, was viele dafür hielten, nicht selten etwas ganz anderes war: Betrug. Und dann gab es noch diese andere Art von Glück – jene nämlich, die ihm selbst hold war. Sie hing nicht vom Schicksal ab, sondern von dem, was er war; sie war eine angeborene Kraft und nicht eine von Fortunas Launen. Doch diese Kraft war selten, und die Chancen standen gut, dass die Frau, die er beobachtete, nur eine sehr gute Betrügerin war.

Ihre Fähigkeit ermöglichte ihr einen hohen Lebensstandard, dachte er bei sich, und rechnete nach. Fünf Riesen die Woche machten zweihundertsechzigtausend Dollar im Jahr, und das nur aus seinem Kasino. Wahrscheinlich besuchte sie alle, und achtete darauf, nicht zu viel zu gewinnen, damit sie nicht auffiel.

Er fragte sich, wie lange sie ihm schon ihre Besuche abstattete, wie lange sie schon ein wenig hier, ein wenig da gewann, ehe sie Al aufgefallen war.

Die Vorhänge vor der verglasten Außenwand seines Büros waren immer noch offen. Auf den ersten Blick wirkte es, also würde man einen überdachten Balkon betreten. Die Doppelglasfenster zeigten nach Westen, sodass er die Sonnenuntergänge betrachten konnte. Die Sonne stand schon tief am violett und gold getönten Himmel. Zu Hause in den Bergen zeigten die meisten Fenster nach Osten, in Richtung Sonnenaufgang. Irgendwie war es ihm ein Bedürfnis, die Sonne sowohl zu begrüßen als auch zu verabschieden. Ihr Licht hatte ihn schon immer angezogen, vielleicht, weil das Feuer sein Element war.

Er überprüfte seine innere Uhr: Noch vier Minuten bis Sonnenuntergang. Er wusste genau, wann die Sonne hinter den Bergen verschwinden würde. Er besaß keinen Wecker. Er brauchte keinen. Er war so fein auf den Stand der Sonne eingestimmt, dass er nur in sich selbst hineinhorchen musste, um die genaue Zeit zu wissen. Er war einer der Menschen, die sich nur vornehmen mussten, zu einer bestimmten Zeit aufzuwachen, und es dann auch taten. Diese besondere Gabe hatte nichts damit zu tun, dass er ein Raintree war, also musste er sie nicht verbergen; viele andere Menschen teilten diese Fähigkeit mit ihm.

Andere seiner Talente hingegen verlangten es, gründlich verborgen zu werden. Die langen Sommertage verliehen ihm ein fast sinnliches Hochgefühl, er konnte die Energie, die in ihm brummte, dicht unter seiner Haut spüren. Er musste in dieser Zeit besonders aufpassen, dass sich Kerzen in seiner Nähe nicht einfach entzündeten, oder dass er mit nur einem Blick in einen Busch, der trocken wie Zunder war, ein Lauffeuer verursachte. Er liebte Reno; er wollte es nicht abbrennen. Nur fühlte er sich so verdammt am *Leben*, wenn das Sonnenlicht auf ihn hinabströmte, dass er die Energie durch sich hindurchfließen lassen wollte, statt sie in sich zu verwahren.

So musste sich sein Bruder Gideon fühlen, wenn er Blitze anzog und sich ihre heiße Kraft durch seine Muskeln und seine Adern ausbreitete. Das hatten sie gemeinsam, diese Verbindung mit den Naturgewalten. Alle Mitglieder des weit verzweigten Raintree-Clans hatten eine Gabe, eine besondere Fähigkeit, aber nur Mitglieder der königlichen Familie konnten die Energien der Erde einfangen und kontrollieren.

Dante war nicht nur Mitglied der königlichen Familie, er war der Dranir, der Führer der gesamten Sippe. „Dranir" war ihre Bezeichnung für „König". Dante war der älteste Sohn des letzten Dranirs, aber die Position wäre ihm aberkannt worden, wenn er nicht auch dessen Macht geerbt hätte.

Gideon stand an zweiter Stelle. Wenn Dante etwas zustoßen sollte oder er kinderlos starb, würde Gideon Dranir werden – eine Möglichkeit, die seinem Bruder überhaupt nicht gefiel, was auch den Fruchtbarkeitszauber auf Dantes Schreibtisch erklärte. Er war gerade am Morgen mit der Post gekommen. Gideon schickte sie ihm regelmäßig, nur teilweise als Scherz. Tatsächlich setzte er alles daran, dass Dante einen Nachkommen zeugte und er damit die Chancen erhöhte, selbst niemals diese Stellung zu erben. Immer, wenn es ihnen gelang, sich zu treffen, musste Dante sorgfältig jede Ecke, jeden Winkel und jede Falte seiner Kleidung durchsuchen, um sicherzugehen, dass Gideon nicht einen seiner cleveren kleinen Zauber versteckt hatte.

Gideon wurde, wie Dante feststellte, immer besser darin, diese Zauber zu fertigen. Übung machte schließlich den Meister, und wirklich, er hatte eine Menge dieser Zauber hergestellt in den letzten Jahren. Sie waren jetzt nicht nur mächtiger, er benutzte auch eine andere Herangehensweise. Einige von ihnen waren offensichtlich kleine silberne

Schmuckstücke, die dazu gedacht waren, sie um den Hals zu tragen wie ein Amulett – nicht, dass Dante der Typ für Amulette wäre. Andere waren winzig, unauffällig, wie der, den Gideon in die Visitenkarte eingebettet hatte, die er geschickt hatte, weil er wusste, dass Dante sie höchstwahrscheinlich in die Tasche stecken würde. Er hatte nur nicht damit gerechnet, dass die Kraft des Zaubers selbst ihn verraten würde. Dante hatte die Magie gespürt, auch wenn es ihm alles andere als leichtgefallen war, ihre Quelle zu finden.

Hinter ihm ertönte das für Al typische Klopfen an der Tür. Das Vorzimmer war leer, Dantes Sekretärin war schon vor Stunden nach Hause gegangen. „Herein", sagte er, wendete sich aber nicht vom Sonnenuntergang ab.

Die Tür öffnete sich, und Al sagte: „Mr Raintree, das ist Lorna Clay."

Dante drehte sich um und sah, seine Sinne alle geschärft, die Frau an. Das Erste, was ihm auffiel, war die leuchtende Farbe ihrer Haare – ein tiefes, dunkles Rot, das aus einer Vielzahl von Farbtönen, von Kupfer bis Burgunder, bestand. Das warme, bernsteingoldene Licht tanzte auf den schimmernden Strähnen, und er spürte das scharfe Ziehen reiner Lust in seinen Eingeweiden. Ihr Haar zu betrachten war, als würde er ins Feuer sehen, und er zeigte die gleiche Reaktion darauf.

Das Zweite, was ihm auffiel, war, dass die Frau vor Wut schäumte.

2. KAPITEL

*D*ann geschahen mehrere Dinge kurz nacheinander, vielleicht sogar gleichzeitig. Dantes Sinne waren zum Bersten geschärft. Der Funke der Begierde prallte auf das Feuer, das ihm im Blut lag. Explosionen der Sinne schossen seine Nervenbahnen entlang, zu schnell, um sie kontrollieren zu können. Auf der anderen Seite des Raumes entzündeten sich alle Kerzen, die einzelnen Flammen größer und heller, als sie sein sollten. Und auf seinem Schreibtisch begann Gideons verdammter kleiner Fruchtbarkeitszauber zu vibrieren, als wäre ein Schalter umgelegt worden.

Was in aller Welt …?

Er hatte nicht die Zeit, alles, was um ihn herum geschah, in seine Einzelteile zu zerlegen und zu analysieren; er musste sich selbst in den Griff bekommen, und zwar schnell, sonst würde bald der ganze Raum in Flammen stehen. So einen beschämenden Kontrollverlust hatte er nicht mehr erlebt, seit er in die Pubertät gekommen war und seine aufwallenden Hormone alles durcheinandergebracht hatten.

Gnadenlos begann er, der aufbrausenden Kraft seinen Willen aufzuzwingen. Es war nicht leicht; auch wenn er ganz unbewegt dastand, fühlte er sich im Geiste, als würde er einen großen, schlecht gelaunten Bullen reiten. Es lag in der Natur der Energie, frei sein zu wollen, und sie leistete erbitterten Widerstand gegen jeden Versuch, sie zu zähmen und zurück in seine geistigen Mauern zu verweisen. Normalerweise war seine Kontrolle außerordentlich gut. Schließlich reichte es nicht aus, Macht zu *besitzen*, um Dranir zu werden, man musste sie *kontrollieren* können. Kontrollverlust führte zu Zerstörung – und schließlich auch dazu, entdeckt zu werden. Die Raintree verdankten ihr Überleben über die Jahrhunderte zu großen Teilen ihrer Fähigkeit, sich den normalen Menschen anpassen zu können, also konnte man mit diesem Thema nicht leichtfertig umgehen.

Dante hatte sein ganzes Leben lang trainiert, die Macht und die Energien, die in ihm tobten, unter Kontrolle zu bringen. Und auch wenn er wusste, dass die Zeit vor der Sommersonnenwende immer schwierig war, war er an so einen hohen Grad der Schwierigkeit nicht gewöhnt. Mit grimmiger Entschlossenheit konzentrierte er sich, zog seine Energie zurück, verschloss sie in sich, zwang den Naturgewalten seinen Willen auf. Er hätte die Kerzen löschen können, aber mit noch größerer Willenskraft ließ er sie brennen. Er würde sonst nur noch mehr Aufmerksamkeit auf sie lenken, als das Entzünden es sowieso schon getan hatte.

Das Einzige, was sich noch seiner Kontrolle entzog, war dieser verfluchte Fruchtbarkeitszauber auf seinem Schreibtisch, der immer noch summte und vibrierte und wahrscheinlich kurz davor war zu blinken. Auch wenn er wusste, dass Al und Miss Clay die Energie, die von dem Ding ausging, nicht spüren konnten, brauchte es doch seine ganze Willenskraft, um es nicht anzusehen. Gideon hatte sich diesmal wirklich selbst übertroffen. Dante versprach sich wütend, zu warten, bis er seinen Bruder das nächste Mal traf. Wenn Gideon die Sache amüsant fand, dann würden sie ja sehen, wie sehr es ihn amüsierte, wenn er die Seiten umkehrte. Gideon war nicht der Einzige, der Fruchtbarkeitszauber herstellen konnte.

Nachdem er alle Lauffeuer unter seine Kontrolle gebracht hatte, wendete er seine Aufmerksamkeit wieder seinem Gast zu.

Lorna versuchte noch einmal, ihren Arm aus dem Griff des Gorillas zu befreien, aber er packte gerade fest genug zu, um sie zu halten, ohne allzu stark zuzudrücken. Während ein kleiner Teil von ihr es zu schätzen wusste, dass er ihr nicht unnötig Schmerzen bereiten wollte, war der größte Teil von ihr einfach nur so wütend. Wütend und, ja, auch verängstigt – so sehr, dass sie ihn anspringen und mit aller Kraft kratzen, treten und beißen wollte, um sich zu befreien.

Ihr Überlebensinstinkt überrollte sie mit voller Wucht. Ihre Haare stellten sich auf. Der Mann, der so unbewegt und ruhig vor dem riesigen Fenster stand, war eine viel größere Bedrohung für sie als der Gorilla.

Ihre Kehle krampfte sich zusammen, als würde sich eine Faust aus Angst um ihren Hals schließen. Sie konnte nicht sagen, was an ihm sie so in Alarmbereitschaft versetzte, aber sie hatte sich bisher nur ein einziges Mal so gefühlt, in einer abgelegenen Gasse in Chicago. Sie war daran gewöhnt, auf sich selbst aufzupassen, und die Gasse diente ihr normalerweise als Abkürzung zu ihrer Wohnung – besser gesagt, zu dem kleinen, heruntergekommenen Zimmer in einem verfallenen Gebäude. Aber eines Nachts, als sie gerade hier eingebogen war, hatten sich ihre Haare aufgestellt und sie hatte, starr vor Schreck, keinen Schritt mehr machen können. Sie konnte nichts Verdächtiges sehen, nichts hören – aber sie konnte sich *nicht* vorwärtsbewegen. Ihr Herz hatte so stark in ihrer Brust geschlagen, dass sie kaum atmen konnte, und ihr war auf einmal schlecht vor Angst geworden. Langsam hatte sie sich aus der Gasse zurückgezogen und war die Straße hinuntergeflüchtet, um den langen Nachhauseweg zu nehmen.

Am nächsten Morgen hatte man die Leiche einer Prostituierten in der Gasse gefunden, brutal vergewaltigt und verstümmelt. Lorna wusste, dass sie das hätte sein können, wenn ihre plötzliche, haarsträubende Panik sie nicht gewarnt hätte.

Jetzt war es genau so wie damals, als würde ihr Sinn für Gefahr mit voller Wucht ihren Körper rammen. Der Mann, der vor ihr stand – wer auch immer er sein mochte –, war eine Bedrohung für sie. Sie zweifelte daran, dass er sie ermorden oder verstümmeln würde, aber es gab genügend andere Gefahren, andere Wege, sie zu zerstören.

Ihr war, als müsste sie ersticken. Ihr Hals war wie zugeschnürt. Kleine, stecknadelkopfgroße Punkte flimmerten vor ihren Augen, und sie nahm mit stummer Panik wahr, dass sie kurz davor war, in Ohnmacht zu fallen. Doch das durfte nicht passieren. Wenn sie das tat, wäre sie vollkommen hilflos.

„Miss Clay", sagte er mit ruhiger, samtweicher Stimme, als würde er ihre Panik nicht bemerken. „Bitte setzen Sie sich."

Diese nüchterne Kombination aus Einladung und Befehl hatte den segensreichen Effekt, dass sie aus ihrer Erstarrung erwachte. Irgendwie gelang es ihr, einzuatmen, ohne dabei zu keuchen, einmal, dann noch einmal. Ihr würde nichts geschehen. Sie musste keine Angst haben. Ja, es war eine etwas alarmierende Situation, und wahrscheinlich würde sie nicht ins Inferno zurückkommen, um zu spielen, aber sie hatte keine Gesetze oder Kasinoregeln gebrochen. Sie war in Sicherheit.

Wieder flammten die Lichtpunkte auf. Was …? Verwirrt drehte sie ihren Kopf und starrte zwei riesige Altarkerzen an, jede von ihnen fast einen Meter hoch, eine auf dem Boden und die andere auf einem weißen Marmorbrocken, der als Ofen diente. Flammen tanzten an den Dochten der Kerzen.

Kerzen. Sie war gar nicht kurz davor gewesen, in Ohnmacht zu fallen. Die flimmernden Punkte vor ihren Augen waren Kerzenflammen gewesen. Sie hatte sie nicht bemerkt, als sie in den Raum geschleift wurde, aber das war wohl verständlich.

Die Flammen tanzten und wiegten sich hin und her, als stünden sie in einem Luftzug. Auch das war verständlich. Es war Sommer in Reno, und die Klimaanlage lief mit Sicherheit auf höchster Stufe. Lorna trug immer lange Ärmel, wenn sie in ein Kasino ging, sonst wurde es ihr einfach zu kalt.

Sie zuckte zusammen, als sie bemerkte, dass sie nur die Kerzen anstarrte, ohne sich zu bewegen, und auf die Einladung, sich zu setzen, gar nicht reagiert hatte. Sie zwang sich, ihre Aufmerksamkeit wieder auf den Mann am Fenster zu richten, und versuchte sich zu erinnern, wie der Gorilla ihn genannt hatte.

„Wer sind Sie?", fragte sie scharf. Noch einmal versuchte sie, ihren Arm zu befreien, aber der Gorilla seufzte nur und hielt sie weiter fest. „Lassen Sie mich los!"

„Ist schon gut", sagte der Mann und klang dabei leicht amüsiert. „Danke, dass du sie hergebracht hast."

Der Gorilla gab sie augenblicklich frei. „Ich bin in der Sicherheitszentrale", sagte er, bevor er leise das Büro verließ.

Ob es sich lohnen würde zu fliehen? Lorna dachte darüber nach, blieb aber stehen. Sie wollte nicht weglaufen. Das Kasino hatte ihren Namen und eine Beschreibung von ihr, und wenn sie floh, würde man sie auf die Schwarze Liste setzen – nicht nur im Inferno, sondern in jedem Kasino in Nevada.

„Ich bin Dante Raintree", sagte der Mann und wartete dann einen Herzschlag lang, ob sie auf seinen Namen reagierte. Doch er sagte ihr nichts, und sie hob fragend die Augenbrauen. „Mir gehört das Inferno."

Mist! Ein Besitzer hatte eine Menge Einfluss bei der Spielkommission. Sie musste jetzt sehr vorsichtig sein, aber sie hatte einen Vorteil. Er konnte nicht beweisen, dass sie betrog, denn es war einfach eine Tatsache, dass sie es nicht tat.

„Dante. Inferno. Verstehe", antwortete sie mit einem Anflug von *Na und?* in der Stimme. Er war wahrscheinlich so reich, dass er glaubte, man müsse vor Ehrfurcht erstarren – aber wenn er sie erstarren lassen wollte, musste er schon etwas anderes auf Lager haben als das. Sie wusste Geld zu schätzen wie jeder andere, es machte das Leben auf jeden Fall einfacher. Jetzt, wo sie ein kleines finanzielles Polster hatte, schlief sie viel besser. Es war eine erstaunliche Erleichterung, zu wissen, woher ihre nächste Mahlzeit kam und wann sie sie bekommen würde. Gleichzeitig verachtete sie Menschen, die glaubten, ihr Reichtum würde sie zu Sonderbehandlungen berechtigen.

Nicht nur das, sein Name war auch lächerlich. Vielleicht war sein

Nachname ja wirklich Raintree, aber den Vornamen hatte er wahrscheinlich der Dramatik wegen gewählt und weil es zu seinem Kasino passte. Sicher hieß er in Wirklichkeit Fred oder Melvin.

„Bitte setzen Sie sich", wiederholte er, und deutete auf das cremeweiße Ledersofa zu ihrer Rechten. Ein Couchtisch aus Jade stand zwischen dem Sofa und zwei gemütlich aussehenden Sesseln. Sie versuchte, den Tisch nicht anzustarren, als sie in einem der Sessel Platz nahm, der genauso gemütlich war, wie er aussah. Sicherlich hatte der Tisch nur die gleiche Farbe wie Jade und war nicht wirklich aus dem Stein gemacht, aber er sah echt aus. Wahrscheinlich war es nur Glas. Aber selbst wenn, war er ein ausgezeichnetes Stück Handwerkskunst.

Lorna hatte nicht viel Erfahrung mit Luxusartikeln, aber sie besaß eine Art sechsten Sinn für ihre Umgebung. Sie begann, sich von den Dingen um sie herum überwältigt zu fühlen. Nein, nicht überwältigt, das war das falsche Wort. Sie versuchte, das Fremde, Unbekannte, das in der Luft lag, zu benennen, doch es gelang ihr nicht. Mit Sicherheit aber spürte sie den Hauch von Gefahr, dessen sie sich schon so bewusst geworden war, als sie den Raum betreten hatte.

Als Dante Raintree näher auf sie zukam, merkte sie, dass alles, was sie spürte, von ihm ausging. Sie hatte recht gehabt, *er* war es. *Er* war die Gefahr.

Er bewegte sich mit träger Eleganz, aber es war nichts Langsames oder Faules an ihm. Er war ein großer Mann, etwa zwanzig Zentimeter größer als ihre eigenen 1,65 m, und auch wenn seine erstklassig geschneiderte Kleidung ihn schlank aussehen ließ, gab es doch keinen Schneider, der in der Lage war, die Muskelmassen unter dem Stoff ganz zu verbergen. Er war kein Gepard, er war ein Tiger.

Ihr fiel auf, dass sie es bisher vermieden hatte, ihm direkt ins Gesicht zu sehen, als würde ihr das einen gewissen Schutz bieten. Doch sie wusste es besser. Unwissen war nie eine gute Verteidigung, und Lorna hatte schon vor langer Zeit gelernt, dass es nichts nützte, den Kopf in den Sand zu stecken und auf das Beste zu hoffen.

Er setzte sich ihr gegenüber hin, und nachdem sie sich innerlich noch einmal gewappnet hatte, sah sie ihm direkt in die Augen.

Ihr stockte der Atem.

Sie hatte das entfernte, schwindelerregende Gefühl zu fallen; sie konnte sich gerade noch dazu zwingen, sich nicht an den Lehnen des Sessels aufzustützen, um sich aufrecht zu halten.

Sein Haar war schwarz. Seine Augen waren grün. Gewöhnliche Farben, aber an ihm war nichts gewöhnlich. Sein Haar war glatt und glänzend und fiel bis auf seine Schultern. Sie mochte lange Haare bei Männern nicht, aber seine sahen weich aus, und sie wollte ihre Hände darin vergraben. Diesen Gedanken schob sie schnell zur Seite, und schon war sie in seinem Blick gefangen. Seine Augen waren nicht einfach grün, sie waren *grün*, so grün, dass ihr erster Gedanke war, dass er Kontaktlinsen trug. Eine so tiefe, satte Farbe, so rein, konnte nicht echt sein. Es waren nur sehr realistische Kontaktlinsen, mit kleinen Schlieren darin, wie bei echten Augen. Sie hatte Anzeigen für solche Linsen in Zeitschriften gesehen. Allerdings – als die Kerzen aufflackerten und seine Pupillen sich zusammenzogen, schien sich die Iris zu vergrößern. Konnten Kontaktlinsen das auch?

Er trug keine Kontaktlinsen. Instinktiv wusste sie, dass alles was sie sah, echt war, von den glänzenden Haaren bis zur intensiven Augenfarbe.

Er zog sie in seinen Bann. Eine Macht, die sie nicht verstehen konnte, zog an ihr, so fest, dass sie es fast körperlich spüren konnte. Die Flammen der Kerzen tanzten wild, heller, jetzt, da die Sonne untergegangen war und das Dämmerlicht vor dem Fenster immer dunkler wurde. Die Kerzen waren die einzige Lichtquelle im jetzt dunklen Büro, sie schickten Schatten über die harten Winkel seines Gesichts, und doch schienen seine Augen intensiver zu glühen, als sie es noch vor einem Moment getan hatten.

Sie hatten kein Wort gesagt, seit er sich gesetzt hatte, und doch fühlte sie sich, als müsste sie um ihren Willen kämpfen, um ihre Kraft, um ihr unabhängiges Leben. Tief in ihr begann Panik aufzuflackern wie ein Kerzenlicht, tanzte und sprang umher. Er weiß es, dachte sie und spannte sich an, um zu rennen. Vergiss die Kasinos, vergiss die nette Stange Geld, vergiss alles, außer, zu überleben. *Lauf!*

Ihr Körper gehorchte ihr nicht. Sie saß weiter da, wie erstarrt … hypnotisiert.

„Wie machen Sie es?", fragte er schließlich, seine Stimme immer noch ruhig und unbekümmert, als würde er die Wogen und Wirbel der Macht, die um sie herum schlugen, nicht bemerken.

Noch einmal schien seine Stimme durch ihre innere Aufregung zu brechen und sie in die Wirklichkeit zurückzuholen. Verwirrt starrte sie ihn an. Er glaubte, *sie* machte diese ganzen komischen Dinge?

„Ich mache gar nichts", stieß sie hervor. „Ich dachte, Sie sind das."

Sie konnte sich irren, denn in dem flackernden Kerzenlicht war es schwer, einen Gesichtsausdruck richtig zu deuten, und doch sah er leicht erstaunt aus.

„Betrügen", verdeutlichte er seine Frage. „Wie machen Sie es? Wie beklauen Sie mich?"

3. KAPITEL

*V*ielleicht wusste er es nicht.

Seine Offenheit war auf eine verdrehte Art erleichternd. Wenigstens hatte sie es jetzt mit etwas zu tun, das sie verstand. Sie ignorierte die merkwürdigen Strömungen um sie herum, das fast körperlich spürbare Gefühl, dass sie … irgendetwas … umgab, hob ihr Kinn, kniff ihre Augen zu schmalen Schlitzen zusammen und erwiderte seinen festen Blick. „Ich betrüge nicht!" Das stimmte – jedenfalls zu weiten Teilen.

„Natürlich tun Sie das. Niemand hat so viel Glück wie Sie, wenn er nicht – Entschuldigung, wenn *sie* nicht – betrügt." Seine Augen funkelten jetzt, aber wenn es nach ihr ging, war dieses Funkeln um einiges besser als das seltsame Leuchten. Augen sollten sowieso nicht leuchten. Was stimmte nicht mit ihr? Hatte ihr jemand Drogen in ihren Drink getan, während sie in eine andere Richtung gesehen hatte? Sie trank nie Alkohol, während sie spielte, sondern hielt sich an Kaffee und Limonade, aber ihr letzter Becher Kaffee hatte bitter geschmeckt. Als sie ihn getrunken hatte, hatte sie geglaubt, nur Pech gehabt und den letzten Rest aus der Kanne erwischt zu haben, aber jetzt fragte sie sich, ob er nicht pharmazeutisch verlängert worden war.

„Ich wiederhole. Ich betrüge nicht." Lorna spuckte ein Wort nach dem anderen mit fest zusammengebissenen Zähnen aus.

„Sie kommen schon eine ganze Weile hierher. Jede Woche spazieren Sie hier mit fünf Riesen wieder raus. Das ist locker eine Viertelmillion im Jahr – und das nur aus meinem Kasino. Wie vielen anderen statten Sie auch Ihre Besuche ab?" Sein kühler Blick betrachtete sie von Kopf bis Fuß, als würde er sich fragen, warum sie sich nicht besser kleidete, mit dem ganzen Geld.

Lorna fühlte, wie ihr Gesicht heiß wurde, und das machte sie wütend. Sie war schon lange Zeit nicht mehr beschämt gewesen. Scham war ein Luxus, den sie sich nicht leisten konnte, aber jetzt wand sie sich unter seinem prüfenden Blick. Okay, sie war nicht die am besten angezogene Frau der Welt, aber sie war ordentlich und gepflegt, und darauf kam es schließlich an. Was machte es schon, dass sie die Hose und die kurzärmelige Bluse bei Wal-Mart gekauft hatte? Sie konnte sich einfach nicht dazu bringen, hundert Dollar für Schuhe auszugeben, wenn das Paar für zwölf ihr genauso gut passte. Für die achtundachtzig Dollar Unterschied konnte man sich eine Menge zu essen kaufen.

„Ich fragte, wie viele andere Kasinos Sie jede Woche besuchen?"

„Was ich tue, geht Sie gar nichts an." Sie starrte ihn an, dankbar für ihre Wut und die Energie, die sie ihr gab. Das war viel besser, als verletzt zu sein. Sie würde sich vom Urteil dieses Mannes nicht verletzen lassen. Ihre Kleidung war vielleicht billig, aber sie war nicht abgetragen, und Lorna weigerte sich, sich zu schämen.

„Im Gegenteil. Ich habe Sie erwischt. Deshalb muss ich dafür sorgen, dass Al alle anderen Sicherheitschefs warnt."

„Sie haben mich bei überhaupt nichts *erwischt*!" Dessen war sie sich ganz sicher, denn sie hatte nichts getan, wobei man sie erwischen konnte.

„Sie haben Glück, dass ich es bin, der die Verantwortung trägt", fuhr er fort, als hätte sie kein Wort gesagt. „Es gibt einige Leute in Reno, die Betrügen für ein Verbrechen halten, das schwer bestraft werden muss."

Ihr Herz kam für einen Moment aus dem Takt. Er hatte recht, und das wusste sie. Auf der Straße wurde geflüstert, Geschichten von Menschen, die versucht hatten, ihrem Glück ein wenig nachzuhelfen – und die entweder spurlos verschwunden waren oder schon Zimmertemperatur angenommen hatten, als man sie fand. Sie hatte nicht die wohltuende Unwissenheit, die es gebraucht hätte, um zu denken, dass er einfach übertrieb, denn sie hatte in einer Welt gelebt, in der solche Dinge wirklich passierten. Sie kannte diese Welt, kannte die Menschen, die in ihr lebten. Sie hatte darauf geachtet, so unsichtbar wie möglich zu bleiben, hatte sich nie darauf eingelassen, die Bonuskarten zu benutzen, die es den Kasinos ermöglichten, zu sehen, wer gewann und wer nicht, aber irgendetwas hatte sie trotzdem falsch gemacht, denn durch irgendetwas hatte sie Aufmerksamkeit auf sich gezogen. Ihre Unschuld würde gewissen Leuten gar nichts bedeuten; ein Wort an die falsche Person, und sie war tot.

Wollte er ihr zu verstehen geben, dass er nicht vorhatte, sie auszuliefern, dass die Sache eine interne Angelegenheit des Inferno bleiben würde?

Warum sollte er das tun? Nur zwei plausible Gründe fielen ihr ein. Einer war das alte Spiel: Sei ein bisschen nett zu mir, Kleine, und ich sag niemandem, was ich weiß. Der andere war, dass er sie zwar verdächtigte, zu betrügen, aber keine Beweise hatte, und alles was er vorhatte, war, sie zu einem Geständnis zu bewegen oder ihr wenigstens Hausverbot im Inferno zu erteilen. Wenn sein Grund der erste war, war er ein Ekel, und sie wusste, wie sie mit denen umgehen konnte.

Wenn sein Grund der zweite war, na ja, dann war er ein netter Kerl. Und das wäre dann einfach sein Pech.

Er sah sie sich an, sah sie sich *richtig* an, seine ganze Aufmerksamkeit war darauf gerichtet, jede kleinste Gefühlsregung in ihrem Gesicht zu bemerken. Lorna kämpfte dagegen an, sich unter seinem Blick zu winden, aber im Mittelpunkt so konzentrierter Aufmerksamkeit zu stehen, ließ sie sich sehr unwohl fühlen. Sie bevorzugte es, in der Masse unterzugehen, im Hintergrund zu bleiben; Anonymität bedeutete Sicherheit.

„Entspannen Sie sich. Ich werde Sie nicht dazu erpressen, mit mir ins Bett zu gehen – nicht, dass ich kein Interesse hätte", sagte er, „aber ich brauche keinen Zwang, um jemanden in mein Bett zu bekommen, wenn ich es will."

Sie zuckte fast zusammen. Entweder hatte er ihre Gedanken gelesen oder sie hatte keine Kontrolle mehr über ihren Gesichtsausdruck. Sie wusste, dass sie immer die Kontrolle behielt; zu lange hatte ihr Leben davon abgehangen, auf der Hut zu sein, und die Verteidigungsmechanismen dieses Lebens hatten sich tief in ihr Verhalten eingegraben. Er hatte ihre Gedanken gelesen. *Oh, nein, er hatte ihre Gedanken gelesen!*

Panik begann, ihre Sinne zu vernebeln; dann verschwand sie so schnell, wie sie gekommen war, wurde verdrängt von dem deutlichen Bild von ihr und ihm. Für einen verwirrenden Moment fühlte sie sich, als würde sie neben ihrem Körper stehen, die zwei im Bett zusammen beobachten – nackt, die Körper schweißüberzogen vor Anstrengung, aneinandergepresst. Sein muskulöser Körper lag über ihrem, drückte sie in die zerwühlten Bettlaken. Ihre Arme und Beine, blass gegen seine olivfarbene Haut, waren um ihn geschlungen. Sie roch Sex und Haut, fühlte seine Hitze und sein Gewicht auf ihr, als er sich mit ihr vereinigte, hörte ihre eigenen schnellen Atemzüge, als sie sich seinen langsamen, kontrollierten Bewegungen anpasste. Sie war kurz vor dem Höhepunkt, und er auch, seine Bewegungen wurden härter, schneller …

Sie zwang sich mit Gewalt, das Szenario zu verlassen, denn plötzlich war sie sich furchtbar sicher, dass sie sich sonst vollkommen lächerlich machen würde, indem sie selber, direkt vor ihm, zum Höhepunkt kam. Sie konnte sich kaum in der Gegenwart halten, der Lockruf der Wonne, auch wenn sie nur eingebildet war, war so stark, dass sie zurück wollte, sich in dem Traum oder der Wahnvorstellung, oder was auch immer es war, verlieren.

Irgendetwas stimmte nicht. Sie hatte keine Kontrolle über sich, war stattdessen den merkwürdigen Strömungen der Macht, die den ganzen Raum durchflossen, ausgeliefert. Und sie konnte sich auch auf nichts lange genug konzentrieren, um es zu untersuchen, gerade wenn sie glaubte, den Boden unter den Füßen wiedergefunden zu haben, wurde sie wieder in eine andere Richtung gestoßen, und noch ein wildes, ungezähmtes Gefühl kam an die Oberfläche.

Er sprach noch einmal und schien nichts zu bemerken außer seinen eigenen Gedanken. Wie konnte er nicht fühlen, was vor sich ging? Bildete sie sich das alles nur ein? Sie umklammerte die Lehnen des Sessels und fragte sich, ob sie vielleicht so etwas wie einen Nervenzusammenbruch hatte.

„Sie sehen Dinge voraus. Sie sind präkognitiv." Er legte den Kopf zur Seite, als würde er ein interessantes biologisches Muster betrachten, und ein kleines Lächeln verzog seine Lippen. „Sie sind auch hypersensitiv, und ein klein wenig Telekinese ist auch dabei. Interessant."

„Sind Sie verrückt?", entfuhr es ihr. Sie war angsterfüllt, und es fiel ihr immer noch schwer, sich zu konzentrieren. *Interessant?* Er stand entweder kurz davor, ihr Leben zu ruinieren, oder sie wurde verrückt, und er nannte das *interessant?*

„Das glaube ich nicht. Nein, ich bin mir ziemlich sicher, dass ich geistig völlig gesund bin." Belustigung blitzte in seinen Augen auf und verlieh ihnen Wärme. „Machen Sie schon, Lorna, wagen Sie den Sprung. Ich kann nur wissen, dass Sie diese Fähigkeit haben, weil …?" Seine Stimme erstarb mit fragendem Unterton, lud sie ein, den Satz zu vervollständigen.

Sie saß wie erfroren da und starrte ihn intensiv an. Wollte er sagen, dass er tatsächlich Gedanken lesen konnte, oder stellte er ihr eine Falle, die sie nicht erkannte?

Plötzlich durchfuhr eisige Kälte den Raum, so kalt, dass es ihr bis auf die Knochen wehtat, und mit der Kälte kam die überwältigende Furcht zurück, die sie schon gespürt hatte, als sie den Raum betreten und diesen Mann gesehen hatte. Lorna schlang ihre Arme um ihren Körper und biss die Zähne zusammen, damit sie nicht klapperten. Sie wollte davonrennen und konnte es nicht; ihre Muskeln wollten dem Instinkt, zu fliehen, einfach nicht gehorchen.

War er die Quelle dieser … dieser Unruhe im Raum? Sie konnte es nicht besser beschreiben, weil sie sich noch nie genau so gefühlt hatte, als wäre ihre Realität auf einmal von Wahnvorstellungen durchzogen.

„Sie können sich entspannen. Ich kann es Ihnen auf keinen Fall beweisen, also kann ich Sie auch nicht wegen Betruges anzeigen. Aber ich wusste, was Sie sind, als Sie sagten, dass Sie dachten, ich *sei das.* Sei was? Das haben Sie nicht gesagt, aber die Aussage war doch interessant, weil sie bedeutet, dass Sie für die Schwingungen im Raum empfänglich sind." Er legte die Fingerspitzen aneinander und klopfte damit gegen seine Lippen, darüber sah er sie mit unbewegtem Blick an. „Normale Menschen hätten nicht das Geringste gespürt. Meistens geht eine Art von übersinnlichen Fähigkeiten Hand in Hand mit einer anderen, also ist es damit offensichtlich, wie Sie so häufig gewinnen. Sie wissen, welche Karte als Nächstes kommt, stimmt's? Sie wissen, welche Spielautomaten den Gewinn ausspucken. Vielleicht können Sie sogar den Computer so manipulieren, dass er Ihnen drei gleiche Bilder anzeigt."

Die Kälte verließ den Raum so schnell, wie sie gekommen war. Sie hatte sich angespannt, um ihr zu widerstehen, und das plötzliche Nachlassen des Drucks gab ihr das Gefühl, als müsste sie aus dem Sessel fallen. Lorna biss ihre Zähne fest zusammen, hatte Angst, irgendetwas zu sagen. Sie konnte sich nicht auf eine Diskussion übersinnlicher Fähigkeiten einlassen. Sie konnte nicht wissen, ob er nicht den ganzen Raum abhörte und videoüberwachen ließ, und alles aufzeichnete, was sie sagte. Was, wenn wieder eine dieser merkwürdigen Halluzinationen über sie kam? Sie könnte dann sagen, was immer er hören wollte, jede noch so weit hergeholte Anklage gestehen. Alles was sie sagte, konnte, verflucht noch eins, von irgendwelchen Spezialeffekten, die er installiert hatte, beeinflusst sein.

„Ich *weiß,* dass Sie keine Raintree sind", fuhr er leise fort. „Ich kenne die Meinen. Die große Frage ist also … sind Sie eine Ansara oder nur ein Streuner?"

Wieder rettete sie der Schock. „Ein *Streuner*?", wiederholte sie und zuckte dabei zurück in die Welt, die sich real anfühlte. Ein Gefühl der Desorientierung hing ihr immer noch nach, aber wenigstens war das verwirrende erotische Bild ebenso aus ihren Gedanken verschwunden wie die Kälte und ihre Furcht.

Sie atmete tief durch und kämpfte gegen die Wut an, die in ihr aufstieg. Er hatte sie gerade mit einem lästigen Köter verglichen. Unter ihrer Wut allerdings fand sich alte, bittere Verzweiflung. *Lästig.* Das war sie immer gewesen. Für eine Weile, einen wunderbar süßen Moment hatte sie gedacht, das würde sich ändern, aber dann war ihr selbst diese letzte Hoffnung genommen worden, und sie hatte nicht das Herz, nicht den Willen, es noch einmal zu versuchen. Etwas in ihr hatte aufgegeben, aber der Schmerz hatte nicht nachgelassen.

Er machte eine abfällige Handbewegung. „Nicht diese Art von Streuner. Wir beschreiben damit einen Menschen mit außergewöhnlichen Fähigkeiten, der sich nicht zugehörig fühlt."

„Zugehörig zu *was*? Wovon reden Sie eigentlich?" Ihre Verwirrung war echt, zumindest was das anging.

„Jemand, der weder Raintree noch Ansara ist."

Seine Erklärungen drehten sich im Kreis, genau wie ihre Gedanken. Frustriert, verängstigt machte sie eine ruckartige Handbewegung und fragte scharf: „Wer ist diese Ann-Sarah?"

Er legte den Kopf in den Nacken und brach in schallendes Gelächter aus, schnell und leicht, als ob er das oft tat. Ihre Magengrube flatterte. Sich Sex mit ihm vorzustellen hatte ihre Abwehrmechanismen außer Kraft gesetzt, hinter denen sie sich normalerweise verschanzte, und jetzt musste sie auch noch zugeben, wie attraktiv er war. Gegen ihren Willen bemerkte sie die muskulösen Linien seines Halses, die gemeißelte Form seines Kiefers. Er war … *gut aussehend* auf eine merkwürdige Art, aber das war ein viel zu weibliches Wort, um ihn zu beschreiben. Er war *atemberaubend*, seine Attribute waren zu auffällig, um einfach nur gut aussehend zu sein. Außerdem war es nicht sein Aussehen, was sie zuerst bemerkt hatte, ihr erster Eindruck war mit Abstand der seiner Macht gewesen.

„Nicht *Ann-Sarah*", sagte er, immer noch lachend. „Ansara. A-N-S-A-R-A."

„Von denen habe ich noch nie gehört", sagte sie vorsichtig und fragte sich, ob was er sagte irgendetwas mit der Mafia zu tun hatte. Sie erlag nicht der Vorstellung, dass organisiertes Verbrechen auf die alten italienischen Familien von New York und Chicago beschränkt war.

„Haben Sie nicht?" Er sagte es freundlich genug, aber weil ihre Nerven blank lagen, spürte sie den Zweifel – und die verborgene Drohung – so genau, als hätte er sie angeschrien.

Sie musste sich unter Kontrolle bekommen. Was in diesem Raum geschah, hatte sie so überrascht und erschreckt, dass sie verletzlicher war, als sie es sich normalerweise zugestand, aber jetzt, da ein Moment ohne neue Angriffe auf ihre Sinne verstrichen war, begann sie, ihre Selbstkontrolle wiederzuerlangen. Im Geiste baute sie ihre Grenzen wieder auf. Es war ein Kampf, weil es ihr schwerfiel, sich zu konzentrieren, aber sie machte fest entschlossen weiter. Sie wusste vielleicht nicht, was vor sich ging, aber sie wusste, dass es lebenswichtig war, sich zu schützen.

Er wartete darauf, dass sie auf seine rhetorische Frage antwortete, aber sie ignorierte sie und konzentrierte sich auf ihr Schutzschild …

Schutzschild?

Wo war dieses Wort nur hergekommen? Sie hatte sich bisher noch nie vorgestellt, dass ein Schutzschild sie abschirmte. Sie hielt sich für stark, nicht besonders gefühlsbetont, ihr Herz wettergegerbt durch die schweren Zeiten.

Sie hatte noch nie daran gedacht, sich mit einem Schutzschild abzuschirmen.

Bis jetzt.

Noch nie habe ich einen hypersensitiven Menschen getroffen, der so ungeschützt war, dachte Dante, als er Lorna dabei beobachtete. Sie kämpfte gegen die Strömungen der Macht an, reagierte wie eine völlige Novizin auf seine Gedanken, seine Beziehung zu Feuer. Er hatte seine Energie jetzt wieder unter Kontrolle, aber um Lorna zu prüfen, hatte er kleine Mengen davon in den Raum geschossen und damit die Kerzen zum Tanzen gebracht. Sie hatte nach den Armlehnen ihres Sessels gegriffen, als brauche sie einen Anker, und ihr angsterfüllter Blick durchschweifte den Raum, als würde sie nach Monstern suchen.

Als er gespürt hatte, dass sie geradezu erwartete, er würde sie erpressen, um mit ihm ins Bett zu gehen – was nicht wirklich schwer zu erraten gewesen war –, hatte er sich eine kurze, angenehme Fantasie erlaubt, auf die sie reagiert hatte, als wäre sie wirklich nackt in seinem Bett: Ihr Mund war rot und weich geworden, ihre Wangen errötet, ihre Augenlider waren schwer, und unter ihrer billigen Bluse waren ihre Brustwarzen so hart geworden, dass er sie sogar durch den BH hatte erkennen können.

Verflucht. Für einen Moment war es für sie gefährlich geworden. Um ein Haar wäre seine Fantasie Wirklichkeit geworden.

Vielleicht war sie eine Ansara, aber wenn sie es war, dann vollkommen unausgebildet – oder sie war begabt genug, um es so aussehen zu lassen, als sei sie genau das. *Wenn* sie eine Ansara *war*, dann wettete er auf Letzteres. Als Raintree hatte man zwar viele Vorteile, aber auch einen großen Nachteil: einen unerbittlichen Feind. Die Feindschaft zwischen den beiden Clans war vor etwa zweihundert Jahren zu einem großen Kampf ausgebrochen, und während die Raintree gewonnen

hatten, waren die Ansara fast zerstört worden. Die zerstreuten Überbleibsel des einst so mächtigen Clans hatten sich über die ganze Welt
verstreut, aber sich nie so weit erholt, um noch einmal Krieg gegen die
Raintree führen zu können. Das bedeutete allerdings nicht, dass nicht
dann und wann ein vereinzelter Ansara versuchte, Ärger zu machen.

Wie die Raintree besaßen auch die Ansara verschiedene Gaben von
unterschiedlicher Stärke. Die seltenen Male, die Dante einem von ihnen begegnet war, waren sie alle ebenso gut ausgebildet gewesen wie
jeder einzelne Raintree. Man konnte es nicht auf die leichte Schulter
nehmen. Waren sie auch nicht mehr die Bedrohung, die sie einst dargestellt hatten, war er sich doch ständig bewusst, dass ihm jeder Einzelne von ihnen nur zu gern etwas antun würde.

Es wäre typisch für eine Ansara, sich daran zu erfreuen, ihn zu be-
stehlen. Es gab größere Kasinos in Reno, aber das Inferno zu beklauen
wäre eine Auszeichnung für sie – *wenn* sie denn Ansara war.

Er hatte empathische Fähigkeiten – nichts, was sich mit seiner jüngeren Schwester Mercy messen konnte, aber genug, dass er in den
meisten Menschen lesen konnte, wenn er sie berührte. Die Ausnahmen waren größtenteils die Ansara, weil sie sich auf eine Weise abschirmen konnten, wie es normalen Menschen nicht möglich war. Hypersensitive *mussten* sich abschirmen, um nicht von den Mächten, die
sie umgaben, überwältigt zu werden … so wie Lorna Clay überwältigt zu sein schien.

Vielleicht war sie nur eine gute Schauspielerin.

Das Kerzenlicht hatte einen magischen Effekt auf ihre Haut, in ihrem Haar. Sie war eine hübsche Frau mit einer zart modellierten Kno-
chenstruktur, wenn auch etwas kratzbürstig und feindselig in ihrer
Einstellung, aber sei's drum – wenn man ihn beim Betrügen erwischt
hätte, wäre er aller Wahrscheinlichkeit nach auch feindselig eingestellt.

Er wollte sie berühren, um herauszufinden, ob er etwas in ihr lesen konnte.

Doch sie würde wahrscheinlich schreiend aus dem Zimmer rennen, wenn er seine Hand an sie legte. Sie war so angespannt, dass sie
wahrscheinlich mit dem Sessel hinten überkippen würde, wenn er nur
„Buh" sagte. Er dachte darüber nach, das tatsächlich zu tun, nur um
sich zu amüsieren.

Aber es ging um etwas Ernstes, um Betrug, und so entschied er
sich dagegen.

Gerade beugte er sich vor, um seinen Standpunkt deutlich zu machen, als ein lauter, aber nicht unangenehmer Ton erklang, gefolgt von einem weiteren, dann noch einem. Adrenalin ergoss sich in seinen Adern. Er war auf den Beinen, packte ihren Arm und zog sie aus dem Stuhl, noch ehe die automatische Ansage begonnen hatte.

„Was ist los?", rief sie, ihr Gesicht kalkweiß, aber sie versuchte nicht, sich ihm zu entwinden.

„Feuer", sagte er knapp und schleifte sie hinter sich her zur Tür. Wenn der Feueralarm losging, reagierten die Aufzüge nicht mehr auf Signale – und sie befanden sich im neunzehnten Stock.

4. KAPITEL

*L*orna stolperte und fiel fast auf ein Knie, als er sie durch die Tür zerrte. Ihre Hüfte prallte schmerzhaft gegen den Türrahmen; dann erlangte sie ihre Balance wieder, sprang auf und taumelte so schnell hindurch, dass sie fast gegen die gegenüberliegende Wand rannte. Ihr Arm, immer noch in seinem eisernen Griff gefangen, wurde wie in einer Schraubzwinge gequetscht, als er sie gnadenlos vorwärtszog. Sie sagte kein Wort, schrie nicht auf, bemerkte den Schmerz kaum, weil der Albtraum, in dem sie sich befand, obwohl sie wach war, alles andere in die Ecke stellte.

Feuer!

Sie sah, wie er seinen brennenden Blick auf sie richtete und zu verstehen schien, dann ließ er ihren Arm los und umschlang stattdessen ihre Taille. Er presste sie fest an seine Seite und hielt sie aufrecht, während er zu den Treppen rannte. Auf dem Korridor waren sie allein, aber sobald er die Tür mit dem großen „Ausgang" darüber geöffnet hatte, konnte sie das Donnern von Schritten unter ihnen hören. Menschen, die die Treppen hinunterflüchteten.

Die Luft auf dem Korridor war klar gewesen, aber als die Tür sich hinter ihnen schloss, konnte sie ihn riechen: den beißenden Gestank von Rauch, der im Hals brannte. Ihr Herz setzte einige Schläge aus. Sie hatte Angst vor Feuer, hatte sie immer gehabt, und das war nicht nur die Vorsicht einer intelligenten Person. Wenn sie sich die schlimmste Art, auf Erden zu sterben, aussuchen müsste, wäre es, im Feuer gefangen zu sein. Sie hatte Albträume davon, hinter einer Wand aus Flammen gefangen zu sein, nicht in der Lage, irgendjemanden – ein Kind, vielleicht? –, der ihr wichtiger war als ihr eigenes Leben, zu erreichen, oder sich selbst zu retten. Gerade, als das Feuer sie erreichte, wachte sie auf, zitternd und weinend vor Schreck.

Sie mochte keine Art von offenen Flammen – Kerzen, Kamine oder sogar Gaskochplatten. Und jetzt trug Dante Raintree sie hinab ins Herz des Biestes, obwohl jeder Instinkt in ihr brüllte, nach oben zu rennen, nach oben an die frische Luft, so weit weg vom Feuer, wie es nur ging.

Am ersten Treppenabsatz wurde das Chaos in ihrem Kopf noch stärker, Panik griff nach ihr. Sie kämpfte dagegen an. Logisch gesehen wusste sie, dass sie nach unten musste, dass vom Dach springen keine wirkliche Option war. Sie biss die Zähne zusammen, damit sie nicht klapperten, und konzentrierte sich ganz darauf, ihr Gleichgewicht zu halten, und mit jedem Schritt eine Treppenstufe zu treffen, auch wenn sie daran zweifelte, dass sie stolpern konnte, so, wie er sie festhielt. Sie wollte ihn nicht behindern oder, schlimmer noch, sie beide zu Fall bringen.

Sie erreichten eine Traube von Menschen, die ebenfalls auf dem Weg nach unten war. Der Durchgang war versperrt. Alle schrien durcheinander; niemand konnte sich dem anderen verständlich machen. Einige fingen an zu husten. Der Rauch wurde immer dichter.

„Sie können nicht nach oben!", donnerte Raintree, seine Stimme lauter als der schiebende, brüllende menschliche Korken, und erst dann wurde Lorna klar, dass der Aufruhr verursacht wurde, weil einige versuchten, die Treppe nach oben zu gelangen, während andere darauf versessen waren, nach unten zu gehen.

„Und wer zum Henker sind Sie?", brüllte es ihnen von unten entgegen.

„Der Besitzer des Inferno, der zum Henker bin ich", fuhr Raintree ihn an. „Ich habe dieses Kasino gebaut, und ich weiß, was zu tun ist. Jetzt drehen Sie Ihren Hintern um und gehen bis ins Erdgeschoss hinunter, das ist der einzige Ausweg."

„Aber der Rauch wird schlimmer!"

„Dann ziehen Sie Ihr Hemd aus und binden es sich über Nase und Mund. Machen Sie das alle!", befahl er mit so lauter Stimme, dass wirklich alle ihn hören konnten. Er ließ seinen Worten Taten folgen, ließ Lorna los, um sich aus seinem teuren Jackett zu schälen. Sie stand wie betäubt neben ihm, sah zu, wie er schnell ein Messer aus seiner Tasche nahm, es aufklappte und das graue Seidenfutter herausschnitt. Dann riss er es genauso schnell in zwei rechteckige Stücke, gab ihr eines davon und sagte: „Nehmen Sie das", als er sein Messer wieder schloss und zurücksteckte.

Sie hatte erwartet, dass ein Teil der Gruppe weiter versuchen würde, die Treppe hinaufzukommen, egal, was er gesagt hatte, aber niemand tat es. Stattdessen folgten einige Männer, die ebenfalls Anzüge trugen, seinem Beispiel und rissen das Futter aus ihren Jacken. Andere zogen ihre Hemden aus, rissen sie auseinander und boten den Frauen Stücke davon an, die zögerten, ihre Blusen auszuziehen. Lorna band sich eilig die Seide über Nase und Mund, zog sie so fest, dass sie ihr Gesicht wie eine chirurgische Maske umschloss. Neben ihr tat Raintree dasselbe.

„Los!", befahl er, und wie gehorsame Schafe gingen sie los. Der

31

Knoten aus Menschen löste sich auf und schlängelte sich nach unten. Lorna merkte, dass ihre eigenen Füße sich bewegten, als gehörten sie nicht zu ihr, sie führten sie hinab, immer weiter hinab, näher an die lebendige, knisternde Hölle, die sie erwartete. Jede Zelle ihres Körpers schrie vor Protest auf, ihr Atem kam in erstickten Stößen, aber sie ging immer noch die Treppe hinunter, als hätte sie keinen eigenen Willen.

Seine Hand drückte gegen ihre Taille. „Lassen Sie uns durch", sagte er, „ich zeige Ihnen den Weg nach draußen." Die Leute vor ihnen gingen zur Seite, und auch wenn Lorna einige verärgerte Worte hörte, wurden diese im Keim erstickt von Leuten, die den Murmlern sagten, sie sollen den Mund halten. Dem Mann gehörte das Gebäude, und er würde schon wissen, wie man am sichersten nach draußen kam.

Das Treppenhaus vor ihnen füllte sich mit immer mehr Menschen, während die Etagen sich leerten, aber sie machten Platz, als Raintree und Lorna sich an ihnen vorbeidrückten. Der beißende Rauch stach in Lornas Augen, brachte sie zum Tränen, und sie konnte spüren, dass die Temperatur stieg, je weiter sie hinuntergingen. Wie viele Stockwerke hatten sie schon hinter sich gebracht? Auf dem nächsten Absatz sah sie auf die Tür und die Zahl, die darauf geschrieben war, aber ihre Tränen ließen alles vor ihren Augen verschwimmen. Sechzehn, vielleicht. Oder fünfzehn. War das alles? Weiter waren sie noch nicht gekommen? Sie versuchte, sich zu erinnern, wie oft sie schon einen Treppenabsatz passiert hatten, aber sie war zu betäubt vor Angst gewesen, um darauf zu achten.

Sie würde in diesem Gebäude sterben. Sie konnte den eisigen Atem des Todes spüren, der genau auf der anderen Seite der Flammen auf sie wartete. Flammen, die sie nicht sehen, aber trotzdem spüren konnte, als wären sie eine mächtige Kraft, die an ihr zog. *Deshalb* hatte sie immer so große Angst vor Feuer gehabt: Sie hatte auf irgendeine Art gespürt, dass es ihr Schicksal war zu verbrennen. Bald würde sie fort sein, ihre Lebenskraft versengt oder erstickt …

… und niemand würde sie vermissen.

Dante sorgte dafür, dass alle weiter abwärts gingen. Mit Kraft seiner Gedanken zwang er sie zu einer geordneten Evakuierung. Er hatte diese besondere Gabe noch nie benutzt, hatte nicht einmal gewusst, dass er sie besaß, und wenn es nicht so kurz vor der Sommersonnenwende wäre, hätte er es wahrscheinlich nicht gekonnt. Verflucht, er war sich nicht einmal sicher gewesen, dass es funktionieren würde, schon gar nicht bei einer so großen Gruppe. Aber das Feuer war dabei, das Kasino, das er durch harte Arbeit aufgebaut hatte, zu zerstören, und so war sein Wille in den Gedanken geflossen, in seine Worte, und die Menschen hatten ihm gehorcht.

Er konnte hören, wie die Flammen ihr Sirenenlied sangen und nach ihm riefen. Vielleicht verstärkten sie sogar seine Macht, denn die Nähe des Feuers ließ seinen Adrenalinpegel ansteigen und sein Herz wie rasend schlagen. Auch wenn der Rauch in seinen Augen stach und durch die Seide über seiner Nase und seinem Mund drang, fühlte er sich so lebendig, dass seine Haut ihn fast nicht mehr zusammenhalten konnte. Er wollte lachen, wollte seine Arme ausbreiten und das Feuer willkommen heißen, zu einem Kampf herausfordern, damit er ihm seinen Willen aufzwingen konnte, wie er es mit diesen Menschen getan hatte.

Wenn er sich nicht so konzentrieren müsste, um seinen mentalen Zwang aufrechtzuerhalten, wäre er schon längst dabei, mit seinem Dämon zu kämpfen. Alles in ihm sehnte sich danach. Er *würde* die Flammen besiegen, aber zuerst musste er diese Menschen in Sicherheit bringen.

Lorna hielt neben ihm Schritt, aber ein kurzer Blick in ihr Gesicht – den Teil, den er über der grauen Seide sehen konnte – sagte ihm, dass nur sein Wille es war, der sie weiter die Treppe hinuntergehen ließ. Sie war weiß wie ein Blatt Papier, und ihre Augen waren starr vor Angst. Er zog sie näher an sich heran. Er wollte sie in Reichweite haben, wenn sie ins Erdgeschoss kamen, denn sonst würde ihre Panik vielleicht so stark werden, um aus seinem Zwang auszubrechen, und dann würde sie fliehen. Und er war noch nicht fertig mit ihr. Er vermutete sogar, dass er nach dem Feuer eine ganze Menge mehr mit ihr zu besprechen hatte als nur ihren Betrug beim Blackjack.

Wenn sie eine Ansara war, wenn sie auf irgendeine Weise mit dem Feuer zu tun hatte, dann musste sie sterben. So einfach war das.

Er hatte sie berührt, aber er konnte trotzdem nicht sagen, ob sie eine Ansara war oder nicht. Seine Empathie war immer schon schwach ausgebildet gewesen, und gerade in diesem Moment konnte er sich nicht richtig darauf konzentrieren, sie zu lesen. Dass er nichts von ihr aufnahm, bedeutete entweder, dass sie ein Streuner war oder eine Ansara, stark genug, ihr wahres Ich vor ihm zu verbergen. Wie dem auch sei, die Sache würde warten müssen.

Der Rauch wurde immer dichter, aber nicht auf alarmierende Weise.

Einige Worte wurden gewechselt, aber die meisten Menschen sparten sich ihren Atem dafür, die Treppe hinunterzukommen. Das einzige ständige Begleitgeräusch war Husten.

Er spürte, dass das Feuer sich bisher auf das Kasino beschränkte, sich aber schnell auf den Hotelbereich des Gebäudes zu bewegte. Im Gegensatz zu den meisten Kasinos, die gleichzeitig Hotels waren, hatte Dante das Inferno so angelegt, dass die Gäste nicht gezwungen waren, durch das Kasino zu gehen, um das Hotel zu verlassen. Das war ein Risiko gewesen, aber es hatte funktioniert. Das Inferno besaß ein Level an Eleganz, mit dem in Reno niemand sonst mithalten konnte. Dantes Hotel war anders und heiß begehrt.

Dieses Konzept würde heute Nacht viele Leben retten. Die Gäste, die im Kasino gewesen waren andererseits … Dante wusste nicht, was mit ihnen war. Und er konnte auch nicht zu lange über sie nachdenken, sonst verlor er seine Kontrolle über die Menschen im Treppenhaus. Er konnte den Menschen im Kasino nicht helfen, jedenfalls nicht jetzt, also erlaubte er es sich nur, an die Schützlinge zu denken, die ihm am nächsten waren. Wenn diese Menschen in Panik gerieten, wenn sie anfingen, zu drängeln und zu rennen, würden nicht nur einige Leute stolpern und überrannt werden, die Menschenmenge könnte auch die Sicherheitsriegel zertrümmern und es damit unmöglich machen, die Tür zu öffnen. Das war schon oft vorgekommen, und es würde auch wieder geschehen – aber nicht in seinem Gebäude, nicht wenn er es verhindern konnte.

Sie erreichten einen weiteren Treppenabsatz, und er versuchte, durch den Rauch die Nummer der Etage zu erkennen. Zwei. Ein Glück. Der Rauch war bereits so dicht, dass seine Lungen brannten. „Wir sind fast da", sagte er, um die Leute hinter sich nicht zu verlieren, und er hörte, wie sie die Nachricht zu den Menschen hinter ihnen auf der Treppe weitergaben.

Er schlang einen Arm um Lornas Taille und presste sie an seine Seite, dann hob er sie hoch und nahm auf dem letzten Absatz zwei Stufen gleichzeitig. Die Tür öffnete sich nicht nach draußen, sondern in einen Flur, auf dem mehrere Büros lagen. Er hielt die Tür mit seinem Körper offen, während die Menschen an ihm vorbeistolperten. „Rechts abbiegen. Gehen Sie durch die Doppeltüren am Ende des Flures, dann wieder rechts, und die Tür neben den Getränkeautomaten führt hinaus auf das unterste Parkdeck. Los, los, los!", wies er sie an.

Sie gingen, von seinem Willen angetrieben – stolperten und husteten, aber sie bewegten sich trotzdem. Die Luft war schwer und heiß, er konnte nur noch einige Meter weit sehen, und die Menschen, die an ihm vorbeistolperten, erschienen ihm wie Geister und verschwanden in Sekunden. Nur ihr Husten und das Schaben ihrer Füße zeigten ihm, dass sie sich bewegten.

Er spürte, wie Lorna sich bewegte, wie sie versuchte, sich zu befreien, sich seinem mentalen Befehl zu widersetzen und ihrem panikvernebelten Gehirn zu gehorchen. Er schloss seinen Griff fester um sie. Vielleicht konnte er ihr Bewusstsein aus seinem Zwang ausschließen? Nein, das Risiko war zu groß. Alles, was er tun musste, war Lorna festhalten, damit sie ihm nicht entwischte.

Er konnte das Feuer in seinem Rücken spüren. Es war näher gekommen, viel näher. Alles in ihm sehnte sich danach, sich auf die Kraft der Natur einzulassen, sich zu messen. Es war an ihm, das Feuer zu locken und zu beherrschen, es zu besitzen. Noch nicht. *Noch nicht …*

Dann kamen keine weiteren vom Rauch eingehüllten Figuren aus dem Treppenhaus, und mit Lorna fest in seinem Griff, drehte er sich nach links – weg vom Parkdeck und der Sicherheit, hin zu dem brüllenden roten Dämon.

„Neeeein!"

Das Geräusch war wenig mehr als ein Stöhnen, und sie wand sich wie ein wildes Tier in der Falle seiner Arme. Eilig schickte er einen letzten Gedankenstoß in Richtung der Menschen auf dem Weg zum Parkdeck, dann wandelte er seinen Befehl in einen anderen um, der nur für Lorna bestimmt war: „Bleib bei mir."

Sie hörte sofort auf, sich zu wehren, auch wenn er noch hören konnte, wie sie ein ersticktes, panisches Geräusch von sich gab, als er durch den Rauch zu einer anderen Tür ging. Zu der Tür, die in die Lobby führte.

Er stieß die Tür auf und trat in die Hölle, schleifte Lorna dabei hinter sich her.

Die Sprinkleranlage tat ihr Bestes, indem sie Wasser über die ganze Lobby versprühte, aber die Hitze war ein monströser Schmelztiegel, der das Wasser verdampfen ließ, ehe es den Boden erreichen konnte. Die Hitze schlug ihnen wie eine Schockwelle entgegen, ein Schlag wie von einem lebenden Wesen, aber er fluchte nur und schlug zurück. Weil sie aus Feuer entstanden, Teil des Feuers waren, besaß er den Rauch und die Hitze so sehr, wie er das Feuer besaß. Jetzt, da er sich konzentrieren konnte, stieß er sie ab, schuf eine schützende Blase, ein Kraftfeld um Lorna und sich selbst, die den Rauch durcheinanderbrachte, die Hitze abhielt und sie beide beschützte.

Das Kasino war komplett befallen. Die Flammen waren gierige rote Zungen, Flächen aus Orange und Schwarz, durchsichtige goldene Gabeln, die in ihrer Gier, alles in ihrer Reichweite zu verschlingen, tanzten und brüllten. Mehrere der eleganten weißen Säulen waren bereits in Flammen aufgegangen wie Fackeln, und die riesige Teppichfläche war ein Meer aus kleinen Feuern, gefüttert von den Trümmern, die von der Decke fielen.

Die Säulen waren wie Kerzen, deren Flammen an der Decke leckten. Bei ihnen begann er, zog Kraft aus seinem tiefsten Inneren und formte das Feuer nach seinem Willen. Langsam, langsam begannen die Flammen, die an den Säulen hinaufleckten, zu sterben, unterwarfen sich seiner überlegenen Macht.

So viel zu leisten und gleichzeitig den Schutzschild um sie herum aufrechtzuerhalten erforderte jedes bisschen Kraft, dass ihm blieb. Etwas stimmte nicht. Das merkte er, noch während er sich auf die Säulen konzentrierte, als er die Anstrengung in sich spürte. Sein Kopf begann zu schmerzen; die Flammen zu ersticken sollte ihn nicht so viel Mühe kosten. Sie reagierten nur langsam auf seinen Befehl, aber er ließ nicht nach, auch nicht, als er sich fragte, ob der Zwang, den er auf die Gruppe im Treppenhaus ausgeübt hatte, ihn geschwächt hatte. Er fühlte sich nicht geschwächt, aber irgendetwas stimmte trotzdem nicht.

Als nur noch dünne Rauchfahnen aus den Säulen aufstiegen, richtete er seine Aufmerksamkeit auf die Wände, stieß das Feuer zurück, zurück …

Aus dem Augenwinkel sah er, dass die Säulen wieder in Flammen standen.

Mit einem Aufschrei aus Wut und Unglauben schlug er mit seinem Willen nach den Flammen, und sie ergaben sich ein weiteres Mal.

Was in aller Welt war los?

Fenster explodierten und Scherben flogen in alle Richtungen. Wasserfontänen ergossen sich durch die Fensterfront, aber die Flammen schienen nur kehlig über das Reno Fire Department zu lachen, ehe sie noch heller und heißer aufloderten als zuvor. Einer der großen, glitzernden Kristallkronleuchter löste sich von der Decke, fiel krachend auf den Boden und versprühte eine Gischt aus tödlichen Glassplittern. Sie standen weit genug weg, sodass nur wenige der Splitter sie erreichten, aber eine der hübschen Kristallhornissen stach in seine Wange, und ein Rinnsal Blut lief über sein Gesicht. Vielleicht hätten sie in Deckung gehen sollen, dachte er, und tief in seinem Inneren fand er es sogar ein bisschen lustig.

Er konnte spüren, wie Lorna sich gegen ihn presste, krampfhaft zitterte und kleine, kehlige Schreckenslaute von sich gab, aber sie konnte nicht gegen den Zwang seiner Gedanken ankämpfen. Hatten einige Glassplitter sie getroffen? Keine Zeit nachzusehen. Mit einem lauten Rauschen rollte eine riesige Zunge aus Feuer über die Decke über ihnen, vernichtete alles auf ihrem Weg. Es fühlte sich an, als würde sie sogar den verbleibenden Sauerstoff vernichten; dann begann sie, sich an der Wand hinter ihnen hinabzufressen und eine Flucht so unmöglich zu machen.

Im Geiste zerquetschte er die Flammen, versuchte, sie zum Rückzug zu zwingen, griff dazu nach allen seinen Kraft- und Machtreserven. Er war der Dranir der Raintree, das Feuer würde ihm gehorchen.

Aber das tat es nicht.

Stattdessen begann es, über den Teppich zu kriechen, kleine Feuer verbanden sich zu größeren und diese sich wieder mit anderen, bis der ganze Boden in Flammen stand, die immer näher kamen, näher …

Er konnte es nicht kontrollieren. Er war noch nie zuvor einer Flamme begegnet, die er nicht seinem Willen unterwerfen konnte, aber das hier lag außerhalb seiner Macht. Das Bewusstsein so vieler Menschen zu beeinflussen musste ihn irgendwie geschwächt haben, er hatte so etwas noch nie zuvor getan, also wusste er auch nicht, welchen Preis er zu zahlen hatte. Doch, er wusste es; wenn kein Wunder geschah, musste er in diesem Fall mit zwei Leben zahlen: mit Lornas und seinem eigenen.

Er weigerte sich, das zu akzeptieren. Er hatte noch nie aufgegeben, hatte nie zugelassen, dass ein Feuer ihn besiegte, und er würde nicht mit diesem hier anfangen.

Die schützende Blase um sie herum wurde schwächer, ließ eine Rauchschwade zu ihnen hinein. Lorna hustete krampfhaft, kämpfte gegen seinen Griff an, obwohl es ihr nicht gelingen konnte zu fliehen, es sei denn, er befreite sie von seinem Willen. Es gab auch keinen Ort, an den sie fliehen konnte.

Grimmig stellte er sich den Flammen. Er brauchte mehr Kraft. Wenn Gideon oder Mercy bei ihm gewesen wären, hätte er sich mit ihnen verbinden können, ihre Kräfte vereinen, aber diese Art Partnerschaft erforderte körperliche Nähe, also konnte er sich nur auf sich selbst verlassen. Es gab keine andere Machtquelle, die er anzapfen konnte …

… außer Lorna.

Er fragte nicht um Erlaubnis, er nahm sich nicht die Zeit, sie vor dem zu warnen, was er mit ihr vorhatte. Er schlang einfach seine Arme von hinten um sie und durchbrach die Barriere, mit der sie ihren Geist schützte, nahm sich gnadenlos, was er brauchte. Erleichterung über das, was er fand, stieg in ihm hoch. Ja, sie hatte Macht, mehr, als er erwartet hatte. Er nahm sich nicht die Zeit, zu analysieren, welcher Art ihre Macht war. Es spielte keine Rolle. Macht war gleich Macht. Verschiedene Maschinen konnten ja auch die gleiche Energie nutzen, um vollkommen verschiedene Dinge zu tun, zum Beispiel den Teppich zu saugen oder Musik abzuspielen. Es war das gleiche Prinzip. Sie hatte Macht, er benutzte sie, um seine eigene Fähigkeit zu verstärken.

Sie schrie leise und bäumte sich in seinen Armen auf, dann wurde sie steif und bewegte sich nicht mehr.

Blind vor Wut griff er die Flammen an, schickte einen mentalen Schlag in alle Richtungen um sich herum aus, der die Wand aus Feuer hinter ihnen buchstäblich ausblies und die Wand aus Stein gleich mitriss. Der Strom aus neuem Sauerstoff ließ das Feuer vor ihm auflodern, also sammelte er sich und stieß erneut einen Schlag aus, ließ noch mehr Energie in den Kampf fließen, spürte, wie seine eigenen Reserven sich füllten, erneuerten, als er jedes bisschen Macht und Kraft aus Lorna saugte und mit seiner eigenen vermengte.

Sein ganzer Körper kribbelte, seine Muskeln brannten von der Anstrengung, die es ihn kostete, sich zusammenzuhalten und die Konzentration nicht zu verlieren. Die unsichtbare Blase, die er zum Schutz um sie beide gebildet hatte, begann zu schimmern und nahm ein sanftes Leuchten an. Er schwitzte, er fluchte, er ignorierte die stechenden Kopfschmerzen, schlug nur mit der Kraft seines Willens auf das Feuer ein, wieder und wieder. Er schlug es zurück, während er darüber nachdachte, wie lange er schon dort stand, und wie viel Zeit er den Menschen im Hotel noch geben musste, um zu entkommen. Es gab mehrere Treppenhäuser, und er war sich sicher, dass nicht alle Evakuierungen so gut gelaufen waren, wie die, die er kontrolliert hatte. Waren schon alle draußen? Was war mit den körperlich Behinderten? Sie würden Hilfe brauchen, die Treppen hinunterzukommen. Wenn er jetzt aufhörte, würde das Feuer vorwärtsstreben und das Hotel vereinnahmen – also konnte er nicht aufhören. Solange das Feuer nicht unter Kontrolle war, konnte er nicht aufhören.

Er konnte es nicht löschen, nicht ganz. Aus irgendeinem Grund, sei es, dass er geschwächt war oder abgelenkt, oder dass etwas an diesem Feuer etwas anders war, konnte er es nicht löschen. Das hatte er jetzt akzeptiert. Alles, was er tun konnte, war, die Flammen im Zaum zu halten, bis die Feuerwehr sie unter Kontrolle hatte.

Also konzentrierte er sich darauf, das Feuer zu kontrollieren, statt es zu löschen. Das schonte seine Kräfte, und Dante brauchte jedes bisschen davon. Denn das Feuer hörte nie auf, sich zu wehren, hörte nie auf, um seine Freiheit zu kämpfen. Zeit hatte ihre Bedeutung verloren. Egal, wie lange es dauerte, egal, wie sehr sein Kopf schmerzte – er musste es aushalten.

Irgendwann verlor er die Grenze zwischen sich und dem Feuer aus den Augen. Es war ein Feind, aber es war wunderschön in seiner Zerstörungskraft, es tanzte für ihn, magisch in seinen Bewegungen und Farben. Er spürte dessen Schönheit wie heiße Lava durch seine Adern fließen, spürte, wie sein Körper mit blinder Lust reagierte, bis seine Erektion schmerzhaft gegen seinen Reißverschluss drückte. Lorna musste es auch spüren, aber es gab nichts, was er dagegen tun konnte. Unter diesen Umständen konnte er sich gerade davon abhalten, sich an ihr zu reiben.

Endlich drangen heisere Rufe durch den leiser gewordenen Lärm des Biestes. Dante drehte den Kopf ein wenig zur Seite und sah Feuerwehrmänner, die mit ihren Schläuchen auf ihn zukamen. Schnell löste er die schützende Blase um sie herum auf, auch wenn er damit sich und Lorna dem Rauch und der Hitze auslieferte.

Mit seinem ersten Atemzug brannte sich der Qualm bis ganz hinunter in seine Lungen. Er verschluckte sich, hustete, versuchte, noch einen Atemzug zu nehmen. Lorna fiel leblos auf die Knie, und er ließ sich neben sie fallen, als die ersten Feuerwehrmänner bei ihnen ankamen.

5. KAPITEL

*L*orna saß auf dem Stoßdämpfer eines der Rettungswagen und hatte eine kratzige Decke eng um sich geschlungen. Die Nacht war warm, aber sie war klatschnass, und sie schien nicht mit dem Zittern aufhören zu können. Sie hatte gehört, wie der Sanitäter sagte, dass sie keinen Schock hatte; auch wenn ihr Blutdruck – verständlicherweise – ein wenig hoch war, war ihr Puls fast vollkommen normal. Sie war nur durchgefroren wegen der Nässe.

Und trotzdem erschien ihr alles um sie herum wie … gedämpft, als gäbe es eine Glasscheibe zwischen ihr und dem Rest der Welt. Ihre Gedanken waren wie betäubt, sie war kaum in der Lage, einen klaren Gedanken zu fassen. Als der Sanitäter sie nach ihrem Namen gefragt hatte, hatte sie sich beim besten Willen nicht daran erinnern können, geschweige denn, ihn auszusprechen. Aber sie hatte sich daran erinnert, dass sie aus Angst vor Dieben nie eine Handtasche mit ins Kasino nahm und stattdessen ihr Geld in eine Hosentasche steckte und ihren Führerschein in die andere, also hatte sie den Führerschein hervorgezogen und ihn dem Sanitäter gezeigt. Es war ein in Missouri ausgestellter Schein, einen anderen hatte sie nicht. Um eine Fahrerlaubnis in Nevada zu bekommen, musste man einen festen Wohnsitz und einen Arbeitsplatz vorweisen. Der Arbeitsplatz war es, der ihr Schwierigkeiten bereitete.

„Sind Sie Lorna Clay?", hatte der Sanitäter gefragt, und sie hatte genickt.

„Tut Ihr Hals weh?", war seine nächste Frage gewesen, und das erschien ihr eine genauso gute Erklärung für ihr Schweigen wie alle anderen, also nickte sie noch einmal. Er hatte sich ihren Hals angesehen, kurz einen verwirrten Eindruck gemacht, und ihr dann Sauerstoff zum Atmen gegeben. Sie sollte sich im Krankenhaus untersuchen lassen, hatte er gesagt.

Ja, sicher. Sie hatte bestimmt nicht vor, in ein Krankenhaus zu gehen. Der einzige Ort, an den sie wollte, war weit weg.

Und trotzdem blieb sie genau dort, wo sie war, während Dante Raintree untersucht wurde. Sein Gesicht war blutverschmiert, aber es stellte sich heraus, dass es nur ein kleiner Schnitt war. Sie hörte, wie er den Sanitätern sagte, dass es ihm gut ging, dass er, nein, wirklich nicht glaubte, irgendwo verbrannt zu sein, dass sie sehr viel Glück gehabt hatten.

Glück, ja sicher. Der Gedanke kam klar wie Glockenklang, stieg empor aus dem zähen Sirup, in den sich ihr Gehirn verwandelt hatte. Er hatte sie dort, inmitten dieser brüllenden Flammenhölle, festgehalten, und es hatte sich wie eine Ewigkeit angefühlt. Sie sollten beide knusprig frittiert sein. Sie sollten wenigstens durch verletzte Atemwege nach Luft japsen, statt dass es ihnen gut ging. Sie wusste, was Feuer anrichtete. Sie hatte es gesehen, hatte es gerochen, und es war schrecklich. Es zerstörte alles, was ihm im Weg war. Was es mit Sicherheit nicht tat, war, um einen herumzutanzen und einen unversehrt lassen.

Und trotzdem, hier war sie – unverletzt. Jedenfalls relativ. Sie fühlte sich zwar, als hätte sie ein Lastwagen überfahren, aber sie war nicht verbrannt.

Sie hätte aber verbrannt sein müssen. Sie hätte tot sein müssen. Immer, wenn sie darüber nachdachte, dass sie nicht nur nicht tot, sondern auch noch nicht einmal verletzt war, fing ihr Kopf an so sehr wehzutun, dass sie es kaum ertragen konnte zu atmen. Jedes Mal wurde die Glaswand zwischen ihr und der Wirklichkeit ein wenig dicker. Also dachte sie nicht darüber nach, ob sie nun am Leben war oder tot oder irgendetwas anderes. Sie saß einfach nur da, während sich um sie herum eine Szene wie aus einem Albtraum abspielte. Lichter blitzten. Menschen bewegten sich eilig, die Feuerwehrmänner waren immer noch dabei, mit ihren Schläuchen die letzten Reste des Feuers zu löschen, um sicherzugehen, dass sie nicht noch einmal auflodeten. Die Löschfahrzeuge machten so einen Lärm, dass es ihr unangenehm wurde. Sie wollte sich die Ohren zuhalten, aber auch das tat sie nicht. Sie wartete einfach.

Auf was sie wartete, wusste sie nicht genau. Sie sollte gehen. Sie dachte hundert Male daran, einfach aufzustehen und in die Nacht zu verschwinden, aber diese Gedanken in Taten zu verwandeln, erschien ihr unmöglich. Egal wie sehr sie gehen wollte, sie war durch eine Trägheit gefesselt, gegen die sie nicht ankämpfen konnte. Alles was sie tun konnte, war … sitzen bleiben.

Dann stand Raintree auf, und ganz plötzlich fand sie sich selbst ebenfalls stehend wieder, in die Aufrechte getrieben von einem Impuls, den sie nicht verstand. Sie wusste nur, dass, wenn er stand, sie auch stand. Sie war geistig zu erschöpft, um einen anderen Grund zu finden, der mehr Sinn ergab.

Sein Gesicht war so rußgeschwärzt, dass nur das Weiß seiner Augen sichtbar war, also glaubte sie, ebenso auszusehen. Toll. Das bedeutete, dass sie kaum eine Chance hatte, unbemerkt zu entkommen. Er nahm einen Lappen, den ihm irgendjemand anbot, und wischte damit über sein rußiges Gesicht, was nicht viel brachte. Ruß war fettig, alles außer Seife bewegte ihn nur von einem Ort zum anderen.

Mit Entschlossenheit in seinen Schritten ging er auf eine kleine Gruppe Polizisten zu, drei in Uniform, zwei in Zivil. Unbestimmte Furcht stieg in Lorna auf. Wollte er sie ausliefern? Ohne jeden Beweis? Sie wollte nichts lieber, als zu bleiben, wo sie war, aber stattdessen konnte sie nichts anderes tun, als sich dabei zuzusehen, wie sie ihm fügsam folgte.

Warum tat sie das? Warum ging sie nicht einfach fort? Sie rang mit den Fragen, versuchte, ihr Gehirn dazu zu bringen zu funktionieren. Er hatte nicht einmal in ihre Richtung gesehen; er würde nicht wissen, wohin sie gegangen war, wenn sie jetzt zurückfiel und in der Menschenmenge verloren ging – so sehr sie eben verloren gehen konnte, über und über bedeckt mit Ruß. Aber auch andere zeigten die Nachwirkungen des Rauchs, einige der Kasinoangestellten zum Beispiel und die Spieler. Wahrscheinlich hätte sie entkommen können, wenn sie sich dazu in der Lage gefunden hätte, die Anstrengung zu unternehmen.

Warum war ihr Gehirn so langsam? Auf einer sehr oberflächlichen Ebene schienen ihre Gedanken normal zu funktionieren, aber darunter war nichts als zäher Sirup. Es gab etwas Wichtiges, an das sie sich erinnern musste, etwas, was gerade lange genug an die Oberfläche kam, um ein wenig Sorge zu bereiten und dann in einer Rauchwolke verschwand. Sie runzelte die Stirn, versuchte, die Erinnerung hervorzuziehen, aber die Anstrengung bereitete ihr nur noch mehr Kopfschmerzen, also hörte sie auf.

Raintree ging auf die zwei Beamten in Zivil zu und stellte sich ihnen vor. Lorna versuchte, sich möglichst unauffällig zu verhalten, was wahrscheinlich vergebliche Liebesmüh war, wenn man bedachte, wie sie aussah und dass sie nur wenige Meter von ihnen entfernt stand. Alle Männer betrachteten sie mit dieser Mischung aus Argwohn und Neugier, die Polizisten eigen zu sein schien. Ihr Herz begann wild zu klopfen. Was würde sie tun, wenn Raintree sie wegen Betruges anzeigte? Weglaufen? Ihn ansehen, als sei er ein Vollidiot? Vielleicht war *sie* der Idiot, weil sie immer noch dastand wie ein Lamm auf dem Weg zum Opferstock.

Dieses Bild rüttelte sie wach wie kein anderes. Sie würde kein freiwilliges Opfer sein. Sie versuchte, einen Schritt wegzugehen, aber aus irgendeinem Grund schien sie nicht handeln zu können. Sie wollte nichts mehr, als bei ihm zu bleiben.

Bleib bei mir.

Die Worte hallten in ihrem müden Gehirn wider, bereiteten ihr neue Kopfschmerzen. Sie kamen ihr bekannt vor. Müde rieb sie sich die Stirn und fragte sich, wo sie die Worte schon einmal gehört hatte und warum sie wichtig waren.

„Wo waren Sie, als das Feuer ausgebrochen ist, Mr Raintree?", fragte einer der Detectives. Er und der andere Polizist hatten sich vorgestellt, aber die Namen hatte Lorna schon wieder vergessen, gleich nachdem sie sie gehört hatte.

„In meinem Büro. Ich habe mich mit Miss Clay unterhalten." Er deutete auf Lorna, ohne wirklich in ihre Richtung zu sehen, als wüsste er genau, wo sie stand.

Sie sahen sie jetzt schärfer an, dann sagte der Detective, der mit Raintree gesprochen hatte: „Mein Partner wird ihre Aussage aufnehmen, während ich mich um Ihre kümmere, damit sparen wir Zeit."

Klar, dachte Lorna sarkastisch. Und sie hatte ein Haus am Strand hier in Reno, das sie gern verkaufen wollte. Die Polizisten wollten sie von Raintree trennen, damit sie nicht mithörte, was er sagte und ihre eigene Aussage darauf abstimmen konnte. Wenn es schlecht um ein Geschäft bestellt war, versuchte der Besitzer manchmal, seine Verluste zu minimieren, indem er es abbrannte und die Versicherungsprämie kassierte.

Der andere Polizist trat neben sie. Raintree sah über seine Schulter. „Gehen Sie nicht zu weit weg. Ich will Sie in dieser Menschenmenge nicht verlieren."

Was hatte er vor? fragte sie sich. Er hatte es klingen lassen, als seien sie zusammen oder so etwas. Aber als der Detective sagte: „Lassen Sie uns hier hinübergehen", ging Lorna brav einige Meter neben ihm her, dann hielt sie auf einmal an, als könne sie keinen Schritt weiter.

„Hier?", sagte sie, überrascht, wie rau und schwach ihre Stimme war. Sie hatte etwas gehustet, klar, aber ihre Stimme klang, als hätte sie seit Tagen Bronchitis. Sie war kaum hörbar über dem Lärm von den Löschfahrzeugen.

„In Ordnung." Der Detective sah sich um und stellte sich wie zufällig so hin, dass Lorna ihren Rücken zu Raintree wenden musste. „Ich bin Detective Harvey. Ihr Name ist …?"

„Lorna Clay." Wenigstens erinnerte sie sich dieses Mal an ihren Namen, auch wenn sie sich für den furchtbaren Bruchteil einer Sekunde nicht sicher gewesen war. Sie rieb sich noch einmal die Stirn, wünschte sich, dass ihre Kopfschmerzen endlich verschwinden würden.

„Leben Sie hier?"

„Im Moment ja. Ich habe mich noch nicht entschieden, ob ich bleibe." Sie wusste, dass sie das nicht würde. Sie blieb nie lange an einem Ort. Einige Monate, sechs höchstens, und sie zog weiter. Er fragte nach ihrer Adresse, und sie stotterte sie. Wenn er sie überprüfte, würde er herausfinden, dass das schlimmste Vergehen, dessen sie schuldig war, ein Strafzettel für zu schnelles Fahren war, den sie vor drei Jahren bekommen hatte. Sie hatte die Strafe ohne mit der Wimper zu zucken bezahlt, kein Problem also. Solange Raintree sie nicht wegen Betruges anzeigte, war alles in Ordnung. Sie wollte über ihre Schulter nach ihm sehen, aber sie wusste es besser. Nervös zu erscheinen oder, noch schlimmer, auszusehen, als würde sie sich mit ihm abstimmen, was sie antwortete, wäre fatal.

„Wo waren Sie, als das Feuer ausbrach?"

Er hatte gerade erst gehört, wie Raintree auf dieselbe Frage geantwortet hatte, dass sie bei ihm gewesen war, aber so arbeiteten Cops eben. „Ich weiß nicht, wann das Feuer ausgebrochen ist", sagte sie, ein wenig gereizt. „Ich war in Mr Raintrees Büro, als der Alarm losgegangen ist."

„Wann war das?"

„Ich trage keine Uhr. Ich weiß es nicht. Ich hätte sowieso nicht daran gedacht, auf die Uhr zu sehen. Feuer macht mir eine Höllenangst."

Einer seiner Mundwinkel zuckte leicht, aber er brachte ihn schnell wieder unter Kontrolle. Er hatte ein nettes, verlebtes Gesicht, ein wenig hängende Wangen, faltig um die Augen. „Das ist okay. Wir können die Zeit im Sicherheitssystem überprüfen. Wie lange waren sie bei Mr Raintree, ehe der Alarm losgegangen ist?"

Das war mal eine gute Frage. Lorna erinnerte sich an die Panik, die sie in seinem Büro empfunden hatte, an die verwirrenden Halluzinationen, oder was immer sonst diese verstörende erotische Fantasie gewesen war. *Nichts* in diesem Raum war ihr normal vorgekommen, und auch wenn sie normalerweise ein gutes Zeitgefühl hatte, konnte sie es diesmal nicht einmal schätzen. „Ich weiß es nicht. Die Sonne ging unter, als ich hineingegangen bin. Mehr kann ich Ihnen nicht sagen."

Er notierte sich ihre Antwort. Der Himmel wusste, was er dachte, was sie getan hatten, dachte sie müde, aber sie konnte sich nicht dazu aufraffen, sich darum zu kümmern.

„Was haben Sie getan, als der Feueralarm losgegangen ist?"

„Wir sind ins Treppenhaus gerannt."

„In welchem Stockwerk waren Sie?"

Das wusste sie, denn sie hatte sich die Zahlen angesehen, als sie im Fahrstuhl hochgefahren waren. „Im Neunzehnten."

Auch das schrieb er sich auf. Lorna dachte bei sich, dass sie, sollte sie ein Gebäude anzünden wollen, sich bestimmt nicht im neunzehnten Stockwerk aufhalten würde, um auf den Alarm zu warten. Raintree hatte nichts zu tun gehabt mit dem, was auch immer das Feuer verursacht hatte, aber die Cops mussten alles überprüfen, sonst würden sie ihren Job nicht richtig machen. Obwohl … kamen Detectives eigentlich immer zu einem Brand? Ein Feuerwehrhauptmann oder wie auch immer man sie in Reno nannte, musste doch zuerst feststellen, dass es sich um Brandstiftung handelte, ehe man es wie ein Verbrechen behandelte.

„Was ist dann passiert?"

„Im Treppenhaus waren eine Menge Leute", sagte sie langsam, versuchte, sich genau zu erinnern. „Ich erinnere mich an … viele Menschen. Wir konnten nur einige Stockwerke hinabgehen, ehe sich alle miteinander verkeilten, weil einige aus den unteren Stockwerken versuchten, hinaufzugehen." Der Rauch war auch schlimm gewesen, weil er das Sichtfeld einschränkte, die Leute hatten wie Geister ausgesehen … Nein. Das war später gewesen. Im Treppenhaus war zu der Zeit noch nicht so viel Rauch gewesen. Später – sie war sich nicht sicher, was später war. Die Reihenfolge der Geschehnisse war in ihrem Kopf vollkommen durcheinander, und sie schien keine Ordnung hineinbringen zu können.

„Weiter", forderte Detective Harvey sie auf, als sie für ein paar Minuten still war.

„Mr Raintree hat ihnen gesagt – den Leuten, die die Treppe hinaufkamen –, dass sie zurückgehen müssen, dass es keinen Ausweg gibt, wenn sie weiter nach oben gehen."

„Haben sie widersprochen?"

„Nein, sie haben alle umgedreht. Niemand ist in Panik ausgebrochen." Außer ihr selbst. Sie war kaum in der Lage gewesen, zu atmen, und das hatte nicht am Rauch gelegen. Ihre Erinnerung wurde langsam klarer, und sie war erstaunt, wie ordentlich die Evakuierung gelaufen war. Niemand hatte gedrängelt, niemand war gerannt. Die Leute hatten es eilig gehabt, das schon, aber sie waren nicht so leichtsinnig gewesen, ein Stolpern zu riskieren. Wenn sie jetzt im Nachhinein darüber nachdachte, war die ganze Sache ziemlich unnatürlich abgelaufen. Wie hatten alle so ruhig sein können? Wussten sie nicht, was Feuer anrichten konnte?

Aber sie selbst war auch nicht gerannt, fiel ihr ein. Sie hatte nicht gedrängelt. Sie war in gleichmäßigem Tempo gegangen, und Raintree hatte sie mit starkem Arm an seiner Seite gehalten.

Moment. Hatte er sie festgehalten? Sie konnte es sich nicht vorstellen. Er hatte ihre Taille berührt und sie ein wenig geführt, aber sie hätte jederzeit weglaufen können. Also … warum hatte sie es nicht getan?

Sie war wie alle anderen in einer ordentlichen Reihe dem Strom gefolgt. In sich drin hatte sie geschrien, aber nach außen schien sie die Kontrolle zu haben.

Kontrolle … keine Selbstkontrolle, eher kontrolliert wie eine Handpuppe, als hätte sie keinen eigenen Willen. Ihr Geist hatte gebrüllt, sie solle rennen, aber ihr Körper hatte einfach nicht gehorcht.

„Miss Clay?"

Lorna spürte, dass sie immer schneller atmete, während sie diese Momente noch einmal durchlebte. Feuer! Es kam näher und immer näher, sie wollte nicht gehen, sie wollte rennen, aber sie konnte nicht. Sie war in einem dieser Albträume gefangen, wo man versucht zu rennen, sich aber nicht bewegen kann; man versucht zu schreien, kann aber keinen Ton hervorbringen …

„Miss Clay?"

„Ich … was?" Wie benebelt sah sie zu ihm auf. Aus der Mischung aus Ungeduld und Sorge auf seinem Gesicht konnte sie ablesen, dass er schon mehrmals ihren Namen gerufen hatte.

„Was haben Sie gemacht, nachdem Sie das Treppenhaus verlassen haben?"

Sie schüttelte sich, um sich zu sammeln. „Haben wir nicht. Ich meine, wir sind ins Erdgeschoss gekommen, und Mr Raintree hat die anderen nach rechts geschickt, in Richtung Parkdeck. Dann hat er … wir …" Ihre Stimme versagte. Sie hatte dagegen angekämpft, hatte versucht, den anderen zu folgen, daran erinnerte sie sich. Dann hatte er gesagt: „Bleib bei mir", und sie war geblieben, hatte nicht den Willen aufgebracht, etwas anderes zu tun, obwohl sie halb verrückt geworden war vor Angst.

Bleib bei mir.

Als er sich gesetzt hatte, hatte auch sie sich gesetzt. Als er aufgestanden war, war sie auch aufgestanden. Wenn er sich bewegte, bewegte auch sie sich. Bis dahin war sie nicht in der Lage gewesen, auch nur einen Schritt von ihm wegzugehen.

Erst vor einigen Augenblicken hatte er gesagt: „Gehen Sie nicht zu weit weg", und dann war sie in der Lage gewesen, ihn zu verlassen – aber sie war nicht weit gegangen, ehe sie angehalten hatte, als stünde ihr eine Mauer aus Stein im Weg.

Ein schrecklicher Verdacht begann in ihr zu wachsen. Er kontrollierte sie auf irgendeine Art, vielleicht mit posthypnotischer Suggestion oder etwas in der Richtung, auch wenn sie keine Ahnung hatte, wann und wie er sie hypnotisiert haben sollte. Alle möglichen merkwürdigen Dinge waren in seinem Büro geschehen. Vielleicht hatten diese blöden Kerzen ein Gift abgesondert, das sie betäubt hatte.

„Weiter", unterbrach Detective Harvey ihre Gedanken.

„Wir sind nach links gegangen", sagte sie, und begann zu zittern. Sie schlang ihre Arme um sich, zog die Decke fester zusammen, um ihre eigensinnigen Muskeln besser unter Kontrolle zu bekommen, aber trotzdem zitterte sie innerhalb von Sekunden von Kopf bis Fuß. „In die Lobby. Das Feuer …" Das Feuer hatte sie angesprungen wie eine tollwütige Bestie, die vor Freude brüllte. Die Hitze war für den Bruchteil einer Sekunde unerträglich gewesen. Der Rauch hatte sie fast erstickt. Dann … kein Rauch, keine Hitze. Beides war einfach verschwunden. Sie und Raintree hätten innerhalb von Sekunden überwältigt werden sollen, aber das war nicht geschehen. Sie war in der Lage gewesen zu atmen. Sie hatte die Hitze nicht gespürt, auch wenn sie gesehen hatte, wie die hungrigen Zungen des Feuers über den Teppich nach ihr leckten. „Das Feuer ist irgendwie über die Decke gezogen, hinter uns, und wir waren gefangen."

„Würden Sie sich gerne setzen?", unterbrach er sein Verhör. Wenn man bedachte, wie sehr sie zitterte, glaubte er wahrscheinlich bloß, dass es besser war, wenn sie sich setzte, ehe sie zusammenbrach.

Das hätte sie vielleicht auch gedacht, wenn sich setzen nicht bedeutet hätte, sich auf den Asphalt zu setzen, der mit dem Schmutz und Dreck des Feuers bedeckt war und über den dreckige Wasserlachen liefen. Wahrscheinlich hatte er gemeint, dass sie sich irgendwo anders hinsetzen sollte. Das hätte sie auch gerne getan, wenn sie sich dazu in der Lage gesehen hätte, auch nur einen Schritt weiterzugehen als bis dort, wo sie gerade stand. Sie schüttelte den Kopf. „Es geht mir gut, ich bin nur nass, mir ist kalt und ich bin ein wenig aufgewühlt." Wenn es einen Preis gab für massive Untertreibung, hatte sie ihn sich gerade verdient.

Er betrachtete sie einen Moment lang, dann schien er zu entscheiden, dass sie wusste, ob sie sich setzen musste oder nicht. Er hatte es immerhin versucht, was ihn aus jeglicher Pflicht nahm. „Was haben Sie dann getan?"

Sie sagte ihm lieber nicht, dass sie sich von einer Art Schutzschild umgeben gefühlt hatte; sie waren schließlich nicht in „Star Wars", er würde es vielleicht nicht verstehen. Sie sagte ihm lieber auch nicht, dass sie eine kühle Brise in ihrem Haar gespürt hatte. Sie musste unter Drogen gestanden haben, es gab keine andere Erklärung.

„Wir *konnten* nichts tun. Wir saßen in der Falle. Ich erinnere mich, dass Mr Raintree geflucht hat wie ein Kesselflicker. Ich erinnere mich, keine Luft mehr bekommen zu haben und auf dem Boden zu liegen. Dann sind die Feuerwehrleute gekommen und haben uns rausgeholt." Im Interesse der Glaubwürdigkeit hatte sie die Version der Ereignisse des Abends, an die sie sich erinnerte, extrem gekürzt, aber sie konnten sicherlich nicht sehr lange in der Lobby gewesen sein, kaum mehr als dreißig Sekunden. Ein Schutzschild, das sie sich eingebildet hatte, konnte kaum echten Rauch und echte Hitze abhalten. Die Feuerwehr musste die ganze Zeit schon nah bei ihnen gewesen sein, sie hatte nur zu viel Panik gehabt, um sie zu bemerken.

Da war noch etwas anderes. Wahrscheinlich diese beunruhigende, nagende Erinnerung, die sie nicht ganz festhalten konnte. Noch etwas anderes war geschehen. Sie wusste es, sie konnte sich nur nicht vorstellen, was es gewesen war. Vielleicht würde sie sich erinnern können, nachdem sie geduscht und die Haare gewaschen hatte – mehrmals – und zwanzig oder dreißig Stunden geschlafen hatte.

Detective Harvey sah über ihre Schulter und klappte dann sein kleines Notizbuch zu. „Sie haben Glück, dass Sie am Leben sind. Hat man Sie auf Rauchvergiftung untersucht?"

„Ja. Es geht mir gut." Den Sanitäter hatte ihr guter Zustand sehr überrascht, aber das sagte sie dem Detective nicht.

„Ich nehme an, Mr Raintree wird hier eine Weile zu tun haben, aber Sie können gehen. Haben Sie eine Telefonnummer, unter der man Sie erreichen kann, falls wir noch weitere Fragen an Sie haben?"

Sie wollte fragen *was zum Beispiel?*, stattdessen sagte sie: „Sicher", und gab ihm ihre Nummer.

„Ist die von hier?"

„Das ist mein Handy." Sie machte sich nicht mehr die Mühe, einen Festnetzanschluss anzumelden, solange sie Empfang hatte, wo sie sich gerade niederließ.

„Haben Sie eine Festnetznummer?"

„Nein, tut mir leid. Ich sehe keinen Sinn darin, solange ich nicht weiß, ob ich hierbleibe."

„Kein Problem. Danke für Ihre Unterstützung." Er nickte ihr kurz anerkennend zu.

Weil es das Richtige zu sein schien, gelang es ihr, sich zu einem kurzen Lächeln zu bewegen, während er zum anderen Detective zurückging, aber es verblasste schnell. Sie war ausgelaugt und dreckig. Ihr Kopf tat weh. Jetzt, wo Detective Harvey damit fertig war, sie zu verhören, wollte sie nur noch nach Hause.

Sie versuchte es. Sie versuchte mehrmals, einfach wegzugehen, aber aus irgendeinem Grund konnte sie sich nicht bewegen. Sie wurde immer frustrierter. Sie war gerade vor einigen Minuten dahin gegangen, wo sie jetzt stand, also gab es keinen Grund, warum sie jetzt nicht auch einfach weggehen konnte. Nur um zu sehen, ob sie überhaupt in der Lage war, sich zu bewegen, und ohne sich umzudrehen, trat sie einen Schritt zurück, näher zu Raintree. Kein Problem. Alle ihre Körperteile funktionierten genau so, wie sie sollten.

Probeweise setzte sie einen Fuß nach vorn und seufzte erleichtert, als ihre Füße und Beine ihr tatsächlich gehorchten. Sie war wirklich mehr als erschöpft, wenn ihr so etwas Einfaches wie Gehen so große Schwierigkeiten bereitete. Mit einem Seufzen setzte sie zu einem weiteren Schritt an.

Und konnte es nicht.

Sie konnte kein Stück weitergehen. Es war, als hätte sie das Ende einer unsichtbaren Leine erreicht.

Ihr wurde ganz kalt. Das war doch zum Verrücktwerden. Er musste sie hypnotisiert haben. Aber wie? Wann? Sie konnte sich nicht erinnern, dass er gesagt hatte „Sie werden schläfrig", und sie war sich auch ziemlich sicher, dass Hypnose so gar nicht funktionierte. Es sollte eine tiefe Entspannung sein, nichts, was einen Dinge gegen den eigenen Willen tun ließ, egal wie Bühnenshows und Filme es darstellten.

Sie wünschte, sie hätte eine Uhr um, damit sie sehen konnte, ob ihr

Zeit fehlte zwischen dem Betreten von Raintrees Büro und dem Läuten des Feueralarms. Sie musste herausfinden, wann das gewesen war, weil sie ungefähr wusste, wann die Sonne unterging. Sie war vielleicht eine halbe Stunde in seinem Büro gewesen … dachte sie jedenfalls. Sie konnte sich nicht sicher sein. Diese verstörenden Fantasien könnten länger gedauert haben, als sie es einschätzte.

Egal wie er es angestellt hatte, er kontrollierte ihre Bewegungen. Sie wusste es. Als er gesagt hatte „Bleib bei mir", war sie geblieben, auch wenn sie sich einem Inferno gegenübergesehen hatte. Als er gesagt hatte „Gehen Sie nicht zu weit weg", war sie nur in der Lage gewesen, ein kleines Stück zu gehen, und keinen Schritt weiter.

Sie drehte den Kopf, um über ihre Schulter nach ihm zu sehen, und sah, dass er so gut wie alleine dastand. Offensichtlich hatte er die Fragen, die der andere Detective ihm gestellt hatte, ausreichend beantwortet. Er betrachtete sie mit ernster Miene. Seine Lippen bewegten sich. Die Hintergrundgeräusche machten es unmöglich, ihn zu hören, aber sie konnte seine Lippen deutlich genug lesen.

„Komm her!"

6. KAPITEL

Sie ging zu ihm. Sie konnte nicht anders. Ihre Kopfhaut juckte und kalte Schauer liefen ihr den Rücken hinunter, aber sie ging, ihre Füße bewegten sich fast automatisch. Ihre Augen waren vor Schreck weit aufgerissen. Wie machte er das? Nicht, dass das Wie wichtig gewesen wäre, wichtig war, dass er es überhaupt tat. Nicht in der Lage zu sein, sich selbst zu kontrollieren, zu wissen, dass er die Kontrolle über sie hatte – das könnte zu einigen unangenehmen Situationen führen.

Sie konnte nicht einmal um Hilfe bitten, weil niemand ihr glauben würde. Bestenfalls würden die Leute glauben, sie stünde unter Drogen oder sei geistig instabil. Alle würden auf seiner Seite sein, weil er gerade sein Kasino verloren hatte, sein Lebenswerk. Das Letzte, was er brauchen konnte, war eine Verrückte, die ihn bezichtigte, auf irgendeine Art ihre Bewegungen zu kontrollieren. Sie sah es regelrecht vor sich, wie sie rief: „Hilfe! Ich gehe und kann nicht anhalten! Er hat Schuld!"

Ja, klar. Das würde super funktionieren – nämlich überhaupt nicht.

Er schenkte ihr ein grimmiges, selbstzufriedenes kleines Lächeln, als sie näher kam, und das machte sie richtig sauer. Die Wut fühlte sich gut an, sie mochte es nicht, auf irgendeine Art und Weise hilflos zu sein. Sie hatte auf der Straße zu viel gelernt, um ihm zu zeigen, was sie vorhatte, deshalb behielt sie ihren erschreckten Gesichtsausdruck mit weit aufgerissenen Augen bei – auch wenn sie nicht wissen konnte, wie viel er durch den Ruß und den Dreck davon überhaupt sah. Sie hielt ihren rechten Arm eng an ihrer Seite, ihren Ellenbogen ein wenig gebeugt und spannte die Muskeln in ihrem Rücken und ihrer Schulter an. Als sie ihm nah genug war, so nah, dass sie ihn hätte küssen können, feuerte sie einen Aufwärtshaken auf sein Kinn.

Er hatte es nicht kommen sehen, und ihre Faust traf mit so einer Kraft von unten auf sein Kinn, dass seine Zähne zusammenschlugen. Schmerz schoss durch ihre Fingerknöchel, aber das befriedigende Gefühl, ihn geschlagen zu haben, machte das mehr als wett. Er taumelte einen halben Schritt zurück, gewann dann mit athletischer Eleganz seine Balance wieder. Er streckte seine Hand aus, um ihr Handgelenk mit seinen langen Fingern zu umfassen, ehe sie noch einmal zuschlagen konnte. Er benutzte seinen Griff, um sie an sich zu ziehen.

„Einen Schlag habe ich verdient", sagte er, während er sie nahe an sich gepresst festhielt und so leise sprach, dass nur sie ihn hören konnte. „Einen zweiten lasse ich mir nicht gefallen."

„Lassen Sie mich los", sagte sie eisern. „Und ich meine nicht nur meine Hand."

„Dann haben Sie es also herausgefunden", bemerkte er gelassen.

„Es hat ein wenig gedauert, aber mitten in ein verdammt riesiges Feuer gezerrt zu werden, lenkt einen auch ein wenig ab." Sie war so sarkastisch wie sie nur konnte. „Ich weiß nicht, wie Sie das machen oder warum ..."

„Das Warum sollte doch offensichtlich sein."

„Dann fehlt mir wohl Sauerstoff, weil ich so viel Rauch eingeatmet habe – hm, ich frage mich, wessen Schuld das ist – für mich ist das nämlich überhaupt nicht offensichtlich!"

„Bloß diese kleine Angelegenheit, dass Sie mich betrogen haben. Oder haben Sie gedacht, ich würde das in der Aufregung vergessen?"

„Ich habe Sie nicht ... Moment mal! Sie können mich nicht hypnotisiert haben, während wir neunzehn verflixte Stockwerke hinuntergegangen sind, und wenn Sie es getan haben, während wir noch in Ihrem Büro waren – da war das Feuer noch gar nicht ausgebrochen! Erklären Sie mir das, Sherlock!"

Er grinste, und seine weißen Zähne blitzten in seinem rußschwarzen Gesicht. „Soll ich jetzt sagen: Elementar, mein lieber Watson?"

„Es ist mir egal, was Sie sagen. Hören Sie einfach auf mit Ihrem Voodoozauber oder nehmen Sie Ihren Fluch von mir oder die Hypnose oder was Sie sonst gemacht haben. Sie können mich hier nicht so einfach festhalten."

„Das ist eine ziemlich lächerliche Aussage, wenn man bedenkt, dass ich Sie gerade sehr wohl hier einfach so festhalte."

Gleich würde ihr Rauch aus den Ohren steigen. Lorna war schon viele Male in ihrem Leben sauer gewesen und ein paarmal war sie wütend geworden – aber so zornig wie jetzt hatte sie sich noch nie gefühlt. Bis zu diesem Abend war das sowieso alles das Gleiche für sie gewesen, aber offensichtlich musste man für echten Zorn auch noch verzweifelt sein. Sie war hilflos, und sie hasste es, hilflos zu sein. Ihr ganzes Leben baute darauf auf, niemals hilflos sein zu müssen, nie wieder ein Opfer zu sein.

„Lassen. Sie. Mich. Gehen." Ihre Zähne waren zusammengebissen, ihre Worte fast geknurrt. Ihre Selbstkontrolle hing an einem seidenen Faden, der nur hielt, weil sie wusste, dass es ihr wirklich gar nichts bringen würde, ihn anzuschreien und sie dabei wie ein Idiot aussehen würde.

„Noch nicht. Wir haben noch einige Dinge zu besprechen." Ihre Wut schien ihm vollkommen egal zu sein, als er den Kopf hob, um sich das Maß der Zerstörung anzusehen. Der Rauch stank sprichwörtlich zum Himmel, und die blitzenden blauen und roten Lichter der Rettungsfahrzeuge hämmerten wie glühende Stachel gegen ihre Stirn. Flammenherde brachen in den qualmenden Ruinen immer noch in blutrotes Leben aus, bis die wachsamen Feuerwehrmänner sie mit ihren Schläuchen löschten. Die Schaulustigen drückten sich gegen das Absperrband, das die Polizei gespannt hatte, um den Bereich abzugrenzen.

Sie sah die gleichen Details, die er sah, und die blitzenden Lichter erinnerten sie an einen Ball aus Feuer … nein, nicht aus Feuer … aus etwas anderem. Sie keuchte, ihr Kopf pochte schmerzhaft.

„Dann besprechen Sie schon", fuhr sie ihn an, und legte ihre Hand gegen ihre Stirn, um den Schmerz instinktiv abzuwehren.

„Nicht hier." Er sah wieder zu ihr hinab. „Geht es Ihnen gut?"

„Mein Kopf zerspringt gleich. Ich könnte nach Hause gehen und mich hinlegen, wenn Sie nicht so ein Ekel wären."

Er sah sie abschätzend an. „Aber ich bin nun mal ein Ekel, verklagen Sie mich doch. Und jetzt seien Sie still und bleiben hier, wie ein braves kleines Mädchen. Ich werde noch eine Weile beschäftigt sein. Wenn ich fertig bin, gehen wir zu mir nach Hause und unterhalten uns ein wenig."

Lorna sagte kein Wort mehr, und als er wegging, blieb sie stehen, wo sie war. Verfluchter Bastard, dachte sie, als ihr Tränen der Wut in die Augen stiegen und ihre schmutzigen Wangen hinunterliefen. Sie wischte ihre Tränen hastig mit dem Handrücken weg. Wenigstens hatte er ihr gestattet, ihre Hände zu benutzen. Sie konnte nicht gehen und sie konnte nicht reden, aber sie konnte ihr Gesicht trocknen, und wenn die höheren Mächte wirklich gnädig zu ihr waren, dann konnte sie Raintree eine runterhauen, wenn er ihr wieder nahe genug kam.

Dann wurde ihr kalt, sie bekam am ganzen Körper eine Gänsehaut. Die kurze Hitze ihrer Wut war verflogen, verweht von plötzlicher, betäubender Angst.

Was war er?

Ein Mann und eine Frau, die hinter dem Absperrband der Polizei standen und das riesige Feuer beobachtet hatten, drehten sich endlich um und gingen auf ihren Wagen zu. „Mist", sagte die Frau düster. Ihr Name war Elyn Campbell, und sie war, abgesehen von ihrem Dranir, die mächtigste Feuermeisterin des Ansara-Clans. Alles, was sie über Dante Raintree wussten, und alles, was sie über Feuer wusste, war, unterstützt von ein paar mächtigen Zaubern, zusammengefügt worden, um zum Tode des Raintree-Dranirs zu führen. Stattdessen hatten sie auf ihrer Mission gar nichts erreicht.

„Ja." Ruben McWilliams schüttelte den Kopf. All ihre sorgsamen Berechnungen waren in Rauch aufgegangen – wortwörtlich. „Warum hat es nicht geklappt?"

„Ich weiß es nicht. Es hätte klappen müssen. Er ist nicht so stark. Niemand ist das, nicht einmal ein Dranir. Es war zu viel des Guten."

„Dann ist er augenscheinlich der stärkste Dranir, den die Welt je gesehen hat – das, oder er hat einfach am meisten Glück."

„Oder er hat früher aufgegeben, als wir dachten. Vielleicht hat er einen Rückzieher gemacht und ist weggerannt, statt das Feuer zu kontrollieren."

Ruben seufzte tief. „Vielleicht. Ich habe nicht gesehen, wie sie ihn herausgebracht haben. Vielleicht stand er eine Weile irgendwo außer Sichtweite, bis ich ihn endlich finden konnte. Diese ganzen blöden Gerätschaften waren im Weg."

Sie sah hinauf in den sternenklaren Himmel. „Wir haben also zwei Möglichkeiten: Entweder, er hat einen Rückzieher gemacht und ist weggerannt. Oder, und das ist leider auch das Wahrscheinlichste, er ist stärker, als wir erwartet hatten. Cael wird nicht gerade erfreut sein."

Ruben seufzte wieder und stellte sich dem Unvermeidbaren. „Ich denke, wir haben es lange genug herausgezögert. Wir müssen ihn anrufen." Er zog sein Handy aus der Tasche, aber die Frau legte eine Hand auf seinen Arm.

„Benutz dein Handy nicht, es ist nicht verschlüsselt. Warte, bis wir zurück im Hotel sind und benutz da das Festnetz."

„Gute Idee." Alles, was seinen Anruf bei Cael Ansara hinauszögerte, war eine gute Idee. Cael war sein Cousin mütterlicherseits, aber Verwandtschaft würde ihm keinen Bonus einbringen bei diesem Bastard – und das meinte er ganz wörtlich. Vielleicht war diese Verschwörung gegen den amtierenden Ansara-Dranir Judah nicht die beste Idee gewesen, die er je gehabt hatte. Auch wenn er mit ihm einer Meinung war, dass die Ansara jetzt, nach zweihundert Jahren des Wiederaufbaus, endlich wieder stark genug waren, den Raintree gegenüberzutreten und sie zu zerstören, hatte er sich vielleicht geirrt. Vielleicht hatte Cael unrecht.

Er wusste, für Cael würde klar sein, dass Dante Raintree ein Feigling gewesen war; die Möglichkeit, dass dieser Dranir stärker war, als sie es sich vorgestellt hatten, würde er einfach abtun. Aber was, wenn er wirklich so mächtig war? Der Coup, den Cael geplant hatte, würde ein Desaster werden, und die Ansara würden sich glücklich schätzen können, als Clan überhaupt zu überleben.

Cael würde nicht in der Lage sein, sich einen Fehler einzugestehen. Er würde nur zwei Möglichkeiten sehen: Entweder hatten Ruben oder Elyn den Plan nicht richtig ausgeführt oder Raintree war ein Feigling. Ruben wusste, dass sie keinen Fehler gemacht hatten. Alles war glattgegangen – bis auf das Ergebnis. Denn eigentlich hätte Raintree von den unkontrollierbaren Flammen verschlungen werden sollen. Es wäre eine herrliche Ironie gewesen; schließlich waren alle Großmeister durch eine seltsame Hassliebe mit der Kraft des Feuers verbunden. Stattdessen hatte er es unversehrt überstanden. Dreckig, verrußt und vielleicht ein wenig angesengt, aber im Grunde unversehrt.

Eine Kugel im Kopf wäre effektiver gewesen, aber Cael wollte nichts tun, was den Clan der Raintree auf den Plan rufen würde – und ein offensichtlicher Mord würde das mit Sicherheit tun. Alles musste wie ein Unfall aussehen, was es natürlich schwieriger machte. Schließlich sollte die königliche Familie, die Mächtigsten des Raintree-Clans, vernichtet werden, ohne dass jemand einen Mord vermutete. Ein Feuer schien ideal zu sein. Alle würden an ein tragisches und auch bitteres Ende glauben, wenn sie ihren Dranir an das Feuer verlören, aber sie würden voll und ganz verstehen, dass er bis zum Ende gekämpft hatte, um sein Kasino und sein Hotel zu retten. Besonders das Hotel, in dem viele Gäste wohnten.

Doch dabei konnte alles Mögliche schiefgehen. Und heute Abend war etwas schiefgegangen.

Dante Raintree lebte noch. Schiefer hätte es gar nicht gehen können.

Der große Angriff auf Sanctuary, auf das Anwesen der Raintree, auf die Wiege des Clans, war für die Sommersonnenwende geplant, die in einer Woche stattfinden würde. Er und Elyn hatten eine Woche, um Dante Raintree umzubringen – oder Cael würde sie umbringen.

7. KAPITEL

*D*ante ging mit grimmigem Gesichtsausdruck zurück dorthin, wo er Lorna hatte stehen lassen. Er wollte noch nicht gehen, aber er wusste, dass er nichts mehr tun konnte. Als die Polizei mit ihren Fragen fertig war, hatte er nur noch nach seinen Angestellten sehen wollen, um herauszufinden, ob es Todesopfer gegeben hatte. Zu seinem größten Bedauern und so wütend es ihn auch machte, war bereits ein Toter aus den rauchenden Ruinen des Kasinos gezogen worden, und die Polizei arbeitete mit der Menschenmenge zusammen, um herauszufinden, ob Freunde oder Verwandte vermisst wurden. Das würde einige Zeit dauern. Für endgültige Zahlen würden sie mehrere Tage brauchen.

Er hatte Al gefunden, der eine Rauchvergiftung hatte, heiser war und hustete, aber sich trotzdem weigerte, sich ins Krankenhaus fahren zu lassen. Stattdessen half er dabei, die evakuierten Hotelgäste in Schach zu halten. Die Hotelangestellten machten ihre Sache erstaunlich gut. Das Hotel selbst hatte vergleichsweise wenig Schaden genommen. Am Schlimmsten war es in der Lobby, wo Hotel und Kasino miteinander verbunden waren. Dort hatte Dante seine Schlacht ausgefochten.

Inzwischen waren alle, die im Hotel gewesen waren, Gäste und Angestellte, evakuiert und in Sicherheit. Es gab einige kleine Verletzungen, verstauchte Knöchel und dergleichen, aber nichts Ernstes. Der Rauch hatte natürlich mehr Schaden angerichtet, und er würde das ganze Hotel grundreinigen lassen müssen, um den Gestank loszuwerden. Die gute Nachricht, falls man das so nennen konnte, war, dass das Parkdeck intakt war, und das Hotelgebäude hatte auch nichts abbekommen. Wahrscheinlich konnte er in zwei Wochen wieder eröffnen. Die Frage war: Warum sollte jemand dort übernachten wollen?

Denn das Kasino konnte er komplett abschreiben. Etwa zwanzig Fahrzeuge, die auf dem Parkplatz vor dem Eingang gestanden hatten, waren beschädigt worden und der Parkplatz selbst war das reinste Chaos. Zwanzig oder dreißig Leute hatten Verbrennungen verschiedener Grade davongetragen, noch einmal so viele hatten eine Rauchvergiftung; sie waren bereits alle in die umliegenden Krankenhäuser eingeliefert worden.

Die Medien waren selbstverständlich in Scharen bei ihnen eingefallen. Ihre ständigen Rufe und Unterbrechungen und ihre Bitten – oder besser: Forderungen – nach Interviews störten ihn dabei, seine Angestellten zu organisieren, den Hotelgästen andere Unterkünfte zu beschaffen und mit Al zu arrangieren, dass sie ihre Habseligkeiten aus dem Hotel holen konnten. Gleichzeitig musste er verhindern, dass sich Diebe als Gäste einschlichen. Er musste sich mit der Versicherung herumschlagen. Er musste Gideon und Mercy anrufen, um ihnen alles über das Feuer zu erzählen und sie wissen zu lassen, dass es ihm gut ging, ehe sie die ganze Geschichte in den Nachrichten sahen. Sie waren beide in der östlichen Zeitzone, also sollte er sich besser damit beeilen, sie anzurufen.

Letztendlich hatte er gemerkt, dass er in dieser Nacht nichts mehr tun konnte; seine Angestellten waren großartig, sie kümmerten sich gut um alles. Und außerdem war er telefonisch immer zu erreichen. Er konnte genauso gut nach Hause fahren und die dringend benötigte Dusche nehmen.

Damit blieb nur noch das Problem mit Lorna.

Diese Nacht war eine Nacht der ersten Male. Vor dieser Nacht hatte er noch nie das Bewusstsein anderer Menschen kontrolliert, hatte nicht einmal gewusst, dass er so etwas konnte. Er hatte keine Ahnung, was er getan hatte, wie er es getan hatte. Sein erster Gedanke, dass sein Adrenalinkick inmitten der Extremsituation den Anstoß gegeben hatte, musste falsch sein, schließlich hatte er Lorna auch nach der Evakuierung nur mit seinen Worten und Gedanken unter Kontrolle gehalten, also war Adrenalin nicht der Katalysator. Dante hatte neues Territorium betreten, und er musste seine Schritte vorsichtig setzen, weil diese besondere Kraft so leicht missbraucht werden konnte. Verflucht. Hatte er das nicht schon getan? Lorna würde dazu mit Sicherheit Ja sagen – wenn er sie sprechen lassen würde.

In dieser Nacht hatte er auch zum ersten Mal auf brutale Weise den Geist eines anderen Menschen übermannt und sich seine Kraft wortwörtlich gestohlen. Danach war sie wie betäubt, richtig teilnahmslos gewesen, und hatte sich nicht einmal an ihren Namen erinnern können, auch wenn man alle diese Symptome dem Schock zurechnen konnte. Wie weitreichend der Gedächtnisverlust war und wie zeitlich begrenzt, musste er jetzt einfach abwarten. Sie hatte ziemlich schnell begonnen, sich zu erholen, aber sie konnte sich an große Teile ihres Erlebnisses immer noch nicht erinnern – es sei denn, sie hatte ihr Gedächtnis wiedererlangt, während er nicht bei ihr gewesen war. In dem Fall sollte er sich wahrscheinlich lieber eine Rüstung zulegen, ehe er seinen Zwang von ihr löste.

War sie eine Ansara? Das war die brennende Frage, auf die er eine Antwort brauchte – und zwar bald.

Seine Gedanken gingen in beide Richtungen. Einerseits konnte sie auf keinen Fall zum verfeindeten Clan gehören, sonst hätte er ihren Geist nicht so schnell überwältigen können und sie wäre auch nicht so empfänglich dafür gewesen. Eine Ansara, die genau wie die Raintree von Geburt an darin ausgebildet war, ihre Fähigkeiten zu kontrollieren, hätte seiner Bewusstseinskontrolle automatisch Widerstand geleistet. Diese Fähigkeit war selten, so selten, dass er noch nie jemanden getroffen hatte, der sie anwenden konnte, allerdings besagte die Familiengeschichte, dass es vor sechs Generationen eine Tante gegeben hatte, die sehr gut darin gewesen war. Selten oder nicht, weil es die Fähigkeit überhaupt gab, wurden er und jeder andere Raintree darin ausgebildet, wie man mentale Schutzschilde aufbaute. Die Ansara waren den Raintree, was Fähigkeiten anging, ebenbürtig, also brachten sie ihren Leuten zweifellos ebenso bei, wie man sich schützte. Und das bedeutete, dass die vollkommen ungeschützte Lorna keine Ansara sein konnte.

Es sei denn …

Es sei denn, sie war so talentiert darin, ein Schild aufzubauen, dass er es nicht bemerkt hatte. Vielleicht tat sie ja nur so, als stünde sie unter dem Zwang seiner Gedanken. Er hatte seinen Willen laut ausgesprochen, also hatte sie gewusst, was er von ihr verlangt hatte. Wenn sie ebenfalls die Gabe hatte, Feuer zu kontrollieren, hätte sie das Flammenmeer unterstützen und das Feuer jedes Mal erneut entfachen können, wenn er es gerade eingedämmt hatte.

Nein. Diese Idee verwarf er. Wenn sie es gewesen wäre, die das Feuer gefüttert hatte, hätte es ihm gelingen müssen, es vollkommen zu löschen, nachdem er sich ihre Macht gestohlen hatte. Jemand anderes musste die Flammen genährt haben. Aber vielleicht war sie Teil eines Ablenkungsmanövers, und vielleicht hatte sie auch Teile seiner Macht abgewehrt.

War sie eine Ansara oder war sie es nicht? Bald würde er es wissen. Wenn sie es nicht war … dann hatte er einer Frau wirklich hart mitgespielt, die vielleicht keine Unschuldige war, aber doch weit davon entfernt, ein Feind zu sein. Er konnte sich allerdings auch nicht vorstellen, was er anders hätte machen sollen. Als er ihren Geist überwältigt hatte, war das ein Akt der Verzweiflung gewesen. Er hatte schlicht nicht die Zeit gehabt, ihr die Dinge zu erklären. Er musste vielleicht einiges wiedergutmachen, aber es tat ihm nicht leid, dass er so gehandelt hatte. Er war nur froh, dass sie da gewesen war, froh, dass sie besondere Fähigkeiten hatte und einen Vorrat an mentaler Energie, den er hatte anzapfen können.

Er ging an einem Löschfahrzeug vorbei, neben dem die Besatzung gerade die Schläuche auslegte, um sie zusammenrollen zu können, und stellte sich auf die Bordsteinkante. Jetzt konnte er sie sehen. Soweit er es sagen konnte, stand sie immer noch an exakt dem gleichen Punkt, an dem er sie zurückgelassen hatte. Wenigstens war das am Rand des Geschehens, sodass sie den Feuerwehrleuten nicht im Weg stand. Sie war schmutzig, ihr Haar verfilzt von der unglücklichen Mischung aus Rauch, Ruß und Wasser, und ihre Haltung schrie förmlich heraus, wie erschöpft sie war. Sie hatte sich immer noch in eine Decke gehüllt, die sie krampfhaft festhielt, und sie schwankte wortwörtlich auf der Stelle. Er spürte kurz Ungeduld in sich aufkommen, vermischt mit Mitleid. Warum hatte sie sich nicht hingesetzt? Davon hatte er sie nicht abgehalten.

Er sah sie an, zuckte kurz im Geiste zusammen, als er an die Sitzbezüge in seinem Auto dachte, und zuckte dann sofort mit den Schultern, weil er genauso dreckig war. Und was machte es schon? Leder konnte man reinigen lassen.

Als sie ihn sah, flammte unverhohlene Wut in ihren Augen auf, die die Müdigkeit vertrieb. Wenn er erwartet hätte, dass die Ereignisse sie eingeschüchtert hatten, wäre er enttäuscht worden. Denn wie es stand, spürte er nur, dass ihn eine gewisse Aufregung durchfuhr. Sogar nach allem, was sie durchgemacht hatte, ließ sie sich immer noch nicht unterkriegen. Er erinnerte sich an die riesigen Mengen Energie, die er in ihr vorgefunden hatte, als er sie angezapft hatte, und er fragte sich, ob sie überhaupt wusste, wie stark sie wirklich war.

„Kommen Sie mit mir", sage er, und sie folgte gehorsam.

Es war allerdings nichts Gehorsames an der Art, wie sie seinen Arm packte und ihn zu sich umdrehte. Sie starrte wütend zu ihm hinauf und deutete mit einer harten, ungeduldigen Geste auf ihren Mund. Sie wollte reden, wahrscheinlich hatte sie sich eine Menge Dinge überlegt, die sie ihm an den Kopf werfen konnte.

Dante fing an, den Zwang von ihr zu nehmen, doch dann zögerte er und grinste. „Ich glaube, ich genieße die Stille noch ein wenig", sagte er, weil er wusste, dass sie das richtig auf die Palme bringen würde. „Es gibt nichts, was nicht warten könnte, bis wir alleine sind."

Al hatte diskret arrangiert, dass einer seiner Sicherheitsleute Dantes Wagen vom Parkdeck geholt hatte, wo ein Parkplatz neben seinem privaten Aufzug für ihn reserviert war. Der nachtschwarze Lotus Exige stand mit eingeschaltetem Standlicht und im Leerlauf am Ende des riesigen Kasino-Parkplatzes. Er war vor dem Großteil der gaffenden Menschenmenge gut versteckt hinter dem riesigen Knoten aus Rettungsfahrzeugen mit ihren blitzenden Blaulichtern. Dante führte Lorna am Rand des Parkplatzes entlang; als sie sich dem Auto näherten, ging eine der Türen auf und einer der Sicherheitsmänner stieg aus. „Bitte sehr, Mr Raintree."

„Danke, Jose." Dante öffnete die Beifahrertür. Lorna bedachte ihn mit einem tödlichen Blick, als sie ins Auto stieg, und irgendwie gelang es ihr, ihm ihren Ellenbogen in die Rippen zu rammen. Er verbarg ein Zucken, schloss die Tür mit einem festen *Klick* hinter ihr und ging auf die andere Seite zur Fahrertür.

Der Lotus war tiefergelegt und nicht unbedingt bequem für seine muskulösen ein Meter neunzig, aber er liebte es, ihn zu fahren, wenn ihm der Sinn nach einem Fortbewegungsmittel mit Schneid stand. Wenn er es bequem wollte, fuhr er den Jaguar. Heute Nacht wäre er gerne durch die einsame Landschaft gefahren, um einfach aufs Gas zu treten, um seine Wut und die Trauer mit den scharfen Kanten durch die Geschwindigkeit und die Aggression zu lindern. Der Lotus schaffte es in elf Sekunden von null auf hundert, das war wirklich schnell. Es drängte ihn danach, jetzt hundert Meilen die Stunde zu fahren und den kleinen Hochleistungsmotor an seine Grenzen zu bringen.

Stattdessen fuhr er ruhig und bedacht, immer in dem Bewusstsein, dass er die kurze Leine, an der er seine Stimmung hielt, nicht loslassen durfte. Dass es Nacht war, half, aber sie waren zu nah an der Sommersonnenwende, als dass er etwas riskieren konnte. Verdammt – könnte er das verfluchte Feuer verursacht haben? War er verantwortlich für den Verlust mindestens eines Lebens?

Erste Befragungen hatten ergeben, dass das Feuer wahrscheinlich im Lager ausgebrochen war, aber es war dort noch zu heiß gewesen, als dass man es hätte überprüfen können. Wenn es ein Problem in der Elektronik gewesen war, dann hatte er nichts damit zu tun, aber er grübelte über die Möglichkeit nach, dass es von etwas vollkommen anderem verursacht worden war. Seine Kontrolle hatte kurz ausgesetzt, als er Lorna zum ersten Mal gesehen hatte. Ihr Haar hatte im letzten Sonnenlicht wie Feuer geglüht. Er hatte die Kerzen entzündet, ohne auch nur daran zu denken. Hatte er noch etwas anderes angezündet? Nein, das hatte er nicht getan. Er war sich ganz sicher. Wenn er die Ursache gewesen wäre, wären über das ganze Hotel und Kasino verteilt Flammenherde entstanden, nicht nur an einem einzigen, weit entfernten Ort. Er hatte sich schnell wieder zusammengerissen und seine Macht unter Kontrolle gebracht. Das Feuer im Kasino war von etwas anderem verursacht worden; das Timing war nur Zufall gewesen.

Fast eine halbe Stunde verstrich, ehe er sein Eingangstor per Fernbedienung öffnete und den Lotus die kurvenreiche Auffahrt zu seinem dreistöckigen Haus am östlichen Rand der Sierra Nevada hinauflenkte. Ein anderer Knopf auf der Fernbedienung öffnete das Garagentor, und er stellte den Lotus an seinen Platz, wie ein Astronaut, der sein Shuttle an die Weltraumstation andockte. Dann schloss er das Garagentor hinter sich. Der silberne Jaguar glänzte auf seinem Platz neben dem Lotus.

„Kommen Sie", sagte er zu Lorna, und sie stieg aus dem Wagen. Sie starrte stur geradeaus, als er zur Seite trat und ihr den Vortritt in seine sauber glänzende Küche ließ. Er gab seinen Code in das Sicherheitssystem ein, dann hielt er inne. Er zog kurz in Betracht, sie zurück in die Stadt zu fahren, nachdem er mit seiner Befragung fertig war, verwarf die Idee aber gleich wieder. Er war müde. Sie konnte hierbleiben, und wenn er musste – was er ohne Zweifel tat –, würde er einen Zwang benutzen, um sie hier bei sich zu behalten, wo sie außer Gefahr war. Wenn ihr das nicht gefiel, hatte sie eben Pech. Die letzten paar Stunden waren ein Albtraum gewesen, und ihm war nicht danach, noch einmal so weit zu fahren.

Mit diesem Entschluss im Hinterkopf stellte er die Alarmanlage neu ein und drehte sich zu ihr um. Sie stand mit dem Rücken zu ihm, keinen Meter weit entfernt, ihre Schultern gerade, steif und, falls er die Haltung ihres Kopfes richtig deutete, das Kinn nach oben gestreckt.

Er bedauerte den Verlust der Stille bereits, als er sagte: „Okay, Sie können reden."

Sie wirbelte zu ihm herum, und er wappnete sich für eine Flut von Beschimpfungen, als ihre Fäuste sich an ihren Seiten ballten.

„Badezimmer!", brüllte sie ihn an.

8. KAPITEL

*D*ie Veränderung in seinem Gesichtsausdruck wäre zum Lachen gewesen, wenn Lorna in der Stimmung gewesen wäre. Als ihm dämmerte, was sie meinte, machte er große Augen und deutete schnell auf einen kurzen Flur. „Erste Tür rechts."

Sie trat einen verzweifelten Schritt vor und erstarrte. Dieser verfluchte Kerl hielt sie immer noch fest. Der brennende Blick, den sie ihm zuwarf, hätte erledigen sollen, was das Feuer im Kasino nicht vermocht hatte, nämlich jedes Haar von seinem Kopf sengen. „Gehen Sie nicht zu weit", sagte er knapp.

Lorna rannte. Sie knallte die Badezimmertür hinter sich zu, aber sie nahm sich nicht die Zeit, abzuschließen. Als sie es gerade noch rechtzeitig schaffte, war die Erleichterung so stark, dass sie unwillkürlich zitterte. Sie biss sich auf die Unterlippe, um nicht laut zu stöhnen.

Danach saß sie einfach mit geschlossenen Augen da und versuchte, ihre zermürbten Nerven zu beruhigen. Er hatte sie zu sich nach Hause gebracht! Was hatte er vor? Was immer es auch sein mochte, eines stand fest, er hatte sie in seiner Gewalt, und sie war vollkommen hilflos, konnte nicht ausbrechen. Die ganze Zeit, in der er sie alleine auf dem Parkplatz hatte stehen lassen, hatte sie versucht, nur einen einzigen Schritt zu gehen, ein Wort zu sagen – und sie konnte es nicht. Sie war halb verrückt geworden vor Angst, und die andere Hälfte war traumatisiert. Außerdem war sie so wütend, dass sie glaubte, einen richtigen Wutanfall bekommen zu müssen, inklusive Schreien, die Kontrolle verlieren und mit den Füßen stampfen, nur damit der Druck nachließ.

Gerade öffnete sie die Augen und wollte die Spülung betätigen, als der Klang seiner Stimme sie innehalten ließ. Sie bemühte sich, zu hören, was er sagte. War noch jemand im Haus? Doch dann wurde ihr klar, dass er telefonierte.

„Tut mir leid, dass ich dich geweckt habe." Er machte eine kurze Pause, dann sagte er: „Es gab einen Brand im Kasino. Könnte schlimmer sein, aber ist auch so schlimm genug. Ich wollte nicht, dass du es in den Morgennachrichten siehst und dich wunderst. Ruf Mercy in ein paar Stunden an und sag ihr, dass es mir gut geht. Ich habe das Gefühl, ich werde in den nächsten Tagen alle Hände voll zu tun haben."

Noch eine Pause. „Danke, aber nein. Du solltest diese Woche auf keinen Fall in ein Flugzeug steigen, und hier ist alles so weit in Ordnung. Ich wollte dich nur anrufen, ehe ich bis zum Hals im Papier-kram stecke."

Das Gespräch dauerte noch eine Minute, dann versicherte er wem auch immer am anderen Ende des Telefons, dass er, nein, keine Hilfe brauchte, alles war in Ordnung – na ja, nicht in Ordnung, aber un-ter Kontrolle. Es hatte mindestens ein Todesopfer gegeben. Das Ka-sino war ein Totalverlust, aber das Hotel hatte nur geringfügig Scha-den genommen.

Er beendete den Anruf, und einen Moment später hörte Lorna ei-nen wilden gemurmelten Fluch, dann einen dumpfen Knall, als hätte er an eine Wand geschlagen.

Er schien ihr nicht wie der Typ, der gegen die Wand schlug. Ande-rerseits kannte sie ihn nicht. Er könnte ein Serienwandschläger sein. Oder vielleicht war er in Ohnmacht gefallen oder etwas in der Art, und der Knall war sein Körper gewesen, der auf dem Boden aufschlug.

Der Gedanke gefiel ihr. Sie würde die Chance ergreifen und ihn tre-ten, wenn er am Boden lag. Wortwörtlich.

Der einzige Weg, um herauszufinden, ob er wirklich bewusstlos dalag, bestand darin, das Badezimmer zu verlassen. Zögerlich betä-tigte sie die Spülung und ging ans Waschbecken, um sich die Hände zu waschen – ein Waschbecken mit goldenen Armaturen, eingelassen in dunklen, goldbraunen Granit. Als sie die Hand ausstreckte, um das Wasser anzudrehen, zuckte sie zusammen, so stark war der Kontrast zwischen der luxuriösen Badezimmerarmatur und ihrer unglaublich schmutzigen, verrußten Hand.

Ein verkrusteter Albtraum lauerte im Spiegel gegenüber. Ihr Haar klebte an ihrem Kopf, verfilzt durch Ruß und Wasser, und es stank nach Rauch. Ihr Gesicht war so schwarz, dass man nur ihre Augen richtig erkennen konnte, und die waren blutunterlaufen. Mit ihren ro-ten Augen sah sie aus wie ein Dämon aus der Hölle.

Sie schüttelte sich, als sie sich daran erinnerte, wie nahe sie den Flam-men gekommen war. Dass sie überhaupt noch Haare auf dem Kopf hatte, war nahezu ein Wunder, also konnte sie sich auch nicht darü-ber beklagen, dass sie verfilzt waren. Shampoo – eine ganze Menge davon – würde das Problem schon lösen. Der Ruß würde sich runter-schrubben lassen. Ihre Kleidung war ruiniert, aber sie hatte noch an-dere. Sie lebte, und sie war unverletzt, und sie wusste nicht, warum.

Während sie ihre verklebten Hände einseifte, abspülte und wieder einseifte, versuchte sie genau zu rekonstruieren, was geschehen war.

Ihre Kopfschmerzen, die etwas nachgelassen hatten, kamen mit solcher Wucht zurück, dass sie sich mit ihren seifigen Händen am Beckenrand abstützen musste.

Ihre Gedanken wirbelten durcheinander, versuchten, sich in eine sinnvolle Reihenfolge zu bringen, aber die Bilder stoben immer wieder auseinander.

Sie hätte verbrannt sein müssen …

… ihr Haar abgesengt …

… Blase …

… kein Rauch …

… unerträglicher Schmerz …

Wimmernd vor Kopfschmerzen sank sie auf ihre Knie.

Raintree fluchte.

Das erinnerte sie an etwas. Daran, von ihm gehalten zu werden, seine Arme fest um sie geschlungen, während seine Flüche über ihren Kopf schallten und sein … sein …

Die Erinnerung war verschwunden, hatte sich ihrem Griff entzogen. Der Schmerz ließ ihr Blickfeld verschwimmen. Sie starrte auf den Seifenschaum an ihren Händen, versuchte, genug Energie zu sammeln, um aufzustehen. Hatte sie einen Schlaganfall? Der Schmerz war so intensiv, so brennend, und er füllte ihren Kopf, bis sie glaubte, dass ihr Schädel vor Druck explodieren musste.

Seifenschaum.

Die schimmernden Blasen … etwas an ihnen erinnerte sie … es war etwas um sie herum gewesen …

Eine schimmernde *Blase*. Die Erinnerung platzte so klar in ihr schmerzendes Gehirn, dass es ihr Tränen in die Augen trieb. Sie hatte sie *gesehen*, um sie herum, wie sie den Rauch und die Hitze von ihnen abgehalten hatte.

Da hatte sich ihr Kopf wirklich so angefühlt, als würde er explodieren. Es hatte einen Aufprall gegeben, so heftig, dass sie es mit nichts in ihrer Erinnerung vergleichen konnte, aber sie konnte sich vorstellen, dass es eine ähnliche Erfahrung war, von einem Zug überfahren zu werden – oder von einem Meteor erschlagen. Es war, als hätten sich alle Zellwände in ihrem Gehirn aufgelöst, als sei alles, was sie war und sein würde, aus ihr gesaugt und benutzt worden. Sie war hilflos gewesen, so vollkommen hilflos wie ein Neugeborenes, konnte dem Schmerz keinen Widerstand leisten, und auch nicht dem Mann, der sich gnadenlos alles von ihr genommen hatte.

Mit einem Knall fiel alles an seinen Platz, als ob diese Erinnerung das eine Stück gewesen war, dass sie gebraucht hatte, um das Puzzle zusammenzusetzen.

Sie erinnerte sich an alles: jeden Moment unaussprechlicher Furcht, ihre Unfähigkeit, zu handeln, die Art, wie er sie benutzt hatte.

Alles.

„Sie hatten genug Zeit", rief er aus der Küche. „Ich habe die Spülung gehört. Kommen Sie her, Lorna."

Wie eine Marionette stand sie auf und verließ das Badezimmer, die Seife immer noch an den Händen und vor Wut kochend. Er sah ernst aus, wie er da stand und auf sie wartete. Mit jedem unwilligen Schritt, den sie machte, kochte ihre Wut noch höher.

„Du Schwein!", schrie sie und trat nach seinem Knöchel, als sie an ihm vorbeiging. Sie konnte nur einige Schritte an ihm vorbeigehen, ehe die unsichtbare Mauer sie aufhielt, also wirbelte sie herum und stakste noch einmal an ihm vorbei. „Du Bastard!" Sie stieß einen Ellenbogen in seine Rippen.

Sie konnte ihm nicht viel Schmerzen bereitet haben, denn er sah eher erstaunt aus als verletzt. Das machte sie nur noch wütender, und als die Wand sie wieder dazu zwang, umzukehren, steigerte sie sich wie nie zuvor in ihre Wut hinein, während sie zwischen den Grenzen seines Willens hin und her tigerte.

„Du hast mich ins Feuer gehen lassen …" Schnell wie eine Schlange schlug sie nach seiner Hüfte.

„Ich habe furchtbare Angst vor Feuer, aber hat es dich gekümmert?" Noch ein Tritt, diesmal von der Seite gegen sein Knie.

„Oh, nein, ich musste daneben stehen, während du deinen Hokuspokus …" Jetzt zielte sie auf seinen Solarplexus.

„Dann hast du mein Gehirn vergewaltigt, du Schwein, du Gorilla, du verdammter Quacksalber …" Jetzt waren seine Nieren dran.

„Und um dem noch die Krone aufzusetzen, reibst du die ganze Zeit deinen Ständer an meinem Hintern!" Sie war so wütend, dass sie das letzte bisschen kreischte, und holte aus, um sein Kinn zu treffen.

Er wehrte sie mit einer schnellen Bewegung seines Unterarms ab, also trat sie ihm stattdessen auf den Fuß.

„Autsch!", keuchte er, aber das verdammte Schwein lachte, griff in einer weiteren blitzschnellen Bewegung nach ihren Armen und zog sie fest gegen sich. Sie öffnete den Mund, um ihn weiter anzuschreien, doch er beugte seinen Kopf zu ihr hinunter und küsste sie.

Im Gegensatz zu der groben Behandlung, die er ihr den ganzen Abend hatte zuteil werden lassen, war sein Kuss weich und federleicht, fast süß. „Es tut mir leid", murmelte er, und küsste sie noch einmal. Er stank genauso schlimm wie sie selbst, vielleicht noch mehr, aber der Körper unter seiner zerfetzten Kleidung hatte steinharte Muskeln und war sehr warm in der von einer Klimaanlage gekühlten Luft des Hauses. „Ich weiß, dass es wehgetan hat ... ich hatte keine Zeit, es dir zu erklären ..." Zwischen den kurzen Sätzen küsste er sie immer wieder, jede Berührung seiner Lippen war ein wenig fester, dauerte ein wenig länger.

Der Schock ließ sie ruhig dastehen: Schock, dass er sie küsste, Schock, dass sie sich von ihm küssen ließ, nach all der Feindschaft zwischen ihnen; nach allem, was er ihr angetan hatte; nach all ihren Angriffen. Er zwang sie nicht dazu, sich von ihm küssen zu lassen; es war nicht so, als wollte sie gehen und konnte es nicht. Ihre Hände lagen auf seiner muskulösen Brust, aber sie gab sich keine Mühe, ihn wegzuschieben, nicht einmal im Geiste.

Sein Mund wanderte zu der weichen Vertiefung unter ihrem Ohr, biss im Vorbeiziehen leicht in ihren Hals. „Ich hätte mich viel lieber zwischen deinen Beinen gerieben", sagte er und wendete sich wieder ihrem Mund zu, für einen Kuss, der plötzlich nichts Leichtes oder Süßes mehr an sich hatte. Seine Zunge verlangte Einlass, tastete nach ihrem Geschmack, während seine rechte Hand auf ihren Hintern hinunterfuhr, ihre Kurven streichelte, dann ihre Hüften nach vorne drückte, um gegen seine zu treffen.

Er tat genau das, wovon er sagte, dass er es viel lieber getan hätte.

Lorna vertraute Leidenschaft nicht. Was sie davon kannte, war selbstsüchtig und ichbezogen. Sie war nicht immun dagegen, aber sie vertraute ihr nicht – vertraute Männern nicht, die in ihrer Erfahrung alles erzählen würden, damit man mit ihnen ins Bett ging. Sie traute es keinem anderen zu, sich um sie zu kümmern, das Beste für sie zu tun. Sie öffnete sich nur langsam und mit Vorsicht – wenn sie es überhaupt tat.

Wenn sie nicht so müde gewesen wäre, so angespannt, so traumatisiert, dann hätte sie die volle Kontrolle über sich selbst gehabt, aber sie war schon in der Minute aus dem Gleichgewicht geraten, in dem sein Sicherheitschef sie in sein Büro gezerrt hatte. Sie war auch jetzt aus dem Gleichgewicht, und ihr war so schwindelig, als würde der Küchenfußboden sich unter ihr drehen, als hätte er sich unter ihren Füßen geneigt. Im Gegensatz dazu war Raintree ein Fels. Er war warm. Seine Arme waren stärker als alle anderen, von denen sie je gehalten worden war, und ihr Körper reagierte auf ihn, als gäbe es nichts auf der Welt außer den einfachen Genuss des Augenblicks. Von ihm gehalten zu werden, fühlte sich gut an. Seine unglaubliche Hitze fühlte sich gut an. Die umfangreiche Härte, die gegen ihren Bauch drückte, fühlte sich gut an – so gut, dass sie sich auf die Zehenspitzen gestellt hatte, um es bequemer zu haben, und sie konnte sich nicht daran erinnern, das getan zu haben.

Als sie endlich misstrauisch wurde, war es fast schon zu spät. Sie löste ihre Lippen von seinen, legte ihre Hand auf seine Brust und schob ihn weg. „Das ist so dumm", murmelte sie.

„Vollkommen hirnlos", stimmte er zu, ein wenig außer Atem. Er ließ sie nur langsam los, also presste sie ihre Hand zögernd noch einmal gegen ihn, und er nahm seine Arme von ihr.

Er trat nicht zurück, also tat sie es, und sah sich in der Küche um, damit sie ihn nicht ansehen musste. Für eine Küche war es sehr schön dort, nahm sie an. Sie kochte nicht gerne und konnte mit Küchen nicht viel anfangen.

„Du hast mich gekidnappt", klagte sie ihn mit wütend verzogenem Mund an.

Er dachte darüber nach und nickte dann kurz. „Das habe ich."

Aus irgendeinem Grund ärgerte seine Zustimmung sie mehr, als Protest es getan hätte. „Wenn du mich wegen Betruges anzeigen willst, mach es", fuhr sie ihn an, „du kannst nichts beweisen, das wissen wir beide. Also von mir aus … Je eher du dich zum Deppen machst, desto besser. Dann kann ich gehen und muss dich nicht mehr sehen …"

„Ich werde dich nicht anzeigen", unterbrach er sie. „Du hast recht, ich kann nichts beweisen."

Sein plötzliches Einlenken nahm ihr den Wind aus den Segeln. „Warum hast du mich dann den ganzen Weg hierher verschleppt?"

„Ich sagte, dass ich es nicht beweisen kann. Das bedeutet nicht, dass du unschuldig bist." Er sah sie mit zusammengekniffenen Augen abschätzend an. „In Wahrheit bist du so schuldig, wie man nur sein kann. Deine übernatürlichen Fähigkeiten zu benutzen, um bei einem Glücksspiel zu gewinnen, ist Betrug, so einfach ist das."

„Ich habe keine …" Sie fing automatisch an, zu leugnen, aber er hob eine Hand, um sie zum Schweigen zu bringen.

„Deshalb habe ich dein Gehirn ‚vergewaltigt', wie du es genannt hast. Ich brauchte die zusätzliche Energie, um das Feuer abzuwehren, und ich wusste, dass du begabt bist – allerdings war ich überrascht, *wie* begabt. Du kannst mir nicht erzählen, dass du es nicht gewusst hast. Da war zu viel Macht in dir, als dass du so tun könntest, als hättest du einfach Glück."

Lorna wusste kaum, wie sie reagieren sollte. Dass er so kühl gestand, was er ihr angetan hatte, ließ die Wut erneut in ihr anschwellen, aber die Feststellung, dass sie „begabt" war, verunsicherte sie so sehr, dass sie den Kopf schon schüttelte, ehe er seinen Satz beendet hatte. „Zahlen", platzte es aus ihr heraus. „Ich bin gut mit Zahlen."

„Quatsch."

„Das ist alles! Ich kann nicht die Zukunft vorhersagen oder in Teeblättern lesen oder so etwas. Ich wusste nicht, was am 11. September geschehen würde …"

Aber die Flugnummern der entführten Flugzeuge hatten sie Tage vor den Angriffen verfolgt. Jedes Mal, wenn sie versucht hatte, jemanden anzurufen, hatte sie die Nummern der Flüge gewählt – in der Reihenfolge, in der sie abgestürzt waren.

Diese eine Erinnerung kam an die Oberfläche ihres Gedächtnisses wie ein Lachs, der aus dem Wasser springt, und ein kalter Schauer durchfuhr sie. Sie hatte seit damals nicht an die Flugnummern gedacht. Sie hatte die Erinnerung tief in sich vergraben, wo sie keinen Schaden anrichten konnte.

„Geh weg", flüsterte sie der Erinnerung zu.

„Ich gehe nirgendwo hin", sagte er. „Und du auch nicht. Wenigstens nicht jetzt gleich." Er seufzte und sah sie bedauernd an. „Zieh dich aus."

9. KAPITEL

*D*as werde ich nicht tun!", stieß Lorna hervor und entfernte sich, so weit es ging, rückwärts von ihm – was natürlich nicht sehr weit war.

„Ich wahrscheinlich schon", antwortete er ironisch, und kam näher, bis er sich drohend über sie beugen konnte. „Kann man nicht ändern. Komm, ich werde dir schon nichts antun. Zieh dich einfach aus und bring es hinter dich."

Sie wich immer weiter zurück, während er näher kam, und klammerte sich an ihre Bluse, als wäre sie eine empörte viktorianische Jungfrau. Sie sah sich nach einer Waffe um, irgendeiner Waffe. Sie war in der Küche, verflixt noch mal, es sollte zumindest Messer geben, die in einem schicken Block auf der schicken Arbeitsplatte standen. Stattdessen gab es nichts als riesige Flächen polierten Granits.

Er atmete tief ein und stieß die Luft dann wieder aus, als sei er gelangweilt. „Ich kann dich dazu bringen, es zu tun, ohne dich auch nur anzufassen. Du weißt das, ich weiß das, also warum willst du es mir so schwer machen?"

Er hatte recht, und sie war vollkommen machtlos. Was auch immer er ihrem Geist mit seinem antat, er konnte sie tun lassen, was immer er wollte. „Das ist nicht fair!", schrie sie ihn an und ballte ihre Hände zu Fäusten. „Wie machst du das mit mir?"

„Ich bin ein verdammter Quacksalber, erinnerst du dich?"

„Vergiss nicht die anderen Sachen. Schwein! Bastard …"

„Ich weiß, ich weiß. Jetzt zieh dich aus."

Sie schüttelte ihren Kopf so energisch, dass ihre verfilzten Haare in alle Richtungen flogen. Sie erwartete bitter, dass er sich wieder ihres Geistes bemächtigen würde, aber das tat er nicht. Er kam nur immer weiter auf sie zu, während sie zurückwich, den Flur hinunter, am Badezimmer, das sie benutzt hatte, vorbei, durch einen Raum, der wie ein sehr modernes Wohnzimmer aussah, auch wenn sie es nicht wagte, den Blick lange genug von ihm zu wenden, um sich umzusehen.

Sie merkte, dass er sie einkesselte, sie einpferchte wie ein Schaf, und sie hatte keine andere Wahl, als sich von ihm einkesseln zu lassen. Seine blutunterlaufenen grünen Augen funkelten in seinem schmutzigen Gesicht und ließen ihn wie einen Wilden aussehen. Ihr Herz flatterte schnell. War er ein verrückter Serienkiller, der Teile von zerstückelten Körpern über ganz Nevada verteilte? Ein moderner Rasputin? Ein Flüchtling aus einer Irrenanstalt? Er sah weder aus noch verhielt er sich wie der Besitzer eines erstklassigen Kasinos mit Hotel. Er verhielt sich wie ein – Kriegsherr, Herrscher über alles, auf das er seinen Blick richtete.

Sie stieß mit dem Rücken gegen einen Türrahmen, stolperte kurz, fing sich aber schnell wieder, als ihr klar wurde, dass er sie in ein anderes Badezimmer geführt hatte. Diesmal war es ein vollständiges und viel prächtiger eingerichtet als das Bad bei der Küche. Kein Licht brannte, aber das Licht, das durch die offene Tür fiel, zeigte ihre Spiegelbilder im glänzenden Spiegel auf der linken Seite.

Er tastete sich an ihr vorbei und schaltete das Licht an, so hell und weiß, dass sie eine Hand vor die Augen heben musste, um nicht geblendet zu werden. „Jetzt", sagte er, „genug geziert. Zieh dich selber aus oder wir machen es auf die harte Tour."

Lorna sah sich um. Er hatte sie in die Ecke getrieben. „Fahr zur Hölle", sagte sie, und tat, was Tiere immer tun, wenn sie in die Ecke getrieben sind: Sie griff an.

Für kurze Zeit wehrte er ihre Schläge bloß ab, wich ihren Tritten aus, vermied ihre Bisse, und die Leichtigkeit, mit der er das tat, machte sie noch so viel wütender. Sie verlor einen Schuh im Kampf, die billige Sandale flog durch das Zimmer und landete scheppernd in der großen, in den Boden eingelassenen Badewanne. Dann spürte sie, wie plötzlich eine Welle der Ungeduld von ihm ausging, und in kaum drei Sekunden hatte er sie auf den Waschtisch gedrückt und hielt ihre Hände mit einer Hand in ihrem Rücken fest.

Er kam ihr viel zu nah, benutzte seine kräftigen Beine, um ihre Tritte zu kontrollieren, und griff nach dem Halsausschnitt ihres Tops. Drei kräftige Risse zogen den Klang von nachgebenden Fäden nach sich, aber die Nähte hielten. Er fluchte und riss fester, bis die linke Seitennaht sich ergab. Er zerrte gnadenlos an dem Kleidungsstück, bis es in Fetzen von ihrem rechten Handgelenk hing. Ihr BH wurde am Rücken verschlossen, leichte Beute für seine schnellen, beweglichen Finger, die die Haken lösten.

Sie wand sich wie ein Aal, schrie, bis sie heiser war. Er ignorierte alles, was sie sagte, jede Beleidigung und jedes Flehen, das sie ihm entgegenschleuderte, vollkommen. Er konzentrierte sich nur still und ernst darauf, sie auszuziehen. Sie wechselte zwischen Wut und schluchzender Panik, als er den Verschluss ihrer Hose öffnete. Er zog den Reißverschluss auf, hielt aber an, ehe er die Hose und ihren Schlüpfer über ihre Hüften hinunterziehen konnte.

Sie sackte in sich zusammen, schluchzte, presste ihr Gesicht gegen den kalten Stein des Waschtischs. Er hörte auf, an ihrer Kleidung zu zerren, stattdessen bewegte er die Hitze seiner Hand über ihren Hals, schob kurz ihre verfilzten Haare zur Seite, und bewegte sich dann über ihre Schultern. Er verlagerte seinen Griff um ihre Hände, um sie über ihren Kopf zu halten, ehe er damit weitermachte, jeden Zentimeter ihrer Haut zu untersuchen. Die Seiten ihrer Brüste, ihre Rippen, die Kurven ihrer Taille, die Rundung ihrer Hüften – er untersuchte all das, zog ihre Hosen sogar weiter herunter, um die unteren Kurven ihres Pos untersuchen zu können. Sie weinte und wand sich gedemütigt in seinem Griff, aber er blieb gnadenlos.

Dann seufzte er. „Ich muss mich noch einmal bei dir entschuldigen."

Er ließ ihre Hände los und trat einen Schritt zurück, entließ sie aus der Falle, die er mit seinem Körper gebildet hatte. Auf dem Weg nach draußen sagte er: „Ich bringe dir was anderes zum Anziehen. Überleg dir, ob du dich duschen willst, komm wieder zu Atem, und hinterher unterhalten wir uns." Er hielt kurz inne und fügte dann noch hinzu: „Und bleib in diesem Zimmer", dann schloss er die Tür hinter sich.

Schluchzend rutschte sie vom Waschtisch auf den Boden und rollte sich zu einem ausgezehrten Bündel zusammen. Alles, was sie tun konnte, war weinen und zittern. Nach einer Weile lebte ihre Wut wieder auf und verwandelte sich in einen tonlosen Schrei. Sie weinte noch mehr. Am Ende setzte sie sich auf, wischte sich das Gesicht mit den Fetzen ihrer Bluse ab, schrie die geschlossene Tür mit „Du Bastard!" an und fühlte sich dadurch ein wenig besser.

Ihre Augen waren geschwollen und ihre Nase verstopft, aber sie fühlte sich ruhig genug, um aufzustehen. Das allerdings war nicht einfach, weil ihre Hose um ihre Knie schlotterte. Die Demütigung ließ sie erröten, aber es gab keinen Grund, sie hochzuziehen. Stattdessen zog sie sich ganz aus und stand dann einfach da, einer der wenigen Momente der Unentschlossenheit in ihrem Leben.

Sie stellte fest, dass der Vorschlag, sich zu duschen, genau das gewesen war: ein Vorschlag. Wenn sie nicht wollte, musste sie auch nicht. Sie konnte ein langes, heißes Bad nehmen, wenn sie wollte. Sie musste sich überhaupt nicht waschen, auch wenn sie diese Möglichkeit sofort verwarf.

Ein Bad zu nehmen wäre allerdings unpraktisch, weil sie dann am Ende im dreckigen Wasser sitzen würde. Eine lange – sehr lange – heiße Dusche war der einzige Weg, sauber zu werden.

Die Dusche hatte keine Tür. Der Eingang war eine geschwungene Wand aus Steinen, die an einem Einbauregal vorbeiführte, in dem dicke, kupferfarbene Handtücher gestapelt lagen. Sie mündete in eine etwas weniger als zwei Quadratmeter große Duschkabine, die mit mehreren Duschköpfen bestückt war. Die Armaturen waren einfach zu erreichen, und als sie den Hebel umlegte, ergoss sich das Wasser aus allen drei Wänden und aus der Decke auf sie. Sie wartete, bis sie die Hitze des Wasserdampfes aufsteigen spürte und stellte sich dann in den Wasserfall.

Sie konzentrierte sich auf nichts anderes als darauf, sauber zu werden, was ihren Nerven eine willkommene Atempause verschaffte. Das heiße Wasser auf ihrer Haut war wie eine beruhigende, pulsierende Massage. Sie knetete Shampoo in ihre Haare, wusch es wieder aus, wiederholte das Ritual noch einmal und noch einmal, ehe sich ihr Haar sauber und entwirrt anfühlte. Sie seifte sich mit dem duftenden Duschgel ein und schrubbte sich, aber es entfernte nicht einmal die Hälfte des Rußes und des Drecks. Sie seifte sich ein zweites Mal ein, doch das brachte kaum bessere Ergebnisse, also wechselte sie wieder zum Shampoo; es hatte bei ihren Haaren funktioniert, also sollte es das auch auf ihrer Haut tun.

Endlich fiel ihr auf, dass sie so lange unter der Dusche gestanden hatte, dass ihre Fingerspitzen angefangen hatten zu schrumpeln und dass das heiße Wasser längst aufgebraucht sein sollte, und auch wenn es das nicht war – genug war genug. Sie war vollgesaugt wie ein Schwamm. Mit Bedauern drehte sie das Wasser ab, und die pulsierenden Strahlen verschwanden so plötzlich, dass es schien, als seien sie in die Duschköpfe zurückgezogen worden. Nur das Geräusch der Lüftung in der Decke und das des ablaufenden Wassers drangen an ihre Ohren.

Sie hatte die Lüftung nicht eingeschaltet. Wenn sie nicht automatisch anging, wenn eine gewisse Luftfeuchtigkeit erreicht war, bedeutete das, dass er zurück ins Badezimmer gekommen war.

Eilig stieg sie die drei Stufen hinauf, schnappte sich eines der weichen Handtücher und wickelte sich darin ein, nahm sich noch ein weiteres und schlang es wie einen Turban um ihr nasses Haar. Sie folgte der geschwungenen Wand, bis sie in den Hauptteil des Badezimmers sehen konnte. Die verspiegelte Wand hinter den Doppelwaschbecken zeigte ihr Spiegelbild, aber sie war die Einzige, die sich darin sehen konnte. Sie war allein – jetzt jedenfalls. Der dicke Frotteebademantel, der gefaltet auf dem Stuhl vor dem Waschtisch lag, sagte ihr, dass er im Bad gewesen war.

Lorna starrte in den Spiegel. Sie sah blass aus, sogar für ihre Verhältnisse. Die Haut über ihren Wangenknochen war angespannt und ließ sie ernst und verschreckt aussehen.

Das war in Ordnung. Sie fühlte sich eben ernst und verschreckt.

Er hatte gesagt, dass sie das Badezimmer nicht verlassen sollte. Sie war so bis auf den Grund ihrer Seele verängstigt, dass sie nicht einschätzen konnte, ob das nur ein weiterer Vorschlag gewesen war oder einer seiner komischen mentalen Befehle, denen sie gehorchen musste. Aber das war jetzt egal. Sie war damit zufrieden, einfach zu bleiben, wo sie war, und nichts weiter zu tun, als sich die Haare zu trocknen.

Sie stöberte durch die Schubladen des Waschtisches und fand eine duftende Lotion, einen Fön und eine Bürste. Mehr brauchte sie im Moment nicht. Das Shampoo hatte ihre Haut ausgetrocknet, bis sie sich spannte, also cremte sie sich mit der Lotion überall ein, wo sie mit ihren Händen hinkam, und begann dann, ihr Haar zu trocknen.

Ihre Bewegungen mit der Bürste wurden langsamer und immer langsamer. Erschöpfung brachte ihre Arme zum Zittern. Sie hatte Glück, dass ihr Haar größtenteils glatt war; jeder Versuch, sich zu stylen, hätte sie überfordert. Sie wollte nur, dass ihr Haar trocken war, ehe sie zusammenbrach, das war alles.

Nachdem sie diese Aufgabe erfüllt hatte, zog sie sich den Bademantel an, der offensichtlich ihm gehörte – die Ärmel fielen ein ganzes Stück über ihre Fingerspitzen und der Saum berührte fast den Boden. Merkwürdig, dachte sie benommen, er wirkte gar nicht wie der Bademantel-Typ.

Dann wartete sie, schwankte im Stehen, krallte sich mit ihren nackten Zehen in den weichen Teppich. Sie hätte wenigstens die Tür öffnen können, aber sie hatte es nicht eilig, ihm gegenüberzutreten oder herauszufinden, dass sie auch mit offener Tür eine Gefangene im Badezimmer war. Dafür war noch Zeit genug. Zeit genug, dem Feind wieder gegenüberzutreten.

Sie würden sich unterhalten, hatte er gesagt. Sie wollte nicht mit ihm reden. Sie hatte ihm nichts zu sagen, das nicht eine ganze Menge

Worte enthielt, für die sie sich den Mund mit Seife auswaschen müsste. Alles, was sie wollte, war … na ja, nicht nach Hause zu gehen, weil sie kein richtiges Zuhause hatte. Sie wollte dahin zurück, wo sie gerade wohnte, an den Ort, an dem sie ihre Kleidung aufbewahrte. Das war nahe genug an einem Zuhause für sie. Fürs Erste wollte sie nur in dem Bett schlafen, an das sie gewöhnt war.

Ohne jede Warnung öffnete sich die Tür und er stand vor ihr, groß und breitschultrig, so lebendig, als wäre die Nacht nicht furchtbar lang und traumatisch gewesen. Er hatte ebenfalls geduscht; sein langes schwarzes Haar, immer noch feucht, war eng an seinen Kopf gekämmt und legte jede starke, leicht exotische Linie seines Gesichts frei. Er hatte sich auch rasiert, sein Gesicht hatte dieses frische Aussehen.

Er trug ein Paar sehr weich aussehender Schlafanzughosen – und nichts sonst. Nicht einmal ein Lächeln.

Seine wachen Augen suchten etwas in ihrem Gesicht, bemerkten den kalkweißen Ausdruck äußerster Erschöpfung. „Wir reden morgen. Ich bezweifle, dass du im Moment einen zusammenhängenden Satz bilden könntest. Komm, ich zeige dir dein Zimmer."

Sie zuckte zurück, und er sah sie mit einem Gesichtsausdruck an, den sie nicht deuten konnte. „Dein Zimmer", betonte er. „Nicht meines. Ich habe es dir nicht befohlen, aber ich werde es tun, wenn ich muss. Ich glaube nicht, dass es besonders bequem ist, im Bad zu schlafen."

Sie war wach genug, um zu antworten. „Du wirst es mir schon befehlen müssen, sonst kann ich das Bad sowieso nicht verlassen."

Sie hatte für sich entschieden, dass sein Befehl, das Badezimmer nicht zu verlassen, dazu gedient hatte, ihren eigenen Willen kurzzuschließen, und aus dem Ärger, der in seinem Gesicht aufblitzte, las sie, dass sie recht gehabt hatte.

„Komm mit", sagte er knapp, ein Befehl, der sie aus dem Badezimmer befreite, sie aber dazu verdammte, ihm wie ein Entenküken hinterherzulaufen.

Er führte sie in ein großes Schlafzimmer mit fast zwei Meter hohen Fenstern, die ihr die leuchtenden Neonlichter von Reno zeigten. „Das Bad ist dort", sagte er und deutete auf eine Tür. „Du bist hier sicher. Ich werde dich nicht belästigen. Ich werde dir nicht wehtun. Verlass dieses Zimmer nicht." Damit schloss er die Tür hinter sich und ließ sie in der Mitte des trüb beleuchteten Schlafzimmers zurück.

Er musste ja daran denken, diesen letzten Satz noch hinzuzufügen, blöder Kerl – nicht, dass sie sich in der Lage gefühlt hätte, einen Ausbruch zu versuchen. Im Moment war sie ganz damit ausgelastet, in das große Doppelbett zu klettern, immer noch im zu großen Bademantel. Sie rollte sich unter der Decke und dem Überwurf zusammen, aber sie fühlte sich immer noch zu ungeschützt, also zog sie sich die Decke über den Kopf und schlief ein.

10. KAPITEL

Montag

„Geht es dir gut?"

Lorna fürchtete sich, wie immer, wenn sie aufwachte. Es waren aber nicht die Worte, die sie ängstigten, weil sie die Stimme sofort erkannte. Trotzdem waren sie ihr alles andere als willkommen. Egal, wo sie war, die Furcht war immer da, in ihr selbst, so sehr ein Teil von ihr, dass es war, als wäre sie in ihre Knochen geschmiedet.

Sie konnte ihn nicht sehen, weil ihr Kopf immer noch von der Decke bedeckt war. Sie bewegte sich selten im Schlaf, also war sie immer noch so eng zusammengerollt, dass der riesige Bademantel nicht verrutscht war und der Gürtel hatte sich auch nicht gelöst.

„Geht es dir gut?", wiederholte er, dieses Mal dringlicher.

„Superklasse", grummelte sie und wünschte sich, dass er einfach nur wegging.

„Du warst ziemlich laut."

„Ich habe nur geschnarcht", sagte sie tonlos, klammerte sich fest an die Decke, falls er sie wegziehen wollte – als könnte sie ihn aufhalten, wenn er es wirklich wollte. Dass das vollkommen sinnlos war, hatte sie in dem demütigenden Kampf in der Nacht zuvor gelernt.

Er schnaubte. „Ja, klar." Er zögerte kurz. „Wie trinkst du deinen Kaffee?"

„Gar nicht. Ich bin Teetrinker."

Daraufhin war es einen Moment lang still und er seufzte dann: „Ich werde sehen, was sich tun lässt. Wie trinkst du deinen Tee?"

„Mit Freunden."

Sie hörte etwas, was einem Knurren erstaunlich ähnlich war, dann schloss sich die Schlafzimmertür lauter, als unbedingt notwendig gewesen wäre. Hatte sie undankbar geklungen? Gut! Wenn er nach allem, was er getan hatte, annahm, dass das Angebot von Kaffee oder Tee sie versöhnen würde, dann lag er so weit daneben, dass er eine Landkarte brauchen würde, um zurückzufinden.

Um die Wahrheit zu sagen, trank sie auch Tee nicht gern. Fast ihr gesamtes Leben lang hatte sie sich nur leisten können, was umsonst war, also hatte sie viel Wasser getrunken. In den letzten Jahren hatte sie manchmal einen Becher Tee oder Kaffee getrunken, um sich in sehr kaltem Wetter aufzuwärmen, aber sie machte sich aus keinem der beiden wirklich viel.

Sie wollte nicht aufstehen. Sie wollte nicht das Gespräch führen, auf das er zu bestehen schien, auch wenn sie sich nicht vorstellen konnte, was er glaubte, mit ihr besprechen zu müssen. Er hatte sie letzte Nacht schrecklich behandelt, und auch wenn er offensichtlich gemerkt hatte, dass er falschlag, schien er nicht geneigt zu sein, sich besonders anzustrengen, um es wiedergutzumachen. Zum Beispiel hatte er sie letzte Nacht nicht nach Hause gebracht. Er hatte sie in diesem Zimmer eingesperrt. Er hatte seine Gefangene nicht einmal gefüttert!

Die schmerzende Leere in ihrem Bauch sagte ihr, dass sie aufstehen musste, wenn sie etwas zu Essen haben wollte. Sich aus dem Bett zu quälen würde natürlich nicht garantieren, dass sie etwas zu essen bekam, aber im Bett zu bleiben garantierte nur, dass sie hungrig blieb. Zögerlich schlug sie die Bettdecke zurück, und das Erste, was sie sah, war Dante Raintree, der im Türrahmen stand. Dieser Tyrann war überhaupt nicht verschwunden, er hatte nur so getan.

Er sagte kein Wort, hob nur ironisch fragend eine Augenbraue.

Genervt sah sie ihn mit zusammengekniffenen Augen an. „Das ist unmenschlich."

„Was?"

„Nur eine Augenbraue heben. Echte Menschen können das nicht. Nur Dämonen."

„Ich kann es."

„Beweisführung abgeschlossen."

Er grinste – was sie noch mehr nervte, weil sie ihn nicht amüsieren wollte. „Wenn du aufstehen willst – dieser Dämon hat deine Sachen gewaschen …"

„Die, die du nicht zerfetzt hast", unterbrach sie ihn sauer, um ihren Schrecken zu verbergen. Hatte er ihre Taschen zuerst geleert? Sie fragte nicht, denn wenn er es nicht hatte, waren ihr Ausweis und ihr Geld vielleicht noch da.

„… und dir eines seiner dämonischen Hemden geliehen. Wahrscheinlich musst du die Hose wegwerfen, weil die Flecken nicht mehr rausgehen, aber wenigstens ist sie gewaschen. Für jetzt wird es reichen. Zum Frühstück bieten wir eine Auswahl aus Frühstücksflocken mit Obst oder einen Bagel mit Frischkäse. Wenn du angezogen bist, komm in die Küche. Da werden wir essen." Dann ging er – ging wirklich, sie sah ihm dabei zu.

Er nahm an, dass sie bereit war, eine Mahlzeit mit ihm gemeinsam einzunehmen. Unglücklicherweise hatte er recht. Sie war am Verhungern, und wenn die einzige Möglichkeit, etwas zu essen zu bekommen, darin bestand, es in seiner Nähe einzunehmen, dann würde sie sich zu ihm setzen. Eine der ersten Lektionen, die ihr das Leben erteilt hatte, war es gewesen, dass Gefühle nicht viel wert waren, wenn es auf der anderen Seite der Waagschale darum ging, zu überleben.

Sie setzte sich langsam auf, spürte Schmerzen und Ziehen in jedem einzelnen Muskel. Ihre frisch gewaschenen, bis zur Unkenntlichkeit fleckigen Hosen lagen am Fußende des Bettes, zusammen mit ihrer Unterwäsche und einem weißen Hemd aus einem weichen, verführerischen Material. Sie griff nach der Hose und fasste in jede Tasche, und ihr Herz setzte einen Schlag aus. Nicht nur ihr Geld war weg, auch ihr Führerschein fehlte. Entweder hatte er beides oder sie waren in der Waschmaschine rausgefallen, was bedeuten würde, dass sie die Waschküche finden musste und die Waschmaschine und den Trockner durchsuchen. Vielleicht hatte er jemanden angestellt, der die Wäsche für ihn erledigte, vielleicht hatte diese Person ihr Geld und ihren Ausweis.

Sie stieg aus dem Bett und humpelte ins Badezimmer. Nachdem sie sich dort um die dringendsten Dinge gekümmert hatte, durchsuchte sie die Schubladen des Waschtischs, hoffte, dass er ein guter Gastgeber war – auch wenn er so ein schlechter Mensch war – und das Badezimmer mit den notwendigsten Dingen für den Notfall ausgestattet hatte. Sie brauchte dringend eine Zahnbürste.

Er war ein guter Gastgeber. Sie fand alles, was sie brauchte: einen Vorrat an Zahnbürsten, noch in Plastik eingeschweißt, Zahnpasta, Mundwasser, dieselbe duftende Lotion, die sie schon am Abend zuvor benutzt hatte, ein kleines Nähetui, sogar neue Haarbürsten und Wegwerfrasierer.

Die Hersteller der Zahnbürsten hatten eindeutig nicht eingeplant, dass jemand ihr Produkt ohne Messer oder Schere öffnen wollte. Nachdem sie sich alle Mühe gegeben hatte, die Plastikverpackung auseinanderzureißen, nahm sie die kleine Schere aus dem Nähetui und stach, sägte und hackte fleißig auf die Verpackung ein, bis sie die Zahnbürste befreit hatte. Sie betrachtete die Schere gedankenverloren, dann legte sie sie auf den Waschtisch. Sie war eigentlich zu klein, um sie zu irgendetwas Nützlichem zu gebrauchen, aber …

Nachdem sie ihre Zähne geputzt und ihr Gesicht gewaschen hatte, bearbeitete sie ihr Haar mit einer Bürste. Gut genug. Auch wenn sie ihren kleinen Vorrat an Make-up dabeigehabt hätte, für Raintree hätte sie es bestimmt nicht aufgelegt.

Sie ging zurück ins Schlafzimmer und schloss die Tür ab, nur für den Fall, dass er beschloss, noch einmal unangekündigt hineinzuplatzen. Dann zog sie den Bademantel aus und begann, sich anzuziehen. Die Vorsicht war nutzlos, dachte sie bitter, denn wenn er reinkommen wollte, musste er ihr nur befehlen, die Tür aufzuschließen, und sie würde tun, was er gesagt hatte, ob sie wollte oder nicht. Sie hasste das, und sie hasste ihn.

Sie wollte sein Hemd nicht anziehen. Trotzdem hob sie es hoch und drehte es so, dass sie sich das Schild im Nacken ansehen konnte. Den Markennamen kannte sie nicht, aber danach hatte sie sowieso nicht gesucht. Sie studierte die Pflegeanleitung. Es war reine Seide.

Vielleicht würde es ihr gelingen, etwas Marmelade auf das Hemd zu schmieren – aus Versehen, versteht sich.

Sie begann, in einen Ärmel des Hemdes zu schlüpfen, doch dann hielt sie inne, weil ihr sein letzter Befehl einfiel: *Wenn du dich angezogen hast, komm in die Küche.* Wenn sie erst einmal angezogen war, würde ihr wahrscheinlich keine andere Wahl bleiben, als in die Küche zu gehen, also sollte sie alles, was sie erledigen wollte, ehe sie das Hemd anzog, tun.

Sie ließ das Hemd zurück aufs Bett fallen, holte sich die kleine Schere aus dem Badezimmer und steckte sie in ihre rechte Hosentasche. Dann durchsuchte sie systematisch Schlafzimmer und Badezimmer nach allem, was sie als Waffe benutzen konnte oder was ihr dabei helfen könnte, zu entkommen. Wenn sie eine Öffnung sah, egal wie klein, musste sie bereit sein, sie zu nehmen.

Ein großes Hindernis war, dass sie keine Schuhe hatte. Sie zweifelte daran, dass die, die sie getragen hatte, gerettet werden konnten, aber wenigstens hätten sie ihre Füße geschützt. Raintree hatte sie nicht mit ins Schlafzimmer gebracht, aber vielleicht waren sie noch in dem Badezimmer, das sie letzte Nacht benutzt hatte. Sie wollte nicht barfuß durch die Gegend rennen, auch wenn sie das tun würde, wenn sie musste. Wie weit würde sie laufen müssen, ehe sie frei war? Wie weit reichte Raintrees Einfluss? Es musste einen Abstand geben, ab dem seine Gedankenspielchen nicht mehr funktionierten – oder nicht? Musste sie ihn sprechen hören oder funktionierten seine Befehle auch nur durch die Kraft seiner Gedanken?

Unbehaglich hoffte sie, dass er sie einfach irgendwie hypnotisiert hatte, denn wenn es etwas anderes war, steckte sie so tief in einer Art *Twilight Zone*, dass sie vielleicht nie wieder zurückfand.

Bis auf die Schere hatten weder Bad noch Schlafzimmer irgendetwas Nützliches zu bieten. Es gab keine Pistolen in den eingebauten Schubladen, keinen herumliegenden Hammer, mit dem sie ihm den Schädel einschlagen konnte, nicht einmal zusätzliche Kleidung in den großen Schränken, mit dem sie ihn erwürgen konnte. Mit Bedauern, und weil ihr keine andere Möglichkeit blieb, zog sie sich das Seidenhemd an. Während sie die zu langen Ärmel hochkrempelte, fragte sie sich, wann der Befehl in Kraft treten würde. Der rutschige Stoff ließ sich nicht sehr gut krempeln, sie versuchte es mehrere Male, ehe sie aufgab und die Ärmel bis über ihre Handgelenke fallen ließ. Selbst dann fühlte sie keinen unwiderstehlichen Drang, in die Küche zu gehen.

Es war an ihr. Er hatte keinen Befehlshokuspokus veranstaltet.

Es machte sie fuchsteufelswild, dass sie auch ohne seinen Befehl tat, was er von ihr verlangte. Sie schloss die Schlafzimmertür auf und trat auf den Korridor.

Zwei Treppen lagen vor ihr, die rechte führte nach oben ins nächste Stockwerk, wo ein Balkon zu sein schien. Die linke führte nach unten und erweiterte sich dort zu einem eleganten Fächer. Sie runzelte die Stirn, weil sie sich aus der vergangenen Nacht an keine Treppen erinnern konnte. Hatte sie derart neben sich gestanden? Sie erinnerte sich sehr gut, am Haus angekommen zu sein, erinnerte sich, bemerkt zu haben, dass es drei Stockwerke gab, also gab es natürlich auch Treppen – sie erinnerte sich nur nicht daran. Ein derartiges Loch in der Erinnerung zu haben war beängstigend – denn was gab es noch, an das sie sich nicht erinnerte?

Sie nahm die Treppe nach unten und hielt inne, als sie unten ankam. Sie war in einem atemberaubenden … Wohnzimmer? Wenn es eines war, dann war es anders als alle, die sie bisher gesehen hatte. Die gewölbte Decke erhob sich drei Stockwerke über ihrem Kopf. An einem Ende lag ein riesiger Kamin, und die Wand am anderen Ende war ganz aus Glas. Anscheinend mochte er Glas, denn er hatte sehr viel davon. Die Aussicht war wirklich atemberaubend. Aber sie erinnerte sich auch daran nicht. An nichts von alledem.

Ein Korridor führte zur Seite, und sie folgte ihm vorsichtig. Wenigstens daran kam ihr etwas bekannt vor, und als sie eine Tür öffnete, fand sie das Badezimmer, in dem sie letzte Nacht geduscht hatte – und in dem er ihr die Kleidung vom Leib gerissen hatte. Sie biss die Zähne entschlossen zusammen und ging hinein, um nach ihren Schuhen zu suchen. Sie waren nicht da. Sie fand sich damit ab, barfuß gehen zu müssen, und ging durch das kleine Wohnzimmer, an der Toilette, die sie benutzt hatte, vorbei, in die Küche.

Er saß am Tresen, die langen Beine um einen Barhocker geschlungen, einen Becher Kaffee in der einen Hand und die Morgenzeitung in der anderen. Er sah auf, als sie hereinkam. „Ich habe ein bisschen Tee gefunden, und das Wasser kocht."

„Ich werde Wasser trinken."

„Weil du Tee mit deinen Freunden trinkst, richtig?" Er legte die Zeitung hin und stand auf, öffnete eine Schranktür und nahm ein Wasserglas heraus, das er am Wasserhahn auffüllte. „Ich hoffe, du erwartest kein edles Markenwasser, das ist eine elende Geldverschwendung."

Sie zuckte mit den Schultern. „Wasser ist Wasser."

Er gab ihr das Glas und hob dann die Augenbrauen – beide. „Frühstücksflocken oder Bagel?"

„Bagel."

„Gute Wahl."

Erst dann bemerkte sie einen kleinen Teller mit seinem eigenen Bagel darauf, der hinter der Zeitung versteckt gewesen war. Vielleicht war es kleinlich von ihr, aber sie wünschte sich wirklich, sie würden nicht das Gleiche essen. Sie wünschte es sich allerdings nicht genug, um selber auf Frühstücksflocken umzusteigen.

Er steckte einen einfachen Bagel in den Toaster und nahm den Frischkäse aus dem Kühlschrank. Während der Bagel toastete, sah sie sich um. „Wie spät ist es? Ich habe nirgendwo eine Uhr gesehen."

„Es ist zehn Uhr siebenundfünfzig", sagte er, ohne sich umzudrehen. „Und ich besitze keine Uhr – na ja, bis auf die im Ofen hinter dir. Und vielleicht eine in der Mikrowelle. Ja, ich glaube, Mikrowellen müssen heutzutage auch Uhren haben."

Sie sah sich um. Die Uhr am Ofen war digital und zeigte ihr zehn Uhr siebenundfünfzig an, in blauen Zahlen. Die Sache war nur die – sie hatte die Uhr am Ofen vor seinem Blick verdeckt und er hatte sich auch nicht umgedreht. Er musste wohl einen Blick auf die Uhr geworfen haben, als er den Frischkäse geholt hatte.

„Mein Handy hat auch eine Zeitanzeige", fuhr er fort, „und meine Computer und Autos haben Uhren. Also wahrscheinlich habe ich schon Uhren, ich habe nur keine *Uhr*. Alle sind mit etwas anderem verbunden."

„Wenn dieser Small Talk dazu dienen soll, mich zu entspannen und vergessen zu lassen, dass ich dich hasse, dann lass dir gesagt sein, dass es so nicht funktioniert."

„Das hatte ich auch nicht erwartet." Er sah zu ihr auf, und seine grünen Augen blickten sie so eindringlich an, dass sie fast einen Schritt zurück machte. „Ich musste wissen, ob du Ansara bist, und um die Antwort zu bekommen, habe ich dich etwas grob behandelt. Dafür entschuldige ich mich."

Frustration kochte in ihr. Die Hälfte von dem, was er sagte, machte überhaupt keinen Sinn, und sie hatte es satt. „Sag mir einfach, wer zum Henker diese Ann-Sarah-Leute sind, und wo zum Henker sind meine Schuhe?"

*D*ie Antwort auf den zweiten Teil deiner Frage ist einfach. Ich habe sie weggeworfen."

„Toll", murmelte sie und sah zu ihren nackten Füßen hinunter, deren Zehen sich auf den kalten Fliesen krümmten.

„Ich habe dir ein Paar bei Macy's bestellt. Einer meiner Angestellten ist auf dem Weg mit ihnen."

Lorna runzelte die Stirn. Sie mochte es nicht, von irgendwem etwas anzunehmen, und sie mochte es ganz besonders nicht, etwas von *ihm* anzunehmen – aber es schien so, als würde sie eine ganze Menge annehmen müssen, egal, wie sie sich dabei fühlte. Andererseits hatte er ihre Schuhe weggeworfen und ihre Bluse zerrissen, also war es das Mindeste, was er tun konnte, sie zu ersetzen.

„Und diese Ann-Sarah-Leute?" Sie wusste, dass er „Ansara" gesagt hatte – nicht dass das irgendwie mehr Sinn ergab –, aber sie hoffte, dass es ihn nerven würde, wenn sie das Wort falsch aussprach.

„Das ist eine etwas längere Geschichte. Aber nach letzter Nacht hast du das Recht, sie zu hören." Ein leises *Ping* erklang, und der Toaster spuckte den Bagel aus. Er benutzte das Messer, das er geholt hatte, um den Frischkäse zu verschmieren, um die zwei Hälften aus dem Toaster auf den Teller zu befördern, dann reichte er Messer, Teller und Frischkäse an sie weiter.

Sie nahm sich den Hocker, der am weitesten von ihm entfernt war, und schmierte sich Frischkäse auf eine Hälfte des Bagels. „Dann lass mal hören", sagte sie knapp.

„Es gibt einige andere Dinge, die ich gerne erst aus dem Weg räumen würde. Erstens …" Er griff in seine Jeanstasche und holte ein Bündel Geldscheine heraus, das er vor sie hinlegte.

Lorna sah hinunter. Zwischen den Scheinen steckte ihr Führerschein. „Mein Geld!", sagte sie, griff sich schnell beides und steckte es in ihre eigenen Taschen.

„Mein Geld, meinst du wohl?", fragte er grimmig, aber er hatte nicht darauf bestanden, es zu behalten. „Und sag mir nicht noch einmal, dass du nicht betrogen hast, weil ich weiß, dass du es hast. Ich bin mir nur nicht sicher, ob du weißt, dass du betrogen hast oder wie du es machst."

Sie konzentrierte sich auf ihren Bagel und hielt ihren Gesichtsausdruck verschlossen. Er betrat schon wieder das Land der Hirngespinste, aber sie musste nicht mit ihm gehen. „Ich habe nicht betrogen", sagte sie stur, nur weil er gesagt hatte, sie solle es nicht tun.

„Das weißt du gar nicht … Warte, mein Handy." Er zog ein kleines Telefon aus seiner Tasche und klappte es auf. „Raintree … Ja. Ich frage sie." Er sah Lorna an und fragte: „Was sagst du, kosten deine neuen Schuhe?"

„Hundertachtundzwanzig neunzig", sagte sie automatisch und nahm einen Bissen von ihrem Bagel.

Er klappte das Telefon wieder zu und steckte es zurück in seine Tasche.

Nach ein paar Sekunden brachte die vollkommene Stille sie dazu, aufzusehen. Seine Augen waren so leuchtend grün, dass es aussah, als würden sie glühen. „Da war kein Anruf", sagte er.

„Warum hast du dann gefragt …" Sie hielt inne, weil ihr plötzlich klar wurde, was sie gesagt hatte, als er sie nach den Schuhen gefragt hatte. Das bisschen Farbe, das sie über Nacht zurückbekommen hatte, wich aus ihrem Gesicht. Sie öffnete den Mund, um ihm zu sagen, dass er den Preis der Schuhe ihr gegenüber wahrscheinlich schon erwähnt hatte, dann schloss sie ihn wieder, weil sie wusste, dass er das nicht hatte. Sie hatte ein kaltes, krankes Gefühl in der Magengrube, fast wie jeden Morgen nach dem Aufwachen. „Ich bin kein Freak", sagte sie mit dünner, leiser Stimme.

„Das Wort ist ,Gabe'. Du hast eine Gabe. Ich habe es dir gerade bewiesen. Mir musste ich das nicht beweisen, ich wusste es schon. Meine Gaben sind noch ausgeprägter als deine."

„Du bist verrückt, das ist alles."

„Ich bin ein wenig empathisch, gerade genug, um die Menschen lesen zu können – besonders, wenn ich sie berühre. Deshalb schüttele ich auch immer allen die Hände, wenn ich mich mit Leuten zu einem geschäftlichen Meeting treffe", sprach er einfach weiter, als hätte sie ihn nicht unterbrochen. „Und wie du sehr gut weißt, kann ich nur mit Kraft meiner Gedanken Menschen dazu bringen, Dinge gegen ihren Willen zu tun. Das ist mir zwar auch neu, aber was soll's. Wir sind sehr nah an der Sommersonnenwende. Das, zusammen mit dem Feuer, hat die Fähigkeit wahrscheinlich hervorgerufen. Ich kann noch ein paar andere Dinge, aber vor allem bin ich erstklassiger Großmeister des Feuers."

„Was bedeuten soll?", fragte sie sarkastisch, um die Tatsache zu verbergen, dass sie bis ins Mark erschüttert war. „Dass du im Zirkus

Nachtschichten als Feuerschlucker einschiebst?"

Er streckte seine Hand aus, die Handfläche nach oben, und eine perfekte kleine blaue Flamme kam mitten in seiner Hand ins Leben. Er blies sie beiläufig aus. „Das kann ich nicht sonderlich lange machen", sagte er, „sonst verbrenne ich mich."

„Das ist bloß ein Trick. Stuntmen machen so was im Film die ganze ..."

Ihr Bagel stand in Flammen.

Sie starrte das Brötchen wie versteinert an, und es brannte und rauchte. Er nahm den Teller und warf den brennenden Bagel in die Spüle, dann ließ er Wasser darüber laufen. „Wir wollen ja nicht, dass der Feueralarm losgeht", erklärte er und schob den Teller mit der anderen Bagelhälfte darauf wieder zu ihr.

Hinter ihm flammte eine Kerze auf. „Ich habe immer eine Menge Kerzen um mich herum", sagte er. „Sie sind für mich eine Art Barometer."

Ein Gedanke wuchs und wuchs in ihr, bis sie ihn nicht mehr zurückhalten konnte. „Du hast das Kasino in Brand gesteckt!", sagte sie voller Angst.

Er schüttelte den Kopf, während er sich wieder auf seinen Hocker setzte und seinen Kaffee nahm. „Ich kann mich besser kontrollieren, sogar so nah an der Sonnenwende. Das war nicht mein Feuer."

„Das sagst du. Aber wenn du so ein erstklassiger, unvergleichlicher, überirdischer Großmeister bist, warum hast du es dann nicht gelöscht?"

„Das ist die gleiche Frage, die ich mir schon die ganze Zeit stelle."

„Und die Antwort lautet ...?"

„Ich weiß es nicht."

„Wow, das erklärt natürlich alles."

Sein strahlendes Lächeln blitzte kurz in seinem Gesicht auf. „Hat man dir schon mal gesagt, dass du ein Besserwisser bist?"

Sie konnte sich gerade noch zusammenreißen, ehe sie automatisch antwortete. Ja, das Kompliment hatte man ihr schon gemacht – oft sogar, und immer zusammen mit oder kurz nach einem Schlag.

Sie sah nicht auf, um zu überprüfen, ob er etwas Merkwürdiges an ihrer Reaktion bemerkte, stattdessen konzentrierte sie sich darauf, Frischkäse auf die zweite Hälfte ihres Bagels zu schmieren.

„Da ich vor letzter Nacht noch nie das Bewusstsein anderer Menschen kontrolliert habe, ist es möglich, dass es mich ausgelaugt hat", fuhr er nach einer kurzen Weile fort. Sie sah immer noch nicht zu ihm auf, aber sie konnte spüren, wie intensiv sein Blick war, der auf ihrem Gesicht ruhte. „Ich war nicht müde. Alles hat sich normal angefühlt. Aber ich weiß natürlich nicht, inwieweit mich die Bewusstseinskontrolle beeinflusst hat. Vielleicht habe ich mich nicht so konzentriert, wie ich es hätte tun sollen. Vielleicht war meine Aufmerksamkeit geteilt. Verflucht, ich *weiß*, dass sie geteilt war. Es hatte letzte Nacht eine Menge ungewöhnlicher Faktoren gegeben, das war völlig klar."

„Du glaubst wirklich, du hättest das Feuer löschen können?"

„Ich weiß, dass ich das hätte tun können – normalerweise. Die Feuerwehr wäre bloß davon ausgegangen, dass die Sprinkleranlage ausgezeichnet funktioniert. Stattdessen …"

„Stattdessen hast du mich in die Mitte eines riesigen Feuers gezerrt und uns beide fast umgebracht!"

„Bist du verbrannt?", fragte er und nahm einen Schluck Kaffee.

„Nein", gab sie widerwillig zu.

„Leidest du an Rauchvergiftung?"

„Nein, verdammt!"

„Meinst du nicht, du solltest zumindest ein paar versengte Haarsträhnen haben?"

Er sprach all das aus, was sie schon längst selbst gedacht hatte. Sie verstand nicht, was während des Feuers geschehen war, und sie verstand auch nicht, was seitdem passierte. Sie bemühte sich verzweifelt, so zu tun, als sei nichts Seltsames passiert; sie wollte sein Haus verlassen und sich für immer etwas vormachen, aber er würde das nicht zulassen. Sie konnte seine Entschlossenheit spüren.

Nein! sagte sie sich verzweifelt.

„Ich habe ein schützendes Kraftfeld um uns aufgebaut", fuhr er fort. „Und am Ende, als ich alle deine Kraft zusammen mit meiner benutzt habe, um das Feuer zurückzuschlagen, hat sich der Schutz ein wenig verfestigt. Du hast ihn gesehen. Ich habe ihn gesehen. Er hat geschimmert wie eine …"

„… Seifenblase", flüsterte sie.

„Ah", sagte er leise, nachdem er einen Moment nachgedacht hatte. „Das hat also deine Erinnerung ausgelöst."

„Hast du eine Ahnung wie sehr mir das wehgetan hat, was du gemacht hast?"

„Deine Macht zu nehmen? Nein, ich weiß es nicht, aber ich kann es mir vorstellen."

„Nein", sagte sie tonlos, „das kannst du nicht." Der Schmerz war anders als alles gewesen, was sie beschreiben konnte. Wenn sie sagte, dass es sich anfühlte, als würde ihr ein Amboss auf den Kopf fallen, wäre das noch untertrieben.

„Wirklich, es tut mir leid. Ich hatte keine Wahl. Ich konnte es entweder so machen, oder wir wären beide gestorben, zusammen mit den Menschen, die noch dabei waren, das Hotel zu evakuieren."

„Du entschuldigst dich immer so, dass klar ist, dass du es immer wieder genauso machen würdest, wenn die Situation es erfordert, ohne zu zögern. Es fällt mir also recht schwer, den Teil mit der Entschuldigung zu glauben."

„Das liegt daran, dass du nicht nur Dinge fühlst, ehe sie geschehen, sondern auch ein sehr feines Gespür für die übernatürlichen Energien um dich herum hast."

Was bedeutete, dass er es wieder genauso machen würde, unter den gleichen Umständen. Wenigstens war er kein Heuchler.

„Gestern, in meinem Büro", fuhr er fort, „hast du auf Energien reagiert, die du nicht gespürt hättest, wenn du nicht eine besondere Gabe hättest."

„Ich dachte, du wärest böse", sagte sie und biss rigoros in ihren Bagel. „Nichts, was du bisher getan hast, hat mich meine Meinung ändern lassen."

„Weil du mich angemacht hast?", fragte er leise. „Ich habe dich nur einmal angesehen, und die Kerzen in meinem Büro sind entflammt. Normalerweise gerate ich nicht so außer Kontrolle, aber ich musste mich konzentrieren, um alles wieder in seine Bahnen zu lenken. Dann habe ich dich weiter angesehen, daran gedacht, wie es wäre, mit dir zu schlafen, und ich soll verflucht sein, wenn du dich nicht in diese Fantasie eingeschaltet hast."

Oh, du liebe Zeit, das wusste er? Sie spürte, dass ihr Gesicht brannte und verwandelte ihre Scham in Wut. „Versuchst du, bei mir zu landen?", fragte sie ungläubig. „Hast du tatsächlich die Nerven, zu glauben, ich würde mich von dir auch nur mit einer drei Meter langen Stange berühren lassen, nach dem, was du letzte Nacht mit mir gemacht hast?"

„So lang ist er nicht", sagte er mit einem kleinen Lächeln.

Na ja, den hatte sie sich selbst eingehandelt. Sie knallte ihren Bagel auf den Teller und rutschte von ihrem Hocker. „Ich will nicht einmal in einem Zimmer mit dir sein. Wenn ich hier endlich weg bin, will ich dein Gesicht nie wieder sehen. Du kannst deine dreckige kleine Fantasie nehmen und sie dir sonst wohin stecken, Raintree!"

„Dante", berichtigte er sie, als hätte sie ihn nicht gerade zum Teufel geschickt. „Und damit sind wir bei den Ansara. Ich habe nach einem Muttermal gesucht. Alle Ansara haben einen blauen Halbmond irgendwo auf dem Rücken.

Sie war so wütend, dass ihr Sichtfeld verschwamm. „Und während du nach einem Muttermal auf meinem Rücken gesucht hast, hast du dir gedacht, du kannst dir gleich auch mal meinen Hintern ansehen, oder wie?"

„Es ist ein toller Hintern, der es wert ist, dass man ihn sich ansieht. Aber nein, ich hatte immer vor, ihn mir anzusehen. ‚Rücken' ist zu unpräzise. Genau genommen kann ‚Rücken' alles von deinem Kopf bis zu deinen Fußsohlen bedeuten. Ich habe es schon unterhalb der Taille gesehen, und es gibt Aufzeichnungen von sehr seltenen Fällen, wo es sich auf einer Pobacke befand. Wenn man bedenkt, wie ernst das Feuer war, und dass ich es nicht löschen konnte, musste ich sichergehen, dass nicht du es warst, die mich daran gehindert hat."

„Wie gehindert?", schrie sie ihn an, überhaupt nicht beruhigt durch seine Erklärung.

„Wenn du eine Großmeisterin wärst, hättest du das Feuer nähren können, während ich versucht habe, es zu löschen. Ich habe noch nie ein Feuer gesehen, das ich nicht kontrollieren konnte – bis letzte Nacht."

„Aber du hast selber gesagt, dass du noch nie vorher das Bewusstsein anderer Menschen kontrolliert hast, also weißt du auch nicht, wie es dich beeinflusst! Warum hast du automatisch angenommen, ich sei eine dieser Ansara?"

„Habe ich nicht. Ich bin mir aller Variablen wohl bewusst. Ich musste die Möglichkeit trotzdem ausschließen."

„Wenn du so gut darin bist, Menschen zu lesen, wenn du sie anfasst, dann solltest du wissen, dass ich es nicht bin", entgegnete sie herausfordernd.

„Sehr gut", gab er zu, als wäre er ein Lehrer und sie seine beste Schülerin. „Aber Ansara werden von Geburt an darin ausgebildet, mit ihren Gaben umzugehen und sich zu schützen, genau wie die Raintree. Ein mächtiger Ansara könnte durchaus in der Lage sein, sich einen Schutzschild aufzubauen, den ich nicht erkennen kann. Wie ich gesagt habe, sind meine empathischen Fähigkeiten nur gering."

Sie fühlte sich, als müsste sie vor Frustration bald explodieren. „Du Idiot! Wenn ich ein Schutzschild gehabt hätte, dann wärst du doch kaum in der Lage gewesen, mein Gehirn zu vergewaltigen!"

Er trommelte mit den Fingern leicht auf der Oberfläche des Tresens und betrachtete sie mit zusammengekniffenen Augen. „Ich mag dieses Wort wirklich überhaupt nicht."

„Pech. Mir hat die Gehirnvergewaltigung überhaupt nicht gefallen." Sie warf die Wörter nach ihm wie Messer und hoffte, dass sie sich tief in sein Fleisch bohrten.

Er dachte darüber nach und nickte. „Na schön. Zurück zum Schutzschild. Auch du hast so etwas, aber sie haben sich auf natürliche Art entwickelt, durch das Leben. Du schützt deine Gefühle. Ich aber rede von einem mentalen Schild, der mit Absicht konstruiert wurde, um einen Teil deiner Energie zu verbergen. Und mich abzuhalten – Süße, ich kenne nur eine einzige Person, die mich eventuell davor blockieren kann, in ihr Bewusstsein einzudringen, und du bist es nicht."

„Oooooh – du bist wohl ein ganz gefährlicher Mächtiger, was?"

Langsam nickte er. „Ja."

„Und warum bist du dann nicht, keine Ahnung, König der Welt oder so was?"

„Ich bin König der Raintree", sagte er, stand auf und stellte seinen Teller in die Spülmaschine. „Das reicht mir."

Komisch, aber von allen seltsamen Dingen, die er ihr erzählt hatte, kam ihr das am unwahrscheinlichsten vor. Sie vergrub ihren Kopf in ihren Händen und wünschte sich nur, dass der Tag endlich vorbei war. Sie wollte vergessen, dass sie ihn je getroffen hatte. Er war offensichtlich vollkommen verrückt. Nein – das konnte sie sich nicht vormachen. Sie war mit ihm durchs Feuer gegangen, sogar wortwörtlich. Er konnte Dinge tun, die sie nicht für möglich gehalten hatte. Also vielleicht – nur vielleicht – war er so eine Art Anführer, auch wenn „König" wirklich etwas zu weit ging.

„Okay, ich beiße an", sagte sie müde. „Wer sind die Raintree und wer sind die Ansara? Zwei verschiedene Länder, in denen nur Freaks leben?"

Seine Lippen zuckten.

„Wir verfügen über Gaben. Außerordentliche Gaben. Wir sind zwei Clans – verfeindete Clans, um gleich auf den Punkt zu kommen. Unsere Feindschaft geht Tausende von Jahren zurück."

„Ihr seid also so was wie die Capulets und die Montagues?"

Daraufhin lachte er, dass seine Zähne aufblitzten. „So habe ich das nie gesehen, aber … ja. Irgendwie schon. Allerdings ist das, was zwischen den Raintree und den Ansara geschieht, keine Fehde, es ist ein Krieg. Da gibt es einen Unterschied."

„Zwischen einem Krieg und einer Fehde, ja. Aber was ist der Unterschied zwischen Raintree und Ansara?"

„Die ganze Lebenseinstellung, würde ich sagen. Sie benutzen ihre Gaben, um zu betrügen, um Leid anzutun, für ihren persönlichen Vorteil. Raintree sehen ihre Fähigkeiten als echte Geschenke an und versuchen, sie dementsprechend zu nutzen."

„Ihr seid also die Guten."

„Vom Spektrum der menschlichen Natur aus gesehen – ja. Allerdings sagt mir mein gesunder Menschenverstand, dass einige der Raintree nicht so weit von einigen der Ansara entfernt sind, was ihre Einstellung angeht. Aber wenn sie Raintree bleiben wollen, müssen sie tun, was ich befehle."

„Also sind vielleicht nicht alle Ansara total böse, aber wenn sie in ihrem Clan bleiben wollen, bei ihren Freunden und ihrer Familie, müssen sie das tun, was der Ansara-König ihnen befiehlt."

Er neigte zustimmend seinen Kopf. „Im Großen und Ganzen ist es das."

„Du gibst zu, dass ihr vielleicht mehr Gemeinsamkeiten habt, als ihr euch unterscheidet?"

„Auf einigen Gebieten. Aber auf eine wichtige Art sind wir genaue Gegenteile."

„Welche?"

„Wenn ein Kind aus der Verbindung zwischen Ansara und Raintree entstanden ist, haben die Ansara das Kind von Anfang an getötet. Keine Ausnahmen."

Lorna rieb sich die Stirn, die wieder anfing, zu schmerzen. Ja, das war schlimm. Unschuldige Kinder umzubringen wegen ihrer Herkunft war nicht nur eine opportunistische Sichtweise, es war böse, mit großem *B*. Teil ihrer eigenen Lebensphilosophie war es, dass es einige Menschen gab, die es nicht verdienten, zu leben, und Menschen, die Kindern wehtaten, gehörten in diese Gruppe.

„Ich nehme nicht an, dass es viele Hochzeiten zwischen Raintree und Ansara gegeben hat, oder?"

„Seit Jahrhunderten nicht. Welcher Raintree würde das riskieren? Bist du fertig mit dem Bagel?"

Die prosaische Frage warf sie aus der Bahn, und Lorna starrte hinab auf ihren Bagel. Sie hatte vielleicht die Hälfte gegessen. Auch wenn sie vorher am Verhungern gewesen war, das Gespräch beim Frühstück hatte ihren Appetit sehr effektiv verdorben. „Ich glaube schon", sagte sie ohne Interesse und schob ihm den Teller hin.

Er warf die Überbleibsel des Bagels weg und stellte auch ihren Teller in die Spülmaschine. „Du musst geschult werden", sagte er. „Deine Gabe ist zu stark, um dich weiterhin ungeschützt damit herumlaufen zu lassen. Ein Ansara könnte dich benutzen …"

„So wie du es getan hast?" Sie versuchte gar nicht erst, die Bitterkeit in ihrer Stimme zu verbergen.

„So wie ich es getan habe", stimmte er ihr zu. „Aber sie würden das Feuer nähren, statt es zu bekämpfen."

Während sie dastand und sich überlegte, was dran war an dem, was er gesagt hatte, fing sie an zu merken, dass es ihr mittlerweile viel leichter fiel, über diese „Gaben" zu sprechen. Sie hatte irgendwann während des Gesprächs aufgehört, sie zu verleugnen und angefangen, sie zu akzeptieren. Als sie merkte, worauf er mit all dem hinauswollte, blühte ihre alte, tief verwurzelte Panik wieder auf.

„Oh, nein", sagte sie und schüttelte den Kopf, während sie ein paar Schritte von ihm wegging. „Ich lasse mich in gar nichts ‚schulen'. Steht auf meiner Stirn etwa Dummkopf oder so was?"

„Du forderst Ärger heraus, wenn du nicht schleunigst geschult wirst."

„Dann werde ich damit umgehen, wie ich es immer getan habe. Außerdem hast du deine eigenen Sorgen, oder nicht?"

„Die nächsten Wochen werden schwierig, aber nicht so schwer für mich wie für die Menschen, die jemanden in den Flammen verloren haben. Sie haben nach Sonnenaufgang noch einen Toten geborgen. Das sind zwei Todesopfer." Sein Gesichtsausdruck wurde ernst und traurig.

„Davon rede ich nicht. Ich meine die Cops. Irgendetwas stinkt an der Sache, warum sollten sonst zwei Detectives die Leute befragen, ehe die Feuerwehr überhaupt festgestellt hat, ob das Feuer Brandstiftung war oder ein Unfall?"

Seine Augen schienen in weite Ferne zu sehen, auch wenn sie auf ihr Gesicht gerichtet waren. Dieses kleine Detail war seinen allwissenden und allsehenden Gaben entgangen, aber wenn es etwas gab, was das Leben ihr beigebracht hatte, dann, wie das Gesetz funktionierte.

Die Detectives hätten nicht da sein dürfen, bis klar war, dass es etwas für sie zu ermitteln gab, und der Feuerwehrhauptmann konnte das wahrscheinlich nicht endgültig sagen bis irgendwann später am Tag.

„Verflucht", sagte er sehr leise und zog sein Telefon aus der Tasche. „Geh nirgendwo hin. Ich muss einige Anrufe machen."

Er hatte das sehr wörtlich gemeint, merkte Lorna, als sie versuchte, die Küche zu verlassen. Ihre Füße hörten an der Türschwelle auf zu funktionieren.

„Du kannst mich mal, Raintree!", fuhr sie ihn an und drehte sich auf der Stelle um.

„Dante", berichtigte er sie.

„Du kannst mich mal, Dante!"

„Viel besser", sagte er und zwinkerte ihr zu.

12. KAPITEL

*D*ante begann, seine Anrufe zu erledigen, als Erstes bei Al Rayburn. Lorna hatte recht: Irgendetwas stank gewaltig, und es ärgerte ihn, dass sie ihm das hatte sagen müssen. Er hätte selbst darauf kommen müssen. Statt die Fragen der Polizisten zu beantworten, hätte er eigene stellen sollen, zum Beispiel: „Was tun Sie hier?" Eine Brandstätte war kein Ort des Verbrechens, ehe die Ursache als Brandstiftung festgestellt wurde oder wenigstens unter dem Verdacht stand. Uniformierte Polizisten hätten wegen der Menschenmassen vor Ort sein sollen, um den Verkehr zu regeln und für die allgemeine Sicherheit zu sorgen. Für sie gab es viele Gründe – aber keinen für die Detectives.

Er fand keine Antworten auf seine Fragen, aber das hatte er auch nicht erwartet. Was er jetzt tat, war, den Informationsfluss umzukehren, und das würde Zeit brauchen. Jetzt wurden Fragen gestellt – von Al, von einem Freund, den Dante im Rathaus hatte, von einem Raintree, der sein Leben gern ein wenig aufregend und wild gestaltete und deshalb einige interessante Kontakte hatte. Sicher würde man einige Dinge bald in einem anderen Licht sehen.

Was auch immer vor sich ging, was auch immer diese zwei Detectives damit zu tun hatten, Dante würde es herausfinden, auch wenn er Mercy mit hineinziehen musste, deren Gabe der Telepathie so stark war, dass sie einmal, als sie zehn und er sechzehn war, zu einem sehr ungünstigen Moment in seinen Kopf gekommen war – er hatte Besuch von seiner damaligen Freundin – und laut „Iiiih! Eklig!" gesagt hatte, was ihn so sehr erschreckt hatte, dass er danach seine Konzentration, seine Lust *und* seine Freundin verloren hatte. An diesem Tag hatte er angefangen, Mercy aus seinem Kopf auszuschließen, was sie rasend wütend gemacht hatte. Sie hatte sogar ihren Eltern gesagt, was er getan hatte, was zu einem sehr langen und sehr ernsten Gespräch mit seinem Vater geführt hatte, in dem es darum ging, wie wichtig es war, sich klug zu verhalten, sich zu schützen und Verantwortung für sein Handeln zu übernehmen.

Nachdem er wusste, dass sein Vater ihn zwingen würde, jedes Mädchen zu heiraten, dass er schwängerte, und mit ihr bis an den Rest seines Lebens verheiratet bleiben würde, war er um ein ganzes Stück vorsichtiger geworden. Der Dranir der Raintree konnte es sich nicht leisten, eine lockere Einstellung zu seinen Erben zu haben. Ein Raintree, jeder Raintree, war genetisch dominant, alle Kinder erbten ihre Gaben. Das Gleiche galt für die Ansara, weshalb die Ansara jedes Kind aus einer Verbindung zwischen Raintree und Ansara sofort umbrachten. Wenn zwei dominante Stränge sich verbanden, konnte alles passieren – und das Resultat konnte gefährlich sein.

Mercys Gabe war stärker geworden, je älter sie wurde. Dante glaubte nicht, dass ihre Anwesenheit in Reno dringend notwendig war; die Raintree hatten noch andere Telepathen, auf die sie sich verlassen konnten. Sie waren vielleicht nicht so stark wie Mercy, aber das würden sie auch nicht sein müssen. Mercy ging es am besten in Sanctuary, dem Zuhause des Raintree-Clans, wo sie nicht von allen Seiten emotional und mental beansprucht wurde. Dann und wann kamen sie und Eve, ihre sechsjährige Tochter, ihn oder Gideon besuchen – Mercy war ganz Frau, was ihre Liebe zum Einkaufen anging, und er und Gideon passten immer gerne auf Eve, den Kobold, auf, während ihre Mutter sich einer Einzelhandelstherapie unterzog – aber Mercy war die Hüterin ihres Zuhauses, ihrer Heimstatt. Sanctuary war ihr Verantwortungsbereich, ihr Reich, und sie liebte es. Er würde sie nicht um Hilfe bitten, solange ihm andere Möglichkeiten blieben.

Während er seine Anrufe erledigte, stand Lorna die ganze Zeit dort, wo er sie gezwungen hatte, zu stehen. Sie kochte vor Wut und wurde von Minute zu Minute noch zorniger, bis er davon ausging, dass bald jedes ihrer dunkelroten Haare vor Spannung senkrecht stehen würde. Er hätte sie entlassen können, wenigstens innerhalb des Hauses, aber sie würde diese Freiheit wahrscheinlich benutzen, um ihn mit irgendetwas anzugreifen. Außerdem musste er zugeben, dass ihm ihre Wut und ihre wenig schmeichelhaften Kommentare Spaß machten.

Sie machte ihm Spaß.

Er war noch nie so bezaubert gewesen – oder so berührt. Als er dieses bemitleidenswerte, leise Wimmern gehört hatte, das sie im Schlaf von sich gegeben hatte, hatte sich sein Herz tatsächlich zusammengezogen. Was ihn wirklich, wirklich traf war, dass sie ganz offensichtlich wusste, was für ein Geräusch sie machte – wahrscheinlich wimmerte sie oft im Schlaf. Schnarchen, ja klar.

Sie weigerte sich, ein Opfer zu sein. Das gefiel ihm. Sogar wenn ihr etwas Schlechtes geschah – wie zum Beispiel er selbst –, weigerte sie sich standhaft, irgendein Zeichen von Verwundbarkeit an den Tag zu legen und auch nur ansatzweise so zu erscheinen, als sei sie schwächer als King Kong. Sie verschwendete keine Zeit damit, sich selbst zu verteidigen, sondern sie griff an, mit grimmigem Mut und scharfer Zunge – und mit dem einen oder anderen rechten Haken.

Er war grob zu ihr gewesen, auf mehr als nur eine Art. Er hatte sie nicht nur verängstigt, ihr mental Gewalt angetan, er hatte sie auch gedemütigt und beschämt, indem er ihre Kleidung in Fetzen gerissen und sie auf diese Art untersucht hatte. Wenn sie nur mit ihm zusammengearbeitet hätte … aber das hatte sie nicht, und er konnte es ihr nicht zum Vorwurf machen. Nichts, was er letzte Nacht getan hatte, konnte sie dazu gebracht haben, ihm zu vertrauen, und es war auch nicht so, als schien sie sonst der vertrauensselige Typ zu sein. Er konnte sich nicht einmal vormachen, dass er ihr nie Leid hatte zufügen wollen. Wenn das blaue halbmondförmige Muttermal der Ansara auf ihrem Rücken gewesen wäre – na ja, dann hätte man ihre Leiche nie gefunden.

Das Maß seiner Erleichterung darüber, dass er kein Muttermal gefunden hatte, hatte ihn überrascht, und er hätte nichts lieber getan, als sie in die Arme zu schließen und zu trösten. Aber das hätte sie nicht zugelassen – sie hätte ihm wahrscheinlich die Augen ausgekratzt, von anderen Körperteilen ganz zu schweigen. Alles, was sie zu diesem Zeitpunkt wollte, war, dass er verschwand.

Wie man sie hatte aufwachsen lassen war beschämend. Sie hätte darin ausgebildet werden sollen, ihre Gaben zu kontrollieren und zu entwickeln, darin, sich zu beschützen. Einen so großen Vorrat an roher Energie wie bei ihr, hatte er noch nie bei einem Streuner vorgefunden, und die Gefahr, dass sie dieses Potenzial missbrauchte oder es missbraucht wurde, lag auf der Hand.

Wenn er es genau bedachte, war ihre Gabe wahrscheinlich nicht wirklich Präkognition, sondern eher Hellseherei. Sie hatte keine Visionen, wie sein Cousin Echo, es war eher so, als „wüsste" sie Dinge einfach – welche Karte als Nächstes gespielt wurde, ob ein gewisser Spielautomat gewann, wie viel ihre neuen Schuhe kosteten. Warum sie sich dafür entschieden hatte, in Kasinos zu spielen, statt sich einen Lottoschein zu holen, war ihm nicht klar, es sei denn, sie hatte sich instinktiv dafür entschieden, so unsichtbar wie möglich zu bleiben. Mit Sicherheit hatte sie die Fähigkeit, so viel Geld zu gewinnen, wie sie nur wollte; ihre Gabe schien bei Zahlen besonders ausgeprägt zu sein.

Vor allem anderen stachen zwei Wahrheiten hervor:

Sie nervte ihn über alle Maßen.
Und er wollte sie.

Diese beiden sollten sich eigentlich gegenseitig neutralisieren, aber das taten sie nicht. Sogar wenn sie ihn nervte, was oft vorkam, brachte sie ihn zum Lachen. Und er wollte sie nicht nur körperlich, er wollte, dass sie ihre eigene Einzigartigkeit akzeptierte, dass sie all seine Widersprüche annahm, seinen Schutz annahm, seine Führung, wenn er ihr beibrachte, wie sie ihre Gabe formen und kontrollieren konnte – und all das lehnte sie ab, was den Kreis schloss, indem es ihn furchtbar nervte.

Es klingelte an der Tür. Lornas Schuhe wurden geliefert. Er ließ sie vor Wut kochend zurück und ging zur Tür, wo ein Angestellter seines Hotels mit einem Karton in der Hand wartete. „Die Verspätung tut mir leid, Mr Raintree", sagte der junge Mann und wischte sich den Schweiß von der Stirn. „Auf der Fernstraße hat es einen Unfall gegeben, der einen Stau verursacht hat ..."

„Kein Problem", sagte er, um den jungen Mann zu beruhigen. „Danke fürs Bringen." Da er seinen Angestellten weiterhin ihren Lohn zahlte, konnten sie sich genauso gut nützlich machen, wenn er sie brauchte.

Er trug den Schuhkarton in die Küche, wo Lorna immer noch wie angewurzelt stand. „Bitte sehr, probier sie an", sagte er und reichte ihr den Karton, doch sie starrte ihn nur wütend an und das konnte er ihr nicht einmal übel nehmen.

Er nahm die Schuhe aus der Schachtel, zog das zusammengeknüllte Seidenpapier aus den Spitzen und kniete sich hin. Er hatte erwartet, dass sie sich stur weigern würde, ihn ihren Fuß anheben zu lassen, aber sie ließ es zu, dass er mit der Hand über ihre Fußsohle fuhr, um möglichen Schmutz zu entfernen und ihr den butterweichen schwarzen Halbschuh anzog. Er wiederholte den Vorgang mit dem anderen Fuß und blieb dann auf einem Knie, als er zu ihr hinaufsah. „Passen sie? Drücken sie irgendwo?"

Die Schuhe waren ihren alten, kaputten sehr ähnlich, das wusste er: einfache schwarze Halbschuhe. Aber das war es auch schon mit Ähnlichkeiten. Dieses Paar war aus hochwertigem Leder, mit guter Senkfußeinlage und hochwertig geschustert. Ihr anderes Paar hatte Sohlen dünn wie Papier gehabt, und die Nähte waren ausgefranst gewesen. Sie hatte über siebentausend Dollar in der Tasche und trug ein Paar Schuhe für fünfzehn. Wofür sie das Geld auch ausgab, Kleidung war es nicht.

„Sie fühlen sich gut an", gab sie unwillig zu. „Aber nicht gut genug für einhundertachtundzwanzig Dollar."

Er lachte leise, als er wieder aufstand und ihr einen Moment ins Gesicht sah, noch einmal von Neuem bezaubert von ihrer Sturheit. Sie war eine von diesen Frauen, deren Persönlichkeit sie hübscher machten, als sie eigentlich waren. Nicht, dass sie nicht hübsch war, denn das war sie. Sie war keine auffällige Schönheit, aber es war eine Freude, sie anzusehen. Es waren ihr Wesen, ihre Art, ihr sarkastischer, aufmüpfiger Mund, ihre blitzenden Augen, die einen zur Hölle und wieder zurück schicken konnten. Sie schien vor Lebenskraft nur so zu funkeln. Das einzige Wort, mit dem man Lorna Clay nie beschreiben würde, war *ruhig*.

Er sollte sie aus dem Zwang entlassen, der sie dazu brachte, hierzubleiben, aber wenn er das tat, würde sie gehen – nicht nur ihn verlassen, sondern Reno. Er wusste es mit einer Sicherheit, die ihn erschaudern ließ.

Dante funktionierte sehr gut in der normalen, menschlichen Welt, aber er war der Dranir der Raintree, und innerhalb seines Reiches hatte man ihm zu gehorchen. Er war jetzt seit siebzehn Jahren Dranir, seit seinem zwanzigsten Geburtstag, aber schon davor hatte er kein gewöhnliches Leben geführt. Er gehörte der königlichen Familie an. Er war Prinz gewesen, Thronfolger und dann Dranir.

„Nein" war kein Wort, das er sehr oft hörte, und auch von Lorna wollte er es nicht hören.

„Du kannst innerhalb des Hauses überall hingehen, wo du willst", sagte er und fügte stumm die Vorbehaltsklausel hinzu, dass der Zwang endete, falls sie sich in Gefahr befanden. Wenn das Haus in Flammen ausbrach, wollte er, dass sie fliehen konnte. Nach letzter Nacht beschäftigten ihn solche Dinge sehr.

„Warum kann ich nicht gehen?" Ihre grünbraunen Augen flackerten vor Zorn, aber wenigstens schlug, kniff oder trat sie ihn nicht.

„Weil du dann wegläufst."

Sie bestritt es nicht, sah ihn stattdessen mit zusammengekniffenen Augen an. „Und? Ich werde nicht wegen irgendwelcher Verbrechen gesucht."

„Und ich fühle mich für dich verantwortlich. Es gibt einiges, was du über deine Gabe wissen musst, und ich kann es dir beibringen." Das war ein ebenso guter Grund wie alle anderen und klang logisch.

„Ich habe keine …" Sie hielt sie inne und atmete tief ein. Es nützte nichts mehr, das Offensichtliche zu verleugnen. Als er das Thema zum ersten Mal angeschnitten hatte, in seinem Büro, hatte sie es sofort und absolut abgestritten. Wenigstens begann sie jetzt, zu akzeptieren, wer sie war.

Wie war es dazu gekommen, dass sie so nachdrücklich alles verleugnete, was sie war? Er hatte den Verdacht, dass er es schon wusste, aber solange sie nicht darüber reden wollte, würde er auch nicht nachfragen.

Nach einem Augenblick sagte sie stur: „Ich bin für mich selbst verantwortlich. Ich will deine Almosen nicht, und ich brauche sie auch nicht."

„Almosen, nein. Wissen, ja. Ich glaube, ich lag falsch, als ich vermutet habe, dass du Dinge spürst, bevor sie geschehen." Er sah, wie sich Erleichterung in ihrem Gesicht breit machte, die sofort erstarb, als er weiterredete. „Ich denke, du hast eher hellseherische Fähigkeiten. Davon hast du schon gehört?"

„Nur in schlechten Filmen."

Er grinste. „Mein Bruder Gideon hat die Gabe, den Sturm zu kontrollieren. Er kann Blitze zu sich rufen."

Sie sah ihn mitleidig an. „Das klingt wie eine Art Gehirnschaden. Welcher Trottel will freiwillig in der Nähe von Blitzen sein?"

„Gideon. Er ernährt sich von Elektrizität, und er kann allen möglichen Schaden anrichten. Er lässt Straßenlaternen explodieren und Computer abstürzen. Er kann nicht fliegen, bevor ich ihm nicht einen Schutzzauber geschickt habe."

Er hatte ihr Interesse geweckt, wenn auch zögerlich. Er konnte es wie Quecksilber in ihren Augen aufleuchten sehen. „Warum macht er sich den nicht selbst?"

„Das ist in etwa das Gleiche, wie wenn Hellseher nicht ihre eigene Zukunft sehen können. Nur die Mitglieder der königlichen Familie können Zauber verschenken, und sie können sie nie für sich selbst anwenden. Er ist Polizist, ein Detective im Morddezernat, also statte ich ihn regelmäßig mit Schutzzaubern aus. Und wenn er fliegen will, schicke ich ihm einen Zauber, der seine elektrische Energie abschirmt, damit er nicht alle Bordcomputer explodieren lässt."

Dante hatte auch gehört, dass Gideon manchmal nach dem Sex leuchtete – oder vielleicht vorher. Oder währenddessen. Einige Dinge wollte man von seinem Bruder einfach nicht so genau wissen. Aber wenn Lorna endlich etwas über übernatürliche Gaben lernen wollte, machte es ihm nichts aus, auch einige der exotischeren Geschichten zu erzählen, um sie bei der Stange zu halten.

„Ich sag dir was", sagte er, als ob es ihm gerade eingefallen wäre, obwohl er sich darüber schon den ganzen Morgen Gedanken machte. „Warum einigen wir uns nicht auf eine kurze Probezeit – sagen wir, eine Woche –, in der du mir erlaubst, dir einige Grundlagen beizubringen, mit denen du dich schützen kannst? Du reagierst so sensibel auf jede vorbeiziehende Energiewelle, dass es mich überrascht, dass du überhaupt in die Öffentlichkeit gehen kannst. Ich werde mir etwas ausdenken, damit wir herausfinden, welche Gaben du auf den verschiedenen Gebieten hast."

Er sah ihr ihre Ablehnung an, doch dann begann ihre Neugier gegen den ersten Instinkt anzukämpfen. Fast gleichzeitig folgte die Vorsicht; Lorna überließ sich nicht sofort der Verantwortung von jemand anderem. „Was müsste ich tun?", fragte sie vorsichtig.

„Du *musst* gar nichts tun. Wenn du absolut und total dagegen bist, mehr zu lernen, dann werde ich dich nicht an einen Stuhl fesseln und dich dazu zwingen. Aber da du sowieso noch ein paar Tage hier sein wirst, könntest du die Zeit genauso gut nutzen, um etwas über dich selbst zu lernen."

„Ich werde meine Kleidung brauchen", sagte sie, was einer Kapitulation so nahe kam, wie er es von ihr nur erwarten konnte.

„Gib mir deine Adresse, und ich lasse sie herbringen."

„Nur für ein paar Tage. Und danach will ich, dass du mir dein Wort gibst, dieses dämliche Zwangding aufzulösen und mich gehen zu lassen."

Dante dachte darüber nach. Er war Dranir, er gab sein Wort nicht leichtfertig, konnte es nicht geben. Schließlich sagte er: „Nach einer Woche werde ich darüber nachdenken. Du bist klug, du kannst in einer Woche viel lernen. Aber ich kann es dir nicht versprechen."

13. KAPITEL

„*W*as genau ist falsch gelaufen?" Cael Ansaras Stimme klang freundlich und unberührt, worauf Ruben McWilliams keine Sekunde lang hereinfiel. Cousin oder nicht, Cael hatte etwas an sich, was Ruben dazu brachte, sich in seiner Gegenwart sehr vorsichtig zu verhalten. Wenn Cael am freundlichsten war, dann zahlte es sich aus, besonders auf der Hut zu sein. Ruben mochte ihn nicht, aber was sollte man machen – ein Komplott schuf die seltsamsten Bettgenossen.

Seine Intuition hatte ihm gesagt, dass er noch warten sollte, ehe er sich mit Cael in Verbindung setzte, also hatte er ihn letzte Nacht nicht angerufen. Stattdessen waren seine Leute ausgeschwärmt, um Fragen zu stellen, und dieses Glücksspiel hatte sich ausgezahlt oder ihnen zumindest eine interessante Variable beschert. Er wusste noch nicht genau, was sie da entdeckt hatten, aber er wusste, dass sie etwas entdeckt hatten.

„Wir wissen es nicht – nicht genau. Auf unserer Seite lief alles perfekt. Elyn war mit mir verbunden, und mit Stoffel und Pier. Sie hat unsere Energie benutzt, um das Feuer zu füttern. Sie hat gesagt, sie hatten Raintree schon so weit übertrumpft, dass er an Boden verlor – und das schnell. Dann … ist irgendetwas passiert. Es kann sein, dass er gemerkt hat, dass er gegen das Feuer nicht ankam und sich zurückgezogen hat. Oder er ist mächtiger, als wir geglaubt haben."

Cael war still, und Ruben rutschte unruhig auf dem Hotelbett hin und her. Er hatte erwartet, Cael würde sofort darauf anspringen, dass Raintree wie ein Feigling vor dem Feuer davongerannt war. Aber wie immer war Cael unvorhersehbar.

„Was sagt Elyn?", fragte er schließlich. „Wenn Raintree weggelaufen wäre, wenn er aufgehört hätte, das Feuer zu bekämpfen, hätte es ohne seinen Widerstand sofort überhand genommen. Das hätte sie gemerkt, oder nicht? Sie hätte den Sog gespürt."

„Sie weiß es nicht." Ruben und Elyn hatten die Geschehnisse von vorne bis hinten besprochen und versucht, genau festzustellen, was falsch gelaufen war. Sie hätte einen Sog spüren sollen, wenn es einen gegeben hatte – aber sie hatte nicht nur keinen Sog gespürt, sie hatte auch nicht gespürt, dass das Feuer sich zurückzogen hatte, bis die Feuerwehr mit dem Löschen anfing. Es musste eine Einmischung gegeben haben, aber sie konnten sie sich absolut nicht erklären.

„Weiß es nicht? Wie kann sie es nicht wissen? Sie ist Großmeisterin, und es war ihr Feuer. Sie sollte alles darüber wissen."

Caels Ton war scharf, aber nicht schärfer als bei seinem Gespräch mit Elyn. Sie hatte verständlicherweise nicht alle Schuld auf sich nehmen wollen. „Alles, was sie weiß, ist, dass sie den Kontakt mit dem Feuer verloren hat, gerade, als sie es ins Hotel ziehen wollte. Sie hat gespürt, dass es noch da war, aber sie wusste nicht, was es tat." Cael hielt kurz inne. „Sie sagt die Wahrheit. Ich war mit ihr verbunden. Ich konnte ihre Überraschung fühlen. Sie glaubt, dass es irgendeine Unterbrechung gegeben haben muss, vielleicht ein Schutzschild."

„Das kann nicht sein, solche Schilde gibt es nur in Sanctuary. An einem anderen Ort haben wir so etwas noch nie vorgefunden."

„Ich bin ganz deiner Meinung. Es kann kein Schild gewesen sein. Ich hätte gespürt, wenn da eines gewesen wäre."

„Wo waren die anderen Raintree?", fragte Cael.

„Wir haben sie im Auge behalten." Niemand vom Raintree-Clan war nahe genug am Dranir gewesen, um sich mit ihm zu verbinden und ihm Macht abgeben zu können, damit er seine eigene stärken konnte, so wie Elyn es getan hatte. In Reno gab es, wenn man den Dranir nicht mitrechnete, nur acht Raintree, und keiner von ihnen war in der Nähe des Infernos gewesen.

„Also habt ihr versagt und wisst nicht, warum."

„Noch nicht." Ruben betonte kaum merklich das *noch*. „Es gibt noch eine weitere Möglichkeit. Eine weitere Person, eine Frau, war bei Raintree. Keiner von uns hat gesehen, wie sie herausgebracht wurde, weil die Feuerwehrwagen unsere Sicht versperrt haben, aber wir haben uns als Versicherungsleute ausgegeben und Fragen gestellt." Die Versicherungsleute waren bereits ausgeschwärmt gewesen, nicht nur von Raintrees Gebäudeversicherung. Mehrere Fahrzeuge waren beschädigt worden, Besucher des Kasinos hatten persönliches Eigentum verloren. Es hatte Verletzte gegeben und zwei Tote. Da liefen eine Menge Leute herum, die eine Menge Fragen stellten, und niemand bemerkte noch ein paar Leute oder Fragen mehr.

„Wie heißt sie?"

„Lorna Clay. Einer der Sanitäter hat ihren Namen und ihre Adresse aufgenommen. Sie war nicht im Hotel eingetragen, und die Adresse auf ihren Papieren war in Missouri. Sie ist nicht mehr dort gemeldet. Ich habe das schon überprüft."

„Weiter."

„Sie war anscheinend von Anfang an bei Raintree, in seinem Büro im Hotel, weil sie zusammen das Gebäude evakuiert haben. Sie waren im West-Treppenhaus, zusammen mit vielen anderen Leuten. Er hat alle anderen herausgeführt, über das Parkdeck, aber er und diese Frau sind in die andere Richtung gegangen. Mehrere Dinge sind verdächtig. Erstens: Sie war nicht verbrannt – kein bisschen. Zweitens: Raintree auch nicht."

„Schutzblase. Judah kann das auch." Caels Stimme wurde tonlos, als er von Judah sprach – seinem legitimen Halbbruder, dem Dranir der Ansara. Neid und Bitterkeit, weil Judah Dranir war und nicht Cael, hatten sein ganzes Leben lang an ihm genagt.

Ruben war beeindruckt. Jeder Großmeister des Feuers konnte sich vor Rauch schützen, aber Hitze war eine andere Sache. Die Luft von der Hitze zu trennen, das eine einzulassen, aber das andere auszusperren, war eine Fähigkeit, die über die Kontrolle des Feuers hinausging.

„Die Frau", forderte Cael ihn scharf auf und weckte Ruben aus seiner stummen Bewunderung.

„Ich habe Kopien ihrer Aussage gesehen. Sie stimmt mit seiner überein, und keine von beiden ist möglich, wenn man bedenkt, was wir vom zeitlichen Ablauf wissen. Ich schätze, er hatte wenigstens eine halbe Stunde, um mit dem Feuer zu kämpfen." Das war eine Ewigkeit, wenn es ums Überleben ging.

„Es hätte ihn überwältigen sollen. Er hätte so viel Energie darauf verwenden sollen, das Feuer zu kontrollieren, dass es ihm unmöglich wäre, die Schutzblase aufrechtzuerhalten. Er ist der Heldentyp", sagte Cael feindselig. „Er würde sich selbst opfern, um die Menschen im Hotel zu retten. Es hätte funktionieren müssen. Seine Leute hätten keinen Verdacht gehegt. Sie hätte nichts anderes erwartet, als dass er sich für den mutigen und ehrenhaften Weg entschied. Die Frau muss der Schlüssel sein. Sie muss eine Gabe haben. Er hat sich mit ihr verbunden, und sie hat ihn mit ihrer Macht genährt."

„Sie ist keine Raintree", sagte Ruben. „Sie muss ein Streuner sein, aber die sind nicht so mächtig. Wenn es mehrere von ihnen gewesen wären, dann hätten sie vielleicht genug Energie gehabt, um das Feuer aufzuhalten." Das bezweifelte er allerdings. Immerhin waren es vier mächtige Ansara gewesen, die sich miteinander verbunden hatten, um das Feuer zu füttern. Und so mächtig Dante auch ohne jeden Zweifel sein mochte, die Macht eines Streuners, sogar eines starken, hätte kaum mehr Effekt haben können, als ein Glas Wasser in eine volle Badewanne zu schütten.

„Folge deiner eigenen Logik", sagte Cael scharf. „Streuner sind nicht so mächtig, also kann sie kein Streuner sein."

„Sie ist keine Raintree", sagte Ruben fest.

„Oder sie ist keine *offizielle* Raintree." Cael benutzte das Wort „illegitim" nicht. Der alte Dranir hatte ihn als Sohn anerkannt, aber das hatte Cael nicht den Vorzug vor Judah gegeben, auch wenn er der Ältere war. Diese Ungerechtigkeit hatte immer an ihm gefressen wie eine ätzende Säure. Alle um Cael herum hatten gelernt, nie auch nur anzudeuten, dass Judah eventuell Dranir war, weil er der Mächtigere war, und nicht aus Geburtsrecht.

„Dann müsste sie aber schon Teil der königlichen Familie sein, damit er das Feuer so lange gegen vier von uns halten konnte", sagte Ruben zweifelnd. Das war unmöglich. Die Geburt eines Kindes von königlichem Blut wurde viel zu ernst genommen; sie waren einfach zu mächtig.

„Vielleicht ist sie es. Auch wenn die Spaltung vor tausend Jahren stattgefunden hat, wäre die vererbte Macht immer noch so stark wie damals."

Im Fall, dass ein Mitglied eines Clans sich mit einem „normalen" Menschen fortpflanzte, und das kam oft vor, waren die Nachkommen, der dominanten Gene wegen, auch Ansara oder Raintree. Dennoch, dachte sich Ruben, eine königliche Geburt konnte man nicht für einen längeren Zeitraum unbemerkt lassen, und bestimmt nicht ein ganzes Jahrtausend lang.

„Egal was sie ist, wo ist sie jetzt?"

„Bei ihm zu Hause. Er hat sie letzte Nacht mit dorthin genommen, und sie ist immer noch da."

Cael schwieg, also wartete Ruben darauf, dass sein Cousin diese Information in seinem verworrenen Hirn verarbeitete.

„Okay", sagte Cael plötzlich. „Sie muss der Schlüssel sein. Wo sie auch herkommt, ihre Macht ist stark genug, dass er es mit euch aufnehmen konnte. Aber das liegt in der Vergangenheit, ihr könnt es nicht noch einmal mit Feuer versuchen, ohne dass der Bastard misstrauisch wird, also werdet ihr euch etwas anderes ausdenken müssen, damit es wie ein Unfall aussieht und nicht mit uns in Verbindung gebracht werden kann. Es ist mir egal, wie ihr es anstellt, Hauptsache, es klappt. Wenn ich das nächste Mal deine Stimme höre, dann erzählst du mir lieber, dass Dante Raintree tot ist. Und wenn ihr schon dabei seid, bringt auch die Frau um."

Cael legte mit einem Knall auf. Ruben legte den Hörer langsamer zurück und rieb sich dann das Nasenbein. Taktisch war es klug, die königlichen Raintree zuerst umzubringen. Wenn man der Schlange den Kopf abschnitt, war es einfacher, sich um den Körper zu kümmern. Der Vergleich hinkte ein wenig, weil jeder Raintree eine Kraft war, mit der man rechnen musste, aber das waren die Ansara auch. Wenn die königliche Familie erst tot war, hätten sie alle Trümpfe in ihrer Hand. Dann war das Ergebnis unvermeidbar.

Vor zweihundert Jahren hatten sie den Fehler gemacht, sich nicht zuerst um die königliche Familie zu kümmern – ein Fehler, der katastrophale Folgen gehabt hatte. Die Ansara waren als Clan fast vollkommen zerstört worden. Die Überlebenden waren auf ihre Insel in der Karibik verbannt worden, wo die meisten von ihnen auch geblieben waren. Aber sie hatten diese zweihundert Jahre genutzt, um sich heimlich wieder zu voller Stärke aufzubauen, und jetzt waren sie stark genug, um es noch einmal mit ihrem Feind aufzunehmen. Jedenfalls glaubte das Cael, und auch Ruben zweifelte nicht daran. Nur Judah hielt sie zurück, predigte Vorsicht. Aber Judah war ein Bankkaufmann, du liebe Zeit, was wusste der schon von Risiko?

In den Reihen der Ansara war seit Jahren die Unzufriedenheit gewachsen, und ein kritischer Punkt war erreicht. Die Raintree mussten sterben, und Judah ebenso. Cael würde ihn nicht am Leben lassen, nicht einmal im Exil.

Rubens Macht war nicht zu verachten. Deswegen und weil er Caels Cousin war, hatte man ihm die Aufgabe übertragen, den mächtigsten aller Raintree zu eliminieren – eine Aufgabe, die dadurch noch schwerer gemacht wurde, dass Cael darauf bestand, dass der Tod wie ein Unfall aussehen musste. Das Letzte, was er wollte, war, dass die ganze Sippe nach Sanctuary, zur Wiege der Raintree, geschwärmt kam, um diesen Ort zu beschützen. Die Kräfte von Sanctuary waren fast mystisch. Wie real sie war, wusste Ruben allerdings nicht, und es war ihm auch egal.

Der Plan war einfach: Die königliche Familie musste umgebracht, die schützenden Schilde um Sanctuary durchbrochen und die Heimstatt der Raintree eingenommen werden. Danach wäre der Clan so geschwächt, dass es ein Kinderspiel sein würde, ihn zu zerstören.

Dass sie vor zwei Jahrhunderten die Wiege der Ansara nicht zerstört hatten, dass sie nicht jedes Mitglied des Clans umgebracht hatten, war ihr großer Fehler gewesen. Die Ansara würden den Raintree nicht den gleichen Gefallen tun.

Ruben saß lange Zeit einfach da, tief in seine Gedanken versunken. An Raintree heranzukommen würde einfacher sein, wenn er abgelenkt war. Er und diese Frau, Lorna Clay, waren offensichtlich ein Paar, warum sonst sollte er sie mit zu sich nach Hause nehmen? Sie würde am einfachsten auszuschalten sein – und wenn sie das offensichtliche Ziel war und nicht Raintree, dann würde auch der Rest des Clans nicht auf den Plan gerufen werden.

Caels Idee war gut. Die Frau musste sterben.

14. KAPITEL

Montagnachmittag

*W*as passiert, wenn du stirbst?", fragte Lorna ihn mit wütendem Gesicht, als er, den Autoschlüssel noch in der Hand, die Tür zur Garage öffnete. „Was, wenn dir ein Reifen platzt und du eine Klippe hinunterfährst? Was, wenn du eine Lungenembolie bekommst? Was, wenn einem Hühnertransport die Bremsen versagen und er den kleinen Rollschuh, den du Auto nennst, einfach platt macht? Hält dein kleiner Fluch, oder was immer es ist, mich hier fest, sogar wenn du tot oder bewusstlos bist?"

Dante hielt auf halbem Weg durch die Tür an und sah mit halb amüsiertem, halb ungläubigem Gesicht zu ihr zurück. „Hühnertransport? Kannst du dir keine würdigere Art ausdenken, auf die ich ums Leben komme?"

Sie schnaufte. „Tot ist tot. Was kümmert es dich dann noch?" Dann fiel ihr etwas ein, etwas, was sie sehr verunsicherte. „Ähh – du *kannst* sterben, oder?" Was, wenn die Situation noch merkwürdiger war, als sie es sowieso schon fand? Was, wenn er auf der Freak-Skala von eins bis zehn eine 13 war?

Er lachte laut auf. „Jetzt muss ich mich fragen, ob du vorhast, mich umzubringen."

„Es ist eine Überlegung wert", sagte sie trocken. „Und?"

Er lehnte sich gegen den Türrahmen, nachlässig und entspannt, und so verdammt sexy, dass sie fast nicht hinsehen konnte. Es war harte Arbeit, ihre körperliche Reaktion auf ihn zu ignorieren, und es gelang ihr die meiste Zeit, aber manchmal, wie jetzt, schienen seine grünen Augen fast zu glühen, und in ihrer Vorstellung konnte sie noch einmal fühlen, wie er seinen starken, muskulösen Körper gegen ihren presste. Dass sie seine Männlichkeit jetzt schon zweimal gespürt hatte, während er sie festhielt, machte ihren Kampf nur noch viel schwieriger. Gegenseitige körperliche Anziehung war zwar wie ein starker Magnet, aber das bedeutete nicht, dass man ihr nachgeben musste. Manchmal wollte sie auch eine rote Ampel überfahren, einfach, weil sie nicht anhalten wollte und weil sie es konnte – aber sie tat es nie, weil es eine Dummheit war. Mit Dante zu schlafen, würde in die gleiche Kategorie fallen: dumm.

„Ich bin so sterblich wie du – fast jedenfalls. Ein Glück. So unan-

genehm Sterblichkeit auch ist, Unsterblichkeit wäre noch schlimmer."
Lorna trat einen Schritt zurück. „Was soll das heißen, fast?"
„Das ist eine lange Geschichte. Und eine, für die ich jetzt keine Zeit
habe. Um deine andere Frage zu beantworten: Ich weiß es nicht. Vielleicht, vielleicht auch nicht."

Sie verschluckte sich fast vor Empörung. „Was? *Was?* Du weißt
nicht, ob ich hier vielleicht für immer festsitze, falls dir etwas passiert,
aber du gehst trotzdem weg und lässt mich hier alleine?"

Er dachte kurz nach, sagte: „Ja", und ging zur Tür hinaus.

Lorna sprang nach vorn und fing die Tür, ehe sie zufiel. „Lass mich
hier nicht allein! Bitte." Sie hasste es, zu betteln, und sie hasste ihn,
weil er sie betteln ließ, aber sie war plötzlich wie von Sinnen bei dem
Gedanken, für den Rest ihres Lebens in diesem Haus gefangen zu sein.

Er stieg in den Jaguar, rief: „Wird schon schiefgehen", und dann
übertönte das Geräusch des Garagentors alles, was er sonst noch gesagt haben mochte.

Wütend warf sie die Küchentür ins Schloss. In einem Anfall von
Groll drehte sie den Schlüssel um und schloss den Riegel. Ihn aus seinem eigenen Haus auszusperren war nutzlos, weil er die Schlüssel
hatte, aber es würde ihn nerven, und das war es wert.

Sie hörte, wie der Jaguar zurücksetzte, und dann, wie das Garagentor sich wieder schloss.

Mistkerl, Mistkerl, Mistkerl! Er war wirklich gefahren und hatte
sie auf dem Trockenen sitzen lassen. Nein, nicht sitzen lassen – an-
gekettet.

Ihre Kleidung war früher am Tag gebracht worden, und sie hatte
ihre ruinierten Hosen gewechselt und auch sein viel zu großes Seidenhemd ausgezogen. Er hatte keinen Grund, sie nicht mitzunehmen, besonders wenn man bedachte, dass nur ein einziger seiner verdammten
Gedankenbefehle ausreichte, um sie gefangen zu halten.

Unfähig, irgendetwas an ihrer Lage zu ändern, sah sie sich in der
Küche um. Fakir, König oder wie auch immer er es genannt hatte, zu
sein, hatte seinen Kopf gehörig anschwellen lassen. Er tat anscheinend
immer genau das, wonach ihm gerade war, ohne sich darüber Gedanken zu machen, was andere wollten. Es war offensichtlich, dass er
nie verheiratet gewesen war und wahrscheinlich auch nie sein würde,
denn durch seine Art würde er es sich mit jeder Frau, die etwas auf
sich hielt, gründlich versalzen …

Salz.

Sie sah sich in der Küche um und erspähte die großen Salz- und Pfefferstreuer aus Stahl neben den Herdplatten. Sie begann, die Schranktüren zu öffnen, bis sie die Speisekammer fand – und einen sehr zufriedenstellenden Vorrat an Salz.

Ihr war aufgefallen, dass er sich einen Teelöffel Zucker in den Kaffee tat. Jetzt schüttete sie sehr vorsichtig das Salz aus seinem Napf, ersetzte es mit Zucker und tat dann das Salz in die Zuckerdose. Der erste Becher Kaffee am Morgen würde ihm nicht besonders gut schmecken, und alles, was er salzte, auch nicht.

Dann wurde sie kreativ.

Etwa eine Stunde, nachdem er gegangen war, klingelte das Telefon. Lorna warf einen Blick auf die Rufnummernanzeige, machte sich aber nicht die Mühe ranzugehen, sie war nicht seine Sekretärin. Der Anrufer würde schon eine Nachricht hinterlassen.

Sie erforschte das Haus – na ja, sie durchsuchte das Haus. Es war ein großes Haus für eine einzelne Person. Sie hatte keinen Vergleichswert, um sich die Grundfläche zu überlegen, aber sie zählte sechs Schlafzimmer und siebeneinhalb Badezimmer. Sein Schlafzimmer nahm den gesamten ersten Stock ein, eine riesige Fläche, mehr als die meisten vierköpfigen Familien für sich beanspruchten. Es war ein sehr männliches Zimmer, dominiert von stahlblauen und olivgrünen Farbtönen, aber hier und da – in einem Kunstwerk, einer unerwarteten dekorativen Schale, einem Kissen – fanden sich Tupfer aus tiefem, sattem Rot.

Es gab einen abgetrennten Sitzbereich mit einem Großbildfernseher, der aus einem Schrank fuhr, wenn man einen Knopf drückte, und sich hinterher wieder in sein Versteck versenkte. Das wusste sie, weil sie die Fernbedienung gefunden hatte und alle Knöpfe drückte, nur um zu sehen, was passierte. Es gab eine kleine Bar mit einem Minikühlschrank und einer Kaffeemaschine, falls er sich nicht die Mühe machen wollte, nach unten zu gehen, um seinen Kaffee zu machen oder etwas zu essen. Sie hatte auch da Zucker und Salz vertauscht – und Erde aus einer der Topfpflanzen in den Kaffee gemischt.

Dann setzte sie sich mitten auf sein extrabreites Doppelbett, auf eine Matratze, die sich einfach traumhaft anfühlte, und dachte nach.

So groß und gemütlich das Haus auch sein mochte, es war nicht gerade das, was sie ein Herrenhaus nennen würde. Es war nicht protzig. Er mochte es gemütlich, mit allen Annehmlichkeiten, aber das Haus sah immer noch so aus, als könne man darin wohnen, und nicht wie ein Vorführobjekt.

Sie wusste, dass er Geld hatte, und zwar eine ganze Menge – genug, um sich ein zehnmal so großes Haus leisten zu können. Wenn man dazu noch bedachte, dass er alleine wohnte, ohne Personal, das sich um ihn und sein Haus kümmerte, dann musste sie zu dem offensichtlichen Schluss kommen, dass ihm Privatsphäre wichtiger war, als verwöhnt zu werden. Also warum zwang er sie, in seinem Haus zu bleiben?

Er hatte gesagt, dass er sich für sie verantwortlich fühlte. Aber er konnte sie fühlen, egal wo sie war, und wegen seines dämlichen, neu gefundenen Talents, mit dem er die Leute dazu zwingen konnte, zu tun, was er wollte, hätte sie auch nicht gehen können, wenn er ihr befohlen hätte zu bleiben. Vielleicht hatte er Interesse an ihrer unausgebildeten „Gabe" und wollte sehen, was er daraus machen konnte, um seine Neugierde zu befriedigen. Trotzdem, auch für seine Unterrichtsstunden oder ein paar Experimente musste sie nicht in seinem Haus bleiben.

Er wollte mit ihr schlafen, also war es vielleicht das, was ihn antrieb. Er konnte sie dazu zwingen, zu ihm zu kommen, mit ihm zu schlafen, aber er war kein Vergewaltiger. Er war vielleicht ein Verrückter, auf jeden Fall ein Tyrann, aber er war kein Vergewaltiger. Behielt er sie also bei sich, um sie zu verführen? Das konnte er nicht tun, wenn er irgendwo hinfuhr und sie alleine zurückließ, und außerdem machte sie so etwas ziemlich wütend.

Irgendwie fühlte sich Sex als Begründung auch nicht richtig an. Wenn er sie in sein Bett bekommen wollte, dann war es wohl kaum der richtige Weg, sie zu seiner Gefangenen zu machen. Nicht nur das, sie war auch keine Femme fatale; sie konnte sich nicht vorstellen, dass sich jemand so viel Mühe gab, nur um mit ihr zu schlafen.

Er musste einen anderen Grund haben, aber sie konnte sich beim besten Willen nicht denken, was. Und bis sie es herausfand … na ja, solange gab es sowieso nichts, was sie tun konnte. Bevor es ihr nicht irgendwie gelingen würde, ihn bewusstlos zu schlagen und zu fliehen, saß sie fest, und zwar so lange, bis er bereit war, sie gehen zu lassen.

Die letzte Nacht war, von dem Moment, in dem der Gorilla sie vom Blackjacktisch weg „begleitet" und sie in Raintrees Büro gezerrt hatte, ein reiner Albtraum gewesen. Ein Schock war so kurz auf den anderen gefolgt – jeder irgendwie schlimmer als der zuvor – dass sie sich fühlte, als hätte sie irgendwann auf dem Weg den Bezug zur Wirklichkeit verloren.

Gestern um die gleiche Zeit hatte niemand gewusst, wer sie war, und es hatte ihr so gefallen. Oh, Leute kamen zu ihr, um mit ihr zu reden, wie sie es mit Gewinnern eben machen, und das war auch in Ordnung, aber es war genauso in Ordnung, alleine zu sein. Genau genommen war alleine sein besser als nur in Ordnung, es war *sicher.*

Raintree wusste nicht, was er mit seiner Forderung, zu bleiben und zu lernen, mit ihrer „Gabe" umzugehen, von ihr verlangte. Nicht, dass er sie bitten würde – er ließ ihr keine andere Wahl.

Er hatte sie ausgetrickst, damit sie zugab, im Umgang mit Zahlen besondere Fähigkeiten zu haben, aber er hatte keine Ahnung, wie schlecht ihr bei dem Gedanken wurde, dass dieses Talent etwas Übernatürliches war. Am liebsten hätte sie sich in einem Mauseloch verkrochen.

Er war in einer Kultur aufgewachsen, in der es normal war, übernatürliche Gaben zu haben, in einer Welt, in der diese Gaben unterstützt wurden, gefeiert und ausgebildet. Er war als Prinz aufgewachsen, du liebe Zeit. Prinz von Merkwürden, aber trotzdem ein Prinz. Er hatte keine Ahnung, wie es war, in den Slums aufzuwachsen, dürr und ungewollt und anders als die anderen. In ihrem Leben hatte es keinen Vater gegeben, nur eine endlose Reihe von „Freunden" ihrer Mutter. Er war nie vom Tisch vertrieben worden, nie so sehr geschlagen, dass sie aus ihrem Stuhl fiel, nur weil sie etwas gesagt hatte, was ihrer Mutter seltsam erschien.

Als Kind hatte sie nicht verstanden, warum das, was sie sagte, seltsam war. Was war so falsch daran, zu sagen, dass der Bus, den ihre Mutter durch die Stadt zu ihrem Job in der Bar nahm, sechs Minuten und dreiundzwanzig Sekunden zu spät kommen würde? Sie hatte gedacht, ihre Mutter würde das wissen wollen. Stattdessen war sie mit einer Ohrfeige aus dem Stuhl geflogen.

Nummern waren ihr Ding. Wenn irgendetwas eine Zahl enthielt, wusste sie, was diese Zahl war. Sie erinnerte sich an die erste Klasse – einen Kindergarten, in den Augen ihrer Mutter reine Zeitverschwendung, hatte es für sie nie gegeben. Sie erinnerte sich an die Erleichterung, die sie empfunden hatte, als ihr endlich jemand Zahlen erklärt hatte – als wäre ein riesiger Teil ihres Selbst endlich an seinen vorgesehenen Platz gefallen. Jetzt hatte sie Namen für die Formen, Bedeutungen für die Namen. Ihr ganzes Leben lang war sie fasziniert von Zahlen gewesen, ob sie nun auf einem Haus standen, einem Taxi oder irgendwo anders, aber es war, als wären sie eine fremde Sprache, die sie nicht verstand. Sie hatte gedacht, sie wäre genau so dumm, wie ihre Mutter immer sagte, bis sie in die Schule gekommen war und dort den Schlüssel gefunden hatte.

Als sie zehn war, steckte ihre Mutter bereits tief im Sumpf aus Alkohol und Drogen, und ihre Ohrfeigen hatten sich zu fast täglichen Prügeln entwickelt. Wenn ihre Mutter nachts nach Hause getaumelt kam, und sie beschloss, dass ihr etwas nicht passte, was Lorna am Tag getan hatte, oder am Tag davor – oder in der Woche davor, es spielte keine Rolle –, griff sie sich, was in Reichweite lag, und ging damit auf Lorna los. Oft war Lorna von einem Schlag geweckt worden – ins Gesicht, auf den Kopf, überall, wo ihre Mutter hinkam. Lorna hatte gelernt, mit Angst zu schlafen.

Immer, wenn sie an ihre Kindheit dachte, erinnerte sie sich am meisten an Kälte und Dunkelheit und Angst. Sie hatte Angst, ihre Mutter würde sie umbringen, und noch mehr Angst, dass ihre Mutter eines Nachts nicht mehr nach Hause kommen würde. Wenn es eine Sache gab, die Lorna ohne Zweifel wusste, dann, dass ihre Mutter sie nicht gewollt hatte, ehe sie geboren war, und hinterher noch weniger. Sie wusste es, weil das die Begleitmusik ihres Lebens war.

Sie hatte gelernt, zu verbergen, was Zahlen für sie bedeuteten. Sie hatte nur ein einziges Mal jemandem davon erzählt – ein Mal! –, in der neunten Klasse, als sie sich in einen Jungen aus ihrer Schule verliebt hatte. Er war süß gewesen, ein wenig schüchtern, nicht unter den beliebtesten Kindern. Seine Eltern waren sehr religiös, und er durfte nie auf Schulfeste gehen oder tanzen lernen oder irgendetwas in dieser Richtung, aber das störte Lorna nicht, weil sie auch nie solche Dinge tat.

Sie redeten viel, hielten sich an den Händen, küssten sich ein wenig. Dann hatte Lorna allen ihren Mut zusammengenommen und ihr tiefstes Geheimnis mit ihm geteilt: Manchmal wusste sie Dinge, ehe sie passierten.

Sie erinnerte sich noch genau an den Ausdruck unbeschreiblichen Ekels, der auf seinem Gesicht gelegen hatte. „Satan!", hatte er sie angespuckt, und dann nie wieder mit ihr gesprochen. Wenigstens hatte er es niemandem erzählt, aber das lag wahrscheinlich daran, dass er keine Freunde hatte, denen er es erzählen konnte.

Sie war sechzehn gewesen, als ihre Mutter schließlich wirklich gegangen und nicht mehr zurückgekommen war. Lorna kam von der Schule nach Hause – „zu Hause" war immer wieder woanders, denn sie zogen normalerweise um, wenn die Miete überfällig war – und alle Sachen ihrer Mutter waren verschwunden. Die Schlösser waren ausgewechselt, ihr eigener kleiner Haufen Besitztümer lag im Müll.

Ohne einen Ort zum Leben hatte sie das Einzige getan, was sie tun konnte: Sie hatte Kontakt mit dem Jugendamt aufgenommen und sich selbst ins Pflegefamiliensystem eingewiesen.

Zwei Jahre lang in Pflegefamilien zu leben war nicht toll gewesen, aber auch nicht so schlimm, wie ihr Leben vorher gewesen war. Wenigstens brachte sie die Highschool zu Ende. Sie wurde von ihren Pflegeeltern nie geschlagen oder missbraucht. Sie schienen sie auch nie sonderlich zu mögen, aber ihre Mutter hatte ihr oft genug gesagt, dass man sie einfach nicht gern haben konnte.

Sie verkraftete es. Nach ihrem achtzehnten Geburtstag fiel sie aus dem System und war auf sich alleine gestellt. In den dreizehn Jahren danach – eigentlich ihr ganzes Leben – hatte sie alles getan, um nicht aufzufallen, unter dem Radar zu bleiben und nie, nie ein Opfer zu sein. Niemand konnte sie abweisen, wenn sie sich nicht anbot.

Sie war in einem kleinen Kasino im Reservat der Seminole-Indianer in Florida zum Glücksspiel gekommen. Sie hatte gewonnen, nicht sehr viel, aber einige Hundert Dollar bedeuteten ihr einiges. Später war sie dann in einige Kasinos entlang des Mississippi gegangen und hatte noch mehr gewonnen. Kleine Kasinos gab es überall. In Atlantic City hatte es ihr nicht gefallen, in Las Vegas gab es von allem zu viel: zu viel Neon, zu viele Menschen, zu heiß, zu grell. Reno passte besser zu ihr. Kleiner, aber nicht zu klein. Besseres Klima. Acht Jahre nach ihrem ersten kleinen Gewinn in Florida gewann sie regelmäßig fünf- bis zehntausend Dollar in der Woche.

So viel Geld war eine Last, weil sie sich nie dazu bringen konnte, mehr auszugeben, als sie immer getan hatte. Sie hatte keinen Hunger mehr, und ihr war auch nicht mehr kalt. Sie hatte ein Auto, falls sie zusammenpacken und die Stadt verlassen wollte, aber nie einen Neuwagen. Sie hatte überall im Land Konten und trug meistens eine Menge Bargeld bei sich – gefährlich, das wusste sie, aber sie fühlte sich sicherer, wenn sie genug Geld bei sich hatte, um sich alles zu besorgen, was sie brauchen könnte. Bis sie sich irgendwo niederließ, falls sie das überhaupt tat, war das Geld ein Problem, denn wie viele Sparbücher und Scheckbücher konnte sie schon durchs ganze Land tragen?

So war ihr Leben. Dante Raintree glaubte wohl, dass er ihr nur ein bisschen beibringen musste, mit ihrer Gabe umzugehen, und dann …

tja, was erwartete er sich eigentlich davon? Er wusste nichts von ihrem Leben, also konnte er auch keine konkreten Vorstellungen davon haben, was er ändern wollte. Sollte sie sich mit anderen Menschen zusammentun, die so waren wie sie, vielleicht ihre eigene kleine Gemeinschaft bilden, wo einer der Nachbarn Feuer auf die Briketts pustete, wenn einem beim Barbecue der Spiritus ausgegangen war? Sollte sie im Internet über ihre Erfahrungen bloggen oder in ihrer eigenen Radiosendung darüber sprechen?

Ja, klar. Lieber aß sie Glasscherben. Sie mochte es, alleine zu leben, alleine zu sein und sich nur auf sich selbst zu verlassen.

Das Telefon klingelte erneut, sie schreckte auf. Sie krabbelte über das Bett, um einen Blick auf die Rufnummernanzeige zu werfen, auch wenn sie nicht wusste, warum sie sich überhaupt die Mühe machte; sie würde keine Nummer erkennen, von der aus Dante Raintree angerufen wurde. Auch diesen Anruf beantwortete sie nicht.

Sie hatte so lange auf dem Bett gesessen und nachgedacht, dass die Schatten länger und sie schläfrig geworden war. Gott sei Dank hatte das Telefon geklingelt, sonst wäre sie noch auf seinem Bett eingeschlafen. Das wäre ja heiter geworden, wenn er nach Hause gekommen wäre …

Aber sie war schläfrig und hungrig. Nach dem späten Frühstück hatte sie nichts zu Mittag gegessen. Warum nicht jetzt ein leichtes Abendessen einnehmen und früh zu Bett gehen? Ihr fiel kein Grund ein, warum sie auf Raintree warten sollte, schließlich hatte er auch nicht die Höflichkeit besessen, ihr zu sagen, wann er zurückkommen würde.

Wenigstens könnte er anrufen – sie würde zwar nicht ans Telefon gehen, aber er könnte schließlich eine Nachricht hinterlassen.

Es brachte wirklich nichts, auf ihn zu warten. Sie plünderte den Kühlschrank und machte sich ein Sandwich mit Aufschnitt, dann sah sie sich die Bücher in seinen Regalen an – er hatte eine Menge Bücher über übernatürliches Zeugs, aber sie entschied sich lieber für einen spannenden Roman – und machte es sich im Wohnzimmer gemütlich, um eine Weile zu lesen. Um acht fielen ihr die Augen über ihrem Buch zu, das anscheinend nicht spannend genug war, um sie wach zu halten. Die Sonne war noch nicht ganz untergegangen, aber das war ihr egal; sie war immer noch ausgelaugt von letzter Nacht.

Fünfzehn Minuten und eine Dusche später lag sie im Bett, zu einem warmen Ball zusammengerollt, mit der Decke über den Kopf gezogen.

Das helle Leuchten einer eingeschalteten Lampe weckte sie. Sie ertrug die übliche lähmende Angst, die Panik, wusste, dass ihre Mutter nicht da war, auch wenn ihr Unterbewusstsein das nach all den Jahren immer noch nicht kapiert hatte. Ehe sie sich genug entspannen konnte, um sich die Decke vom Gesicht zu ziehen, wurde die Decke angehoben und ein sehr warmer, fast nackter Dante Raintree glitt neben ihr ins Bett.

„Was zum Henker machst du da?", stammelte sie schläfrig und sah ihn über den Rand der Bettdecke wütend an.

Er machte es sich neben ihr gemütlich und streckte einen langen, muskulösen Arm aus, um das Licht auszuschalten. „Mein Bett scheint voller Sand zu sein, also schlafe ich hier."

15. KAPITEL

*S*ei doch nicht albern, ich kann das Haus nicht verlassen, wo sollte ich also Sand herhaben? Das ist Salz." Vielleicht hatte er erwartet, dass sie leugnete, etwas damit zu tun zu haben. Aber das wäre wirklich dämlich, wenn man bedachte, dass sie der einzige Mensch im Haus gewesen war, nachdem er es verlassen hatte. Vielleicht hatte er auch erwartet, dass sie ganz entrüstet und prüde reagierte, weil er mit ihr in einem Bett lag, aber aus irgendeinem Grund erschreckte sie das nicht. Sie ärgerte sich, dass er sie geweckt hatte, das schon, aber sie hatte sich nicht erschreckt.

„Es soll mir eine Lehre sein." Er benutzte seine überlegenen Muskeln und sein Gewicht, um sie im Bett umzudrehen. „Rutsch rüber. Ich brauche mehr Platz."

Er hatte sie bereits von ihrer angenehm warmen Stelle vertrieben, was sie noch mehr ärgerte. „Warum legst du dich dann nicht einfach auf die andere Seite, statt mich zu stören?", grummelte sie und rutschte auf die andere Seite des Bettes, das Übergröße hatte wie jedes andere Bett im Haus auch.

„Du bist es, die Salz in mein Bett gestreut hat."

Die Laken um sie herum waren kalt, und sie rollte sie sich zu einem noch festeren Ball zusammen als sonst. Sogar das Kissen war kalt. Lorna hob den Kopf, zog das Kissen hervor und warf es auf ihn. „Gib mir mein Kissen. Das hier ist kalt."

Er machte ein grollendes Geräusch, aber er schob das warme Kissen zu ihr und stopfte das andere unter seinen Kopf. Sie kuschelte sich in die Wärme, der weiche Stoff hatte bereits seinen Duft angenommen, was, wie sie merkte, nichts Schlechtes war. Sie kannte ihn erst seit kurzer Zeit, aber den Großteil dieser Zeit hatte sie in engem Kontakt mit ihm verbracht. Der primitive Teil ihres Gehirns erkannte seinen Duft und fühlte sich geborgen.

„Wie spät ist es?", fragte sie benommen, schon auf dem Weg zurück in den Schlaf.

„Du weißt, wie spät es ist. Es ist eine Zahl. Denk darüber nach." Er klang selber schläfrig.

Sie hatte von der Zeit nie als Zahl gedacht, aber sobald sie es tat, erschienen drei Nummern vor ihrem inneren Auge. „Eins – Null – Vier."

„Bingo."

Ein wenig zufrieden mit sich selbst, schlief sie ein.

Sie wachte auf, ehe er es tat, was nicht überraschend war, wenn man bedachte, wie früh sie schlafen gegangen und wie spät er nach Hause gekommen war. Sie lag während der angespannten Erwartung von Schlägen einfach nur da und entspannte sich dann langsam. Das Bett war angenehm warm, er strahlte so viel Hitze ab, dass sie sie spüren konnte, obwohl sie sich nicht berührten.

Schläfrig, aber neugierig zu erfahren, ob diese Zeitsache noch einmal funktionieren würde, dachte sie an die Zeit als eine Reihe von Zahlen, und sah sofort eine Vier, eine Fünf und eine Eins. Sie zog sich die Bettdecke vom Kopf, das Zimmer wurde schon heller. Ohne einen Weg, es zu überprüfen – außer aus dem Bett zu steigen und in die Küche zu gehen, wozu sie nicht wirklich Lust hatte –, nahm sie an, dass neun vor fünf ungefähr stimmte. Wie praktisch war das, keine Uhr zu brauchen?

Dante lag auf der Seite, das Gesicht ihr zugewendet, einen Arm unter seinem Kopf, sein Atem langsam und tief. Der Raum war noch zu dunkel, um viele Details zu erkennen, aber das war in Ordnung, weil sie noch nicht bereit war für Details. Der Gesamteindruck war auch so schon sexy genug.

Was sollte eine Frau denken, wenn ein gesunder, heterosexueller Mann zum ersten Mal neben ihr schlief und nicht einmal versuchte, ihr an die Wäsche zu gehen? Dass etwas mit ihr nicht stimmte? Dass er sich nicht zu ihr hingezogen fühlte?

Aber Dante Raintree war gefährlich intelligent und intuitiv.

Sex war auf jeden Fall ein Teil ihrer Beziehung, falls man nach ungefähr sechsunddreißig Stunden Bekanntschaft überhaupt von einer Beziehung sprechen konnte. Einige dieser sechsunddreißig Stunden waren ihr wie Jahre vorgekommen, besonders die ersten vier oder fünf. Sie konnte nicht gerade behaupten, dass die Zeit, die sie miteinander verbracht hatten, besonders schön gewesen war. Andererseits hatte sie ihn nicht in Bestform gesehen, also kannte sie ihn vielleicht besser als jemand, der schon länger mit ihm zu tun hatte, aber nur in einem sozialen Umfeld. Es überraschte sie also nicht, dass er in der Nacht nicht versucht hatte, bei ihr zu landen.

Sie war noch nicht bereit dazu, mit ihm zu schlafen, würde es vielleicht nie sein, das wusste er. Wenn er versucht hätte, die Barrikaden zu stürmen, hätte sie ihre Verteidigung nur verschärft. Aber er hatte einfach an ihrer Seite geschlafen und keine Anstalten gemacht, ihr nah zu kommen, und dadurch hatte er in gewisser Weise einen Gegenpol zu den ersten Stunden zusammen geschaffen. Vielleicht würden sie eines Tages ja doch noch miteinander schlafen.

Er war nicht einmal nackt, auch wenn die Boxershorts, die er zum Schlafen anhatte, nicht gerade viel verbargen. Sie war auch nicht nackt, er hatte ihr alle ihre Kleidung bringen lassen, also schlief sie in ihrem normalen Baumwollschlafanzug. Verquererweise begann sie sich gerade, weil sie *nicht* miteinander geschlafen hatten, vorzustellen, wie es wäre, wenn – und dann hatte sie den Verdacht, dass er gewusst hatte, dass sie so reagieren würde.

Sex war nicht einfach für sie. Es fiel ihr schwer zu vertrauen; sie kam nicht leicht in Stimmung. Freiwillig ihre persönlichen Grenzen aufzugeben war schwer, und normalerweise lohnte sich der Preis nicht für den Gegenwert. Sie mochte es, wie sich Sex anfühlte, und wenn sie es sich abstrakt vorstellte, wollte sie es auch. In der Wirklichkeit aber kam die Ausführung kaum an ihre Erwartungen heran. Egal, was sie tat, sie konnte sich selten vollkommen entspannen, und das war wahrscheinlich nötig für richtig guten Sex.

Die Sache war nur die: Sie war bei Dante entspannter, als sie es seit langer Zeit gewesen war. Er wusste, was sie war, wusste, dass sie anders war, und es war ihm egal – weil er noch viel mehr anders war als sie. Sie musste vor ihm nichts verstecken, weil es ihr egal war, ob er sie mochte oder nicht. Sie hatte mit Sicherheit nicht versucht, ihre Wut zu verstecken oder ihre scharfe Zunge zu zügeln. In gleicher Weise hatte sie auch keine weichgezeichneten Vorstellungen von seinem Charakter. Sie wusste, dass er gnadenlos sein konnte, aber sie wusste auch, dass er nicht boshaft war. Sie wusste, dass er selbstherrlich war, aber auch, dass er versuchte, auf andere einzugehen.

Vielleicht konnte sie sich also gehen lassen und es wirklich genießen, mit ihm zu schlafen. Sie musste sich um sein Ego keine Gedanken machen; wenn er anfing, zu schnell zu werden, konnte sie ihm sagen, er solle langsamer machen, und wenn ihm das nicht gefiel … Pech. Sie musste sich keine Gedanken machen, ob er seinen Spaß hatte, dafür würde er schon selber sorgen.

Sie fragte sich, ob er sich Zeit ließ oder lieber direkt zur Sache kam.

Sie fragte sich, wie groß er war.

Vielleicht konnte sie sich genug entspannen, um Spaß zu haben, und selbst wenn nicht, wäre wenigstens ihre Neugierde befriedigt.

So plötzlich, dass sie zusammenzuckte, warf er die Bettdecke zur Seite und stieg aus dem Bett. „Wo gehst du hin?", fragte sie überrascht, als er zur Tür ging, statt ins Badezimmer.

„Die Sonne geht auf", sagte er nur.

Und? Die Sonne ging jeden Tag auf. Wollte er damit sagen, dass er jeden Tag um diese Zeit aufstand, auch wenn er nur vier Stunden geschlafen hatte? Oder hatte er einen frühen Termin?

Sie ging ihm nicht nach. Sie hatte ihren eigenen Termin – mit dem Badezimmer. Sie wollte ihm außerdem die Zeit geben, seinen ersten Becher Kaffee zu trinken.

Als sie fünfundvierzig Minuten später das Zimmer verließ, nachdem sie ihr Bett gemacht und ihre Kleidung verstaut hatte, ging sie in die Küche, fand diese aber leer vor. Ein Becher Kaffee war allerdings gemacht worden, und sie lächelte zufrieden.

Wo war er? Unter der Dusche?

Sie hatte nicht vor, herumzustehen und zu warten, dass er auftauchte. Sie war schon im Wohnzimmer, auf dem Weg in ihr Schlafzimmer, als er auf der Galerie zwei Stockwerke über ihr erschien.

„Komm hier rauf", rief er zu ihr hinunter. „Ich bin draußen."

Sein Schlafzimmer hatte eine Terrasse – oder auch einen Balkon? – nach Osten hinaus. Sie hatte ihn sich gestern angesehen, war aber nicht hinausgegangen, weil sein blöder Befehl sie davon abgehalten hatte, das Haus zu verlassen. Draußen gab es zwei gemütlich aussehende Stühle und einen kleinen Tisch. Sie hatte gedacht, dass es ein gemütlicher Ort war, um nachmittags dort zu sitzen, wenn die Sonne ihren Höhepunkt überschritten hatte und diese Seite des Hauses im Schatten lag.

Sie ging die zwei Treppen zu seinem Schlafzimmer hinauf. Sein Bett, fiel ihr auf, war abgezogen, das verschaffte ihr eine kleine Befriedigung. Sie konnte ihn auf einem der Stühle draußen sitzen sehen, also ging sie zu der offenen Terrassentür. Er hielt seinen Kaffeebecher in der Hand, hatte den Kopf leicht zurückgelegt, seine Augen fast geschlossen gegen die Helligkeit der Sonne, und der Ausdruck auf seinem Gesicht war fast … glückselig.

„Du hast ein Händchen für Salz, oder?", sagte er beiläufig, während er seinen Kaffee trank, aber sie spürte, dass er nicht wütend war. Natürlich war der Kaffee aus der Küche auch nicht mit Dreck verfeinert. Wenn er sich den nächsten Becher hier oben brühte, wäre er vielleicht nicht mehr so gelassen bei solchen Dingen.

„Rache."

„Dachte ich mir."

Er sagte nichts mehr, und nach einem Augenblick verlagerte sie ihr Gewicht auf den anderen Fuß. „War das alles, was du wolltest? Mir das sagen?"

Er sah sich um, als wäre er in einen Tagtraum abgeglitten und milde überrascht, dass sie hier war. „Steh da nicht so rum, komm hierher und setz dich."

Nur daran zu denken gab ihr das Gefühl, gegen eine Wand zu rennen. „Ich kann nicht."

Es entlockte ihm ein kurzes Lächeln, als er merkte, dass sie immer noch ans Haus gefesselt war. Er sagte nichts, aber die unsichtbare Wand verschwand sofort.

„Mist", sagte sie, als sie nach draußen ging und sich neben ihn setzte. „Was?"

„Du hast nichts gesagt, nur gedacht. Ich hatte gehofft, dass du einen Befehl laut aussprechen musst, dass ich ihn *hören* muss, ehe er funktioniert."

„Tut mir leid. Ich muss ihn nur denken. Gestern Nachmittag war ich versucht, es auf einige Leute anzuwenden und sie dahin zu schicken, wo der Pfeffer wächst, aber ich habe mich zurückgehalten."

„Du bis ein Heiliger unter den Menschen", sagte sie trocken, und er grinste sie kurz an.

„Ich hatte mit den Medien zu tun, wenn man also bedenkt, wie groß die Versuchung war, muss ich dir recht geben."

Medien, was? Kein Wunder, dass er sich geweigert hatte, sie mitzunehmen.

„Ich habe letzte Nacht angerufen, um dir zu sagen, dass ich erst spät zurückkomme, aber du bist nicht ans Telefon gegangen."

„Warum sollte ich? Ich bin nicht deine Sekretärin."

„Der Anruf war für dich."

„Das konnte ich nicht wissen, oder?"

„Ich habe eine Nachricht für dich hinterlassen."

„Die habe ich nicht gehört." Der Anrufbeantworter stand in der Küche, und sie war in seinem Schlafzimmer gewesen, als der letzte Anruf kam, mit dem er sie wohl hatte erreichen wollen.

„Weil du dir nicht die Mühe gemacht hast, den AB abzuhören." Er klang jetzt verärgert.

„Warum sollte ich? Ich bin nicht deine …"

„… Sekretärin. Ich weiß. Du bist eine verdammte Nervensäge, weißt du das?"

„Ich gebe mir Mühe", sagte sie und schenkte ihm ein Lächeln, das mehr ein Zähnefletschen war als irgendetwas, das mit Humor zu tun hatte.

Er schnaubte und nippte eine Weile an seinem Kaffee. Lorna zog ihre nackten Füße zu sich in den Stuhl und sah über die Berge und die breiten Täler, freute sich, draußen zu sein nach einem ganzen Tag, an dem sie das Haus nicht verlassen konnte. Der Morgen war kühl genug, dass sie sich wünschte, Socken anzuhaben, aber nicht so kühl, dass sie sich gezwungen fühlte, hineinzugehen.

„Willst du heute mit mir mitkommen?", fragte er schließlich, mit offensichtlichem Zögern.

„Kommt drauf an. Was hast du vor?"

„Die Aufräumarbeiten beaufsichtigen, mit Versicherungsleuten reden, und ich habe immer noch keine Antwort darauf, warum zwei Detectives direkt nach dem Feuer Fragen gestellt haben, also verfolge ich das, indem ich mich an die Quelle wende."

„Klingt nach Spaß."

„Ich bin froh, wenn wenigstens einer das so sieht", sagte er ironisch. „Mach dich fertig, wir frühstücken auswärts. Aus irgendeinem Grund traue ich dem Essen hier nicht."

16. KAPITEL

Dienstagmorgen, 7:30 Uhr

*D*er Mann, der sich hinter einem Gebüsch versteckte, saß dort schon seit Sonnenaufgang, seit er den armen Tropf abgelöst hatte, der die Nachtwache übernehmen musste. Als er sah, wie das Garagentor sich öffnete, griff er nach dem Fernglas, das an einem Gurt um seinen Hals hing, und richtete es auf das Haus. Rote Bremslichter glühten im Dunkel der Garage auf; dann kam ein schnittiger Jaguar rückwärts hinausgefahren.

Er hob sein Funkgerät. „Er verlässt jetzt das Haus."

„Ist er allein?"

„Ich kann es nicht sehen – nein, die Frau ist bei ihm."

„Verstanden. Ich werde bereit sein."

Er hatte seine Aufgabe für den Augenblick erledigt und setzte das Fernglas ab, ehe das Licht, das von den Linsen reflektiert wurde, ihn verraten konnte. Jetzt konnte er sich entspannen. Raintree zu verfolgen, war nicht sein Job.

„Hat die Feuerwehr schon herausgefunden, wie der Brand ausgebrochen ist?", fragte Lorna, als sie die steile, kurvige Straße hinabfuhren. Die Luft war sehr klar, der Himmel eine dunkelblaue Kuppel. Die Schatten, die die Morgensonne warf, umrissen jeden Busch und jeden Stein scharf.

„Nur, dass es im Bereich des Sicherungskastens angefangen hat."

Sie rückte den Schulterriemen des Sitzgurtes zurecht, damit ihr das Nylon nicht gegen den Hals rieb. „Dann lass halt einen deiner Gedankenleser einen Blick in den Kopf des zuständigen Beamten werfen, um herauszufinden, was er denkt."

Dante musste lachen. „Du scheinst zu denken, dass es viele von uns gibt, eine ganze Armee, auf die ich jederzeit zurückgreifen kann."

„Etwa nicht?"

„Über die ganze Welt verstreut. Hier in Reno gibt es neun, mich eingeschlossen, und keiner von ihnen hat die Gabe der Telepathie."

„Du meinst, du kannst nicht einfach deinen stärksten Telepathen anrufen und ihm sagen ..."

„Ihr."

„... *ihr* sagen, wie der Feuerwehrmann heißt, und dann könnte sie es von wo immer sie ist versuchen?"

„Die Telepathin ist meine Schwester Mercy, und sie könnte das nur so machen, wenn sie den Feuerwehrmann bereits kennt. Wenn sie ihn persönlich treffen würde, ginge es. Aber ein kaltes Lesen, aus einer Distanz von etwa zweitausendfünfhundert Meilen, bei einem Fremden? So funktioniert das nicht."

„Das ist gut so, nehme ich an – ich meine, es sei denn, man will die Gedanken eines Fremden auf mehrere Tausend Meilen Entfernung lesen. Und das bedeutet wohl auch, Gedankenlesen gehört nicht zu deinen Gaben?" Sie hoffte es jedenfalls. Wenn er heute Morgen ihre Gedanken gelesen hätte ...

„Wenn wir unsere Schilde füreinander lockern, kann ich telepathisch mit Gideon und Mercy kommunizieren – aber eigentlich fühlen wir uns wohler, wenn sie uns mit voller Kraft schützen. Mercy war zwar ein sehr neugieriges kleines Kind, aber als sie älter wurde, wollte sie selbst nicht mehr, dass wir ohne Warnung in ihrem Kopf herumspazieren."

„Und was kannst du alles? Außer mit dem Feuer spielen und dieser Bewusstseinsgeschichte."

„Sprachen. Ich verstehe jede Sprache, ohne sie je erlernt zu haben, Xenoglossie nennt sich das. Ziemlich praktisch auf Reisen ... Hm ... dass ich empathische Fähigkeiten habe, weißt du. Und ich kann etwas ziemlich Lustiges, nämlich kaltes Licht machen. Hexenlicht."

„Das ist bestimmt praktisch, wenn der Strom ausfällt."

„War es schon ein paarmal", gab er mit einem Lächeln zu. „Es hat besonders Spaß gemacht, als ich noch ein Kind war, wenn meine Mutter mich gezwungen hat, ins Bett zu gehen und das Licht auszumachen."

Diese Art von häuslichem Leben war ihr genauso fremd, als wäre er auf dem Mars aufgewachsen, und sie fühlte sich bei dem Gedanken leicht unwohl. Um von dem Thema abzulenken, sagte sie: „Noch irgendetwas?"

„Nicht in irgendeinem größeren Ausmaß."

Sie wurde ruhig, überdachte die neuen Informationen. Es gab so viel, was sie über diese Dinge nicht wusste. So wie Dante über sich und seine Familie sprach, schien es so, als hätten sich die Gaben beim Älterwerden entwickelt und seien wie andere Talente auch durch ständige Anwendung gewachsen. Wenn sie anfing, mehr über ihre Fähigkeiten zu lernen, würde sie dann auch andere Seiten ihrer Gabe entdecken? Sie war sich nicht sicher, ob sie das wollte. Im Grunde war sie sich fast sicher, dass sie es nicht wollte. Genug war genug.

Jetzt, da sie nicht mehr in seinem Haus war, fühlte sie sich ausgeliefert und verwundbar. Auch wenn seine selbstherrliche Art, sie bei sich zu behalten, sie wütend gemacht hatte, war es vielleicht keine so schlechte Idee gewesen. Sie war dort von der Welt abgeschottet gewesen, hatte darüber nachdenken können, was es bedeutete, ein Mensch mit besonderen Gaben zu sein – auch wenn sie nur ein „Streuner" war statt ein Raintree oder Ansara, was für sie ungefähr bedeutete, ein Volkswagen zu sein, statt vielleicht ein Jaguar. Aber sie hatte sich nicht beschützen müssen. Mit jeder Minute kamen sie Reno näher, und mit jeder Minute wurde sie nervöser. Als er den Jaguar auf den Highway hinaufjagte und sie sich dem dichten Verkehr anschlossen, war sie fast in Panik.

Alte Gewohnheiten und Verhaltensmuster waren schwer zu durchbrechen. Ein ganzes Leben aus Geheimhaltung und Vorsicht ließ sich nicht so einfach auf den Kopf stellen. Was sie sich leicht vorgestellt hatte, als sie allein gewesen war, schien in der wirklichen Welt vollkommen anders. Lornas Mutter war nicht die einzige Person in ihrem Leben gewesen, die so negativ auf ihre Fähigkeiten reagiert hatte. Dante konnte es so lange eine Gabe nennen, wie er wollte, in ihrem Leben war es immer mehr ein Fluch gewesen.

Sie fühlte sich auf einmal schwindelig, und ihr wurde schlecht bei dem Gedanken daran, in diese neue Welt noch tiefer einzudringen, als sie es sowieso schon getan hatte. Nichts würde sich ändern. Wenn sie es irgendjemandem verriet, dann würde sie eine Angriffsfläche bieten, im besten Fall würde sie ausgenutzt werden, im schlimmsten lächerlich gemacht oder verfolgt.

„Was ist los?", fragte Dante scharf mit einem Seitenblick auf sie. „Du hyperventilierst fast."

„Ich will das nicht tun", sagte sie, und ihre Zähne klapperten von der plötzlichen Kälte. „Ich will kein Teil hiervon sein. Ich will nicht lernen, wie man mehr macht."

Er murmelte einen Fluch, sah kurz über die Schulter, um den Verkehr im Auge zu behalten, und lenkte den Jaguar dann zwischen einen Sattelzug und einen Lkw mit Tiefkühlpizza. An der nächsten Ausfahrt verließ er den Highway. „Atme tief ein und halt die Luft an", sagte er, als er auf den Parkplatz von McDonald's fuhr. „Verdammt noch mal, ich hätte daran denken sollen. Genau deshalb musst du geschult werden. Du bist hypersensitiv, nimmst alle Energie um dich herum auf, und das überlädt dich vollkommen. Wie in aller Welt hast du überhaupt jemals funktioniert? Wie hast du von allen Orten auf der Welt ausgerechnet in einem Kasino überlebt?"

Sie gehorchte seinem Vorschlag und atmete so tief ein, wie sie es konnte. Hyperventilierte sie wirklich? fragte sie sich benommen. Wahrscheinlich schon. Aber ihr war kalt, so kalt, wie ihr in Dantes Büro gewesen war, ehe das Feuer ausgebrochen war.

Er legte eine beruhigende Hand auf ihren nackten Arm und runzelte leicht die Stirn, als er merkte, wie eiskalt ihre Haut war. „Konzentrier dich", sagte er. „Stell dir dein Einfühlungsvermögen als leuchtenden, facettierten Kristall vor, der die Sonne einfängt und als Regenbogen in alle Richtungen zurückwirft. Stell es dir genau vor. Oder wenn du Kristalle nicht magst, dann etwas anderes Zartes und Zerbrechliches. Tust du das? Kannst du es in deiner Vorstellung sehen?"

Sie gab sich Mühe, sich zu konzentrieren. „Welche Form hat der Kristall? Achteckig? Wie viele Seiten soll er haben?"

„Was für einen Unterschied macht es … ach, egal. Er ist rund. Der Kristall ist rund. Verstanden?"

Sie formte vor ihrem inneren Auge das Bild eines runden Kristalls, allerdings reflektierte er keine Regenbögen, sondern Spiegelbilder. Das sagte sie ihm allerdings nicht. Sich zu konzentrieren half ihr dabei, die lähmende Kälte zu vertreiben, also war sie gern bereit, den ganzen Tag an Kristalle zu denken. „Hab es."

„Okay. Ein Hagelsturm kommt auf. Der Kristall wird zerstört, es sei denn, du baust einen Schutz für ihn. Du kannst später zurückkommen und einen richtig starken Schutz bauen, aber im Moment musst du die Materialien benutzen, die du eben hast. Sieh dich um. Was kannst du sehen, das du benutzen kannst, um den Kristall zu schützen?"

In ihrem Geist sah sie sich um, aber es standen keine Ziegelsteine und Mörtel herum. Es gab einige Büsche, aber die waren nicht haltbar. Vielleicht konnte sie einige flache Steine finden und sie übereinanderschichten, um eine Barriere aufzubauen.

„Beeil dich", sagte er. „Du hast nur ein paar Minuten Zeit."

„Es gibt ein paar Steine, aber es sind nicht genug."

„Dann überleg dir etwas anderes. Die Hagelkörner sind groß wie Golfbälle. Sie würden die Steine umwerfen."

Im Geiste starrte sie ihn wütend an, und dann, verzweifelt und nicht in der Lage, an etwas anderes zu denken, fiel sie auf die Knie und begann, ein Loch in den Boden zu graben. Die Wände der Grube waren weich und fielen in sich zusammen, also grub sie weiter. Sie konnte hören, wie der Sturm sich mit einem grollenden Donnern des Hagels, der alles in seinem Weg zerstörte, näherte. Sie musste sich selbst unterstellen. War das Loch tief genug? Sie legte den Kristall in die Grube und begann eilig, den lockeren Sandboden darüberzuschichten. Nein, es war zu flach, der Kristall lag nicht ganz unter der Erde. Sie begann, Dreck aus einem weiteren Umkreis zusammenzuschaufeln und ihn auf den Kristall zu häufen. Das erste Hagelkorn traf ihre Schulter, ein Schlag wie mit einer Faust. Da wusste sie, dass die Erde nicht ausreichen würde. Ihr blieb keine Zeit mehr und keine andere Wahl, also warf sie ihren Körper über den Kristall und schützte ihn mit ihrem eigenen Leben.

Sie schüttelte sich, um das Bild loszuwerden, und starrte ihn wütend an. „Na, das hat nicht funktioniert", fuhr sie ihn an.

Er lehnte sich sehr nah zu ihr, seine grünen Augen auf ihr Gesicht fixiert, seine Hand immer noch auf ihrem Arm. „Was hast du gemacht?"

„Ich habe mich auf die Handgranate geworfen, sozusagen."

„Was?"

„Ich habe versucht, den verdammten Kristall zu vergraben, aber ich kam nicht tief genug, also habe ich mich darübergeworfen, und die Hagelkörner haben mich totgeschlagen. Sei mir nicht böse, aber deine Symbolik stinkt zum Himmel."

Er schnaubte, ließ ihren Arm los und lehnte sich in seinen Sitz zurück. „Das war nicht meine Symbolik, sondern deine."

„Du hast dir den dämlichen Kristall ausgedacht."

„Ja. Und es hat auch funktioniert, oder nicht?"

„Was hat funktioniert?"

„Die Symbolik. Fühlst du dich immer noch … Ich weiß nicht, wie du dich gefühlt hast, aber ich nehme an, als würdest du von allen Seiten angegriffen."

Lorna hielt inne. „Nein", sagte sie nachdenklich. „So fühle ich mich nicht mehr. Aber es war nicht, als würde ich angegriffen werden. Es war eher beklemmend, Unheil verkündend. Dann wurde mir sehr kalt, genau wie in deinem Büro, ehe das Feuer ausgebrochen ist."

„Erst dann? Du hast dich noch nie so überwältigt gefühlt, bis du in mein Büro gekommen bist?" Er dachte darüber nach und runzelte seine Stirn.

Sie rieb sich den Nacken, spürte die verspannten Knoten. „Im Gegensatz zu dem, was du zu glauben scheinst, konnte ich so gut wie überall hingehen und alles Mögliche tun, ohne diese ganzen Schwingungen und Wellen zu spüren oder mich zu fühlen, als würde die Welt untergehen. Ich dachte, dass du diese ganzen Dinge veranstaltest, erinnerst du dich?" Was auch immer das gewesen war, sie mochte es überhaupt nicht. Sie war keine leichtfertige Person, das war sie noch nie gewesen. Es war schwer, ein Sonnenschein zu sein, wenn man jedes Mal eine Ohrfeige bekam, sobald man nur den Mund aufmachte. Aber sie hatte sich auch nie hoffnungslos verzweifelt gefühlt, überwältigt von einer dunklen Verzweiflung, die viel tiefer ging als eine Depression.

„Ich bin nicht hypersensitiv", sagte er, „ich habe noch nie gefühlt, was du beschreibst. Ich weiß, dass ich ein Kraftfeld aus Energie abstrahle, aber niemand hat mir je gesagt, er fühle sich meinetwegen, als würde die Welt untergehen."

„Vielleicht kennen sie dich nicht so wie ich", sagte sie zuckersüß.

„Da hast du recht", antwortete er mit einem kleinen Lächeln, und gleichzeitig wurde die Luft zwischen ihnen heiß und schwer, als wäre ein Sommergewitter im Anzug. Sein Blick fiel hinab auf ihre Brüste, streichelte ihre Kurven, dass sie es fast körperlich spüren konnte. Er hatte ihre Brüste nie berührt, hatte sie überhaupt nie auf sinnliche Weise angefasst, es sei denn, man zählte die Male, in denen sie seine steife Männlichkeit an ihrem Körper gespürt hatte. Wenn man darüber nachdachte, war das schon verdammt sinnlich. Es durchzuckte sie die Erkenntnis, dass sie es mochte, zu wissen, dass sie ihn hart machte; daran zu denken, wie er sich anfühlte, ließ sie ihre Muskeln tief unten im Bauch zusammenziehen.

Wie konnte er das tun, sie so schnell reagieren lassen? Ihre Brustwarzen zogen sich zu harten Perlen zusammen, sodass jeder Atemzug sie gegen ihren BH scheuern ließ, was sie nur noch härter machte. Sie zog fast die Schultern zusammen, um den Druck zu lindern, aber sie wusste, dass sie sich damit auf jeden Fall verraten würde. Ihr BH war genug gepolstert, um ihre Erregung vor ihm zu verbergen, was eine gute Sache war. Er hegte vielleicht einen Verdacht, weil ihre Wangen gerötet waren, aber er konnte es nicht *wissen*.

Sein Blick zuckte nach oben, traf auf ihren. Langsam, aber überhaupt nicht zögerlich, hob er seine Hand und rieb mit der Rückseite eines Fingers über ihre linke Brustwarze. Er ließ sie wissen, dass sie falsch lag: Er *wusste* es. Ihre Wangen wurden heißer, und sie spürte noch einmal dieses köstliche Ziehen, das tief in ihr erwachte. Wenn sie nicht schon daran gedacht hätte, mit ihm zu schlafen … wenn sie nicht erst vor ein paar Stunden daran gedacht hätte, wie es wäre, ihn nackt zu sehen … vielleicht hätte sie dann nicht so bereitwillig reagiert. Aber sie hatte es getan, und sie tat es jetzt.

„Wenn du so weit bist", sagte er und hielt ihren Blick noch einen Augenblick länger fest. Dann ließ er seine Hand fallen und nickte in Richtung des Fast-Food-Restaurants. „Lass uns frühstücken gehen."

Er hatte seine Tür bereits geöffnet, als sie erstaunt sagte: „Du bringst mich zum Frühstücken zu McDonald's?"

„Es sind die goldenen Bögen", sagte er. „Denen kann ich nie widerstehen."

17. KAPITEL

*S*ie gehen zu McDonald's", erstattete einer seiner Leute Bericht.

„Abwarten", sagte Ruben McWilliams, der auf seinem Bett im Motelzimmer saß. Warum zum Henker stellten diese verdammten Hotels das blöde Telefon nicht auf den dämlichen kleinen Tisch, damit man sich in einen Stuhl setzen konnte, wenn man telefonierte, statt sich auf eine unbequeme Matratze zu kauern? „Behalt sie im Auge, aber halt Abstand. Irgendwas hat ihn misstrauisch gemacht. Sag Bescheid, wenn sie wieder gehen."

Irgendetwas hatte Raintree dazu gebracht, plötzlich zwei Spuren auf dem Highway zu schneiden und die Abfahrt mit siebzig Meilen in der Stunde zu nehmen, und Ruben bezweifelte, dass es die plötzliche Lust auf einen McMuffin war.

Er glaubte nicht, dass seine Späher das gefährliche Manöver ausgelöst hatten. Aber er war nicht dabei gewesen, also konnte er sich nicht sicher sein. Seine Leute sollten ihn beobachten und verfolgen, das war alles. Raintree war kein Hellseher, also hätte er so keine Warnung aufnehmen dürfen, aber er könnte eine Vorahnung gehabt haben. Vorahnungen waren eine so häufige Gabe, dass es sie sogar unter normalen Menschen gab. Raintree hatte sich vielleicht auf einmal unwohl gefühlt und sich auf seinen Instinkt verlassen, statt das Gefühl leichtfertig abzutun.

Weil es keine direkte Gefahr gegeben hatte – dazu würden sie später kommen –, hatte er vielleicht gespürt, dass es einen Unfall in seiner unmittelbaren Zukunft geben würde, wenn er auf der Straße blieb, also hatte er die nächste Ausfahrt genommen. Das war möglich. Es gab immer Variablen.

Den geplanten Unfall durchzuführen war so kurzfristig nicht möglich gewesen. Sie hatten nicht gewusst, wann Raintree sein Haus verlassen würde oder wohin er gehen würde, wenn er es tat. Jetzt, da sie ihn überwachten, konnten sie die *Amigos* überall hinbeordern, wo er war, dann würden sie selbst sich zurückziehen und die *Amigos* ihre Arbeit machen lassen.

Bei einem McMuffin sagte Dante: „Erzähl mir ganz genau, was du gefühlt hast, als du in meinem Büro warst."

Lorna nippte an ihrem Kaffee und dachte nach. Nach dem seltsamen Gefühl, das sie im Auto überkommen hatte, hatte sie etwas Heißes trinken wollen, auch wenn Dante die körperliche Kälte vertrieben hatte. Die Hitze des Kaffees konnte die Reste der Kälte, die sie im Geist spürte, nicht vertreiben, aber er war trotzdem tröstlich.

Sie durchsuchte ihre Erinnerung. Die war normalerweise sowieso ausgezeichnet, aber alles war erst so kurze Zeit her, dass die Details ihr immer noch präsent waren. „Du hast mich zu Tode erschreckt", sagte sie schließlich.

„Weil du beim Betrügen erwischt wurdest?", fragte er nach, als sie nicht sofort weitererzählte.

„Ich habe nicht betrogen", sagte sie und sah ihn wütend an. „Etwas zu wissen ist nicht das Gleiche wie Betrügen. Aber nein, das war es nicht. Einmal, in Chicago, war ich nachts auf dem Weg nach Hause, und kurz davor, eine Abkürzung durch eine dunkle Seitenstraße zu nehmen. Ich habe diese Straße oft benutzt – genau wie viele andere Leute. Aber in dieser Nacht konnte ich es nicht. Ich bin erstarrt. Hast du schon einmal so sehr Angst gehabt, dass dir schlecht geworden ist? So war es. Ich bin rückwärts wieder raus aus der Gasse und habe einen anderen Weg nach Hause genommen. Am nächsten Morgen hat man die verstümmelte Leiche einer Frau in dieser Gasse gefunden."

„Vorahnung", sagte er. „Eine Gabe, die dir das Leben gerettet hat."

„Es hat sich genauso angefühlt, als ich dich gesehen habe." Sie konnte an seinem Gesichtsausdruck erkennen, dass ihm das überhaupt nicht gefiel. Aber er hatte sie gefragt. „Ich habe mich gefühlt, als würde diese riesige Kraft einfach auf mich … einstürmen. Ich konnte nicht atmen, hatte Angst, in Ohnmacht zu fallen. Aber dann hast du etwas gesagt, und die Panik ist verschwunden."

Er lehnte sich in der Sitznische zurück und runzelte die Stirn. „Ich war keine Gefahr für dich. Warum solltest du so eine starke Reaktion zeigen?"

„Du bist der Experte. Sag du es mir."

„Meine erste Reaktion auf dich war, dass ich dich nackt sehen wollte. Wenn du also keine schreckliche Angst vor Sex hast, und das glaube ich nicht …" Er sah sie unter gesenkten Augenlidern an, mit einem Blick, bei dem sich ihre Brustwarzen wieder zusammenzogen. „… dann hast du von mir nichts aufgenommen, das so ein Gefühl verursachen sollte."

Wieder sammelte sich Hitze tief unten in ihrem Bauch, und die kam nicht vom Kaffee. Weil sie in einem McDonald's saßen und hinter ihnen in der Nische ein Vierjähriger, sah sie weg und zwang sich, alle

Gedanken daran, mit ihm ins Bett zu gehen zu vertreiben. „Wenigstens ein Teil davon kam von dir." Darauf bestand sie. „Ich erinnere mich, dass sogar die Luft sich anderes anzufühlen schien, fremd, etwas, was ich noch nie vorher gefühlt hatte. Als du näher gekommen bist, konnte ich sagen, dass das Gefühl von dir kam. Du bist ein gefährlicher Mann, Raintree."

Er sah sie nur an, wartete, dass sie fortfuhr, weil er diese spezielle Anklage nicht richtig widerlegen konnte.

„Ich konnte dich spüren", sagte sie, ihre Stimme leise, als sie sich in ihren Erinnerungen verlor. „Du hast an mir gezogen, fast wie eine Berührung. Die Kerzen haben verrücktgespielt. Ich wollte wegrennen, aber ich konnte mich nicht bewegen."

„Ich *habe* dich berührt", sagte er. „Zumindest in meiner Vorstellung."

Sie erinnerte sich daran, wie sie in seiner erotischen Fantasie gefangen war, wie sie immer weiter hineingezogen wurde, und es raubte ihr den Atem. „Ich wusste, dass etwas nicht stimmte", flüsterte sie. „Ich hatte nicht die Kontrolle. Ich war in einer reißenden Flut aus Energie gefangen, die immer wieder verschwand und dann wiederkam und mich aus der Balance brachte. Dann wurde mir so kalt, genau wie im Wagen. Keine normale Kälte mit Gänsehaut und Zittern, sondern etwas so intensives, dass meine Knochen wehtaten. Dann kam das gleiche Gefühl der Furcht, wie ich es in der Seitenstraße gehabt hatte. Du hast davon geredet, dass ich empfindlich auf die Strömungen des Raumes reagiere ..."

„Ich habe von erotischen Strömungen gesprochen", sagte er trocken. „Die Sommersonnenwende ist in ein paar Tagen, und es ist für mich schwerer, die Kontrolle zu behalten, wenn es so viel Sonnenlicht gibt. Deshalb haben die Kerzen geflackert. Ich war erregt, und meine Macht ist immer wieder aufgeflammt."

Lorna dachte darüber nach. Sie fühlte sich zu ihm hingezogen, seit sie ihm das erste Mal in die Augen gesehen hatte. Ungeachtet der Furcht und der Panik, die sie am Anfang gespürt hatte – als sie seinen Blick erwidert hatte, hatte sie sich Hals über Kopf in ihn verschossen. Die lähmende Kälte war erst später gekommen und hatte ihre körperliche Reaktion auf ihn nicht beeinflusst, denn als sie verflogen war, war die Anziehung immer noch da – unverändert.

„Die Kälte ist weggegangen", sagte sie. „Es war, als hätte mich etwas in den Sessel gedrückt, das auf einmal nicht mehr da war. Ich dachte, ich falle aus dem Stuhl, weil ich so stark dagegen angekämpft habe und der Druck auf einmal weg war. Das war es. Wir haben uns noch etwas unterhalten, dann ist der Feueralarm losgegangen. Ende der Szene, Anfang von noch mehr Merkwürdigkeiten."

„Und du hast dich im Auto genauso gefühlt?"

Sie nickte. „Ganz genau so. Bis auf den Sex. Je weiter wir uns vom Haus entfernten, desto beklemmter und deprimierter habe ich mich gefühlt, als ob ich wirklich entblößt und verwundbar wäre. Dann wurde mir richtig kalt."

„Du hast auf jeden Fall fremde negative Energien aufgenommen, wahrscheinlich von dem Verkehr um uns herum. Man weiß nie, wer im Auto hinter einem ist. Könnte jemand sein, dem man nicht einmal am helllichten Tag auf offener Straße begegnen will. Was mich verwirrt, ist, warum du dich in meinem Büro genauso gefühlt hast." Er schüttelte den Kopf. „Es sei denn, du hast das Feuer gespürt, das kurz davor war, das Kasino niederzubrennen. Das wäre möglich, wenn du auch eine präkognitive Gabe hast und Dinge spürst, bevor sie geschehen."

„Ich glaube, die könnte ich haben, aber nur, was Zahlen angeht." Sie erzählte ihm von den Flugnummern vom 11. September und dass sie keine Visionen von abstürzenden Flugzeugen oder brennenden Gebäuden gehabt hatte, nur die Flugnummern, die sich immer wieder durch ihr Unterbewusstsein zogen. „Was ich vor dem Feuer gefühlt habe, war anders. Vielleicht weil ich …"

Sie hielt inne und sah ihn wütend an.

Er hob die Augenbrauen. „Weil du … was?"

„Ich habe ein kleines Problem mit Feuer." Er wartete, bis sie schließlich entnervt sagte. „Ich habe Angst davor, okay?"

„Jeder halbwegs intelligente Mensch ist vorsichtig mit Feuer. *Ich* bin vorsichtig mit Feuer."

„Das ist keine Vorsicht. Ich habe Angst davor. Richtige Angst. Ich habe Albträume darüber, in einem brennenden Gebäude eingesperrt zu sein." Er mochte vorsichtig sein, dachte sie sich, aber es machte ihn auch an. Er würde einen astreinen Feuerteufel abgeben. Als sie in dem brennenden Kasino gestanden hatten, hatte sie seine Faszination und seine Hingabe an die Flammen gespürt, seine Aufregung, weil er sie sehr körperlich ausgedrückt hatte. „Wie dem auch sei, vielleicht habe ich mich deshalb so gefürchtet, mich so beklemmt gefühlt. Aber warum sollte ich mich heute so fühlen – es sei denn, du hast vor, mich innerhalb der nächsten Stunde oder so in ein weiteres brennendes Gebäude zu schleppen. In diesem Fall sag es mir lieber gleich, damit ich dich umbringen kann."

Er lachte, während er die Reste ihrer Mahlzeit aufsammelte und sie auf das Plastiktablett stapelte. Sie glitt aus der Sitznische und ging voran, als sie das Restaurant verließen. „Wohin jetzt?"

„Ins Hotel."

In einer Minute waren sie wieder auf dem Highway. Dante warf ihr einen Seitenblick zu. „Geht es dir gut?"

„Alles in Ordnung. Ich weiß nicht, was los war."

Sie fühlte sich wirklich gut. Sie fuhr in einem Jaguar neben dem ungewöhnlichsten Mann, den sie je getroffen hatte, und sie zog es in Betracht, mit ihm ins Bett zu steigen. Sie warf ihm einen Blick zu, dachte daran, wie er nur in seinen Boxershorts aussah, und spürte die angenehme Wärme der Vorfreude.

Es gefiel ihr, ihm beim Fahren zuzusehen. Sonntagnacht, als sie zu ihm nach Hause gefahren waren, war sie nicht in der Verfassung gewesen, die weichen Bewegungen zu bewundern, mit denen er sein Auto behandelte. Das Spiel der Muskeln seiner Unterarme, die nicht vom kurzärmeligen Polohemd, das er trug, bedeckt wurden, war unglaublich sexy. Er musste irgendwo trainieren, und das regelmäßig, um so in Form zu sein.

Sie fuhren auf der Mittelspur. Ein Auto mit lautem Auspuff kam von rechts auf sie zu, und sie sah, wie er einen Blick in den Rückspiegel warf. „Idioten", murmelte er, und beschleunigte reibungslos in die linke Spur. Lorna drehte sich um, um zu sehen, wovon er sprach. Ein verbeulter weißer Dodge, der grauen Rauch aus seinem Auspuff röchelte, kam schnell auf sie zu. Sie konnte mehrere Leute im Inneren des Fahrzeugs erkennen. Was Dante dazu bewegt hatte, zur Seite zu fahren, war der blaue Nissan, der sich an die Stoßstange des Dodge gehängt hatte.

„Das ist ein Unfall, der nur darauf wartet, zu passieren", sagte sie, gerade als der blaue Nissan auf die Mittelspur schwang, die sie gerade verlassen hatten, und vorwärtspreschte, bis er neben dem weißen Dodge fuhr. Der Nissan lenkte auf den Dodge zu, und der Fahrer des Dodge trat auf die Bremse. Damit löste er eine Kettenreaktion aus quietschenden Bremsen und rauchenden Reifen hinter ihnen aus. Der Motor des Nissan kreischte, als das Auto mit Dante und Lorna gleichzog. Im Inneren konnten sie vier oder fünf Latinos sehen, die lachten und auf den Dodge hinter ihnen zeigten.

Der Verkehr auf dem Highway war wie immer ziemlich dicht, aber nicht dicht genug, als dass der Fahrer des weißen Dodge nicht rapide aufholen konnte.

„Gangs", sagte Dante kurz und bremste, um das rollende Desaster, das sich neben ihnen anbahnte, vorbeizulassen. Er konnte nicht schneller sein, weil ein Auto vor ihm war, er konnte nicht um das Auto herumfahren, weil der blaue Nissan neben ihm war und ihn einpferchte. Niemand im Nissan schien ihnen Beachtung zu schenken, alle hatten ihre Augen auf den Dodge gerichtet. Wenn überhaupt, dann ging der Nissan ein wenig vom Gas, als *wollte* er, dass der Dodge aufholte.

„Mist!" Dante fuhr so weit er konnte nach links, als der Dodge den Nissan einholte. Lorna sah nur verschwommen, wie der linke hintere Insasse des Dodge sein Fenster hinunterkurbelte und eine Waffe hinausstrecke, dann schloss sich Dantes rechte Hand um ihre Schulter. Sein Griff schien bis auf die Knochen zu gehen, und er stieß sie nach vorn und nach unten, als das Fenster neben ihr in tausend Stücke zersprang. Es gab einige tiefe, flache Geräusche, gefolgt von hellerem, schnellerem Krachen, dann einen Aufprall, der sie bis ins Mark erschütterte, als Dante das Steuerrad herumriss und sie in die Betonbarriere lenkte.

18. KAPITEL

*I*rgendwie war es Dante gelungen, ihre Schulter vom Sitzgurt zu befreien, aber der Teil über ihrer Hüfte zog sich ruckartig zusammen. Etwas streifte die rechte Seite ihres Kopfes und schlug so hart und schnell gegen ihre rechte Schulter, dass es sie zurückwarf, und sie landete mit dem Gesicht nach unten, den Oberkörper über dem Armaturenbrett liegend und zwischen den Fahrsitzen eingequetscht. Alle schrecklichen kreischenden Geräusche der Reifen und des eingedrückten Metalls hatten aufgehört, und eine seltsame Stille füllte das Auto. Lorna öffnete die Augen, aber alles war verschwommen, also schloss sie sie wieder.

Sie war noch nie in einen Autounfall verwickelt gewesen. Die Geschwindigkeit und die Gewalt lähmten sie. Sie fühlte sich nicht verletzt, nur … taub, als hätte ein Riese sie hochgehoben und mit aller Kraft zurück zu Boden geworfen. Wahrscheinlich würde der schmerzhafte Teil noch früh genug beginnen, dachte sie benebelt. Der Aufprall war so heftig gewesen, dass es sie ein wenig wunderte, noch am Leben zu sein.

Dante! Was war mit Dante?

Von diesem Gedanken angetrieben, öffnete sie noch einmal die Augen, aber es war immer noch alles verschwommen, und sie konnte ihn nicht sehen. Nichts kam ihr bekannt vor. Kein Lenkrad, kein Armaturenbrett …

Sie blinzelte, und langsam wurde ihr klar, dass sie den Rücksitz anstarrte. Und die Verschwommenheit war … Nebel? Nein – Rauch! Sie richtete sich in plötzlicher Panik auf, oder versuchte es, aber sie schien sich nicht herausheben zu können.

„Lorna?"

Seine Stimme klang angespannt und rau, als fiele es ihm schwer zu sprechen, aber es war Dante. Es kam von irgendwo hinter und über ihr, was keinen Sinn ergab.

„Feuer", gelang es ihr zu sagen, während sie versuchte, sich mit den Beinen abzudrücken. Aus irgendeinem Grund konnte sie nur ihre Füße bewegen, was aber auch beruhigend war, denn immerhin waren die am weitesten entfernt: Wenn sie sich bewegen konnten, musste alles zwischen dort und ihrer Wirbelsäule auch in Ordnung sein.

„Kein Feuer – Airbags. Bist du verletzt?"

Wenn irgendjemand wusste, ob es ein Feuer gab oder nicht, dann war das Dante. Lorna atmete tief durch und entspannte sich ein wenig. „Ich glaube nicht. Was ist mit dir?"

„Es geht mir gut."

Sie befand sich in einer so unnatürlichen Position, dass ihr heißer Schmerz durch die Rückenmuskeln fuhr. Indem sie sich drehte und wand, gelang es ihr, ihren linken Arm zu befreien, der hinter ihrem Körper eingequetscht gewesen war. Sie drückte mit der Hand gegen die Rückseite des Bodens, versuchte, sich aufzurichten und umzudrehen, damit sie zurück in ihren Sitz gleiten konnte. „Warte", sagte Dante und griff nach ihrem Arm, „überall ist Glas. Du wirst dich in Fetzen schneiden."

„Ich muss mich bewegen. Diese Haltung bringt meinen Rücken um." Aber sie hielt inne, weil ihr die Vorstellung, was Glasscherben ihrer Haut antun würden, nicht sehr zusagte.

Von draußen kamen Schreie, immer näher, und ein vorbeifahrender Wagen hielt an, der Insasse stieg aus und kam gelaufen, um ihnen zu helfen. Jemand schlug gegen Dantes Scheibe. „Hey, Mann! Alles okay?"

„Ja." Dante sprach lauter, damit man ihn draußen hörte. Sie fühlte seine Hand an ihrer Seite, als er versuchte, seinen Gurt zu lösen. Der Verschluss klemmte, er stieß einen saftigen Fluch aus, und versuchte es noch mal. Beim dritten Versuch schnappte der Gurt auf. Von dieser Fessel befreit, drehte er sich um, und sie spürte, wie er ihre Beine von oben bis unten abtastete. „Dein rechter Fuß ist im Airbag verfangen. Kannst du …" Seine Hand schloss sich um ihren Knöchel. „Beweg dein Knie zu mir und deinen Fuß zu deinem Fenster."

Leichter gesagt als getan, dachte sie sich, denn sie konnte sich kaum bewegen. Es gelang ihr, ihr rechtes Knie ein wenig zu verschieben.

Der Mann vor Dantes Fenster packte den Türgriff und versuchte, ihn zu öffnen, schüttelte dabei das ganze Auto, aber die Tür klemmte. „Versuchen Sie die andere Seite!", hörte sie Dante schreien.

„Das Fenster ist rausgesprungen", sagte ein anderer Mann, der sich durch das vordere Beifahrerfenster lehnte – oder dort, wo es gewesen war – und fragte eindringlich: „Seid ihr verletzt?"

„Es geht uns gut", sagte Dante, beugte sich über sie und drückte gegen ihren rechten Knöchel, während er ihren Fuß drehte.

Die Falle, in der ihr Fuß gefangen war, lockerte sich ein wenig, dadurch konnte sie ihr Knie etwas mehr bewegen. „Das beweist eine Sache", sagte sie, außer Atem von der Anstrengung, die sie die kleinen Bewegungen kostete.

„Streck deine Zehen wie eine Ballerina. Was beweist es?"

„Ich spüre auf keinen Fall, was geschehen wird. Ich habe keine – autsch – präkognitive Gabe. Das habe ich nicht kommen sehen."

„Das haben wir beide nicht." Er schnaufte, sagte dann: „Bitte sehr." Mit einem letzten Zug war ihr Fuß frei. Dem Mann, der sich zum Fenster hineinlehnte, sagte er: „Können Sie eine Decke oder so etwas suchen, damit wir das Glas abdecken und sie herausziehen können?"

„Nicht ziehen", murmelte Lorna. „Wenn ich mich umdrehen kann, kann ich auch rausklettern."

„Hab einfach Geduld", sagte Dante und drehte sich um, damit er seinen Arm unter ihren Brustkorb und ihre Schultern schieben konnte, um ihre Muskeln ein wenig zu entlasten.

Sie konnten Sirenen hören, die durch die trockene Luft schallten, aber sie waren noch weit entfernt.

Ein neues Gesicht, rot und schwitzend, und zu einem untersetzten Mann mit einer Schiebemütze gehörend, erschien am zerbrochenen Fenster. „Hatte 'ne Decke in meiner Schlafkoje", sagte er und beugte sich über sie, um die Decke über den Sitz zu legen. Was noch übrig war, faltete er zu einem dicken Polster, um die Glasscherben zu bedecken, die immer noch aus dem Fensterrahmen herausragten.

„Danke", sagte Lorna eindringlich, als Dante begann, sie aufrecht in den Sitz zu schieben. Ihre Muskeln schrien vor Anstrengung, und die Erleichterung, in einer natürlicheren Position zu sein, war so stark, dass sie fast aufstöhnte.

„Na also", sagte der Lkw-Fahrer, fasste noch einmal durch das Fenster, packte sie unter den Armen und zog sie aus dem Wagen, ehe sie es aus eigener Kraft versuchen konnte.

Sie dankte ihm und allen anderen, die ihnen geholfen hatten, drehte sich dann um und erlangte einen ersten Blick auf das Auto, als Dante mit der leichtfüßigen Grazie eines Rennwagenfahrers herauskam, als ob er jeden Tag sein Auto durch das Fenster verließ.

Aber so cool und sexy er seinen Ausstieg auch aussehen ließ, was sie verstummen ließ, war das Auto.

Der elegante Jaguar war nur noch eingedelltes und zerrissenes Altmetall. Er hatte sich fast halb umgedreht, die Front war gegen die Betonbarriere gekracht, die Fahrerseite stand fast im rechten Winkel zum fließenden Verkehr. Wenn ein anderes Auto auf sie aufgefahren wäre, nachdem sie gegen die Barriere gefahren waren, wäre Dante tot. Sie wusste nicht, warum kein anderes Auto aufgefahren war, der Verkehr war dicht genug gewesen, es war kaum weniger als ein Wunder. Sie betrachtete das Chaos der aufeinandergefahrenen Wagen, Lkws und SUVs, die in allen möglichen Winkeln hintereinander standen, als hätten die Leute alle scharf auf die Bremse getreten und wären weitergerutscht. Auf der rechten Spur waren drei Wagen ineinandergefahren, etwa fünfzig Meter entfernt. Die Insassen standen allerdings neben den Wagen und untersuchten den Schaden, also waren sie okay.

Sie war nicht okay. Ihr Magen hing in ihren Kniekehlen, und ihr Herz fühlte sich an, als hätte ihr jemand einen Schlag gegen den Brustkorb versetzt. Sie erinnerte sich sehr genau daran, wie Dante das Lenkrad herumgerissen hatte, damit der Jaguar kontrolliert nach vorne rutschte – so drehte sich die Beifahrerseite weg vom Kugelhagel und seine Seite in den Gegenverkehr.

Sie würde ihn umbringen.

Er hatte kein Recht, so ein Risiko für sie einzugehen. Keines. Sie waren kein Paar. Sie hatten sich vor nicht einmal achtundvierzig Stunden zum ersten Mal getroffen, unter wirklich schrecklichen Voraussetzungen, und die meiste Zeit hätte sie ihn liebend gern selbst in den Gegenverkehr geschubst.

Wie konnte er es wagen, ein Held zu sein? Sie wollte nicht, dass er ein Held war. Sie wollte, dass er jemand war, dessen Abwesenheit ihr nicht wehtat. Sie wollte in der Lage sein, ihn zu verlassen, ganz und zufrieden und sie selbst. Sie wollte hinterher nicht über ihn nachdenken. Sie wollte nicht von ihm träumen.

Ihr Vater hatte sich nicht genug aus ihr gemacht, um zu bleiben – angenommen, dass er überhaupt von ihr wusste. Sie hatte keine wirkliche Ahnung, wer er war – und ihre Mutter auch nicht. Ihre Mutter hätte keinen Fingernagel riskiert, geschweige denn ihr Leben, um Lorna vor irgendetwas zu retten. Was machte also dieser … dieser Fremde, wenn er sein eigenes Leben riskierte, um sie zu schützen? Sie hasste ihn dafür, dass er ihr das antat, dass er sich zu jemandem machte, dessen Fußabdruck immer in ihrem Herzen sein würde.

Was sollte sie jetzt tun?

Sie drehte sich um, suchte nach ihm. Er stand nur ein kleines Stück weit weg, was wahrscheinlich nur sinnvoll war, denn wenn er sich noch weiter von ihr entfernte, würde sie gezwungen sein, ihm zu folgen. Er wollte nicht aufhören, sie mit seinen Gedanken zu fesseln, aber er war bereit, sein Leben für sie zu riskieren. So ein Idiot.

Normalerweise trug er sein schulterlanges schwarzes Haar zurückgekämmt, aber jetzt fiel es ihm ins Gesicht. Eine dünne Linie aus Blut lief seine linke Wange aus einem kleinen, geschwollenen Schnitt über seinem Wangenknochen hinunter. Die Haut um die Wunder herum schwoll an und wurde dunkler. Sein linker Arm sah auch geprellt aus, die ganze Fläche von seinem Handgelenk bis zu seinem Ellenbogen war dunkelrot. Er hielt seinen Arm nicht an seinen Körper oder wischte über seine Wange, er tat nichts von den Dingen, die Menschen normalerweise taten, wenn sie verletzt waren. Genauso gut hätten seine Verletzungen gar nicht existieren können.

Er sah aus, als hätte er sich und die Situation vollkommen im Griff.

Lorna hatte das Gefühl, sich übergeben zu müssen, so wütend war sie. Was er getan hatte, war nicht fair – nicht, dass er vorher sonderlich auf Fairness bedacht schien.

Als konnte er ihre Gedanken spüren, drehte sein Kopf sich schnell zu ihr um, und sein Blick stellte sich auf sie ein. Mit zwei schnellen Schritten war er an ihrer Seite und nahm ihren Arm. „Du hast überhaupt keine Farbe im Gesicht. Du solltest dich setzen."

„Es geht mir gut", antwortete sie automatisch. Eine plötzliche Brise blies ihr einen Vorhang aus Haaren vor ihr Gesicht, und sie hob eine Hand, um sie zur Seite zu wischen. Zwei Polizeiwagen kamen ihnen auf der anderen Seite des Highways mit heulenden Sirenen entgegen, und sie musste fast schreien, um gehört zu werden. „Ich bin nicht verletzt."

„Nein, aber du stehst unter Schock." Auch er hob die Stimme, drehte den Kopf, um zu sehen, wie die Polizeiwagen auf der anderen Seite der Abgrenzung anhielten. Die Sirenen erstarben, aber andere Notfallfahrzeuge kamen angefahren, und der Lärm schwoll wieder an.

„Ich bin okay", darauf bestand sie – wenigstens körperlich.

Seine Hand schloss sich um ihren Arm und er führte sie zur Betonbarriere. „Komm, setz dich hin. Ich fühle mich besser, wenn du es tust."

„Ich bin es nicht, die blutet", stellte sie fest.

Er berührte seine Wange, als hätte er den Schnitt ganz vergessen oder ihn vielleicht gar nicht erst bemerkt. „Dann setz dich neben mich und leiste mir Gesellschaft."

Allerdings kam keiner von ihnen dazu, sich hinzusetzen. Die Cops versuchten herauszufinden, was passiert war, den Verkehr zum Fließen zu bringen, wenn auch langsam, und sich darum zu kümmern, dass alle Verletzten ins Krankenhaus gefahren wurden. Bald waren sieben Streifenwagen am Unfallort, zusammen mit einem Feuerwehrwagen und drei Notarztwagen. Die Fahrer der Wagen, die sich noch bewegen ließen, wurden angewiesen, ihre Fahrzeuge auf die Standspur zu bewegen.

Es gab mehrere Zeugen. Niemand wusste, ob das unberechenbare Fahrverhalten die Schießerei ausgelöst hatte oder ob die ganze Sache ein Konflikt zwischen rivalisierenden Gangs gewesen war, aber jeder hatte eine Meinung und eine leicht abweichende Version der Geschehnisse. Immerhin waren sich alle bei einer Sache einig: Die Insassen des weißen Dodge hatten auf den Nissan geschossen und die Insassen des Nissan hatten zurückgeschossen.

„Hat jemand die Nummernschilder notiert?", fragte ein Streifenpolizist.

Dante sah Lorna an. „Die Zahlen?"

Sie dachte an den weißen Dodge, und drei Zahlen kamen ihr glasklar in den Sinn. „Der Dodge hat 873." Nummernschilder in Nevada bestanden aus drei Zahlen, gefolgt von drei Buchstaben.

„Haben Sie die Buchstaben?", fragte der Streifenpolizist mit gezücktem Bleistift.

Lorna schüttelte den Kopf. „Ich erinnere mich nur an die Zahlen."

„Das wird die Suche deutlich einschränken. Was ist mit dem Nissan?"

„Hmm … 612."

Er schrieb auch das auf und drehte sich dann um, als er ans Funkgerät ging.

Dantes Handy klingelte. Er zog es aus der Fronttasche seiner Jeans und sah auf die Nummernanzeige. „Das ist Gideon", sagte er und klappte das Telefon auf. „Was ist los?" Er hörte einen Moment zu und sagte dann: „Tief in der Tinte."

Eine kurze Pause. „Ich erinnere mich."

Sie redeten weniger als eine Minute, dann hörte Lorna ihn sagen: „Einen kurzen Blick in die Zukunft", was sie sich fragen ließ, was los war. Er lachte gerade über etwas, was sein Bruder sagte, als sie plötzlich zitterte und ihre Arme um sich schlang, als ob die Temperatur rapide gegen Null fiel. Die schreckliche, bis auf die Knochen gehende Kälte hatte sie so plötzlich gepackt, als ob man sie in ein Becken voll Eiswasser geworfen hätte.

Dante sah sie scharf an, beendete abrupt den Anruf und steckte das Telefon zurück in die Tasche.

„Was ist los?", fragte er in leisem Tonfall, als er sie zur Seite zog.

Sie kämpfte gegen die Wellen des Schwindelgefühls an, das von der enormen Kälte kam. „Ich glaube, der verrückte Serienkiller ist uns gefolgt", sagte sie.

ante legte seine Arme um sie und zog sie gegen die Hitze seines Körpers. Ihr fiel auf, dass seine Körpertemperatur immer außerordentlich hoch war, als hätte er ein ewiges Fieber. Jetzt gerade fühlte sich die Hitze wunderbar an, wärmte ihre kalte Haut.

„Konzentrier dich", sagte er, den Kopf zu ihr geneigt, damit kein anderer sie hören konnte. „Stell dir vor, wie du den Unterschlupf baust."

„Ich will keinen blöden Unterschlupf bauen", sagte sie ärgerlich. „So was ist nie passiert, ehe ich dich getroffen habe, und ich will, dass es wieder aufhört."

Er rieb seine Wange an ihrem Haar, und sie fühlte, wie seine Lippen sich bewegten, als er lächelte. „Mal sehen, was ich tun kann. In der Zwischenzeit sollten wir, da du keinen Unterschlupf bauen willst, versuchen, herauszufinden, ob du erkennen kannst, was die Probleme verursacht. Schließ deine Augen, sieh dich in Gedanken um und sag mir, ob du irgendetwas aufnimmst. Zum Beispiel Veränderungen im Energiemuster von einem bestimmten Bereich."

Dieser Vorschlag kam ihr viel praktischer vor, als imaginäre Schlupfwinkel für imaginäre Kristalle zu bauen. Viel lieber wollte sie etwas gegen dieses plötzliche Gefühl der Übelkeit tun, statt nur zu lernen, damit umzugehen. Sie tat, was er gesagt hatte, lehnte sich gegen ihn und ließ ihn einen Teil ihres Gewichtes stützen, während sie die Augen schloss und im Geiste nach Unstimmigkeiten zu suchen begann. Sie wusste nicht, was sie tat oder wonach sie „suchte", aber sie fühlte sich dadurch besser.

„Soll das wirklich funktionieren?", fragte sie, gegen seine Schulter gelehnt. „Oder versuchst du nur, mich abzulenken?"

„Es sollte funktionieren. Jeder hat ein starkes Feld von persönlicher Energie, aber einige sind stärker als andere. Hypersensitive Menschen nehmen diese Energiefelder besonders stark wahr. Du solltest sagen können, aus welcher Richtung ein besonders starkes Feld kommt, etwa so, wie man sagen kann, aus welcher Richtung der Wind weht."

Das ergab für sie einen Sinn, war in Worten ausgedrückt, die sie verstand. Die Sache war nur die: *Wenn* sie hypersensitiv war, warum spürte sie dann nicht viel öfter solche Dinge? Abgesehen von dem einen Mal in Chicago, wo sie plötzlich furchtbare Angst davor gehabt hatte, was in der Seitenstraße lauerte, war sie sich nie irgendwelcher ungewöhnlichen Dinge bewusst gewesen.

Einige sind stärker als andere, hatte Dante gesagt. Vielleicht war sie ihr ganzes Leben lang größtenteils von normalen Menschen umgeben gewesen. Wenn dem so war, mussten diese Gefühle bedeuten, dass sie jetzt in der Nähe von Menschen war, die nicht normal waren und die sehr starke Energiefelder hatten.

Der Stärkste von allen hielt sie in seinen Armen. Während sie sich konzentrierte, beschloss sie, ihn als eine Art Standard, ein Muster, zu benutzen, gegen den sie alles andere messen konnte, was sie entdeckte. Sie konnte die Energie seiner Gaben körperlich spüren, fast wie Elektrizität, die ihren ganzen Körper umgab. Das Gefühl war zu stark, um es als angenehm zu beschreiben, aber es war auch nicht unangenehm. Vielmehr war es aufregend und erotisch, als würden winzige Nadelspitzen aus Feuer tief in ihren Körper eindringen.

Einen Teil dieses Gefühls behielt sie bei sich, als sie begann, ihr Bewusstsein zu erweitern, nach Orten zu suchen, an denen die Strömung stärker war. Es erinnerte sie ein wenig an Forellenangeln.

Zunächst war da nichts weiter als der normale Energiefluss, wenn auch von vielen verschiedenen Menschen. Sie und Dante waren umgeben von Polizisten, Feuerwehrmännern, Sanitätern und Menschen, die ihnen geholfen hatten. Ihr Energiefluss war warm und tröstlich, besorgt, beschützend. Sie waren alle gute Menschen, sie hatten alle ihre Eigenheiten, aber im Grunde waren sie gut.

Sie weitete ihren mentalen Kreis weiter aus. Das Muster veränderte sich leicht. Dort waren die Schaulustigen, die Gaffer, diejenigen, die neugierig waren, aber nicht dazu geneigt zu helfen. Sie wollten sich über den Unfall unterhalten, darüber, für einige Stunden im Stau gefangen zu sein, als wäre das ein schweres Los, das sie ertragen mussten, aber sie wollten nichts leisten. Sie …

Da!

Sie zuckte zusammen. Was sie gefühlt hatte, hatte sie erschreckt.

„Wo ist es?", flüsterte Dante in ihre Haare, und seine Arme schlossen sich fester um sie. Die Leute um sie herum dachten wahrscheinlich, dass er sie tröstete oder dass sie sich einander festhielten, aus Dankbarkeit, weil sie verschont worden waren.

Sie öffnete ihre Augen nicht. „Links von mir. Ungefähr … ich weiß nicht … hundert Meter entfernt. An der Seite, als hätte er auf den Seitenstreifen gelenkt."

„Er?"

„Er", antwortete sie, sehr bestimmt.

„Unsere Freunde haben es komplett versaut", sagte der Gefolgsmann der Ansara angewidert. Er senkte das Fernglas, das er in einer Hand hielt, um sich auf das Telefonat konzentrieren zu können. „Er hat das Auto zu Schrott gefahren, aber sie sind unverletzt."

Ruben fluchte leise. Das alte Sprichwort hatte eben doch recht: *Wenn du willst, dass etwas richtig gemacht wird, mach es selbst.*

„Ruf sie zurück", sagte er. „Ich habe etwas anderes vor."

Ihre Pläne waren zu kompliziert gewesen. Der beste Plan war ein einfacher Plan. Es gab weniger Details, die schieflaufen konnten, weniger Leute, die es versauen konnten, eine geringere Chance, dass das Opfer etwas mitbekam.

Statt Raintrees Tod wie einen Unfall aussehen zu lassen, war es das Einfachste, bis zur letzten Minute zu warten und ihm dann, wenn es für den Clan zu spät sein würde, sich in Sanctuary zu versammeln, einfach eine Kugel in den Kopf zu jagen.

Die einfachste Lösung war immer die beste.

„Ich kann sehen, von wem du sprichst", sagte Dante, „aber ich kann aus dieser Entfernung nichts Genaues sagen. Er scheint nichts zu tun, er steht nur neben seinem Auto wie alle anderen Leute auch."

„Beobachten", sagte Lorna. „Er beobachtet uns."

„Kannst du etwas über sein Energiefeld sagen?"

„Er schickt eine Menge Wellen aus. Er ist stärker als alles andere, was ich da draußen spüre, aber, hm, ich würde sagen, nicht einmal annähernd so stark wie du." Sie hob den Kopf und öffnete die Augen. „Er ist der Einzige, soweit ich es sagen kann. Bist du dir sicher, dass ich mir das nicht nur einbilde?"

„Ich bin mir sicher. Du musst anfangen, deinen Sinnen zu vertrauen. Er ist wahrscheinlich nur …"

„Mr Raintree", rief ihn einer der Polizisten und winkte Dante zu sich herüber.

Er gab Lorna einen schnellen Kuss auf den Mund, dann ließ er sie los und schlenderte zu dem Polizisten hinüber. Wohl oder übel folgte Lorna ihm, auch wenn sie sofort anhielt, als der Zwang sie nicht länger vorwärtszog.

Der Unfallort begann sich zu leeren; Zeugen hatten ihre Aussagen zu Protokoll gegeben, und mehr und mehr Menschen gelang es, ihre Fahrzeuge um den demolierten Jaguar, die Überbleibsel des Auffahrunfalls auf der Nebenspur und die Rettungsfahrzeuge herumzumanövrieren. Zwei Abschleppwagen waren angekommen, einer, um Dantes Jaguar mitzunehmen, der andere, um das mittlere Auto des Auffahrunfalls abzuschleppen, dessen Kühler aufgerissen war. Ehe sein armes Auto mitgenommen wurde, holte Dante seine Zulassung, die Versicherungspapiere und den Öffner für das Garagentor aus dem Handschuhfach. Wenn man bedachte, wie demoliert der Wagen war, war das gar nicht so einfach.

Er wirkte nicht besonders traurig über den Verlust des Jaguars; er schien nicht am Auto gehangen zu haben. Er hatte bereits veranlasst, dass ein Mietwagen beim Hotel auf ihn wartete, und einer seiner vielen Angestellten war auf dem Weg zum Unfallort, um sie abzuholen. Geld glich einige der Unebenheiten des Lebens aus.

Der Gedanke an Geld brachte Lorna dazu, wie zufällig über ihre linke Vordertasche zu streifen. Ihr Geld war noch da und ihr Führerschein und die kleine Schere steckten in der rechten Tasche. Sie wusste nicht, wozu sie die kleine Schere in wirklich gefährlichen Situationen gebrauchen konnte, aber sie war besser als nichts.

Sie bemerkte, dass sie sich viel besser fühlte, dass das hässliche, kalte Gefühl verschwunden war. Also drehte sie sich um und sah dorthin, wo der Beobachter geparkt hatte. Er war nicht mehr da, und sein Auto auch nicht. War das Zufall, fragte sie sich, oder Ursache und Wirkung?

Und war es nicht seltsam, dass sie das widerliche kalte Gefühl sowohl direkt vor dem Feuer im Kasino gespürt hatte als auch unmittelbar, bevor sie im Kreuzfeuer einer Bandenschießerei fast umgelegt worden war? Vielleicht reagierte sie gar nicht auf eine Person, sondern auf etwas, was kurz bevorstand. Natürlich hatte sie das Gefühl auch gehabt, kurz bevor Dante ihr einen McMuffin zum Frühstück serviert hatte, aber vielleicht traf auch hier das Prinzip zu: Warnung vor dem McMuffin!

Sie hatte sich fast an ihre außergewöhnliche Gabe gewöhnt, denn auch wenn sie fast ihr ganzes Leben damit verbracht hatte, zu behaupten, sie sei bloß *gut mit Zahlen*, hatte sie doch immer gewusst, dass es mehr war als das. Sie wollte nicht noch ein Talent entdecken, besonders keines, das ihr vollkommen nutzlos erschien. Eine Warnung war schön und gut, wenn man wusste, wovor man gewarnt wurde. Wenn nicht, warum dann die Mühe?

„Unsere Mitfahrgelegenheit ist da", sagte Dante, der hinter sie trat und eine Hand auf ihre Taille legte. „Willst du mit mir ins Hotel kommen oder zurück nach Hause fahren?"

Nach Hause? Bezeichnete er sein Haus als ihr Zuhause? Sie sah zu ihm hoch, bereit, ihn auf seinen Fehler hinzuweisen, aber die Worte starben auf ihren Lippen. Er sah sie mit ruhigem, brennendem Verlangen an: Er hatte sich nicht versprochen. Es war eine Warnung der anderen Art gewesen.

„Wir wissen beide, wo das hinführt", sagte er. „Ich habe im Hotel eine Suite, und der Elektriker hat gestern den Strom wieder angeschlossen, also funktioniert alles. Du kannst mit mir ins Hotel kommen oder nach Hause fahren – aber egal wo, du wirst unter mir liegen. Der einzige Unterschied ist, dass es dir etwas mehr Zeit verschafft, wenn wir nach Hause fahren – falls du sie brauchst."

Ja, sie brauchte mehr als Zeit. Aber der Seitenstreifen des Highway war nicht der richtige Ort für die Kraftprobe, die sie erwartete.

„Ich habe mich noch nicht entschieden, ob ich mit dir schlafen will oder nicht, und ich werde die Entscheidung nach meinem eigenen Zeitplan treffen, nicht nach deinem", sagte sie. „Ich komme mit dir ins Hotel, weil ich nicht noch einen Tag eingesperrt in diesem Haus verbringen will, also versteif dich auf nichts, Raintree."

Sein konzentrierter Gesichtsausdruck löste sich auf, stattdessen lächelte er sie ironisch an. Er sah an sich selbst hinunter und sagte: „Zu spät."

20. KAPITEL

*L*orna war zu rastlos, um nur in Dantes Suite herumzusitzen, während er das ganze Hotel vereinnahmte, die Säuberungsarbeiten und die Reparaturen beaufsichtigte und sich mit den Bauunternehmern traf. Sie folgte ihm auf dem Fuß, hörte zu, mischte sich aber nicht ein. Hinter den Kulissen eines Luxushotels ging es faszinierend zu. Und der Laden brummte. Statt darauf zu warten, dass die Versicherungen sich kümmerten, hatte er Sachverständige kommen lassen, die von allem Aufnahmen machten, dann hatte er auf eigene Kosten mit den Reparaturen begonnen.

Dass er dazu in der Lage war, verriet ihr, dass er wirklich reich sein musste, was angesichts seines Lebensstils noch mehr über ihn aussagen ließ. Er hatte keine Armee aus Bediensteten, die sich um ihn kümmerten. Er lebte in einem großen schönen Haus, aber es war kein Herrenhaus. Er besaß teure Autos, aber er fuhr sie selbst. Er machte sich selbst Frühstück, räumte seinen Geschirrspüler selbst ein. Er mochte Luxus, aber es ging ihm auch mit viel weniger gut.

Wenn es allerdings um das Hotel ging, war er unnachgiebig. Alles musste erstklassig sein, vom Toilettenpapier bis zu den Bettlaken. Wenn der Rauchgestank sich nicht aus den Gardinen entfernen ließ, wurden sie weggeworfen, ebenso wie kilometerweise Teppich.

Am Tag zuvor war das Hotel ein Irrenhaus gewesen. Man hatte den Gästen erlaubt, in ihre Zimmer zu gehen und ihre Sachen zu holen. Weil das zerstörte Kasino dem Hotel angeschlossen war, hatte man sie aus Versicherungsgründen führen müssen, um sicherzustellen, dass ihre Neugierde sie nicht an Orte führte, an die sie nicht gehen sollten.

Ein Kasino existierte nur aus einem Grund, und dieser Grund war Geld. In den seltenen Momenten, in denen Dante Zeit zum Reden hatte, hatte er Lorna erzählt, dass das Kasino pro Tag über sechs Millionen Dollar Umsatz machen musste, nur, damit er keine Verluste machte. Und weil ein Kasino eine großzügige Gewinnspanne hatte, war der Geldbetrag, mit dem er tatsächlich jeden Tag zu tun hatte, schwindelerregend hoch.

Die geschmolzenen und angesengten Spielautomaten enthielten Tausende von Dollars, also mussten die Ruinen rund um die Uhr bewacht werden, bis man die Maschinen transportieren und so viel wie möglich von ihrem Inhalt retten konnte. Etwa die Hälfte der Maschinen druckte Tickets, statt Vierteldollar auszuspeien, was sowohl Zeit als auch Geld sparte. Der Münztresor und der Haupttresor waren feuerfest, was diesen Riesenbetrag an Bargeld gerettet hatte, und seine Kassierer hatten sich geweigert, sich aus ihren Käfigen evakuieren zu lassen, ehe sie nicht das Geld in Sicherheit gebracht hatten. Das war sehr loyal von ihnen gewesen, aber nicht sehr klug: Die zwei Todesopfer kamen aus ihren Reihen.

Der zuständige Feuerwehrmann war dabei, seine Untersuchungen abzuschließen, als Dante ihn noch einmal aufsuchte. „War es Brandstiftung?", fragte er geradeheraus.

„Alles deutet darauf hin, dass die Elektrizität schuld war, Mr Raintree. Ich habe keine Spuren von Brandbeschleunigern gefunden. Die Flammen haben ungewöhnlich hohe Temperaturen erreicht. Ich gebe zu, dass ich misstrauisch war."

„Ich ebenfalls – vor allem, als die Detectives mir Fragen gestellt haben, bevor Sie mit ihren Untersuchungen überhaupt einmal angefangen hatten."

Der Feuerwehrmann rieb sich die Nase. „Sie haben es Ihnen nicht gesagt? Ein Anruf ist eingegangen, etwa um die Zeit, in der das Feuer ausgebrochen ist. Irgendein Verrückter hat gesagt, er wolle das Kasino niederbrennen. Als sie ihn gefunden hatten, hat sich herausgestellt, dass er in einem der Restaurants gegessen hatte, und als der Feueralarm losging, hat er sein Handy herausgezogen und wollte die Lorbeeren für sich. Er hatte ein Getränk zu viel." Er schüttelte den Kopf. „Einige Leute haben sie einfach nicht alle."

Dantes Blick traf auf Lornas, beide waren reumütig. „Wir haben uns gefragt, was los war. Ich fing schon an, mich wie ein Verschwörungstheoretiker zu fühlen", sagte er.

„Es geschehen seltsame Dinge bei Bränden. Zum Beispiel, dass Sie beide noch am Leben sind. Sie hatten überhaupt keinen Schutz, aber die Hitze und der Rauch konnten Ihnen nichts anhaben. Erstaunlich."

„Ich habe mich so gefühlt, als hätte uns der Rauch sehr wohl etwas angehabt", sagte Dante trocken. „Ich hatte das Gefühl, ich huste mir die Lungen aus dem Leib."

„Aber Ihre Luftwege haben keinen signifikanten Schaden genommen. Ich habe Leute sterben sehen, die weniger Rauch eingeatmet haben als Sie beide."

Lorna fragte sich, was er denken würde, wenn er sehen könnte, was von Dantes Jaguar übrig war, während sie und Dante immer noch ohne einen blauen Fleck herumliefen.

Nein, das stimmte nicht. Mit gerunzelter Stirn sah sie Dante an, sah richtig hin. Er hatte einen Schnitt in seinem Gesicht gehabt, wo der Aufprall des Airbags die Haut über seinem Wangenknochen regelrecht aufgespaltet hatte. Sein Wangenknochen war geprellt und angeschwollen gewesen und sein linker Arm verbrannt.

Nur ein paar Stunden später sah seine Wange vollkommen normal aus. Sie konnte den Schnitt überhaupt nicht mehr sehen. Es gab keine Schwellung, keinen blauen Fleck. Sie wusste, dass sie es sich nicht eingebildet hatte, weil auf seinem Hemd Blut gewesen war, und er war in seine Suite gegangen, um sich ein neues anzuziehen; statt des Polohemdes trug er jetzt ein weißes Hemd zu seiner Jeans, die Ärmel hochgekrempelt, sodass sie seinen unverletzten Unterarm sehen konnte.

Sie selbst hatte ebenfalls keine blauen Flecken. So wie sie im Auto herumgeworfen worden war, hätte sie wenigstens steife und schmerzende Muskeln haben sollen, aber es war alles in Ordnung. *Was war da los?*

„Das war eine Sackgasse", bemerkte er, nachdem der Feuerwehrmann gegangen war. Er war dabei, zu untersuchen, welchen Schaden die Außenanlagen genommen hatten. „Die Dummheit mancher Menschen ist erstaunlich."

„Ich weiß", sagte sie abwesend. Sie jagte in Gedanken immer noch dem Geheimnis um den verschwundenen Schnitt hinterher. Gab es eine Art, auf die man einen Mann diplomatisch fragen konnte: Bist du ein Mensch?

Aber was war mit ihrem eigenen Mangel an blauen Flecken? Sie wusste, dass *sie* menschlich war. Gehörte das zu seinem Repertoire? Hatte er etwas damit zu tun, dass sie unverletzt war?

„Der Schnitt in deinem Gesicht", platzte sie heraus. Sie konnte sich einfach nicht zurückhalten. „Was ist damit passiert?"

„Ich heile schnell."

„Versuch nicht diesen Mist bei mir", sagte sie ärgerlicher, als gerechtfertigt war. „Dein Wangenknochen war geprellt und angeschwollen, und die Haut war aufgeplatzt, und zwar noch vor ein paar Stunden. Jetzt ist da nicht das kleinste Anzeichen mehr."

Er schätzte ihren Gesichtsausdruck blitzschnell ein, ehe er antwortete. „Gehen wir rauf in meine Suite, damit wir reden können. Es gibt einige Dinge, die ich dir noch nicht erzählt habe."

„Ach, echt", murmelte sie, als sie durch die Hotelbüros zu seinem privaten Aufzug marschierten, der nur in seine Suite führte. Sein Büro lag im gleichen Stockwerk am anderen Ende des Hotels, abgetrennt von der Suite. Als sein Sicherheitschef sie dort hinaufgeschleift hatte, hatte er einen der öffentlichen Aufzüge benutzt. Kein Wunder, dass keine anderen Menschen dort gewesen waren, als sie das Gebäude evakuiert hatten; das ganze Stockwerk gehörte ihm.

Die neunhundert Quadratmeter große Suite fühlte sich an und sah aus wie jede luxuriöse Hotelsuite: vollkommen unpersönlich. Er hatte gesagt, dass er nur dann die Nacht dort verbrachte, wenn eine Komplikation ihn so lange aufhielt, dass es lächerlich wäre, so spät noch nach Hause zu fahren. Die Räume waren groß und komfortabel, aber sie hatten nichts von ihm an sich, bis auf die Kleidung zum Wechseln, die er für Notfälle dort aufbewahrte.

Es war seltsam, dachte sie bei sich, dass sie bereits seinen Geschmack bei der Einrichtung kannte, seine Farbwahl, die Kunstwerke, die er persönlich ausgewählt hatte. Irgendein Innenarchitekt, der sich auf Hotels spezialisiert hatte und nicht auf Wohnhäuser, hatte diese Suite eingerichtet.

Dante schlenderte die zwei Stufen ins abgesenkte Wohnzimmer hinunter und hinüber zu den Fenstern. Er mochte Fenster, das hatte sie bereits gemerkt. Er mochte Glas, und davon viel – aber er mochte es noch mehr, draußen zu sein, weshalb die Suite einen sonnenüberfluteten Balkon hatte, der groß genug war für einen Tisch und Stühle für ein Dinner im Freien.

„Okay", sagte sie, „jetzt erzähl mir, wie deine Schnitte und Prellungen in nur ein paar Stunden verheilt sind. Und wenn du schon dabei bist, sag mir, warum ich nicht auch verletzt bin. Ich habe nicht einmal Muskelkater!"

„Das ist einfach", sagte er und zog ein silbernes Amulett aus seiner Tasche. Er legte die Schnur über seine Hand, sodass der Anhänger flach auf seiner Handfläche lag. „Das hier war im Handschuhfach."

Der kleine Anhänger sah aus wie ein fliegender Vogel, vielleicht ein Adler. Sie schüttelte den Kopf. „Das verstehe ich nicht."

„Es ist ein Schutzzauber. Ich habe dir von ihnen erzählt. Ich versorge Gideon mit ihnen. Er schickt mir normalerweise Fruchtbarkeitszauber …"

Lorna zuckte zurück und formte mit ihren Fingern ein Kreuz, wie um einen Vampir abzuhalten. „Bleib mit dem Ding weg von mir!"

Er lachte leise. „Ich sagte, das ist ein Schutzzauber, kein Fruchtbarkeitszauber."

„Du meinst, das ist so was wie ein Gummi, den du dir um den Hals hängst, statt ihn dir überzuziehen?"

„Nicht diese Art von Schutz. Dieser Zauber verhindert körperlichen Schaden – oder minimiert ihn zumindest."

„Und du glaubst, deshalb sind wir heute nicht verletzt worden?"

„Ich weiß es. Weil er ein Cop ist, trägt Gideon ständig einen Zauber. Dieser kam Samstag mit der Post, also hat er ihn gerade erst gefertigt. Ich weiß nicht, warum er einen Schutzzauber statt eines Fruchtbarkeitszaubers gemacht hat, aber das hat er getan. So nah an der Sommersonnenwende können seine Gaben ihm entfliehen, genau wie meine es manchmal tun. Es ist ein wirklich starker Zauber", sagte er bewundernd. „Ich habe ihn nicht getragen. Ich habe ihn einfach ins Handschuhfach gesteckt und vergessen. Normalerweise sind die Zauber für einen bestimmten Menschen bestimmt, aber da heute keiner von uns beiden verletzt worden ist … Es ist die einzige Erklärung."

Im Grunde war das irgendwie cool. „Lässt er dich auch schneller heilen?"

Dante schüttelte den Kopf, während er den Zauber zurück in seine Tasche steckte. „Nein, das ist einfach so, wenn man ein Raintree ist. Wenn ich sage, dass ich schnell heile, dann meine ich wirklich richtig schnell. Ein kleiner Schnitt wie der – das war nichts. Ein tieferer Schnitt kann die ganze Nacht dauern."

„Du Ärmster", sagte sie und schnitt eine Grimasse. „Was hast du noch für unfaire Vorteile?"

„Wir leben länger als die meisten Menschen. Nicht viel länger, aber unsere durchschnittliche Lebenserwartung beträgt neunzig bis hundert Jahre. Normalerweise sind es auch gute Jahre. Wir bleiben bis zum Ende wirklich gesund. Ich hatte zum Beispiel noch nie eine Erkältung. Wir sind immun gegen Viren. Bakterielle Infektionen können uns auch treffen, aber Viren erkennen unsere Zellzusammensetzung nicht."

Von allen Dingen, die er ihr erzählt hatte, schien es ihr am fantastischsten, dass er noch nie eine Erkältung gehabt hatte. Das bedeutete, er konnte auch nie die Grippe bekommen, und – „Du kannst kein AIDS bekommen!"

„Das stimmt. Wir sind auch heißer als Menschen. Meine Temperatur beträgt normalerweise um die 38 Grad. Das Wetter muss schon richtig, richtig kalt werden, ehe es mir ungemütlich wird."

„Das ist so unfair", beklagte sie sich. „Ich will auch immun sein gegen Erkältungen und AIDS."

„Keine Masern", murmelte er, „keine Windpocken. Kein Herpes. Keine Fieberbläschen." Seine Augen tanzten vor Vergnügen. „Wenn du wirklich eine Raintree werden willst und damit nie mehr eine verstopfte Nase habst, dann gibt es einen Weg."

„Wie? Bei Neumond ein Huhn vergraben und siebenmal rückwärts um einen abgeschlagenen Baum rennen?"

Er hielt inne, stellte es sich bildlich vor. „Du hast eine merkwürdige Fantasie."

„Sag es mir! Wie wird man ein Raintree? Was ist das Initiationsritual?"

„Es ist ein sehr altes. Du hast schon davon gehört."

„Ich kenne nur das mit dem Huhn. Komm schon, was ist es?"

Sein Lächeln kam langsam und verheißungsvoll. „Bekomm ein Kind von mir."

21. KAPITEL

*L*orna wurde weiß, dann rot, dann wieder weiß. „Das ist nicht lustig", sagte sie gepresst, dann stand sie auf und ging unruhig im Zimmer auf und ab. Sie hob ein Kissen hoch und schüttelte es auf, aber statt es zurück aufs Sofa zu legen, drückte sie es gegen ihre Brust und stand einfach mit dem Kopf darüber gebeugt da.

„Ich mache keine Scherze."

„Man darf nicht … man sollte keine Kinder bekommen nur als Mittel zum Zweck. Menschen, die keine Kinder um ihrer selbst willen haben wollen, sollten nie, nie welche bekommen."

„Das stimmt", sagte er leise, verließ seinen Platz am Fenster und kam auf sie zu, so langsam, als hätte er kein Ziel, keinen Plan.

„Das ist nichts, was man auf die leichte Schulter nehmen darf." Er spielte ein schmutziges Spiel, wenn er *Bekomm ein Kind von mir* so sagte, als würde er es meinen. Er konnte es nicht meinen. Sie kannten sich erst seit zwei Tagen. Das war etwas, was Männer sagten, um Frauen zu verführen, weil vor Hunderten von Jahrhunderten ein schlauer Bastard herausgefunden hatte, dass Frauen für Babys einfach alles taten.

„Ich nehme das sehr ernst, das verspreche ich dir." Seine Stimme war sanft, als er ihr die Hand auf die Schulter legte, sie schloss und dann ihren Rücken hinunterfuhr. Sie spürte, wie sich die Hitze von seiner Haut auf ihre übertrug, wie sie durch ihre Kleidung brannte. Seine Fingerspitzen suchten sich ihre Wirbelsäule, streichelten daran hinab, rieben vorsichtig die Spannung fort, die unter ihrer Haut saß.

Sie hatte nicht gewusst, dass sie so angespannt war oder dass seine sanfte Massage sie in Butter verwandeln würde. Sie ließ zu, dass er sie gegen sich drückte, ließ ihren Kopf an seiner Schulter ruhen, weil alles, was er tat, sich so gut anfühlte. Trotzdem … Sie sah mit zusammengekniffenen Augen zu ihm hoch. „Glaub nicht, dass ich nicht merke, wie nahe deine Hand meinem Hintern kommt."

„Ich wäre enttäuscht, wenn du es nicht hättest." Ein Lächeln umspielte seinen Mund, als er einen warmen Kuss und dann noch einen auf ihre Schläfe drückte.

„Lass sie nicht tiefer wandern", warnte sie ihn.

„Bist du sicher?" Angefangen am Bund ihrer Jeans fuhr er mit dem Finger die Mittelnaht hinunter – immer weiter, mit leichtem Druck, während seine heiße Handfläche ihren Hintern massierte. Dieser Finger hinterließ eine Spur aus Feuer, ließ sie sich winden und schaudern. Sie wollte Nein sagen, aber er würde aufhören, wenn sie es tat. Sie konnte nicht. Stattdessen keuchte sie in gequälter Erwartung auf, bog sich zu ihm, klammerte sich an ihn – wartete, wartete, konzentrierte sich ganz auf den langsamen Fortschritt seiner Liebkosung, als seine Hand langsam von hinten zwischen ihre Beine glitt. Dann drückte er fester zu, rieb ihre pulsierende Pforte durch ihre Jeans, sodass die Naht leicht an ihrem empfindlichen Fleisch rieb, das weich und nachgiebig war.

Er hatte sie zwei Tage lang zu diesem Punkt geführt, seit diesem ersten Kuss in der Küche. Er hatte den Funken der Leidenschaft langsam gefüttert, bis er eine kleine Flamme geworden war, dann hatte er die Flamme am Leben gehalten durch beiläufige Berührungen und etwas, dem sie noch schwieriger widerstehen konnte: seinem offensichtlichen Begehren. Sie konnte erkennen, was er tat, den subtilen Fortschritt sehen, und sogar seine meisterhafte Zurückhaltung bewundern. In der Nacht zuvor zu ihr ins Bett zu steigen und sie dann nicht anzufassen war teuflisch klug gewesen. Seit dem Moment, in dem sie sich zum ersten Mal begegnet waren, hatte er sie zu einer Menge Dingen gezwungen, aber nicht ein einziges Mal hatte er sie gezwungen, auf ihn zu reagieren. Sie hätte ihn eiskalt abblitzen lassen, wenn er das getan hätte. Der Funken wäre verloschen, und sie hätte nicht einmal mehr ein Glimmen zugelassen.

Sein warmer Mund streichelte ihr Gesicht, ließ sich Zeit, es zu erkunden und zu erschmecken, als würde er nichts anderes wollen und hätte alle Zeit der Welt, um es zu genießen. Nur die steinharte Ausbuchtung in seiner Jeans verriet ihn, und sie drückte sich so fest an ihn, dass sie jedes Zucken, jedes Pochen spüren konnte, das sie einlud, ihre Beine zu öffnen und ihn noch näher kommen zu lassen.

Dann schloss sich sein Mund über ihrem, und das letzte bisschen Zurückhaltung löste sich auf. Der Kuss war hart und tief und hungrig. Seine Zunge nahm ihren Mund in Besitz. Verlangen brannte entlang ihrer Nerven, wärmte sie und machte sie ergeben und gefügig. Seine freie Hand legte sich auf ihre Brust, fand ihre Brustwarzen durch die Lagen ihrer Kleidung, weckte sie mit einem Zwicken. Jetzt hatte er sie, sie hielt ihn nicht von seinen Liebkosungen ab, und die Kleidung, die ihren Körper von seinem trennte, war plötzlich im Weg. Sie wollte den Rest, alles was er ihr geben konnte, und in einem Augenblick plötzlicher Klarheit wusste sie, dass sie das, was sie ihm zu sagen hatte, jetzt sagen musste. In einer Minute wäre es zu spät.

Der Beweis, wie weit sie ihm erlegen war, kam in der Menge an Willenskraft, die es sie kostete, ihren Mund von seinem zu lösen. „Wir müssen reden", sagte sie, ihre Stimme belegt und kurzatmig.

Er stöhnte und lachte zur gleichen Zeit. „Oh, nein", murmelt er, die Stimme voll roher Frustration. „Die drei Wörter, die jeden Mann vor Angst erstarren lassen. Kann das nicht warten?"

„Nein – es geht um das hier. Uns. Jetzt."

Er seufzte und legte seine Stirn gegen ihre. „Dein Timing ist sadistisch, weißt du das?"

Lorna grub ihre Hände in das seidige Schwarz seiner Haare, fühlte die Kühle der Strähnen, die Hitze der Kopfhaut. „Deine Schuld. Ich hätte es fast vergessen." Ihre Zunge fühlte sich ein wenig geschwollen an, und sie sprach langsamer als sonst. Ja, unbedingt seine Schuld, alles.

„Na dann los." Ergebenheit lag schwer in seinen Worten, die Ergebenheit eines einfachen Mannes, der einfach nur eine Frau wollte. Sie hätte gelacht, wäre da nicht die heftige Woge des Begehrens, die drohte, alles andere zu überwältigen.

Sie schluckte, bemühte sich, die Worte in ihrem Kopf in die richtige Reihenfolge zu bringen, damit sie schlüssig redete. „Meine Antwort … ob wir das hier tun oder nicht … kommt auf dich an."

„Ich bin dafür", sagte er und biss in ihr Ohrläppchen.

„Diese Bewusstseinskontrolle … du musst damit aufhören. Ich kann deine Gefangene sein oder deine Geliebte, aber ich werde nicht beides sein."

Daraufhin hob er seinen Kopf, sein Blick war kühl und scharf. „Hierzu zwinge ich dich nicht. Es liegt kein Zwang auf dir, das zu tun." Wut ließ seine Worte abgehackt klingen.

„Ich weiß", sagte sie und atmete zitternd ein. „Ich merke den Unterschied, glaub mir. Es ist nur … ich muss die Wahl haben, ob ich bleibe oder gehe. Diese Freiheit muss ich haben. Du kannst mich nicht weiterhin wie eine Marionette bewegen."

„Es war notwendig."

„Am Anfang. Damals habe ich es gehasst, jetzt hasse ich es, aber du hattest am Anfang einen guten Grund. Jetzt hast du ihn nicht mehr. Ich glaube, du bist zu sehr daran gewöhnt, dass alles nach deinem Willen geschieht, Dranir."

„Du hättest deinen Spaß", sagte er flach.

„Meine Entscheidung." Sie konnte ihm nicht nachgeben. Dante Raintree war eine Naturgewalt, mit ihm in einer Beziehung klarzukommen wäre schwer genug, auch ohne seine Fähigkeit, sie nur mit der Kraft seiner Gedanken in Ketten zu legen. Er musste sich ihrem freien Willen ergeben oder ihre einzige Beziehung konnte nur die zwischen Gefängniswärter und Insasse sein. „Wir sind uns ebenbürtig … oder wir sind nichts."

Ihn zu lesen war nicht einfach, aber sie konnte sehen, dass es ihm überhaupt nicht gefiel, die Kontrolle aufzugeben. Intuitiv begriff sie sein Dilemma. Auf einer rein vernünftigen Ebene verstand er. Auf einer primitiveren wollte er sie nicht verlieren und war bereit, so selbstherrlich und streng wie nötig zu sein.

„Alles oder nichts." Sie begegnete seinem Blick, machte sich ihm gegenüber bereit wie ein Kämpfer in einem Boxring. „Ich bin nicht dein Feind. Ab einem gewissen Punkt musst du mir vertrauen, und dieser Punkt ist gekommen. Oder hattest du vor, mich für immer festzunageln?"

„Nicht für immer." Er zwang sich zu den Worten. „Nur bis …"

„Bis was?"

„Bis du bei mir bleiben willst."

Dieses raue Eingeständnis brachte sie zum Lächeln, und sie vergrub beide Hände tiefer in seinen Haaren. „Ich will bleiben", sagte sie einfach und küsste sein Kinn. „Aber ab einem gewissen Punkt will ich vielleicht gehen. Das Risiko musst du eingehen, und wenn der Tag kommt, musst du mich gehen lassen. Ich gehe mit dir das gleiche Risiko ein, dass du mich eines Tages nicht mehr hier haben willst. Versprich mir, mein Bewusstsein nie wieder zu manipulieren."

Sie sah seine Wut und seine Verzweiflung, sah, wie sein Kiefer sich bewegte, als er mit den Zähnen knirschte. Sie wusste, was sie von ihm verlangte. Macht aufzugeben ging gegen jeden seiner Instinkte, sowohl als Mann als auch als Dranir. Er lebte in zwei Welten, in der normalen und in der übernatürlichen, und in beiden war er der Boss. So unauffällig er mit diesen Dingen auch umging, er war trotzdem der Boss. Wenn er nicht der Dranir der Raintree wäre, wäre seine natürliche Dominanz gezügelter, aber die Wirklichkeit war, wie sie eben war, und er war König in dieser Welt.

Er ließ seine Arme abrupt von ihr fallen und trat einen Schritt zurück. Seine Augen waren zu schmalen Schlitzen verengt und leidenschaftlich. „Du kannst gehen."

Lorna konnte sich kaum zurückhalten, gegen den Verlust seiner Berührung, seiner Hitze zu protestieren. Was sagte er da? „Gibst du mir deine Erlaubnis – oder den Befehl?"

„Ein Versprechen."

Das Atmen fiel ihr auf einmal schwer. Ihre Lippen zitterten, sie presste sie aufeinander, begann zu sprechen, doch er hob eine Hand, um sie aufzuhalten. „Eine Sache nur."

„Was?"

Das Grün seiner Augen glühte fast, so entschlossen sah er sie an. „Wenn du bleibst … keine Zurückhaltung mehr."

Angebrachte Warnung, dachte sie benommen, und zitterte ein wenig voller Erwartung. „Ich bleibe", gelang es ihr zu sagen, und sie trat einen halben Schritt vor.

Ein halber Schritt war alle Zeit, die ihr blieb, ehe er sich bewegte. Er war eine Explosion aus aufgestauter Energie, die jetzt aus ihren Grenzen ausbrach. Wenn sie frei war, war er es auch. Er riss sie von ihren Füßen und trug sie ins Schlafzimmer, bewegte sich so schnell, dass ihr schwindelig wurde. Die langsame, behutsame Verführung war vorbei, alles was jetzt blieb, war rohes Begehren. Er warf sie aufs Bett und folgte ihr nach, riss an ihrer Kleidung, seine Bewegungen grob in ihrer Eile, auch wenn sie ihm half. Ihre eigenen Hände zitterten, als sie sich um Knöpfe und Reißverschlüsse kümmerte, um Haken und Schnüre. Er riss ihr ihre Schuhe und die Jeans vom Leib, als sie damit kämpfte, sein Hemd aufzuknöpfen, er zog ihre Unterwäsche ihre Beine hinunter, während sie noch mit seinem Reißverschluss kämpfte.

Er zerrte seine Jeans und Boxershorts hinunter und trat sie zur Seite. Lorna versuchte, nach ihm zu greifen, ihn zu streicheln, aber er war eine glühende Welle, die sie flach aufs Bett warf und sie unter seinem schweren Gewicht begrub. Er drang nicht vorsichtig in sie ein, sondern hart und schnell und kraftvoll, und vergrub sich tief in ihr.

Sie schrie erstickt auf, ihr Körper erschüttert durch den Aufprall, noch als sie sich hob, um ihm entgegenzukommen. Seine Hitze verbrannte sie, innen wie außen. Er zog sich heraus, stieß zu, zog sich wieder zurück. Ihr Gehirn stammelte eine Warnung, was diese Hitze bedeutete, und es gelang ihr zu sagen: „Kondom."

Er fluchte, ließ von ihr ab, riss eine Schublade am Nachtschrank auf. Das erste Kondom ging ihm beim Überziehen kaputt. Er fluchte noch mehr, wurde langsamer, war vorsichtiger mit dem zweiten. Dann stieß er wieder in sie hinein, hielt sie fest gegen sich gedrückt, ihre Körper zusammengepresst, als sie beide vor Erleichterung zitterten. Tränen liefen ihr über das Gesicht. Das war kein Höhepunkt, es war … reine Erleichterung, als ob ein erbarmungsloser Schmerz auf einmal verschwand. Es war Vollkommenheit – nicht nur eine körperliche, sondern etwas Tieferes, als ob ein Teil von ihr gefehlt hätte und auf einmal da war.

Er erhob sich, stützte sein Gewicht auf seine Arme, als er sich zurückzog, dann bewegte er sich langsam vorwärts, drang tief in sie ein. „Weine nicht", murmelte er, und küsste ihr die Tränen von ihrem nassen Gesicht.

„Tue ich gar nicht", sagte sie, „das ist nur eine undichte Stelle."

„Ah."

Er sagte es, als würde er verstehen, und vielleicht tat er das auch. Er fing ihren Blick ein und hielt ihn fest, als er sich in ihr bewegte, ihre Antwort auf ihn hinauszögerte, tiefer ging, um mehr zu finden. Sie war gleichzeitig angespannt und entspannt: entspannt, weil sie wusste, dass er sie nicht zurücklassen würde, angespannt von der Lust, die sich immer weiter aufbaute.

Es geschah schneller, als sie es für möglich gehalten hatte. Statt gerade außerhalb ihrer Reichweite zu lauern und sich langsam aufzubauen, kam sie hart, auf einer Welle aus Gefühlen, die ihren ganzen Körper durchflutete. Dante ließ seine eigene Leine los, seine Bewegungen wurden schneller und tiefer, und er folgte ihr.

Als sie wieder atmen konnte, ihre Augen wieder öffnen, war das Erste, was sie sah, Feuer. Jede einzelne Kerze im Raum brannte.

„Sag mir, wieso du deine Gabe verleugnet hast."

Sie lagen eng ineinander verschlungen da, ihr Kopf auf seiner Schulter, kaum erholt von dem, das sich so schicksalhaft angefühlt hatte, dass keiner von ihnen eine lange Zeit ein Wort sagte. Stattdessen hatten sie einander langsam gestreichelt, hatten Worte durch Berührungen ersetzt, Berührungen, die versicherten und trösteten, Berührungen von stummer Freude.

Sie seufzte, und zum ersten Mal in ihrem Leben fühlte sie eine gewisse Distanz von ihrer unglücklichen Kindheit. „Ich glaube, das weißt du schon. Es ist keine sehr originelle Geschichte, und interessant ist sie auch nicht."

„Wahrscheinlich nicht. Erzähl sie mir trotzdem."

Sie lächelte in seiner Schulter verborgen, froh, dass er keine große

Sache daraus machte, auch wenn ihr Lächeln fast so schnell verging, wie es erblüht war. Über ihre Mutter zu reden fiel ihr schwer, auch wenn sie sie vor fünfzehn Jahren zum letzten Mal gesehen hatte. Vielleicht würde es nie einfach sein, aber wenigstens waren der Schmerz und die Angst ihr nicht mehr so nah.

„So schlimm es auch war, viele Kinder haben es schlimmer. Der einzige Grund, dass sie mich nicht abgetrieben hat, war, damit sie den monatlichen Scheck bekam. Das hat sie mir jeden Monat erzählt, wenn die Post ihn brachte. Sie schüttelte den Umschlag vor mir und sagte: ‚Das hier ist der einzige Grund, warum du lebst, du Freak'. Der Scheck half ihr, immer genug Drogen und Alkohol zu haben."

Er sagte nichts, aber sein Mund nahm einen ernsteren Zug an.

Ihr Kopf fand einen gemütlicheren Platz auf seiner Schulter, und sie schmiegte sich an ihn, sog seine Hitze in sich auf. Sie wusste, dass er sich heiß anfühlte, aber es war schön zu wissen, dass sie es sich nicht eingebildet hatte. „Es gab immer Schläge, und sie warf Dinge nach mir – Becher, leere Weinflaschen, einen Dosenöffner, was gerade in Reichweite war. Einmal hat sie eine Dose Hühnernudelsuppe geworfen, die mich am Kopf getroffen und mich bewusstlos geschlagen hat. Ich hatte tagelang Kopfschmerzen. Und sie hat mich auch nichts von der Suppe essen lassen."

„Wie alt warst du?"

„Damals … sechs, glaube ich. Ich hatte mit der Schule angefangen und Zahlen entdeckt. Manchmal war ich so aufgeregt, dass ich jemandem erzählen musste, was ich an dem Tag über Zahlen gelernt hatte, und sie war der einzige Mensch, mit dem ich reden konnte. Sie hat meinem Lehrer erzählt, dass ich hingefallen bin und mir den Kopf am Bordstein aufgeschlagen habe."

„Du wärest in einer Pflegefamilie besser aufgehoben gewesen", knurrte er.

„Da bin ich gelandet, als ich sechzehn war. Eines Tages ist sie abgehauen und nie mehr wiedergekommen. Ich erinnere mich … auch wenn sie mich immerzu hat spüren lassen, wie sehr sie mich gehasst hat, war es, als würde ein Teil von mir plötzlich fehlen, als sie mich verlassen hat. Zu dieser Zeit war ich nicht mehr hilflos, aber als ich klein war … Egal, wie schlimm es ist, kleine Kinder tun alles, um an dem festzuhalten, was ihre Familie ist, weißt du?" Sie seufzte. „Ich weiß, ich habe überreagiert bei dieser Babygeschichte. Es tut mir leid. Du hast gesagt ‚Baby', und das hat alles wieder aufgewühlt."

Ein kleines Lächeln verzog seinen Mund. „Werd nicht wieder böse, aber ich habe keinen Scherz gemacht. Wenn eine Frau dem Kind eines Raintree das Leben schenkt, wird sie ebenfalls eine Raintree. Nein, ich verstehe die Wissenschaft dahinter nicht. Es hat etwas zu tun mit den Hormonen und dem geteilten Blut und dass das Baby genetisch dominant ist. Ich bin mir nicht sicher, ob es eine wissenschaftliche Erklärung gibt. Magie muss nicht logisch sein."

Die Erklärung faszinierte sie. Alles, was sie über die Raintree gelernt hatte, faszinierte sie. Es war eine so andere Welt, eine andere Erfahrung, und doch existierten sie innerhalb der normalen Welt – nicht, dass die normale Welt etwas über sie wüsste, denn wenn das je herauskam, dann wäre ihre Existenz nicht nur nicht normal, sondern würde vielleicht ganz aufhören. Lorna hatte wenige Illusionen über die Welt, in der sie lebte. „Was ist mit den Männern, die Kinder mit Raintree-Frauen zeugen? Was verwandelt sie?"

„Nichts", sagte Dante. „Sie bleiben normal."

Das erschien nicht fair, und das sagte sie ihm. Dante zuckte mit den Schultern. „Das Leben ist nicht perfekt. Man geht einfach damit um."

Das stimmte auffallend. Sie wusste, wie man mit Dingen einfach umging. Sie wusste auch, dass sie in diesem Moment sehr glücklich war.

Das Dutzend Kerzen im Zimmer reichte aus, um so viel Hitze abzugeben, dass es ihr unangenehm wurde. Sie sah sich zu ihnen um, und ihr wurde klar, dass Dante und Feuer Hand in Hand gingen. Sie mochte Feuer nicht, würde immer Angst davor haben, aber … das Leben war nicht perfekt. Man lernte, einfach damit umzugehen.

„Kannst du die Kerzen ausmachen?", fragte sie.

Er hob den Kopf vom Kissen und sah sich um, als hätte er gar nicht gemerkt, dass sie brannten.

„Mist. Ja, kein Problem." Einfach so gingen die Kerzen aus, nur die Dochte rauchten noch ein wenig.

Lorna kletterte auf ihn und küsste ihn, lächelte, als sie sein wieder erwachendes Interesse an ihrem Schenkel spürte. „Na dann wollen wir mal sehen, ob du sie auch wieder anzünden kannst."

22. KAPITEL

Sonntagmorgen

*S*ie war geblieben.

Dante kam zurück ins Schlafzimmer. Er hatte auf dem Balkon den Sonnenaufgang begrüßt, und immense Befriedigung erfüllte ihn, als er sah, wie friedlich Lorna in seinem Bett schlief. Nur die obere Hälfte ihres Kopfes war zu sehen, dunkelrot in starkem Kontrast zu dem weißen Kissen, aber er war sich nur zu sehr bewusst, was es hieß, dass so ein kleines Stück nicht von einem Laken verdeckt war.

Sie fühlte sich sicherer. Noch nicht vollkommen sicher, jetzt noch nicht, aber sicherer. Wenn er im Bett neben ihr lag, schlief sie ausgestreckt, entspannt, an ihn gekuschelt. Wenn er allerdings das Bett verließ, krümmte sie sich innerhalb von fünf Minuten zu einem engen, schützenden Ball zusammen. Eines Tages – vielleicht nicht in dieser Woche oder diesem Monat, vielleicht nicht einmal dieses Jahr, aber eines Tages – hoffte er, sie im Schlaf ausgestreckt zu sehen, ihren Kopf unbedeckt, vielleicht ganz ohne Decke. Dann würde er wissen, dass sie sich sicher fühlte.

Und wenn der Tag kam, an dem er sich nicht immer wieder vergewissern musste, wo sie war, dann würde er wissen, dass auch er sich sicher fühlte.

Er überprüfte sie nicht ständig, sein Stolz ließ nicht zu, dass er das sich selbst oder ihr antat, aber das Bedürfnis danach und seine Angst waren immer da.

Am Mittwoch war sie nicht mit ihm gekommen. Er hatte den Jaguarhändler angerufen, damit sie ihm ein neues Auto schickten, und sie war zu Hause geblieben, um es in Empfang zu nehmen. Der Verkäufer hatte auf seinem Handy angerufen, um ihn wissen zu lassen, dass das Auto abgeliefert worden war, aber Dante hatte erwartet, dass Lorna ihn ebenfalls deswegen anrufen würde. Das hatte sie nicht getan. Er hatte am Morgen auch ihr Auto – einen aus Altteilen zusammengewürfelten, etwas rostigen roten Corolla – bringen lassen und war sich sehr bewusst gewesen, dass sie frei war. Sie hatte einen fahrbaren Untersatz und Geld in der Tasche. Wenn sie gehen wollte, dann konnte er sie nicht aufhalten. Er hatte ihr sein Wort gegeben.

Er hatte sie anrufen wollen, nur um sicherzugehen, dass sie noch da war, aber er hatte es nicht getan. Sie konnte ihn immer noch verlassen, wenn der Telefonanruf vorbei war, also war es nutzlos, zu irgendeiner Zeit mit ihr zu reden. Das Einzige, was er tun konnte und tun würde, war hoffen. Und beten.

Er hatte seine Arbeit nicht eingeschränkt. Egal, was passierte, ob sie blieb oder ihn verließ, die Arbeit musste gemacht werden. Deshalb war es fast Sonnenuntergang, als er in seine Garage fuhr und ihr Auto immer noch dort vorfand, zusammen mit seinem brandneuen Jaguar, der vor der Garage stand, der Sonne und dem umherwehenden Staub ausgesetzt. Als er seinen Lotus in die Parklücke gefahren hatte, hatte er nichts weiter gespürt als Erleichterung. Sollte der Jaguar doch draußen stehen – dass ihr Corolla noch da war, war ihm mehr wert als das teuerste Auto der Welt.

Sie kam ihm an der Küchentür entgegen, in einem Paar abgeschnittener Hosen, einem seiner Seidenhemden und mit wütendem Blick. „Es ist halb neun. Ich bin am verhungern. Arbeitest du immer so lange? Hast du eine Ahnung, was wir zum Abendessen machen können?"

Er hatte gelacht, sie an sich gezogen und ihr gezeigt, was genau er zum Abendessen haben wollte. Sie hatte bis nach zehn Uhr kein Wort mehr über Essen verloren.

Am Donnerstag war sie mit ihm ins Hotel gekommen. Die Arbeiten ging in atemberaubender Geschwindigkeit voran. Er hatte die Genehmigung bekommen, die Ruinen des Kasinos abzutragen, damit er mit dem Neubau beginnen konnte, und es war so hektisch geworden, dass er einen Teil seiner Autorität an sie übertragen hatte, weil er nicht an zwei Orten zur gleichen Zeit sein konnte. Auf einer verdrehten Ebene hatte es ihm gefallen, ihr zuzusehen, wie sie Al Rayburn Befehle erteilte. Al nahm es gelassen hin, aber Lorna bereitete das Arrangement eine Menge Befriedigung, und Dante bereitete ihre Befriedigung jede Menge Spaß.

Zu Mittag waren sie in seine Suite gegangen und hatten die Kerzen entzündet. Zwei Mal.

Am Freitag war sie nicht mit ihm gekommen, und er hatte sich auch durch diesen Tag geschwitzt. Als er nach Hause kam, war die Erleichterung, ihr Auto immer noch vorzufinden, genauso stark wie am Mittwoch, und an dem Tag stellte er sich auch der Wahrheit.

Er liebte sie. Es war nicht nur Lust, nicht nur eine kurze Affäre, es war kein *Nur*. Es war echt. Er liebte ihren Mut, ihre Tapferkeit, ihre kratzbürstige Art. Er liebte ihre scharfzüngigen Kommentare, ihre Sturheit und ihre Verletzlichkeit, die sie so ungern zeigte.

Gideon würde sich darüber kapputtlachen, wenn er es herausfand – nicht nur, weil es Dante erwischt hatte, sondern aus purer Erleichterung, dass es endlich in greifbare Nähe rückte, die Position als Thronfolger zu verlieren.

Sein Herz rutschte Dante in die Hose, und seine Eingeweide zogen sich zusammen. Letzte Nacht hatte er sich ein Kondom übergerollt, als er auf einmal intensiv spürte, dass er keinen Schutz tragen wollte. Lorna hatte ihm zugesehen, gewartet, und sein langes Zögern bemerkt. Endlich hatte er sich das Kondom, ohne ein Wort zu sagen, abgezogen und es zu Seite geworfen, um dann ruhig ihrem Blick zu begegnen. Wenn sie gewollt hätte, dass er sich ein zweites überzog, hätte er es getan; die Wahl lag bei ihr.

Sie hatte die Hand nach ihm ausgestreckt und ihn zu sich und in sich gezogen. Allein die Erinnerung an die intensive halbe Stunde, die gefolgt war, erregte ihn so sehr, dass die Kerzen neben seinem Bett entflammten.

Heute war die Sonnenwende, und er fühlte sich, als könne er die ganze Welt in Brand stecken, als ob seine Haut platzen müsste, weil so viel Macht in ihm kochte. Er wollte sie unter sich ziehen und sie reiten, bis er sich vollkommen entleert hatte, bis sie alles in sich aufgenommen hatte, was er geben konnte. Zuerst allerdings mussten sie ein sehr ernstes Gespräch führen. Letzte Nacht hatten sie etwas getan, was zu wichtig war, um einfach so weiterzumachen wie bisher.

Als er sich auf die Bettkante setzte, löschte er die Kerze, weil eine Kerze, die bereits brannte, als Barometer für ihn nutzlos war. Dieses Gespräch könnte von Gefühlen geladen sein, also musste er sich vorsehen.

Er fuhr mit der Hand unter die Decke und berührte ihren nackten Schenkel. „Lorna. Wach auf."

Er spürte, wie sie sich anspannte wie immer, dann entspannte sie sich, und nur ein schläfriges haselnussgrünes Auge öffnete sich blinzelnd und starrte ihn über den Rand der Bettdecke verärgert an. „Warum? Es ist Sonntag, Tag der Ruhe. Ich ruhe. Geh weg."

Er zog ihre Decke weg. „Wach auf. Frühstück ist fertig."

„Ist es nicht. Du lügst. Du bist auf dem Balkon gewesen." Sie griff nach der Decke und zog sie sich über den Kopf.

„Woher weißt du das, wenn du geschlafen hast?"

„Ich habe nicht gesagt, dass ich geschlafen habe, ich sagte, dass ich ruhe."

„Essen zählt nicht als Arbeit. Komm schon. Ich habe frischen Orangensaft, Kaffee, die Bagels sind schon getoastet, und der Sonnenaufgang ist wunderbar."

„Für dich vielleicht, aber es ist halb sechs an einem Sonntagmorgen, und ich will so früh nicht frühstücken. Ich will einen Tag in der Woche, an dem du mich nicht um halb nach dunkel aus dem Bett zerrst."

„Nächsten Sonntag darfst du ausschlafen, das verspreche ich." Statt mit ihr um die Decke zu kämpfen, fuhr er mit der Hand wieder zwischen die Laken, fand ihren Schenkel wieder und kniff dann ein Stück weiter oben in ihren Hintern.

Sie quietschte und sprang aus dem Bett, dabei rieb sie sich den Po. „Meine Rache wird grausam sein", warnte sie ihn, als sie sich die zerzausten Haare aus dem Gesicht strich und ins Badezimmer davonstapfte.

Das konnte er sich vorstellen. Dante grinste, als er auf den Balkon zurückkehrte.

Sie kam fünf Minuten später aus dem Bad, in seinen weichen Bademantel gewickelt und immer noch mit wütendem Blick. Sie trug nichts darunter, also genoss er einige tiefe Einblicke, als sie sich in den Stuhl gegenüber fallen ließ. Der Mantel fiel auch am Hals auseinander, gab den Blick frei auf die goldene Kette, an der der Schutzzauber hing, den er ihr Mittwochnacht gegeben hatte. Er hatte ihn extra für sie gemacht, hier draußen auf dem Balkon, und sie dabei zusehen lassen. Sie war verzaubert gewesen von der Art, wie er den Anhänger in der Hand hielt und ihn von seinem Atem wärmen ließ, als er ein paar gälische Worte murmelte. Der Anhänger hatte ein sanftes grünes Glühen angenommen, das schnell wieder vergangen war. Als er ihr die Kette um den Hals legte, hatte sie den Zauber berührt und ausgesehen, als ob sie weinen wollte. Sie hatte ihn seitdem nicht abgelegt.

So schlecht gelaunt sie auch war, wenn sie morgens erwachte, lange blieb sie nie so. Bei ihrem zweiten Bagelbissen sah sie schon viel fröhlicher aus. Trotzdem wartete er, bis sie den Bagel aufgegessen hatte und ihren Saft ausgetrunken, ehe er fragte: „Willst du mich heiraten?"

Sie hatte die gleiche Reaktion wie damals, als er das Baby erwähnt hatte. Sie wurde blass, dann rot, dann sprang sie aus ihrem Stuhl und ging an die Brüstung, ihm den Rücken zugedreht. Dante wusste viel über Frauen und er kannte Lorna, also ließ er sie nicht alleine dort stehen. Er stellte sich hinter sie, legte seine Hände sanft auf ihre. Er hielt sie nicht fest, sondern gab ihr seine Wärme. „Ist die Frage so schwer zu beantworten?"

Er spürte, wie ihre Schultern sich hoben und senkten. Erschreckt drehte er sie um. Tränen liefen ihr Gesicht herunter. „Lorna?"

Sie schluchzte nicht, aber ihre Lippen bebten. „Es tut mir leid", sagte sie und wischte sich das Gesicht. „Ich weiß, dass es dumm ist. Es ist nur – niemand hat mich je vorher gewollt."

„Daran zweifle ich. Du hast wahrscheinlich nur nicht gemerkt, dass sie dich wollten. Ich wollte dich von dem Moment, in dem ich dich das erste Mal gesehen habe."

„Nicht diese Art von Wollen." Noch eine Träne rann ihr Gesicht hinab. „Die andere Art, die, die bleibt."

„Ich liebe dich", sagte er sanft und verfluchte im Geiste die Schlampe, die sie geboren hatte, weil sie ihr keine Sicherheit vermittelt hatte, wie sie jedes Kind kennen sollte, das Wissen, dass, egal was kommt, jemand sie liebte und wollte.

„Ich weiß. Ich glaube dir." Sie schluckte. „Ich habe es mir irgendwie schon gedacht, als du deinen Jaguar zerstört hast, um mich zu retten."

„Ich wusste, dass ich ein anderes Auto kaufen kann", sagte er einfach.

„In diesem Moment habe ich gewusst, dass nichts mehr so ist wie zuvor, dass ich dich erst verlassen werde, wenn du mich rauswirfst. Das hat mich zu Tode erschreckt." Sie lachte zitternd, trotz der nächsten Träne, die langsam hinabrollte. „In nur zwei Tagen hast du mein Leben auf den Kopf gestellt."

Er rieb sich einen Nasenflügel. „Wir hatten nicht viel Zeit zusammen, aber es war eine gute Zeit."

„Gut!" Sie sah ihn mit offenem Mund an, fassungslos. Ihre Empörung trocknete ihre Tränen. „Du hast mich grob behandelt, mich in ein Feuer geschleppt, meinen Kopf aufgerissen und mein Gehirn zerquetscht, mir die Kleider vom Leib gerissen und mich wie eine Gefangene gehalten!"

„Nicht auf diese Art gut. Du hast so eine Art, mit Wörtern umzugehen … ‚Mir den Kopf aufgerissen'. Also wirklich."

„Du magst es nicht, wenn ich es ‚Gehirnvergewaltigung' nenne", sagte sie sauer. „Und ich glaube, ich weiß besser, wie es sich angefühlt hat als du."

„Das glaube ich auch, ja. Wenn man sich freiwillig mit jemandem verbindet, ist es nicht …"

„Ach du liebe Zeit." Sie sah entsetzt aus. „Ihr macht das echt freiwillig?"

„Ich habe dir gesagt, es tut nicht weh, wenn es richtig gemacht wird. Wenn jemand ein wenig Extra-Macht braucht, sucht er sich jemanden, der bereit ist, sich mit ihm zu verbinden. Gelegentlich kommen Gideon und ich nach Sanctuary, verbinden uns mit Mercy und führen einen Schutzzauber durch. Das braucht Zeit, aber es tut nicht weh. Beantwortest du jetzt …"

„Ich hoffe, ihr habt ein Gesetz dagegen, es ohne Erlaubnis zu tun."

„Äh – nein."

Sie sah noch entsetzter aus. „Du meinst, ihr könnt einfach durch die Gegend gehen und in andere Leute einbrechen, und niemand tut etwas dagegen?"

Er seufzte frustriert. Würde diese Frau seine Frage nie beantworten? „Das habe ich nicht gesagt. Nur wenige von uns sind stark genug, um den Geist eines anderen zu überwältigen, wenn derjenige nicht bereit dazu ist."

„Und du bist einer der wenigen", sagte sie sarkastisch. „Klar. Ich Glückliche."

„Genau genommen nur die königliche Familie. Und ich möchte festhalten, dass ich dich gebeten habe, eines ihrer Mitglieder zu werden, also würdest du bitte die verdammte Frage beantworten!"

Sie lächelte, und es war, als würde ein Sonnenstrahl über ihr lebendiges, bewegliches Gesicht gleiten. „Natürlich will ich. Hast du daran gezweifelt?"

„Ich weiß nie, in welche Richtung du springst. Ich dachte, vielleicht liebst du mich, weil du geblieben bist. Und dann, letzte Nacht …" Er strich mit einem Finger über ihr Kinn. „Dass du nicht auf ein Kondom bestanden hast, hätte mich überzeugen sollen."

Sie starrte ihn an, und ein eigentümlicher Ausdruck trat in ihr Gesicht.

Er richtete sich auf, sofort wachsam. „Was ist los?" Und genauso schnell sah sie aus, als sei ihr schlecht, als müsse sie sich jeden Augenblick übergeben.

Sie rieb sich die Arme, runzelte die Stirn. „Mir ist kalt. Es ist das Gleiche …" Sie brach ab, ihre Augen weiteten sich vor Schreck, und ehe er reagieren konnte, warf sie sich mit ihrem ganzen Körper auf ihn, erwischte ihn unvorbereitet. Er fing sie auf, stolperte rückwärts und warf sich dann zur Seite, als er versuchte, das Gleichgewicht zu halten, und es ihm nicht gelang. Sie fielen auf den Boden des Balkons, ein Knoten aus Armen, Beinen und Bademantel, als die Glastür hinter ihnen zersprang. Direkt auf die Explosion des Glases folgte ein scharfes, flaches Knallen, das in den Bergen widerhallte.

Gewehrfeuer.

Dante schlang seine Arme um Lorna, es gelang ihm, sich aufzurichten, und er sprang durch die zersprungene Tür, gerade als ein weiterer Schuss in die Hauswand eindrang, genau dort, wo sie gestanden hatten. Dann rollte er mit ihr weg von der Wand, ehe er endlich aufsprang und sie in den Flur zog. „Bleib unten!", rief er ihr zu, als er versuchte aufzustehen und drückte sie wieder flach auf den Boden.

Seine Gedanken überschlugen sich fast. Das Feuer. Die Bandenschießerei, in die er und Lorna so passend geraten waren. Jetzt schoss schon wieder jemand auf ihn. Das war keine Reihe von Unfällen, sie hingen alle zusammen. Die Feuerwehr hatte keine Hinweise auf Brandstiftung gefunden, was bedeutete …

Ein Großmeister brauchte keine Brandbeschleuniger, um ein Feuer zu entfachen und es am Brennen zu halten. Jemand – oder mehrere Jemands – hatten das Feuer genährt; deshalb hatte er es nicht löschen können. Wenn er die Bewusstseinskontrolle nicht wenige Minuten, bevor er versucht hatte, das Feuer unter Kontrolle zu bekommen, zum ersten Mal benutzt hätte und wenn er gewusst hätte, wie ihn das beeinflussen würde und wenn er Lorna nicht verdächtigt hätte, eine Ansara zu sein – dann wäre er schon längst darauf gekommen.

Ansara! Er knurrte vor Wut. Sie mussten es sein. Mehrere von ihnen mussten sich zusammengeschlossen und beschlossen haben, ihn auszuräuchern. Sie hatten gewusst, dass er sich dem Feuer stellen würde, dass er nicht aufgeben würde, bis es ihn übermannt hatte. Wenn Lorna nicht bei ihm gewesen wäre, hätte der Plan auch funktioniert, aber sie hatten nicht mit ihr gerechnet.

Dieses kalte Gefühl, diese Übelkeit, die sie überkam – das war immer, wenn Ansara in der Nähe waren.

„Du hattest einen roten Punkt auf der Stirn", sagte sie, auch wenn ihre Zähne so laut klapperten, dass sie kaum sprechen konnte. Vielleicht lag es aber auch daran, dass er quasi auf ihrem Rücken kniete, um sie unten zu halten.

Ein Laserzielsystem also. Sie hatten nicht einfach eine Gelegenheit genutzt, sondern es geplant und ihn verfolgt.

Der Heckenschütze hatte versagt. Was würden sie als Nächstes versuchen? Er musste davon ausgehen, dass es da draußen mehr als einen Ansara gab, musste annehmen, dass sie einen weiteren Plan in der Hinterhand hatten. Sie würden nicht noch einmal versuchen, ihn zu verbrennen; nach ihrem ersten missglückten Versuch mussten sie glauben, seine Macht sei groß genug, um es mit jeder Flamme aufzunehmen, die sie gegen ihn richten konnten. Aber was würden sie tun?

Was auch immer es war, er konnte nicht zulassen, dass sie Erfolg hatten. Nicht, wenn Lorna bei ihm war.

„Bleib hier", befahl er ihr und stand auf.

Sie krabbelte ihm nach. Die Frau konnte auch wirklich nie gehorchen. „Ich sagte, bleib hier!", brüllte er sie an, drehte sich um und packte ihren Arm, um sie noch einmal auf den Boden zu drücken. Er begann, sie auf dem Boden mit einem Gedankenbefehl festzunageln, aber … er hatte es ihr versprochen. Verdammt noch mal, er hatte es ihr *versprochen*! Und er konnte es nicht.

„Ich wollte die Polizei rufen", schrie sie ihn an, so wütend über seine grobe Behandlung, dass sie fast abhob.

„Gib dir keine Mühe. Das hier ist nichts, mit dem die Cops umgehen können. Bleib hier, Lorna. Ich will nicht, dass du zwischen die Fronten gerätst."

„Welche Fronten?", schrie sie seinen Rücken an, als er die Treppe hinunterrannte. „Was hast du vor?"

„Feuer mit Feuer bekämpfen", sagte er, grimmig entschlossen.

Dante hatte einen unglaublichen Vorteil. Das war sein Haus, sein Besitz, und er kannte jeden Zentimeter. Weil er ein Raintree war, weil er der Dranir war und vorsichtig sein musste, ging er durch den Tunnel, den er unter seinem Haus hatte bauen lassen, ins Freie. Er wusste, wo er gestanden hatte, als der Laserstrahl mit dem verräterischem Punkt auf seiner Stirn gelandet war, also hatte er auch eine gute Vorstellung davon, wo der Schütze gestanden haben musste.

Es gab nur einen. Er hatte keine Anzeichen für andere entdeckt.

Er hatte nicht vor, den Bastard zu fangen oder ihn in einen Kampf von Mann zu Mann zu verwickeln. Er erklomm die Schlucht wie eine große Katze, den Tod in seinen Augen. Der Schütze musste hinter diesem Vorsprung gestanden haben, vielleicht in dem großen Steinhaufen. Ein Schütze brauchte einen stabilen Untergrund, um zu schießen, und diese Steine wären dafür gut geeignet. Die Schlucht bot außerdem einen guten Schutz, um sich anzuschleichen.

Und um zu fliehen.

Dante glitt um den Vorsprung und stand einem Mann in Wüstentarnfarben gegenüber, der ein Gewehr trug. Er zögerte keine Sekunde. Der Mann hatte sich kaum bewegt, um sein Gewehr aufzunehmen, als Dante ihn in Brand steckte.

Seine Schreie waren roh und angsterfüllt. Der Mann ließ die Waffe fallen und warf sich auf den Boden, rollte sich wie ein Wilder im Sand, aber Dante ließ das Feuer gnadenlos brennen. Dieser Bastard hätte Lorna fast umgebracht, und in seinem Herzen fand sich keine Gnade für jemanden, der ihr Leid zugefügt hatte. Innerhalb von Sekunden wurden die Schreie zu einem Heulen, nahmen einen unmenschlichen Klang an – und dann folgte Stille.

Dante löschte die Flammen.

Der Mann lag rauchend da, kaum mehr als Mensch erkennbar.

Dante benutzte seinen Fuß, um den Mann auf den Rücken zu rollen. Auch wenn er es kaum glauben konnte, starrten hasserfüllte Augen aus dem verkohlten Gesicht zu ihm auf. Das Loch, wo einst der Mund des Mannes gewesen war, bewegte sich, und ein geisterhaftes Geräusch drang aus seiner Kehle, die nicht hätte funktionieren dürfen.

„Zuuuu spät. Zuuuu spät."

Dann starb er. Der massive Schock hatte sein Herz angehalten. Dante stand wie erstarrt da, und seine Gedanken arbeiteten fieberhaft.

Zu spät? Zu spät für was?

Er hatte den Ansara angefasst. Der Mann hatte unerträgliche Schmerzen gehabt, sein Hass hatte ihn wie ein Kraftfeld geschützt, und Dante hatte ihn gelesen.

Zu spät.

Er konnte Mercy warnen, aber es würde zu spät sein.

„Oh, Mist", sagte er leise und fing an zu rennen.

Lorna hatte ihm gehorcht und war im Haus geblieben. Sie war in der Küche, hockte vor dem Kühlschrank, als er hineingestürmt kam und nach dem nächsten Telefon griff. Sein erster Anruf galt Mercy, sein zweiter ging an Gideon, der Mercy viel schneller erreichen konnte als er selbst.

Weil es nahe der Sonnenwende war, weil Gideons persönliches elektrisches Feld dadurch alle elektrischen Geräte störte, konnte Dante fast nur statisches Rauschen hören.

„Geh zu Mercy!", brüllte er und hoffte, dass Gideon ihn trotz allem verstand. „Die Ansara greifen Sanctuary an!" Dann knallte er den Hörer hin und riss die Tür zur Garage auf. Seine Gedanken arbeiteten immer noch mit mehr als voller Kraft.

Der Firmenjet konnte ihn in etwa vier Stunden zum Flughafen in der Nähe von Sanctuary bringen. Er konnte es bei Gideon noch einmal vom Flugzeug aus versuchen.

Vor zweihundert Jahren hatten die Ansara versucht, die Raintree zu zerstören, und es war ihnen misslungen. Jetzt versuchten sie es wieder, und, verdammt, dieses Mal könnte es ihnen gelingen, Sanctuary zu zerstören – wo Mercy war, mit Eve.

„Wohin gehst du?", kreischte Lorna, als er in den Lotus stieg.

„Bleib hier!", befahl er ihr ein letztes Mal und setzte im Rückwärtsgang aus der Garage. Er wusste nicht, ob er es lebendig zurückschaffen würde, aber egal was, er musste wissen, dass sie in Sicherheit war.

„Das glaube ich kaum", murmelte Lorna wütend, als sie sich umzog. Dante Raintree war beileibe nicht der Einzige, der wusste, wie man mit derartigen Dingen umging. Glaubte er wirklich, sie zurücklassen zu können, während er sich in eine Schlacht der übernatürlichen Kräfte verstrickte? Nun gut … Er würde schon bald herausfinden, wie falsch er damit lag.

– ENDE –

Linda Winstead Jones

Dem Mond versprochen

Roman

Aus dem Amerikanischen von
Justine Kapeller

MIRA®

GIDEON

Ich bin ein Raintree. Das ist mehr als nur ein Nachname, mehr als eine Verzweigung im Stammbaum. Es ist eine Besonderheit in meiner DNS.

Es ist ein Wink des Schicksals.

Um es kurz zu machen: Magie gibt es wirklich. Es gibt sie nicht nur, sondern sie existiert überall um uns herum, nur öffnen die meisten Menschen ihre Augen nicht weit genug, um sie zu sehen. Meine Augen waren schon immer weit geöffnet. Magie liegt mir im Blut. Meine Vorfahren bezeichnete man als Zauberer, als Magier und Hexen, sogar als Dämonen und Teufel. Kein Wunder, dass meine Familie schon vor Jahren beschlossen hat, unsere besonderen Gaben zu verbergen. Sie zu *verbergen*, nicht, sie zu *begraben*. Das ist ein Unterschied. Denn Magie ist eine Verantwortung, der man sich nicht einfach so entziehen darf.

Jedes Mitglied der Familie hat eine besondere Gabe. Einige sind stark, andere schwach ausgeprägt; einige sind nützlicher als andere. Meine Gabe hat mit elektrischer Energie zu tun. Ich kann die Elektrizität, die es überall um uns herum gibt, für meine Zwecke nutzen. Ich kann sogar meine ganz eigene elektrische Spannung erzeugen. Gut – manchmal brennen meinetwegen Computer oder Neonlichter durch. Aber ich habe gelernt, damit umzugehen.

Durch meine Gabe vermag ich auch, mit Geistern zu sprechen; sie bestehen aus einer anderen Form elektrischer Energie, die wir noch nicht vollkommen verstehen. Diese Gabe ist in meinem derzeitigen Beruf sehr von Vorteil.

Mein Name ist Gideon Raintree. Ich bin Detective bei der Mordkommission von Wilmington, North Carolina.

PROLOG

Sonntag – Mitternacht

Das Adrenalin rauschte so hart und schnell durch ihren Körper, dass es Tabby schwerfiel, vollkommen still zu stehen. Sogar der schnelle Anstieg zu diesem Apartment im zweiten Stock hatte ihre Aufregung nicht gedämpft. Sie verzog angewidert die Nase, als sie die grüne Wohnungstür betrachtete. Die Farbe platzte großflächig von der Tür ab, das Holz war verzogen, die Nummer hing schief. Welcher Raintree mit einem Rest an Selbstachtung würde in so einer Absteige hausen?

Tabby hatte sehr lange auf diesen Moment gewartet. Es kam ihr wie eine Ewigkeit vor. Sie hatte nicht *geduldig* gewartet, aber sie hatte gewartet. Alles musste perfekt sein, ehe sie ihren Anschlag ausübte; das war ihr bei mehr als einer Gelegenheit eingetrichtert worden. Jetzt war endlich die Zeit gekommen. Sie balancierte eine Pizzaschachtel in der linken Hand und klopfte mit der rechten noch einmal, lauter und fester als vorher. Ein leichtes Schwindelgefühl überkam sie, und sie genoss es. Sie hatte sich auf diesen Augenblick sorgfältig vorbereitet, hatte über ein Jahr lang dafür trainiert. Jetzt war ihre Zeit endlich gekommen.

„Wer ist da?", fragte eine offensichtlich genervte Frau von der anderen Seite der schäbigen grünen Tür.

„Pizzaservice", antwortete Tabby.

Sie hörte das Geräusch von Metall auf Metall und das Rasseln von schweren Gliedern, als die Sicherheitskette gelöst wurde. Ein Riegel wurde gedreht, und endlich – endlich! – klickte das Schloss im Türknauf, und die Tür öffnete sich.

Tabby sah sich die Frau, die jetzt vor ihr stand, schnell an. Zweiundzwanzig Jahre alt, eins zweiundsechzig groß, grüne Augen, kurzes pinkfarbenes Haar. *Sie.*

„Das muss ein Missverständnis sein, es sei denn …", setzte die Frau mit den pinkfarbenen Haaren an. Sie hatte keine Chance, noch ein weiteres Wort zu sagen.

Tabby drängte sich in das Apartment und schubste sie in das heruntergekommene Wohnzimmer. Dann knallte sie die Tür hinter sich zu. Sie ließ die leere Pizzaschachtel fallen und gab so den Blick auf das Messer frei, das sie in ihrer linken Hand hielt. „Schrei, und ich bringe dich um", sagte sie, ehe Echo die Chance hatte, nur einen Laut von sich zu geben.

Das Mädchen riss die Augen weit auf. Komisch, Tabby hatte gedacht, dass die Augen einer Raintree auffälliger wären. Sie hatte so viel darüber gehört. Echos Augen hatten ein durchschnittliches, unspannendes Blaugraugrün, überhaupt nichts Besonderes.

Der Job wäre mit einem Stich erledigt gewesen, aber Tabby wollte nicht, dass es zu schnell vorbei war. Ihre besondere Gabe war die Empathie, aber statt nur die Gefühle von anderen nachzuempfinden, war sie süchtig nach ihrer Angst. Hass und Furcht schmeckten süß, wenn Tabby es ihrer Gabe erlaubte, sie ganz in Besitz zu nehmen. Die dunklen Gefühle, an denen sie sich betrank, machten sie stärker. In diesem Augenblick nährte sie sich an Echos Angst. Es fühlte sich gut an. Es machte sie stark, ihren Körper und ihren Verstand.

„Ich habe nicht viel Geld", sagte Echo bemitleidenswert und weinerlich, und mit jeder Sekunde, die verging, stieg ihre Angst. „Was auch immer Sie haben wollen ..."

„Was auch immer ich haben will ...", wiederholte Tabby, als sie Echo mit dem Rücken gegen die Wand drückte. Was sie wirklich wollte, war die Gabe der Kleinen. Sie konnte die Zukunft vorhersehen. In dieser Gabe lag Macht, auch wenn Echo nicht das Beste daraus gemacht zu haben schien, wenn man sich einmal ihre Wohnung ansah. Wie schade, dass etwas so Außergewöhnliches an diesen zitternden Fußabtreter verschwendet war.

Tabby träumte manchmal davon, dass sie die übersinnlichen Kräfte ihrer Opfer in sich aufnahm, nachdem sie sie getötet hatte. Es war ihr bisher noch nicht gelungen, aber eines Tages würde sie den Zauber entdecken, der ihr diesen Schritt ermöglichte.

Als sie die Spitze ihres Messers gegen den schlanken, blassen Hals des Mädchens presste, wünschte Tabby sich sehnlichst, dass die Gabe der Vorhersehung irgendwie von der Seele dieser Raintree in ihre eigene fließen würde. Sie machte einen kleinen Schnitt, das Mädchen keuchte erschreckt auf, und, oh, die Welle der Angst, die die Luft erfüllte, schmeckte so gut und war sehr, sehr stark.

Sie hätte die ganze Nacht mit Echo Raintree spielen können, aber Cael wollte, dass der Job schnell und sauber erledigt wurde. Das hatte er mehr als einmal betont, als Tabby ihren Auftrag erhalten hatte. Sie war nicht zum Vergnügen hier, sondern als Soldat. Als Krieger. Sosehr es ihr auch gefallen würde, noch etwas zu bleiben und sich mit der Raintree zu vergnügen, Tabby wollte bei Cael auf keinen Fall einen schlechten Eindruck hinterlassen.

Sie lächelte und zog das Messer ein kleines Stück aus dem Blutstropfen am blassen Hals des Mädchens heraus. Echo sah ein wenig erleichtert aus, und Tabby ließ die verängstigte Frau für den Augenblick in dem Glauben, dass es sich um einen einfachen Raubüberfall handelte, der bald vorbei sein würde.

Aber nichts war vorbei. Es hatte gerade erst angefangen.

1. KAPITEL

*W*enn Gideons Telefon mitten in der Nacht klingelte, bedeutete das, dass jemand tot war. „Raintree", antwortete er, seine Stimme vom Schlaf immer noch ganz rau. „Tut mir leid, dass ich dich geweckt habe."

Die Überraschung, die Stimme seines Bruders zu hören, ließ Gideon sofort hellwach werden. „Was ist passiert?"

„Es gab einen Brand im Kasino. Könnte schlimmer sein", fügte Dante hinzu, ehe Gideon fragen konnte. „Aber es ist auch so schlimm genug. Ich wollte nicht, dass du es in den Morgennachrichten siehst und dich wunderst. Ruf Mercy in ein paar Stunden an und sag ihr, dass es mir gut geht. Ich habe das Gefühl, ich werde in den nächsten Tagen alle Hände voll zu tun haben."

Gideon setzte sich auf. „Wenn du mich brauchst, komme ich sofort."

„Danke, aber nein. Du solltest diese Woche auf keinen Fall in ein Flugzeug steigen, und hier ist alles so weit in Ordnung. Ich wollte dich nur anrufen, ehe ich bis zum Hals im Papierkram stecke."

Gideon fuhr sich mit den Fingern durch die Haare. Vor seinem Fenster bäumten sich die Wellen des Atlantiks auf und brachen sich an der Küste. Er bot noch einmal an, nach Reno zu kommen und zu helfen. Wenn es sein musste, würde er eben selbst fahren. Aber Dante sagte nur noch einmal, dass so weit alles in Ordnung war, und beendete den Anruf. Gideon stellte seinen Wecker auf halb sechs. Er würde Mercy anrufen, ehe sie ihren Tag begann. Das Feuer musste schlimm gewesen sein, wenn Dante sich so sicher war, dass es in den Nachrichten kommen würde.

Nachdem der Wecker gestellt war, ließ sich Gideon zurück in sein Bett fallen. Vielleicht würde er noch schlafen, vielleicht auch nicht. Er hörte den Wellen des Ozeans zu und ließ seine Gedanken schweifen. Weniger als eine Woche bis zur Sommersonnenwende. Sein elektrisches Kraftfeld geriet langsam außer Kontrolle. Normalerweise passierte das nur, wenn ein Geist in der Nähe war, doch schon in den letzten Tagen war kein elektrisch geladenes übersinnliches Wesen vonnöten gewesen, um sämtliche Leitungen und Geräte in seiner Nähe durchdrehen zu lassen. Das würde sich während der ganzen nächs-

177

ten Woche nicht ändern, im Gegenteil. Er konnte nichts anderes tun, als vorsichtig zu sein. Vielleicht sollte er sich ein paar Tage freinehmen, sich von der Wache fernhalten und vor allem nicht auffallen. Er schloss die Augen und schlief wieder ein.

Sie erschien ohne Warnung, schwebend über dem Fußende seines Bettes. Sie sah zu ihm hinunter, wie sie es immer tat. Heute Nacht trug sie ein schlichtes, weißes Kleid, das ihre nackten Knöchel berührte, und ihre langen, dunklen Haare hingen offen ihren Rücken hinab. Sie hatte gesagt, sie würde eines Tages Emma heißen. Sie kam immer in der Gestalt eines Kindes zu ihm. Sie war ganz anders als die Geister, die ihn sonst heimsuchten. Dieses Kind kam nur in seinen Träumen zu ihm und war noch nicht beschmutzt von der Härte des Lebens. Sie brachte kein Bedürfnis nach ausgleichender Gerechtigkeit mit sich, kein gebrochenes Herz, keine unerledigte Aufgabe, die noch nach dem Tod an ihr nagte. Stattdessen brachte sie Licht und Liebe und das Gefühl von Frieden. Und sie bestand darauf, ihn „Daddy" zu nennen.

„Guten Morgen, Daddy."

Gideon seufzte und setzte sich auf. Er hatte diesen besonderen Geist zum ersten Mal vor drei Monaten gesehen, aber ihre Besuche waren in letzter Zeit immer häufiger geworden – und immer wirklicher. Wer weiß? Vielleicht war er in einem früheren Leben ihr Vater gewesen. In diesem Leben würde er der Daddy von niemandem sein.

„Guten Morgen, Emma."

Der Geist des kleinen Mädchens schwebte hinab und kam neben dem Fußende seines Bettes zu stehen. „Ich bin so aufgeregt." Sie lachte, und das Geräusch war ihm seltsam vertraut. Gideon mochte dieses Lachen. Es stellte seltsame Dinge mit seinem Herzen an. Er redete sich ein, dass dieses Gefühl der warmen Vertrautheit nichts bedeutete. Überhaupt nichts.

„Warum bist du aufgeregt?"

„Ich komme bald zu dir, Daddy."

Er schloss die Augen und seufzte. „Emma, Liebling, ich habe es dir schon hundertmal gesagt, ich werde in diesem Leben keine Kinder bekommen, also kannst du aufhören, mich Daddy zu nennen."

Sie lachte nur noch einmal. „Sei doch nicht blöd, Daddy. Du bekommst mich immer."

Der Geist, der ihm gesagt hatte, dass er in diesem Leben Emma heißen würde, hatte die Augen der Raintree, sein eigenes dunkelbraunes Haar und einen Hauch von Honig in der Hautfarbe. Aber er wusste, dass er dem, was er sah, nicht unbedingt trauen konnte. Schließlich zeigte sie sich ihm nur in Träumen. Er musste einfach damit aufhören, Nachos zu essen, kurz bevor er zu Bett ging.

„Ich sag dir das nur ungern, Kleines, aber um ein Baby zu machen, muss es auch eine Mommy geben, nicht nur einen Daddy. Ich habe nicht vor, zu heiraten, und ich werde auch keine Kinder bekommen. Da musst du dir dieses Mal wohl einen anderen Daddy suchen."

Emma störte sich daran überhaupt nicht. „Du bist immer so stur. Ich komme zu dir, Daddy, ich komme wirklich, ich komme in einem Mondstrahl zu dir."

Gideon hatte sich schon an romantischen Beziehungen versucht. Es hatte nie funktioniert; er musste so viel von sich verbergen. Eine Frau und ein Kind? Niemals. Er musste sich bereits vor seinem Vorgesetzten, seiner Familie und einem nie endenden Strom aus Geistern rechtfertigen. Ganz bestimmt würde er sich nicht in eine Position begeben, in der er auf noch jemanden Rücksicht nehmen musste. Frauen kamen und gingen, und er sorgte dafür, dass ihm keine zu nahe kam oder zu lange blieb.

Es war Dantes Aufgabe, sich fortzupflanzen, nicht seine. Gideon warf einen Blick auf seine Kommode, auf der sein neuester Fruchtbarkeitszauber lag. Er musste nur noch eingepackt und per Post verschickt werden. Wenn Dante erst einmal eigene Kinder hatte, würde er nicht mehr an nächster Stelle in der Thronfolge zum Dranir, dem Familienoberhaupt der Raintree, stehen. Gideon konnte sich nichts Schlimmeres vorstellen, als Dranir zu sein, außer vielleicht zu heiraten und eigene Kinder zu bekommen.

Sein großer Bruder hatte im Moment allerdings alle Hände voll zu tun, also sollte er vielleicht ein paar Tage warten, ehe er ihm den Zauber schickte. Aber wirklich nur vielleicht.

„Sei vorsichtig", sagte Emma und schwebte ein Stück näher auf ihn zu. „Sie ist sehr böse, Daddy. Sehr böse. Du musst vorsichtig sein."

„Nenn mich nicht Daddy", sagte Gideon. „Wer ist sehr böse?"

„Das wirst du bald merken. Achte auf meinen Mondstrahl, Daddy."

„Mondstrahl", sagte er leise. „Was für ein Haufen …"

„Es hat gerade angefangen", sagte Emma, während ihre Stimme und ihr Körper immer weiter verblassten und schließlich ganz verschwanden.

Der Wecker klingelte, und Gideon wachte abrupt auf. Wie er diesen dämlichen Traum hasste. Er warf einen Blick auf die Kommode, wo

Dantes Fruchtbarkeitszauber lag, und sah dann nach oben, als würde er erwarten, dass Emma dort immer noch schwebte. Die Träume, die sich mit der Wirklichkeit vermischten, konnte man immer am schwersten abschütteln.

Er ließ sein Bett und seine Träume hinter sich, spürte, wie sein Körper und sein Geist erwachten, als er langsam zu den großen Glastüren trat, die auf sein privates Sonnendeck hinausführten. Er zog die Vorhänge auf und gab den Blick auf das Meer frei. Dabei zog er Kraft aus dem Wasser, wie er es immer tat. Manchmal war er sich sicher, dass sich die Wellen genau im Takt mit seinem Herzschlag bewegten. Der Ozean war so angefüllt mit Elektrizität, dass er sie regelrecht riechen und schmecken konnte.

Sobald der Kaffee durch die Maschine lief, musste er Mercy anrufen und ihr erzählen, was in Dantes Kasino passiert war. Er freute sich nicht darauf. Auch wenn es Dante gut ging, würde sie sich Sorgen machen.

Nachdem er den Anruf erledigt hatte, würde er ins Büro gehen. Er wusste ohne jeden Zweifel, dass Frank Stiles Johnny Ray Black umgebracht hatte, aber er hatte noch keine Beweise. Er dachte noch einmal darüber nach, sich ein paar Tage freizunehmen, nur bis die Sommersonnenwende vorbei war. Wenn in der Wache alles ruhig war, könnte er sich ein paar Akten mit nach Hause nehmen und dort daran arbeiten.

Dann erklangen Emmas letzte Worte in seinen Ohren, als würde sie sie immer noch flüstern. „Es hat gerade angefangen."

2. KAPITEL

*D*as kleine Apartment war gründlich zerlegt worden. Auf dem blassbeigen Teppich lagen Glasscherben verstreut, Bücher und sorgfältig ausgewählter Nippes waren vom Regal auf den Boden gefegt worden, eine leere Pizzaschachtel lag unbeachtet herum, und jemand hatte mit einer scharfen Klinge das alte Ledersofa zerfetzt, das mitten im Raum stand. War das Sofa mit dem gleichen Messer verstümmelt worden, das Sherry Bishop umgebracht hatte? Er wusste es nicht. Noch nicht.

Gideon richtete seine Augen weiter auf Bishops Leiche, auch während die Frau hinter ihm mit hoher Stimme schnell sprach. „Ich dachte, Echo ist vielleicht früher nach Hause gekommen und hat Pizza bestellt. Sie isst doch so gerne spät noch etwas. Es ist mir überhaupt nicht in den Sinn gekommen …" Sie schnaubte. „Ich bin so dämlich. Meine Mutter wird mich umbringen, wenn sie rauskriegt, dass ich eine Verrückte in die Wohnung gelassen habe."

Gideon blickte auf und sah über seine Schulter. War das ein Ausdruck, den Sherry Bishop schon hundertmal zuvor benutzt hatte, oder hatte sie einfach nur noch nicht gemerkt, dass sie tot war? Meine Mutter wird mich umbringen …

Sie sah noch fast undurchsichtig aus, wie sie auf dem Stuhl hinter ihm hockte. Sie trug die gleichen Hüftjeans wie immer und ein T-Shirt ohne Saum, das ihren Bauchnabel und den dort befindlichen Ring freigab. Die Frisur war neu.

Echo hatte ihre Leiche früh am Morgen gefunden, als sie von einem Wochenendausflug aus Charlotte wiedergekommen war. Sie hatte gleich ihn angerufen, statt sich zuerst an den Notruf zu wenden. So viel zum Urlaub diese Woche … Gideon hatte alle notwendigen Anrufe schon auf dem Weg zum Tatort erledigt und sich im Flur mit Echo unterhalten. Er hatte sie so gut er konnte beruhigt, und er hatte die ersten Streifenbeamten davon abgehalten, den Ort des Verbrechens zu betreten und dadurch vielleicht Spuren zu zerstören. Die Kollegen standen immer noch auf dem Flur herum und warfen ab und zu einen Blick in die Wohnung, wie Kinder, denen man nicht erlaubte, den Süßwarenladen zu betreten. War er selbst je so jung gewesen? Sie sahen ihm alle zu, aber darum konnte er sich keine Gedanken machen. Er hatte bereits den Ruf, seltsam zu sein. Das war die geringste seiner Sorgen.

„Hast du ihn gekannt?", fragte er leise.

„Sie", sagte Sherry.

Eine Frau? Gideon sah noch einmal auf den leblosen Körper, und dann auf das Chaos, das der Angreifer in der Wohnung hinterlassen hatte. Sie ist sehr böse, Daddy. Sehr böse. Als Emma ihm in seinem Traum erschienen war, war Sherry Bishop bereits mehrere Stunden tot gewesen. Nicht nur tot, sondern auch verstümmelt. Der Zeigefinger ihrer rechten Hand fehlte. Er war ihr nach dem Tod abgetrennt worden, wenn er die geringe Blutmenge, die vergossen worden war, richtig deutete. Ein sauberes Viereck aus ihrer Kopfhaut, mitsamt einem Schopf blondem und pinkfarbenem Haar, war ebenfalls entwendet worden. Es fiel ihm schwer, sich vorzustellen, dass eine Frau all das getan haben sollte, aber mittlerweile sollte er wirklich wissen, dass ausnahmslos alles möglich war.

„Hast du *sie* gekannt?"

Die geisterhafte Erscheinung schüttelte den Kopf. Sie sah fast echt aus, sie war nur ein bisschen durchsichtig. Es war, als sei sie aus einem dicken Nebel erschaffen worden. Ihr pinkblondes Haar, ihre Jeans und ihr T-Shirt, ihre blasse Haut, alles war ein wenig lichtdurchlässig. „Ich habe die Tür aufgemacht, sie ist reingestürmt und hat gesagt, sie würde mir nicht wehtun, wenn ich nicht schreie, und dann hat sie mir auf den Hals geschlagen und …" Sie legte eine Hand auf ihren Hals und sah an Gideon vorbei auf die Leiche. Ihre Leiche. „Hat die Schlampe mich etwa umgebracht?"

„Ich fürchte, ja. Alles, was du mir über sie erzählen kannst, würde mir helfen."

Sherry sah auf den Körper und keuchte auf. „Sie hat meinen Finger abgeschnitten? Wie soll ich Schlagzeug spielen mit …" Der Geist ließ sich in die Couch zurückfallen. „Ja, ich weiß schon", seufzte sie. „Ich bin tot."

„Detective Raintree?" Einer der Streifenbeamten steckte seinen Kopf in die Wohnung. „Ist alles, äh, in Ordnung?"

Gideon hob eine Hand, ohne den Officer anzusehen. „Es geht mir gut."

„Ich habe Sie, na ja, reden hören."

Diesmal sah Gideon den Jungen an. „Ich rede mit mir selbst. Lassen Sie mich wissen, wenn die Spurensicherung hier ist."

Er hörte, dass Echo wieder anfing zu weinen, und die Beamten drehten sich zu ihr, um sie zu beruhigen. Es gab keinen Mann, der Echo Raintree nicht gerne trösten würde, und Gideon wusste, dass seine Cousine sie nur ablenkte, damit er in Ruhe arbeiten konnte.

Der Geist von Sherry Bishop seufzte wieder, und ihre Gestalt vibrierte. „Sie können mich nicht sehen, oder?"

„Nein", flüsterte Gideon.

„Aber du kannst."

Er nickte.

„Warum?"

Blut. Genetik. Ein Fluch. Eine Gabe. Elektronen. „Wir haben keine Zeit, über mich zu reden." Er wusste nicht, wie lange Sherry Bishop noch an die Erde gebunden war. Vielleicht noch ein paar Minuten, vielleicht eine Stunde, vielleicht auch die nächsten paar Tage. Vielleicht sehnte sie sich nach Gerechtigkeit und würde bleiben, bis er seinen Job erledigt hatte, aber er konnte sich nicht sicher sein. Geister waren verdammt unzuverlässig. „Erzähl mir alles über die Frau, die dich angegriffen hat."

Detective Hope Malory rannte die Treppen des alten Apartmentgebäudes hoch und verlangsamte ihre Schritte erst, als sie den zweiten Stock erreichte. Ein halbes Dutzend Cops und eine Handvoll Nachbarn lungerten auf dem Flur vor der Wohnung des Opfers herum, und alle versuchten einen Blick hineinzuwerfen, als würde da drinnen eine Show gegeben werden. Alle, bis auf eine zierliche junge Frau mit kurzem blonden Haar, das mit großzügigen pinkfarbenen Strähnen durchzogen war. Sie hielt sich im Hintergrund, fast als hätte sie Angst davor, zu sehen, was in der Wohnung passierte.

Hope atmete tief durch und strich sich die marineblaue Jacke glatt. Am Morgen hatte sie sich für den klassischen Businesslook entschieden, trug wie die anderen Detectives Blazer und Hose. Ihre Pistole hing in einem Halfter an ihrer Hüfte, und die Dienstmarke hing ihr um den Hals, damit jeder sie sofort gut sehen konnte.

Das einzige Eingeständnis an ihre Weiblichkeit waren ein Hauch von Make-up und die hohen Absätze. Sie wollte einen guten Eindruck machen, weil es ihr erster Tag in einem neuen Job war. Nach allem, was sie gehört hatte, war sie sich sicher, dass ihr neuer Partner sich nicht freuen würde, sie zu sehen, egal, was sie sagte oder tat.

Sie ging an ein paar Polizisten vorbei auf die Wohnungstür zu.

Einer flüsterte ihr zu: „Sie können da nicht reingehen." Sie hielt einen Moment inne und sah Detective Gideon Raintree bei der Arbeit zu.

Sie hatte seine Akte sorgfältig gelesen, als sie sich auf ihre neue Aufgabe vorbereitet hatte. Er war nicht nur ein guter Cop, er hatte eine Aufklärungsquote, die einen schwindelig werden ließ. Gerade jetzt kniete er mitten im Raum, untersuchte den Leichnam und redete leise mit sich selbst. Eine Lampe hinter ihm strahlte seinen angespannten Körper so merkwürdig an, als wäre er im Scheinwerferlicht gefangen. Alle Fensterläden waren geschlossen, das Zimmer lag fast ganz im Dunkeln. Sie wusste, dass alles genau so war, wie er es vorgefunden hatte.

Hope konnte bereits erkennen, dass das Foto in seiner Akte Gideon Raintree nicht gerecht wurde, und das, obwohl sie nicht einmal freie Sicht auf sein Gesicht hatte.

Er war ein sehr gut aussehender Mann mit einem schönen Körper – der maßgeschneiderte Anzug konnte das nicht verbergen –, und auch, dass er dringend einen Haarschnitt benötigte, machte ihn nicht weniger attraktiv. Sie hatte längeres Haar bei einem Mann schon immer gemocht, und Raintrees sehr dunkelbraunes wellte sich ein wenig zu lang in seinem Nacken. Egal, wie konservativ er sich anzog, er würde es nie schaffen, vollkommen konventionell auszusehen.

Seinen edlen Anzug hatte er bestimmt nicht vom Gehalt eines Cops gekauft, es sei denn, er hatte sich das ganze letzte Jahr nur von Tütensuppen ernährt. Er war dunkelgrau, passte perfekt und würde es nie wagen, zu knittern. Auch die Schuhe waren teuer und aus gutem Leder gemacht. Er hatte einen sauber geschnittenen Ziegenbart und einen Bart an der Oberlippe. Dadurch sah er sehr modern und ein wenig verwegen aus. Ohne die Waffe und die Dienstmarke hätte man ihn nie im Leben für einen Cop gehalten.

Sie betrat den Raum, obwohl ihr der Beamte hinter ihr flüsternd davon abriet. Raintree richtete den Kopf ruckartig auf. „Ich habe Ihnen doch gesagt …", fing er an, aber er beendete den Satz nicht. Er starrte sie aus tiefgrünen Augen an, während Hope ihren ersten richtigen Blick auf Gideon Raintrees Gesicht warf. Diese Wangenknochen und diese Wimpern gehörten verboten … Und wie er sie mit seinem Blick fixierte …

Die Glühbirne in der Lampe hinter ihm explodierte.

„Tut mir leid", sagte er, als hätte er irgendetwas damit zu tun. „Ich bin noch nicht fertig. Geben Sie mir noch ein paar Minuten, danach können sie den Tatort in Ruhe untersuchen." Er klang herablassend, und das ärgerte sie.

„Ich gehöre nicht zur Spurensicherung", sagte Hope, während sie vorsichtig ein Stück weiter nach vorne ging.

Er sah auf und starrte sie noch einmal unverwandt an. Diesmal war er nicht mehr ganz so höflich. „Dann raus hier."

Hope schüttelte den Kopf. Normalerweise würde sie ihm die Hand reichen, sobald sie nahe genug für eine professionelle Begrüßung war. Aber Raintree trug Handschuhe, also würde der feste, professionell wirkende Handschlag, den sie normalerweise den Männern, mit denen sie arbeitete, anbot, warten müssen. „Ich bin Detective Hope Malory", sagte sie. „Ihre neue Partnerin."

Er zögerte nicht mit seiner selbstbewussten Antwort. „Mein Partner ist vor fünf Monaten in den Ruhestand gegangen, und ich brauche keinen neuen. Fassen Sie auf dem Weg nach draußen nichts an."

Sie war entlassen. Raintree wendete seine Aufmerksamkeit wieder der Leiche auf dem Boden zu. Das Deckenlicht war trübe, aber sie nahm an, dass es ihm als Beleuchtung für den Tatort reichte. Hope hatte versucht, sich den Leichnam nicht genau anzusehen, aber während sie entschlossen stehen blieb, nahm sie die Szene vor sich doch langsam in sich auf. Zuerst fiel ihr das Haar auf. Das Opfer hatte kurze, blonde Haare mit breiten, pinkfarbenen Strähnen, genau wie die Frau auf dem Flur. Sie trug abgetragene Bluejeans und ein T-Shirt, das früher einmal weiß gewesen war und einen Werbeaufdruck für ein Musikfestival hatte. Sie hatte vier goldene Ohrringe in einem Ohr und einen im anderen und insgesamt fünf Ringe – sowohl goldene als auch silberne – an ihren schlanken Fingern. An allen neun. Hopes Magen drehte sich um. Ein Finger war abgetrennt worden, und am Kopf des Opfers befand sich eine große blutende Wunde, als hätte jemand versucht, sie zu skalpieren.

Der gleiche Jemand, der auch ihren Hals durchschlitzt hatte.

Hope atmete tief durch, um sich zu beruhigen, und merkte dann, dass das keine gute Idee war. Der Tod war nicht schön anzusehen, und er roch auch nicht gut. Sie hatte natürlich schon Leichen gesehen. Aber sie waren noch nie so *frisch* gewesen, und auch nicht so zugerichtet. Es war unmöglich, sich von dem Anblick nicht aus der Fassung bringen zu lassen.

Raintree seufzte. „Sie werden nicht verschwinden, oder?"

Hope schüttelte den Kopf und versuchte, wie beiläufig ihren Mund und ihre Nase mit einer Hand zu bedecken.

„Na gut", sagte Raintree scharf. „Sherry Bishop, zweiundzwanzig Jahre alt. Sie war ledig und hatte keine feste Beziehung zum Zeitpunkt ihres Mordes. Das Geld war knapp, also ist ein Raubüberfall als Mordmotiv ausgeschlossen. Bishop war Schlagzeugerin in einer Band und hat in einem Coffeeshop in der Innenstadt gekellnert, um sich über Wasser zu halten."

„Wenn sie in einer Band war, dann hat sich vielleicht ein Stalker auf sie eingeschossen", schlug Hope vor.

Der Mann, der immer noch neben dem leblosen Körper hockte, schüttelte den Kopf. „Sie wurde von einer Frau mit langen, blonden Haaren mit der linken Hand umgebracht."

„Wie haben Sie diese Informationen in den letzten geschätzt zwanzig Minuten herausgefunden?"

„Fünfzehn." Gideon Raintree stand langsam auf.

Er war über einen Meter achtzig groß – einen Meter fünfundachtzig stand in seiner Akte –, deshalb musste Hope ihren Hals strecken, um ihm in die Augen sehen zu können. Seine Haut war warm, von der Sonne geküsst, und seine grünen Augen waren einfach bemerkenswert. Der Ziegenbart und der Bart an seiner Oberlippe ließen ihn fast teuflisch aussehen, und irgendwie passte das zu ihm. Wenn er seine Augen zusammenkniff, sah er unglaublich hart aus, fast als hätte er nicht mehr Herz als die Mörder, die er verfolgte. Auch wenn sie sich dabei feige vorkam, senkte Hope ihren Blick zu seiner blauen Seidenkrawatte.

„Der Winkel der Halswunde lässt darauf schließen, dass die Angreiferin das Messer in der linken Hand hielt", erklärte er. „Das wird die Pathologie bestätigen, da bin ich mir sicher."

Sie hatte schon gehört, dass Gideon Raintree sich immer sehr sicher war. Und dass er immer recht hatte. „Sie haben gesagt *Angreiferin*. Wie können Sie wissen, dass der Mörder eine Frau war?"

Gideon nickte. „Auf der Kleidung des Opfers befindet sich ein einzelnes langes blondes Haar. Haare dieser Länge sind bei einem Mann zwar möglich, aber unwahrscheinlich. Das wird die Pathologie ebenfalls bestätigen."

Na gut, er konnte beobachten. Er hatte das schon oft getan. Er war gut. „Und wie können Sie die ganzen persönlichen Details aus dem Leben des Opfers kennen?", fragte Hope. Drummer. Keine ernsthafte

Beziehung. Kellnerin im Coffeeshop. Sie sah sich schnell im Zimmer nach Hinweisen um, aber sie fand keine.

„Sherry Bishop war die Mitbewohnerin meiner Cousine Echo."

Hope nickte. Sie versuchte, sich nichts anmerken zu lassen, aber der Geruch setzte ihr zu.

Raintree durchschaute sie mit seinen seltsamen Augen. „Das ist Ihr erster Mord, stimmt's?"

Wieder nickte Hope.

„Wenn Sie sich übergeben müssen, tun Sie das bitte auf dem Flur. Ich werde nicht zulassen, dass Sie den Tatort verunreinigen."

Wie fürsorglich von ihm. „Ich werde Ihren Tatort schon nicht verunreinigen."

„Gut. Wenn Sie darauf bestehen, hierzubleiben, dann befragen Sie die Nachbarn und finden Sie heraus, ob sie letzte Nacht oder am frühen Morgen etwas gehört haben."

Gerne doch. Hope nickte noch einmal und drehte sich dann um, um dem Zimmer zu entkommen. Sie ließ Raintree mit dem Opfer alleine. Sie war sich sicher, dass er sich wohler fühlte, wenn er mit der Toten alleine war.

Seine neue Partnerin befragte einen neugierigen Nachbarn, und die Spurensicherung machte im Apartment ihre Arbeit. Gideon saß neben Echo auf der Treppe zum nächsten Stockwerk.

„Ist sie hier?", fragte Echo leise.

Gerade beachtete sie niemand. Gideon ging nicht davon aus, dass es lange so bleiben würde. „Sie sitzt hinter uns", sagte er schnell.

Auch wenn Echo wusste, dass sie nichts sehen würde, sah sie über die Schulter auf die leere Treppe. „Es tut mir leid. Ich hätte es wissen müssen."

Genau wie Bishop war Echo noch sehr junge zweiundzwanzig. Sie war sehr begabt – als Gitarristin und als Seherin –, aber sie hatte fast gar keine Kontrolle über ihre seherische Gabe. Sie Hellseherin zu nennen, traf es nicht ganz. Sie konnte nicht sagen, wo man seine Brieftasche vergessen hatte oder ob man im nächsten Jahr heiraten würde, aber sie sah Katastrophen voraus. Sie träumte von Fluten und Erdbeben. Ihre Albträume wurden wahr.

Gideon besaß selbst die Spur einer seherischen Gabe, aber sie war viel zu gering ausgeprägt, um damit wirklich etwas auszurichten. Seine Instinkte waren zwar ganz besonders geschärft, aber er träumte nicht von Katastrophen und erlebte sie, als wäre er selber dabei – dabei und nicht in der Lage, sie aufzuhalten. Im Vergleich zu Echos Gabe hielt er es für einen Spaziergang, mit Geistern reden zu können.

„Sie hatte keine Schmerzen", sagte Gideon und legte den Arm um Echos Schulter. „Sie hat nicht einmal gemerkt, was passiert ist."

„Was für ein Haufen Mist", murmelte Sherry mit saurer Stimme. „Es hat höllisch wehgetan."

Glücklicherweise hörte sie niemand außer Gideon.

„Warum sollte jemand Sherry umbringen?", fragte Echo. Die Tränen hatten noch nicht aufgehört, aber sie waren weniger geworden. Sie weinte zwar immer noch, aber leise. „Jeder hat sie gemocht."

„Ich weiß es nicht." Etwas, was Gideon gar nicht gefiel, nagte an seinen Gedanken. Bishop hatte ihre Mörderin nicht erkannt. Sie hatte nicht damit gerechnet, dass ihr Leben in Gefahr war. Es gab keinen logischen Grund dafür, dass sie sterben musste, und schon gar keinen für ihre Verstümmelung. In jedem Fall, den er seit seinem Umzug nach Wilmington vor vier Jahren untersucht hatte, hatte das Opfer den Namen seines Mörders gekannt. Gewöhnlich waren Drogen das Motiv, aber es hatte auch ein paar Verbrechen aus Leidenschaft gegeben. Mord durch einen Fremden war selten. Bis auf ein paar Ausnahmen gab es eine persönliche Verbindung.

Er wollte seiner Cousine keinen Schrecken einjagen, aber es gab eine Möglichkeit, die er in Betracht ziehen musste. „Hattest du in letzter Zeit irgendwelche Visionen?"

Echo musste nicht zweimal gefragt werden. „Du glaubst, die Person, die Sherry umgebracht hat, wollte eigentlich *mich*?"

„Verdammter Mist!", sagte Sherry leise. „Ich hätte mir die Haare nie blond und pink färben sollen. Wir dachten, es wäre eine gute Idee für die Band, verstehst du? Als Markenzeichen. Als unser … *Ding* …" Sie schmollte. „Ich fand es so süß."

„Es ist nur eine Möglichkeit", sagte Gideon leise. „Aber hier kannst du eine Zeit lang nicht bleiben. Ich will, dass du dir einen ruhigen Platz zum Übernachten suchst, und ich will, dass du dortbleibst, bis ich diesen Fall gelöst habe. Wo sind deine Eltern?"

„St. Moritz."

War ja klar. „Ich will nicht, dass du so weit weggehst." Außerdem waren Echos Eltern in einer Krise wie dieser mehr als nutzlos. „Du kannst ein paar Tage bei mir bleiben."

„Wir haben nächstes Wochenende einen großen Auftritt, aber bis dahin …" Echo seufzte und stützte ihren Kopf in ihre Hände. „Ich sage im Coffeeshop Bescheid, dass ich diese Woche nicht kommen kann, und dann fahre ich nach Charlotte zu Dewey."

Dewey. Na toll. Das war ein spindeldürrer, ziemlich dämlich dreinblickender Saxofonist, der scharf auf Echo war, auch wenn sie immer wieder betonte, dass sie nur Freunde waren. Trotzdem war das besser, als hierzubleiben, solange die Möglichkeit bestand, dass die Mörderin hinter Echo her war. „Ruf mich an, ehe du zurück in die Stadt kommst. Und den Auftritt musst du wahrscheinlich absagen."

Echo widersprach nicht, wie er es erwartet hatte. „Vielleicht sollten wir einfach alles absagen. Wir werden nie einen Drummer finden, der Sherrys Platz einnehmen kann. Und selbst wenn wir einen finden, wird es nicht das Gleiche sein."

Gideon sah Echo nicht oft. Er war zwölf Jahre älter als sie, und sie hatten keine gemeinsamen Interessen. Seine Cousine hatte diese wilde Art an sich, die ihm im Grunde wahnsinnig auf die Nerven ging. Nicht, dass er immer ein Heiliger gewesen wäre … Doch sie waren trotz allem eine Familie, also sah er ab und an nach ihr. Er war sogar ein paarmal in verrauchten Klubs gewesen, um ihre Band spielen zu sehen. Die Musik war zu laut und zu wütend für seinen Geschmack, aber die Mädchen schienen ihren Spaß zu haben.

Sie hatte recht. Es würde nie mehr das Gleiche sein.

„Du siehst müde aus."

Echo zuckte mit ihren dünnen Schultern. „Ich sollte heute Nachmittag arbeiten … im Coffeeshop … Also bin ich heute Nacht nach Hause gefahren. Du weißt ja, wie ich es hasse, früh aufzustehen."

„Ja, ich weiß."

„Es war einfach viel sinnvoller, aufzubleiben und zurückzufahren, bevor ich …" Ihre Stimme brach. „Ich sollte wohl Mark anrufen und ihm sagen, dass ich heute nicht kommen kann, und dass Sherry …"

Es war schwer, es laut auszusprechen. Sherry Bishop würde nicht mehr zur Arbeit kommen. Nie mehr.

Gideon nahm seinen Hausschlüssel aus der Tasche und gab ihn Echo. „Schlaf ein paar Stunden, ehe du nach Charlotte fährst. In deinem Zustand solltest du nicht auf der Straße unterwegs sein." Sie nickte und steckte den Schlüssel in ihre vordere Tasche. „Lass dein Handy an", fügte Gideon noch hinzu.

Kein Raintree ging mit seinen Gaben hausieren, aber vielleicht hatte jemand Echos Fähigkeit entdeckt und wollte sie zum Schweigen bringen. Wegen etwas, das sie gesehen hatte oder noch sehen würde? Aber warum den Finger und das Stück Kopfhaut? Das allein machte seinen Fall komplizierter als alle anderen, an denen er bisher gearbeitet hatte, aber es half ihm nicht weiter. Alles was er hatte, waren Fragen. Theorien. Und noch mehr Fragen.

Als er die Treppen hinabstieg, folgte Sherry Bishop ihm. „Du wirst aber rausfinden, wer mir das angetan hat, oder?", fragte sie.

„Ich werde es versuchen."

„Es ist so verdammt ungerecht. Ich hatte noch was vor mit meinem Leben, weißt du. Große Pläne. Ich hatte irgendwie gehofft, dass du mich mal fragst, ob wir zusammen ausgehen, irgendwann. Ich meine, du bist älter und so, aber du bist trotzdem echt heiß."

„Danke", murmelte Gideon.

Sherry keuchte auf. „Ich hatte meine neuen Stiefel noch nicht an! Die waren total toll, und ich hab sie im Schlussverkauf bekommen." Sie seufzte. „Mist. Sag Echo, sie kann sie haben."

„Sag ich ihr."

Gideon hielt am Fuß der Treppe inne und beobachtete seine neue Partnerin, die eine ältere Frau mit strohigem grauem Haar befragte. Er arbeitete lieber allein. Das machte es ihm leichter, sich mit den Opfern zu unterhalten. Leon, sein letzter Partner, hatte ihm letztes Endes abgekauft, dass er mit sich selbst redete und regelmäßig großartige Eingebungen hatte. Hope Malory sah nicht so aus, als würde sie ihm die Sache so leicht machen. Sie sah nicht so aus, als würde sie Dinge, die sie nicht verstand, einfach so hinnehmen.

Er mochte Frauen. Er wollte sie nicht heiraten oder sich auf eine ernste Beziehung einlassen, aber das bedeutete nicht, dass er wie ein Mönch lebte. Die meisten Frauen waren auf irgendeine Art attraktiv, sie hatten alle etwas an sich, was einen Mann verlocken und für eine Weile in ihren Bann ziehen konnte. Hope Malory war viel mehr als nur attraktiv. Sie war eine klassische Schönheit. Schwarzes Haar, das auf Kinnlänge gestutzt war, rahmte voll und seidig ihr Gesicht. Ihre Haut war sahnig blass und makellos, ihre Augen waren dunkelblau, ihre Lippen voll und rosig. Sie war groß, langbeinig und schlank, und doch hatte sie überall da Rundungen, wo sie hingehörten. Sie hatte das Gesicht eines Engels, den Körper einer Göttin, und sie trug ihre Waffe, als wüsste sie, wie man damit umging. Machte sie das zur perfekten Frau?

Pure Elektrizität fuhr in einer leuchtenden Welle durch seinen Körper. Die Lichter im Flur flackerten und brachten alle, die dort herumstanden, dazu, hochzusehen. Wenigstens explodierte dieses Mal nichts.

„Du wirst sie doch festnageln?", fragte Sherry Bishop eindringlicher.

Er sah zu, wie Hope Malory sich schnell einige Notizen machte und der Nachbarin dann eine weitere Frage stellte. „Sie festnageln? Sie ist hübsch, aber sie ist nicht mein Typ, und es war noch nie gut, Geschäft und Vergnügen zu vermischen."

„Denk bitte wieder mit deinem Kopf, Raintree", zischte Sherry scharf. „Ich rede nicht von deiner neuen Partnerin, ich rede von der Frau, die mich umgebracht hat."

Er löste seinen Blick nicht von Malory. „Ich werde es versuchen."

„Echo sagt, du bist der Beste", sagte Sherry freundlicher.

„Sagt sie das?" Hope Malory warf ihm einen Blick zu, sah ihm kurz in die Augen und wandte ihre Aufmerksamkeit dann schnell wieder der Nachbarin zu.

„Ja, und du solltest dich lieber beeilen, Raintree."

Gideon drehte sich zu Sherry Bishop. Sie war sichtbar verblasst, seit sie das Apartment verlassen hatten. Bald würde sie heimkehren und ihren Frieden finden.

Malory kam mit langen, leichten Schritten auf ihn zu, die Selbstvertrauen und Eleganz ausstrahlten. Ihre Notizen waren gewissenhaft, und er war sich sicher, dass sie vollständig waren.

„Nichts", sagte sie leise, als sie nahe genug war. „Mrs Tarleton, die rechts nebenan wohnt, ist so gut wie taub, und der andere Nachbar ist erst am frühen Morgen nach Hause gekommen. Niemand hat irgendetwas gehört. Alle mochten das Opfer und Ihre Cousine, auch wenn sie, wie Mrs Tarleton sich ausdrückte, jung und ein wenig wild waren." Sie sah an Gideon vorbei zur Treppe. „Vielleicht sollte ich mit Ihrer Cousine reden."

„Nein."

Sie sah ihm in die Augen und hob ihre Augenbraue ein Stück. „Nein?"

„Ich habe bereits mit Echo geredet."

„Sie sind ihr Cousin, also stehen Sie ihr zu nahe, um objektiv sein zu können. Außerdem sind Sie ein Mann."

„Klingt, als wäre das etwas Schlechtes."

„Manchmal. Es geht darum, dass sie mir vielleicht Dinge sagt, die sie Ihnen lieber verschweigt."

„Das bezweifle ich."

Malory wurde wütend. „Sollten Sie überhaupt an dem Fall arbeiten? Immerhin sind Sie persönlich damit verbunden."

„Ich habe Sherry Bishop ein einziges Mal getroffen, vielleicht zweimal. Es gibt keinen Grund …"

„Ich rede nicht von Ihrer Beziehung zu dem Opfer, Raintree. Bis wir sie ausschließen können, ist Ihre Cousine eine Verdächtige."

„Echo würde niemandem etwas zuleide tun."

„Gib's ihr, Gideon", sagte Sherry Bishop mit ärgerlicher Stimme. „Wie kann sie es wagen, auch nur anzudeuten, dass Echo mir etwas antun würde?"

„Sie sind nicht objektiv", sagte Malory bestimmt.

Gideon tat sein Bestes, Sherrys Geplapper zu ignorieren. „Wenn Sie sich dann besser fühlen, überprüfen wir als Erstes das Alibi meiner Cousine. Wenn sie von Ihrer Liste der Verdächtigen gestrichen ist, haben Sie vielleicht nichts mehr dagegen, dass ich meinen Job erledige."

„Kein Grund, gleich schnippisch zu werden."

Gideon beugte sich ein kleines Stück vor und senkte seine Stimme. „Detective Malory, wenn Sie darauf bestehen, meine neue Partnerin zu sein, dann kann ich wahrscheinlich nichts dagegen tun. Im Moment jedenfalls nicht. Aber tun Sie uns beiden einen Gefallen und benehmen Sie sich wie ein Detective und nicht wie ein kleines Mädchen."

Ihre Nasenlöcher blähten sich wütend. Er hatte einen wunden Punkt erwischt. „Ich bin kein *Mädchen*, Raintree, Sie …"

„Schnippisch", unterbrach er sie. „Ein Wort, das echte Männer niemals benutzen."

„Gut", sagte sie unnötig scharf. „Ich werde einfach sehr oft grunzen und mich immer mal wieder am Hintern kratzen, dann gehöre ich vielleicht irgendwann dazu."

Sherry verzog ihr Gesicht. „Ich wette, eine wie die kratzt sich nie am Hintern."

In Wirklichkeit wusste Gideon, dass es egal war, was Malory sagte oder tat. Sie würde ihm mächtig unter die Haut gehen. Ob er es mochte oder nicht, sie war da, und sie würde bleiben, bis er einen Weg gefunden hatte, sie loszuwerden. Aus den Augen, aus dem Sinn, sagte man nicht so? Sie war schließlich nicht die einzige hübsche Frau in Wilmington.

Er brauchte keinen Partner. Er wollte keinen. Es würde nie funktionieren. Und am Ende würde es sowieso egal sein.

Detective Hope Malory würde nicht lange bleiben.

3. KAPITEL

Montag – 14:50 Uhr

*L*unch?" Gideon warf einen kurzen Blick auf seine neue Partnerin, während er den Wagen wendete. Der Wind blies Malorys sorgfältig gestyltes glattes Haar in ihr Gesicht. Er hätte das Verdeck wahrscheinlich auch schließen können. Aber warum sollte er es ihr leicht machen? Sie hatte darauf bestanden, mitzukommen, und er hatte darauf bestanden, zu fahren. Er wollte gar nicht wissen, was mit ihrem neuen, elektronisch ausgestatteten Auto passieren konnte, wenn er ihm im falschen Augenblick zu nahe kam.

„Ich dachte, Sie wollten mit diesem Klubbesitzer reden", schrie sie, um über den Fahrtwind gehört zu werden.

„Der wird vor vier nicht da sein." Sie hatten bereits mit dem Manager des Coffeeshops gesprochen, in dem Sherry und Echo die letzten sieben Monate gearbeitet hatten.

Mark Nelson hatte nichts Interessantes zu berichten gehabt, aber Gideon wollte am Abend noch einmal dorthin zurückkehren, um sich umzusehen. Vielleicht würde der Mörder dort sein, um zu sehen, wie die Leute auf den Tod von Sherry Bishop reagierten.

„Okay", sagte Malory zögerlich, „wahrscheinlich könnte ich etwas essen."

Sie klang nicht gerade begeistert, aber Gideon konnte sich vorstellen, dass sie es nie zugeben würde, falls der Tatort des Mordes ihr den Appetit verdorben hätte.

Er kurvte durch einige enge Straßen in der Innenstadt und bog schließlich auf den Parkplatz vor Mama Tanya's Café ein. Es war so spät am Nachmittag, dass der Laden nicht mehr mit Mittagsgästen überfüllt war. Der kiesbestreute Parkplatz war so gut wie verlassen.

„Wo sind wir, Raintree?", fragte Malory misstrauisch und betrachtete das kleine Betongebäude, das einen neuen Anstrich gut hätte vertragen können. Und vielleicht ein oder zwei Fenster.

„Mama Tanya's", antwortete er, öffnete seine Tür und stieg aus dem Wagen. „Das beste Soul food in der ganzen Stadt."

Als sie ihm folgte, knirschten ihre Absätze im Kies. „Wenn Sie versuchen, mich damit abzuschrecken ...", murmelte sie.

Gideon ignorierte sie und betrat das dürftig beleuchtete, fensterlose Restaurant. Mama Tanya's war berühmt für ihre traditionelle Südstaatenküche. Außerdem war es ein guter Ort voller guter Menschen. Sogar die Geister, die sich hier blicken ließen, waren glücklich.

„Detective Raintree", begrüßte ihn Tanya selbst mit einem Lächeln, das die Fältchen in ihrem ruhigen Gesicht tiefer werden ließ. „Wie immer?"

„Jepp." Er setzte sich in seine Stammecke.

Tanya sah Malory an und hob ihre Augenbrauen ein kleines Stück. „Und für Sie, junge Lady?"

„Ich nehme nur einen Salat. Vinaigrette extra."

Ihrer Bestellung wurde mit stummem Erstaunen begegnet. Gideon sah zu Tanya, als Malory sich ihm gegenüber hinsetzte. „Bring ihr einfach das Gleiche wie mir."

Malory begann zu widersprechen, aber dann überlegte sie es sich anders.

„Was, wenn ich nicht mag, was Sie nehmen?", fragte sie, als Tanya außer Hörweite war.

„Sie werden es mögen", entgegnete er.

Zum ersten Mal an diesem Tag befanden sie sich an einem ruhigen Ort und waren allein. Er nutzte die Gelegenheit, um Hope Malory kritisch unter die Lupe zu nehmen. Ihr Haar war von der Fahrt mit offenem Verdeck zerzaust. Sie hatte es mit den Händen glatt gestrichen, statt auf der Toilette zu verschwinden, um sich zurechtzumachen. Ihre Wangen waren gerötet, ihre Augen glänzten. Sie sahen intelligent aus, verdammt intelligent. Und sie war umwerfend schön.

Außerdem war sie wütend.

„Also, was wollen Sie hier?"

„Ich wollte nur einen Salat", sagte sie leise.

„In Wilmington", verdeutlichte er. „Wir sind nur ein kleines Revier. Ich kenne die Detectives aus den anderen Abteilungen, und ich kenne die Uniformierten. Sie gehören nicht dazu; wie sind Sie also zu diesem unglücklichen und zeitlich begrenzten Job als mein Partner gekommen?"

Sie schluckte den Köder nicht. „Ich habe mich von Raleigh hierher versetzen lassen. Dort habe ich zwei Jahre bei der Sitte gearbeitet."

Er war überrascht. Sie sah zu jung aus, um schon zwei Jahre lang Detective zu sein. „Wie alt sind Sie?"

Die Frage schien sie nicht zu beleidigen, im Gegensatz zu einigen anderen Frauen. „Neunundzwanzig."

Sie war also auf der Überholspur unterwegs. Ehrgeizig, klug, vielleicht sogar ein bisschen gierig. „Warum der Umzug?"

„Meine Mutter lebt hier in Wilmington. Sie braucht ihre Familie um sich, also habe ich beschlossen, dass es an der Zeit ist, nach Hause zu kommen."

„Ist sie krank?"

„Nein." Malory wand sich ein wenig; die persönliche Richtung, in die das Gespräch lief, gefiel ihr offensichtlich nicht. „Sie ist letztes Jahr hingefallen. Es war nichts Ernstes. Sie hat sich den Knöchel verstaucht und humpelte ein paar Wochen."

„Aber es hat Ihnen Sorgen gemacht", sagte er. Natürlich hatte es das. Malory war so ernst, so gnadenlos ihrer Sache ergeben und ernst. Wenn ihrer Mutter irgendetwas passierte, würde sie sich die Schuld dafür geben. Also war sie jetzt hier.

„Es hat mir ein wenig Sorgen gemacht", gab sie zu. „Was ist mit Ihnen?", fragte sie schnell, um das Gespräch in eine andere Richtung zu lenken. „Haben Sie Familie in der Nähe? Abgesehen von Echo."

Leute, die zu viele Fragen stellen, machten ihn immer nervös. Warum musste sie etwas über seine Familie wissen? Natürlich hatte er dieses persönliche Gespräch angefangen. Wahrscheinlich war es nur fair, es jetzt umzudrehen. „Ich habe eine Schwester und eine Nichte, die ein paar Stunden entfernt im Westen leben, einen Bruder in Nevada, und Vettern, wohin ich mich auch umdrehe."

Die letzte Information entlockte ihr ein kleines Lächeln. Schön. Vielleicht war sie am Ende doch nicht so ernsthaft.

„Was ist mit Ihren Eltern?", fragte sie.

„Sie sind tot."

Ihr Lächeln verging ihr schnell. „Das tut mir leid."

„Sie wurden ermordet, als ich siebzehn war", sagte er, ohne sich ein Gefühl dabei anmerken zu lassen. „Wollen Sie noch etwas wissen?"

„Ich wollte nicht neugierig sein."

Natürlich wollte sie das nicht, aber seine ungeschönte Antwort hatte das Gespräch beendet, so wie er es gehofft hatte. Diese Frau konnte sein Leben auf alle erdenklichen Arten durcheinanderbringen, wenn sie nur mit dem kleinen Finger schnippte. Gruselige Vorstellung.

Tanya stellte zwei sehr volle Teller auf den Tisch und dazu zwei große Gläser Eistee.

„Raintree", sagte Malory leise, nachdem Tanya gegangen war. „Bis auf die Rüben trieft alles auf meinem Teller vor Fett."

„Jepp", sagte er, während er zulangte. „Genau richtig."

Sie wendeten beide ihre Aufmerksamkeit dem Essen zu, Hope etwas weniger begeistert als Gideon, auch wenn sie sich nach ein paar Bissen entspannte und begann, ihre Mahlzeit zu genießen. Gideon war froh über das Schweigen, aber es machte ihn auch nervös, weil etwas Tröstliches darin lag.

Er brauchte keinen Partner, und er wollte keinen. Er hatte Leon dreieinhalb Jahre lang toleriert, und am Ende hatten sie ein gutes Team abgegeben. Gideon löste die Fälle, Leon machte den Papierkram. Am Ende sahen sie beide gut dabei aus, und alle waren zufrieden.

„Ich glaube, sie hat schon vorher gemordet", rief eine leise Stimme.

Gideon drehte sich zu der leeren Essecke hinter ihm um. Sie war leer gewesen – bis Sherry Bishop angekommen war. Sie war noch durchsichtiger, als sie es in der Wohnung gewesen war, aber sie war auf jeden Fall da. „Was?", fragte er leise.

„Raintree", fing Malory an. „Geht es Ihnen …"

Er brachte seine neue Partnerin mit einer Handbewegung zum Schweigen, aber seine Augen hielt er auf Sherry gerichtet.

„Die Frau, die mich umgebracht hat", sagte der Geist, „hatte keine Angst und war nicht mal nervös, nur aufgeregt. Aufgekratzt, wie Echo und ich, bevor wir einen Auftritt haben. Ich glaube, es hat ihr gefallen. Ich glaube, es hat ihr Spaß gemacht, mich umzubringen."

„Raintree", sagte Malory wieder, diesmal schärfer als vorher.

Gideon hob noch einmal die Hand, diesmal mit einem gestreckten Zeigefinger, der sie endlich zum Schweigen bringen sollte.

„Wenn Sie noch einmal mit dem Finger auf mich zeigen, breche ich ihn ab."

Sherry Bishop verschwand, und Gideon drehte sich um zu Detective Malory, die ihn wütend und verwirrt anstarrte.

„Tut mir leid", sagte er, „ich hab nur nachgedacht."

„Sie haben eine seltsame Art zu *denken*."

„Das sagt man mir öfter."

Etwas in ihrem Gesichtsausdruck veränderte sich. Ihre Augen wurden weicher, ihre Lippen voller, und etwas Schlimmeres als Wut erschien in ihren Zügen. Neugierde. „Aber anscheinend funktioniert es", sagte sie. „Wie machen Sie das?"

„Denken?" Er wusste, wonach sie fragte; er wollte nur nicht darüber reden.

„Ich habe noch nie einen Detective mit Ihrer Aufklärungsquote getroffen. Bis auf den einen Fall letztes Jahr ist Ihre Akte einwandfrei."

„Ich weiß, dass Stiles es getan hat, ich kann es nur nicht beweisen. Noch nicht."

„Wie?", flüsterte sie. „Wie können Sie das wissen?"

Wenn diese Frage aufkam, war es am leichtesten, die Antworten zu geben, die von ihm erwartet wurden: dass er ein gutes Auge für Details hatte, dass er Muster erkannte, dass er entschlossen war, jeden einzelnen Fall zu lösen. Das alles entsprach der Wahrheit. Es war nur nicht der Grund für seine fast makellose Akte.

„Ich kann mit Toten reden."

Malorys Reaktion kam plötzlich, aber nicht unerwartet. Sie lachte laut auf. Das Lachen tat ihrem Gesicht unglaublich gut. Ihre Augen funkelten, ihre Wangen wurden rosa, ihre Lippen hoben sich an den Mundwinkeln. Gideon wurde mit einem Schlag klar, dass er sich viel zu wohl mit Hope Malory fühlte. Das Lachen kam ihm angenehm bekannt vor. Er könnte sich daran gewöhnen – und das durfte er auf keinen Fall zulassen.

Hope fuhr langsam an Raintrees Haus vorbei, dessen Anblick ihren Verdacht überhaupt nicht verringerte.

Das dreistöckige, dunkelgraue Haus im Carolina-Stil direkt am Wrightsville Beach hatte er nicht vom Gehalt eines Polizisten gekauft, so viel war klar. Das hier war eine der besten Gegenden an der Strandpromenade, und er hatte eines der besten Häuser. Hope hatte bereits einige Nachforschungen angestellt. Sie wusste, was er für das Haus bezahlt hatte, als er vor vier Jahren eingezogen war.

Am Ende der Auffahrt stand eine Garage für drei Autos. Jeder Stellplatz war besetzt, auch wenn die Tore geschlossen waren. Raintree besaß einen schwarzen 66er Mustang – das Cabrio, das er heute gefahren hatte – einen 57er Chevy Bel Air in Türkis und Cremeweiß und einen 74er Dodge Challenger in Rallyerot, was auch immer das heißen mochte.

Vom Geld ganz abgesehen war auch niemand ein so guter Cop, wie Gideon Raintree es zu sein schien. Bei den meisten Morden, die er aufgeklärt hatte, war es um Drogen gegangen, er konnte also durchaus etwas mit jemandem aus dem Dealermilieu zu tun haben. Mit jemandem, der hoch genug auf der Leiter stand, um sich einen Cop zu kaufen. Hatte ihr neuer Partner seine Finger in kriminellen Machenschaften?

Ich kann mit Toten reden. Ja, sicher.

Die Häuser an diesem Teil des Strandes waren beeindruckend, aber der Platz war knapp, und sie waren sehr eng zusammengebaut. Ein buntes Haus neben dem anderen rahmte die Straße, und Raintrees in geschmackvollem Grau gehaltenes war eines der besten. Warum hatte nie jemand seinen Lebensstil hinterfragt?

Jeder Detective, den sie kannte, wollte ins Morddezernat. Es war angesehene, wichtige Arbeit. Und trotzdem arbeitete Raintree fünf Monate, nachdem sein Partner in Rente gegangen war, immer noch alleine – oder hatte alleine gearbeitet, bis sie gekommen war. Wenn sie dem Chief glauben konnte, hatte keiner der anderen Detectives Interesse daran, mit Raintree zu arbeiten. Entweder sie wollten nicht immer an zweiter Stelle im Team stehen oder sie wussten, dass Raintree lieber allein arbeitete und wollten ihm dabei nicht im Weg stehen.

Hope hatte noch nie etwas dagegen gehabt, jemandem im Weg zu stehen.

Vielleicht gab es vollkommen vernünftige Antworten auf ihre Fragen, aber vielleicht auch nicht. Sie musste es wissen, ehe sie sich zu sehr auf die Sache einließ. Ehe sie ihm vertraute, ehe sie ihn akzeptierte.

Sie wusste instinktiv, dass Raintree ein Lügner war. Natürlich log er; er war ein Mann. Die Frage war nur, wie weit er dabei ging.

Hope parkte ihren blauen Toyota am Ende der Straße, wo jemand Gäste hatte und ein weiteres Auto kaum auffallen würde. Dann ging sie zurück zu Raintrees Haus. Es war unwahrscheinlich, dass sie so spät in der Nacht noch etwas zu sehen bekommen würde, aber sie war so neugierig und aufgekratzt, dass sie auf keinen Fall schlafen konnte. Ihre Mutter ging nie vor zwei Uhr nachts ins Bett, und das Apartment über dem Laden war klein; es war sowieso nicht einfach, dort zu schlafen.

Das Haus, die teuren Anzüge, die Autos – mit Raintree war auf jeden Fall etwas faul.

Sein vor Kurzem pensionierter Partner, Leon Franklin, hatte eine schneeweiße Weste. Sie hatte ihn überprüft. Franklin hatte ein wenig Geld gespart, aber nicht zu viel. Er hatte ein schönes Haus, aber nicht zu schön. Und jeder, mit dem sie gesprochen hatte, hatte ihr gesagt, dass Gideon Raintree das Gehirn in ihrem Team war. Er wurde mit jedem Mordfall in Wilmington beauftragt, und er löste sie alle. Es war einfach nicht normal.

Hope schlüpfte in die Dunkelheit zwischen Raintrees Haus und dem weniger unauffälligen gelben Haus daneben. Sie hatte sich für diesen Ausflug schwarz angezogen, also verschmolz sie mit den Schatten. Sie würde nicht durch ein Fenster spähen und Raintree auf frischer Tat ertappen, aber je mehr sie über diesen Kerl wusste, desto besser. Es konnte nicht schaden, sich ein wenig bei ihm umzusehen.

Sie bemerkte eine Bewegung am Strand und drehte ihren Kopf in diese Richtung. Wenn man vom Teufel spricht ... Gideon Raintree kam vom Schwimmen. Sein zu langes Haar hatte er glatt zurückgestrichen, und Wasser tropfte von seiner Brust. Er trat vom Strand auf seinen eigenen Holzsteg. Als das Licht von seiner Terrasse auf ihn fiel, hielt sie für einen Moment den Atem an. Er trug alte, löchrige Jeans, die direkt über dem Knie abgeschnitten waren und die ihm zu tief auf der Hüfte hingen, weil das Wasser sie schwer machte. Sonst trug er nichts, bis auf einen kleinen silbernen Anhänger, der an einer schwarzen Kordel um seinen Hals hing.

„Gideon", trällerte eine Stimme aus dem gelben Haus neben seinem. Er hielt auf der Promenade inne und hob den Kopf, dann lächelte er die Blondine an, die über ihr Balkongitter lehnte. Hope hatte so ein Lächeln den ganzen Tag nicht einmal ansatzweise zu sehen bekommen.

„Hi, Honey." Raintree lehnte sich gegen die Brüstung seines Stegs und sah nach oben.

„Wir geben am Samstagabend eine Party", sagte Honey. „Kommst du auch?"

„Danke, aber wahrscheinlich kann ich nicht. Ich muss arbeiten."

„Das Mädchen aus den Nachrichten?", fragte Honey, und ihr Lächeln verblasste.

„Ja."

Noch eine Frau, diesmal eine Brünette, kam raus auf den Balkon. „Du hast den Fall bestimmt bis Samstag gelöst", sagte sie zuversichtlich.

„Wenn ich das schaffe, komme ich vorbei."

Beide Frauen lehnten sich über die Brüstung. Sie trugen winzige Bikinis, wie man es an einem warmen Juniabend offensichtlich tat. Für ihren Nachbarn legten sie fast einen Balztanz hin.

Oberflächliche Frauen interessierten sich für einen Mann wie Raintree, das nahm Hope zumindest an. Er hatte das Aussehen, das Bankkonto und diesen selbstbewussten Charme ... Mit diesen Augen und Wangenknochen – und so wie er in den abgeschnittenen Jeans aussah – brachte er die Herzen naiver Frauen bestimmt reihenweise zum Rasen.

Hope war noch nie naiv gewesen.

„Warum kommst du nicht rauf und trinkst etwas mit uns?", fragte Honey, als wäre es ihr gerade erst eingefallen – auch wenn sie wahrscheinlich geplant hatte, ihren heißen Nachbarn heraufzubitten, seit sie ihn am Strand gesehen hatte.

„Tut mir leid, geht nicht." Raintree drehte sich zu seinem eigenen Haus um – und zu Hope – und es schien, als würde er sie tatsächlich direkt ansehen. „Ich habe Besuch."

Hope hielt den Atem an. Er konnte sie auf keinen Fall sehen. Jemand anders kam ihn besuchen, oder er benutzte nur eine Ausrede, um höflich zu sein. Als würde ein Mann, der etwas auf sich hielt, es ablehnen, mit Honey und dem brünetten Dummchen etwas zu *trinken*.

„Besuch?", fragte Honey weinerlich.

„Ja." Raintree lehnte sich erneut gegen die Brüstung und starrte die Dunkelheit zwischen den zwei Häusern an. „Mein neuer Partner ist vorbeigekommen."

Hope murmelte ein paar leise Flüche, die sie sonst fast nie benutzte, und Raintree lächelte, als könnte er sie hören. Das war natürlich unmöglich. Genauso unmöglich war aber, dass er sie in den Schatten stehen sah.

„Bring ihn doch mit", sagte die Brünette. „Je mehr wir sind, desto lustiger wird es."

„Sie", antwortete Raintree, ohne zu seinen Nachbarinnen hinaufzusehen. „Mein neuer Partner ist ein Mädchen."

Er hatte nur „Mädchen" gesagt, um sie zu ärgern, das wusste Hope genau, also gab sie ihr Bestes, nicht darauf anzuspringen.

„Oh", seufzte Honey. „Du kannst *sie* von mir aus auch mitbringen." Sie klang auf einmal viel weniger begeistert.

„Danke, aber diesmal nicht. Wir haben noch Dinge zu besprechen, die die Arbeit betreffen. Stimmt's, Detective Malory?"

Aufgeflogen. Hope trat ein paar Schritte vor, bis Licht von beiden Terrassen auf sie fiel. Anscheinend war es zu spät, um sich zu verstecken. War Raintree gefährlich? Vielleicht. Gefährlich genug sah er schließlich aus. Andererseits war sie bewaffnet und wusste, wie man sich selbst verteidigte. Aber irgendwie hatte sie das Gefühl, dass es nicht dazu kommen würde.

„Genau", sagte sie, als sie durch das hohe Seegras auf den Steg zuging.

„Wie lange sind Sie schon da unten?", fragte Honey.

„Erst ein paar Minuten."

„Sie waren ziemlich ruhig."

„Ich habe nur den Ausblick genossen."

Die Brünette seufzte. „Das verstehen wir vollkommen."

Hope spürte, wie sie rot wurde. Sie hatte natürlich den *Strand* gemeint, aber der Ton in der Stimme des Dummchens sagte ihr, dass die von etwas anderem redete. Oh nein. Sie wollte nicht, dass Raintree glaubte, dass sie *seinen* Anblick genoss. Auch wenn sie das tat. „Ich liebe das Meer."

„Ich auch", sagte Gideon.

Hope kletterte behände über die Brüstung und stellte sich neben Gideon.

„Kommen Sie rein", sagte er, drehte ihr den Rücken zu und ging voran. „Ich nehme an, Sie sind hier, um sich über den Fall Bishop zu unterhalten."

„Klar", sagte sie fröhlich. „Ich hoffe, es macht Ihnen nichts aus, dass ich einfach vorbeikomme."

Er sah sie über die Schulter an, verwegen und amüsiert. „Überhaupt nicht, Detective Malory. Ganz und gar nicht."

Die schöne Hope Malory war so aufgekratzt, so mit ihrer eigenen elektrischen Spannung angefüllt, dass sie beide explodieren würden, wenn er sie berühren würde. Was nicht unbedingt eine schlechte Idee war.

„Ich ziehe mich nur eben um." Gideon deutete auf die Küche. „Nehmen Sie sich selbst etwas zu trinken, ich bin gleich wieder bei Ihnen."

Echo hatte ein paar Stunden bei ihm geschlafen und war dann weiter nach Charlotte gefahren. Er hatte mit ihr telefoniert, ehe er kurz zum Schwimmen raus war. Sie war immer noch verstört, aber die Panik hatte etwas nachgelassen. Ob es ihm gefiel oder nicht, Dewey war in dieser schwierigen Situation überaus hilfreich.

Es dauerte keine fünf Minuten, bis Gideon sich trockene Kleidung angezogen und mit einem Handtuch seine Haare gerubbelt hatte. *Warum ist sie hier? Was will sie?* Wenn es Ergebnisse der Spurensicherung vom Tatort gab, hätte er einen Anruf bekommen, nicht sie. Wenn sie eine Theorie hatte – und mehr konnte sie zu diesem Zeitpunkt noch nicht haben –, hätte sie es ihm am Telefon sagen können. Der Besitzer des Klubs, in dem Echo mit ihrer Band öfter einen Auftritt hatte, war gar keine Hilfe gewesen. Also, warum war Malory hier?

Er fand es heraus, gleich nachdem er ins Wohnzimmer gekommen war. Seine neue Partnerin saß mit einem Glas Soda in der Hand in einem Ledersessel. „Schönes Haus, Raintree", sagte sie und fuhr mit ihrem Blick fast beiläufig die Wände entlang. „Wie können Sie sich das mit einem Polizistengehalt leisten?"

Das war es also. Sie dachte, er hätte Dreck am Stecken, und sie war hier, um herauszufinden, wie viel. Wollte sie bei der profitablen Korruption mitmachen oder seinen Hintern hinter Gitter bringen? Er hätte ihr Letzteres zugetraut, aber er hatte sich bei Frauen auch früher schon mal geirrt. „Meine Familie ist wohlhabend." Er ging in die Küche. „Ich werde mir etwas zu trinken holen."

Sie nickte der anderen Seite des Raumes zu, wo ein Glas Soda, genau wie ihres, auf einem Untersetzer stand. „Ich habe Ihnen schon einen Drink gemacht."

„Woher wissen Sie, was ich will? Sind Sie Hellseherin?"

Wieder dieses kurz aufblitzende, aber strahlende Lächeln. „Ihr Kühlschrank war voll von dem Zeug. Ich hab es einfach riskiert."

Gideon ließ sich in einen Sessel sinken. War es ein Zufall, dass sie sein Glas so weit von ihrem Sessel weggestellt hatte wie möglich? Nein. Das war kein Zufall. Malory mochte tough wirken, aber als sie darüber geredet hatte, wie ihre Mutter gestürzt war, hatte er in ihren Augen gesehen, wie verletzlich sie wirklich war.

Sie hatte jedenfalls ihr Bestes getan, um heute Abend hart auszusehen in ihren schwarzen Jeans, dem schwarzen T-Shirt und mit der Pistole. „Eine wohlhabende Familie", sagte sie, damit er weiterredete.

„Ja."

„Was für eine Art Vermögen?"

„Meine Eltern und meine Großeltern, genau wie deren Eltern und Großeltern, waren alle sehr erfolgreich. Und sie hatten Glück."

Sie sah ihm starr in die Augen auf diese seltsam beunruhigende Art, die sie an sich hatte. „Ich habe Echos Wohnung heute Morgen gesehen. Gehört sie zur armen Seite der Familie?"

„Echo ist eine Rebellin", erklärte er. „Ihre Eltern leben sehr glücklich vom Familienvermögen. Sie reisen, sie schlafen, sie trinken, sie feiern. Und das war es so ziemlich. Echo will sich ihren eigenen Weg erarbeiten. Das bewundere ich an ihr, auch wenn sie manchmal einfach alles tut, nur um nicht wie die anderen zu sein."

„Haben Sie auch Glück?"

Er sah sie anerkennend an und lächelte. „Nicht heute Nacht, würde ich sagen."

Sie reagierte nicht auf seinen Kommentar, nicht einmal ungehalten. „Sie haben auf jeden Fall Glück als Detective. Ich habe Ihre Akte gesehen."

„Schön für Sie. Ich würde Ihre auch gerne sehen."

„Werde sehen, was sich tun lässt."

Sie nahm einen Schluck von ihrem Soda, und er spielte mit einem Finger mit den kondensierten Wassertropfen an seinem Glas. Wenn Malory zu neugierig wurde, wenn sie zu viele verdammte Fragen stellte, würde er umziehen müssen. Mist, er mochte es hier. Er mochte dieses Haus, die Männer, mit denen er arbeitete – die meisten jedenfalls –, und er liebte es, nahe am Meer zu wohnen. Er brauchte das Meer, wie er es nie erwartet hätte. Jahrelang war er von Revier zu Revier gezogen, immer dorthin, wo er glaubte, am meisten gebraucht zu werden. Traurigerweise brauchte man seine Gabe so gut wie überall, also hatte er sich irgendwann entschlossen, in Wilmington sesshaft zu werden.

Wenn Detective Malory anfing, ihn zu bespitzeln, und mehr herausfand, als sie sollte, dann konnte er nicht länger bleiben. So viel dazu, sesshaft zu werden. So viel zu seinem Zuhause.

Er musste Hope Malory entweder zu seiner Freundin machen oder sie loswerden. Sie schien nicht wie die Art Frau, die man einfach loswerden konnte, wenn sie sich erst einmal in etwas verbissen hatte, und er war sich nicht sicher, ob er sich mit ihr anfreunden konnte. Sie schien nicht der freundliche Typ zu sein.

Wieder betrachtete Malory sein Wohnzimmer mit kritischem Blick. „Irgendwas stimmt hier nicht", sagte sie nachdenklich. „Verstehen Sie mich nicht falsch, es ist sehr hübsch hier. Sie haben gemütliche Möbel und schöne Bilder an den Wänden. Alles passt ganz gut zusammen, und die Lampen stammen nicht aus dem Discounter oder vom Flohmarkt …"

„Aber?", hakte Gideon nach.

Sie sah ihn wieder mit ihren merkwürdigen blauen Augen an. „Der Fernseher ist klein und billig, und das Telefon ist ein altes mit Kabel. Die meisten ledigen Männer, die etwas Geld verdienen, haben eine ordentliche Stereoanlage. Sie dagegen haben einen Gettoblaster, für den sich jeder 15-Jährige, der etwas auf sich hält, schämen würde, auch wenn er ihn nur für den Strand braucht. Hatten Sie eine Pechsträhne?"

Wie konnte er ihr beibringen, dass seine Elektrogeräte es an sich hatten, ohne Vorwarnung zu explodieren? Er besaß noch zwei kleine Fernseher, die in einem Gästezimmer untergebracht waren. Sie standen bereit für die Zeit, wenn dieser hier den Geist aufgab, und er hatte auch noch nie Glück mit schnurlosen Telefonen oder Digitaluhren gehabt. Er konnte sich einem Fahrzeug, das mit Computerchips funktionierte, nicht nähern, deshalb fuhr er die älteren Modelle. Wenn er in ein Flugzeug stieg, was selten genug vorkam, musste er einen mächtigen Schutzzauber tragen, den nur Dante für ihn erschaffen konnte. Er verbrauchte Handys wie andere Leute Papiertaschentücher.

„Ich sehe nicht viel fern. Höre auch nicht gern Musik. Schnurlose Telefone sind nicht abhörsicher."

„Und Ihre Telefonate müssen unbedingt absolut abhörsicher sein, weil …?"

Genug war genug. Gideon stand langsam auf. Er ließ seinen Drink stehen und durchquerte den Raum, um sich neben sie zu stellen. „Warum fragen Sie nicht einfach?", fragte er leise.

„Was fragen?"

„Fragen Sie mich, ob ich meine Finger schmutzig gemacht habe."

Sie sah ihm in die Augen und brach den Blickkontakt nicht. „Haben Sie?"

„Nein."

Ihr Schrecken ließ langsam nach. „Irgendwas hier stinkt bis zum Himmel. Ich habe nur noch nicht herausgefunden, was."

„Es ist das Geld. Es fällt den Menschen schwer, zu glauben, dass jemand ein Cop sein will, wenn er eine andere Wahl hätte."

„Es ist mehr als das Geld, Raintree. Sie sind gut. Sie sind *zu* gut."

Er beugte sich zu ihr vor, und sie wich nicht zurück. Sie roch gut. Sie roch sauber und süß und verlockend. Sie roch gemütlich und vertraut. Seine Finger ballten sich zusammen, er musste der Versuchung widerstehen, die Hand auszustrecken und sie zu berühren. Nur ein Finger auf ihrer Wange oder eine Berührung ihres Kiefers, das war alles, was er wollte. Er behielt seine Hände bei sich.

„Ich habe meine Wahl vor langer Zeit getroffen. Ich mache diesen Job nicht, weil ich es muss. Ich habe genug Geld auf der Bank, um nur am Strand herumzuhängen, wenn mir danach wäre. Ich könnte einen Job im Kasino meines Bruders bekommen …", solange er sich weit, weit von den Spielautomaten entfernt hielt, „… oder mich auf unser Familienanwesen zurückziehen und überhaupt nichts tun. Aber als meine Eltern ermordet wurden, waren es eine paar Detectives und eine Handvoll Hilfssheriffs, die den Mörder gefasst und hinter Gitter gebracht haben. Es ist ein wichtiger Job, und ich mache ihn, weil ich es kann."

Und weil er keine andere Wahl hatte.

Ihr Gesichtsausdruck verriet ihm nichts. Überhaupt nichts.

Sie ist böse, Daddy. Sehr, sehr böse. Hatte Emma ihn vor Sherry Bishops Mörderin gewarnt? Oder vor seiner neuen Partnerin?

4. KAPITEL

*S*ie hatte die falsche Frau umgebracht.

Tabby saß in der hintersten Ecke des Coffeeshops. Sie sah sich das Flussufer vor dem großen Fenster nicht an, auch wenn es dort an einem so warmen Sommerabend geschäftig zuging. Stattdessen beobachtete sie die Kunden und die Angestellten im Café. Sie hätte nicht gedacht, dass ein Laden, der Kaffee und Kekse verkaufte, um diese Zeit noch so voll sein würde. Es war Montagnacht, und die Tische waren besetzt mit Touristen und Stammkunden, die ihren Entkoffeinierten tranken und dazu riesige Kekse aßen. Viele der Stammkunden und die zwei jungen Kellnerinnen, die Dienst hatten, schnieften, wenn sie an die verstorbene Sherry Bishop dachten. Okay, sie hatte einen Fehler gemacht. Wenigstens kam sie für ihre Mühen in den Genuss, die Angst und den Schmerz im Coffeeshop in sich aufzusaugen. Immerhin war die Übung letzte Nacht keine komplette Zeitverschwendung gewesen.

Bis Tabby die Abendnachrichten gesehen hatte, war ihr nicht klar gewesen, dass sie die falsche Frau umgebracht hatte. Sie hatte sich zufrieden gefühlt und war langsam von ihrem natürlichen High heruntergekommen. Dadurch hatte sie fast den ganzen Tag geschlafen. Nachdem sie aufgewacht war, hatte sie einige Zeit damit verbracht, ihre neuesten Souvenirs zu betrachten. Eines Tages würde sie einen Weg finden, diese Andenken für eine mächtige Magie zu verwenden, die ihr die Gaben derer, die sie umgebracht hatte, verleihen konnte. Zu dieser Zeit hatte sie noch gedacht, ihr neuestes Opfer sei eine Raintree gewesen und deshalb noch mächtiger als die anderen, also hatte sie das, was sie genommen hatte, mit Ehrfurcht und, ja, sogar Freude berührt. Jeder besaß eine Gabe, die man ihm nehmen konnte, einige Gaben wurden verschwendet oder missachtet oder gar nicht erst entdeckt, aber das, was sie in der Hand hielt, war Raintree.

Und dann hatte sie den Fernseher angeschaltet, um die Abendnachrichten zu sehen, nur um herauszufinden, dass das, was sie an sich genommen hatte, überhaupt nicht zu einer Raintree gehörte.

Wer hätte gedacht, dass zwei Frauen mit pinkfarbenen Haaren sich eine Wohnung teilten? Sie nippte an ihrem kalt gewordenen Kaffee. Cael würde sie umbringen, wenn er es herausfand, es sei denn, sie machte ihren Fehler wieder gut, und zwar pronto. Sie hatte gehofft, Echo Raintree würde heute Abend hier sein, damit sie dem Mädchen irgendwohin folgen konnte, um endlich ihren Job zu erledigen. Aber dieses Glück war ihr nicht vergönnt, jedenfalls noch nicht. Der Mord beider Mädchen würde ein paar Augenbrauen in die Höhe treiben, das wusste sie, aber welche Wahl blieb ihr schon? Keine.

Bisher war Echo nicht aufgetaucht. Vielleicht hatte sie sich irgendwo verkrochen und beweinte den Tod ihrer Mitbewohnerin, aber sie würde mit Sicherheit nicht die ganze Woche fortbleiben. Wenn alles andere versagte, gab es immer noch die Beerdigung. Tabby wusste noch keine Details, aber diese Informationen würden noch früh genug an die Öffentlichkeit gelangen. Echo konnte ihr auf keinen Fall fernbleiben. Es musste einfach noch diese Woche passieren.

Wenn Echo Raintree eine Vision hatte, die ihr sagte, was bevorstand, und wenn sie ihre Familie warnte, dann könnte es sein, dass nicht alles so glattlief wie geplant.

Als die Tür aufging, drehte Tabby automatisch den Kopf und sah, wie zwei Menschen den Coffeeshop betraten. Ihr Herz setzte einen Schlag aus. Mist, verdammter. Gideon Raintree. Ihr lief buchstäblich das Wasser im Munde zusammen. Sie begehrte Gideon noch viel mehr, als sie Echo je begehrt hatte, aber sie hatte den Befehl, abzuwarten. Cael sagte, einen Cop umzubringen würde zu viel Wirbel machen, zu viele Fragen aufwerfen. Später in der Woche, wenn es fast an der Zeit war, konnte sie Gideon umbringen, aber nicht heute Nacht.

Tabby glaubte nicht, dass jemand sie gestern Nacht in der Nähe des Tatorts gesehen hatte, aber sie war trotzdem froh, dass sie sich entschieden hatte, die kurze, brünette Perücke zu tragen. Ihr Kopf war heiß und juckte bereits, aber sie musste sich wenigstens keine Sorgen darum machen, dass jemand sie erkannte. Sie konnte sich entspannt zurücklehnen und einfach beobachten.

Gideon und die Frau, die er bei sich hatte, setzten sich in eine Ecke, in der sie das ganze Restaurant im Blick hatten. Sie waren zwanglos angezogen, die Frau ganz in Schwarz, Raintree in Jeans und einem ausgewaschenen T-Shirt. Beide waren bewaffnet, aber sie hatten ihre Waffen versteckt. Sie trugen beide Halfter am Fußgelenk, und ihre Marken zeigten sie auch nicht offen. War das ein offizieller Besuch? Natürlich war es das. Sie suchten nach Sherry Bishops Mörder.

Tabby betrachtete die Frau bei Raintree aus dem Augenwinkel. Cael hatte ihr befohlen, Gideon noch nicht um die Ecke zu bringen, aber was war mit der Frau? War sie seine Freundin? Ein Cop? Das Halfter ließ auf Cop schließen, aber vielleicht war die Frau sowohl Kollegin als auch Bettgefährtin. Irgendwas war da im Busch. Das Paar am anderen Ende des Raumes strahlte keine Angst und auch keine Traurigkeit aus, aber da war eine Energie. Sexuelle, ein bisschen bittere, unsichere Energie. Was die Beziehung auch sein mochte, die Frau umzubringen würde Raintree ablenken, falls er ihr zu schnell auf die Schliche kam. Es würde allerdings auch ziemliches Aufsehen erregen, und das wollte Cael bestimmt noch nicht.

Tabby wurde unruhig, während sie dasaß und wartete. Zu wissen, dass sie einen Fehler gemacht hatte, verdarb ihr die Freude am Ausflug von letzter Nacht. Sie wollte mehr. Sie wollte immer mehr. Sie hatte diesen Job ohnehin bereits gründlich versaut – was also würde es schon ausmachen, wenn sie einen Cop umbrachte? Die Frau loszuwerden würde Gideon ablenken, und er musste abgelenkt werden. Sie musste seine Aufmerksamkeit von Echo ablenken und von der verdammten falschen toten Frau.

Da sowieso schon alles schiefgelaufen war und Tabby sich nicht traute, sich mit Cael in Verbindung zu setzen, ehe ihr Job erledigt war, kam es auf seine Anweisungen sowieso nicht mehr so sehr an. Solange Echo und Gideon beide am Ende der Woche tot waren, würde er ihr alle Fehler vergeben, die sie auf dem Weg dahin machte. Sie konnte die Polizistin und Gideon jederzeit aus der Ferne erschießen, aber das war nicht, was sie wollte. Tabby war es egal, wie sie die Frau umlegte, aber bei Gideon war das eine ganz andere Sache.

Gideon Raintree war ein Mitglied der königlichen Familie, zweiter in der Erbfolge zum Dranir, mächtig auf eine Art, die sie sich nicht einmal richtig vorstellen konnte. Wenn sie ihn umbrachte, dann musste es aus nächster Nähe geschehen. Sie wollte ihn berühren, wenn sie das Messer, das Sherry Bishops Leben beendet hatte, in sein Herz versenkte. Sie wollte sein Blut auf ihren Händen, und ein Andenken oder zwei für ihre Sammlung.

Auch wenn sie noch keinen Weg gefunden hatte, die Gaben zu stehlen, nach denen sie sich sehnte, zog sie Energie aus ihren Andenken. Sie behandelte sie auf eine bestimmte Art, trocknete sie und bewahrte sie in einem besonderen Lederbeutel auf, der jedes Jahr schwerer wurde. Diese Erinnerungen gaben ihr Kraft, wenn sie dazu gezwungen war, sich zurückzuhalten. Cael bestand darauf, dass sie sich zusammenriss, dass sie vorsichtig war und keine Aufmerksamkeit auf sich und ihre

Gaben lenkte. Noch nicht. Nicht, solange sie nicht genommen hatten, was rechtmäßig ihnen gehörte. Sie war sehr zurückhaltend und vorsichtig gewesen bei den Spielen, die sie gespielt hatte, aber all das würde sich bald ändern.

Ja, sie könnte ihr Opfer aus der Ferne erledigen, aber Gideon Raintree umzubringen würde ein so mächtiger und köstlicher Moment sein, dass sie noch nicht bereit war, ihn als Mittel zum Zweck aufzugeben.

* * *

Dienstag – 7:40 Uhr

Frühstücksbüfett im Hilton, hatte Raintree ihr gestern Abend gesagt. Es war eine Tradition, dass sich die Detectives vom Wilmington PD jeden Dienstagmorgen dort trafen. Hope parkte ihren Toyota vor dem Hotel und ging ins Restaurant. Dabei strich sie sich unbewusst die Falten aus ihren schwarzen Hosen und rückte die Jacke über ihren Hüften zurecht. Sie kam zehn Minuten zu spät. Ihre Mutter hatte ihr ein Ohr abgekaut, als sie den Laden verlassen hatte, und es war nicht leicht gewesen, überhaupt wegzukommen.

Die Gruppe, in die man sie eingeladen hatte, war leicht auszumachen. Ein runder Tisch in der Mitte des Restaurants wurde von neun Männern belegt, alle in Anzügen, alle Detectives in Wilmington. Raintree stach heraus, auch aus dieser Gruppe gleich angezogener Männer, die alle fast den gleichen Job hatten. Er hätte genauso gut im Scheinwerferlicht stehen können, so sehr zog er die Blicke auf sich. Die Männer redeten miteinander und übereinander hinweg, während sie ihren Kaffee tranken und Eier mit Speck und dazu kleine weiche Brötchen aßen. Hope hielt den Kopf stolz nach oben, als sie auf die Männer zuging. Nicht lange, und ein paar Köpfe drehten sich zu ihr. Augenbrauen hoben sich. Münder standen offen.

Hope war an die ersten Reaktionen, die sie normalerweise hervorrief, gewöhnt. Sie sah nicht wie ein Cop aus, und am Anfang schlug ihr immer Ablehnung entgegen, zusammen mit einer unausgesprochenen Frage. Hatte sie sich hochgeschlafen? Und wenn nicht, würde sie es noch tun? Sie musste sich geschäftsmäßiger, distanzierter und engagierter geben als jeder Mann in ihrem Beruf. Sie hätte Raleigh nie verlassen, wenn es ihre Mutter nicht gäbe. Nichts und niemand sonst hätte sie dazu gebracht, diese unerquickliche Zeit ein zweites Mal über sich ergehen zu lassen.

Der einzige freie Platz am Tisch war neben Raintree. Sie setzte sich und stellte sich den anderen Detectives vor. Nach der anfänglichen Fragerunde wendeten sich die Männer wieder ihrer Diskussion zu: Wo sollten sie sich morgen zum Lunch treffen?

Schließlich drehte sich das Gespräch doch vom Essen zu Fällen, die gerade untersucht wurden, einschließlich – aber nicht ausschließlich – Sherry Bishops Mord. Raintree hatte an mehreren Stellen, auf staatlicher und auf Bundesebene, Akten von Morden angefordert, die während der letzten sechs Monate nach dem gleichen Schema begangen wurden, und am Nachmittag würde er den Großteil dieser Akten auf seinem Schreibtisch haben – und auf ihrem. Während sie sich über den Fall unterhielten, wurden ihr einige wichtige Dinge fast sofort klar. Gideon Raintree war ein guter Cop, und die Männer, mit denen er arbeitete, respektierten und mochten ihn.

Hope gestattete es sich, ein wenig zu entspannen. Wenn Raintree schmutzige Geschäfte machte, würden die anderen das wissen oder zumindest vermuten, und ihm mit Misstrauen, Distanz oder Neugier gegenübertreten. Am Tisch konnte sie nichts davon entdecken. Letzte Nacht war sie noch so überzeugt davon gewesen, dass Raintree auf irgendeine Art mit den Verbrechen, die er aufklärte, zu tun hatte. Jetzt war sie sich nicht mehr so sicher.

Wollte sie glauben, dass er ein ehrenhafter Mann war, weil er so charmant und gut aussehend war – und sie so zur Weißglut brachte? Hope wollte nicht oberflächlich sein. Sie wollte nicht wie die Frauen sein, die Männer nach ihrem Aussehen und ihren wohlüberlegten Worten beurteilten, ohne je hinter ihre Fassade zu blicken. Wie sollte man so auch beurteilen können, wie ein Mann wirklich war? Ihn gut genug kennenzulernen war zu schmerzhaft. Wenigstens war es das für sie bisher immer gewesen.

Irgendwann waren die Detectives doch fertig mit ihrem Essen und lösten sich einer nach dem anderen vom Tisch, um ihren Tag zu beginnen. Hope und Raintree traten gemeinsam hinaus in den sonnigen, warmen Morgen.

„Was haben wir heute vor?", fragte Hope, als sie auf den überfüllten Parkplatz gingen. Ihre Absätze klopften auf den Asphalt. Gideons Schritte waren langsamer, gleichmäßig und rhythmisch.

„Ich will mich noch einmal in der Wohnung umsehen. Vielleicht könnten Sie den Papierkram in Ordnung bringen, ehe die Akten kommen, die ich angefordert habe. Die Befragungen der Nachbarn müssen noch abgetippt werden. Wir werden erst in ein oder zwei Tagen einen Bericht vom Kriminallabor erhalten, aber Sie könnten anrufen, damit alles etwas schneller geht."

Hope versuchte – sehr fest – sich nicht ärgern zu lassen. „Ich bin nicht Ihre Sekretärin, Raintree."

„Das habe ich auch nicht gesagt."

„Sie wollen, dass ich mich um den Papierkram kümmere, während Sie die Untersuchungen anstellen."

„Leon hat das nichts ausgemacht."

„Ich bin nicht Leon."

Er hielt ein paar Schritte vor seinem Auto an und sah langsam zu ihr hinunter. „Das ist mir durchaus klar, Detective Malory."

„Ich werde heute fahren", sagte sie.

„Ich sollte lieber …"

„Ich werde fahren", sagte sie diesmal langsamer. Sie weigerte sich, von ihm dominiert zu werden. Am besten zeigte sie ihm sofort, dass man sie nicht einfach herumschubsen konnte.

In Raintrees grünen Augen blitzte etwas auf. Vielleicht Belustigung. Jedenfalls gab er nicht auf. Trotzdem sagte er nur: „Okay, wenn Sie darauf bestehen."

Ihr Toyota stand nur ein paar Schritte entfernt von seinem Mustang. „Wollen Sie das Verdeck schließen?", fragte sie und zeigte auf sein Cabrio.

„Schon in Ordnung", sagte er nachlässig.

Sie zog ihre Schlüssel aus einem Seitenfach ihrer Handtasche und schloss die Tür auf. Sie öffnete die Fahrertür, während Raintree noch innehielt, um sich ihren Wagen anzusehen.

Er legte wie nebenbei eine Hand auf die Motorhaube und sagte: „Schönes Auto. Wie ist es im Verbrauch?"

Sie musste fast lachen. „Bestimmt besser als Ihr Benzinschlucker."

Er entfernte sich vom Auto und nahm gelassen seinen Platz auf dem Beifahrersitz ein. Gestern hatte er noch darauf bestanden, zu fahren, aber heute schien er seine Rolle als Beifahrer zu akzeptieren. Vielleicht konnte diese Partnerschaft doch ganz gut funktionieren. Hope schloss ihren Gurt und drehte den Schlüssel in der Zündung. Nichts geschah.

Sie versuchte es noch einmal. Es klickte, das war alles.

„Klingt, als sei Ihr Anlasser kaputt", sagte Raintree ruhig, während er die Beifahrertür öffnete und ausstieg. „Ich kenne da jemanden", sagte er, als er seinen Schlüssel aus der Tasche zog und auf sein eigenes Auto zuging. „Ich gebe Ihnen seine Nummer, und Sie können nachkommen, wenn Sie hier …"

„Oh nein." Hope verschloss ihr Auto und folgte Raintree. Ihre Schritte waren kürzer als seine, aber nicht weniger entschlossen. „Ich werde mich später um den Wagen kümmern. Sie lassen mich hier nicht stehen."

Er warf einen Blick über seine Schulter. „Sie sind sehr engagiert, Detective Malory."

Sie konnte jetzt, wo ihm die strahlende Sonne ins Gesicht schien, die feinen Linien um Raintrees Augen erkennen. In seiner Jugend war er wahrscheinlich ein hübscher Junge gewesen, und es blieb noch genug von dieser Schönheit übrig, um ihn interessant zu machen. Aber er war kein Kind mehr. Und das war sie auch nicht.

„Ich bin stur", sagte sie. „Gewöhnen Sie sich dran."

Er grinste, als er die Beifahrertür seines Autos für sie öffnete und wartete, bis sie sich setzte. Das tat sie, und dann sah sie zu ihm hoch. „Machen Sie das nicht noch einmal", sagte sie leise.

„Was genau?"

„Mich behandeln, als hätten wir eine Verabredung. Ich bin Ihre *Partnerin*, Raintree. Haben Sie je die Tür für Leon aufgehalten?"

„Nein, aber er war hässlich wie die Sünde und hatte fette, haarige Beine."

Sie warf ihm einen wütenden Blick zu und antwortete nicht.

„Na gut", sagte er, während er um das Auto herumging. „Sie sind einer von uns. Nur ein weiterer Cop, nur ein weiterer Partner."

„Ganz genau." Sie war immer noch sauer wegen ihres Wagens, aber sie würde nicht herumstehen und auf den Mechaniker warten, während Raintree zum Tatort fuhr und versuchte, alle Hinweise zusammenzusetzen, die ihnen gestern vielleicht entgangen waren.

Hope glaubte im tiefsten Inneren nicht mehr daran, dass Gideon Raintree schmutzige Geschäfte machte, aber sie hatte auch keine Beweise, die das Gegenteil bezeugten, und sie kannte ihn nicht gut genug, um sich ganz auf ihren Instinkt zu verlassen. Sie hatte sich schon mehr als einmal die Finger an Männern verbrannt, die nicht gewesen waren, was sie zu sein schienen. Das würde ihr nicht noch einmal passieren.

Raintree lenkte sein Cabrio vom Parkplatz. „Leon hat mich Gideon genannt. Wenn Sie dazu entschlossen sind, dranzubleiben, bis wir diese ganze Partnergeschichte auf die Reihe bekommen haben, können Sie genauso gut das Gleiche tun."

Ihn beim Vornamen zu nennen fühlte sich so vertraut an. So freundschaftlich. Wie konnte sie freundschaftlich mit Raintree umgehen, wenn sie ihn noch immer im Verdacht hatte, dass er korrupt sein könnte?

Vielleicht war er wirklich einfach nur ein guter Cop. Vielleicht war er ein genauso großartiger Detective, wie er zu sein schien. Vielleicht waren seine Motive ganz und gar edel. Wenn das alles so war, würde sie mit ihm arbeiten. Und dahinterkommen, warum er so gut war.

In Wahrheit gab es noch mehr, das sie zögern ließ. Trotz ihrer bodenständigen Art und ihrer Hingabe an ihre Karriere hatte sie noch nie viel Glück mit Männern gehabt. Sie suchte sich immer den Falschen aus. Wenn man sie in ein Zimmer mit zwanzig netten Männern und einer Niete schicken würde, sie würde sich jedes Mal die Niete aussuchen. Sie hatte vom ersten Augenblick die – ungewollte – Anziehungskraft zwischen sich und Gideon Raintree gespürt; sie ließ sie nicht abstreiten. Aber das Letzte, was Hope jetzt gebrauchen konnte, war es, sich mit noch einer Niete einzulassen.

„Okay, dann also Gideon", sagte sie. „Dann können Sie mich wohl genauso gut Hope nennen."

Das halbe Lächeln, das in seinem Gesicht aufblitzte, ließ ihn aussehen, als wüsste er etwas, das er ihr vorenthielt, als würde er einen Witz verstehen und sie nicht. „Sie klingen so begeistert – wie könnte ich da ablehnen?"

Die Wohnung sah immer noch genauso aus wie gestern. Es war nur ruhiger geworden. Toter. Sherry Bishop sah ihm nicht mehr über die Schulter und beklagte die Ungerechtigkeit, tot zu sein und ihre neuen Stiefel nie getragen zu haben. Keine Polizisten und keine Nachbarn standen auf dem Flur herum und beobachteten ihn. Da waren nur er und Malory, die versuchten, dieses bizarre Verbrechen zu klären.

Seine neue Partnerin stand nahe bei der Tür und überblickte den Tatort mit ihren berechnenden Augen. Sie war still, als verstünde sie, dass er Ruhe brauchte, und seinen Freiraum, um seine Arbeit zu erledigen. Am Anfang war sie eine Ablenkung gewesen, aber er hatte sich bereits an ihre Gegenwart gewöhnt. Es hatte fast ein Jahr gebraucht, bis er sich mit Leon so wohlgefühlt hatte.

Die Fensterläden waren offen, um natürliches Morgenlicht in die

Wohnung zu lassen. Die zerfetzte Couch, die Blutflecken und die mutwillige Zerstörung sahen im Tageslicht obszön aus, fehl am Platz, böse und *falsch.*

Jetzt, in der Mitte des Apartments, konnte Gideon fast vor sich sehen, in welcher Reihenfolge alles passiert war. Es hatte spät am Abend an der Tür geklingelt. Eine Frau hatte Sherry Bishop gesagt, dass sie eine Pizza auszuliefern hatte. Sie hatte die Tür geöffnet, die Frau war hereingestürmt, und …

„Irgendwas an dem Messer war komisch."

Gideon drehte sich um und sah ein sehr schwaches Abbild von Sherry, die auf der Couch saß, wie sie es auch im Leben immer getan hatte. Nur war die Couch jetzt zerfleddert, und sie war tot.

„Das Messer", flüsterte er, als er in die Hocke ging, damit er auf Augenhöhe mit ihr war. Aus diesem Blickwinkel war sie nicht ganz so durchsichtig.

„Was?" Hope trat einen Schritt auf ihn zu.

Er bedeutete seiner neuen Partnerin mit einer gehobenen Hand, still zu sein. Sie hasste das, und das wusste er, aber er wollte Sherry nicht verschrecken. Er konnte es sich nicht leisten, wegzusehen, denn wenn er es tat, konnte er sie verlieren. Der Geist vor ihm würde nicht lange bleiben, nicht in diesem Zustand. „Ich denke nur laut nach", sagte Gideon, ohne Hope anzusehen.

„Oh."

„Was ist mit dem Messer?", fragte er leise.

„Es sah antik aus, verstehst du?", sagte Sherry. „Ich glaube, es war aus Silber, und am Griff war irgendwas Besonderes."

„Wie besonders?"

„Ich konnte nicht den ganzen Griff erkennen, weil diese Psychoschlampe es festgehalten hat, aber es sah wie eine Gravur aus. Wörter, denke ich."

„Was stand drauf?"

Der Geist zuckte mit den Schultern. „Ich weiß nicht. Es war, glaube ich, kein Englisch. Ich habe in diesem Moment nicht versucht, zu *lesen.*" Sie begann bereits zu verschwimmen. „Sie war echt wütend. Wieso war sie so wütend? Ich habe nie irgendwas getan …"

Sherry verblasste nicht, sie verschwand sofort. Gideon blieb vor dem Sofa hocken und dachte nach. Sie schien sich sicher gewesen zu sein, dass die Killerin schon vorher gemordet und verstümmelt hatte. Vielleicht würde er am Nachmittag, wenn er sich an die alten Fälle setzte, herausfinden, ob das stimmte oder nicht. Sie hatten nicht nur die Waffenart und die Wunde, sondern auch den fehlenden Finger und das abgeschnittene Stück Kopfhaut, um die Fälle abzugleichen. Diese Killerin nahm sich Andenken, und das war der Schlüssel, der ihn zu früheren Opfern führen würde, wenn es welche gab.

Eine Frau war eine ungewöhnliche Tatverdächtige für einen Serienmord, aber es war nicht unmöglich. Was hatte die Killerin an Sherry Bishop interessiert? Was hatte ihre Aufmerksamkeit auf sich gelenkt und sie hergeführt?

Er konnte fühlen, wie Hope den Raum durchquerte. Sie bewegte sich sanft und leise, aber er spürte ihre Energie, spürte, wie sie näher kam.

„Sie machen mir ein wenig Angst", sagte sie, als sie hinter ihm stehen blieb.

„Tut mir leid." Gideon stand auf und drehte sich zu ihr um. „Ich will, dass ein paar Kollegen die Gegend nach dem Messer absuchen."

„Das haben sie gestern schon getan."

„Ich will, dass sie es noch einmal machen. Wahrscheinlich hat die Killerin es noch bei sich, aber wir können nichts riskieren. Wir brauchen die Tatwaffe."

„Die könnte genauso gut im Fluss liegen", wandte sie ein.

„Ich hoffe, dass Sie sich irren." Sherry hatte ihre Mörderin nicht erkannt, also konnte er nicht nach einem Namen suchen, nur nach der vagen Beschreibung, den Verstümmelungen ... und dem Messer.

Hopes Blick wurde etwas weicher. „Sie nehmen diesen Fall ziemlich persönlich. Kannten Sie Sherry Bishop besser, als Sie es zugeben?"

„Ich nehme alle meine Fälle persönlich", antwortete er.

Hope musterte ihn sorgfältig, als würde sie versuchen, herauszufinden, was ihn zum Ticken brachte. Viel Glück dabei.

Plötzlich tauchte Emma hinter Hope auf. Sie riss die Augen auf, sah zum Fenster und schwebte mit rudernden Armen auf sie zu, als würde sie ihr einen Stoß geben wollen. „Runter!"

Ohne zu zögern, ohne sich überhaupt zu fragen, warum Emma erschienen war, obwohl er nicht schlief, stürzte sich Gideon auf Hope und warf sich zusammen mit ihr zu Boden. Sie fielen in und durch Emmas Abbild, ehe das Mädchen verschwand. Für einen Augenblick fühlte sich die Berührung des Kindes, das behauptete, seine Tochter zu sein, kalt an. Er und Hope prallten auf den Boden auf, als über ihnen das Fenster zersprang und eine Kugel sich in die Wand grub. Sie lagen einen Moment einfach da, ihr Körper gequetscht unter seinem Gewicht.

Ein Strom aus Elektrizität fuhr durch seine Arme, seine Beine und seinen Rumpf. Nicht überall, aber überall dort, wo er Hope berührte, flackerte eine ungewöhnliche Spannung auf, die er nicht kontrollieren konnte. Dass sie es auch spürte, merkte er daran, wie sie unter ihm zusammenzuckte.

Nach dem Schuss war alles still, bis sie die erschreckten Schreie der Nachbarn zwei Stockwerke unter ihnen hörten.

Gideon rollte sich von Hope herunter, zog seine Waffe und ging geduckt zum zersprungenen Fenster. Sie war direkt hinter ihm, mit der Pistole in der Hand. Er spähte vorsichtig durchs Fenster und versuchte zu erkennen, woher der Schuss gekommen war. An einem offenen Fenster am Gebäude gegenüber bewegten sich die ausgeblichenen Vorhänge sanft im Wind. „Bleiben Sie hier, am besten in Bodennähe", befahl er ihr, als er aufsprang und zur Tür rannte.

„Bestimmt nicht."

Er hatte keine Zeit, sich mit ihr zu streiten. Jetzt nicht. Sie wollte wie eine richtige Partnerin behandelt werden? Na gut. „Zweiter Stock, viertes Fenster von Süden. Ich gehe rauf. Sie kümmern sich um Verstärkung und beobachten den Eingang. Niemand verlässt das Gebäude."

Dieses Mal widersprach sie ihm nicht.

Hope blieb an der Eingangstür des Apartmentgebäudes stehen, während Gideon ins Treppenhaus rannte. Jeder, der das Gebäude verlassen wollte, musste entweder durch diese Tür kommen oder um die Ecke, die nur ein kurzes Stück daneben lag. Wenn der Schütze das Gebäude nicht bereits verlassen hatte, saß er in der Falle. Sie meldete die Schüsse aus dem Gebäude und wartete. Warten war nie ihre Stärke gewesen, aber manchmal musste es eben sein. Unglücklicherweise gab es ihr Zeit, darüber nachzudenken, was gerade geschehen war, und im Moment wollte sie lieber nicht nachdenken.

Hatte Raintree gesehen, wie sich das Sonnenlicht am Waffenlauf brach? Hatte er etwas Ungewöhnliches gehört, das ihn gewarnt hatte? Er hatte sie den Bruchteil einer Sekunde zu Boden geworfen, *ehe* der Schuss fiel, also musste er etwas gesehen oder gehört haben. Das Problem war nur, dass er die Wand angesehen hatte, nicht das Fenster, also konnte er gar nichts gesehen haben. Das Fenster war geschlossen gewesen, also war es auch so gut wie unmöglich, dass er etwas auf der ge-

genüberliegenden Straßenseite gehört hatte. Instinkt? Nein. Zu über-
sinnlich. Sie weigerte sich, so etwas in Betracht zu ziehen. Die zwei
Wirrköpfe in ihrer Familie reichten ihr vollkommen.

Doch sie musste nicht nur über außergewöhnliche Intuition nachdenken. Als Gideon Raintree auf ihr gelandet war, war etwas Seltsames geschehen. Natürlich hatte sie schon einmal gehört, dass man von
der Chemie her gut zusammenpassen konnte; sie hatte es sogar ein-
oder zweimal selbst erlebt. Sie hatte auch schon davon gehört, dass
man sexuelle Anziehung als Funken bezeichnete.

Aber sie hatte noch nie vorher einen richtigen Funken gespürt. Einen knallenden, geladenen Funken. Als Gideon auf ihr gelandet war,
war es, als hätte sie den Finger in eine Steckdose gesteckt. Ein elektrischer Schlag war ihr durch den Körper gefahren, von ihren Zehenspitzen bis in die Kopfhaut. Als hätte ein Blitz in ihr Blut eingeschlagen.
Für einen Augenblick hatte sie gegen den Impuls ankämpfen müssen,
diesen Mann mit aller Kraft an sich zu ziehen, seine Energie in sich
aufzunehmen und mehr zu begehren.

Sie versuchte, diesen Moment als Einbildung abzutun, aber ihre
Einbildungskraft war nicht besonders ausgeprägt. Sie hatte *irgendetwas* gespürt; sie wusste nur nicht, wie sie es nennen sollte.

Hope wollte Gideon wirklich gerne in den zweiten Stock folgen,
aber bis die Verstärkung ankam, konnte sie nirgendwo hingehen. Sie
konnte nicht anders, als sich zu fragen, was Raintree vorfinden würde.
War der Schütze immer noch dort oben?

Ein Mann mit einer solchen Aufklärungsrate hatte sich über die
Jahre bestimmt eine Menge Feinde gemacht. Es gab einen offenen Fall,
den er nach Monaten immer noch untersuchte. Hatte Frank Stiles,
Gideons Hauptverdächtiger, den Schuss abgefeuert? War Gideon der
Sache zu nahe gekommen? Oder hatte der Schütze etwas mit dem
Bishop-Mord zu tun?

Endlich kam ein Streifenwagen. Hope befahl den beiden Uniformierten, ihren Platz an der Tür zu übernehmen. Sie rannte in das Gebäude und zur Treppe, genau wie Gideon einige Minuten vorher.
Sie hatte schon vorher Partner gehabt, und einige von ihnen waren
Freunde geworden. Sie hatte einige verloren, weil sie in den Ruhestand gegangen waren oder eine Beförderung bekommen hatten, aber
sie hatte nie einen an eine Kugel verloren. Jetzt war nicht der richtige
Zeitpunkt, um damit anzufangen.

Sie begegnete Gideon auf dem Treppenabsatz im ersten Stock. „Die

Wohnung ist leer", sagte er. „In den zwei anderen reagiert niemand auf mein Klopfen. Wer ist an der Tür?"

„Zwei Kollegen. Sie lassen niemanden rein oder raus."

Sie nahmen sich die Wohnungen im ersten Stock vor, Gideon an einer Seite, Hope an der anderen. Niemand hatte etwas gesehen, auch wenn alle die Schüsse gehört hatten. Zu viele Wohnungen standen leer, und die Türen waren verschlossen. Weitere Polizisten erschienen, der Hausmeister wurde aufgetrieben, und in weniger als fünfundvierzig Minuten hatten sie das ganze Gebäude Stockwerk für Stockwerk, Wohnung für Wohnung durchsucht. Sie durchsuchten auch die schmale Straße hinter dem Haus. Zwei Mal. Der Schütze war entweder entkommen, bevor sie das Gebäude erreicht hatten, oder er war einer der Mieter, und sie hatten ihm alle in die Augen gesehen, ohne zu wissen, wer er war.

Als sie die Suche beendet hatten, setzte sich Gideon auf die Stufe vorm Eingang und starrte nachdenklich auf die Straße. Sie unterbrach ihn nicht gerne, wenn er so in Gedanken versunken war, aber es gab zu viele Fragen, um sie unbeantwortet stehen zu lassen. Außerdem hatte sie lange genug gewartet.

Sie setzte sich neben ihn, nahe, aber nicht zu nahe. „Wer will Sie umbringen?"

Er drehte sich zu ihr um. „Warum glauben Sie, dass nicht Sie das Ziel waren?"

Ihr gelang ein angespanntes Lächeln. „Ich habe den Job hier seit weniger als zwei Tagen. Ich hatte noch nicht die Zeit, mir irgendwelche Feinde zu machen. Sie, andererseits …"

Gideon sah wieder auf die Straße. „Ja."

Hope lehnte sich ein wenig zurück. „Wie konnten Sie es wissen?"

„Was wissen?"

„Sie haben mich zu Boden geworfen, ehe der Schuss abgefeuert wurde, Raintree", sagte sie. „Irgendwoher haben Sie es gewusst."

Er schwieg einen Augenblick. „Beschweren Sie sich darüber?"

„Nein, aber ich bin trotzdem neugierig."

„Neugierde kann gefährlich sein."

Sie wollte auch nach dem Funken, den sie gespürt hatte, fragen, aber was, wenn er einseitig gewesen war? Vielleicht hatte sie sich den Blitzschlag nur eingebildet, und es war nur die Überraschung und ihre zögerliche körperliche Anziehung zu ihm gewesen, die sie von Kopf bis Fuß hatte kribbeln lassen. Und vielleicht hatte sie nur Funken gespürt, als Gideon auf ihr gelandet war, weil sie seit zwei Jahren kein Mann angefasst hatte.

„Ich lebe für die Gefahr", sagte sie halb ernst.

„Wir sollten uns später darüber unterhalten."

Auch wenn sie es hasste, irgendetwas auf später zu verschieben, nickte sie und ließ ihn in Ruhe. Wahrscheinlich schuldete sie ihm das. „Okay. Und was jetzt?"

Gideon sah den Gehsteig hinauf und hinab. „Jemand muss etwas gesehen haben. Es ist helllichter Tag. Wenn der Schütze es aus dem Haus geschafft hat, muss er gerannt sein. Irgendwer hat ihn gesehen." Er sah sie an, und sie sollte verdammt sein, wenn sie nicht wieder den Blitz spürte, auch wenn sie sich überhaupt nicht berührten. „Lassen Sie uns herausfinden, wer."

5. KAPITEL

*G*ideon ging den Straßenblock vor dem Gebäude, aus dem die Schüsse gekommen waren, hinunter. Seine neue Partnerin ging direkt neben ihm auf dem Gehweg. Heute war das erste Mal gewesen, dass er Emma gesehen hatte, ohne dabei zu träumen. Sie war wirklich mehr als nur eine Einbildung. Das kleine Phantom hatte ihm das Leben gerettet, oder Hope, oder ihnen beiden. Er war sich nicht sicher, wen die Kugel getroffen hätte, wenn Emma ihn nicht gewarnt hätte. Sie war um Hope herumgewedelt, als würde sie versuchen, sie beiseitezustoßen.

Sie war kein Geist. Er war sich sicher, dass sie genau das war, was sie die ganze Zeit behauptet hatte: ein Wesen, das noch nicht auf die Welt gekommen war, ein Geist zwischen den Leben. Es musste eine ganze Menge Energie gekostet haben, ihm so zu erscheinen, wie sie es getan hatte. Jetzt konnte er Emma nicht mehr auf Albträume schieben, die ihm ein Leben zeigten, an das er nicht einmal zu denken wagte. Sie war eine Raintree, oder sie würde es eines Tages sein.

An einer Straßenecke kamen sie an einem Buchladen vorbei. Eine ältere Frau stand hinter dem Tresen nahe am Fenster und sah neugierig auf die Straße hinaus. Falls der Schütze hier entlanggekommen war, musste sie ihn gesehen haben. Gideon nickte der Frau durch die Glasscheibe zu. „Warum fragen Sie nicht die Verkäuferin, ob sie etwas gesehen hat?"

„Wollen Sie sie nicht selbst befragen?", entgegnete Hope, die bis dahin nachdenklich geschwiegen hatte.

„Ich muss einen Anruf erledigen. Familiensache", fügte er hinzu, damit seine ungewollte Partnerin wusste, dass er nicht versuchte, sie auszuschließen. Sie zögerte zuerst, aber schließlich ging sie doch in den Buchladen und ließ ihn alleine auf dem Gehsteig stehen. Er schnappte sich sein Handy und drückte eine Kurzwahltaste.

Dante nahm beim zweiten Klingeln ab.

„Wie geht's dir?", fragte Gideon – laut, weil er lautes statisches Rauschen übertönen musste. Verdammte Handys.

„Richtig bescheiden", antwortete sein Bruder.

„Das kann ich gut nachvollziehen, glaub mir. Ich will dich nicht aufhalten, aber ich muss etwas wissen. Vor etwa drei Monaten hast du mir einen Türkis geschickt."

„Ich erinnere mich."

„Das verdammte Ding war verzaubert, richtig?" Er berührte unbewusst die Schnur um seinen Hals. Im Moment lag er versteckt unter seinem Hemd und seiner Krawatte, aber er war sich der Macht des Talismans immer bewusst. Das silberne Amulett, das dort hing, war ein Schutzzauber seines Bruder. Alle neun Tage kam ein neuer Zauber per Overnight-Express. Dante bestand darauf; Gideons Job war mit einigen Gefahren verbunden. Der Türkis, der auf seinem Nachtschrank lag, war offensichtlich mit einer anderen Art von Zauber belegt gewesen.

Dante lachte. „Es überrascht mich, wie lange du gebraucht hast, um das zu merken."

„Welche Gabe genau?"

„Ein kurzer Blick in die Zukunft."

„Nahe Zukunft oder weit entfernt?"

„Darauf habe ich nicht geachtet."

Gideon lehnte sich gegen die Steinmauer des Buchladens und fluchte ausgiebig. Dante hatte die Gabe nicht auf eine bestimmte Zeit eingestimmt, aber Emma war ein Wesen, das nur darauf wartete, auf die Welt zu kommen. Und sie sagte, dass sie bald kommen würde.

Aber das musste nicht sein. Er hatte die Kontrolle. Wenn er keine Familie wollte, musste er auch keine haben. Trotz allem, was man ihm in seinem Leben beigebracht hatte, konnte er nicht glauben, dass ihm in einer so wichtigen Angelegenheit einfach keine andere Wahl blieb.

„Was hast du gesehen?", fragte Dante.

„Geht dich gar nichts an."

Dante lachte wieder und beendete dann abrupt das Gespräch, als hätte ihn jemand unterbrochen.

Hope öffnete die Eingangstür des Buchladens und steckte ihren Kopf heraus. „Raintree, ich glaube, das sollten Sie sich anhören."

Tabby ging in dem Apartment, das sie gerade erst gemietet hatte, unruhig auf und ab. Inmitten der verblichenen und staubbedeckten Möbel pumpte ihr immer noch das Adrenalin durch die Adern. Sie hatte die Frau bereits im Visier gehabt, und es wäre so leicht gewesen, sie aus dem verlassenen Apartment gegenüber von Echo Raintrees Wohnung zu erschießen. Zielen. Abdrücken. Zusehen, wie das Opfer fällt. Wegrennen. Es war ein guter, einfacher Plan. Nicht gerade ihre bevorzugte Art zu arbeiten, aber trotzdem noch gut genug, um Raintree aus der Spur zu bringen.

Doch dann hatte Gideon ihr Ziel umgeworfen, und die Patrone war verschwendet gewesen. Tabby kannte nicht alle Gaben, die Gideon besaß, aber er schien auch über hellseherische Fähigkeiten zu verfügen. Er hatte seine Partnerin den Bruchteil einer Sekunde zu Boden geworfen, *bevor* sie abgedrückt hatte.

Tabby hasste Hotelzimmer. Dort gab es keine Privatsphäre, und sie musste sichergehen können, dass niemand außer ihr selbst Zugang zu ihren Sachen hatte. Egal, wohin sie ging, sie suchte sich immer ein billiges Apartment zur Miete. Sie zahlte einen Monat im Voraus und war immer lange, ehe der Monat um war, verschwunden. Sie mied ihre Nachbarn und brachte niemals, niemals ihre Arbeit mit nach Hause.

Auf dem kleinen Küchentisch der heruntergekommenen möblierten Wohnung lagen der frisch abgetrennte Finger und das Büschel blutiger Haare. Tabby hatte sie behandelt und zum Trocknen ausgebreitet. Sie saß vor ihnen und nahm die Gefühle, an die sie so lebhaft erinnert wurde, in sich auf. Sie wollte mehr, wollte in der Lage sein, die Lebenskraft ihrer Opfer in sich aufzusaugen, aber es befriedigte sie auch schon, diese Dinge nur zu besitzen. Ihre Andenken besaßen eine wunderbar dunkle Anziehungskraft, sie beruhigten sie, wenn alles andere schieflief. Und im Moment schien es wirklich so, als würde alles schieflaufen.

Echo war immer noch nirgends zu finden, was wirklich ein Problem war. Caels Befehle waren eindeutig gewesen. Echo musste zuerst sterben. Tabby wusste, dass sie nach Hause beordert werden würde, wenn sie ihren Cousin anrief und ihm erzählte, was geschehen war. Dann würde er jemand anderen schicken, um den Job zu erledigen, bei dem sie versagt hatte, und wenn das geschah, war ihr Leben nichts mehr wert. Sie musste die Aufgabe, die man ihr übertragen hatte, erfüllen, und sie musste es selbst tun. Zuerst Echo, später in der Woche dann Gideon, möglichst zu einer Zeit und an einem Ort, an dem sie nah genug war, um ihre Freude daran zu haben.

Während sie über ihre Möglichkeiten nachdachte, berührte sie vorsichtig eine Strähne des pink gefärbten und blutigen Haars. Sie war auf ein paar Widerstände gestoßen, aber die Raintree, mit deren Ermordung sie beauftragt worden war, würde bald tot sein, und das war alles, was zählte. Die Polizistin wollte Tabby jetzt schon allein aus Prinzip umbringen. Sie hasste es, ihr Ziel zu verfehlen.

Die ältere Frau im Buchladen hatte gesehen, wie eine junge Frau mit langen, blonden Haaren sehr schnell – fast rennend – zur genau richtigen Zeit aus dem Gebäude gekommen war. Das lange blonde Haar und das Timing waren genug, um die Schüsse wenigstens vage mit Sherry Bishops Mord in Verbindung zu bringen. Aber was steckte hinter den Verbrechen? Darauf fand Hope keine Antwort.

„Tut mir leid mit Ihrem Auto", sagte Gideon. „Das steht bis morgen früh sicher auf dem Hilton-Parkplatz. Dann schicken wir jemanden hin."

Die Schießerei und die Untersuchung danach und die paar Stunden, die sie im Büro über den Akten der ungelösten Morde gebrütet hatten, hatten sie aufgehalten. Es war zu spät geworden, um noch einen Automechaniker anzurufen. Gideon Raintree fuhr sie zum Haus ihrer Mutter. Er hatte einen dünnen Stapel Akten mitgenommen. Er hoffte, doch noch etwas Neues zu finden, wenn er sie sich noch einmal ansah.

Hope musste zugeben, dass es zumindest so schien, als würde Raintree etwas anderes als Geldgier antreiben. War es möglich, dass er seinem Job einfach nur genauso leidenschaftlich ergeben war, wie er es zu sein schien? Vielleicht trieb ihn der Mord an seinen Eltern tatsächlich an. Vielleicht gab es gar keine Geheimnisse, die sie aufdecken konnte.

Im Moment war sie einfach nur fertig und froh, auf dem Weg nach Hause zu sein, in die Wohnung ihrer Mutter über dem „Silbernen Kelch", dem Esoterikladen, den Rainbow Malory in der Innenstadt von Wilmington führte. Natürlich war Rainbow nicht ihr richtiger Name; sie hieß Mary. Aber mit sechzehn war Mary zu Rainbow geworden, und Rainbow war sie bis heute geblieben.

Mit Schrecken merkte Hope, dass Gideon am Straßenrand parkte und den Motor ausstellte.

„Danke", sagte Hope, stieg schnell aus dem Mustang aus und tat ihr Bestes, um ihren Partner loszuwerden. Aber Gideon Raintree wurde man nicht so leicht los. Er stieg aus und folgte ihr. Glücklicherweise war der „Silberne Kelch" zwei Blocks entfernt von dem Parkplatz, den Gideon gefunden hatte.

„Die Diskussion hatten wir schon, Raintree", sagte sie scharf. „Hätten Sie Leon nach Hause gebracht?"

„Wenn jemand auf ihn geschossen hätte, ja", antwortete er.

„Jemand hat auf *Sie* geschossen, nicht auf mich."

„Beweisen Sie es.“

Stimmte schon, beweisen konnte sie nichts. Als sie dem Laden ihrer Mutter immer näher kamen, drückte sie die Schultern durch und seufzte. „Schon in Ordnung. Danke.“

„Hat der Laden noch geöffnet?“

Hope sah auf die Uhr. Im Sommer hatte der Laden länger auf, um sich den Touristen anzupassen. „Ja, aber ich kann mir nicht vorstellen, dass es dort etwas für Sie gibt.“

„Sie haben keine Ahnung, was mir gefällt.“

Sie hatte zwei Tage mit dem Mann verbracht, und jetzt merkte sie, dass sie trotzdem immer noch überhaupt nichts von ihm wusste. Hope erreichte den Eingang und legte die Hand auf die Türklinke. „Bitte sagen Sie meiner Mutter nicht, dass jemand auf uns geschossen hat“, sagte sie leise, als sie die Tür öffnete und die Glocke über ihren Köpfen klingelte.

Der „Silberne Kelch“ verkaufte Kristalle, Rauchwerk und Schmuck von ansässigen Kunsthandwerkern. Es gab einen Ständer mit Tarotkarten und Runen, die gerade im Angebot waren, und eine Sammlung bunter Schals und handgeschnitzter Holzkästen. Gewinn machte sie mit dem Schmuck, aber Rainbow Malory hing an der Esoterik. Seltsamer Gesang, der nicht ganz den Ton traf – ihre Mutter nannte es Meditationsmusik –, kam aus den Lautsprechern an der Decke, als Hope den Laden betrat.

Rainbow sah von ihrem Platz am Verkaufstresen hoch und lächelte breit. Sie war immer noch sehr attraktiv mit ihren siebenundfünfzig Jahren, auch wenn graue Strähnen ihr Alter verrieten, genau wie die sanften Fältchen in ihrem Gesicht. Sie färbte sich nicht die Haare, und sie trug kein Make-up. Genauso wenig wie einen BH.

„Wer ist dein Freund?“, fragte Rainbow, als sie hinter dem Tresen hervortrat. Ihr wallender, bunter Rock hing bis auf den Boden. Der Saum umspielte bequeme Sandalen.

„Das ist mein Partner, Gideon Raintree“, sagte Hope. „Er wollte sich kurz umsehen.“

Hope sah zu, wie ihre Mutter genau wie jede andere Frau, die Gideon zum ersten Mal sah, von ihm verzaubert wurde. Ihr Rücken wurde etwas gerader. Ihr Lächeln vertiefte sich. Und dann sagte sie: „Du hast die schönste Aura, die ich je gesehen habe.“

Hope musste vor Peinlichkeit die Augen schließen. Das würde sie sich noch ewig anhören dürfen. Gideon würde den anderen Detectives beim Frühstück erzählen, dass Hope Malorys Mutter auf Auren und Kristalle und Tarotkarten stand. Sie wartete auf sein Lachen, aber stattdessen sagte Gideon nur: „Danke."

Hope öffnete die Augen und sah zu ihm hoch. Er sah nicht aus, als würde er einen Scherz machen. Im Grunde sah er sehr ernst aus und außerdem so, als würde er sich wohlfühlen, wie er sich so umdrehte und die Waren in den Regalen betrachtete. „Hier ist es schön", nickte er anerkennend. „Interessante Waren, angenehme Atmosphäre …"

„Das ist mir sehr wichtig. Ich versuche meinen Laden immer mit positiver Energie anzufüllen", erwiderte Rainbow.

Wieder wollte Hope im Erdboden versinken, aber ihr Partner schien überhaupt nicht verstört oder amüsiert. „Ich wette, Touristen lieben es hier", sagte er, „es ist so ein friedlicher Ort."

„Oh, vielen Dank", antwortete Rainbow. „Das ist sehr scharfsinnig von dir. Natürlich wusste ich gleich, als ich deine Aura gesehen hatte …"

Nicht schon wieder Auren. „Mom, lass Raintree in Ruhe. Er wollte sowieso gerade gehen. Er hat heute Abend noch etwas anderes vor."

„Eigentlich nicht", widersprach er gelassen. „Ich wollte mir die Akten noch einmal ansehen, aber zuerst brauche ich etwas Abstand."

Sie warf ihm einen wütenden Blick zu, aber er ignorierte sie und sah sich weiter um. Wenn sie weiterhin Partner sein sollten, musste er lernen, auf ihre Hinweise zu reagieren.

„Bleib doch zum Essen", sagte Rainbow mit neuer Aufregung in der Stimme. „Ich schließe in zwanzig Minuten und habe schon einen Eintopf auf dem Herd. Es ist mehr als genug für uns drei. Du siehst hungrig aus", fügte sie noch in mütterlichem Tonfall hinzu.

Auch wenn es Hopes schlimmster Albtraum zu sein schien, nahm Gideon die Einladung ihrer Mutter an.

Zwei Frauen konnten sich kaum weniger ähnlich sein. Hope verheimlichte ihr Misstrauen gegenüber den Menschen nicht und war oft verspannt, ihre Mutter dagegen war offen und locker. Sie sahen sich ein wenig ähnlich, wie es Mütter und Töchter oft taten, aber darüber hinaus war es schwer zu glauben, dass sie jemals im gleichen Haus gewohnt hatten, ganz zu schweigen davon, dass sie sich eine DNS teilten.

Zum Abendessen gab es reichhaltigen Rindereintopf und selbst gemachtes Brot. Einfach, aber lecker. Gideon hielt sich vom Fernseher im Wohnzimmer fern und nahm den Stuhl, der am weitesten von Herd und Mikrowelle entfernt stand. Er gab sein Bestes, um die elektrischen Strömungen um ihn herum unter Kontrolle zu halten.

Hope wollte offensichtlich, dass er schnell aß und dann wieder verschwand. Sie rutschte unruhig umher, warf ihm unbehagliche Blicke zu. Es war eindeutig, dass sie sich für den Glauben und die Offenheit ihrer Mutter schämte. Was würde seine neue Partnerin wohl sagen, wenn sie wüsste, dass Gideon an all das glaubte, was ihre Mutter so begeistert praktizierte? Sogar mehr als das. Er hätte Hope ein wenig quälen und noch bleiben können, aber Gideon lehnte Nachtisch und Kaffee ab. Er bedankte sich und sagte Gute Nacht. Seine Partnerin war offensichtlich erleichtert darüber.

Rainbow summte vor sich hin und räumte die Küche auf, während Hope Gideon die Treppe hinunterbegleitete.

„Es tut mir leid", sagte sie leise, als sie auf der halben Treppe waren, „Mom ist ein bisschen durchgeknallt, ich weiß. Sie meint es gut, aber sie hat ihre Hippiephase nie überwunden."

„Sie müssen sich nicht entschuldigen. Ich mag sie. Sie ist anders, aber sie ist sehr nett." Er wusste sehr gut, wie es war, wenn man für durchgeknallt gehalten wurde. „Anders zu sein ist nicht immer schlecht."

„Klar", sagte Hope spöttisch. „Versuchen Sie mal, daran zu glauben, wenn Ihre Mutter zur Berufsberatung in der Schule kommt, um darüber zu reden, wie man Kristalle und Räucherstäbchen verkauft, und am Ende einen Vater, der seine eigene Firma leitet, angreift, weil er die Umwelt zerstört und sich ans Establishment verkauft."

Gideon konnte nicht anders. Er lachte.

„Sie würden das nicht so lustig finden, wenn sie *Ihrem* ersten echten Freund gesagt hätte, dass er eine schlammige Aura hat und dringend meditieren sollte, um seine positive Energie zu steigern."

„Positive Energie ist eine gute Sache", sagte Gideon, als sie im Laden ankamen. Es war düster. Rainbow hatte das Licht ausgeschaltet, als sie abgeschlossen hatte.

„Sie müssen mich nicht bevormunden", sagte Hope scharf. „Ich weiß, dass meine Mutter seltsam und durchgeknallt und einfach … merkwürdig ist."

Gideon ging nicht direkt zur Tür. Er war nicht bereit, nach Hause zu gehen – noch nicht. Er betrachtete die Kristalle und den Schmuck in den Schaukästen und fuhr dann mit den Fingern durch eine Sammlung von silbernen Anhängern, die an einem Regal hinunterhingen. Er wählte einen einfachen keltischen Knoten aus, der an einer schwarzen Satinschnur hing, und schob ihn mit einem Finger von der Stange.

Er drehte Hope den Rücken zu, umschloss das Amulett mit beiden Händen und flüsterte einige Worte. Ein schwacher grüner Schimmer entkam zwischen seinen Fingern. Das Licht blieb nicht lange, und auch die Worte, die er sprach, nicht.

„Was machen Sie da?", fragte Hope und umkreiste ihn gerade, als das letzte Licht verglimmte.

Er legte ihr den Zauber um den Hals, ehe sie überhaupt merkte, was er vorhatte. „Tun Sie mir einen Gefallen und tragen das hier ein paar Tage lang."

Sie hob das Amulett hoch und betrachtete es. „Warum?"

Gideon hatte über den Anhänger einen Schutzzauber gesprochen. Nur engste Mitglieder der königlichen Familie – neben ihm selbst nur Dante und Mercy – konnten Zauber aussprechen, und sie benutzten diese Macht nur selten. Sie konnten sich selbst keine Vorteile verschaffen, nur anderen, und es war keine Gabe, mit der sie hausieren gingen.

Er wusste nicht, ob die Kugel an diesem Nachmittag für ihn oder für Hope bestimmt gewesen war, aber in jedem Fall würde er besser schlafen können, wenn sie beschützt war. Der Zauber würde ihr einen Vorteil verschaffen. Er würde sich mit der positiven Energie, über die sie sich so abschätzig äußerte, wenigstens ein paar Tage lang wie ein Schild um sie legen. Neun Tage lang, um genau zu sein.

„Tun Sie mir den Gefallen", sagte er ruhig.

Hope betrachtete das Amulett skeptisch. „Ich kenne Sie noch nicht lange genug, um auch nur in Betracht zu ziehen, Ihnen einen Gefallen zu tun. Schon gar nicht so einen exzentrischen."

„Auf uns ist geschossen worden. Das bedeutet, wir müssen uns schnell als Partner verbünden, und Sie tun mir jeden auch noch so exzentrischen Gefallen."

Sie war immer noch unsicher und skeptisch und so angespannt, dass sie schier platzte. Diese Frau hatte ein wenig Spaß nötiger als jeder andere Mensch, den er je getroffen hatte.

Während Hope noch den keltischen Knoten betrachtete, kam Gideon näher auf sie zu. Sie stieß mit dem Rücken gegen den Tresen, sodass sie zwischen seinen Armen und der Glasvitrine gefangen war. Er war ihr so nah, und sie war so zierlich, so zerbrechlich. Sie versuchte so sehr, einer von den Männern zu sein, stark zu sein und unabhängig und hart. Aber sie war an erster Stelle eine Frau, und sie war nicht hart. Sie war weich, und sie würde nirgendwo hingehen, nicht, bis er bereit war, sie gehen zu lassen.

„Trag es für mich", sagte er mit leiser Stimme. „Trag es, weil ich mich besser fühle, wenn ich weiß, dass du einen silbernen Glücksbringer um den Hals hängen hast."

„Das ist doch albern", protestierte sie. Dass sie in der Falle saß, störte sie offensichtlich. „Außerdem tragen Sie auch keinen …"

Er fuhr mit dem Finger unter seinen Kragen, zog an der Lederschnur und holte den Talisman hervor, den Dante ihm Ende letzter Woche geschickt hatte. Im Licht der Straßenbeleuchtung vor dem Laden ihrer Mutter und im blau blinkenden Neonlicht des Cafés gegenüber erkannte sie das Amulett deutlich.

„Oh", sagte sie leise. „Das habe ich schon gesehen … einmal."

„Nur weil du etwas nicht sehen oder fühlen oder berühren kannst, bedeutet das nicht, dass es nicht existiert." Er hatte noch nie versucht, sich jemandem zu erklären, schon gar keiner Frau, die er gerade erst seit zwei Tagen kannte. Das Leben war zu kurz, und es war ihm egal, was Leute, die er kaum kannte, von ihm dachten. Dennoch störte es ihn, dass Hope Magie ablehnte; schließlich war sie durch ihre Mutter davon umgeben.

„Also", sagte sie, und ihre Stimme klang dabei schon wärmer als vorher, „können Sie auch die Aura sehen? Leuchte ich im Dunkeln, Raintree?"

„Ich sehe keine Aura."

Spielte das Licht ihm einen Streich, oder sah sie wirklich erleichtert aus?

„Das bedeutet nicht, dass ich nicht glaube, dass ich eine habe."

Er wollte, dass sie sich versetzen ließ, zu ihrem eigenen Wohl und auch zu seinem. Es war sicherer, wenn er alleine arbeitete, und Hope passte besser zu Raubüberfällen oder Betrug oder jugendlichen Straftätern. Alles außer Mord.

Sie drehte den Kopf, und das Licht von der Straße fiel auf ihren Hals. Er war blass, schlank, und lang genug, dass er sich fragte, wie er schmecken würde. Wenn Hope sich für eine oder zwei Wochen ein Haus am Strand gemietet hätte, wenn sie eine Touristin wäre oder eine Sekretärin oder eine Verkäuferin, würde er sie gerne für einen oder zwei Abende mit nach Hause nehmen.

Aber sie war seine Partnerin, verdammt noch mal.

Nur nicht mehr lange.

Er beugte sich vor und presste seine Lippen gegen ihren Hals. Sie keuchte auf, als er mit der Hand zwischen ihre beiden Körper fuhr und sie flach auf ihren Bauch legte, tiefer als es für Partner, Bekannte, oder sogar Freunde schicklich war. Ihr ganzer Körper spannte sich an; sie war kurz davor, sich gegen ihn zu verteidigen. Sie würde ihn wegstoßen oder ihn mit dem Knie da treffen, wo es am meisten wehtat.

Die meisten Reaktionen des Körpers beruhten auf elektrischen Impulsen, auch wenn die meisten Menschen diese einfache Tatsache gern übersahen. Gideon verstand die Macht der Elektrizität sehr gut. Er hatte damit sein ganzes Leben gelebt. Sogar jetzt, da die Sonnenwende näher kam und seine Fähigkeiten aus dem Takt brachte, hatte er genug Kontrolle über sie, um zu tun, was getan werden musste.

Seine Hand passte genau auf Hopes warmen Bauch, drückte dort zu, als hätte er das Recht, sie so zu berühren. Er drang mit der elektrischen Spannung, die er gesammelt hatte, in sie ein. Durch den dicken Stoff ihrer konservativen Hosen, durch ihre wahrscheinlich ganz normale Unterwäsche – oder würde sie ihn mit einem Schlüpfer aus roter Seide und Spitze überraschen? –, durch ihre Haut hindurch berührte er sie und ließ ihr Innerstes immer schneller pulsieren. Er schenkte ihr einen Orgasmus, nur mit der Berührung seiner Hand und ein wenig geteilter Energie.

Hope keuchte, zuckte und zitterte. Die Hand, mit der sie ihn hatte wegstoßen wollen, griff stattdessen nach seiner Jacke und krallte sich als kleine, starke Faust fest in den Stoff. Tief aus der Kehle entkam ihr ein Geräusch, und für einen Moment hörte sie auf zu atmen. Nur für einen Moment. Ihre Schenkel öffneten sich ein wenig, ihr Herz schlug unregelmäßig. Er musste sie festhalten, damit sie nicht zu Boden fiel, als ihre Knie nachgaben. Hopes Reaktion auf die elektrische Ladung, die durch ihren Körper floss, war weder gewöhnlich, noch kam sie häufig vor. Sie stöhnte, sie bäumte sich auf. Und dann bewegte sie sich nicht mehr.

Er war erregt, was wenig überraschend war, und sie standen sich so nahe, dass sie es merken musste. Wenn sie ihn jetzt mit ihrem Knie traf, würde sie bleibenden Schaden anrichten. Langsam ließ er sie los und zog sich zurück.

„Was haben Sie …?" Hope beendete ihre Frage nicht.

Gideon fasste in seine hintere Hosentasche, zog seine Brieftasche heraus und nahm einen Zehndollarschein heraus. „Für den Anhänger", sagte er, warf den Geldschein auf den Tresen und ignorierte, was gerade geschehen war. „Soll ich Sie morgen früh abholen? Wieder zum Frühstück im Hilton? Dann können wir uns auch gleich um jemanden kümmern, der sich Ihr Auto ansieht."

Er wartete darauf, dass sie ihn zur Hölle schickte. Sie konnte ihn wegen sexueller Belästigung anklagen, aber wer würde ihr glauben? *Wir waren beide angezogen. Es ist alles so schnell gegangen. Er hat mich mit einer Hand berührt, und ich bin gekommen wie eine Frau, die seit zehn Jahren keinen Mann gehabt hat.*

Das konnte sie nicht tun. Niemand würde ihr glauben. Ihre einzige Möglichkeit war es, ihn zur Hölle zu schicken und nach einem neuen Partner zu verlangen, und nach einem anderen Fall, für den sie besser geeignet war.

„Ich glaube, ich lasse das Frühstück ausfallen", sagte sie, immer noch atemlos von ihrem Orgasmus.

Gideon lächelte. Vielleicht würde es einfacher sein, sie zu vergraulen, als er gedacht hatte. Diese Hoffnung hielt sich nicht lang. Immer noch atemlos sagte sie: „Holen Sie mich ab, wenn Sie fertig sind."

Nachdem sie hinter Raintree abgeschlossen hatte, ging Hope zur Treppe und setzte sich auf die unterste Stufe. Dort sackte sie in sich zusammen. Ihre Knie waren weich, ihre Schenkel zitterten, und sie konnte immer noch nicht gleichmäßig atmen; außerdem überschlugen sich ihre Gedanken. Was genau war gerade passiert?

Zugegeben, es war eine lange Zeit her, seit irgendein Mann sie berührt hatte. Und sie fand Gideon attraktiv. Er hatte diesen verwegenen Charme, der sie anzog, aber auch nervte. Aber ein Orgasmus, weil er sie mit einer Hand berührte und ihren Hals küsste? Das war unmöglich. Oder nicht?

Unwahrscheinlich, noch nie da gewesen, aber anscheinend nicht unmöglich.

Sie lehnte sich gegen die Wand, versteckte sich im Schatten. In ihrem Inneren zitterte sie immer noch ein wenig. Ihre Knie waren immer noch weich, und sie spürte, wie sich eine Feuchtigkeit in ihr ausbreitete, die ihr sagte, dass sie noch nicht fertig war mit dem Mann, der sie innerhalb von Sekunden erregt und zum Höhepunkt gebracht hatte. Na gut, im Kopf war sie mit ihm fertig, aber ihr Körper fühlte etwas anderes.

Gideon könnte ihr wehtun. Er könnte schon wieder der falsche Mann sein. Das konnte sie einfach nicht riskieren. Aber warum erinnerte sie sich dann immer noch daran, wie sein Schnurrbart ihren Hals gekitzelt hatte, und warum fragte sie sich, wie er sich an ihrem Mund anfühlen würde?

Hope begann, mit dem silbernen Amulett an ihrem Hals zu spielen. Sie sollte es einfach abreißen und wegwerfen, sie sollte den Mistkerl anzeigen, weil er es gewagt hatte, sie anzufassen. Aber wahrscheinlich war es genau das, was er von ihr wollte und von ihr erwartete.

Sie würde ihn am nächsten Morgen treffen und so tun, als sei nichts gewesen. Hinter Gideon Raintree steckte mehr, als man vermutete, und sie würde herausfinden, was genau das war.

Zu dieser Jahreszeit gab es regelmäßig Gewitter. Gideon liebte den Sturm, und am meisten liebte er die Blitze. Es war nach Mitternacht. Er stand am Strand, trug nur seine abgeschnittenen Jeans und Dantes Schutzzauber und hob sein Gesicht und seine Handflächen den Wolken entgegen. Die Luft war erfüllt von Elektronen. Er konnte sie schmecken, er konnte sie spüren.

Er konnte auch *sie* immer noch spüren und schmecken. Normalerweise lenkte ihn nichts ab, wenn die Luft so voll von Elektrizität war, aber er spürte immer noch, wie Hope sich an ihn lehnte, wie sie sich in sein Hemd krallte, stöhnte und schwankte und viel intensiver kam, als er es erwartet hatte. Er schmeckte immer noch ihren Hals auf seiner Zunge. Er hatte mit dieser Übung nur sie ablenken wollen, und stattdessen war er es, der hoffnungslos abgelenkt war, und das noch Stunden, nachdem er gegangen war und sie zitternd und verwirrt zurückgelassen hatte.

Gideon konnte es sich nicht leisten, abgelenkt zu sein. Nicht jetzt. Niemals. Deshalb schickte er Emma immer wieder fort, deshalb schickte er Dante regelmäßig Fruchtbarkeitszauber. Jemand musste dafür sorgen, dass der Name Raintree weiterhin bestand, aber er würde es nicht sein.

Welche normale Frau würde schon akzeptieren, wer er war, was er war? Ob es ihm gefiel oder nicht: Manchmal sehnte er sich mehr als alles andere danach. Nicht danach, normal zu sein, nicht danach, zu verleugnen, wer und was er war, nicht danach, auf seine Gaben zu verzichten. Nicht das, das niemals. Aber an manchen Tagen sehnte er sich nach einem Hauch von Normalität in seinem Leben. Nur ein Hauch.

Aber das war nicht möglich. Nichts an seinem Leben war je normal gewesen oder würde es jemals sein.

Hope war normal. Wenn sie wüsste, was er war und wozu er in der Lage war, dann würde er ihr nie wieder nahe genug kommen, um sie zu berühren.

Der erste Blitz durchzuckte den Himmel und erhellte die Nacht. Er tanzte über den schwarzen Himmel, wunderschön und hell und mächtig, und zersplitterte wie Venen der Macht. Er spürte es unter seiner Haut, in seinem Blut. Der nächste Blitz schlug näher und mit mehr Kraft ein. Er zog die Blitze an, und er wurde von ihnen angezogen. Er und der Blitz ernährten einander. Er zog die Energie näher zu sich, er sog sie in sich auf.

Der nächste Blitz kam zu ihm. Er fuhr in seinen Körper, tanzte in seinem Blut. Seine Augen rollten sich in seinen Kopf zurück, und seine Füße hoben sich aus dem Sand, er schwebte ein Stück über dem Boden. Er fühlte sich nie mächtiger als in diesen Momenten, ummantelt von der Nacht und dem Rauschen der Wellen und erfüllt von dem Blitz, der ihm durch die Adern fuhr.

Gideon liebte den Sturm nicht nur, er *war* der Sturm. Gefangen im Lichtspiel der Blitze, als wichtiger Teil des Schauspiels, sog er gierig die Macht und die Schönheit in sich auf. Er gab auch etwas von sich, er nährte den Sturm, wie er von ihm genährt wurde. So nahe an der Sonnenwende brauchte er die zusätzliche Energie nicht, die ihm der Sturm gab, aber er wollte sie. Er verlangte danach. Er stand alleine am Strand, stärkte seinen Körper mit der Macht, die er mit der explosiven Natur gemein hatte, und konnte nicht verleugnen, was er war.

Raintree.

Der nächste Blitzschlag traf Gideon direkt in die Brust und warf ihn einige Schritte zurück. Er fühlte sich nicht, als wäre er geworfen worden, sondern als würde er fliegen. Ob geflogen oder nicht, er landete auf seinem Hintern im Sand, außer Atem und gestärkt und belebt. Sein Herz raste; er atmete schwer. Als der Sturm weiterzog, blieben kleine Funken der Blitze bei Gideon, knisterten auf seiner Haut und waren erschreckend gut zu sehen im Dunkel der Nacht. Weiß und grün und blau tanzte die Elektrizität über ihn und durch ihn hindurch. Er hob eine Hand in den Nachthimmel und sah zu, wie seine Haut immer blasser werdende Funken von sich gab.

Nein, er war nicht normal, und das würde er auch nie sein. Am bes-

ten verschwendete er seine Zeit nicht damit, sich nach Dingen zu sehnen, die nie geschehen würden, Dingen, die unmöglich waren – wie
zum Beispiel, mit Hope vereint zu sein.

Wenn sie schon Kristalle und Glücksbringer lächerlich fand, was
würde sie dann erst von *ihm* halten?

6. KAPITEL

Mittwoch – 8:40 Uhr

Eigentlich hatte Gideon erwartet, Hope würde schon längst über alle Berge sein, als er am „Silbernen Kelch" ankam, um sie abzuholen. Sie hatte inzwischen genug Gelegenheit gehabt, über die letzte Nacht nachzudenken. Vielleicht war sie längst in der Innenstadt, um Beschwerde gegen ihn einzureichen oder ihre Versetzung zu beantragen. Vielleicht war sie auf dem Weg zurück nach Raleigh, auch wenn sie, ehrlich gesagt, nicht wie jemand aussah, der vor Problemen davonrannte. Trotzdem war es unwahrscheinlich, dass sie einfach weitermachen würde, als sei nichts geschehen.

Wieder überraschte sie ihn. Sie wartete vor der Tür auf ihn, schien äußerlich gelassen und hielt einen Becher Kaffee in der Hand. Wie immer war sie konservativ angezogen. Ihr grauer Hosenanzug und die maßgeschneiderte weiße Bluse hätten an jeder anderen Frau langweilig gewirkt, aber an Hope Malory sahen sie atemberaubend aus. Wusste sie, dass die eng geschnittenen Hosen, in denen sie sich so professionell vorkam, nur deutlich machten, wie schlank und lang ihre Beine waren? Ihre Absätze machten sie noch größer, als sie ohnehin schon war. Sie war einfach umwerfend. Falls sie den Talisman trug, den er ihr letzte Nacht gegeben hatte, dann hatte sie ihn gut versteckt, genau wie er seinen.

„Sie sollten nicht hier draußen rumstehen", sagte er, als er ihr die Beifahrertür von innen öffnete.

„Ihnen auch einen guten Morgen", sagte Hope distanziert, als sie sich zu ihm setzte. „Was haben wir heute vor?" Wenn sie den Mut aufgebracht hätte, ihm auch noch in die Augen zu sehen, hätte er sich gefragt, ob sie überhaupt ein Mensch war.

„Ich habe vier Morde rausgesucht, die Ähnlichkeiten mit dem Fall Bishop aufweisen, alle im Südosten."

„Alles Frauen?"

Er schüttelte den Kopf. „Drei Frauen, ein Mann."

„Gemeinsamkeiten?"

„Gleiche Tatwaffe, und jedes Mal wurden Andenken entwendet. Nicht immer Finger und Haare, aber Andenken an sich sind ungewöhnlich genug, also sollten wir es uns ansehen. Es gab keine Zeugen und keine nennenswerten Beweismittel. Alle Opfer waren ledig, nicht nur unverheiratet, sondern in überhaupt keiner festen Beziehung, und ohne Familie in der Nähe. Das könnte ein Zufall sein, aber …"

„Ich glaube nicht an Zufälle", sagte Hope kühl.

„Ich auch nicht."

Er hatte Sherry Bishops Geist seit gestern nicht gesehen, aber das hatte nichts zu bedeuten. Sie konnte jederzeit wieder auftauchen und ihm einen weiteren wichtigen – oder weniger wichtigen – Hinweis geben. Es war aber auch möglich, dass er sie nie wieder sah. Dann war er ab jetzt auf sich allein gestellt.

Gideon warf einen Seitenblick auf Hope. Nicht so *allein*, wie er gerne wäre. So hübsch und verlockend und klug Hope auch sein mochte, er wollte und brauchte keinen Partner. Warum war sie immer noch hier? Achtundvierzig Stunden lang hatte er zuerst versucht, sie gegen sich aufzubringen, und dann, sie zu seiner Verbündeten zu machen. Er hatte ihr Auto lahmgelegt, ihr Leben gerettet, ihr einen Orgasmus beschert. Sie sollte ihn entweder lieben oder ihn hassen, und trotzdem saß sie so gelassen wie immer neben ihm.

Was würde er noch tun müssen, um sie aus der Fassung zu bringen?

„Ich habe einen Mechaniker wegen Ihrem Wagen angerufen. Er trifft sich in zehn Minuten am Hilton mit uns."

„Danke", sagte sie kühl.

„Die Laboranalyse über Sherry Bishop sollte am frühen Nachmittag da sein. Jedenfalls das meiste davon. Ich würde sagen, wir fahren ins Büro, erledigen einige Anrufe wegen der anderen Morde und warten darauf, dass der Laborbericht kommt."

„Einverstanden. Wenn wir Zeit haben, würde ich mir gern Stiles' Akte ansehen, falls es Ihnen nichts ausmacht. *Er* könnte hinter den Schüssen von gestern stecken. Die Blondine, die die Frau im Buchladen gesehen hat, muss nicht unbedingt etwas mit dem Fall zu tun haben."

„Möglich", stimmte Gideon zu. „Falls wir es mit einer Serienkillerin zu tun haben, hat sie *so* noch nie gearbeitet. Sie ist noch nie am Tatort geblieben und hat den Ermittlungsbeamten aufgelauert."

„Vielleicht hat sie Angst, weil Sie so *gut* sind."

„Höre ich da einen Hauch von Sarkasmus?"

„Sie sind doch wirklich ein erstklassiger Detective."

Sie war also doch nicht so cool und distanziert, wie sie tat.

Als sie auf den Parkplatz des Hotels fuhren, wartete der Mechaniker bereits auf sie. Gideon parkte dicht neben Hopes Toyota und würgte den Motor ab. Als er gerade aus dem Auto stieg, sagte sie leise: „Eins noch, Raintree, ehe wir unseren Tag beginnen. Fassen Sie mich noch einmal an, und ich erschieße Sie."

Er zögerte mit der Hand an der Tür. „Sie meinen, Sie werden Beschwerde gegen mich einreichen, oder?"

Sie sah ihm in die Augen, direkt und intensiv. Doch, sie war ganz und gar menschlich, nicht sehr glücklich mit ihm, und mehr als nur ein bisschen aus dem Takt geraten.

„Nein, ich meine, ich werde Sie erschießen. Ich kümmere mich selbst um meine Probleme; wenn Sie also gedacht haben, dass ich weinend zum Boss renne und um Gerechtigkeit und eine Versetzung bettele, haben Sie sich getäuscht."

Und wie.

„Ich weiß nicht, wie Sie es gemacht haben, und es ist mir auch egal", fuhr sie mit leiser, aber kräftiger Stimme fort, „jedenfalls ziemlich. Ich bin neugierig, aber nicht neugierig genug, um Sie damit durchkommen zu lassen. Von jetzt an behalten Sie Ihre Hände bei sich, falls Sie sie behalten wollen." Sie öffnete die Tür, stieg aus dem Wagen und beendete damit ihr Gespräch.

Verdammt. Anscheinend hatte er wirklich eine neue Partnerin.

Tabby ging mit langen Schritten das Flussufer entlang. Sie fühlte sich ängstlich und nervös und unglücklich. Sherry Bishops Beerdigung würde erst am Samstag abgehalten werden, und dann auch noch in Indiana. Im blöden Indiana! Was sollte sie machen, den ganzen Weg fahren, nur um *vielleicht* dort Echo zu treffen? Nein, sie musste am Sonntag hier sein. Hier und fertig mit ihrem Teil der Vorbereitungen.

Zeit, realistisch zu denken. Zeit, nicht mehr nur daran zu denken, was sie wollte, sondern sich darauf zu konzentrieren, was getan werden musste. Es war zu spät, um Echo zuerst umzubringen. Wenn die Prophetin der Raintree etwas von dem voraussehen konnte, was geschehen würde, dann hatte sie das jetzt bereits getan. Vielleicht war Echo nicht so mächtig, wie immer alle sagten.

Tabby musste sich darauf konzentrieren, was sie hier und jetzt tun konnte, und sie musste auf das verzichten, was unmöglich war. Echo war nirgends zu finden, zumindest jetzt gerade nicht. Aber Gideon Raintree war genau hier in Wilmington, so nahe, dass sie ihn beinahe riechen konnte.

Raintrees Nachbarn wohnten zu nahe an seinem Haus und waren zudem zu neugierig. Es war immer irgendjemand am Strand oder auf dem Sonnendeck in der Nähe. Ihn zu Hause zu erledigen würde niemals gelingen. Für das, was sie geplant hatte, brauchte sie Privatsphäre. Das und ein wenig Zeit. Sie würde nicht so viel Zeit haben, wie sie es gern wollte, aber sie plante doch, ein paar Minuten mit Raintree zu verbringen, statt nur ein paar Sekunden. Stunden wären besser, aber sie nahm, was sie kriegen konnte.

Raintree und seine Partnerin hatten fast den ganzen Tag im Polizeirevier verbracht. Tabby war nicht so dumm, zu versuchen, sie dort zu erledigen. Außerdem wollte sie es nicht schnell hinter sich bringen. Sie wollte in Gideons grüne Raintree-Augen sehen, wenn sie ihn umbrachte. Sie wollte nahe genug sein, um alle Energie, die er absonderte, wenn er seinen letzten Atemzug tat, in sich aufzunehmen. Und sie wollte auf jeden Fall ein oder zwei Andenken.

Glücklicherweise wusste sie genau, wie sie ihn zu sich locken konnte.

Die Promenade am Fluss wimmelte von Touristen und einigen Einheimischen. Sie sah sich einen nach dem anderen an. Einer von ihnen war einsam. Nicht nur gerade jetzt alleine hier, sondern wirklich und vollkommen *einsam*. Unglücklich und abgeschottet. Tabby überblickte die Leute schnell, verwarf einen nach dem anderen als ungeeignet für ihre Zwecke. Und dann fiel ihr Blick auf die Person, nach der sie gesucht hatte.

Allein, ängstlich, getrennt von ihren Lieben. Unsicher, verletzlich, anhänglich. *Perfekt*.

Tabaet Ansara lächelte, als sie sich auf den schön geformten Rücken der Rothaarigen konzentrierte, und fragte sich, ob diese Frau ahnte, dass sie bald sterben würde.

* * *

Mittwoch – 15:29 Uhr

„Was soll das heißen, der Computerchip ist durchgebrannt?" Hope brüllte fast ins Telefon. „Das Auto ist fast neu!" Gerade aus der Garantiezeit, um genau zu sein.

Sie hörte sich die Erklärung des Mechanikers an, die in Wirklichkeit überhaupt keine Erklärung war. Er wusste nicht, was passiert war. Er wusste nur, dass ein sehr teurer Mikrochip ersetzt werden musste. Natürlich hatte er das Teil nicht vorrätig. Es würde ein paar Tage dauern, den neuen Chip anzufordern und zu installieren.

Sie knallte den Hörer wütend zurück auf die Station, und Raintree hob langsam den Kopf, um sie anzusehen. „Schlechte Neuigkeiten?"

„Ich habe ein paar Tage lang kein Auto." Sie begann, in den Gelben Seiten auf ihrem Schreibtisch zu blättern. „Welche Autovermietung würden Sie empfehlen?"

„Sie brauchen keinen Mietwagen", sagte Raintree.

„Ich werde mich nicht tagelang von Ihnen durch die Stadt chauffieren lassen", entgegnete sie. Und der fahrbare Untersatz ihrer Mutter war wirklich peinlich. Das Auto hatte einen guten Benzinverbrauch, aber es war nur wenig größer als eine Zigarrenkiste, und es hatte die schlechte Angewohnheit, an Stoppschildern und Ampeln einfach abzusaufen.

„Können Sie mit einer Kupplung umgehen?"

„Wie bitte?"

„Gangschaltung", sagte er und hob seinen Blick noch einmal zu ihr. „Können Sie damit fahren?"

„Ja", sagte sie angespannt.

Raintree schien sie am Morgen ernst genommen zu haben, denn er hatte sie den ganzen Tag nicht berührt. Nicht unangebracht, nicht aus Versehen, überhaupt nicht. Und so wollte sie es, richtig? Warum also war sie in seiner Gegenwart immer noch so angespannt, dass sie schreien könnte?

„Ich leihe Ihnen meinen Challenger", sagte er. „Wir fahren heute Abend bei mir vorbei, und ich gebe Ihnen die Schlüssel." Als sie zögerte, fügte er hinzu: „Wenn Leon der Wagen abhandengekommen wäre, hätte ich ihm das gleiche Angebot gemacht."

Ein Teil von ihr wollte ablehnen, aber sie tat es nicht. Es war schließlich auch nur für ein paar Tage. „In Ordnung. Danke."

Raintree saß ein ordentliches Stück von seinem Computer entfernt und arbeitete sich durch die dicke Akte in seinen Händen. Sie hatten den ersten Laborbericht über den Bishop-Fall bekommen und erwarteten den Bericht der Pathologie jeden Augenblick. Detective Charlie Newsom steckte seinen Kopf in das Büro, das Raintree und Hope sich – wenigstens jetzt noch – teilten. Er sah Hope mit seinem Killerlächeln und funkelnden Augen an. Offensichtlich war er interessiert an ihr. Charlie war wahrscheinlich einer von den Guten und bestimmt keine Niete. Er brachte sie auch nicht auf die Palme. „Ich habe Stiles überprüfen lassen. Er saß letzte Woche wegen Trunkenheit und Ruhestörung im Bezirksgefängnis ein."

„Auf Kaution draußen?", fragte Gideon.

Charlie schüttelte den Kopf. „Nein. Immer noch drin."

Und damit war er auf keinen Fall derjenige, der auf Raintree – oder Hope – geschossen hatte.

Gideon fuhr mit den Fingern über das Foto einer Frau, die in einem ländlichen Teil des Staates vor vier Monaten umgebracht worden war.

Marcia Cordell hatte sehr wenig mit Sherry Bishop gemeinsam. Sie war eine sechsunddreißig Jahre alte Lehrerin in einer kleinen Bezirksschule gewesen. Zum Zeitpunkt ihres Todes hatte sie ein bequem geschnittenes braunes Kleid getragen, das sie vielleicht absichtlich ausgewählt hatte, um jeden Ansatz einer Figur zu verbergen. Sie hätte sich nie im Leben – und auch nicht nach ihrem Tod – mit pinkfarbenen Haaren oder einem Ring in ihrem Bauchnabel erwischen lassen. Sie hatte nicht in einem Apartment gewohnt, sondern in einem kleinen Haus abseits der Landstraße, einem Haus, das sie von ihrem Vater geerbt hatte, als er fünf Jahre zuvor gestorben war.

Was sie und Sherry gemeinsam hatten, war, dass sie beide Singles gewesen waren. Statt ihre einsamen Nächte mit Musik und einem Job im Coffeeshop zu füllen, hatte Marcia Cordell ihre Leere mit den Kindern anderer Leute gefüllt, mit zwei fetten Katzen und – wenn er das Foto auf seinem Tisch richtig deutete – einer beeindruckenden Schneekugelsammlung von Orten, an denen sie nie gewesen war. Sie waren auch beide erstochen worden und hatten ähnliche Wunden, die vom gleichen Messer stammen konnten. Sherry war getötet worden, indem man ihr den Hals durchgeschnitten hatte, auf Marcia hatte man ein halbes Dutzend Mal eingestochen, ehe ihre Kehle aufgeschnitten worden war. Winkel und Tiefe der Wunde allerdings stimmten in beiden Fällen überein, und beide Tatorte waren mutwillig zerstört worden, als wäre der Täter in eine Art Wahn gefallen, nachdem er gemordet hatte.

Marcia Cordell war ein Ohr abgetrennt worden.

Untersuchungen in unterbesetzten Gerichtsbezirken waren oft schlampig und unvollständig, doch das Büro des Sheriffs hatte in diesem Fall ziemlich gute Arbeit geleistet. Die Akte war dünn, aber der Sheriff war immer noch an dem Fall dran und am Telefon sehr kooperativ gewesen. Er hatte Gideon eingeladen, sich den Tatort anzusehen, der gut erhalten worden war, weil Cordell keine engere Familie hatte und keine Vorkehrungen für ihr kleines Haus getroffen hatte.

Nicht, dass irgendwer es kaufen wollen würde, nach dem, was dort geschehen war.

War es möglich, dass Marcia Cordells Geist immer noch in diesem Haus war und auf Gerechtigkeit wartete? Möglich, aber nicht unbedingt wahrscheinlich. Trotzdem war es ein besonders scheußlicher Mord gewesen, vielleicht sogar scheußlich genug, um Marcias Geist eine Weile zu binden. Wenn Marcia Cordell erfuhr, dass er darauf versessen war, die Frau zu finden, die sie umgebracht hatte, würde sie dann in Frieden ruhen können?

Der Aktenstapel auf Gideons Schreibtisch war entmutigend. Wenn er nur genug Zeit hätte, dann könnte er sie alle lösen. Er würde die Täter finden, sie einsperren und die Geister derer, die ermordet worden waren, an einen besseren Ort schicken. Aber verdammt, es gab so viel Unheil auf dieser Welt, er konnte nicht allein damit fertig werden. Ein Mann allein konnte das unmöglich. In diese Welt durfte er einfach kein Kind setzen. Er konnte nicht alles Übel beseitigen, nicht für ein Kind ... und auch nicht für Sherry Bishop und Marcia Cordell.

„Alles okay, Raintree?"

Er hatte nicht einmal gehört, wie Hope das Büro betreten hatte. „Nein", sagte er. „Nichts ist okay. Ich glaube, wir haben es mit einem Serientäter zu tun."

* * *

Mittwoch – 23:17 Uhr

Gideon kniete neben der Leiche, die auf dem billigen Teppich in einem wenig vertrauenerweckenden Hotelzimmer lag. Das rote Haar des Opfers bedeckte einen großen Teil ihres Gesichts, aber er konnte trotzdem mehr als genug sehen. Genau wie Sherry Bishop war diese Frau mit einem Messer umgebracht worden. Im Gegensatz zu Sherry Bishop hatte sie keinen schnellen Tod gehabt. Der Tatort sah eher aus wie auf den Fotos von Marcia Cordells Mord.

Lily Clark. Laut ihrem Führerschein war sie einunddreißig Jahre alt. Sie war für eine Woche Urlaub aus einer kleinen Stadt in Georgia angereist. Sie hatte am Samstag mit einer männlichen Begleitperson eingecheckt, aber laut dem Mann an der Rezeption war der Mann seit Sonntagnachmittag nicht mehr aufgetaucht. Seitdem hatte man Clark mehr als einmal verweint gesehen. Hope verdächtigte den Freund, doch Gideon wusste es bereits besser.

Zwei Mordopfer in drei Tagen waren ungewöhnlich für Wilmington. Dass dieses hier eine Touristin war, würde für Aufsehen sorgen.

„Sie hat gesagt, mein Leben wäre keinen Pfennig wert", sagte der Geist leise. „Und sie hatte recht. Ich habe nicht so gelebt, wie ich es hätte tun sollen. Ich habe einfach existiert und hatte immer vor irgendetwas Angst. Nur, dass so etwas passiert, hätte ich mir natürlich niemals vorstellen können."

„Sie hat versucht, dich zu quälen, Lily", sagte Gideon sanft. „Lass nicht zu, dass sie dir weiter wehtut. Lass alles, was sie zu dir gesagt hat, los."

Lily Clarks Geist schüttelte heftig den Kopf. Sie verleugnete alles, konnte nichts loslassen. „Nein, sie hatte recht. Sie hat gesagt, ich war schon hässlich, bevor sie mein Gesicht zerschnitten hat, und sie hat gesagt, dass der Tod das Beste für mich ist, weil mich nie ein Mann lieben könnte." Die tote Frau saß auf der Kante des Bettes und hatte ihre Hände artig im Schoß gefaltet. Ihre Unterlippe zitterte. Ihre Hülle war körperlicher, als Sherry Bishops es je gewesen war. Sie würde wohl noch eine ganze Weile bleiben. „Sie hatte recht", flüsterte das Gespenst.

Hope war dabei, den Hotelmanager zu befragen, und uniformierte Beamte sorgten dafür, dass niemand das Zimmer betrat. Für den Augenblick war Gideon mit dem Geist allein. „Nein, Lily, sie hatte nicht recht. Und jetzt will ich, dass du alles vergisst, was sie gesagt hat, und dich darauf konzentrierst, mir alles zu erzählen, an das du dich erinnerst, damit ich sie finden kann. Erzähl mir alles von der Frau, die dir das angetan hat, damit ich sie einsperren kann. Groß und blond, hast du gesagt. Was kannst du mir über das Messer erzählen, das sie benutzt hat?"

„Es war alt, glaube ich. Die Klinge war scharf und der Griff silbern. Hast du gesehen?" Sie zeigte auf etwas. „Sie hat meinen kleinen Finger abgeschnitten!"

Und dieses Mal hatte sie damit nicht bis nach dem Tod gewartet.

„War in den Griff etwas eingraviert?"

„Ja", sagte Clark mit fast so etwas wie Begeisterung in ihrer Stimme. „Ich konnte es aber nicht lesen. Es war kein Englisch. Als sie auf meiner Brust gesessen und mit der Spitze des Messers auf meine Nase gezeigt hat, habe ich ein paar alte, verschnörkelte Buchstaben gesehen." Ihr Rotschopf neigte sich leicht von einer Seite zur anderen. „Sie haben keinen Sinn ergeben."

„Und du hast sie vorher noch nie gesehen?", sagte Gideon und wiederholte damit etwas, was Lily ihm gesagt hatte, als er am Tatort angekommen war.

„Ich war so ein Idiot", heulte sie. „Erst komme ich hierher mit Jerry, nur um herauszufinden, dass er *verheiratet* ist, und dann lasse ich diese schreckliche Frau in mein Hotelzimmer. Ich wusste natürlich nicht, dass sie schrecklich ist, als ich sie reingebeten habe. Sie wirkte so nett, als ich sie am Flussufer getroffen habe. Wir sind zusammengestoßen, wortwörtlich, und ich habe meine Limonade über sie geschüttet. Ich dachte, sie würde wütend sein, aber sie hat nur gelacht. Wir haben angefangen zu reden. Du weißt ja, wie das so ist. Sie hatte auch Probleme mit ihrem Freund, und wir wollten heute Abend zusammen ausgehen und ein paar Drinks nehmen und ..." Der Geist schwieg und sah Gideon mit einem verwirrten Ausdruck im Gesicht an. „Moment mal. Heißt du Raintree? Gideon Raintree?"

Gideon nickte und fragte sich mit einem merkwürdigen Gefühl im Magen, woher die Frau seinen Namen kannte.

„Das hätte ich fast vergessen. Ich habe eine Nachricht für dich."

Ein kalter Schauer fuhr ihm über den Rücken. „Eine Nachricht?"

Sie nickte. „Die Frau, die mich umgebracht hat, hat gesagt, du sollst dich mit ihr um Mitternacht am Flussufer treffen, kurz hinter dem Coffeeshop, wo die andere Frau, die sie umgebracht hat, gearbeitet hat. Sie hat gesagt, du weißt, wo das ist. Komm allein. Wenn du das nicht tust, bringt sie noch jemanden um. Ich glaube, es ist ihr egal, wen, nur jemanden wie mich. Jemanden, der nicht vermisst wird."

Das Gefühl in seinem Magen wurde nicht besser. Irgendwoher kannte die Killerin seine Gabe. Hatte sie selber besondere Fähigkeiten, oder hatte sie einen schwachen Seher angeheuert, der einfach Glück gehabt hatte? Das *Wie* war nicht so wichtig, jetzt nicht. Die Serienkillerin, die er suchte, hatte diese arme junge Frau gefoltert und ermordet, nur damit sie stark genug war, um ihm eine Nachricht zu überbringen.

Lily Clark würde diese Welt vielleicht nie loslassen, wie sie es sollte. „Jeder wird vermisst", sagte er. Lily schüttelte den Kopf, doch er fuhr fort. „Jeder hinterlässt ein Loch im Universum, wenn er zu früh von uns genommen wird."

Ihre Gestalt flackerte, als hätte sie gerade etwas Substanz verloren. „Ich nicht", flüsterte sie, „mein erster Ehemann wird mich ganz bestimmt nicht vermissen, und meine Eltern werden nur sauer sein, dass ich ihnen keine Enkelkinder geschenkt habe. Ich arbeite den ganzen

Tag mit Computern, und *die* werden mich bestimmt auch nicht vermissen."

„Ich werde dich vermissen", sagte Gideon, sah hinab zu ihrer Leiche und dann hoch zu ihrem Geist auf dem Bett. Es war leichter, als das anzusehen, was von ihrem Körper übrig war.

„Warum?"

„Wenn ich die Frau, die dir das angetan hat, gestern gefasst hätte, wärest du noch am Leben, darum."

Lily streckte eine Hand aus, als wollte sie ihn trösten. Ihre Hand war kalt, aber er spürte ihre Finger ganz deutlich. „Ich gebe dir nicht die Schuld."

„Ich gebe mir selbst die Schuld."

„Tun Sie das immer?"

Gideon drehte sich ruckartig um. Hope stand im Türrahmen. Wie lange stand sie schon da, beobachtete ihn und hörte zu? „Was tue ich?"

„Sich selbst die Schuld geben", sagte sie mit einer unerwarteten Spur von Mitleid in ihrer Stimme.

„Ihr Freund war nicht der Täter", sagte er. „Es war die Frau, die Sherry Bishop umgebracht hat."

Hope schüttelte den Kopf. „Ich weiß, wir haben den … den abgetrennten Finger, aber der Rest des Tathergangs ist vollkommen anders. Bishop wurde mit einem schnellen Schnitt erledigt. Clark wurde …" Ihr Blick wanderte zur Leiche, verweilte dort aber nicht lange. „Sie wurde gefoltert, Gideon. Das hier war persönlich."

„Nein, es war krank." Er stand auf. „Und ziemlich genau wie der ungeklärte Mord in Hale County. Es ist die gleiche Frau, Hope. Ich weiß es. Ich will so schnell es geht eine Analyse der Waffe. Ich verwette meinen Job, dass das gleiche Messer, das bei Sherry Bishop und Marcia Cordell benutzt wurde, auch Lily Clark umgebracht hat." Als er einen Schritt auf Hope zuging, zuckte sie leicht zusammen, wich aber nicht zurück. Irgendwie musste er seine neue Partnerin loswerden, ehe er am Abend die Killerin auf der Promenade traf. Er konnte ihr schlecht erklären, woher er wusste, dass der Psycho, der zwei Frauen in drei Tagen umgebracht hatte, dort sein würde, und er wollte Hope auch nicht in Gefahr bringen.

Das Letzte, was er gebrauchen konnte, war ein Partner, um den er sich Sorgen machen musste.

„Es ist zu spät, um heute Nacht noch irgendetwas zu erreichen", sagte er. Er hörte sich müde an. „Lassen wir die Spurensicherung ihre

Arbeit erledigen und machen morgen in alter Frische weiter."

Hope legte den Kopf zur Seite und verbarg ihre Verwirrung nicht. „Morgen?"

„Ja. Morgen. Ich bin müde. Lassen Sie uns gehen."

Einen Augenblick lang war alles still, bis auf die geisterhafte Lily Clark auf dem Bett, die immer noch davon sprach, wie dumm sie gewesen war, besonders was andere Menschen anging. Lily würde so bald nirgendwo hingehen. Und auf keinen Fall noch heute Nacht. Sie war noch eine ganze Weile an die Erde gebunden.

„Gehen Sie ruhig", sagte Hope. „Ich bleibe noch ein wenig hier, nur für den Fall, dass noch etwas passiert."

Er würde sich wohler fühlen, wenn er sie zu Hause hinter verschlossenen Türen wüsste, aber im Grunde ging ihn das nichts an. Außerdem hatte er ein- oder zweimal die Kette um ihren Hals unter ihrem Kragen hervorblitzen sehen. Sie trug den Schutzzauber, den er ihr gegeben hatte.

„Bis morgen dann", sagte er, drehte Hope und Lily Clark den Rücken zu. In der Hotellobby wartete die Spurensicherung schon darauf, das blutbeschmierte Hotelzimmer betreten zu können.

Bis zum nächsten Morgen warten? Auf keinen Fall. Nach zwei Tagen – nein, nach dreien – wusste sie bereits, dass das nicht Gideon Raintrees Stil war. Hope ließ die Spurensicherung allein und folgte Gideon vorsichtig. Er war offensichtlich in Gedanken mit etwas ganz anderem beschäftigt, als er in seinen Mustang stieg und den Motor anließ.

Wenn sie ihm in dem riesigen und lauten roten Challenger folgte, den er ihr geliehen hatte, würde er sie entdecken, noch ehe sie den Parkplatz verlassen hatten. Sie drehte sich um und sprach die nächstbeste Person an. „Kann ich mir Ihr Auto leihen?"

„Was?", fragte der Nachtportier des Hotels verwirrt und misstrauisch.

„Ihren Wagen", sagte Hope und hielte ihre Hand für den Schlüssel auf. „Sie bekommen ihn so schnell wie möglich wieder, und ich tanke ihn auf."

Der untersetzte Mann starrte sie immer noch unsicher an.

„Was soll ich damit machen?", fuhr Hope ihn an. „Ihn stehlen? Ich bin ein Cop."

Er zog seine Autoschlüssel aus der Hosentasche und gab sie zögerlich heraus. „Es ist der graue Pick-up."

„Danke." Sie rannte auf den Truck zu und nahm dabei die Augen nicht von Raintrees Rücklichtern, die in die Market Street einbogen. Das war *nicht* der Weg zu seinem Haus.

So spät in der Nacht waren die Straßen so gut wie verlassen. Ein paar Touristen trieben sich noch herum, amüsierten sich in den Klubs in der Innenstadt. Raintree zu folgen war so leicht, dass es schon wieder ein Problem war. Sie versuchte, möglichst weit zurückzufallen, damit er nicht merkte, dass er verfolgt wurde, aber sie ging ein großes Risiko ein.

Warum hatte er das Hotel so schnell verlassen? War er wirklich einfach nur müde? Aber warum fuhr er dann nicht zum Wrightsville Beach? Vielleicht hatte er ein Date. Wahrscheinlich war es das. Er hatte um Mitternacht ein Rendezvous mit irgendeinem Dummchen, seiner Nachbarin Honey zum Beispiel. Wahrscheinlich nannte er sie alle *Honey*. Vielleicht aber traf er sich auch mit einem Drogendealer zur Geldübergabe, und sie bekam endlich den Beweis, auf den sie gehofft hatte? Vielleicht hatte Lily Clarks Tod mit den anderen Drogenmorden zu tun. Vielleicht hatte Gideon etwas am Tatort gefunden, das ihn auf die Spur des Mörders gebracht hatte.

Sie hatte nie vorgehabt, Raintree zu mögen. Also warum hoffte sie so verzweifelt, dass er sich mit irgendeinem Dummchen zu Drinks, Tanz und Sex traf? Das gefiel ihr zwar auch nicht sonderlich gut – auch wenn sie keinen Anspruch auf ihn hatte und nie haben würde. Aber es war dennoch besser, als herauszufinden, dass sie den richtigen Instinkt gehabt und er wirklich Dreck am Stecken hatte. Sie wollte nicht, dass er korrupt war. Während er sein Auto am Straßenrand abstellte, versuchte sie, sich noch ein anderes Szenario zu überlegen. Ein Szenario, das ihn weder zum Kriminellen noch zum Frauenhelden machte.

Hope fuhr an Raintree vorbei, als er aus seinem Mustang ausstieg, und drehte ihren Kopf zur Seite, damit er ihr Gesicht nicht erkannte. Er war so abgelenkt, dass er ihr nicht einmal einen Blick zuwarf. Sie bog um eine Ecke und parkte vor einem geschlossenen Souvenirgeschäft. Dann wartete sie, bis sie Gideon im Rückspiegel entdeckte, bevor sie aus dem Wagen stieg.

Er ging in Richtung Flussufer. Hope blieb ein gutes Stück hinter ihm, aber nah genug, um seinen Hinterkopf noch zu erkennen. Auch wenn dieser Bereich nachts gut ausgeleuchtet war, gab es genügend schattige Ecken, in denen sie sich verstecken konnte. Raintree ging langsam, aber zielgerichtet und mit der ihm eigenen Anmut, bis er einen bestimmten Bereich auf der Promenade erreichte. Dort hielt er an und lehnte sich gegen die Holzbrüstung, um auf den Fluss hinunterzusehen.

Das war ihr das Liebste: dass Gideon ein wenig Zeit für sich haben wollte, um über die Morde nachzudenken. Er dachte auf seine seltsame Art nach, versuchte herunterzukommen, setzte die Puzzleteile zusammen – und wartete weder auf eine Honey noch auf einen Drogendealer. Hope blieb in den Schatten und beobachtete weiter. Ein älteres Ehepaar ging an ihm vorbei, aber sie wurden nicht langsamer und beachteten ihn auch nicht mit mehr als einem kurzen Blick. Gideon starrte weiter auf den Fluss, ohne sich zu bewegen. Sie begann anzunehmen, dass es sich um einen ganz harmlosen Abend handelte …

Und dann sah er auf seine Uhr. Er wartete auf etwas. Nein, auf *jemanden*. Ihr Herz setzte einen Schlag aus, auch wenn sie wusste, dass es ihr egal sein sollte, warum er hier war oder mit wem er sich treffen wollte.

Einige Minuten später trat die große Blondine aus dem Schatten und ging so zielstrebig auf Raintree zu, als hätte sie einen ganz bestimmten Grund dafür. Er hob den Kopf, als wüsste er, dass sie da war, lange bevor er ihre Schritte hätte hören können.

Eine Frau. Sie hätte es wissen müssen. Männer wie Raintree lebten nicht ohne weibliche Gesellschaft, egal, wie sehr sie in ihrer Arbeit aufgingen. Sie hatte gehört, wie er im Hotel mit dem Opfer gesprochen hatte, wie er seinen Blick von der Leiche wenden musste, um der Frau, die ihn nicht länger hören konnte, zu sagen, dass ihr Leben einen Sinn hatte, um ihr zu versprechen, dass er Gerechtigkeit für sie finden würde. Und trotzdem war er hier, hatte sich von einem neuen Fall weggeschlichen, um ein Date zu haben? Das ergab keinen Sinn. Andererseits: Welcher Mann tat schon, was man von ihm erwartete?

Hope machte sich bereit, leise zurückzugehen und dem Hotelportier seinen Pick-up zurückzugeben, damit Raintree nie erfahren würde, wie tief sie gesunken war, als ein warnendes Gefühl im Bauch sie innehalten ließ.

Die Frau ging auf Raintree zu. Ihr blondes Haar war lang und glatt, wie die Strähne, die auf Sherry Bishops Leiche gefunden worden war. Sie war größer als der Durchschnitt und bewegte sich auf eine Art, die zeigte, dass sie Muskeln hatte und wusste, wie man sie benutzte.

Und mit der linken Hand griff sie in ihre Jacke und zog ein langes, gefährlich aussehendes Messer heraus.

7. KAPITEL

*D*as ist sie! Das ist sie!" Lily Clark sprang auf und ab und zeigte mit einem zitternden Finger auf die Frau, während sie mit den Armen wedelte, um ihn zu warnen. Der Geist sah für Gideon erstaunlich undurchlässig aus, aber die Blonde schien ihr neuestes Opfer überhaupt nicht wahrzunehmen.

„Ich weiß", sagte Gideon leise.

„Erschieß sie", befahl Lily ihm.

„Jetzt noch nicht." Er wollte herausfinden, was die Blonde wusste – und woher. Außerdem war es nicht üblich, Verdächtige am Flussufer einfach zu erschießen, auch wenn er wusste, dass diese Frau die Mörderin war.

Die Blonde lächelte und stellte sicher, dass er das Messer in ihrer Hand sehen konnte. Niemand im Coffeeshop gegenüber würde irgendetwas Verdächtiges erkennen. Sie hielt ihre Jacke so, dass die Waffe vor Blicken verdeckt war.

Die meisten Kunden sahen sowieso nicht in diese Richtung. Durch die Scheibe konnte er erkennen, dass sie in ihre eigenen Gespräche und ihre eigenen Leben vertieft waren. Sie hatten keine Ahnung, was für ein Monster sich nur ein paar Schritte entfernt befand.

„Ich bin hier", sagte er und streckte ihr seine offenen Hände entgegen, um zu zeigen, dass er keine Waffe trug.

„Ich wusste, dass du kommen würdest, Raintree", sagte die blonde Messerstecherin, als sie näher kam.

„Sie kennen meinen Namen. Wie lautet Ihrer?"

Ihr Lächeln wurde ein wenig breiter. „Tabby."

Gideon nahm an, dass sie die Wahrheit sagte. Sie ging nicht davon aus, dass er noch lange genug leben würde, um diese Information mit jemand anderem zu teilen.

„Was wollen Sie, Tabby?"

„Ich will reden."

„Das hat sie zu mir auch gesagt", sagte Lily sauer. „Hör nicht auf sie. Du bist ein Cop. Du hast eine Pistole. Erschieß sie!"

„Noch nicht", sagte er leise.

„Was …?", fing Tabby an, aber dann zögerte sie. „Du redest gar nicht mit mir, oder? Welche ist hier?" Sie sah sich um, aber ihr Blick fiel nicht auf Lily. „Vielleicht beide. Aber nein, es muss diese weinerliche Clark sein. Vertrau mir, über kurz oder lang bist du mehr als froh, sie los zu sein. Sie hat mir fast ein Ohr abgekaut, ehe ich sie knebeln konnte."

In einem Anfall von Wut warf sich Lily auf Tabby und fuhr direkt durch den Körper der großen Frau hindurch. Vielleicht spürte sie ein Frösteln oder eine kühle Brise. Sie stolperte, und ihr Lächeln verblasste.

Durch die Folter an ihrem Geist und ihrem Körper hatte Tabby Lily körperlicher als die meisten Geister gemacht. Sie war mit dieser Ebene auf eine Art verbunden, die den meisten Seelen fehlte. Mit etwas Konzentration, vielleicht mit sehr viel Konzentration, könnte Lily vielleicht die Welt, die sie eigentlich hinter sich lassen sollte, beeinflussen. Vielleicht.

Tabby hielt ein kurzes Stück von ihm entfernt an. Ihr Treffpunkt war zu öffentlich, um eine Ladung elektrische Energie auf sie zu schleudern, aber wenn sie noch näher kam, wenn er sie erst berühren und einen Stromstoß in ihr Herz schicken konnte, würde das den gleichen Effekt haben.

„Du hast zwei Möglichkeiten, Raintree. Du kannst mit mir kommen, ohne Aufsehen zu erregen, damit wir unsere Situation ungestört ein wenig besprechen können. Oder du kannst es mir schwer machen. Aber dann lasse ich das an den unschuldigen Bürgern und Besuchern dieses Städtchens aus, in dem du dich so zu Hause fühlst, nachdem du tot bist. Du wirst, nehme ich an, immer noch als Geist dabei sein und zusehen können, allerdings wirst du nicht in der Lage sein, auch nur einen Finger zu heben, um mich aufzuhalten." Sie grinste breit. „Das wäre echt cool."

„Ich habe das Gefühl, dass es gefährlich wäre, mit Ihnen irgendwo hinzugehen. Warum unterhalten wir uns nicht hier?"

„Es wäre sehr gefährlich, wenn du nicht tust, was ich dir sage", entgegnete sie mit flacher Stimme und kaltem Blick. Der Griff um das Messer in ihrer linken Hand veränderte sich, wurde fester, sicherer … zum Angriff bereit. Gideon spürte das Kribbeln der Elektrizität in seinen Fingern. Wenn er keine andere Wahl hatte …

Ein junges Paar, das nichts von der Welt um sich herum mitbekam, näherte sich ihnen Arm in Arm. Tabby kam näher. „Beweg dich nur ein Stück, und ich mach die beiden kalt, ehe du ‚Buh' sagen kannst."

Gideon blieb unbewegt stehen. Er war sich sicher, dass Tabby genau das tun würde, was sie angedroht hatte, wenn sie die Chance dazu bekam. Das Pärchen ging an ihnen vorbei und merkte gar nichts von der Gefahr, die so nahe war. Als sie außer Hörweite waren, lächelte Tabby wieder. „Kommst du nun mit oder nicht?"

„Ich werde Sie verhaften oder Sie umbringen. Ihre Entscheidung."

Sie sah überhaupt nicht aus, als hätte sie Angst, weder vor ihm noch vor sonst irgendetwas. Wieder verzerrte sich ihr Lächeln für den Bruchteil einer Sekunde in ein breites Grinsen, und dann drehte sie ihren Kopf ruckartig zur Seite, und das Lächeln verschwand mit einer Geschwindigkeit, die ihr Gesicht vollkommen veränderte. „Ich habe gesagt du sollst allein kommen."

Gideon griff nach ihr, als sie abgelenkt war. Er wollte ihr Handgelenk packen und einen Stromstoß in ihr Herz schicken. Er hatte noch nie vorher jemanden umgebracht, aber er wusste, dass er es konnte, und wenn es je ein Monster verdient hatte zu sterben ... Aber ehe er sie packen konnte, hatte sie ihre freie Hand gehoben und ihm eine Handvoll Pulver ins Gesicht geworfen. Der Staub geriet ihm in die Augen und auf seine Lippen und überallhin. Er war sofort halb blind, und ihm wurde schwindelig. Er griff an ihr vorbei ins Leere, und sie stach mit ihrem Messer zu. Sie stach nicht wild in die Gegend, ihr Angriff war ein gut geplantes Manöver, das an seiner Verteidigung vorbeizielte und ihn überraschte. Mit einem Minimum an Bewegung stach Tabby das Messer tief in seinen Schenkel.

Gideons Bein gab unter ihm nach, und er fiel mit einem dumpfen Geräusch auf die Promenade. Tabby stach nach seiner Hand. Ihr zweiter Angriff war wild und unkoordiniert. Gideon zog seine Hand zur Seite. Die Spitze des Messers kratzte an seinem Fleisch und kostete ihn nur einen Tropfen Blut, statt des Fingers, den sie zweifellos gewollt hatte. Sie sah ruckartig auf, sie fluchte, und sie rannte weg.

Er zielte, halb auf der Promenade sitzend, halb liegend, auf sie. Er zögerte. Sein Blickfeld verschwamm. Er kniff ein paarmal fest die Augen zusammen. Es wäre möglich, ihr einen elektrischen Schlag in den Rücken zu versetzen, aber hatten sie durch den Lärm bereits die Aufmerksamkeit der Gäste im Coffeeshop auf sich gezogen? Er fragte sich, ob er sie aufhalten könnte, ohne sie umzubringen. Wenn er Tabby umbrachte, würde er nie erfahren, wie sie herausgefunden hatte, dass er mit Geistern sprechen konnte ... und wie viele Menschen sie umgebracht hatte ... und warum ...

Er konnte sie nicht entkommen lassen. Er hob seine Hand und zog mehr Elektrizität zu sich, als er je auf einen anderen Menschen gefeuert hatte. Einen Menschen, der die Energie nicht wie er selbst in sich aufnehmen würde.

Aber er feuerte nicht. Seine Gedanken waren normalerweise so klar, aber in diesem Moment waren sie alles andere als das. Jemand, dessen Stimme ihm bekannt vorkam, rief seinen Namen. *Raintree!* Irgendwo in den Schatten, die vor ihm lagen, stand das Pärchen, das vor Kurzem vorbeigegangen war. Und tatsächlich tauchte plötzlich der überraschte und neugierige junge Mann hinter Tabby auf und verstellte Gideon die Sicht.

Hope, mit ihrer Pistole in der Hand, kam zu Gideon gerannt. „Alles in Ordnung?"

„Ja", sagte er, als sie sich zwischen ihn und den Mann drängte, der sich dummerweise vor Gideons Ziel gestellt hatte. „Nein, eigentlich nicht", fügte er hinzu, auch wenn sie bereits zu weit weg war, um seine leisen Worte zu hören. „Was, zur Hölle, machen Sie hier?" Er sollte nicht überrascht sein, Hope hier zu sehen, und er sollte nicht überrascht sein, dass sie so einfach die Verfolgung aufnahm. Die Frau war überall, wo sie nicht sein sollte.

„Rufen Sie Verstärkung!", brüllte sie, während sie weiterrannte.

Gideon ließ seine Hand sinken und lehnte sich gegen die Brüstung der Promenade. Er sah hinab zu seinen zerrissenen Hosen. Er heilte schnell, aber er heilte nicht sofort. Der Kratzer in seiner Hand verblasste bereits, aber sein Schenkel war etwas anderes, und was auch immer Tabby ihm ins Gesicht geworfen hatte, brachte ihn immer noch ins Schwanken. Das Messer hatte ihn tief getroffen, und er versuchte, die Blutung dadurch zu stoppen, dass er seine Hand auf die Wunde presste. Zu jeder anderen Zeit im Jahr wäre er in die Notaufnahme gegangen, um sich nähen zu lassen, aber nicht in der Woche vor einer Sonnenwende. Seine Anwesenheit würde die Technik des Krankenhauses durchdrehen lassen.

Er drückte seine Hand in die Wunde und tat sein Bestes, um sich zu konzentrieren und bei Bewusstsein zu bleiben. Eine Serienkillerin, die wusste, was seine Gabe war. Es war ein Albtraum. Tabby würde nicht mehr von Stadt zu Stadt ziehen, jetzt nicht mehr. Sie würde ihm einen Geist nach dem anderen schicken, und jeder würde ihn um Gerechtigkeit anflehen. Sie würde ihr Spielchen spielen, bis einer von ihnen tot war. Gideons Gedanken wurden immer wirrer. Er hatte gar nicht so viel Blut verloren, und trotzdem fühlte er sich jetzt schwächer als nur mit dem Messer in seinem Fleisch. Sie hatte ihm keinen Sand in die Augen geworfen, um ihn zu blenden, sondern eine Droge, die ihm den Verstand nahm. Er drückte seine Hand fester gegen die Wunde. Er wünschte sich Taubheit, aber der klaffende Schnitt tat höllisch weh.

Die Lichter des Coffeeshops begannen zu flackern, und er blinzelte gegen die seltsam verschobene Helligkeit. Die Straßenlaternen über ihm wurden oval und verschwammen. Sein Herz schlug nicht richtig, es war aus dem Takt geraten, aus dem Rhythmus. Tief in seinem Innersten wusste Gideon, dass er versuchen sollte, aufzustehen. Aber mehr als nur der Schmerz in seinem Bein hielt ihn davon ab, sich zu bewegen. Sein ganzer Körper war bleischwer, und er konnte sich nicht mehr als den Bruchteil einer Sekunde konzentrieren. Er konnte gerade gut genug denken, um zu merken, dass das schlecht war. Sehr schlecht.

Einen Moment später war Hope auf dem Weg zurück zu ihm, ein wenig langsamer, als sie auf der Verfolgung von Tabby gewesen war, aber immer noch ziemlich schnell. Sie blieb nicht besser in Form als die Lichter über ihm, und er blinzelte dieser nächtlichen Vision entgegen. Wie, um alles in der Welt, konnte sie auf den Absätzen, die sie trug, so schnell laufen?

„Ich habe sie verloren", sagte sie außer Atem. „Mist, sie war genau vor mir, und ich …" Sie schüttelte ihre Enttäuschung ab und kniete sich neben ihn. „Sie sehen furchtbar aus. Sie haben doch Verstärkung und einen Krankenwagen gerufen?"

„Nein." Seine Lippen fühlten sich taub und schwer an, als er antwortete.

Sie griff nach ihrem Handy. „Sie haben das hier nicht gemeldet? Verdammt, Raintree …"

Er griff nach ihrem Handgelenk, ehe sie wählen konnte. „Kein Krankenhaus. Keine Verstärkung. Fahren Sie mich nur nach Hause."

„Nach Hause!" Sie bewegte seine Hand zur Seite und zog ein Stück des zerfetzten Stoffes hoch. Der Anblick seiner Wunde ließ sie das Gesicht verziehen. „Das glaube ich kaum." Sie drückte ihre erstaunlich starke Hand auf die Wunde. „Sie brauchen einen Arzt."

Er schüttelte den Kopf. „Ich kann nicht."

„Du musst es ihr sagen", sagte Lily Clark und schüttelte ihren Kopf.

„Ich kann nicht", antwortete er.

„Das haben Sie bereits gesagt." Hope hob ihre Hand ein Stück und sah sich die Wunde in seinem Bein an, jedenfalls das, was sie durch das zerfetzte Hosenbein erkennen konnte. „Sie können nicht klar denken."

„Sie wird es verstehen", sagte Lily fast mitfühlend.

„Nein, wird sie nicht", sagte Gideon. Er spürte, dass er eine Menge Blut verloren hatte, aber da war auch noch etwas anderes. „Niemand hat es je verstanden."

„Was verstanden?", fragte Hope. „Raintree, bleiben Sie gefälligst bei mir." Sie versuchte, wieder die Kontrolle über ihr Handy zu bekommen, damit sie den Notruf wählen konnte, aber Gideon hatte immer noch genug Kraft, um sie abzuhalten.

Vielleicht hatte Lily recht. Er hatte sein Geheimnis schon so lange niemandem mehr anvertraut, schon seit so langer Zeit. Tabby jedoch kannte es. Bedeutete das, dass er aufgeflogen war? Oder es bald sein würde? Er sah zur Seite, um das blasse Gesicht des Geistes zu betrachten, ein Gesicht, das nur er sehen konnte. „Vielleicht hast du recht", murmelte er. „Vielleicht kann ich ihr die Wahrheit sagen."

Lily nickte und lächelte.

„Sie wird denken, ich sei verrückt", sagte er.

Die Rothaarige legte ihm eine Hand auf die Stirn, und er konnte ihre kalte Berührung spüren. Er sah jeden Tag Geister, sprach regelmäßig mit ihnen, aber sie berührten ihn kaum. Und niemals so. „Sei nicht wie ich, Gideon", sagte Lily. „Halt dich nicht so sehr zurück. Lebe ein gutes Leben, und hinterlass ein großes Loch, wenn es an der Zeit für dich ist, zu gehen."

Er schüttelte den Kopf.

„Sag es ihr."

„Das ist keine gute Idee."

„Verdammt, Raintree, Sie machen mir eine Heidenangst", sagte Hope leise. Er konnte die Sorge in ihrer Stimme hören.

Gideon drehte den Kopf, um zu Hope Malory aufsehen zu können. In seinem Kopf drehte sich alles. Sein Bein tat nicht mehr so schlimm weh, und auch wenn Hope verschwommen war, konnte er doch erkennen, dass sie sich Sorgen machte, auch wenn sie sich nicht um ihn oder sonst irgendwen sorgen wollte. Er hatte schon so lange niemandem gesagt, wozu er in der Lage war, und das letzte Mal … Beim letzten Mal war es nicht sehr gut gelaufen.

„Ich wollte Ihnen keinen Schrecken einjagen", sagte er. „Ich habe mich nur mit Lily Clark unterhalten."

Hope beugte sich leicht zu ihm vor. „Raintree, Lily Clark ist tot."

„Ja, ich weiß."

Im Coffeeshop war endlich jemandem aufgefallen, dass auf der Promenade etwas passiert war, und einige neugierige Menschen kamen auf sie zu. Er hatte nicht viel Zeit. „Erinnern Sie sich daran, dass ich gesagt habe, ich kann mit toten Menschen reden?"

„Ja", sagte Hope.

„Das war die Wahrheit."

Raintree litt an Wahnvorstellungen. Das war die einzige Erklärung.

Hope drückte fester auf seine Wunde. Wahnvorstellungen wegen einer ziemlich schlimm aussehenden, aber doch recht harmlosen Stichwunde im Schenkel? Das ergab doch keinen Sinn.

„Das ist unmöglich. Ich rufe jetzt einen Krankenwagen …"

„Wir haben keine Zeit, zu diskutieren. Ich kann diese Woche in kein Krankenhaus."

Diese Woche? „Raintree …"

„Pass auf", sagte er angespannt, dann richtete er seinen Blick auf die nächste Straßenlaterne. Genau in dem Augenblick explodierte das Licht in tausend Funken. Die Leute, die sich ihnen aus dem Coffeeshop näherten, zuckten zusammen und traten zurück. „Und die nächste", sagte er leise. Noch eine Laterne explodierte. „Die nächste?"

„Nicht nötig", sagte sie leise und drehte sich den anderen Menschen zu, die jetzt wieder auf sie zukamen. Sie brachte ein Lächeln für sie zustande.

„Soll ich einen Krankenwagen rufen?", fragte der stämmige Mann, der ganz vorn ging. Er sah aus, als hätte er das Sagen, aber er war nicht der Manager, mit dem sie sich Anfang der Woche unterhalten hatten.

„Nein, danke", sagte Hope und versuchte, ruhig zu klingen. „Mein Freund hat etwas zu viel getrunken und ist hingefallen. Ich glaube, er hat sich einen Splitter im Bein geholt. Wenn sie ein Handtuch oder Verbandszeug oder so etwas hätten, dann versorge ich ihn schnell und bringe ihn nach Hause."

Es war eine langweilige Erklärung, und die anderen Schaulustigen drehten sich weg. „Klar", sagte der Mann enttäuscht. „Ich habe einen Erste-Hilfe-Kasten mit jeder Menge Verbandszeug."

„Super", sagte Hope dankbar.

„Super", wiederholte Raintree, als der Mann aus dem Coffeeshop die Verbände holen gegangen war. „Dann glauben Sie mir?"

„Natürlich nicht", sagte sie streng.

„Aber Sie …"

„Ich glaube, dass etwas im Busch ist. Ich habe nur noch nicht genau herausgefunden, was."

„Ich habe doch gesagt …" Raintree drehte plötzlich den Kopf und sah sich ein leeres Stück Luft an. „Ja, sie ist hübsch, aber sie ist auch so stur, wie man nur sein kann."

„Reden Sie wieder mit Lily Clarks Geist?", fragte ihn Hope scharf.

Gideon beugte sich zu ihr. „Sie meint, Sie sollten etwas aufgeschlossener sein."

„Oh, tut sie das?"

„Ja." Gideon sah einen Augenblick lang verwirrt aus. „Ich habe nicht genug Blut verloren, um mich so verwirrt zu fühlen. Sie hat mir etwas ins Gesicht geworfen. Irgendeine Droge. Vielleicht sogar Gift. Das ist nicht gut. Ich muss hier weg."

„Sie *müssen* ins Krankenhaus."

„Nein. Lily sagt, Sie werden sich gut um mich kümmern."

„Das sieht nicht wie ein Splitter aus."

Hope sah ruckartig auf und bemerkte den Mann aus dem Coffeeshop, der auf sie hinunterstarrte. Seine Augen zeigten Misstrauen.

„Ein großer Splitter", sagte Hope, als sie ihm das Verbandszeug abnahm.

„Sind Sie sicher …"

Hope ließ ihre Dienstmarke aufblitzen, und er hob ergeben die Hände. „Ist ja auch egal. Geht mich nichts an."

„Ich lasse Ihnen so schnell ich kann einen Ersatz für die Verbände zukommen", versprach Hope.

„Kein Problem", sagte der Mann im Gehen. „Machen Sie sich drüber keine Sorgen." Offensichtlich nahm er ihr ihre Geschichte nicht ab, aber er würde auch keinen Ärger machen und damit die Schwierigkeiten vor seine eigene Haustür zerren. Hope verband Raintrees Schenkel schnell, polsterte ihn dick ab und zog den Verband fest an. Er hatte auf jeden Fall Wahnvorstellungen, und er brauchte mehr Pflege, als sie ihm geben konnte.

Sie hatte sich die explodierenden Straßenlaternen schnell erklärt. Er hatte irgendwo ein technisches Spielzeug versteckt, das die elektrische Verbindung irgendwie hatte durchbrennen lassen. Vielleicht war es sogar Zufall gewesen. Er hatte gesehen, wie die Lichter geflackert hatten, hatte etwas riskiert und gewonnen. Bestimmt hatte er die Lampen nicht explodieren lassen, indem er sie nur angesehen hatte. Ihr gesunder Menschenverstand sagte ihr, dass sie Gideon von hier wegbringen musste, ihn in seinen Mustang setzen und ihn in die Notaufnahme fahren.

„Sie glauben mir immer noch nicht", sagte er mit immer mehr belegter Stimme.

Konnte es sein, dass er wirklich unter Drogen gesetzt worden war? Das konnte nur ein Arzt feststellen, und sie war keiner.

„Es tut mir leid, Raintree", sagte sie, als sie ihm aufhalf. Es war nicht leicht, weil er schwer war und unsicher auf den Beinen, aber sie schaffte es. Mit ihrem Körper als Stütze sollte es ihnen gelingen, zum Auto zu kommen und von da aus ins Krankenhaus. Sie kamen langsam voran, machten einen vorsichtigen Schritt nach dem anderen. Für die wenigen Menschen im Coffeeshop sah es wahrscheinlich wirklich so aus, als sei er nur betrunken. Gut so. Das war eine bessere Erklärung als die Wahrheit – was auch immer die sein mochte.

Raintree murmelte etwas Leises und Unverständliches.

„Wie bitte?", fragte Hope nach.

„Ich habe nicht mit Ihnen geredet", sagte er grob.

„Natürlich nicht", antwortete sie.

Noch einige Schritte, und Raintree sprach erneut. „Berühr sie", befahl er. „Das kannst du. Die meisten Geister können die körperliche Welt nicht beeinflussen, aber du bist anders, Lily. Deine Energie ist stärker an die Erde gebunden als die der meisten Geister, und wenn du dich konzentrierst und es wirklich, wirklich versuchst …"

„Hören Sie schon auf, Raintree", fuhr Hope ihn an. „Das ist nicht mehr lustig." Sie stolperte, als es sich auf einmal anfühlte, als berühre sie ein Eissplitter an der Wange, der mit seiner Berührung nur einen kalten Hauch hinterließ.

„Sie hat Sie angefasst", sagte Raintree, während er einen kleinen, schmerzhaften Schritt machte. Er sah zu Hope hinunter und lächelte. „Ihre Wange. Die linke, direkt unter dem Wangenknochen."

Hopes Herz stolperte, wie ihre Füße es nur einen Augenblick zuvor getan hatten. Die Kälte berührte ihren Bauch, als ob ein unsichtbarer Finger durch ihre Kleidung dringen würde.

„Bauch", sagte Raintree. Das einzelne Wort klang ungewöhnlich schwer.

Hope befeuchtete sich die Lippen mit der Zunge. „Ich weiß nicht, wie Sie das anstellen …"

Die Kälte legte sich über ihre Ohren. Über beide.

„Ohren", murmelte Raintree.

Sie traten unter eine Straßenlaterne. Die Glühbirne explodierte nicht, aber sie flackerte einige Male und verlosch dann. Raintree drehte den Kopf und sah nach oben. „Ich kann die Energie gerade nicht kontrollieren. Wenn ich in ein Krankenhaus gehe, dann brennen Maschinen durch, die an kranke Menschen angeschlossen sind." Er klang, als wäre er betrunken. „Bringen Sie mich nach Hause, Partner. Vertrauen Sie mir."

Hope Malory vertraute niemandem, schon lange nicht mehr. Sie hatte insbesondere kein Vertrauen in billige Zaubertricks und unglaubwürdige Erklärungen. Aber nachdem sie Gideon auf den Beifahrersitz des Mustangs gesetzt hatte und auf die Straße bog, fuhr sie nicht ins Krankenhaus. Sie fuhr in Richtung Wrightsville Beach.

Was auch immer Tabby ihm ins Gesicht geworfen hatte – langsam ließ die Wirkung nach. Es war kein tödliches Gift gewesen, sonst würde es ihm schlechter statt besser gehen. Aber es *war* irgendeine Droge gewesen, die seine Sinne betäuben sollte. Er würde sich normalerweise fragen, warum, aber er hatte Lily Clarks Leiche gesehen und kannte den Grund verdammt genau. Sie hatte ihn ablenken wollen, und das war ihr gelungen.

Mehr noch als das, wollte sie Zeit mit ihm allein. Um ihn zu foltern.

Gideon zog den Schutzzauber aus seinem Hemd und strich vorsichtig mit seinen Fingern darüber. Hope würde wahrscheinlich sagen, dass der Zauber überhaupt nichts genutzt hatte, aber er wusste es besser. Das Messer hätte eine Arterie treffen können. Tabby hätte sich dazu entschließen können, ihn zu erschießen, statt nur sein Bein mit dem Messer zu verletzen. Er könnte jetzt genauso gut einen Finger weniger haben.

Hope hätte ihm nicht folgen und den Rücken decken können.

„Was haben Sie dort gemacht?", fragte er.

Sie fluchte leise und hielt ihren Blick auf die Straße gerichtet, die zu so später Stunde verlassen vor ihnen lag. Der Strand war ruhig. Die Häuser an beiden Straßenseiten waren in Dunkelheit getaucht.

„Ich bin nur neugierig", fügte er hinzu, als sie schwieg.

„Dieser Mist, dass Sie bis zum Morgen warten wollen und dann mit der Untersuchung weitermachen? Klang nicht sehr glaubwürdig."

„Also sind Sie mir gefolgt."

„Ja. Irgendwelche Beschwerden?"

„Im Moment nicht."

Lily war nicht bei ihnen auf der Fahrt zu seinem Strandhaus, aber sie war noch immer an die Erde gebunden, so viel wusste er. Wo war sie? Beobachtete sie die Spurensicherung, die ihr Hotelzimmer nach Hinweisen absuchte? Stand sie neben dem Leichenbeschauer, der ihren Körper untersuchte? Tabby hatte der Frau wirklich viel Leid zugefügt. Es würde für ihren Geist nicht leicht werden, alles loszulassen.

„Wenn ich Sie reingebracht und versorgt habe, rufe ich einen Arzt", sagte Hope, als sie auf seine Auffahrt fuhr und auf die Fernbedienung drückte, die das Garagentor öffnete.

„Nein", sagte er.

„Verdammt noch mal, Raintree!"

„Ich brauche keinen Arzt."

„Ich habe die Wunde gesehen", sagte sie stur, als sie das Auto parkte. „Sie ist zu tief, um sie selbst zu behandeln, und ich kann mich auch nicht darum kümmern. Ich weiß, ich hätte Sie gar nicht erst nach Hause bringen sollen, aber …"

„Sie haben bereits vergessen, wie es sich angefühlt hat, als sie Sie angefasst hat", sagte er. „Und Sie vergessen, dass ich gesehen habe, wo sie Sie angefasst hat."

„Netter Trick, Raintree", sagte sie, während sie um das Auto herumging. „Eines Tages müssen Sie mir zeigen, wie Sie das anstellen."

„Es ist kein Trick", sagte er, als sie ihm die Autotür öffnete und sich zu ihm beugte, um ihm beim Aussteigen zu helfen. Sie behielt einen Arm um ihn gelegt, während sie sich auf den Weg zu den Treppen machten, die zu einer Tür neben der Küche führten. Die Treppe würden sie nur langsam hinaufsteigen können, aber mit Hopes Hilfe konnte er es schaffen. Er hasste es, jemanden zu brauchen, aber jetzt gerade … jetzt gerade war sie wirklich sein Partner.

„Alles Leben hat elektrische Energie", sagte er, als sie die erste Stufe erklommen. „Elektrizität lässt Ihr Herz schlagen und Ihr Gehirn arbeiten, und sie hält Ihren Geist hier fest, wenn Ihr Körper längst tot ist. Wollen Sie wirklich eine technische Erklärung? Es tut mir leid, dazu fühle ich mich im Moment nicht in der Lage. Das dauert zu lange. Elektronen, Schwingungen, ergibt das für Sie irgendeinen Sinn?"

„Es ist nicht plausibel", sagte sie vernünftig.

„Elektrizität kann auch Muskelkontraktionen hervorrufen, die manchmal interessante und sogar angenehme Folgen haben …"

„Ich habe Sie gewarnt, Raintree."

„Gideon", sagte er, als sie die Küche betraten und Hope das Licht anmachte. „Wenn Sie mir immer noch nicht glauben, gebe ich Ihnen gerne eine weitere Kostprobe."

„Nein!" Sie zog sich ein Stück von ihm zurück, aber sie ließ ihn nicht los. Gut so. Er war sich nicht sicher, ob er schon alleine stehen konnte. „Das wird nicht nötig sein."

Er lächelte sie an, aber er wusste, dass er nur einen schwachen Versuch unternahm. Er sollte froh darüber sein, dass sie ihm immer noch nicht glaubte. Wenn er sie in Ruhe ließ, würde sie bald einen Weg finden, sich alles vernünftig zu erklären. Jeder tat das, wenn er sich Dingen gegenübersah, die er für unmöglich hielt.

„Ich habe schon immer Geister gesehen", sagte er, als sie auf sein Schlafzimmer zugingen. „Als ich klein war, habe ich nicht verstanden, dass nicht jeder sehen konnte, was ich gesehen habe. Später kamen dann die elektrischen Schläge. Mit zwölf habe ich zum ersten Mal einen Fernseher explodieren lassen, und bis ich fünfzehn war, war es eine interessante Zeit. Aber ich habe gelernt, wie man die Macht kontrolliert, wie man sie sich zunutze macht. Trotzdem sind die Wochen um die Sonnenwende immer noch unvorhersehbar. Die Sommersonnenwende steht kurz bevor. Sonntag." Er sah zu ihr hinunter. „Ich habe Ihr Auto lahmgelegt."

„Sie haben nicht …"

„Ich war es, und ich werde für die Reparatur bezahlen. Ich habe das bereits mit dem Mechaniker besprochen. Mit einem dieser blöden computergesteuerten Autos irgendwo liegen zu bleiben, dürfte mir nicht passieren. Wessen Idee war das überhaupt? Computer haben in einem Auto nichts zu suchen."

In seinem Schlafzimmer löste er seinen Gürtel und legte die Waffe und seine Dienstmarke ab. Hope schaltete das Licht an, während er seine Jacke auszog und sich auf die Bettkante setzte. „Danke", sagte er und ließ sich auf die Matratze fallen. „Sie können jetzt nach Hause gehen."

Er schloss die Augen, und sein letzter Gedanke, ehe er sich der Dunkelheit ergab, war, dass Hope nicht gehen würde. Sture Frau.

Tabby kauerte eine Weile hinter einer verlassenen Ladenpassage, bevor sie es wagte, ihr Versteck zu verlassen. Sie war gerannt und gerannt, bis sie nicht mehr konnte, bis ihre Lungen brannten und ihre Beine sich nicht mehr bewegten. Wenn Raintree und seine Partnerin Verstärkung angefordert hatten, dann suchten die Cops ganz woanders nach ihr. Hier war alles still und ungestört. Sie hatte nicht einmal Sirenen gehört.

Vielleicht hatten sie keine Verstärkung gerufen. Immerhin wollte Gideon nicht, dass irgendwer wusste, wozu er in der Lage war. Wie also sollte er ihren Angriff erklären? Wenn alle von seinen Gaben wussten, würde er nie wieder zur Ruhe kommen. Die halbe Welt würde ihn für einen Verrückten halten, die andere Hälfte würde ihn benutzen wollen.

Sie hatte ihm einen guten Stich versetzt, aber sie wusste, dass es nicht genug gewesen war. Ein wenig weiter links, und sie hätte eine Arterie verletzt. Dann wäre er verblutet, ehe seine hübsche Partnerin ihm zu Hilfe eilen konnte. Aber im letzten Moment war sie abgerutscht. Wenigstens hatte er jetzt gerade ohne Zweifel schlimme Albträume. Die Droge, mit der sie ihn geblendet hatte, hatte ihr nicht nur einen Vorteil verschafft, ihre Wirkung würde auch eine Weile anhalten. Sie fragte sich, welche Albträume Raintree plagten.

Seine Partnerin war aus dem Nichts gekommen. Verdammt. Sie hatte alles kaputt gemacht. Die Zeit wurde knapp. Keine Spielchen mehr. Keine Raffinessen mehr. Tabby hatte es sowieso nicht so mit der Raffinesse.

Bis Samstagnacht mussten Gideon und Echo Raintree tot sein. Beide. Wenn sie es nicht waren, würde es am Sonntagmorgen Tabby sein, die ins Gras biss ... oder Flusswasser schluckte oder das Meer. Sie glaubte nicht, dass Cael sich um so etwas wie eine ordentliche Beerdigung kümmern würde.

Einige Tropfen Raintree-Blut klebten an ihrem Messer und an ihrer Hand. In der Dunkelheit sitzend hob Tabby beides zu ihrem Gesicht und atmete tief ein. Sie schloss die Augen und stellte sich die Macht vor, die sie noch nicht in ihren eigenen Körper aufnehmen konnte. Das war Raintree-Blut. Es war nicht so mächtig wie ein Finger oder ein Ohr oder nur ein kleiner Fetzen Haut, aber trotzdem ... *Raintree.* Sie war so nahe gewesen, so unglaublich nah.

Es war an der Zeit, sich zurückzulehnen, nachzudenken und einen todsicheren Plan zu erstellen. Sie würde keine Zeit mit Gideon allein verbringen können, und das war sehr schade, aber er würde am Ende der Woche endlich tot sein.

Und er würde nicht alleine sterben.

8. KAPITEL

*E*ine Zeit lang saß Hope einfach auf einem Stuhl neben Gideon Raintrees Bett und sah ihm beim Schlafen zu. Er warf sich im Bett hin und her und fiel dann endlich in einen so tiefen Schlaf, dass er wie tot wirkte. Die bewegungslose Stille beunruhigte sie viel mehr als seine Rastlosigkeit oder sein wirres Gerede oder die Wunde in seinem Bein.

Nachdem er aufs Bett gefallen war und sein Bewusstsein verloren hatte, hatte sie den Verband von seinem Schenkel entfernt. Sie war entschlossen gewesen, Hilfe zu rufen, wenn die Verletzung auch nur halb so schlimm aussah, wie sie es in Erinnerung hatte. Aber irgendwie tat sie das nicht. Es war ein schlimmer Schnitt, keine Frage, aber sie war sich nicht länger sicher, ob er wirklich einen Arzt brauchte. Trotzdem war es merkwürdig, einen so offensichtlich starken und gesunden Körper so komplett ausgeschaltet zu sehen.

Sie hatte ihm seine Hose ausgezogen, die Wunde gereinigt und den Verband gewechselt. Die ganze Zeit hatte sich Raintree kaum bewegt. Es war ein bisschen schwerer gewesen, ihm sein Hemd und seine Krawatte auszuziehen, aber sie hatte es geschafft. Seine Unterwäsche hatte sie nicht angerührt. So weit ging ihre Hingabe dann doch nicht.

Mit einem feuchten Waschlappen wischte sie ihm einige Körner, die wie Sand aussahen, aus dem Gesicht. Was es auch war, es war nicht viel. Einige Staubkörnchen hingen in seinem Ziegenbart und an seiner Wange, und sie wischte sanft ein Korn weg, das in seinem Augenwinkel klebte. Sie glaubte nicht, dass sie genug von der Substanz hatte, um sie analysieren zu lassen, aber sie bewahrte den Waschlappen für alle Fälle trotzdem auf.

Sie hatte noch nie einen bewusstlosen Mann ausgezogen, und Gideon Raintree war offensichtlich von Kopf bis Fuß ein Mann. Seine Brust war von einem feinen Haarflaum bedeckt, sein Körper athletisch und wohlgeformt. Seine starken Arme waren muskulös, ohne aufgeblasen zu wirken. Die Unterarme und die Hände eines Mannes konnten eine Frau schon zum Träumen bringen …

Hope konnte seine Hände nicht ansehen, ohne sich daran zu erinnern, wie er sie berührt hatte. Sie waren beide angezogen gewesen, und es war alles sehr schnell geschehen, und doch war alles so intim gewesen. Unerwartet und mächtig – und *intim*.

Sie wollte nicht an diesen Moment denken, nicht an die Details, an das Warum oder das Wie. Also versuchte sie, sich auf Gideons Gesundheit zu konzentrieren, darauf, dass es ihm gut ging, und alles andere ruhen zu lassen. So spät in der Nacht zeigte sich ein dunkler Schatten um seinen sauber ausrasierten Bart, der ihn ein wenig verlottert aussehen ließ. Es war fast eine Erleichterung, zu sehen, dass auch er nicht immer perfekt war.

Den Anhänger, den er um seinen Hals trug, rührte sie nicht an. Sie wusste zwar nicht genau, warum – schließlich glaubte sie nicht an Glücksbringer; es schien ihr nur nicht richtig, ihn abzunehmen, weil *er* in seine Macht vertraute. Andererseits konnte sie auch nicht erklären, warum sie den Knoten, den er ihr letzte Nacht gegeben hatte, immer noch trug. Es sah ihr gar nicht ähnlich, an so einen Unsinn zu glauben.

Als sie mit der ersten Runde ihrer vollkommen laienhaften medizinischen Versorgung fertig war, setzte sich Hope in den unbequemen Stuhl, den sie sich aus der Ecke des Raumes herangezogen hatte. Sie wollte Gideon nicht zu lange alleine lassen oder zu weit von ihm weg sein. Was, wenn er sie brauchte? Ein dummer Gedanke, aber trotzdem … sie ging nicht weg.

Er hatte neben dem Bett keinen modernen Radiowecker mit digitaler Zeitanzeige. Stattdessen benutzte er einen Wecker zum Aufziehen, der wahrscheinlich älter war als er selber. Das Telefon im Schlafzimmer war wieder kein schnurloses. All das Gerede von Elektrizität und Geistern … Sie glaubte ihm nicht, aber offensichtlich glaubte *er* daran. Sie hatte ernsthaft in Betracht gezogen, dass er korrupt war, aber es war ihr nie auch nur in den Sinn gekommen, dass er geistig labil sein könnte.

Sie hatte das Telefon neben seinem Bett benutzt, um ihre Mutter anzurufen, und danach, um den sehr verärgerten Nachtportier des Hotels darüber zu informieren, wo sie seinen Truck geparkt hatte. Er hatte zum Glück einen Ersatzschlüssel in seinem Büro, und ein Officer, der noch am Tatort war, erklärte sich bereit, ihn zu seinem Wagen zu fahren.

Hope rutschte unruhig hin und her, während sie Gideon beim Schlafen zusah. Seine Geschichte war einfach lächerlich. Sie ergab überhaupt keinen Sinn. Geister. Was für ein Blödsinn. Elektrische Energie? Auch viel zu fantastisch, um es ihm abzukaufen. Sie sollte in der Lage sein, seine Behauptungen als unmöglich abzutun, ihn für geistig labil zu halten. Aber es gab noch einige andere Dinge, die sie in Betracht ziehen musste.

Seine Erfolgsquote als Detective zum Beispiel.

Die alten Autos, die er fuhr. Die Art, wie ihr eigenes Auto auf einmal auf so merkwürdige Art versagt hatte.

Der Mangel von elektrischen Spielereien und Fernsehern und Telefonen in seinem Haus.

Die explodierenden Straßenlaternen am Flussufer.

Er hatte sich auf sie geworfen, *bevor* der Schuss abgefeuert worden war.

Der unerwartete Orgasmus.

Hope glaubte nicht an Dinge, die sie nicht mit eigenen Augen sehen oder mit eigenen Händen berühren konnte. Ihre Mutter trug einen Teil der Schuld daran. Mit Kristallen und Räucherstäbchen und Heilgesängen und Auren aufzuwachsen hatte Hope mehr als einmal in peinliche Situationen gebracht. Sie hatte sich jeden Tag ihres Lebens darum bemüht, mit beiden Füßen auf dem Boden der Tatsachen zu bleiben.

Aber ihre Mutter trug nicht allein die Schuld daran. Jody Landers war es gewesen, der ihre Welt endgültig und vollkommen in tausend Stücke gesprengt hatte.

Sie hatte ihn geliebt. Liebe war noch so eine flüchtige Sache, die man nicht halten oder berühren oder riechen konnte. Trotzdem war ihre Liebe zu Jody ihr eine Zeit lang sehr real vorgekommen. Sie hatte ihre Welt gefüllt und sie glücklich gemacht. Und sie war eine Lüge gewesen. Es hatte sich herausgestellt, dass Jody sie vom ersten Tag an hintergangen hatte. Sie hatten sich nicht zufällig getroffen, und ihre Liebe war nicht echt gewesen. Er war ein kleiner Drogendealer gewesen, der einen Cop in die Tasche stecken wollte, um auf der Karriereleiter nach oben zu kommen. Als sie ihn endlich erwischt hatte, behauptete er, sich wirklich in sie verliebt zu haben. Aber sie hatte ihm damals nicht geglaubt, und sie glaubte ihm auch jetzt, vier Jahre später, nicht.

Sie war schließlich trotz dieses peinlichen Zwischenfalls zum Detective befördert worden. Jody war im Gefängnis und würde dort auch eine Zeit lang bleiben, aber es gab immer noch Leute in Raleigh, die glaubten, dass sie von Anfang an gewusst hatte, was für ein Mann er war. Sie gab es nicht gern zu, aber es war nicht nur die Sorge um ihre Mutter, die sie nach Hause getrieben hatte. Sie hatte die misstrauischen Blicke und das Flüstern, das nie verstummen würde, satt.

Sie konnte es sich nicht erlauben, sich noch einmal mit dem Kontakt zu einer falschen Person, zum falschen *Mann*, zu beschmutzen. Sie würde nie wieder so ein leichtgläubiger Einfaltspinsel sein. Aber was zum Henker machte sie dann hier? Sie schuldete Gideon Raintree nichts. Nicht ihre Zeit, nicht ihr Vertrauen, nicht ihre Treue.

Ihm beim Schlafen zuzusehen, ging ihr unter die Haut. Sie wand sich ein wenig auf ihrem unbequemen Stuhl. Das war sein Bett, sein Haus. Ihn zu beobachten war so persönlich, als würde sie ihn noch einmal ausspionieren.

Gideon schien recht gut zu schlafen. Er atmete langsam und gleichmäßig, sein Herzschlag, den sie ein- oder zweimal überprüft hatte, war kräftig. Mit diesem Wissen im Hinterkopf schüttelte Hope das unerklärliche Bedürfnis ab, ihn zu bewachen, und verließ das Schlafzimmer. Sie hatte Durst, und sie hatte Hunger. Sie war auch müde, aber sie glaubte nicht, dass sie in dieser Nacht noch Schlaf bekommen würde. In der Küche fiel ihr der alte Gasherd auf, den er statt eines modernen Elektroherds hatte. Keine Mikrowelle. Billiger Toaster. Sie öffnete ein paar Schränke, suchte nach etwas zu essen und fand einen tiefen Lagerraum, in dem zwei weitere billige Toaster standen, zusammen mit einer Auswahl an Mixern und wenigstens drei Kaffeemaschinen. Ihr Herz schlug ihr bis zum Hals, und sie beschränkte sich auf Toast mit Erdnussbutter und ein Glas Milch, das sie am Küchentisch verzehrte, von dem aus sie freie Sicht auf den leeren Strand hatte. In der Dunkelheit konnte sie kaum die Wellen erkennen, die sich am Strand brachen, aber das Mondlicht fing sich in ihren Schaumkämmen und funkelte, als sie aufs Ufer zurollten. Es war fast hypnotisierend.

Sie sollte gehen. Nach Hause fahren, ein bisschen schlafen und am Morgen Raintree abholen und ihn entweder zum Arzt bringen oder veranlassen, dass sein Challenger vom Motelparkplatz abgeholt wurde. Wahrscheinlich würde er ein paar Tage lang nicht fahren können, aber sie würden sich schon etwas ausdenken, damit sein Auto wieder dahin kam, wo es hingehörte.

Unter dem Fenster bewegte sich etwas. Da gerade erst jemand auf Gideon eingestochen hatte, war sie auf der Hut, so konzentriert wie möglich. Doch was genau war ihr da ins Auge gefallen? Die Fensterscheibe spiegelte sich, also löschte sie das Licht in der Küche und konzentrierte sich auf den Strand, während ihre Augen sich an die Dunkelheit gewöhnten.

Die deutlich zu erkennende Gestalt eines Mannes ging auf das Wasser zu. Er bewegte sich langsam und mit schleppenden Schritten. Bisher war die Nacht ruhig gewesen, aber auf einmal blitzte es am Horizont auf. Schnell, zu schnell, verdunkelten Wolken den Mond und raubten der Nacht ihr Licht. Hope musste wissen, was da draußen zu so später Stunde vor sich ging.

Das Gewitter kam immer näher. Ein zerklüfteter Blitz zuckte über den Himmel und gab ihr gerade genug Licht, um zu sehen, was sie sehen musste. Der Mann am Strand war fast nackt, trug nur eine Badehose oder Shorts – oder Boxershorts. Sein Haar war etwas zu lang, seine breiten Schultern sahen müde aus, seine Beine waren lang … und sein linker Schenkel war verbunden.

Zuerst rannte Hope ins Schlafzimmer. Das Bett, in dem sie Gideon schlafend zurückgelassen hatte, war leer. Die Vorhänge, die das große Fenster mit Meerblick verhängten, waren zurückgezogen, und ihr fiel auf, dass es nicht nur ein Fenster war, sondern Terrassentüren, die auf ein großes Sonnendeck hinausführten.

Hope rannte auf die Terrasse. Sie war sich sicher, dass sie nicht gesehen haben *konnte*, was sie gesehen hatte. Raintree musste schlafwandeln. Wenn er im Sand zusammenbrach, konnte sie ihn nie allein zurück ins Haus schaffen. Und wenn er ins Meer ging … Verdammt, sie hätte darauf bestehen sollen, ihn ins Krankenhaus zu bringen! Sie rannte die Treppe, die auf den Steg hinunterführte, hinab und dann weiter auf den Strand. Ihre Schritte wurden unsicher, als sie den Sand erreichte. Sie hielt an, um ihre Pumps auszuziehen und warf sie zur Seite, als ein weiterer Blitz den Himmel erhellte und Donner grollte.

Ein Blitz fuhr direkt hinunter und traf Gideon, und statt des Donnergrollens gab es ein lautes, gefährliches Knallen. Hope stolperte im Sand. Ihr blieb der Atem weg. In diesem Augenblick bestand ihre ganze Welt nur aus Angst.

„Gideon!" Sie wartete darauf, dass er zusammenbrechen oder in Flammen aufgehen würde, aber nichts geschah. Er stand mit ausgestreckten Armen da und wurde von einem weiteren Blitz getroffen. Der Donner war ohrenbetäubend laut, und der Blitz schien mit ihm verbunden zu bleiben, bis die Funken auf seiner Haut tanzten. Hope rief Gideon nicht noch einmal beim Namen, aber sie lief weiter auf ihn zu. Das war doch nicht möglich, oder? Ein Mann konnte nicht zum Strand gehen, sich wieder und wieder von Blitzen treffen lassen, und einfach weiter *dastehen*. Während sie beobachtete, wie die elektrischen Funken auf seiner Haut tanzten, erinnerte sie sich daran, was ihre Mutter gesagt hatte, nachdem Raintree am Dienstagabend ihr Apartment verlassen hatte. Hope hatte immer noch von dem Orgasmus gezittert, den er mit nur einer Berührung bei ihr ausgelöst hatte, und ihre Mutter hatte mit einem Lächeln gesagt: „Seine Aura funkelt richtig. So etwas habe ich noch nie gesehen."

„Halt", befahl er ihr, ohne sich umzudrehen. „Komm nicht näher. Das ist gefährlich für dich."

Hope kam stockend zum Stehen. Der Mond war ganz hinter Wolken verschwunden, die Nacht war dunkel geworden, aber sie konnte ihn trotzdem gut genug erkennen. Sie konnte ihn gut erkennen, weil er sanft leuchtete.

Er drehte sich zu ihr um, während der Sturm, der aus dem Nichts gekommen war, abebbte, sich verzog und auf einmal überhaupt nicht mehr erschreckend wirkte. Aber Hope hatte keine Augen für den Sturm, ihr Blick wurde gefangen gehalten von dem Mann, der vor ihr stand. Elektrizität brodelte und flackerte auf seiner Haut, er strahlte ein trübes Leuchten aus. Ihr fiel auf, dass er sich rasiert hatte, der Ziegenbart und der Schnurrbart waren verschwunden. Und seine Augen – glühten sie, oder war das nur das Licht?

Es konnte nicht das Licht sein. Da war kein Licht – außer dem, das aus ihm selbst leuchtete.

Ein Teil von ihr wollte sich umdrehen und wegrennen. Sie war nicht die Art von Frau, die das Unmögliche bereitwillig akzeptierte. Aber ihre Füße steckten im Sand fest, und sie rannte nicht davon. „Ich habe dich vom Küchenfenster aus beobachtet", sagte sie. Ihre Stimme klang schwächer, als es ihr lieb war.

Gideon trat auf sie zu, und dort wo seine nackten Füße in den Sand sanken, stoben kleine Funken empor. „Ich weiß."

Albträume – lebhafte Träume von seinen Eltern und von Lily Clark und von allen Menschen, die er nicht hatte retten können – hatten Gideon ans Wasser getrieben. Dort hatte er die Blitze gerufen, um seinen Körper und seine Seele zu nähren, und um die letzten Reste der Droge aus seinem Körper zu spülen. Er war noch nicht weit gekommen, als er merkte, dass Hope ihn beobachtete. Es war ihm egal. Vielleicht war es gut, dass sie es wusste. Vielleicht musste sie es wissen.

Sie stand ein kleines Stück von ihm entfernt, im weichen Sand unsicher auf den Beinen und unsicher in seiner Gegenwart. „Geht es dir gut?", fragte sie mit leiser, misstrauischer Stimme.

„Ja."

Das unausgesprochene *Wie ist das möglich?* blieb zwischen ihnen stehen, stumm, aber mächtig. Sie hatte gesehen, wie die Straßenlaternen explodierten, war von den kalten Fingern eines Geistes berührt worden und war doch immer noch skeptisch geblieben. Aber das hier ließ sich nicht so einfach erklären.

Ihr Blick fiel auf seinen Schenkel. Fluoreszierende Blitze umzüngelten seine Wunde.

„Sie, äh, leuchten im Dunkeln, Raintree." Sie versuchte unverbindlich zu klingen, versagte dabei aber kläglich.

„Nur, wenn man mich anmacht." Er trat auf sie zu, und sie wich zurück. Sie rannte nicht weg, aber sie vermied es doch, ihm zu nahe zu kommen.

„Sehr witzig", sagte sie, als sie zusammen zurück ins Haus gingen.

Eigentlich war es überhaupt nicht witzig. Dass er diese Frau nackt und in seinem Bett wollte war nicht zum Lachen. Sie war seine Partnerin, und sie war eine dieser standhaften Frauen, die alles endlos hinterfragten. Warum? Wie? Wann? Das machte aus ihr einen großartigen Detective, aber was ihn betraf, waren solche Fähigkeiten eine Katastrophe. Er hatte immer versucht, zu neugierige Frauen zu meiden.

Er war noch nie vorher erwischt worden. Klar, seine Nachbarn hatten manchmal, nach einem Sturm, den er angezogen hatte, gefragt, ob sie ihn nicht am Strand gesehen hätten. Aber er leugnete es immer, und sie schoben, was auch immer sie gesehen hatten, auf einen Traum oder eine Täuschung durch das Licht. Schließlich war es unmöglich, zu begreifen, was er tat und was er *war*.

„Sie können wieder allein gehen", sagte Hope, als sie zu der Holztreppe kamen, die in sein Schlafzimmer führte.

„Ich glaube, die Droge hat mich schlimmer beeinflusst als die Wunde. Die Wirkung lässt langsam nach." Was nach den Albträumen geblieben war, hatten die Blitze weggewaschen.

„Gut." Für den Augenblick sagte Hope nichts mehr. Aber dann brach es doch aus ihr heraus. „Okay, Sie können also so komische elektrische Sachen. Ich bin mir sicher, dass es eine vollkommen logische, medizinische Erklärung für alles gibt."

„Warum muss es vollkommen logisch sein?"

„Muss es eben."

„Nichts ist vollkommen. Logik ist subjektiv."

„Logik ist nicht subjektiv", widersprach sie.

Er wollte sie vor sich die Treppe hinaufschieben, aber sie ließ ihn nicht aus den Augen. Sie wollte nicht, dass er hinter ihr ging, wo sie ihn nicht sehen konnte. Also stieg er, nachdem Hope ihre Schuhe eingesammelt hatte, zuerst die Treppe hinauf. Wenigstens folgte sie ihm, statt in der Dunkelheit der Nacht zu fliehen. Gideon betrat sein dunkles Schlafzimmer vom Sonnendeck aus. Er glühte wirklich in der Dunkelheit. Ein bisschen.

Hope schloss die Terrassentür hinter sich, ließ aber die Vorhänge offen, damit sie die Wellen sehen konnten, die gar nicht so weit entfernt waren. Der Wellengang war ruhiger geworden, aber sein Rauschen erfüllte den Raum immer noch, wie er es die ganze Nacht getan hatte. Es war ein tröstliches Geräusch. Es klang nach Heimat.

Gideon stand nahe am Fußende seines Bettes. Der Sturm und die elektrische Energie, mit der er sich aufgeladen hatte und die immer noch durch seinen Körper tanzte, hatten ihn ermüdet. „Die logische Erklärung lautet, dass meine Familie anders ist. Sie unterscheidet sich von anderen viel stärker, als du dir vorstellen kannst."

„Das ist nicht …"

Möglich, wollte sie sagen, doch so weit ließ er sie gar nicht erst kommen. „Mein Bruder kann unter anderem Feuer kontrollieren. Er ist Dranir, der Anführer unseres Clans, der König der Raintree. Meine Schwester Mercy hat empathische und telepathische Fähigkeiten, sie kann Menschen lesen und ist eine begabte Heilerin. Ihre kleine Tochter Eve scheint mit mehreren Gaben gesegnet zu sein. Unsere Cousine Echo ist eine Prophetin. Ich spreche mit Geistern. Soll ich weitermachen?"

„Das ist nicht nötig", sagte sie kühl.

„Du glaubst mir immer noch nicht."

Er konnte im fast dunklen Raum erkennen, wie Hope den Kopf schüttelte. Jetzt könnte er das Thema wechseln, die Sache einfach vergessen. Sie würde eine Versetzung beantragen, wie er es sich noch gestern gewünscht hatte, und er könnte einfach weitermachen mit seinem Leben und seiner Arbeit. Sie würde niemandem erzählen, was sie in dieser Nacht gesehen und gehört hatte, weil sie auf keinen Fall für dumm gehalten werden wollte. Sie wusste mit Sicherheit, dass niemand ihr glauben würde.

Aber er wollte sie nicht gehen lassen. Es gab etwas zwischen ihnen, das er nicht erklären konnte. Er wollte Hope. Natürlich tat er das. Sie war schön und klug und konnte auf hohen Absätzen rennen. Aber darunter gab es noch etwas anderes, *mehr*, auch wenn er es für besser hielt, dieses Gefühl zu ignorieren. Wenn er mit ihr schlief, würde sie um eine Versetzung bitten müssen. Sie war nicht der Typ, der gerne die Regeln brach. Wahrscheinlich könnte er darauf wetten, dass sie noch nie die Regeln gebrochen hatte.

Er löste langsam den Verband an seinem Schenkel. Endlich kam Hope näher zu ihm. „Das solltest du wirklich noch nicht machen. Noch …" Ihre Stimme verstarb, als er den letzten Rest Verband löste und den Kratzer darunter freilegte. „… nicht", endete sie schwach. Sie streckte ihre Hand vorsichtig aus und berührte die fast verheilte Wunde mit den Fingern. Sie befeuchtete sich die Lippen, legte den Kopf schräg und äußerte ein knappes Wort, das er aus ihrem süßen und unwiderstehlichen Mund nie erwartet hätte.

„Wie …?" Sie zog ihre Finger weg, und schon im gleichen Moment vermisste er ihre Berührung. „Was hast du …?"

„Ich bin ein Raintree", sagte er. „Wenn du eine bessere Erklärung willst, brauchen wir eine Kanne Kaffee."

Diesmal saßen sie nicht an gegenüberliegenden Ecken des Raumes. Gideon saß neben ihr auf der Couch, und sie beide hielten einen dampfenden Becher mit Kaffee in den Händen. Im Licht der Wohnzimmerlampen konnte sie nicht sagen, ob er noch glühte oder nicht. Ein Teil von ihr wollte immer noch darauf bestehen, dass das was sie gesehen hatte, an ihrer normalerweise schlummernden Einbildungskraft lag, die mit ihr durchgegangen war.

„Du willst mir also erzählen, dass alles, was meine Mutter mir mein Leben lang beigebracht hat, *wahr* ist?"

„Das kann ich dir nicht sagen, weil ich nicht weiß, was sie dir alles erzählt hat." Gideon lehnte sich zurück und legte seine nackten Füße auf den Couchtisch. Er hatte eine Jeans angezogen, die die unglaublich schnell heilende Wunde an seinem Oberschenkel verdeckte. Er trug nur diese Jeans und den silbernen Talisman, der auf seiner Brust ruhte und mit einer schwarzen Lederschnur um seinen Hals gebunden war.

„Aura", warf sie in den Raum. Immerhin hatte sie sich darüber am meisten mit ihrer Mutter gestritten.

„Ich kann sie nicht sehen, aber es gibt sie", antwortete er schlicht. „Das ist auch so eine Energiesache. Um sie zu sehen, muss man allerdings eine besondere Gabe für Sinnesempfindungen haben."

„Deine soll angeblich funkeln", sagte sie düster.

Gideon gab ein halb interessiertes Brummen von sich, das eher gelangweilt klang.

„Geister."

„Die gibt es auf jeden Fall", sagte er und warf einen Blick in ihre Richtung.

Hope lehnte ihren Kopf zurück an die Ledercouch. Sie hatte ihre Jacke und ihre Schuhe ausgezogen, aber ansonsten war sie immer noch vollständig und professionell gekleidet. Was würde sie nicht darum geben, endlich ihren BH ausziehen zu können und in etwas Bequemes zu schlüpfen …

Eigentlich sollte sie schon längst über alle Berge sein, sie sollte furchtbare Angst vor dem haben, was sie in dieser Nacht gesehen und gehört hatte. Und jetzt saß sie da und machte sich darüber Gedanken, wie ihr BH unangenehm in ihre Schultern und das Fleisch unter ihren Brüsten einschnitt. Es war fast Viertel vor fünf Uhr morgens. Keine Frau sollte 22 Stunden lang einen BH tragen.

„Leben nach dem Tod?"

„Ja", antwortete Gideon fast ehrfürchtig.

Hope schloss die Augen. Es hatte eine Zeit in ihrem Leben gegeben, zu der sie sich selbst davon überzeugt hatte, dass es nichts gab hinter den Grenzen, die sie berühren und sehen konnte. So war es am einfachsten, jedenfalls meistens – zu glauben, dass wir an einem Tag hier waren und am anderen verschwunden. Keine Erwartungen, keine Enttäuschungen. Gideons schlichte Antworten … Sie glaubte ihm, und das fühlte sich unerwartet gut an. „Wie ist es dort?"

„Ich weiß es nicht."

Sie lachte leise. „Was soll das heißen, du weißt es nicht? Erzählen dir die Geister nichts davon?"

„Es gibt Dinge, die wir nicht verstehen sollen."

Sie nickte. Komischerweise war ihr genau klar, was er meinte. Dieses Gespräch erschien so normal. Sollte sie nicht lachen? Oder weinen? Tanzen? Oder sich ganz von der Welt zurückziehen, die sich gerade für immer verändert hatte? Stattdessen erschien ihr alles so selbstverständlich.

„Zeichen", sagte sie als Nächstes.

„Was meinst du genau?"

Hope hob eine Hand und machte eine unbestimmte Bewegung. „Wenn man zum Beispiel ein Kaninchen über die Straße hoppeln sieht, an einer Stelle, wo man vorher noch nie ein Kaninchen gesehen hat. Vielleicht ist es ein Zeichen, ein Kaninchen zu einer bestimmten Uhrzeit an einem bestimmten Ort zu sehen. Es bringt Glück oder Pech

oder zeigt an, dass man im Lotto gewinnt oder von einem Bus überfahren wird."

„Du hast dich damit wirklich überhaupt nicht beschäftigt, oder?",
neckte Gideon sie.

„Nein. Aber ich will trotzdem eine Antwort." Sie nahm einen langen Schluck Kaffee und wartete.

„Es gibt überall um uns herum Zeichen, aber wir sehen sie meistens nicht."

Sie rutschte ein wenig auf dem Sofa hin und her, um es sich bequemer zu machen. „Nicht einmal du?"

„Nicht einmal ich. Wir übersehen jeden Tag irgendwelche Wunder.
Andererseits …" Gideon zuckte leicht mit den Schultern. „Manchmal
ist ein Hase eben einfach nur ein Hase."

Der lange Tag und der fallende Adrenalinspiegel in ihrem Blut ließen
Hopes Augenlider schwer werden. Sie sanken immer tiefer, aber sie
war noch nicht bereit, aufzuhören. Noch nicht ganz. „Wiedergeburt."

„Auf jeden Fall."

„Du klingst so sicher."

„Deshalb sagte ich *auf jeden Fall*."

Sie gab ihm einen leichten und viel zu vertrauten Klaps auf den Arm.
„Ärger mich nicht. Ich bin müde, und das ist alles so neu, und ich bin
mir …" Nein, sie konnte nicht sagen, dass sie sich immer noch nicht
sicher war. Sie hatte heute Nacht zu viel gesehen, um es nicht zu sein.
Ihre Hand blieb auf seinem Arm, und es fühlte sich ganz natürlich an.
Gideon war warm und stark, und sie mochte es, wie sich seine Muskeln anfühlten. Nur einen Augenblick noch. Es war gleichzeitig ent-
spannend und aufregend. „Wenn wir immer und immer wiederkommen und wir auch immer wieder die gleichen Leute treffen, warum
können wir uns dann daran nicht erinnern?"

„Wo wäre da der Spaß?"

„Spaß?" Hatte er den Verstand verloren? Das Leben machte keinen Spaß. Klar, ab und an gab es amüsante Momente, aber größtenteils war das Leben einfach harte Arbeit.

„Ja", sagte Gideon, „Spaß. Wir bekommen die Gelegenheit, Fehler zu machen, wir lernen zu überleben, entdecken Schönheit, entdecken die Spannung darin, ein Risiko einzugehen. Wir entdecken Gefühle neu, sehen sie mit neuen Augen, die noch nicht von der Zeit
beschmutzt oder getrübt sind. Wie sehen uns Wundern mit dem Erstaunen von etwas Neuem und Unbekanntem gegenüber und verlie-

ben uns mit Herzen, die noch nicht gebrochen und angeschlagen sind."

„Womit wir bei Risiken wären", sagte sie. Zu hören, wie Gideon über das Verlieben sprach, beunruhigte sie. Sie beugte sich vor, stellte ihren Becher auf den Couchtisch, fasste unter den Rücken ihrer Bluse, murmelte eine leise Entschuldigung, öffnete ihren BH und ließ den Träger von ihrer linken Schulter gleiten.

„Wenn du Hilfe brauchst, musst du nur etwas sagen", sagte Gideon.

„Es geht schon", sagte sie und lehnte sich wieder in die Couch zurück. So viel bequemer. „Engel."

Gideon lehnte sich ebenfalls zurück und machte es sich bequem, wie sie es getan hatte. „Oh ja."

„Elfen?"

„Ich habe noch nie welche gesehen, aber das bedeutet nicht, dass es sie nicht irgendwo gibt. Ich bin mir nicht richtig sicher."

Sie streckte die Hand aus und berührte den silbernen Talisman auf Gideons Brust mit einem Finger. „Talisman?", sagte sie leise.

Er sah ihr in die Augen, und ihr Herz machte einen Sprung. Gideon hatte wirklich unglaubliche Augen. Wenn sie auf der Suche nach einem Mann wäre, was sie definitiv nicht war, wäre er ein wirklich geeigneter Kandidat. Er war nicht nur auf eine vollkommen männliche Art schön, er machte sich auch Gedanken in seinem Job. Er kämpfte für Menschen, die nicht länger für sich selbst kämpfen konnten. Er war Gerechtigkeit und Kraft und Sex – und manchmal leuchtete er im Dunkeln.

„Manchmal", antwortete er schließlich.

Sie nahm ihre Hand von seiner Brust und zog ihren eigenen Anhänger aus ihrer Bluse. „Als ich mich heute Morgen fertig gemacht habe, hat es sich angefühlt, als würde dieses Ding mich anstarren. Ich bin mir immer noch nicht ganz sicher, warum ich es überhaupt umgelegt habe."

„Tu mir einen Gefallen", sagte Gideon sanft, „und nimm ihn nicht ab."

Hope nickte und setzte sich dann zurück in ihre vorherige und sehr bequeme Position. Alles, was sie immer als Zauberei abgetan hatte, war anscheinend wahr. Sie sollte alles schreiend leugnen, stattdessen fühlte sie sich einfach nur seltsam ruhig.

„Du hast gesagt, dass es die Raintrees schon sehr lange gibt."

„Ja."

„Als deine Vorfahren normale Menschen geheiratet haben, warum ist da die … die … Mist, ich weiß nicht einmal, wie ich es nennen soll. Ich glaube nicht an Magie, aber mir fällt auch kein besseres Wort ein. Wenn deine Familie so etwas wie genetische Magie hat, warum ist die dann nicht langsam ausgestorben, während ihr euch mit der normalen Bevölkerung fortgepflanzt habt?"

Etwas an dem Wort *fortgepflanzt* war ihnen beiden unangenehm. Zwischen ihnen hatte es von Anfang an eine sexuelle Spannung gegeben, auch als sie sich noch nicht ganz sicher gewesen war, dass er zu den Guten gehörte. Trotzdem war es noch zu früh für diese Art von Spannung. Sie hätte sich nie zu ihm beugen und den Anhänger auf seiner Brust berühren sollen, und er hätte ihr nie so in die Augen sehen dürfen.

„Raintree-Gene sind dominant", erklärte Gideon.

„Wenn du also Kinder hättest …" Sie öffnete die Augen und drehte ihren Kopf, um ihn anzusehen. Ihre Neugierde war wieder geweckt. „Hast du?", fragte sie. „Gibt es irgendwo kleine Gideons, die Blitze anziehen und mit toten Menschen sprechen?"

„Ich habe keine Kinder", sagte er, diesmal mit ernsterer Stimme als vorher.

„Aber wenn du welche bekommst …"

Er schüttelte den Kopf, ehe sie den Satz beenden konnte. „Nein. Es ist schwer genug, in dieser Welt ein Kind großzuziehen, ohne ihr auch noch beibringen zu müssen, dass sie einen Teil von sich immer verstecken muss. Ich würde das einem Kind nicht antun."

„Sie", wiederholte Hope und schloss wieder die Augen.

„Was?"

„Du hast ‚sie' gesagt. Nicht es, nicht er. Sie."

Er zögerte kurz. „Ich habe eine Nichte. Sie ist das einzige Kind, mit dem ich mich in letzter Zeit abgegeben habe. Deshalb habe ich *sie* gesagt."

Sie glaubte ihm nicht, aber es gab keine wirklichen Gründe für ihre Zweifel. Nur Instinkt. Aber sie glaubte nicht an Instinkt, oder etwa doch? Sie glaubte an Fakten. Konkrete, unumstößliche Fakten. *Das* konnte sie nach der heutigen Nacht getrost vergessen.

„Du hast dich rasiert", sagte sie und wechselte damit zu einem fast absurd normalen Thema.

„Als ich aufgewacht bin, hatte ich das Gefühl, dass die Droge, die Tabby benutzt hat, immer noch da ist. Sie ließ sich nicht abwaschen."

Sie hätte hören müssen, wie er sich im Badezimmer bewegt hatte, aber das Haus war so groß, und sie war so abgelenkt gewesen. „Es gefällt mir."

Er schnaubte, und sie lächelte.

„Ich werde jetzt schlafen", sagte sie, und ihr Geist und ihr Körper stürzten sich sofort ins Vergessen. Sie war viel zu müde, um überhaupt in Betracht zu ziehen, nach Hause zu fahren. Falls sie das tat, würde sie nur eine kurze Dusche nehmen, etwas essen und dann einen neuen Tag beginnen. Hier konnte sie eine oder zwei Stunden schlafen. „Wir müssen in ein paar Stunden aufstehen und den Clark-Fall untersuchen."

„Es war Tabby", sagte Gideon. „Die Blonde, die Sherry Bishop umgebracht und auf mich eingestochen hat."

„Ja", antwortete Hope mit schwerer Zunge. „Ich glaube dir." Und sie glaubte ihm. Alles, was er sagte, war die Wahrheit. Was für ein Schlag in die Magengrube. „Morgen finden wir einen Weg, es auch zu beweisen."

9. KAPITEL

*G*ideon hob die schlafende Hope vorsichtig hoch. Sie bewegte sich nicht einmal. Er könnte sie wahrscheinlich auch auf der Couch liegen lassen, aber das Leder war nicht gerade bequem. Er legte sie stattdessen auf sein Bett, und sie rollte sich sofort auf die Seite, griff sich ein Kissen und seufzte entspannt.

Er könnte sie in ihrer Kleidung schlafen lassen, aber wie die Couch war das nicht sehr bequem. Er knöpfte ihre Hose auf, wartete mit jeder verstreichenden Sekunde darauf, dass sie aufwachte und ihm eine Ohrfeige verpasste. Aber sie hatte entweder einen festen Schlaf oder die Geschehnisse des Tages hatten sie vollkommen ausgelaugt. Sie schlief weiter, bewegte sich kaum, als er ihr die jetzt nicht mehr sehr glatten grauen Hosen auszog und sie zur Seite warf.

Die Bluse würde bleiben müssen. Sie auszuziehen und dann zu gehen, das musste nun wirklich nicht sein. Ohne den BH, der immer noch auf der Couch im Wohnzimmer lag, würde sie es schon bequem haben.

Als er Hope bis auf ihre Bluse und ihren Schlüpfer ausgezogen hatte, bedeckte er sie mit einem Laken und ging barfuß zum Fenster. Ehe er die Vorhänge schloss, stand er ein paar Minuten da und sah zu, wie die Wellen an den Strand rollten.

Er hatte ihr mehr von sich erzählt, als er je zuvor mit jemandem geteilt hatte. Eine einzige Frau hatte bisher einen kurzen Blick – nicht mehr als das – darauf bekommen, wozu er in der Lage war, und sie hatte nicht schnell genug von ihm wegrennen können. Das war vor langer Zeit gewesen. Er war ihr noch einmal begegnet, mehrere Jahre nachdem sie sich getrennt hatten, und anscheinend hatte sie vergessen, warum sie ihn verlassen hatte. Das taten die Leute oft. Wenn sie sich etwas, was sie sahen, nicht erklären konnten, vergaßen sie es einfach. Eine Amnesie, die dazu dienen sollte, den Verstand vor Dingen zu schützen, die er nicht akzeptieren konnte, jedenfalls nahm er das an. Nicht anders als das Vergessen der Einzelheiten eines Autounfalls oder sonst einer traumatischen Begebenheit. Passierte immer wieder.

Würde Hope am Morgen alles vergessen haben? Vielleicht. Sie war eine vernünftige Frau, die nicht dafür gemacht zu sein schien, etwas zu glauben, was ihre ordentliche kleine Welt aus den Fugen brachte. Er wäre in der Lage, ihre ganze Welt ins Schwanken zu bringen – auf mehr als nur eine Art.

Schließlich schloss er doch die Vorhänge und kroch neben Hope ins Bett. Ihre Wärme und ihre Weichheit lockten ihn zu sehr, und er gab sich der Verlockung hin. Er hatte immer gewusst, dass sie um eine Versetzung bitten musste, falls er mit ihr schlief, aber das hatte nichts damit zu tun, warum er sie jetzt wollte.

Im Gästezimmer im zweiten Stock stand ein Doppelbett; mehr Möglichkeiten, bei ihm zu schlafen, gab es nicht. Das Zimmer wurde meistens als Lager zweckentfremdet. Manchmal schlief Echo dort, und sehr selten kam auch Mercy mit ihrer sechsjährigen Tochter Eve vorbei. Nur jemand, der sich selbst quälen wollte, würde ein Haus am Strand mit jeder Menge gemütlicher Gästezimmer ausstatten. Gideon jedoch bevorzugte seine Einsamkeit.

Echo hatte das Gästebett vor ihrer Abreise nach Charlotte abgezogen. Außerdem hatte er darauf die Akten der ungelösten Morde, die er nach Hause mitgebracht hatte, verteilt. Er hatte keine Lust, sich die Zeit zu nehmen, das Bett leer zu machen und neu zu beziehen, nur um ein Gentleman zu sein. Sein eigenes Bett war warm und weich, und er fühlte sich von Hope auf die ursprünglichste aller Arten angezogen, wie ein Mann von seiner Frau.

Seiner Frau. Hope mochte vieles sein, aber ganz sicher gehörte sie ihm nicht. Und trotzdem schlang er einen Arm um ihre Taille und zog sie an sich, ehe er einschlief.

Sie hatte so tief geschlafen, dass sie sich nicht einmal an Bruchstücke eines Traumes erinnern konnte. Hope grub sich tiefer in die weiche Matratze, verkroch sich vor der Kälte des Morgens. Die Klimaanlage musste voll aufgedreht sein. Ungewöhnlich, normalerweise war ihre Mutter geradezu darauf versessen, Energie zu sparen.

Die Luft war kühl, aber sie selbst fühlte sich fremdartig an, und gemütlich warm. Der Wecker hatte noch nicht geklingelt, also konnte sie noch eine Weile länger schlafen. Noch einige kostbare Minuten.

Und dann, so plötzlich, dass sie zusammenzuckte, erinnerte sie sich daran, wo sie war. Raintrees Haus. Sie war auf der Couch eingeschlafen, aber das hier war keine Couch. Es war Raintrees Bett. Sie drehte sich vorsichtig um, um den Mann anzusehen, mit dem sie geschlafen hatte. Der Grund dafür, dass ihr so warm war, war Gideons fast nackter Körper, der fest gegen ihren gepresst war.

Immer noch halb schlafend, bewegte sie sich so wenig wie möglich, um ihn anzusehen. Sie waren sich nah, viel näher, als sie je erwartet hatte, diesem Mann sein zu können. Von Anfang an hatte sie ihn im Verdacht gehabt, in kriminelle Machenschaften verwickelt zu sein. Jetzt wusste sie, dass er kein korrupter Cop war. Er war nur anders. Sehr, *sehr* anders.

Er sah gut aus an diesem Morgen. Dass man ihn letzte Nacht verletzt und unter Drogen gesetzt hatte, schien ihm nichts ausgemacht zu haben. Im Schlaf sah er etwas angeschlagen aus, ungeschützt, und so schön, wie nur ein gut aussehender Mann es sein konnte. Falls Gideon wusste, dass er schön war, benahm er sich jedenfalls nicht so, im Gegensatz zu einigen anderen Männern, die sie kannte. Er war es einfach.

Vorsichtig, um ihn nicht zu wecken, hob sie das Laken an, das sie beide bedeckte, und sah darunter. Sein Schenkel war fast ganz verheilt. Letzte Nacht noch war dort eine klaffende Wunde gewesen, und jetzt war nur noch ein schlimmer Kratzer übrig. Sie sollte nicht überrascht sein. Nichts, was mit diesem Mann zusammenhing, sollte sie je wieder überraschen.

„Keine Sorge", brummte eine raue Stimme, „es ist nichts passiert."

Hope hob den Kopf ein Stück und sah, dass Gideons Blick fest auf sie gerichtet war. Seine Augen waren noch schläfrig, schwer und sexy und spannungsgeladen.

„Ich habe mir deine *Wunde* angesehen", sagte sie geziert.

„Ich dachte, du guckst, ob ich meine Unterhose anhabe", erwiderte er.

Sie schlug das Laken zurück und begann, sich aus dem Bett zu rollen, größtenteils, damit Gideon nicht sah, dass sie rot wurde. Ihre Wangen wurden wirklich heiß, und das war so eine mädchenhafte Reaktion.

Ehe sie sich ganz wegrollen konnte, schnappte Gideon mit einem langen Arm nach ihr und zog sie zurück an seine Brust. „Geh jetzt noch nicht", sagte er, seine Stimme immer noch schläfrig und rau und höllisch sexy. Hope wusste, dass sie entkommen konnte, wenn sie ihm einen Stoß gab und sich wegrollte. Gideon hielt sie nicht richtig fest, er wollte sie nur überreden, zu bleiben. Sein Griff war schwer und warm und gemütlich. Sie schubste ihn nicht, und sie rollte sich auch nicht weg. Stattdessen legte sie ihren Kopf aufs Kissen und starrte weg von Raintree, während er sie festhielt.

Jody hatte nicht oft in ihrer Wohnung geschlafen, zweimal vielleicht. Und selbst dann war es ein Fehler gewesen, zumindest in seinen Augen. Er war eingeschlafen und früh am Morgen geflüchtet. Aber sie erinnerte sich daran, dass dieser Teil ihr gefallen hatte. Es gefiel ihr, gehalten zu werden, Haut an Haut, eine Verbindung, die sexuell war und doch so viel mehr. Das war es, was sie vermisst hatte, als sie alleine lebte. Als sie sich ganz ihrer Karriere gewidmet und jeden Mann, der sie auch nur angelächelt hatte, so angesehen hatte, als würde er sich im nächsten Moment in einen Oger verwandeln und sie beißen.

Sie glaubte nicht, dass Gideon sie beißen würde, aber das war vielleicht eine gefährliche Annahme. Er war ein Mann wie jeder andere, das wurde ihr immer klarer, je länger er sie festhielt.

Falls sie noch fliehen wollte, war jetzt die Zeit gekommen, um das Bett zu verlassen. Wenn sie hierblieb, in seinem Bett, wenn sie nicht *sofort* verschwand, dann wusste sie verdammt genau, was passieren würde. Sie war eine erwachsene Frau von klarem Verstand, neunundzwanzig Jahre alt und ledig. Und in diesem Moment, in dem ihre Welt immer noch aus der Bahn geraten war wegen allem, was sie letzte Nacht gehört hatte, wollte sie festgehalten werden. Nicht nur von irgendeinem Mann, sondern von diesem. Gideon Raintree. Der mit Geistern redete, der Blitze atmete, und der manchmal im Dunkeln leuchtete.

Er strich ihr Haar zur Seite und berührte ihren Hals mit seinen Lippen. Ein deutliches Zittern durchfuhr ihren Körper. War das Elektrizität, die sie zum Zittern brachte, oder war er allein daran schuld? War es etwas Übernatürliches – oder etwas ganz außergewöhnlich *Natürliches*? Im Moment konnte sie sich nicht dazu bringen, darüber nachzudenken. Es war ihr egal. Es fühlte sich so gut an …

„Ich will dich", sagte er leise.

Hope befeuchtete sich die Lippen. *Ich weiß. Ich will dich auch.* Die Worte tanzten in ihrem Kopf, aber sie konnte sie nicht aussprechen.

„Ich bin mir nicht sicher, ob das eine gute Idee ist, aber ich wollte es mal gesagt haben." Seine Hand fuhr unter ihre Bluse, um ihre nackte Haut zu streicheln, und sie schloss die Augen und schmolz. Ihr Verstand sagte ihr, dass es eine sehr schlechte Idee wäre. Aber ihr Körper hatte eine ganz andere Meinung. Ihr Körper wollte das Gleiche, was Gideon wollte, auch wenn ihre Lust nicht so offensichtlich war wie seine. Jedenfalls nicht körperlich.

Konnte er spüren, wie sie bebte? Sie hatte sich so schon lange nicht mehr von einem Mann berühren lassen, so lange, dass es sich neu anfühlte, aufregend und mächtig.

Mit geschlossenen Augen und zitterndem Körper sog sie Gideons Wärme in sich auf und stellte sich vor, was noch geschehen würde, wenn sie es zuließ. Wenn sie es wollte. Sie musste kein Wort sagen. Sie musste sich nur in seinen Armen umdrehen, ihre Lippen auf seine pressen und ihn küssen. Das war die einzige Antwort, die er brauchte, und alles, was sie ihm geben konnte.

Seine Hand fuhr ihren Bauch hinunter und blieb auf dem weichen Fleisch unter ihrem Bauchnabel liegen, so, wie er es schon im Laden ihrer Mutter getan hatte, als er sie gegen die Theke gepresst hatte. Sie wusste, was er vorhatte, also griff sie nach seinem Handgelenk und zog seine Hand ein Stück weg.

Hope spürte die Enttäuschung in ihm, spürte seine Resignation. Sie drehte sich langsam um, sodass sie ihm ins Gesicht sehen konnte, sein Handgelenk immer noch in ihrer Hand. „Diesmal wird nicht geschummelt", flüsterte sie. Dann küsste sie ihn.

Sie hätte wissen müssen, dass er großartig küssen konnte. Eine Berührung, ein Flattern seiner Lippen auf ihren, und ihre letzten Zweifel waren verflogen. Sie grub ihre Finger in sein Haar und zog ihn näher zu sich, während ihre Lippen sich weiter öffneten und sie seine Zunge mit ihrer berührte. Es gab hundert Gründe, warum sie nicht hier sein sollte. Sie kannte ihn kaum, er war ihr Partner, sie hatte ihm vom ersten Tag an misstraut, und er war, wer er war.

Aber nichts davon war wichtig. Sie wollte, dass er sie küsste, lange und vollkommen und mit der gleichen Ausgelassenheit, die sich in ihr selbst entfaltete.

Er knöpfte ihre Bluse auf, während sie sich küssten, und sie zogen sie gemeinsam aus. Jetzt konnte sie ihn halten und wirklich Haut an Haut liegen. Es war ein so wunderbares Gefühl, dass sie nicht anders konnte, als sich daran zu erinnern, was er letzte Nacht darüber gesagt hatte, neue und wundervolle Dinge im Leben zu entdecken. Das hier war neu. Die Art, wie sie ihn wollte, die Art, wie sie die Kontrolle über sich selbst verlor, die Art, wie ihr Körper von seinem angezogen wurde … Alles war neu, und es war schön.

Gideon rollte sie vorsichtig auf den Rücken, und sie ließ sich in die Matratze sinken, sehnsüchtig, und doch unerklärlicherweise zufrieden für jemanden, dessen Herz und Puls so hart schlugen, dass sie alles andere in den Hintergrund rücken ließen. Er legte seine Lippen auf eine ihrer Brustwarzen und saugte sie tief in seinen Mund. Sie bäumte sich fast von der Matratze auf, so intensiv war ihr Lustgefühl. Innerlich zog sie sich zusammen, bereit auf eine Art, auf die sie noch nie bereit gewesen war. Sie klammerte sich an Gideon, hielt sich an ihm fest, während er seine Aufmerksamkeit ihrer anderen Brust widmete. Er bewegte sich, als hätten sie alle Zeit der Welt, aber sie merkte, dass er genauso kurz davor stand, die Kontrolle zu verlieren, wie sie selbst.

Sie konnten es sich nicht leisten, ganz die Kontrolle zu verlieren.

„Hast du ein Kondom?", fragte sie heiser. Wenn er Nein sagte … er konnte nicht Nein sagen. Er würde bestimmt nicht Nein sagen.

„Ja", sagte er, und sie seufzte erleichtert.

„Gut."

Gideon hatte so wunderbare Hände. Sie waren maskulin, schön geformt und stark. Seine Finger waren lang, und wie alles andere an ihm auch einfach schön. Seine Hände waren gebräunt, dank der Stunden, die er am Strand verbrachte. Sie sah die Sonne nicht oft. Ihre helle Haut neigte zu Verbrennungen, und außerdem bedeutete Bräune, dass sie Freizeit hatte, und wann hatte sie das letzte Mal richtig Urlaub genommen? Sie konnte sich nicht einmal erinnern.

Gideons sonnengeküsste Hand fuhr über ihr blasses Fleisch, und sie sah ihm fasziniert und erregt dabei zu. Er berührte sie, als sei sie aus Porzellan gemacht, erkundete ihre Kurven im Vorüberziehen, lernte das Gefühl ihrer Haut kennen und setzte ihre Sinne in Brand, bis sie sich fühlte, als würde sie über dem Bett schweben, wirbelnd und klammernd und verwickelt in Magie.

Er griff nach ihrem Slip und zog ihn ihr mit einer schnellen Bewegung aus. Einfach so lag sie da, nackt bis auf den Schutzzauber um ihren Hals, den er für sie gemacht hatte. Sie ließ einen zitternden Finger in das Gummiband seiner Boxershorts gleiten und zog sie ihm aus, sodass er nicht mehr trug als sie selbst.

Ehe er sich bedecken konnte, wollte sie ihn berühren. Sie wollte ihn in ihrer Hand spüren, und sie tat es. Sie war nicht schüchtern und er auch nicht. Hierbei nicht.

Sie küssten sich wieder, und diesmal drückte Gideon ihre Schenkel auseinander, während ihre Münder sich trafen und miteinander tanzten. Ein dumpfes Beben hatte sich in ihren Körper genistet, und nichts konnte es beenden, bis auf das Ende dieses Tanzes. Es gab nur ein mögliches Ende, nur eine annehmbare Lösung, und das war, Gideon in ihr zu spüren und den Höhepunkt zu erleben, den sie beide brauchten. Ihre Hände lagen ohne Druck, aber doch eindringlich auf seinen nackten Hüften, ihre Finger wiegten sich im gleichen Rhythmus wie ihr Körper.

Er löste seinen Mund von ihrem und griff nach dem Nachtschrank, wo er etwas herumsuchte und schließlich in den hinteren Teil einer unordentlichen Schublade griff, um ein Kondom herauszuziehen. Es war eine notwendige, aber störende Verzögerung, als würde man fünf Meilen vor dem Ziel tanken müssen. Aber er war bald zurück, berührte sie wieder, ließ seine Finger in sie gleiten und rieb seinen Daumen auf eine Art an ihr, die sie keuchen und sich winden ließ. Sie hatte noch nie etwas so sehr gewollt, wie sie ihn in sich spüren wollte. Jetzt. Und dann war er da, presste sich in sie hinein, weitete sie langsam aus, bis sie sich an seine Größe gewöhnt hatte. Sie keuchte fast auf. Nichts hatte sich je so gut angefühlt, kein Moment in ihrem Leben hatte sie bisher durch seine Schönheit fast zum Weinen gebracht.

Gideon liebte sie auf die gleiche Art, wie er auch alles andere tat: mit kompletter Hingabe und einem außergewöhnlichen Talent. Hope schloss die Augen und ließ sich einfach von ihm lieben. Er füllte ihren Körper und trug sie nahe an den Abgrund, wo er sie eine Zeit lang festhielt. Wellen der Lust durchfuhren sie, stark und vielversprechend und voll Verlangen. Gerade als sie kurz davor war zu kommen, hielt er sich wieder zurück und wurde langsamer, nur um dann wieder erneut zu beginnen.

Sie öffnete die Augen und flüsterte: „Du folterst mich."

„Nur ein bisschen."

Das Zimmer war dunkel, dank der festen Vorhänge, die das Panoramafenster und die Terrassentüren verhängten. Wenn es nicht so dunkel gewesen wäre, hätte sie nie das sanfte Leuchten bemerkt, das die grüne Iris von Gideons Augen umgab.

„Du glühst wieder." Komischerweise beunruhigte sie das diesmal überhaupt nicht.

„Tue ich das?"

„Es ist wunderschön." Sie schlang ihre Beine um seine Hüften. Presste ihren Körper gegen seinen und zog ihn zu sich, bis er vollkommen in ihr war. Diesmal zog er sich nicht zurück, sondern bewegte sich schneller und härter und vollkommener in ihr, bis sie mit einem Aufschrei kam. Die Erlösung ließ ihren Körper unkontrolliert zucken und ging immer noch weiter, auch als sie sich sicher war, dass es zu Ende sein musste, anders als alles, was sie je zuvor erlebt hatte. Sie schrie wieder auf und keuchte und klammerte sich an Gideons Schultern. Er kam mit ihr, bebte über ihr und in ihr.

Endlich wurde er langsamer und sie mit ihm, und dann lag er auf ihr und hielt sie einfach nur an sich gedrückt, während er sie immer noch ausfüllte. Als er endlich seinen Kopf hob, um sie anzusehen, zuckte sie überrascht zusammen.

„Du gibst dem Wort ‚nachglühen‘ eine völlig neue Bedeutung, Gideon.“

Er glühte wirklich ein bisschen. Seine Augen leuchteten in einem unnatürlich grünen Licht, und um seinen Körper lag ein Hauch funkelnden Lichtes.

„Ist das ... normal?“

Gideon zog sich von ihr zurück, körperlich wie auch geistig, und rollte sich weg von ihr. „Es ist schon ein- oder zweimal passiert. Ich würde es nicht wirklich normal nennen.“

Sie streckte ihre Hand nach ihm aus, um ihn aufzuhalten. Um ihm zu sagen, dass sie sich nicht beschweren wollte, ganz im Gegenteil. Aber er war schneller als sie, verließ das Bett, ehe sie ihn berühren konnte, und ging ins Badezimmer.

Herz, Körper und Seele. Gideon konnte sich nicht genau erinnern, woher er wusste, dass alle drei zusammenhängen mussten, damit er wirklich nachglühte, aber er tat es. Er nahm sich eine Minute extra im Badezimmer, um sich das Gesicht noch einmal zu waschen, und um seine Zähne zu putzen – schon wieder. Normalerweise hätte er diese Dinge vorher erledigt und nicht hinterher, aber an diesem Morgen war nichts normal gewesen.

Er kannte Hope Malory kaum. Sie war vielleicht schön und sexy, und sie hatte gesehen, wozu er in der Lage war, und war nicht weggerannt als wäre ein Monster hinter ihr her. Noch nicht. Aber da war mehr als das ... Mist, mehr als das konnte es nicht geben.

Sie war eine interessante Ablenkung, das war alles, und mit ihr zu schlafen, würde ihre ungewollte Partnerschaft beenden. Jetzt musste sie um eine Versetzung bitten, ob es ihr gefiel oder nicht, und das war es, was er mehr als alles andere wollte. Also warum, verdammt noch mal, glühte er?

Ein Fehler im System, das war die Antwort. Beim nächsten Mal, falls es ein nächstes Mal geben sollte, würde nichts Außergewöhnliches passieren, und Hope würde sich am Ende selbst davon überzeugt haben, dass sie auf eine Lichttäuschung hereingefallen war. Oder sie war so heftig gekommen, dass es ihr auf die Sehkraft geschlagen hatte.

Und sie *war* heftig gekommen. Was machte eine Frau wie sie allein? Sie war genauso allein, wie er es war. Er wusste es, ebenso wie er wusste, dass Herz, Körper und Seele zusammenhängen mussten, damit geschah, was geschehen war.

Es war keine große Sache. Er hatte schon einmal geglaubt, er sei verliebt. Sie hatte nur einen Hauch dessen mitbekommen, was er wirklich war, aber das war schon das Ende gewesen. Diese kurze Beziehung hatte seinen Glauben daran, etwas Normalität in seinem Leben haben zu können, gründlich begraben. Am Ende war er über sie hinweggekommen, und er würde auch über Hope hinwegkommen.

„Es ist Emmas Schuld, dass ich mir solche Gedanken mache", murmelte er. „Dante und sein blöder Türkis."

Plötzlich erschien ihm Emmas Bild im Spiegel, und er griff instinktiv nach einem Handtuch und schlang es um seine Hüften, ehe er sich umdrehte. Heute erschien sie um die fünf Jahre alt und schwebte über der Badewanne, wieder ganz in Weiß gekleidet. Ihr dunkles Haar lockte sich ein bisschen und war zu zwei Rattenschwänzen frisiert.

„Hi, Daddy. Hast du mich gerufen?"

„Nein, habe ich nicht."

„Ich habe gehört, wie du meinen Namen gesagt hast", widersprach sie, mit aller Unschuld und Sturheit eines kleinen Mädchens.

Ein schrecklicher Gedanke kam ihm in den Kopf. „Warst du gerade hier?"

„Nein", sagte sie mit großen Augen und wurde immer undurchsichtiger, während er sie ansah. „Ich habe gewartet, und dann habe ich gehört, wie du meinen Namen gesagt hast."

„Auf was gewartet?"

Emma lächelte. „Sei vorsichtig, Daddy", sagte sie, als sie zu verschwinden begann. „Sie ist sehr böse. Sehr, *sehr* böse."

„Wer ist sehr …?" Ehe er die Frage beenden konnte, war Emma verschwunden. Bestimmt warnte sie ihn vor Tabby. Letzte Nacht, ehe er ans Flussufer gegangen war, wäre eine Warnung nett gewesen. Nicht, dass es ihn aufgehalten hätte.

Als er zurück ins Schlafzimmer kam, war Hope verschwunden. Er hörte, wie sie sich im Gästebadezimmer am anderen Ende des Flures bewegte. Nach einigen Minuten ging die Badezimmertür auf, und sie rief: „Raintree, du hast nicht zufällig eine Zahnbürste übrig, oder?"

„Zweite Schublade von links", antwortete er.

Gideon machte sich selbst Vorwürfe, als er die Kleidung für den Tag aus dem Schrank zog. Wenigstens machte Hope keine sentimentalen Anstalten. Sie behandelte diesen Morgen so, wie sie sollte: als Spaß, in einer Welt, in der es viel zu wenig davon gab. Etwas Entspannung für zwei Erwachsene, anscheinend vernachlässigte Körper, die sie dringend gebrauchen konnten. Nur ein weiterer Tag in einer langen Reihe von Tagen.

Ja, Hope war heiß, sie war schön, sie war mutig. Aber er konnte sie nicht lieben, und das hier konnte so nicht weitergehen.

„Du musst doch mehr Sachen hier haben, die mir passen. Ich würde lieber etwas von dir anziehen als *das* hier!"

„Meine Sachen sind dir zu groß", sagte Gideon vernünftig. „Echos passen dir gut."

„Das ist wohl eine Frage der Einstellung", murmelte Hope düster, als sie am Saum ihres abgeschnittenen T-Shirts zog, das ihren Bauchnabel nicht bedeckte. Sie war gute acht Zentimeter größer als Echo Raintree, also war es ein Wunder, dass irgendetwas, was die andere Frau zurückgelassen hatte, ihr überhaupt passte.

Sie hatten beide geduscht und sich umgezogen, aber dann hatte sie nur die Wahl gehabt zwischen ihrer zerknitterten Bluse, in der sie geschlafen hatte, und der noch mehr zerknitterten Hose, die Raintree letzte Nacht auf den Boden geworfen hatte, oder etwas aus der Schublade mit Sachen, die seine Cousine bei einer ihrer unregelmäßigen Besuche zurückgelassen hatte.

Der Mann besaß kein Bügeleisen, oder jedenfalls behauptete er das. *Jeder hatte doch ein Bügeleisen!*, dachte Hope, als sie versuchte, die Taille ihrer Hüftjeans höher zu ziehen. Gideon sagte, er ließe alle seine Sachen in der Reinigung bügeln.

Sie hatte die Wahl zwischen ein paar Bikinis, zwei T-Shirts mit abgerissenem Saum, die das Nabelpiercing zur Schau stellen sollten, das Hope nicht besaß, und entweder einem Paar abgeschnittener Shorts, aus dem ihre Pobacken heraushingen, oder einem engen Paar ausgewaschener, zerrissener Jeans, die sie normalerweise in den Müll geworfen hätte. So wie die Säume aussahen, mussten die Hosenbeine über den Boden geschleift sein, als Echo sie getragen hatte, aber die Jeans war besser als die Shorts.

Außerdem wäre es nicht nur unangebracht, die gleichen Sachen wie gestern zu tragen; ihr hoffnungslos zerknitterter Zustand würde auch Fragen aufwerfen, die sie an diesem Morgen nicht beantworten wollte. Und sie hatte mehr als einen Blutfleck auf ihrer Bluse und ihrer Hose entdeckt. Dafür hatte sie auch keine ordentliche Erklärung, also hatte sie keine andere Wahl, als sich mit Echos Sachen zu begnügen.

Wenigstens hatte Gideon sich ebenfalls leger angezogen, damit sie sich nicht wie ein kompletter Vollidiot vorkommen musste. Seine Jeans sahen wirklich gut an ihm aus, und sein T-Shirt auch, außerdem war *sein* Bauchnabel bedeckt.

„Wir fahren später bei dir vorbei, damit du dich umziehen kannst", sagte er, drehte ihr den Rücken zu und schenkte ihr eine Tasse Kaffee ein.

„Wir fahren *zuerst* zu mir", sagte sie.

„Vielleicht eher nicht", sagte er nachdenklich. „Irgendjemand muss gesehen haben, dass Tabby in dem Klub war, in dem Echos Band gespielt hat, oder im Coffeeshop oder vor dem Apartmentgebäude. Sie ist nicht unsichtbar gewesen. Der Anzug macht einige Leute misstrauisch. Sie werden defensiv und wollen uns so schnell wie möglich loswerden, und wir bekommen nichts heraus. Wir gehen heute entspannter an die Sache heran und stellen ihnen nur ein paar weitere Fragen."

So wie Gideon sich benahm, würde ein Außenstehender nicht merken, dass etwas Außergewöhnliches an diesem Morgen geschehen war. Er war nicht abwesend, aber er war auch nicht gerade warm und kuschelig. Er war geschäftsmäßig, und er hatte sie nicht einmal berührt, seit er am Morgen aus dem Bett gestiegen war.

Vielleicht war es für Gideon nichts Außergewöhnliches, einen unglaublichen One-Night-Stand mit einer Partnerin zu haben. Für sie war es das durchaus, aber das musste er ja nicht unbedingt wissen. Nicht, wenn er glaubte, dass es für eine Nacht und unwichtig gewesen war.

Der Plan für den Tag lautete, einen der anderen Detectives – wahrscheinlich Charlie Newsom – damit zu beauftragen, Fahndungsfotos von jedem aufzutreiben, der ungefähr Tabbys Beschreibung entsprach, während sie und Gideon Sherry Bishops Freunde, Kollegen und Nachbarn noch einmal befragten. Vielleicht hatte einer von ihnen Tabby in den Tagen vor Sherrys Mord gesehen. Vielleicht kannte einer von ihnen ihren Nachnamen. Denn wenn sie nicht sehr, sehr viel Glück hatten, würden sie mit nichts weiter als „Tabby" nicht sehr weit kommen.

Am Nachmittag würde Gideon sich mit einem Zeichner treffen. Sie war sich nicht sicher, wie er erklären wollte, warum er wusste, wie die Mörderin aussah, aber irgendwie würde es ihm gelingen. Sie hatte auch immer noch den Waschlappen, mit dem sie abgewischt hatte, was auch immer Tabby benutzt hatte, um Gideon zu betäuben. Es war reine

Spekulation, aber sie würde ihn an ein Labor weitergeben. Unglücklicherweise würde es Wochen dauern, bis sie die Resultate hatte, und sie hatten nicht so lange Zeit.

„Meine Schwester kommt irgendwann heute vorbei", sagte sie. „Sie macht Schmuck für den Laden und liefert einige neue Stücke."

Gideon hob seinen Kopf und sah sie an. „Du hast eine Schwester?"

Noch ein Beweis dafür, dass sie einander nicht annähernd gut genug kannten, als dass die Sache heute Morgen hätte geschehen dürfen. „Ja."

„Wenn du dir ein paar Stunden freinehmen willst, um Zeit mit ihr zu verbringen, wäre das in Ordnung."

Natürlich wäre das in Ordnung. Er würde wahrscheinlich erleichtert sein, dass er sie endlich los war. „Nein. Wir sehen uns ziemlich oft." *Außerdem bin ich das fünfte Rad am Wagen, wenn Mom und Sunny zusammen sind.*

„Ist sie dir irgendwie ähnlich?", fragte er halb neckend, halb neugierig.

„Nein. Sie ist zwei Jahre älter als ich, hat drei kleine Jungs und ist genauso durchgeknallt wie meine Mutter."

„Dann bist du immer die ‚Normale' gewesen?"

Für eine Weile hatte sie das geglaubt. Sie war sich so sicher gewesen, dass ihre skeptische Einstellung nicht nur normal war, sondern auch *richtig*. Aber diese Theorie hatte Gideon so gut wie aus den Angeln gehoben. „Normal ist relativ."

Er führte das Gespräch nicht weiter. „Lass uns gehen. Wir sind spät dran."

Hope griff nach ihrer Handtasche und folgte Gideon zu der Treppe, die in seine Garage führte. Sie merkte, *was* er tat, sie wusste nur nicht, warum. Ignorierte er, was passiert war, in der Hoffnung, dass es dadurch einfach verschwinden würde? Er war wieder Detective Gideon Raintree und konzentrierte sich ganz auf den Fall.

Wenn sie es vielleicht genauso machte wie er und so tat, als sei nichts geschehen, dann würden sie weiter zusammenarbeiten können. Sie könnten Partner sein und vielleicht Freunde. Er war ein guter Cop. Sie konnte viel lernen, wenn sie mit ihm zusammenarbeitete.

Andererseits war sich Hope nicht sicher, ob sie das tun konnte. Zwischen ihnen hatte sich zu viel verändert, als dass sie es ignorieren konnten. Sollte sie etwas riskieren und Gideon sagen, dass sie nicht nur seine Partnerin und seine Freundin sein konnte? Sie war eine Frau, die alles oder nichts wollte, und sie hatte in den letzten

Jahren beschlossen, dass ihre einzige Möglichkeit war, sich für nichts zu entscheiden. Vielleicht wäre es besser, wenn sie auf der sicheren Seite blieb. Wenn sie zuließ, dass Gideon sich zurückzog. Wenn sie so tat, als sei nichts geschehen.

Zum Glück musste sie ihre Entscheidung an diesem Morgen noch nicht treffen. Tabby war da draußen, und ihr Gefühl sagte Hope, dass diese Frau noch lange nicht fertig war.

*F*alls Tabby aus der Gegend kam, war sie noch nie verhaftet worden. Jedenfalls nicht als Tabby oder Tabitha. Natürlich konnten sie sich nicht sicher sein, dass das ihr richtiger Name war. Könnte auch ein Spitzname sein. Vielleicht hieß sie Catherine und war irgendwann zu Cat geworden, und weil man zu gescheckten Katzen auch Tabby sagt, war das dann hängen geblieben. Möglicherweise gab es aber auch überhaupt keinen Bezug zu ihrem richtigen Namen. In diesem Fall waren sie wirklich kein Stück weiter.

Aus welchem Grund auch immer: Die Suche mithilfe ihrer Personenbeschreibung hatte nichts ergeben. Einige Kollegen überprüften die Hotels in der Umgebung. Andere durchsuchten die Bundesdatenbanken. Das würde eine ganze Weile dauern. Hope hatte darauf bestanden, die Rückstände der Droge, mit der Tabby Gideon betäubt hatte, ins Labor zu schicken. Wie sie an die Droge gekommen waren, würde sie erklären, wenn die Substanz identifiziert war.

Gideon konnte auf keinen Fall offiziell machen, was gestern Nacht passiert war. Die Wunde in seinem Schenkel war verheilt. Wie sollte er erklären, warum er an genau jenem Ort zu genau diesem Zeitpunkt gewesen war, ohne zu verraten, dass er mit Lily Clarks Geist gesprochen hatte? Der Chief und seine Kollegen würden seine Erklärung nicht so einfach schlucken wie Hope, zumal sie nichts von seiner Gabe wussten oder erfahren sollten. Seine Gabe öffentlich zu machen, wäre nicht nur unklug – es war auch strikt untersagt.

Seine Partnerin mochte sich in Echos Sachen nicht wohlfühlen, aber sie sah toll aus. Elegant und schlampig zugleich. Die Absätze, die kaum unter dem ausgefransten Saum der Jeans hervorblitzten, machten den Look nur noch anziehender. Als sie Sherry Bishops Freunde befragt hatte, waren die Männer alle sehr viel zugänglicher gewesen als bei der ersten Vernehmung. Unglücklicherweise hatten sie nichts Hilfreiches beizutragen.

Gerade jetzt besorgte Hope ihnen Kaffee – ihre Idee, nicht seine –, und Gideon erlaubte sich eine wohlverdiente Pause in dem Büro, das sie sich im Polizeirevier in der Red Cross Street teilten. Und dann? Tabby – das würde reichen müssen, bis sie einen besseren Namen hatten – hatte Sherry Bishop umgebracht. Warum? War es Zufall? Hatte Sherry einfach Pech gehabt? Nein. Es konnte kein Zufall sein, dass alle Opfer Singles gewesen waren. Was bedeutete, dass niemand nach

Hause kommen würde, um Tabby zu unterbrechen. Sie hatte Lily Clark gefoltert und ermordet, nur um ihm eine Nachricht zukommen zu lassen, und dann hatte sie versucht, ihn ebenfalls auf die Liste ihrer Opfer zu setzen.

Er hatte den Sheriff benachrichtigt, der den Fall Marcia Cordell bearbeitete. Sie hatten einen Termin für den nächsten Nachmittag ausgemacht. Er hasste es, Wilmington auch nur für einen Nachmittag zu verlassen, solange Tabby immer noch frei herumlief, aber wenn Marcia Cordells Geist sich immer noch in ihrem Haus aufhielt, dann musste er nicht nur versuchen, sie zum Loslassen zu bewegen. Immerhin bestand auch die Möglichkeit, dass er dem wenigen, das er über Tabby wusste, etwas Neues hinzufügen konnte.

Er musste einen Weg finden, Hope zurückzulassen. Was er vorhatte, würde ihr nicht gefallen. Sie hatte akzeptiert, was er ihr letzte Nacht erzählt hatte, aber was würde passieren, wenn er wirklich seine Gabe nutzte? Würde sie ausflippen? Wahrscheinlich. Er wollte sie nicht schutzlos zurücklassen, aber er wollte sich auch nicht zu sehr an seine neue Partnerin gewöhnen. Genau in diese Richtung liefen die Dinge gerade. Sie fühlten sich wohl miteinander. Und das bedeutete, dass er sich im tiefsten Inneren mehr davor fürchtete, dass Hope vielleicht wirklich akzeptieren würde, was und wer er war.

Sie konnten nicht miteinander schlafen und miteinander arbeiten; das würde nur Ärger geben. Um die Wahrheit zu sagen: Er würde viel lieber regelmäßig mit Hope schlafen, als sie als seine Partnerin zu akzeptieren, aber es war nicht sehr wahrscheinlich, dass sie sich sanft und gehorsam in eine andere Abteilung versetzen ließ. War sie je sanft und gehorsam? Er hatte sie noch nie so erlebt.

Hope betrat das Büro mit zwei Plastikbechern voll heißem Kaffee. Er war erleichtert, sie zu sehen; es war, als wäre sie für Stunden fort gewesen, nicht nur ein paar Minuten. Und das war genau das Problem. Sich mit ihr einzulassen würde einfach nicht funktionieren. Es würde alles nur komplizierter machen. Das Problem war allerdings, dass sie sich bereits aufeinander eingelassen *hatten*. Die Dinge waren kompliziert, aber er war noch nicht bereit, es zu beenden.

Jemand hatte auf einen von ihnen geschossen, und wenn er richtiglag, dann war sie allein schon deshalb in Gefahr, weil sie sich in seiner Nähe aufhielt. Doch es war zu spät. Sich jetzt von ihr zu trennen hätte in etwa den gleichen Effekt, wie die Stalltür zu schließen, nachdem die Pferde schon durchgegangen waren.

Sie stellte beide Kaffeebecher auf seinen Schreibtisch. „Mich hat gerade ein uniformierter Kollege angemacht. Ich schwöre dir, diese Klamotten sondern irgendwelche Lockstoffe ab. Ich kann es kaum abwarten, die Sachen deiner Cousine endlich loszuwerden und meine eigenen anzuziehen."

Ungewollte Wut stieg in Gideon auf. „Hat er dich angefasst?"

„Was?" Sie sah ihn verwirrt an, als würde sie die einfache Frage nicht verstehen.

„Der Typ, der dich angemacht hat. Hat er dich *angefasst*?"

Sie seufzte. „Nein. Er hat nur meinen Bauchnabel angestiert und mich gefragt, was ich mache, wenn meine Schicht vorbei ist."

„Kennst du seinen Namen?"

Sie sah ihn mit großen Augen an und schüttelte dann den Kopf. „Oh nein, Raintree. So fangen wir gar nicht erst an."

„Was meinst du?"

„Das weißt du ganz genau."

„Hilf mir auf die Sprünge."

Sie lehnte sich gegen ihren eigenen Schreibtisch, der viel aufgeräumter war als seiner. Natürlich arbeitete sie auch noch nicht besonders lange daran. „Okay, in Ordnung. Wenn wir … irgendwas sein wollen, und ich bin mir noch nicht sicher, ob wir das sind oder nicht sind, aber wenn wir es sind, dann gibt es gewisse Grenzen."

„Grenzen", wiederholte Gideon und setzte sich halb auf seinen eigenen Tisch.

„Ich kann und will deine Partnerin sein, Raintree. Eine gute Partnerin. Aber es kann nicht sein, dass du hinter Kerlen herjagst, die mich anmachen. Du kannst nicht dein Revier abstecken, als wären wir Höhlenmenschen. Es gibt keinen Sex auf dem Schreibtisch und keine heimlichen Küsse am Wasserspender. Wenn ich in deinem Bett bin – *falls* ich dort je wieder sein werde –, dann ist das etwas anderes. Aber hier in diesem Büro bin ich deine Partnerin und sonst nichts. Ist das möglich?", fragte sie, als sei sie sich selbst nicht ganz sicher.

„Ich weiß es nicht", sagte er ehrlich. „Es wäre einfacher, wenn du mit jemand anderem arbeiten würdest."

Obwohl er sich sicher war, dass ihr dieser Gedanke auch schon gekommen sein musste, wand sie sich ein wenig. „Ich will nicht mit jemand anderem arbeiten. Ich will bei der Mordkommission bleiben, und ich weiß, dass ich eine Menge von dir lernen kann. Vielleicht sollten wir diesen Morgen einfach als Fehler verbuchen und die ganze Sache vergessen."

Vergessen. Wirklich? Heiße Wut stieg in Gideon auf. Die Lampen an der Decke flackerten. „Ja, vergiss es. Ich bin mir nicht sicher, ob ich das auch kann."

Hope musste schlucken. Dachte sie etwa, er würde das nicht sehen?

„Wir sind hier fast fertig. Wir können zum Motel fahren und den Challenger abholen, und dann fahre ich nach Hause und …"

„Nein", sagte er.

„Nein?" Sie hob die Augenbrauen ein Stück.

„Du bist dort vielleicht nicht sicher."

„Siehst du?" Sie zeigte mit dem Finger auf ihn. „Das ist genau das Machogehabe, was ich vermeiden wollte. Hättest du Leon genauso behandelt?"

„Mit Leon war ich nie im Bett."

Sie wurde erst rot, dann blass, dann stieß sie sich von ihrem Schreibtisch ab und verließ das Büro. Er wollte ihr nachjagen, sie einfangen und zurück in sein Büro zerren, um die Sache zu beenden, aber sie wurden beobachtet. Und er musste zugeben, dass es ein zwar oberflächlicher, aber doch verdammt verlockender Gedanke war, eine Partnerin zu haben, die wusste, was seine Gabe war, und die davor keine Angst hatte. Jemanden, auf den er zählen konnte, auch wenn sie rückwärts und kopfüber und von innen nach außen arbeiten mussten, um den Täter zu finden.

So viel zu seiner Entschlossenheit, sie zu vergraulen …

Er folgte ihr, aber er blieb ein ganzes Stück hinter Hope zurück, bis sie auf den Parkplatz kamen. Dort holte er sie ohne große Probleme ein.

„Wenn du dich entschuldigen willst …", fing sie angespannt an.

„Will ich nicht", antwortete er ehrlich.

Sie sah ihn wütend und überrascht an.

„Ich entschuldige mich nicht dafür, was passiert ist, und ich entschuldige mich auch nicht dafür, gerade die Wahrheit gesagt zu haben. Du bist kein Mann, Hope, und du wirst nie derselbe Partner sein, der Leon war." Sie zögerte, als er ihr die Beifahrertür aufhielt und darauf wartete, dass sie in den Wagen stieg.

Schließlich ließ sie sich doch in den Sitz fallen, immer noch wütend, aber schon ein wenig besänftigt.

Gideon setzte sich hinters Lenkrad, aber er ließ den Motor nicht an. „Du kannst heute Nacht nicht nach Hause fahren, denn ob es dir gefällt oder nicht, du stehst mitten im Schussfeld. Wenn Tabby mich nicht erwischt, wird sie hinter dir her sein. Deine Mutter und deine Schwester würden direkt ins Kreuzfeuer geraten."

„Ich nehme an, das stimmt", sagte sie angespannt, „ich würde trotzdem gerne bei mir vorbeifahren und einige Sachen abholen."

„Klar", sagte er, fuhr vom Parkplatz und bog in Richtung „Silberner Kelch" ein. Der Challenger konnte warten. Er würde Hope keinen Augenblick aus den Augen lassen.

Als sie die Red Cross Street verließen, sagte er: „Kein Sex auf dem Schreibtisch, sagst du? So ein Mist."

Sunny Malory Stanton war Rainbows Spiegelbild. Das gleiche breite Lächeln, das gleiche große Herz. Bequeme Sandalen, langer Rock, klimpernde Ohrringe. Kein BH. Nur ihre Haare waren dunkelblond wie die ihres Vaters.

Sunny lächelte, als Hope und Gideon durch die Tür kamen. Sie bemerkte nicht einmal, dass der Aufzug ihrer kleinen Schwester gar nicht zu ihr passen wollte.

Wenn Sunny in einem Hosenanzug auftauchen würde, hätte Hope es mit Sicherheit bemerkt.

Rainbow und Sunny waren dabei, den Schaukasten für den neuen Schmuck zu dekorieren. Sie lachten und plauderten über die Enkelkinder, die zu Hause bei ihrem Vater geblieben waren. Es tat Rainbow unglaublich gut, Zeit mit ihrer älteren Tochter zu verbringen.

Jetzt musste Hope nur irgendwie erklären, warum sie die nächsten paar Tage in Gideons Strandhaus übernachten würde. Sie versuchte, sich eine gute Erklärung auszudenken, seit sie das Polizeirevier verlassen hatten, auch wenn sie wusste, dass ihre Mutter gar keine Erklärung verlangen würde. Sie würde einfach beschließen, dass ihre jüngste Tochter endlich das Konzept der freien Liebe für sich entdeckt hatte, und weil Rainbow Gideon sowieso schon mochte …

Erklärungen waren nicht nötig. Rainbow Malory sah Hope einmal von oben bis unten an, bemerkte auch Gideons lässigen Aufzug, und flüsterte: „Undercover?", als stünden ein Dutzend Leute im Laden, die sie belauschten.

Als Gideon den Mund öffnete, wahrscheinlich um „Nein" zu sagen, stellte Hope sich vor ihn und sagte „Ja", laut genug, um seine Antwort zu übertönen. „Ich muss nur ein paar Sachen zusammenpacken, dann müssen wir los." Es gefiel ihr nicht, dass ihre Familie vielleicht in Gefahr war, nur weil sie sich in der Nähe aufhielt, also war es am besten, so schnell wie möglich zu verschwinden.

Sie hasste es, Gideon allein mit ihrer Familie zu lassen, aber sie konnte ihn kaum bitten, mit nach oben zu kommen und ihr beim Packen zu helfen. Also ließ sie ihn sich die Auslagen ansehen, während sie in die Wohnung über dem Laden rannte und versuchte, so schnell wie möglich zu packen.

Hope sammelte Kleidung, Unterwäsche, ihre Zahnbürste, Zahnpasta, Make-up zusammen. Alles, was sie brauchte, um sich bei Gideon wie zu Hause zu fühlen.

Als Hope wieder nach unten kam, hatten die anderen drei die Köpfe zusammengesteckt und lachten, als würde jemand ein altes Babyfoto von ihr herumzeigen, auf dem sie nackt war. Sie lachten, als hätte Sunny gerade eine ihrer peinlichen „Weißt-du-noch"-Geschichten über ihre kleine Schwester erzählt.

„Wir können gehen", sagte Hope fast grob.

Alle drei drehten sich zu ihr um. Sie fühlte sich ausgeschlossen. Sie hatte sich ihr ganzes Leben so gefühlt, als würde sie auf der anderen Seite leben und hinübersehen, als würde sie eine universelle Wahrheit verpassen, die nur ihr vorenthalten wurde, und niemandem sonst.

„Ja, okay", sagte Gideon, ging auf sie zu und verschlang sie dabei mit hungrigen Augen.

Sie war neunundzwanzig Jahre alt. Sie hatte schon vorher mit Männern zu tun gehabt. Romantisch, sexuell, emotional. Und keiner von ihnen hatte sie je so angesehen. Keiner von ihnen hatte sie mit einem Blick bedacht, der ihre Knie zum Zittern brachte.

Keiner von ihnen war Gideon Raintree gewesen.

„Ich koche Samstagabend", rief Sunny ihr zu. „Wenn ihr eure Undercover-Sache bis dahin durchhabt, könnt ihr nach Ladenschluss vorbeikommen. Ich mache einen verdammt guten Pfirsichauflauf."

Sie verabschiedeten sich gerade, als drei Touristen – Mutter und Töchter, wenn man nach den runden Gesichtern ging – hineinkamen, die von den bunt eingepackten Steinen im Schaufenster angezogen worden waren.

Hope warf ihre Tasche auf den Rücksitz von Gideons Mustang. Sie konnte nicht anders, als sich daran zu erinnern, wie sie ihn letzte Nacht nach Hause gefahren hatte. Er war so weggetreten gewesen. Sie hätte schwören können, dass er die nächsten paar Tage im Bett verbringen würde. Sie war sich sicher gewesen, dass er ins Krankenhaus musste. Und jetzt saß er neben ihr und sah aus, als sei nie etwas Ungewöhnliches passiert.

„Sind sie hier sicher?", fragte sie, ehe Gideon überhaupt den Motor anlassen konnte. Sie hatte gesehen, wozu Tabby in der Lage war, und auch wenn sie sich um sich selbst keine Sorgen machte, drehte es ihr den Magen um, wenn sie sich vorstellte, dass eine Frau wie sie ihrer Familie zu nahe kam.

„Wenn ich das nicht glauben würde, wären sie nicht mehr hier", antwortete Gideon. „Sie stehen für alle Fälle unter ständiger Überwachung."

„Wie hast du das geschafft, ohne dem Chief zu sagen, was du weißt?" Und woher wusste er genau, was sie hören wollte, damit sie sich nicht aufregte? Rainbow und Sunny waren vielleicht Freaks, aber sie waren *ihre* Freaks.

„Ich habe dem Chief überhaupt nichts erzählt." Er deutete auf die Ladenfront gegenüber, nicht auf das geschäftige Café, sondern auf die Fenster darüber. „Ich habe ein privates Team angeheuert, das ein Auge auf deine Familie hat, wenigstens so lange, bis wir Tabby haben. Auch wenn ich nicht glaube, dass das nötig ist", fügte er knapp hinzu. „Tabby will mich und vielleicht noch dich. Ich glaube nicht, dass sie deine Familie auf ihrem Radar hat."

Eine Rund-um-die-Uhr-Überwachung war nicht billig, das wusste sie. Sie könnte sich beschweren, dass ihr neuer Partner so einen Schritt gegangen war, ohne ihn vorher mit ihr abzusprechen. Sie könnte anbieten, selbst zu bezahlen. Immerhin redeten sie hier über ihre Familie. Aber stattdessen sagte sie nur „Danke". Und sie meinte es ehrlich.

* * *

Donnerstag – 20:37 Uhr

Es überraschte ihn nicht, dass Hopes Badeanzug ein klassischer schwarzer Einteiler war. Sie sah toll darin aus, aber was hätte er nicht darum gegeben, sie in einem knappen Bikini zu sehen, in so einem, wie Echo ihn trug, wenn sie bei ihm war. Etwas Winziges ohne viel Stoff, vielleicht in Rot. Unter den konservativen Anzügen, die sie zur Arbeit trug, hatte Hope Malory einen großartigen Körper.

Sie hatten sich die Akten bei Sandwiches und einem Mineralwasser noch einmal angesehen, aber nach einer Weile hatten beide das bisschen Energie, das sie nach der letzten Nacht noch übrig hatten, aufgebraucht. Die Worte begannen vor ihren Augen zu verschwimmen. Sie begannen, Fehler zu machen. Gideons Antwort auf diese Art von Müdigkeit war immer das Wasser.

Die Wellen waren wild, und die Nacht senkte sich schon über den Strand, also bewegten sie sich nicht weit vom Ufer weg. Aufgewühltes Salzwasser preschte auf sie beide ein. Sie blieben nicht nahe beieinander. Es gab kein Händchenhalten, sie lachten nicht zusammen in der Brandung. Wie könnten sie? Er wusste noch nicht, was sie waren. Partner, ja, aber wahrscheinlich nicht für sehr lange. Freunde? Nein, Hope Malory war eine Menge Dinge, aber seine *Freundin* war sie nicht. Liebhaber? Vielleicht. Es war zu früh, um so etwas zu sagen. Eine Nacht machte noch kein Liebespaar aus ihnen.

Als die Dunkelheit sich um sie legte, verließen sie den Ozean und gingen zurück zum Haus, getrennt von einigen Schritten im Sand und einer Wand aus Unsicherheit, die zwischen ihnen lag.

„Hi, Gideon!"

Honey, seine blonde Nachbarin, lehnte sich über ihr Balkongitter und winkte. Er hatte sie noch nie im Meer gesehen. Er hatte sie einmal danach gefragt, und sie hatte gesagt, dass sie ihr Haar nicht durcheinanderbringen wollte. Hope sah mit nass zurückgestrichenem Haar und einer vor Wasser triefenden Nase schöner aus als jede Frau, die er je gesehen hatte. Er hätte ohne diese Erkenntnis leben können.

„Hi", antwortete er viel weniger enthusiastisch.

„Vergiss nicht die Party am Samstag." Ihre Augen schnellten auf Hope. „Du kommst doch?"

Er schüttelte den Kopf. „Tut mir leid, ich kann nicht."

„Wie wäre es mit Abendessen morgen? Wir könnten was kochen."

„Ich muss morgen den ganzen Tag in die Stadt. Keine Ahnung, wann ich wiederkomme."

Hope sah zu ihm zurück und hob fragend ihre Augenbrauen. Wahrscheinlich wollte sie wissen, ob er vorhatte, vor ihr zu flüchten, oder ob er Honey einfach ins Gesicht log.

„Wenn sich Samstag was bei dir ändert, komm einfach vorbei."

„Klar", murmelte er weniger als begeistert.

Er und Hope erreichten den Wasserhahn am Ende der Treppe, die zu seinem Schlafzimmer führte. Sie wuschen sich den Sand von den Füßen.

„Wo bist du morgen?"

„Hale County. Am Tatort des Cordell-Mordes."

Ihr Fuß berührte seinen, und sie zog ihn instinktiv zurück. „Meinst du, das bringt was?"

„Ich weiß es nicht. Vielleicht ist ihr Geist noch da und kann irgendwie helfen."

„Nach all der Zeit?" Ihre Frage erinnerte sie daran, dass sie so gut wie gar nichts darüber wusste, wie er arbeitete.

„Manche Geister bleiben für Jahrhunderte dort, wo sie nicht hingehören, weil ihr Leben oder ihr Tod sie so traumatisiert haben. Vier Monate ist da gar nichts."

„Tust du das, was du tust, um die Mörder zu fassen, oder versuchst du, die Geister der Opfer dorthin zu überführen, wo sie sein sollten?"

„Beides", gab er zu.

Er drehte das Wasser ab, und sie gingen die Treppe hinauf. Hope ging voran, und er folgte einige Schritte hinter ihr. Was jetzt? Er wollte sie so sehr, aber ihm war klar, dass er sie nicht haben sollte. Nicht konnte, sondern *sollte*.

Schließlich machte sie den ersten Schritt. Sie wartete am Ende der Treppe auf ihn, legte eine Hand auf seinen Arm, stellte sich auf die Zehenspitzen und küsste ihn. Es war kein sinnlicher Kuss – jedenfalls nicht auf den ersten Blick. Es war ein zögerlicher, ein aufwühlender Kuss.

„Du bist ein guter Mann, Gideon. Es tut mir leid, dass ich gedacht habe, du wärest korrupt."

„Schon in Ordnung", murmelte er.

„Nein, ist es nicht. Du verbirgst so viel von dir, und du kannst den Leuten auf keinen Fall sagen, was du tust. Du tust es trotzdem, und du erhebst nie Anspruch auf Geld oder Ruhm, nicht einmal auf Dank."

„Ich bin ein bisschen überrascht, dass du alles so einfach akzeptierst", sagte er und beugte sich vor, um sie noch einmal zu küssen, einfach weil sie vor ihm stand, und weil er es konnte.

„Ja", flüsterte sie, ehe seine Lippen ihre wieder berührten. „Ich auch."

Das Meer hatte Hopes Sorgen weggewaschen, zumindest für eine Weile, und als sie erst einmal alles losgelassen hatte, konnte sie nicht aufhören, über Gideon nachzudenken und darüber, was am Morgen geschehen war. Sie zogen gemeinsam ihre Badesachen aus und gingen in sein Schlafzimmer. Sie war sandig und salzig, und sie schmeckte Gideon auf ihren Lippen. Ihre Arbeit war getan, zumindest für den Augenblick, und im Moment machte sie sich nur noch darüber Gedanken, ins Bett zu kommen und dort eine Weile zu bleiben. Sie fühlte sich fast wollüstig, was überhaupt nicht zu ihr passte.

Hope Malory war vorsichtig, was Männer anging, und auch wenn sie immer versucht hatte, genau wie die Männer in ihrem Beruf zu sein, war sie im Schlafzimmer nie aggressiv gewesen. Es war der einzige Ort, an dem sie wirklich schüchtern war, wo sie sich manchmal so zurückhaltend fühlte, dass sie schon prüde wirkte. Aber jetzt, als sie Gideon sanft in die Dusche schob und ihm folgte, unter den warmen Wasserstrahl trat und sich die letzten Reste Salzwasser von der Haut und aus den Haaren spülen ließ, fühlte sie sich überhaupt nicht prüde.

„Hast du es jemals satt, hier zu wohnen?", fragte sie.

Er fuhr mit der Hand über ihre nackte Brust, fast beiläufig und vertraut. In seiner Hand lag so viel Wärme, von der sie unbedingt mehr wollte. Sie hatte das Gefühl, von diesem Mann einfach nie genug bekommen zu können.

„Nur wenn ich zu viel Besuch habe", antwortete er. „Wenn das passiert, werfe ich einfach jede Nacht eine Handvoll Sand ins Bett, und dann fahren sie bald nach Hause."

Sie schmiegte ihren Körper enger an seinen, konnte sich selbst nicht abhalten, wollte nicht aufhören. „Wenn ich länger bleibe, als dir lieb ist, wirfst du dann Sand in mein Bett?", neckte sie ihn.

„Unwahrscheinlich", sagte er, seine Stimme leise und unsicher.

Was sind wir, Raintree? wollte sie ihn fragen. Ein Paar? Kollegen, die miteinander schlafen? Freunde? Aber sie wusste, dass er die Antwort darauf nicht kannte. Er küsste sie unter dem Strahl der Dusche und ließ seine Hände über ihren Körper wandern. Sie tat es ihm gleich. Sie wollte ihn hier und jetzt, sie wollte ihn nicht loslassen, jetzt noch nicht. Es fühlte sich zu gut an, der warme Strahl der Duschbrause, Gideons Mund und seine Hände, und die Art, wie ihr Körper auf alles reagierte. Es war nicht wichtig, was sie waren, jetzt noch nicht. Vielleicht würde es eines Tages wichtig sein, aber hier und jetzt war es so, wie es war, genug.

Sie schloss die Augen, während Gideon ihre Beine auseinanderdrückte und sie an ihrer intimsten Stelle berührte. Sie hätte schwören können, dass ein Funken auf ihren Körper übersprang, der sie reizte, sie erregte, durch sie hindurchzuckte wie ein kleiner Blitz.

Vielleicht tat er das. Nichts schien ihr unmöglich zu sein.

Ihr Körper begann zu beben; sie wollte Gideon so sehr.

Statt sie aus der Dusche zu führen, presste er seine Hand gegen ihren Bauch, dort, wo sie sich leer und zittrig fühlte.

„Dieses Mal werde ich schummeln", flüsterte er in ihr Ohr.

„Okay", flüsterte Hope atemlos zurück. Mit geschlossenen Augen konzentrierte sie sich einzig und allein auf seine Berührung.

Sie schrie auf, als der Orgasmus sie mit unerwarteter Heftigkeit durchzuckte, und wenn Gideon sie nicht gehalten hätte, wäre sie wahrscheinlich auf dem Boden zusammengesackt. Aber er hielt sie fest. Er hielt ihren nassen, glitschigen Körper gegen seinen gepresst, während ihr Höhepunkt sie wie Blitze durchzuckte.

Als ihr Orgasmus nachließ, flüsterte Gideon: „Mach die Augen auf."

Sie tat es langsam. Ein seltsames Glühen beleuchtete die Dusche, und es kam nicht aus Gideon. Es kam aus ihr. Ihre Aura tanzte in kleinen Funken über ihre Haut, wie ein wirkliches Nachglühen. In Gideons Augen leuchtete ein Hauch grünen Lichts auf, nur ein Hauch. Der Rest kam von ihr.

Er lächelte. „Wasser ist ein großartiger Stromleiter."

Er war versucht gewesen, Hope in der Dusche zu lieben, Kondom oder nicht, aber Emmas regelmäßiges Auftauchen und ihr Versprechen, bald zu ihm zu kommen, hatten ihn zu etwas anderem inspiriert, jedenfalls fürs Erste.

Außerdem waren sie ja noch lange nicht fertig.

Sie trockneten sich gegenseitig mit einem dicken, grauen Handtuch ab und gingen dann ins Schlafzimmer und zum Bett, das sie dort erwartete. Hopes Haut glühte immer noch, aber das Leuchten schwand schnell. Sie hatte nicht die Gabe, die Elektrizität weiter zu nähren, wie er es konnte.

Er warf sie aufs Bett, und sie lachte, als er auf die Matratze kroch und sich zu ihr legte. Sie streckte sich unter ihm aus, nackt und feucht und von Magie durchflutet.

„So", sagte sie und streckte die Hand aus, um sein Gesicht mit zärtlichen Fingern zu streicheln. „Was sagen die Mädchen normalerweise so, wenn du sie in deine persönlichen Taschenlampen verwandelst?"

Er streichelte ihren Hals mit der Rückseite seiner Hand. „Ich weiß nicht. Das habe ich noch nie gemacht."

Ihr Lächeln verblasste.

„Normalerweise muss ich alles verbergen, erinnerst du dich?" Er erzählte ihr nicht, dass das Glühen etwas Besonderes war, dass sie anders war, so anders als alle anderen Frauen, die er kannte.

Hope wand ihren Körper, machte es sich bequemer unter ihm. Etwas war unbestreitbar anders an der Art, wie seine nackte Haut und ihre sich berührten, etwas, über das er nicht nachdenken wollte. Wenn er bei ihr war, wollte er nicht *denken*. Er wollte Sex. Vielleicht auch ein bisschen lachen.

„Versteck nichts vor mir", sagte sie.

Es war ein so unerwarteter und erschreckender Gedanke, dass eine Frau alles über ihn wissen konnte und trotzdem bei ihm blieb, dass Gideon zusammenzuckte. Er konnte sich nicht derart vor jemandem entblößen. Seinen Körper, ja. Seine Seele? Nie.

Er wollte nicht reden, also schob er Hopes Schenkel auseinander und streichelte sie. Sie seufzte und schloss ihre Finger um ihn, zärtlich, aber nicht zu zärtlich. Sie streichelte ihn, und er schloss die Augen und ließ alles hinter sich, um sich in den Gefühlen zu verlieren. Das war Sex. Es war gut und richtig und mächtig, aber es war immer noch nur Sex.

Als er nach seinem Nachtschrank griff, dachte keiner von ihnen mehr darüber nach, wie sie das, was zwischen ihnen war, erklären konnten. Es war einfach so.

Manchmal ist ein Hase eben einfach nur ein Hase.

*S*ie hätte eigentlich wie ein Baby schlafen sollen, aber sie konnte nicht. Noch nicht. Tausend Fragen wirbelten in ihrem Kopf herum. Als Hope so unruhig wurde, dass sie fürchtete, Gideon aufzuwecken, ließ sie ihn schlafend im Bett zurück und ging so leise wie möglich im halbdunklen Schlafzimmer umher.

Das Mondlicht, das durch die offenen Vorhänge fiel, und das matte Leuchten des Nachtlichts im Badezimmer reichten aus, um gut zu sehen. Gideon war eine Art Minimalist, er hatte nicht viel Überflüssiges in seinem Haus. An den Wänden hingen ein paar Familienfotos, aber es gab keine Blumenarrangements oder nutzlosen Schnickschnack auf Tischen und Anrichten. Sie fuhr mit der Hand über die Kommode in seinem Schlafzimmer. Darauf befanden sich ein Keramikteller für Münzen, eine zusammengeknüllte Seidenkrawatte, ein kleines Stück Türkis und etwas, was sie als weiteren Schutzzauber erkannte. Sie fuhr mit den Fingern über den kleinen silbernen Anhänger, der an einer dünnen Lederschnur baumelte. Wenn ihr jemand vor einer Woche gesagt hätte, dass etwas so Unschuldiges und Unwichtiges wie ein Stück Silber eine so große Macht in sich tragen konnte, hätte sie laut gelacht. Jetzt wusste sie, dass viele Dinge, an die sie früher geglaubt hatte, falsch waren. Sie nahm den Anhänger und hängte ihn um ihren Hals, dicht neben Gideons Schutzzauber. Tabby war irgendwo da draußen, und außerdem brauchte ihr Herz im Moment jeden Schutz, den es bekommen konnte. Gab es so einen Schutz überhaupt? Oder war es dafür schon zu spät?

Sie griff nach einem T-Shirt, das Gideon auf den Stuhl neben der Kommode geworfen hatte, zog es sich über den Kopf und ging sehr leise auf das Sonnendeck hinaus. Der Rauschen der Brandung wirkte zusammen mit dem sanften Licht des Mondes beruhigend auf sie, und sie konnte in dieser Nacht Beruhigung gut gebrauchen.

Es sah ihr nicht ähnlich, sich mit jemandem oder etwas so schnell und so intensiv einzulassen. Normalerweise betrachtete sie die Dinge aus jedem erdenklichen Blickwinkel, bevor sie sich auf irgendetwas einließ. Sie behielt einen kühlen Kopf und blieb so lange auf Abstand, bis sie ohne jeden Zweifel wusste, dass es richtig war, was sie tat. Sie war so, seit sie elf Jahre alt war, vielleicht sogar noch länger. Sie traf keine übereilten Entscheidungen. Nicht mehr.

Und doch war sie hier und hatte sich viel zu sehr auf Gideon Raintree eingelassen. Durch den Sex, seine Geheimnisse und den Fall, den sie zusammen bearbeiteten, hatte sie sich bis auf den Grund ihrer Seele mit ihm eingelassen.

Sie hörte, wie sich die Tür hinter ihr öffnete, aber sie drehte sich nicht zu Gideon um. Seine nackten Füße kamen auf sie zu, und einen Augenblick später hielt er sie in den Armen. Diese Arme waren warm und stark und wunderbar. Es war ein schönes Gefühl, so gehalten zu werden. Es gefiel ihr. Vielleicht zu sehr.

„Ich wollte dich nicht wecken", flüsterte sie.

„Zwei Nächte mit dir, und ich wache auf, weil du nicht da bist, wo du sein solltest", antwortete er mit einem unzufriedenen Klang in der Stimme.

Sie lehnte sich zurück und entspannte sich gegen ihn. „Ich bin auch nicht gerade daran gewöhnt, jemanden zu brauchen."

Er fuhr mit den Händen unter das viel zu große T-Shirt, das sie trug, streichelte ihre nackte Haut und umfasste ihre Brüste, als hätte er es schon immer so getan. Seine Finger zwickten ihre empfindlichen Brustwarzen, bis sie die Augen schloss und gegen ihn schwankte. Ihr Körper antwortete schnell und vollkommen. Sie sollte ihn jetzt nicht wollen. Sie sollte ihn nicht auf diese Art brauchen, so heftig, dass es alles andere in den Hintergrund stellte. Aber sie brauchte ihn.

Seine Hände waren federleicht. War das die Berührung von unnatürlicher elektrischer Spannung, die durch ihre Haut drang und ihr bis ins Mark fuhr? Oder waren ihre Gefühle so stark, einfach als Reaktion einer Frau auf einen Mann? Gideon hatte so schöne Hände, egal, ob geladen oder nicht, und er berührte sie, als würde er sie besitzen, als wüsste er genau, wie er sie auf jede Art sein Eigen machen konnte. Er beugte sich vor und küsste ihren Hals, vertraut und zärtlich und erstaunlich erregend. Ihr Körper bebte erwartungsvoll.

Sie drehte sich in Gideons Armen, hob ihr Gesicht und küsste ihn. Mund an Mund schlang sie ihre Arme um seine Taille. Er war nackt auf das Sonnendeck gekommen – nicht, dass jemand am Strand war, der sie zu dieser nächtlichen Stunde sehen konnte, in dieser fast vollkommenen Dunkelheit –, und sie fuhr kühn mit den Fingern über seinen Rücken, seine Hüften, seine Schenkel. Wenn es stimmte, dass er sie sein Eigen machen konnte, dann war es genauso richtig, dass *sie* einen Teil von *ihm* besaß, jedenfalls für diese eine Nacht.

Er vertiefte seinen Kuss, erregte sie und verlangte nach mehr mit seinen Lippen, seiner Zunge und seinen Händen. Ihr Körper zog

sich zusammen und löste sich wieder, bebte, und geriet schnell außer Kontrolle. Genau wie Gideons. Sie spürte es in jeder Liebkosung
seiner Hände, sie schmeckte es in seinem Kuss. Er stöhnte leise, aus
Frustration oder vielleicht Ungeduld, und hob sie hoch, als würde
sie nichts wiegen. Sie schlang ihre Beine um seine Hüften. Er war
ihr nah, so nah.

„Brauchst du kein …“, begann sie atemlos.

„Daran habe ich schon gedacht“, sagte er mit rauer Stimme.

Sie schob ihren Körper enger an seinen, führte ihn in sich. „Du bist
mit Kondom hier rausgekommen? Du bist dir deiner Sache wohl ziemlich sicher, was?“, neckte sie ihn.

„Ich habe mich von Optimismus überwältigen lassen.“

Seine pralle Männlichkeit berührte ihre feuchte Mitte, und sie begann, ihn in sich aufzunehmen, erwartungsvoll und so willig, dass es
sie immer noch überraschte. Sie hatte in den letzten vierundzwanzig
Stunden mehr Sex gehabt als in den letzten fünf Jahren. Und sie hatte
noch *nie* Sex gehabt, der so war, so alles einnehmend und mächtig und
schön, ohne Unbehagen oder Enttäuschung. Sie hatte in Gideons Armen noch keinen enttäuschenden Moment erlebt.

„Ich bin froh, dass du aufgewacht bist“, flüsterte sie, ihre Lippen
an seinem Ohr. „Ich habe noch nie im Mondlicht Liebe gemacht.“

Gideon hörte auf, sich zu bewegen. Sein ganzer Körper spannte sich
an, seine Muskeln verhärteten sich. „Mondlicht.“

Er hob sie von der Brüstung und trug sie in die dunklen Schatten
an der Hauswand. Dort berührte sie kein Mondlicht, und es gab keine
Brüstung, gegen die man sich lehnen konnte. Gideon hielt sie fest, und
sie hielt ihn fest. Sie hatte die Wand im Rücken und fühlte sich gleichzeitig geerdet und als würde sie schweben.

Sie waren in kompletter, allumfassender Dunkelheit verloren, als er
in sie eindrang, tief und hart. Hope war es egal, wo sie waren. Mondlicht oder Tageslicht, Dunkelheit oder Sonnenschein. Zwischen den
Laken oder unter nichts als dem Mond und den Sternen. Solange Gideon bei ihr war, solange er sie festhielt, war es ihr egal. Ihre Instinkte
führten sie zu ihm, aber zwischen ihnen gab es mehr als nur Instinkte,
mehr als nur ein körperliches Bedürfnis.

Sie war schon eine lange Zeit nicht mehr verliebt gewesen. Ihre Mutter, ihre Schwester, ihre Neffen, diese Art von Liebe war alles, woran
sie noch zu glauben wagte. Romantische Liebe war voller Fallen. Sie
hatte nicht nur kein Bedürfnis nach diesem Gefühl, sie vermied es auch,

so gut sie konnte. Liebe war eine Falle. Der Herzschmerz wartete nur auf sie. Dieser unerwartete Schwall von Gefühlen, den sie gerade für Gideon empfand, während er sie hielt und erfüllte und der Erlösung näher und näher brachte, musste mehr sein als nur Sex.

Er liebte sie, während sie ihre Arme und Beine um ihn schlang und sich nicht vorstellen konnte, dass je ein anderer Mann als Gideon diese Gefühle in ihr auslösen würde. Sie könnte ihn lieben. Sie könnte ihre gesamte Welt um diesen Mann drehen, ändern, wer und was sie war, wer sie geworden war. Sie könnte seine Geister, seine Lightshows und alles andere an ihm lieben.

Sie kamen zusammen, mit einem Aufschrei und einem Stöhnen, das sich in einem tiefen Kuss verlor. Die Brandung rauschte in ihren Ohren, und das Mondlicht war nur eine Handbreit entfernt. Ein perfekter Moment. Hope zitterte am ganzen Körper, als ihr noch einmal diese Worte in den Sinn kamen. *Ich könnte dich lieben.* Verloren in der Dunkelheit brachte Gideons sanftes Leuchten sie zum Lächeln. *Ich liebe dich* lag ihr auf den Lippen, aber sie verschluckte die Worte. Es war zu früh für so ein Geständnis. Es war auch zu gefährlich.

Er trug sie ins Haus und legte sie vorsichtig aufs Bett. Nachdem er das Kondom entsorgt hatte, kehrte er zum Bett zurück und legte sich neben sie. Sie behielt sein T-Shirt an. Sie mochte es, wie es sich auf ihrer Haut anfühlte, diese abgetragene Baumwolle, die immer noch ein wenig nach Gideon roch.

„Ich werde morgen früh aufstehen und zum Tatort des Cordell-Mordes fahren, um mich umzusehen", raunte er.

„Du meinst *wir*, richtig?"

Er zögerte. „Ich will, dass du hierbleibst."

Sie erhob sich ein Stück. Wenn sie nicht so vollkommen erschöpft und befriedigt wäre, wenn *Ich liebe dich* nicht immer noch am Rande ihrer Gedanken lauern würde, hätten seine Worte sie wütend gemacht. Stattdessen lächelte sie. „Auf keinen Fall."

„Es gibt noch andere Akten, die untersucht werden müssen. Ich brauche dich hier."

„Schließ das Verdeck, dann lese ich die Akten im Wagen."

Er schlang einen Arm um ihre Taille und zog ihren Körper gegen seinen. „Können wir darüber morgen streiten?"

„Klar." Ihre Augen fielen ihr zu. Vielleicht konnte sie jetzt schlafen. „Ich mag es, mit dir zu streiten", sagte sie leise. „Du bist so niedlich, wenn du wütend wirst."

Gideon schnaubte, dann lachte er. „Du bist ziemlich einzigartig, Hope Malory."

„Du auch, Gideon Raintree." Das war so nahe an *Ich liebe dich*, wie jeder von ihnen zu gehen wagte.

Gideon schlug seine Augen wie fast jeden Tag kurz nach Sonnenaufgang auf. Mit einer schönen Frau in den Armen aufzuwachen war allerdings alles andere als normal für ihn.

Seine früheren sexuellen Beziehungen waren kurz gewesen. Selbst wenn sie einige Wochen oder sogar Monate gedauert hatten, hatte er eine gewisse Distanz gehalten. Er verbrachte die Nacht nicht bei den Frauen und fragte auch keine, ob sie bei ihm übernachten wollte. Es war zu gefährlich.

Mit Hope zu schlafen schien überhaupt nicht gefährlich. Es fühlte sich gut an und richtig und so selbstverständlich, als würden sie schon seit tausend Jahren zusammen schlafen. Und das war es, was wirklich gefährlich war. Es war so gefährlich, dass er letzte Nacht fast vergessen hatte, was Emma gesagt hatte, und Hope mitten im Mondlicht geliebt hatte. Er hatte zwar ein Kondom getragen, aber keine Verhütung war zu hundert Prozent wirksam. In den Schatten zu gehen, ehe er sie eroberte, war eine reine Vorsichtsmaßnahme gewesen.

Er schob ihr T-Shirt, sein T-Shirt ein wenig nach oben und presste seine Lippen auf ihren flachen Bauch. Verdammt, sie schmeckte so gut. Sie fühlte sich verführerisch an, so warm und seidig. Er küsste sie, fuhr mit seiner Zungenspitze auf und nieder, saugte an ihrer Haut, bis er spürte, wie sie ihre Hand in seinem Haar vergrub.

„Guten Morgen", murmelte sie schläfrig und zufrieden.

Er antwortete ihr, indem er den Stoff noch ein Stück höher schob und seine Hand unter die weiche Baumwolle wanderte. Ihr Amulett berührte seine Hand, als er ihre Brust ertastete und die Brustwarze in seinen Mund nahm. Hope vergrub ihre Finger noch tiefer in seinem Haar, und er saugte fester. Er kostete sie aus, bis sich einer dieser kleinen Seufzer in ihrem Hals verfing.

An diesem Morgen hatte er es nicht eilig. Er würde sie ein- oder zweimal zum Höhepunkt bringen, sie ausgiebig lieben und sie dann selig schlafend zurücklassen. Wenn sie aufwachte, würde er bereits auf dem Weg zum Tatort des Cordell-Mordes sein. Sie würde zwar eine Zeit lang sauer sein, aber sie würde ihm verzeihen. Er wusste genau, wie er sie dazu bringen konnte, ihm zu verzeihen.

Er schob ihre Beine auseinander und fuhr mit einem Finger an der zarten Haut innen an ihrem Oberschenkel entlang. Ihre Haut war weich, der Muskel an ihrem Schenkel sanft geformt und ganz und gar weiblich. „Du hast so lange Beine", murmelte er, als er eines davon anhob und mit dem Mund ihre Kniekehle liebkoste. Sie bebte und schlang ihr Bein um ihn, als er seinen Mund immer höher bewegte. Ihr Bein hatte nicht viel Sonne gesehen. Ihre Haut war sahnig blass, sie faszinierte ihn. Er fuhr mit dem Finger ihr Knie hinauf und ließ einen kleinen Funken entkommen. Hope lachte und zuckte zusammen.

„Das kitzelt."

„Tut es das?"

„Ja", sagte sie seufzend.

Er war noch lange nicht fertig mit dieser Frau. Würde er das jemals sein? Während der Morgen erwachte, kostete er sie überall. Sie zitterte und bebte unter ihm, und sie stöhnte, als seine Zunge begann, mit ihr zu spielen. Und nachdem sie in seinem Mund gekommen war, warf sie ihn fast grob auf den Rücken, um auch ihn der süßen Folter zu unterziehen. Sie wollte ihn ebenfalls zum Stöhnen bringen, und das tat sie. Mit ihrem Mund und ihren Händen erkundete sie jeden Zentimeter seiner Haut.

Als sie spürte, dass er so bereit war, wie ein Mann es nur sein konnte, ließ sie von ihm ab und zog sich sein T-Shirt über den Kopf. Gideon griff nach der Schublade, in der er die Kondome aufbewahrte. Auf dem Nachhauseweg würde er bei einer Drogerie vorbeifahren müssen; sie waren fast aufgebraucht. Und egal, wie sehr er Hope mochte, egal, wie richtig und nahe und sicher sie sich anfühlte, egal, ob sie ihn im Dunkeln zum Leuchten brachte – er war nicht bereit, einen Schritt weiter zu gehen. Sie hatten großartigen Sex, aber es gab keine Garantie, dass es so bleiben würde. Nicht viel auf dieser Welt war wirklich für immer.

Hope saß auf dem Bett, lächelte mit geröteten Wangen und war schon wieder außer Atem. Ihr schwarzes Haar war zerzaust. Die perfekte Hope, die sich so sorgsam zurechtmachte, sah ein bisschen zerzaust einfach atemberaubend aus.

Durcheinander und nackt und … mit zwei Anhängern um den Hals.

Gideon ließ das noch eingepackte Kondom fallen. Er dachte nicht mehr daran, in Hope einzudringen und seinen Leiden ein Ende zu machen. Er vergaß alles außer diesen zwei Silberstückchen um ihren

Hals. „Wo hast du das her?", fragte er und hob einen der Anhänger an. Den, den er ihr nicht gegeben hatte.

Sie sah sich den Talisman nachlässig an. „Den hatte ich schon fast vergessen. Ich habe ihn gestern Nacht auf deiner Kommode gefunden."

Gideon sprang aus dem Bett und zu der fraglichen Kommode. Und wirklich, Dantes Fruchtbarkeitszauber war weg. Nein, nicht *weg*. Hope trug ihn um ihren hübschen Hals. „Hast du den letzte Nacht, als wir draußen waren, auch getragen?"

„Ich glaube schon." Sie strich ihre Haare aus dem Gesicht und kämmte sie mit ihren langen, blassen Fingern. „Ja, habe ich. Ich hab ihn genommen und umgelegt, ehe ich rausgegangen bin."

Er drehte sich um und starrte auf sie hinab. „Warum?"

„Ich weiß nicht. Sieht hübsch aus." Sie nahm den Zauber, der nicht für sie gemacht worden war, ab. Ihre Haare wurden noch mehr zerzaust, als sie sich die Schnur über den Kopf zog. Nicht, dass das jetzt noch wichtig war. Es war zu spät. Viel zu spät. „Wahrscheinlich hatte ich letzte Nacht ein wenig Extraschutz nötig." Sie hielt ihm den Talisman mit ausgestreckter Hand entgegen. Er nahm ihn nicht. „Es tut mir leid, wenn ich ihn nicht anfassen durfte. Nimm ihn und komm zurück ins Bett."

„Aller Schutz der Welt wird nicht dagegen helfen …" Er hielt inne. Einmal, das war alles. Er hatte ein Kondom getragen, und sie waren auch nicht im Mondlicht gewesen. Vielleicht, nur vielleicht … Er rannte ins Badezimmer und schlug die Tür hinter sich zu.

„Gideon?", rief Hope durch die geschlossene Tür. „Alles in Ordnung?"

Nicht mal ein bisschen. „Alles ist gut", antwortete er angespannt.

Gut? Was für eine Lüge. Er war so kurz davor gewesen, noch einen absolut perfekten Augenblick in Hope Malory zu erleben, und dann hatte er den Anhänger auf ihrer Brust gesehen. Jemanden körperlich so sehr zu wollen, dass alles andere unwichtig wurde, war eine Sache. Ein Baby zu machen eine ganz andere.

Vielleicht war wirklich alles in Ordnung. Er hatte Hope aus dem Mondlicht getragen, ehe er mit ihr Sex gehabt hatte. Emma konnte nicht auf einem Mondstrahl zu ihm kommen, wenn es keinen Mondstrahl gab, auf dem sie reisen konnte.

„Emma", flüsterte er. „Zeig dich."

Er wartete auf den Geist, der behauptete, seine Tochter zu sein. Immerhin war Emma schon früher gekommen, wenn er ihren Namen gerufen hatte. Aber das Badezimmer blieb ruhig und frei von Geistern aller Art.

„Bist du sicher, dass es dir gut geht?", rief Hope. Ihre Stimme war jetzt näher, kam von der anderen Seite der Tür.

„Es geht mir *gut*!", fuhr Gideon sie an.

Er hörte, wie sie sich entfernte, und einen Augenblick später, wie im Gästebadezimmer das Wasser lief. Für einen Moment beugte er sich über das Waschbecken und betrachtete sein saures, bartstoppeliges Spiegelbild. Er sah nicht wie ein Vater aus, und er fühlte sich auch nicht wie einer. „Komm schon, Emma", sagte er, etwas lauter als vorher. „Das ist nicht lustig. Es ist nicht nett, jemanden zu ärgern. Daddy bekommt einen Herzinfarkt, wenn du nicht sofort auftauchst."

Im Badezimmer blieb es still, bis auf sein eigenes, gequältes Atmen.

Hope war etwas Besonderes, das konnte er nicht abstreiten. Das nervige Glühen, das immer wiederkam, sagte ihm, das Herz und Seele mindestens genauso viel damit zu tun hatten wie sein Körper. In ein paar Jahren, wenn sie immer weiter großartigen Sex hatten und die ganze Partnersache sich geklärt hatte, *vielleicht* könnten sie dann die Möglichkeit in Betracht ziehen, dass Hope ein ständiger Teil seines Lebens wurde.

Aber *jetzt*? Zu diesem Zeitpunkt?

„Komm schon, Emma, Liebes", fügte er hinzu. „Wir müssen uns doch nicht so beeilen. Noch ein paar Jahre, zehn vielleicht, und dann bin ich auch bereit, Kinder zu haben." Das war gelogen, und Emma wusste das wahrscheinlich. Die Welt war nicht gemacht für die Unschuld eines Kindes, das sah er selbst jeden Tag.

Sie wollte ihn bloß ärgern. Er hatte Hope aus dem Mondlicht gebracht. Er hatte ein Kondom benutzt.

Und Hope hatte diesen verdammten Fruchtbarkeitszauber getragen, der höchstwahrscheinlich alles andere in den Schatten stellte.

Gideon nahm eine schnelle Dusche und schüttelte das unheilvolle Gefühl ab, als er sich abtrocknete und das Handtuch dann um seine Hüfte schlang. Er fand Hope in der Küche, wo sie Kaffee kochte und die Schränke nach irgendetwas, das nach Frühstück aussah, durchsuchte.

Sie sah ihn misstrauisch an. „Bist du dir sicher, dass es dir gut geht?"

„Ja." Er sah sie an. Genauer gesagt sah er ihren Bauch an. „Komm schon, Emma", flüsterte er, als Hope ihre Aufmerksamkeit dem Kühlschrank zuwendete. „Sprich mit mir."

„Was hast du gesagt?", fragte Hope, während sie eine Packung Milch hervorholte.

„Nichts."

„Oh, ich dachte, du hast Emma gesagt." Sie stellte die Milch neben eine Packung Frühstücksflocken auf den Tisch. „So heißt meine Großmutter."

Fast stöhnte er laut auf, fing sich aber rechtzeitig.

Hope griff nach den Schüsseln. Sie kannte sich in seiner Küche schon gut aus. „Meine Mutter möchte unbedingt eine Enkelin, die Emma heißt", sagte sie. „Aber Sunny hat drei Jungs, und ich habe nicht vor, in nächster Zeit Kinder zu bekommen, also hat sie da Pech."

„Wollen wir wetten?", sagte Gideon leise.

Hope ließ alles, was sie zusammengetragen hatte, auf der Küchenanrichte stehen und drehte sich um, um ihn wütend anzustarren. „Vielleicht sollte ich dich Rainman nennen und nicht Raintree. Du machst heute Morgen nämlich überhaupt keinen Sinn."

Gideon deutete auf den Fruchtbarkeitszauber, der wieder um Hopes Hals hing, nachdem er sich geweigert hatte, ihn ihr aus der Hand zu nehmen. Er war für Dante bestimmt gewesen, ein Scherz zwischen Brüdern, ein kleiner Schubs, damit der Dranir sich endlich fortpflanzte, aber er würde bei Hope genauso gut wirken.

„Der Talisman, den du gestern Abend von der Kommode genommen hast", sagte er und deutete weiter mit dem Finger darauf, „ist ein Fruchtbarkeitszauber."

„Ein *was*?" Hope wich einige Schritte von ihm zurück und riss sich das Ding vom Hals, als würde es sie verbrennen. „Wer macht denn einen Fruchtbarkeitszauber und lässt ihn dann einfach so herumliegen?"

Gideon hob seine leere Hand. „Ich. Er sollte für meinen Bruder sein, nicht für dich."

Hope warf ihm den Zauber mit aller Kraft entgegen. „Du bist echt krank", sagte sie scharf, als er den Anhänger aus der Luft fing. „Was hat dein Bruder dir angetan?" Sie sah sich in ihrer direkten Umgebung nach etwas zum Werfen um, fand nichts Passendes, und setzte sich schließlich an den Küchentisch. „Es hat bestimmt nicht funktioniert", sagte sie vernünftig. „Ich bin mir sicher, dass es nicht funktioniert hat. Der Zauber war nicht für mich bestimmt, und außerdem haben wir aufgepasst. Wir haben immer aufgepasst. Es ist ja nicht so, als hättest du Supersperma oder so was."

„Ja", stimmte Gideon ihr zu und hoffte, dass sie recht hatte. Wenn Fruchtbarkeitszauber fehlerlos funktionieren würden, dann hätte Dante schon ein ganzes Dorf bevölkert. „Ich habe dich sogar aus dem Mondlicht getragen."

„Was hat das denn bitte mit irgendwas zu tun?", fuhr sie ihn an.

Er konnte ihr genauso gut gleich alles erzählen. „Die letzten drei Monate habe ich immer wieder von diesem kleinen Mädchen geträumt. Daran ist Dante schuld", fügte er hinzu. „Hab also nicht zu viel Mitleid mit ihm, weil ich ihm manchmal Dinge schicke, die er nicht haben will."

„Er hat dir einen Traum geschickt?"

„Ich habe Emma auch schon ein paarmal außerhalb meiner Träume gesehen. Sie war es, die mir gesagt hat, dass wir uns ducken müssen, als Tabby auf uns geschossen hat."

„Was hat das mit dem Mondlicht zu tun, Raintree?" Hope war frustriert und verärgert, und vielleicht hatte sie sogar ein bisschen Angst. Sie versuchte, ihre Haare mit zitternden Fingern zu glätten.

„Emma hat gesagt, dass sie in einem Mondstrahl zu mir kommen wird."

Hope wurde blass. Tödlich, ängstlich, weiß. So weiß wie die Milch, die sie aus dem Kühlschrank genommen hatte. „Das hättest du mir vorher sagen sollen." Sie nahm den Salzstreuer aus dem Regal und schleuderte ihn auf ihn, aber in ihrer Bewegung lag nicht mehr so viel Wut wie am Anfang, und Gideon konnte ihn leicht abfangen. Etwas Salz fiel auf den Boden. Aus Gewohnheit hob er eine Prise auf und warf sie über die Schulter.

„Warum?", fragte Gideon, als er den Salzstreuer wieder an seinen Platz stellte. „Ich habe ihr nicht geglaubt. Wir treffen unsere eigenen Entscheidungen, und ich habe mich entschieden, keine Kinder zu haben. Außerdem ist das nur irgendein poetischer Schwachsinn. Und wir standen in keinem Mondstrahl letzte …"

„Halt den Mund, Raintree." Hope stand auf und sah sehnsüchtig die Pfeffermühle an, aber sie ging weg, ohne sie nach ihm zu werfen. „Du warst gestern Nacht in einem Mondstrahl", sagte sie, ohne ihn anzusehen. „Du warst so was von in einem Mondstrahl."

„Wohin gehst du?"

Sie hob eine Hand. „Ich bin gleich wieder da. Rühr dich nicht vom Fleck."

Einige Sekunden später war Hope wieder in der Küche, ihre Handtasche in der Hand, und nicht weniger blass als vorher. Sie setzte sich an den Tisch, zog ihre schmale Brieftasche aus der Handtasche, nahm ihren Führerschein aus dem vorgesehenen Fach und warf ihn Gideon zu. Er flog zu ihm wie ein Frisbee, traf ihn in die Brust und fiel auf den Boden vor seinen Füßen. „Lies und weine", sagte sie schwach.

Gideon hob den Führerschein vom Boden auf. Das Foto war wenig schmeichelhaft, wie solche Fotos immer waren, aber trotzdem … nicht schlecht. Es war der Name auf dem Führerschein, der seine Aufmerksamkeit auf sich zog. Er umklammerte den Führerschein fest und sagte ein Wort, das nicht für Emmas kleine Ohren bestimmt war, als er den Namen immer und immer wieder las.

Moonbeam Hope Malory.

12. KAPITEL

*S*ie hatte schon tausend Mal darüber nachgedacht, ihren Namen ändern zu lassen. Aber jedes Mal, wenn sie es auch nur erwähnt hatte, hatte ihre Mutter ihr die Hölle heißgemacht. Sunshine Faith und Moonbeam Hope, das waren Rainbows Töchter. Sonnenschein, Mondstrahl und Regenbogen. Jahrelang waren sie für alle Sunny und Moony gewesen, bis Hope alt genug war, um darauf zu bestehen, dass man sie bei ihrem zweiten Namen rief.

Gideon fuhr zu schnell, aber Hope sagte nicht ein Wort dazu. Er hatte das Verdeck seines Cabrios geschlossen, sodass sie sich während der Fahrt die Akten ansehen konnte. So mussten sie auch nicht miteinander reden. Oder sich ansehen.

In mehreren Akten ging es um ungelöste Morde, die wahrscheinlich mit den letzten Verbrechen nichts zu tun hatten. Die meisten waren schrecklich, aber es fehlte keine Körperteile, was die Morde miteinander verbunden hätte. So viele Informationen zusammenzutragen war nicht leicht gewesen, weil die Fälle auf so viele verschiedene Rechtsbezirke und Ermittler verteilt waren. Trotzdem gab es zwischen einigen Fällen deutliche Parallelen, die ihr gar nicht gefielen.

Wenn Tabby eine Serienkillerin war, und das war auf jeden Fall eine Möglichkeit, warum hatte sie sich dann Gideon ausgesucht? Warum hatte sie versucht, ihn am Flussufer zu töten? Das passte aus verschiedenen Gründen nicht zusammen. Im Gegensatz zu ihren anderen Verbrechen hatte sie es an einem öffentlichen Ort versucht, und Gideon war ganz anders als ihre anderen Opfer. Oder nicht? Er war alleine gewesen, ehe er sich mit ihr eingelassen hatte. War er gefühlsmäßig immer noch ein Einzelgänger? Natürlich war er das. Was sie hatten, war nur Sex, das machte sie nicht gerade zu einem glücklichen Pärchen – von den seltsamen Entwicklungen am Morgen einmal abgesehen.

Hope tat ihr Bestes, um nicht über diese Entwicklungen nachzudenken. Die komplizierten Fälle durchzugehen, die sie vor sich hatte, belastete ihr Herz viel weniger, so schrecklich sie auch sein mochten.

Die Akte des Opfers in Hale County war dünn, aber nicht schlampig, und laut Gideon war der Sheriff froh über jeden, mit dem er über den Fall der ermordeten Lehrerin reden konnte. Er hatte regelrecht erleichtert gewirkt, dass noch jemand sich für den Fall interessierte.

„Warum diesen?", fragte sie, nachdem sie bereits mehr als eine

Stunde gefahren waren. „Es gibt noch andere Morde, die dem Profil entsprechen, und wenigstens einer von ihnen ist näher dran."

„Es sind weniger als drei Stunden Fahrt, und was noch wichtiger ist – der Tatort ist unberührt", antwortete Gideon mit seiner geschäftsmäßigsten Stimme.

„Wie kann ein Tatort nach vier Monaten noch immer unberührt sein?"

„Er ist gereinigt worden", erklärte er, „aber es ist noch niemand neu eingezogen. Meine beste Chance, mit dem Opfer zu reden und vielleicht sogar einen entscheidenden Hinweis zu bekommen."

Er hatte nicht gewollt, dass sie mit ihm kam, aber er hatte auch nicht lange mit ihr diskutiert, als sie darauf bestanden hatte. Wirkte er deshalb so unglücklich, oder war er aus persönlicheren Gründen so angespannt? Er wollte jedenfalls auf keinen Fall, dass sie schwanger war. Sie hatte noch nie gesehen, dass ein Mann so heftig auf die Möglichkeit reagiert hatte. Nicht, dass die Vorstellung, Mutter zu werden, sie selbst mit reiner Vorfreude erfüllte.

Gideon schien an Emmas Existenz nicht zu zweifeln. Hope war sich da nicht so sicher, auch wenn all sein Gerede von Mondstrahlen und der blöde Fruchtbarkeitszauber sie doch zum Nachdenken brachten. Gideon ließ sie auf eine ganz neue Art an das Unmögliche herangehen. Er schaffte es, dass sie die Augen und ihr Herz auf eine Art öffnen wollte, der sie sich in der Vergangenheit verweigert hatte. Aber mal im Ernst, ein *Fruchtbarkeitszauber*?

Sie starte aus dem Beifahrerfenster und betrachtete die verschwommene grüne Landschaft. Es sah ihr nicht ähnlich, am Montag einen Mann zu treffen und am Mittwoch mit ihm im Bett zu landen. Anscheinend befand sie sich in einer unerwarteten sexuellen Hochphase, die sie bisher nicht bemerkt hatte, denn was Gideon anging, hatte sie sich überhaupt nicht unter Kontrolle. Auch das sah ihr alles andere als ähnlich. Kontrolle war ihr zweiter Vorname. Und natürlich hörte sich Hope Control Malory viel besser an als Moonbeam Hope Malory.

Es hätte schlimmer kommen können. Ihre Mutter hätte sie Moonbeam Chastity – die Keusche – nennen können. Und was würde sie dann machen?

Sie waren eine weitere Stunde gefahren und vielleicht noch eine halbe Stunde vom Ziel entfernt, als Gideon von sich aus etwas sagte. „Es tut mir leid, wenn ich überreagiert habe."

„Wenn ein erwachsener Mann sich die Haare rauft, flucht und meinen Bauch anschreit, nennst du das überreagieren?", fragte sie trocken.

Gideon rollte seine breiten Schultern und rutschte auf der Stelle, als wäre ihm das Auto auf einmal zu klein geworden. „Wenigstens habe ich nichts nach dir geworfen."

„Ich bin nicht diejenige, die Fruchtbarkeitszauber macht und ihn einfach im Schlafzimmer herumliegen lässt, wo jeder ihn anfassen kann."

„Ich habe gesagt, es tut mir leid."

Sie wollte gerade wirklich nicht streiten. Im Grunde wollte sie über die Möglichkeiten, die Gideon ihr darlegte, nicht einmal nachdenken. „Warum warten wir nicht noch ein bisschen ab, bis wir feststellen können, ob es etwas gibt, was uns leidtun kann?"

Ein weiterer unangenehmer Moment verstrich. „Falls du einen anderen Partner haben möchtest, würde ich das verstehen."

Hope schnaubte fast. „Darum geht es?", fuhr sie ihn an. „Du willst keinen Partner, also tust du alles, um sicherzugehen, dass …"

„Nein", unterbrach er sie schroff, und dann, nach einer Pause, die ein paar Sekunden zu lange dauerte, „aber es stimmt. Ich will keinen Partner."

„Dann geh zum Chief und sag ihm, du willst nicht mit mir arbeiten. Erwarte nicht, dass ich aufgebe. Ich gebe nicht auf, Raintree. Niemals."

„Er würde mir bloß jemand anderen zuteilen", murmelte Gideon.

Sie würde es nie offen zugeben, aber es tat ihr weh, dass Gideon nicht mit ihr arbeiten wollte. Nicht, weil sie miteinander geschlafen hatten und es sich anfühlte, als könnte es noch viel mehr sein, sondern weil sie so hart gearbeitet hatte, um dahin zu kommen, wo sie war, und sie es so verdammt satthatte, von Männern nicht ernst genommen zu werden. Sie konnte ihre Wut nicht zurückhalten. „Es könnte schwierig werden, so zu tun, als wärst du am Boden zerstört, weil du Mike oder Charlie geschwängert hast."

Gideon antwortete nicht, also sah sie zu ihm. Er lächelte fast.

„Ich glaube nicht, dass ich schwanger bin", sagte sie vernünftig. Ihre Wut war fast verflogen. „Wir waren vorsichtig. Ein Stück Silber und ein Traum kommen nicht dagegen an." Aber Supersperma vielleicht schon.

„Vielleicht hast du recht", sagte er, auch wenn er nicht klang, als würde er sich auch nur die geringste Hoffnung machen, dass sie es nicht war.

„Sogar wenn ich … schwanger … sein sollte …" Verdammt. Es fiel ihr schon schwer, nur darüber zu reden. „Das bedeutet ja nicht, dass wir heiraten müssen oder so was." Das Wort mit *H* war noch schwerer als *schwanger*. „Du musst dich nicht darum kümmern, was mit mir passiert." Sie sagte die Worte, aber ihr Herz tat einen kleinen Sprung. Single und schwanger, alleinerziehende Mutter. So tun, als hätte sie zu diesem Mann, der so viel Angst davor hatte, durch ein Kind an sie gebunden zu sein, nicht fast *Ich liebe dich* gesagt.

„Emma ist eine Raintree", sagte Gideon. „Natürlich werde ich mich um sie kümmern."

„Eigentlich ist Emma eine *Malory*", entgegnete sie. „Falls es eine Emma gibt."

„Eine Frau, die einem Raintree ein Kind schenkt, wird selbst zu einer Raintree", sagte Gideon etwas angespannt.

„Das glaube ich nicht", antwortete sie. Seine Aussage verwirrte sie, aber sie hatte Angst davor, nachzufragen.

„Du hast gesehen, wozu ich in der Lage bin", sagte Gideon mit gedämpfter Stimme, als könne ihnen hier im Nirgendwo irgendjemand zuhören. „Emma wird eines Tages ihre eigenen Gaben haben, und ich kann euch nicht einfach verlassen und mich nicht darum *kümmern*, was mit ihr passiert."

Sie kannten sich noch nicht lange genug, als dass Hope das Recht dazu hätte, verletzt zu sein, weil seine Sorge nicht ihr galt. „Vielleicht ist es dieses Mal anders. Vielleicht sind die Raintree-Gene in diesem Fall nicht dominant." Mist, sie redete über dieses Kind, als gäbe es keinen Weg darum herum. „Falls ich schwanger bin. Was ich nicht bin."

„Du bist schwanger", sagte er säuerlich.

„Falls ich schwanger sein sollte", sagte sie wieder, „wäre das denn wirklich so schlimm?" Ihr Herz zog sich zusammen. Ihr Magen ebenfalls. Natürlich war es schlimm! Vielleicht glaubte sie, dass sie in Gideon verliebt war, aber sie hatten sich gerade erst kennengelernt, sie hatte noch Pläne für ihre Karriere, und sie war sich ziemlich sicher, dass er sich in sie eben nicht verliebt hatte.

„Ja!"

Hope wendete sich wieder der verschwommenen Landschaft zu, damit Gideon ihr Gesicht nicht sehen konnte. Sie hatte kein Recht dazu, am Boden zerstört zu sein, weil er nicht wollte, dass sie schwanger war. Es war so eine mädchenhafte Reaktion, dass ihr die Tränen in die Augen stiegen, weil ein Mann, den sie kaum kannte, sie zurückwies.

Vielleicht war es so schwer für ihn gewesen, anders aufzuwachsen, dass er es nicht ertragen konnte, einem Kind die gleichen Schwierigkeiten zuzumuten. Aber er war ein guter Mensch geworden. Er hatte ein schönes Leben, er half Menschen – den Lebenden und den Toten –, und er machte das Beste aus seinen Fähigkeiten. Vielleicht musste er einen großen Teil seiner selbst vor der Welt verstecken, aber er hatte sich nicht vor ihr versteckt.

Er lenkte den Wagen plötzlich auf die Grasnarbe neben der Straße und erschreckte Hope damit so sehr, dass sie zu ihm herumfuhr. „Was machst du denn da?"

Gideon parkte den Wagen, ließ den Motor aber an, und griff in ihren Schoß nach einer Akte. „Welche ist das?", fragte er, als er durch die Zettel und Fotos blätterte. „Ist eigentlich auch egal." Er griff sich irgendein Foto und hielt es hoch. Die Frau auf dem Bild lag halb auf einem verschlissenen Sofa. Die Vorderseite ihres Kleides war blutgetränkt, und ihr Kopf fast abgetrennt. „Es gibt auf dieser Welt Menschen, die solche Dinge tun", sagte er leise. „Wenn es nur eine Handvoll Bastarde wären, würde mir vielleicht nicht schlecht werden bei dem Gedanken, ein unschuldiges Kind einem Leben auszusetzen, in dem das hier jeden Tag passiert. Jeden Tag, Hope. Was, wenn Emma ist wie ich und sich jeden Tag den Schrecken des Todes gegenübersehen muss? Was, wenn sie ist wie Echo und von Katastrophen träumt, gegen die sie nichts unternehmen kann? Was, wenn …" Er presste die Lippen aufeinander. Er konnte seinen letzten Gedanken nicht einmal beenden.

Wie konnte sie noch wütend auf ihn sein? Er war nicht kleinlich oder selbstsüchtig. Seine Angst stammte aus echter Sorge um das Kind, von dem er behauptete, es nicht zu wollen. Hope hob ihre Hand und berührte Gideons Wange. Ihr Daumen fuhr über sein glattes Kinn. Er zog sich nicht zurück, wie sie es eigentlich erwartet hatte. „Du machst das hier schon zu lange."

„Welche Wahl bleibt mir denn? Ich habe eine Gabe, die es mir erlaubt, die Täter hinter Gitter zu bringen. Wenn ich das nicht täte, würden einige von ihnen davonkommen, und die Opfer wären dann hier, zwischen Leben und Tod, gefangen." Er sah ihr in die Augen. „Was sagst du, wenn ein kleines Mädchen dich fragt, ob es Monster wirklich gibt? Ja ist furchtbar. Nein ist gelogen."

Sie streichelte seine Wange. „Wann hattest du das letzte Mal Urlaub, Raintree?"

„Ich erinnere mich nicht."

„Wenn wir Tabby eingesperrt haben, dann nehmen wir uns einen langen Urlaub. Ich mag die Berge."

Gideon stimmte nicht zu, aber er widersprach ihr auch nicht. Er legte eine Hand auf ihren Bauch, und diese Hand war zärtlich. „Mir gefällt es nicht, jemanden so wichtigen zu haben, den ich verlieren könnte", sagte er leise.

„Emma?", flüsterte sie.

Er hob seinen Kopf und sah ihr in die Augen. „Und dich, Moonbeam Hope. Verdammt, wo bist du bloß hergekommen?"

Sie lächelte über seine Verwirrung. „Nenn mich noch einmal Moonbeam, und ich erschieße dich."

Er lächelte zum ersten Mal an diesem Tag, dann beugte er sich zu ihr und gab ihr einen schnellen Kuss. „Bringen wir es hinter uns. Der Sheriff wartet."

Das Wohnzimmer, in dem Marcia Cordell ermordet worden war, sah aus wie der Salon einer alten Dame. Auf den Tischen lagen Häkeldeckchen, darauf staubige Seidenblumengestecke, die in den vier Monaten seit ihrem Tod vernachlässigt worden waren. Antike Möbel, die nicht zusammenpassten und es irgendwie doch taten. In der Mitte des Teppichs befand sich außerdem ein großer getrockneter Blutfleck.

Gideon kniete sich neben den Blutfleck, während Hope und ein besorgter Sheriff neben ihm standen. Der Sheriff knetete den Rand seines Hutes mit fleischigen, nervösen Händen.

„Ich hoffe wirklich, dass Sie uns hier helfen können", sagte der Mann. „Miss Cordell war 'ne echt beliebte Lehrerin. Alle mochten sie. Na ja, jedenfalls dachten wir das. Man muss schon 'nen großen Hass schieben, um jemandem so was anzutun. Haben Sie die Fotos gesehen? Schrecklich. Das werde ich nie vergessen."

Der Mann redete weiter und weiter, ohne Unterlass. Der Sheriff war nervös, und er brauchte in diesem Fall dringend Hilfe. Er wollte ihn endlich abschließen. Er wollte den Beweis, dass jemand außerhalb seiner Gemeinde für so ein schreckliches Verbrechen verantwortlich war, damit er sich nicht vorstellen musste, dass ein Mann oder eine Frau, die er kannte, zu dieser Art von Gewalt fähig war.

Der Geist von Marcia Cordell war noch im Zimmer, aber sie lauerte in einer Ecke, beobachtete die Fremden und hatte Angst. Immer noch Angst.

„Was für ein Mensch würde so etwas tun?", fuhr der Sheriff fort. „Eine so nette Frau so zu ... zu schänden, sie zu ermorden ..."

Gideons Kopf schnellte hoch. *Schänden?* „Hat ein sexueller Übergriff stattgefunden?"

Der Sheriff nickte und knetete den Rand von seinem Hut noch fester.

So viel zu ihrer Verbindung zu Tabby. An den anderen Tatorten hatte es keine Anzeichen für sexuelle Gewalt gegeben. „Es wäre nett gewesen, wenn diese Information in dem Bericht gestanden hätte, den Sie mir geschickt haben."

„Miss Cordell war eine anständige Frau. Gab doch keinen Grund, so was Schlimmes über sie herauszuposaunen, nachdem sie nicht mehr war. Außerdem halten wir diesen Teil der Untersuchungen unter Verschluss. Gibt keinen Grund, das der ganzen Welt zu erzählen."

„DNS?", fragte Hope knapp.

Der Sheriff schüttelte den Kopf. „Nein. Der Täter hat einen Schutz getragen, hat die Pathologie gesagt."

„Detective Malory", sagte Gideon mit bemessener, ruhiger Stimme, „würden Sie Sheriff Webster mit nach draußen nehmen und versuchen, mit ihm einige Lücken in der Cordell-Akte zu schließen?"

„Großartige Idee", sagte Hope. Der Sheriff wollte nicht gehen, aber als Hope ihn am Arm nahm und zur Tür führte, begleitete er sie wie ein wohlerzogener Welpe.

Allein in dem gruseligen Raum wendete Gideon seinen Blick in die Ecke, in der Marcia Cordell in einer Kugel aus waberndem Licht wartete. Er war nicht allzu wütend auf den Sheriff, auch wenn dieser Ausflug bedeutete, dass er einen Tag für seinen eigentlichen Fall verlor und Zeit verschwendete, die er für die Verfolgung von Tabby brauchte. Wenn er schon hier war, dann aus gutem Grund. „Sprechen Sie mit mir, Marcia", sagte er leise, „erzählen Sie mir, was passiert ist."

Sie nahm langsam Gestalt an, die Lichtkugel veränderte ihre Form und ihre Farbe und wurde weniger durchlässig. Marcia Cordell war eine füllige und hübsche Frau gewesen. Sie war kaum einen Meter fünfzig groß, und ihr langes, braunes Haar trug sie in einem Knoten. Sie passte in diesen altmodischen Raum.

„Du kannst mich sehen", sagte sie mit zitternder Stimme.

„Ja, das kann ich." Gideon blieb ruhig und bewegte sich kaum, damit er sie nicht verschreckte. „Marcia, wissen Sie, dass Sie tot sind?"

Sie nickte. „Ich habe gesehen, wie sie meinen Körper weggebracht haben. Ich habe um Hilfe geschrien, aber niemand hat mich gehört."

„Ich kann Sie hören."

Marcia schwebte auf ihn zu, langsam und misstrauisch. Eine falsche Bewegung, und sie würde verschwinden. Sie war nicht wütend, wie Sherry und Lily es gewesen waren. Sie hatte panische Angst.

„Würden Sie mir sagen, was mit Ihnen passiert ist?", fragte Gideon sanft.

„Ich habe ihm die Tür aufgemacht. Ich hatte doch keine Ahnung, was er vorhatte."

Ihm. Nicht Tabby, wie er es schon vermutet hatte, nachdem er gehört hatte, dass sie geschändet worden war. Trotzdem konnte er herausfinden, wer sie vergewaltigt und ermordet hatte, und ihren Geist an einen besseren Ort schicken. In diesem Sinne war der Ausflug doch nicht umsonst gewesen.

Marcia Cordells Geist seufzte und glitt hinab, um sich auf ein geblümtes Sofa zu setzen. Sie hielt sich sehr aufrecht. „Dennis war immer schon ein seltsamer Junge, aber …"

„Dennis. Sie kannten ihn?"

Miss Cordell sah Gideon vernichtend an. Es war ein Blick, mit dem sie unzählige Schüler über die Jahre zum Schweigen gebracht haben musste. „Junger Mann, du hast mich danach gefragt, was passiert ist, und ich versuche, es dir zu erzählen."

Er wies sie nicht darauf hin, dass er nur ein paar Jahre jünger war, als sie es zum Zeitpunkt ihres Todes gewesen war, und schon lange kein junger Mann mehr war. Sie hatte den Geist einer älteren Frau, als hätte sie etwas aus einem anderen Leben mit in dieses genommen, was sie sehr belastete. „Tut mir leid, Ma'am", sagte er zerknirscht. „Bitte erzählen Sie weiter."

Sie nickte. „Dennis Floyd ist ein Nachbar. Die Familie Floyd lebt schon seit fast zwanzig Jahren in diesem Haus. Dennis war in der Grundschule, als sie eingezogen sind, und ich hatte ihn vor ein paar Jahren in meiner Englischklasse. Er war kein guter Schüler", sagte sie tadelnd. „Er ist in der Nacht vorbeigekommen und hat gefragt, ob er mein Telefon benutzen darf. Er hat gesagt, ihres funktioniere nicht. Natürlich habe ich Ja gesagt." Sie presste die Lippen zusammen. „Ich habe die Gefahr nicht kommen sehen, bis er mich gepackt und auf den Boden geworfen hat wie eine … wie eine …", sie stotterte, und ihr Gesicht wurde rot. Sogar nach dem Tod konnte sie erröten.

„Ich werde sicherstellen, dass er dafür bezahlt, was er Ihnen angetan hat", sagte Gideon. „Er wird bestraft werden, in diesem Leben und im nächsten."

Sie nickte, offensichtlich erleichtert. „Dennis muss dafür bestraft werden, was er mir angetan hat. Und sie auch."

Die Haare in Gideons Nacken stellten sich auf. „Sie?"

„Die Frau, die bei Dennis war, die, die ihn angetrieben hat. Ich habe sie am Anfang gar nicht gesehen. So spät am Abend hätte ich keinen Fremden mehr in mein Haus gelassen. Dennis hat mich niedergeschlagen. Er hat mir die Arme und die Beine mit Klebeband gefesselt und mich auf dem Boden liegen lassen, während er zur Tür gegangen ist, um sie hereinzulassen." Sie schien genauso wütend darüber zu sein, eine Fremde im Haus gehabt zu haben, wie darüber, dass man sie ermordet hatte.

„Sie kannten diese Frau nicht."

Miss Cordell schüttelte den Kopf. „Nein, Dennis hat sie ..." Sie zog die Nase nachdenklich zusammen, „... Kitty genannt, glaube ich, oder ..."

„Tabby", sagte Gideon leise.

„Genau." Marcia Cordell deutete mit einem verblassenden, zitternden Finger auf eine Ecke des Zimmers. „Sie saß in dem Stuhl da drüben und hat zugesehen, während Dennis mir unaussprechliche Dinge angetan hat. Sie hat gelächelt, und als ich um Hilfe gerufen habe, hat sie gesagt, dass mich hier niemand hören würde, so weit draußen, so weit weg von allem." Ihre ganze Gestalt zitterte, und sie verschwand fast, als wollte sie sich davor verstecken, von ihrem Tod zu erzählen. „Als ich angefangen habe zu weinen, hat sie mich gefragt, ob es mir gefällt. Sie hat mich gefragt, ob ich schon immer davon geträumt habe, dass ein junger Hengst an meiner Tür auftaucht und mich zur Frau macht."

„Auch sie wird bezahlen", sagte Gideon. „Dafür werde ich sorgen."

Miss Cordell nickte. „Sie war es, die mich umgebracht hat."

„Ich weiß."

„Ich dachte, es wäre endlich vorbei, und dann hat sich diese furchtbare Frau über meinen Körper gebeugt und mir das Messer in den Bauch gestoßen. Sie ... sie hat mich aufgeschlitzt, und es hat ihr Spaß gemacht. Als sie es satthatte, nur zu schneiden, hat sie angefangen, zuzustechen und ..."

Gideon hörte zu, während Marcia Cordell ihm jedes letzte Detail davon berichtete, wie Dennis und Tabby sie gefoltert und schließlich getötet hatten. Er wollte sich die Details nicht anhören, aber Miss Cordell brauchte jemanden, dem sie ihre Geschichte erzählen konnte. Jemanden, der sie hören konnte.

Er hörte ihr zu und fragte dann: „Können Sie mir irgendetwas über die Frau sagen? Sie haben gesagt, dass Dennis sie Tabby genannt hat. Hat er je einen Nachnamen benutzt? Haben Sie gesehen, was für einen Wagen sie gefahren hat? Können Sie sich an irgendetwas erinnern, was vielleicht hilfreich sein könnte?"

Miss Cordell schüttelte den Kopf. „Sie sind zusammen gegangen, Dennis und die schreckliche Frau."

Das bedeutete, dass Dennis wahrscheinlich auch tot war. Er konnte sich nicht vorstellen, dass Tabby einen Zeugen zurückließ. „Zeit, zu gehen, Miss Cordell", sagte Gideon, während er aufstand und zu ihr hinuntersah. „Ich werde dafür sorgen, dass die beiden bezahlen, das verspreche ich Ihnen. Ich kümmere mich darum. Finden Sie Frieden, Marcia. Sie haben ihn verdient."

„Du auch", flüsterte Miss Cordell, ehe sie verschwand.

Gideon verließ den Tatort. Falls Dennis noch lebte – unwahrscheinlich, aber nicht unmöglich –, dann konnten sie durch ihn vielleicht Tabby finden. Wenn es je einen konkreten Beweis gegeben hatte, dass diese Welt kein Ort für ein Kind war, dann war es das.

Sheriff Webster stand neben seinem Streifenwagen und knetete immer noch seinen abgegriffenen Hut. Gideon sah sich auf dem überwucherten Grundstück um. „Wo ist Detective Malory?"

„Sie hat beschlossen, einige Nachbarn zu befragen, während wir auf Sie warten." Er nickte einem kleinen weißen Haus am Ende der Straße zu. Es war fast eine Viertelmeile entfernt, aber immer noch das nächste Haus neben Marcia Cordells. „Detective Malory schien zu glauben, dass sie in der Nacht vielleicht etwas gesehen haben. Wir haben sie alle befragt und nichts herausgefunden, aber …"

Gideon bekam ein ungutes Gefühl im Magen.

„Dennis Floyd ist vorbeigefahren, als wir uns unterhalten haben, und …"

Der Sheriff kam nicht weiter. Gideon drehte sich zu dem kleinen weißen Haus und rannte los.

Hope sah zum Cordell-Haus zurück. Der Sheriff lehnte immer noch gegen seinen Streifenwagen, gehorchte ihren Anweisungen und störte

Raintree nicht. Sie konnte unmöglich sagen, wie lange Gideon drinnen brauchen würde, um mit dem Geist zu reden. Komisch, wie selbstverständlich sie diese Worte schon dachte. Mit dem Geist reden.

Wenn sie etwas finden konnte, nur ein kleines Detail, das sie zu dem hinzufügen konnte, was er gerade in Erfahrung brachte, konnte es vielleicht schon helfen. Vielleicht hatte ein Nachbar in der Nacht ein Auto gesehen. So eine Information sollte zwar in den Akten enthalten sein, aber manchmal verpasste man wichtige Fakten beim ersten Durchgang. Sogar wenn Gideon herausfinden konnte, wer die Frau umgebracht hatte, würden sie Beweise brauchen, damit der Täter verurteilt wurde.

„Kommen Sie rein, ich mache uns einen Tee." Sie schätzte Dennis Floyd auf Mitte zwanzig. Er war ein klapperdürrer junger Mann mit schütterem, blondem Haar und kleinen, blassblauen Augen. Sein Auto und seine Kleidung hatten schon bessere Zeiten erlebt, aber das Haus selber schien in einem guten Zustand zu sein. Die Veranda war sauber, und ein paar blühende Pflanzen in Tontöpfen machten den Ort gleich fröhlicher.

„Meine Alten sind zur Arbeit", sagte er, als er ihr die Fliegentür öffnete. „Ich hatte mal meine eigene Bude", fügte er hinzu, anscheinend, um sie zu beeindrucken. „Aber als ich grad zwischen zwei Jobs war, bin ich hierher zurückgezogen. Jetzt hab ich wieder regelmäßige Arbeit, aber meine Alten brauchen ein bisschen Hilfe im Garten und so weiter, also tue ich ihnen den Gefallen und bleibe hier."

Hope betrat das kalte, halbdunkle Wohnzimmer. Es war sauber, aber muffig, als ob jahrelang abgestandene Gerüche in die Wände gedrungen waren, die sich nie wieder auswaschen ließen. Es war zu voll für ihren Geschmack. Überall standen Schnickschnack und Aschenbecher und staubige Blumengebinde.

„Sie sind am Mord von Miss Cordell dran, stimmt's?", fragte Dennis, als er an ihr vorbeiging.

„Ja."

Er ging in die Küche, und Hope folgte ihm. Die Küchenfenster waren nicht verhängt und ließen gerade genug Licht ein, um den Raum fröhlicher zu machen als das schreckliche Wohnzimmer.

„Der Sheriff hat gesagt, der Killer war irgendein Perverser von außerhalb."

„Wirklich? Woher weiß er das?"

Dennis beschäftigte sich in der Küche, holte Gläser aus dem Schrank, füllte sie mit Eis und nahm dann einen Krug voll Tee aus dem Kühlschrank.

„Niemand von hier könnte so was Schreckliches machen", sagte er mit ruhiger Stimme, während er ihnen zwei große Gläser Eistee einschenkte. „Wir mochten Miss Cordell alle echt gern."

„Haben Sie in der Nacht irgendetwas Ungewöhnliches bemerkt?"

Dennis gab ihr ein Glas Tee und lehnte sich mit seinem eigenen in der Hand gegen die Küchentheke. „Nein, habe ich nicht, glaube ich. Der Sheriff hat auch gefragt, ist ja klar, aber ich erinnere mich an nichts, was helfen könnte. Immer noch nicht, fürchte ich."

„Ein Auto, das hier nicht hingehörte, oder einen Fremden auf der Straße vielleicht?" Dennis schüttelte den Kopf, und Hope stellte ihren unangetasteten Tee auf den Küchentisch. Hier schien es nichts von Interesse zu geben, und trotzdem hatten sich die kleinen Härchen in ihrem Nacken aufgestellt. „Danke für Ihre Zeit, Mr Floyd. Wenn Sie sich doch noch an irgendetwas erinnern …"

„Wissen Sie", sagte Dennis, richtete sich plötzlich auf und stellte sein eigenes Glas weg, „vielleicht *war* da ein Auto, jetzt wo ich darüber nachdenke. Es ist hier um sagen wir mal elf Uhr oder so vorbeigefahren. Es war echt langsam."

„Was für ein Auto?"

„Ein schickes, wenn ich mich richtig erinnere. So ein Sportwagen. Grün."

Hope lächelte. Dennis log. Damit sie noch länger blieb? Er hatte sie anzüglich angegrinst, aber wozu lügen? Brauchte er nur die Aufmerksamkeit? Oder wollte er herausfinden, was sie bereits wusste?

Seine Information war nicht nur brandneu, er hätte die Farbe des Wagens um elf Uhr nachts gar nicht erkennen können auf der engen, schlecht beleuchteten Straße.

„Wo standen Sie", fragte Hope, „als Sie das Auto auf der Straße gesehen haben?"

Dennis musste einen Augenblick nachdenken. Er log, das spürte sie. „Ich war nach draußen gegangen, um eine zu rauchen", sagte er.

Glaubte er, sie hätte die Aschenbecher im Wohnzimmer nicht bemerkt? Er musste nicht vor die Tür gehen, um zu rauchen, und das wusste sie. Aber sie spielte mit. „Sie waren im Vorgarten", sagte sie.

„Jepp." Er nickte. „Ich war vor dem Haus und hab eine geraucht."

„Wenn der grüne Sportwagen also bei Miss Cordell in die Auffahrt gebogen wäre, hätten Sie es nicht gesehen."

Er schluckte. „Vielleicht ist er bei ihr eingebogen. Ich kann mich nicht richtig erinnern."

„Eine Frau wurde brutal ermordet, und am nächsten Morgen können Sie sich nicht mehr daran erinnern, dass Sie vielleicht gesehen haben, wie ein Auto auf ihr Grundstück gefahren ist?", fuhr Hope ihn an.

„Es war ein traumatisches Erlebnis", erklärte Dennis. „Zu hören, dass eine meiner Lieblingslehrerinnen von der Highschool, noch dazu eine Nachbarin, von irgendeinem Fremden vergewaltigt und ermordet worden ist …"

Hope legte ihre Hand vorsichtig auf ihre Pistole. Sheriff Webster hatte nicht einmal Gideon gesagt, dass Marcia Cordell vergewaltigt worden war, bis sie vor Ort gewesen waren. Er hatte dieses Detail nicht in den offiziellen Bericht geschrieben oder den Zeitungen weitergeleitet, und wenn man bedachte, wie vorsichtig er mit dem Andenken der Frau umging, war es nicht sehr wahrscheinlich, dass er darüber mit den Nachbarn geklatscht hatte.

Mit einem Ruck wurde Dennis klar, was er getan hatte. Er fluchte, dann nahm er sein Teeglas und schleuderte es Hope an den Kopf. Sie duckte sich und zog gleichzeitig ihre Waffe. Das Glas flog an ihrem Kopf vorbei und zerbrach am Türrahmen hinter ihr. Glasscherben, kalter Tee und Eiswürfel explodierten um sie herum.

Statt zur Hintertür zu rennen, um zu entkommen, wie sie es erwartet hatte, stürzte Dennis sich auf sie und schlug ihre Pistole zur Seite, als sie gerade abfeuerte. Er umklammerte sie, und sie beide rutschten auf dem Tee und den Glasscherben aus.

Hope landete unsanft auf dem Boden, mit einem sich wehrenden Dennis auf ihr. Sie versuchte, die Waffe zu heben und umzudrehen, aber er griff nach ihrem Handgelenk und drückte es von sich weg. Sie kämpften um die Kontrolle über die Waffe, und er war am Gewinnen. Für einen so dünnen Mann war Dennis sehr stark. Seine schlackernden Arme hatten Muskeln, und er war verzweifelt. Nur ein verzweifelter und gefährlicher Mann würde das tun, was er Marcia Cordell angetan hatte.

Sie dachte an den Schutzzauber, den sie unter ihrer Bluse trug, und während er kämpfte, um die Oberhand zu bekommen, fragte sie sich, ob er ihr in so einer Situation irgendwie helfen würde.

„Hat *sie* dich geschickt?", fragte Dennis atemlos, während er versuchte, ihr die Waffe zu entwinden.

War es möglich, dass Dennis wusste, was Gideons Gabe war? Dachte er, Marcia Cordells Geist hatte ihnen seinen Namen verraten?

Dennis drückte Hope mit dem Knie auf den Boden und riss ihr die Waffe aus der Hand. Ein Wort kam ihr in den Sinn, unerwartet und mächtig.

Emma.

13. KAPITEL

*G*ideon war auf halbem Weg zu dem weißen Haus und rannte so schnell er konnte, als er den Schuss hörte. Sein Herz schlug ihm bis zum Hals.

Es war schwer genug, mit den Geistern von Fremden zu reden, von Menschen, die er im Leben nie kennengelernt hatte, nie berührt hatte, die ihm nie wichtig waren. So schwer es auch war, von Mordopfern heimgesucht zu werden, er hatte es noch nie mit dem verwundeten Geist eines Freundes zu tun gehabt – oder mit dem einer Geliebten. Letzte Nacht und am Morgen war Hope auf eine Weise die Seine gewesen, die er für unmöglich gehalten hatte. Sie wusste, wer er war, und trotzdem blieb sie. Sie trug wahrscheinlich sein Kind. Zur Hölle mit *wahrscheinlich*. Dantes „Geschenk" hatte zu gut funktioniert. Es war unmöglich, Emma als reine Einbildung abzutun.

Er wollte nicht von Hope heimgesucht werden. Es war viel zu früh, um sie zu verlieren.

Würde Emma ihn auch heimsuchen?

Er sprang auf die Veranda und stürmte mit der Pistole in der Hand durch die Tür. Kampfgeräusche drangen aus dem hinteren Teil des Hauses zu ihm. Immer noch rennend, warf er einen schnellen Blick in die Küche, nur um Hope unter einem Mann begraben zu sehen. Ihre Pistole war in seiner Hand, und er tat sein Bestes, um die Waffe auf sie zu richten.

Gideon hatte seine Pistole gezogen, aber er bekam keine freie Schussbahn. Hope hielt sich tapfer, aber das bedeutete auch, dass sein Ziel sich bewegte. Er rannte auf Floyd zu, um ihm die Pistole aus der Hand zu schlagen und ihn von Hope zu ziehen, doch dann führte sie ein beeindruckendes und gut geplantes Manöver aus, mit dem sie den Mann gleichzeitig von sich wegstieß, ihm die Waffe entwendete und ihm den Ellenbogen ins Gesicht rammte. Das Ganze dauerte ein paar Sekunden, nicht mehr. Mit einem Keuchen und einem Grunzen landete Dennis Floyd auf dem Rücken, unbewaffnet und mit einer blutigen Nase. Eine keuchende, rotgesichtige Hope hielt ihn mit dem Knie auf den Boden gedrückt.

Sie hob den Kopf und sah Gideon an. Ihre Brust hob und senkte sich mit tiefen, schnellen Atemzügen. Ihr Haar war nicht so glatt wie sonst, ihre Augen blickten wütend, aber auch ängstlich. Draußen fuhr der Wagen des Sheriffs auf das Grundstück, und schwere Schritte erklangen, als der Gesetzeshüter sich den Weg in die Küche bahnte.

Gideon konnte die Augen nicht von Hopes Gesicht wenden. Sein Herz hatte sich noch nicht zu einer gesunden Geschwindigkeit und zu seinem normalen Rhythmus beruhigt. Er war *so nah* daran gewesen, sie und Emma zu verlieren. Er war *so nah* daran gewesen, sie begraben zu müssen.

Er war *so nah* daran, Hope zu bitten, seine Frau zu werden und nie mehr aus seinem Blickfeld zu weichen, als der tollpatschige Sheriff das Haus betrat.

Hope stand auf, und Gideon übernahm gern die Kontrolle über Dennis. Er zerrte den kleinen Mann auf die Füße und stieß ihn gegen die Wand.

„Au. Passen Sie auf meine Nase auf", sagte der Mann und versuchte, sich aus dem festen Griff zu winden. „Ich glaub, die da hat sie gebrochen."

Gideon musste all seine Selbstkontrolle aufbringen, um Dennis seine Rechte zu verlesen. Da er weit entfernt von seinem eigenen Bezirk war, bat er den Sheriff, die Prozedur noch einmal zu wiederholen. Dennis war zwar noch nicht angeklagt, aber Gideon wollte bei diesem kleinen Mann – diesem Monster – nicht das Risiko eingehen, dass er wegen eines Formfehlers freikam.

„Ich weiß, was du getan hast", sagte Gideon mit leiser Stimme.

„Ich … ich habe überhaupt nichts gemacht", plusterte Dennis sich auf.

„Du bist mir egal, du kleiner Pisser." Gideon drückte Dennis mit mehr Kraft gegen die Wand. „Der Sheriff wird sich gut um dich kümmern, wenn ich weg bin. Ich will Tabby."

Dennis schluckte mehrmals, ehe er antwortete. „Ich kenne keine Tabby." Er war ein sehr schlechter Lügner.

„In Ordnung. Sag nichts. Wenn sie herausfindet, dass ich hier war – und das *wird* sie –, dann wird sie dir einen kleinen Besuch abstatten. Du kennst ihre Arbeit, also weißt du, was du zu erwarten hast, wenn sie dich in die Finger bekommt." Er beugte sich vor, bis sein Mund nahe an Dennis' Ohr war, und flüsterte: „Sie mag ihr Messer, stimmt's? Ich habe schon viele Mörder getroffen, die lieber ein Messer benutzen als eine Schusswaffe, aber ich glaube nicht, dass ich jemals jemanden kennengelernt habe, der so viel Spaß daran hat wie Tabby. Ich frage mich, was für ein Andenken sie von dir mitnehmen würde, du Bastard? Welches deiner Körperteile würde sie an dich erinnern?"

„Ich hatte sie erst an dem Tag kennengelernt", sagte Dennis, schnell und mit hoher Stimme. „Ich war an der Tankstelle, hab vollgetankt und was Kaltes zu trinken besorgt. Dann kommt diese Frau zu mir und sagt, sie weiß, was ich denke. Ich hatte gar nichts gedacht", sagte Dennis. „Sie hat mir diese Dinge in den Kopf gesetzt."

„Böse Dinge", sagte Gideon und zog sich ein Stück zurück.

Dennis nickte. „Es stimmt, ich hab immer gedacht, dass Miss Cordell ein bisschen eingebildet ist, sich für was Besseres als die anderen hielt …"

„Du wolltest sie auf ihren Platz verweisen, richtig?" Gideon drückte Dennis fester gegen die Wand. „Du wolltest ihr zeigen, wer der Boss ist."

Dennis versuchte zu nicken, aber mit Gideons Arm gegen seinen Hals fiel ihm das nicht leicht. Er wollte diesen Mann mit seinen bloßen Händen umbringen, und er könnte es tun. Unter den Augen von Hope und dem Sheriff könnte er diesen Bastard erschießen, ihm den Hals brechen oder noch besser, ihm Feuer unterm Hintern machen, bis nichts mehr von ihm übrig war als Staub. Alles, was er tun musste, war, seine Wut in einem kräftigen elektrischen Blitz zu entladen. Er war immer so vorsichtig darauf bedacht, zu verstecken, was er war, riss sich immer zusammen, wenn jemand zusah. Diese Vorsicht hatte ihn davon abgehalten, Tabby aufzuhalten, obwohl er es gekonnt hätte, und es hatte ihn davon abgehalten, seine Gabe auf mehr als einen Mörder anzuwenden, der ihm endlich in die Hände gefallen war. Jetzt gerade, mit klopfendem Herzen und den undenkbaren Möglichkeiten viel zu nah vor Augen, fühlte er sich überhaupt nicht vorsichtig. Gideon erlaubte sich, einen kleinen elektrischen Schlag durch Dennis' Körper fahren zu lassen.

„Autsch! Was war …?"

Er tat es noch einmal, und Dennis begann zu zittern. So aufgeladen wie Gideon war, könnte er diesen nutzlosen Bastard gut ausräuchern. Für Marcia Cordell. Für Hope und Emma. Aber er tat es nicht. So verlockend es ihm in diesem Moment auch erschien, er weigerte sich, sich durch seine Wut in die Art Mensch zu verwandeln, die er sein Leben lang gejagt hatte. Der Sheriff und das System würden sich um Dennis kümmern. Und wenn sie es nicht taten, konnte er immer noch zurückkommen.

„Erzähl mir alles, was du noch von Tabby weißt", befahl er.

Die Heimfahrt war bis auf ein paar Anrufe ruhig gewesen. Gideon hatte kaum Empfang auf seinem Handy, weil sie irgendwo im Nirgendwo waren, und dazu kam noch seine unvorhersehbare elektrische Ladung, also gab er schließlich Hope sein Telefon, und sie erledigte die Anrufe. Charlie würde nach dem Auto fahnden lassen, das Tabby laut Dennis fuhr. Sie hatten immer noch keinen Nachnamen, aber vielleicht konnten sie sie durch den Wagen finden.

Hope hatte angefangen, zu akzeptieren, dass sie vielleicht wirklich schwanger war. Als sie gedacht hatte, dass sie sterben würde, von ihrer eigenen Waffe erschossen werden würde, in diesem Moment, da war das Baby plötzlich sehr real gewesen. Sie würde alles tun, um Emma zu beschützen. Das war ein ganz schöner Tiefschlag. Hope Malory hatte doch keine Muttergefühle! Tante zu sein gefiel ihr ganz gut, weil sie ihre Neffen besuchen konnte und dann wieder gehen, wenn sie ihr zu aufgedreht wurden oder zu weinerlich. Aber Mutter zu sein ... Sie hatte nicht gedacht, dass sie dazu auch nur im Geringsten bereit war. Aber vielleicht war sie es doch. Vielleicht.

Es war schon dunkel, als sie bei Gideons Haus ankamen. Sie hatten nichts von Charlie gehört, aber da sie nur einen Wagen und einen Vornamen hatten, der vielleicht gar nicht ihr richtiger war, würde es eine Weile dauern. Gideon fuhr in die Garage und würgte den Motor ab, als sich das Garagentor langsam hinter ihnen schloss. Er stieg nicht sofort aus dem Mustang, sondern saß noch eine Weile bewegungslos da und starrte die Wand an, mit den Händen am Lenkrad.

Hope blieb ebenfalls, wo sie war. „Soll ich meine Sachen zusammenpacken und gehen? Ich weiß, dass es keine gute Idee ist, jetzt schon zurück zu Mom zu ziehen, aber ich könnte ..."

Gideon packte sie im Nacken und zog sie an sich, um sie zu küssen. Er küsste sie nicht wie ein Mann, der wollte, dass sie ging. Im Grunde war sie sich ziemlich sicher, dass er sie so noch nie geküsst hatte, so als wollte er sie sanft, aber ganz und gar verschlingen. Als er seinen Mund von ihrem löste, ließ er seine Hand, wo sie war. „Marcia Cordell hat mir jede furchtbare Sache erzählt, die dieser Bastard ihr angetan hat. Erst wollte sie nicht darüber reden, aber als sie erst einmal angefangen hatte, schien es ihr gutzutun, alles loszuwerden ... Sie hat mir alles erzählt, jedes kranke Detail, und dann bin ich rausgegangen, und der Sheriff sagt, ‚Ach übrigens, Detective Malory ist da hinten irgendwo und redet mit Dennis Floyd‘."

Gideon benutzte einen tiefen und nicht ganz falschen Dialekt, als er den Sheriff nachmachte, und Hope lachte leise. Aber sie lachte nicht lange.

„Und ich konnte nicht schnell genug rennen", sagte er mit tiefer und leiser Stimme.

„Es geht mir gut." Ein paar blaue Flecken, ein großer Schrecken, aber wirklich verletzt war sie nicht.

„Dieses Mal", sagte er. Sein Daumen strich über ihre Wange. „Aber es wird ein nächstes Mal geben. Es wird einen anderen Dennis geben, einen anderen Kampf, einen weiteren Schuss, der mein Herz dazu bringt, mir fast aus der Brust zu springen. Die Schutzzauber werden helfen, sie verschaffen dir einen Vorteil, und ich kann sicherstellen, dass du immer einen neuen hast, den du um deinen hübschen Hals tragen kannst. Aber sie sind keine kugelsicheren Schilde, und sie lassen Mistkerle wie Dennis Floyd nicht einfach verschwinden. Verdammt, Hope, ich wünschte, du wärst damit zufrieden, zu Hause zu bleiben, Kekse zu backen, auf dem Sonnendeck zu liegen, Babys zu bekommen und …"

„*Babys?*", unterbrach sie ihn. „Mehr als eines?"

„Wenn wir heiraten, können wir doch genauso gut …"

„Was ist mit: Die Welt ist zu schlecht, um ein Kind hineinzusetzen?", fragte sie, nur leicht in Panik versetzt von dem Bild, das Gideon ihr malte.

„Wir können nicht rückgängig machen, was schon geschehen ist. Also kann Emma genauso gut ein paar Brüder und Schwestern bekommen."

„Moment mal …"

„Ich habe dich noch nicht gefragt, ob du mich heiraten willst, oder?" Sein Daumen streichelte immer weiter ihre Wange.

„Nein, hast du nicht."

„Heirate mich."

Hope befeuchtete sich die Lippen. „Das ist nicht gerade eine Frage. Klingt mehr wie ein Befehl."

Ein frustrierter, leiser Seufzer kam tief aus Gideons Kehle. Sie wusste, dass es für ihn nicht leicht war, aber es war auch für sie nicht leicht. Er redete von Heirat und Kindern und für immer. Und sie kannte ihn noch nicht einmal eine Woche.

„In Ordnung", sagte er. „Wir machen es auf deine Weise. *Willst* du mich heiraten?"

„Kann ich etwas Zeit zum Nachdenken haben?", fragte sie, verängstigt und aufgeregt und erstaunt. „Das geht mir alles etwas zu schnell."

„Nein. Du kannst genauso gut jetzt merken, dass ich sehr ungeduldig sein kann. Ich will jetzt eine Antwort."

Es wäre nur zu einfach, sich darin zu verlieren, wie sie sich durch Gideon fühlte, innen und außen. In den Küssen, den Berührungen, und dem Versprechen, dass noch mehr auf sie wartete. In der Vorstellung von ihm und Emma und Babys – Plural. „Ich hatte das nie geplant, weißt du, mich niederzulassen und Kinder zu bekommen und die ganze Geschichte."

„Dann mach neue Pläne."

Wenn es stimmte, dass sie eine Raintree *werden* würde – und sie hatte keinen Grund, etwas anderes anzunehmen –, dann würde sie auf jeden Fall einen neuen Plan brauchen.

Er zog sich nicht von ihr zurück, sondern blieb ihr nah. Zu nah. Die Hand in ihrem Nacken war warm und stark und tröstlich, aber sie konnte nicht anders, als sich daran zu erinnern, dass er noch vor ein paar Stunden vollkommen abgestoßen war von dem Leben, das er ihr jetzt als vollendete Tatsache präsentierte. „Wenn ich Ja sagen würde, bekämst du wahrscheinlich eine Panikattacke."

„Wenn du Ja sagst, würde ich hier und jetzt über dich herfallen."

„Im Auto."

„Ja."

„Mit Schalensitzen."

Er murmelte zustimmend.

Hope schlang die Arme um Gideons Hals und berührte seine Lippen ganz leicht mit ihren. „Das muss ich sehen."

„Ich glaube, ich hab mir etwas gebrochen", sagte Gideon, während er Hopes Hals mit seiner Nase liebkoste. Sie lachte über ihn. Er mochte es, wenn sie über ihn lachte.

„Sex in den Schalensitzen war deine Idee, nicht meine."

„Das hier gefällt mir besser." *Das hier* war sein Bett, seine Frau und keine Kleidung. Es war Weichheit und Leidenschaft, Kühnheit und zurückhaltendes Forschen. Es war ein Beben und ein Keuchen. Es war die Art, wie Hope die Balance verlor und stöhnte, wenn er sie berührte. Die Art, wie sie ihn berührte, die Art, wie sie ihn wollte.

Er drückte Hopes Beine auseinander und drang sanft in sie ein. Sanft, aber nicht *zu* sanft.

„Es sieht nicht so aus, als sei etwas gebrochen", sagte sie verträumt, mit geschlossenen Augen und durchgebogenem Rücken.

Weil er davon überzeugt war, dass Hope bereits schwanger war, hatten sie kein Kondom benutzt. Nicht im Auto und jetzt auch nicht. Sie waren nackt, ihre Herzen und ihre Seelen genau wie ihre Körper, und sie waren auf eine Art verbunden, mit der keiner von ihnen je gerechnet hatte. Hope wollte seine Partnerin sein, und das war sie. Auf mehr als eine Art. Auf alle Arten. Auf Arten, von denen er niemals zu träumen gewagt hatte.

Emma hatte gesagt, dass sie immer zu ihm gehörte, in jedem Leben. Vielleicht galt das Gleiche für Hope. Fühlte er deshalb so eine nicht zu verleugnende und alles umfassende Anziehung zu ihr? Fühlte sie sich deshalb überhaupt nicht neu und unbekannt an?

Sie kamen zusammen, und Hope zog ihn dabei tiefer in sich hinein. Das Zusammenziehen ihres Körpers pumpte ihn leer, und als alles langsamer wurde, wiegte sie ihre Hüften weiter gegen seine und hielt ihn fest.

„Ich liebe dich", sagte sie, die Stimme voll von Erschöpfung und Verwirrung, aber auch Zuneigung, die sie nicht erwartet hatte.

Die Worte lagen ihm auf den Lippen, aber er hielt sich zurück. Er konnte sie auf diese Weise lieben, er konnte sie so gut es ging beschützen und ihr Babys schenken und sicherstellen, dass es ihr nie an etwas fehlte. Ja, sie war unbestreitbar sein, aber das bedeutete nicht, dass er dafür alles riskieren würde. Er war sich nicht einmal mehr sicher, ob er noch wusste, was Liebe war, aber er wusste, dass das hier richtig war. Und das reichte. Fürs Erste.

Während er immer noch darüber nachdachte, was er erwidern könnte, hörte er ein federleichtes Lachen. Ein mädchenhaftes Kichern, gefolgt von leisem Seufzen und einem sehr leisen „Hab ich's dir doch gesagt, Daddy." Falls Hope es auch gehört hatte, reagierte sie jedenfalls nicht.

Er sollte wütend werden oder wenigstens überrascht sein. Aber er war es nicht.

„Ich glaube, unsere Tochter hat uns ausgetrickst", sagte er und strich dabei eine schwarze Haarsträhne aus Hopes Gesicht.

Sie öffnete langsam ihre Augen. „Wie ausgetrickst?"

„Du bist gestern Nacht nicht schwanger geworden", sagte er und fühlte sich merkwürdig nachsichtig mit Emma. Vielleicht, weil er immer noch in Hope war, zufrieden und dankbar und glücklich.

„Bin ich nicht?"

„Nein. Du bist heute schwanger geworden, jetzt gerade. Na ja, bald.

Empfängnis geschieht ja nicht sofort …"

Hope vergrub ihre Finger in seinem Haar und zog ihn zu einem langen, tiefen Kuss zu sich hinab. „Ich weiß, wie das funktioniert, Raintree."

„Willst du mich immer noch heiraten?"

Ohne zu zögern antwortete sie: „Ja, will ich."

Liebst du mich noch? Er fragte sie nicht laut. Er sollte ihr wahrscheinlich sagen, dass er sie auch liebte, oder wenigstens ein lässiges „Dito" herausbringen. Aber er tat es nicht. Die Zeit würde kommen, in der sich die Worte richtig anfühlten.

Hope streichelte sein Haar und schlang ein langes Bein um seines, verwickelte ihre Gliedmaßen so, wie sie es vorhin schon gewesen waren. Sie fuhr mit dem Fuß an seinem Bein auf und ab.

Er erhob sich ein Stück, um zu ihr hinabzusehen. „Ich will nicht, dass wir das hier vermasseln."

Sie schloss die Augen und drückte ihn an sich. „Dann lassen wir es. Bitte."

Es gab nichts mehr zu sagen, also lagen sie einfach da, verbunden, Haut an Haut, und zufrieden. Er war so selten zufrieden.

„Was du vorhin gesagt hast", sagte Hope, schnell und ein wenig schüchtern, „ich habe darüber nachgedacht."

„Was habe ich gesagt?" *So viel … nicht genug …*

Sie fuhr mit den Fingern über seinen Hals. „Monster."

„Oh." Nicht gerade etwas, über das er in diesem Moment reden wollte.

„Wenn es Monster auf dieser Welt gibt …"

„Die gibt es, und das weißt du", unterbrach er sie.

„Falls es sie gibt", wiederholte sie.

Gideon liebkoste ihren Hals mit seiner Nase und küsste ihn. Jetzt war keine Zeit zum Streiten.

„Meine Mutter redet immer über Balance. Balance der Natur, von männlich und weiblich, sogar von Gut und Böse. Ich habe das wie alles andere auch einfach abgetan, aber es ergibt auf einmal Sinn, verdammt. Und wenn du über Monster redest, dann denke ich … wenn das Gute aufgibt, was wird dann aus uns?"

„Was ist das Gute?"

„Du", sagte sie ohne zu zögern. „Wir. Emma. Liebe. Ich glaube, dafür lohnt es sich zu kämpfen. Ich glaube, dafür lohnt sich sogar der eine oder andere Kampf mit einem Monster."

Er bekämpfte Monster, weil er dazu berufen war. Es war sein Schicksal. Er wollte nicht, dass seine Familie an seiner Seite kämpfen musste. Aber es schien, als sei genau das der Preis, den er bezahlen musste, um sie zu behalten.

Tabby saß in ihrem Apartment und betrachtete das Paket auf dem Tresen ihrer Küchenzeile gründlich. Sie mochte Bomben nicht. Sie waren nicht nur unvorhersehbar, sie machten es für sie auch unmöglich, sich nahe genug an ihren Opfern aufzuhalten, um ihre Angst zu trinken. In einer Minute waren sie noch am Leben, in der nächsten waren sie fort. Keine Macht, keine Andenken.

Aber im Moment konnte sie nicht wählerisch sein. Die Zeit rannte ihr davon.

Sie konnte nicht versagen. Echo hatte sie vielleicht verpasst, aber Gideon war es, den Cael auf ihrer Mission für den Wichtigsten hielt. Er war Zweiter in der Thronfolge, er war ein Mitglied der königlichen Familie. Er war ein mächtiger Raintree, und seine Hinrichtung war unumgänglich. Echo würde früh genug ihr gehören.

Diese Bombe würde Raintree nicht umbringen, aber sie würde ihn aus seinem Versteck locken. Und sie würde auf ihn warten.

Es war möglich, dass Cael ihre Mission immer noch als fehlgeschlagen bezeichnen würde, weil sie Echo nicht zuerst umgebracht hatte, wie es geplant war. Würde ihr Cousin sich irgendwo anders auf der Welt aufhalten, könnte sie ihm einfach davonlaufen, sobald die Zeit gekommen war. Sie könnte ihr Aussehen und ihren Namen verändern und dann da weitermachen, wo sie aufgehört hatte. Sich für diese Aufgabe auszubilden, hatte ihr mehr Spaß gemacht, als sie es gedacht hatte. Es war ein großes Land, voll von einsamen Menschen, die nicht vermisst wurden. Und es war voll von sadistischen kleinen Männern, die sich alleine nie trauen würden, etwas zu tun, die aber wunderbar gewalttätig waren, wenn man sie nur ein bisschen antrieb.

Sie war sehr gut im Antreiben geworden. Wenn Cael sie nicht dafür umbrachte, dass sie Echo verpasst hatte, dann würde sie mit ihrer Arbeit fortfahren, wenn die Schlacht vorüber war. Vielleicht würde ihm das, was sie vorhatte, ja so gut gefallen, dass er ihr sogar vergeben würde.

Solange sie Gideon Raintrees Kopf bei Cael ablieferte – leider nur bildlich gesprochen –, würde alles gut werden.

Als sie alleine in Gideons Bett aufwachte, dachte Hope für einen Augenblick, dass alles ein Traum gewesen war. Emma, Dennis, die Schalensitze, und ihr vorschnell geäußertes *Ich liebe dich*. Nichts davon war wirklich geschehen.

Sie merkte bald, dass nichts davon nur ein Traum gewesen war. Die Vorhänge waren zurückgezogen, also war Gideon entweder auf dem Sonnendeck oder am Strand. Es war helllichter Morgen, es würde keinerlei Lightshow geben. Schade.

Sie ging ins Badezimmer, putzte sich die Zähne und zog eines von Gideons alten T-Shirts an. Es ging ihr fast bis zu den Knien. Er hatte schon Kaffee gemacht – die Kanne war ein Viertel leer – also goss sie sich einen Becher ein und ging zu ihm aufs Sonnendeck. Am Strand waren bereits einige Menschen, die im Sand spazieren gingen und sich die Füße von den sanften Wellen benetzen ließen.

Gideon stand an der Brüstung und sah auf den Ozean hinaus, als würde er daraus Kraft ziehen. Vielleicht tat er das. Es gab so vieles, was sie über den Mann, in den sie sich verliebt hatte, nicht wusste. Letzte Nacht, im Bett, hatten sie gelacht und sich geliebt, aber jetzt, am Morgen, war Gideon wieder ernst. Sein Gesicht sah aus wie in Stein gemeißelt, genauso hart, genauso unnachgiebig.

Sie kannte das Herz unter dieser harten Schale. Hart? Manchmal. Unversöhnlich? Ja, wenn Vergebung nicht angemessen war. Aber es war da, dieses Herz.

„Was ist los?", fragte sie und lehnte sich neben ihm gegen die Brüstung.

Er kam direkt zur Sache. „Ich will, dass du aufhörst zu arbeiten, und ich glaube nicht, dass du das wirst."

„Das stimmt", sagte sie. „Wenigstens nicht so bald. Ich brauche Zeit, um mich an alles zu gewöhnen. Es ist alles ziemlich schnell gegangen."

„Das ist noch untertrieben."

Sie lehnte den Kopf gegen seinen Arm und ruhte sich dort aus, den Blick aufs Meer gerichtet. „Ich bin ein Cop – genau wie du, Gideon. Ich gebe meinen Job nicht auf, um Babys zu bekommen und zu stricken und Kekse zu backen und zu Hause auf dich zu warten, während du allein deiner Arbeit nachgehst. Cops bekommen Kinder genau wie alle anderen Menschen auch. Wir werden es schon irgendwie schaffen."

„Du wirst mich ablenken."

„Lern, damit klarzukommen."

„Warum sollte ich das, wenn ich mehr als genug Geld habe und du nie mehr arbeiten musst?"

„Wenn Geld irgendetwas damit zu tun hätte, würde ich den Job nicht machen. Was wir tun, tun wir nicht nur für den Gehaltsscheck."

Er presste seine Lippen fast unmerklich zusammen. „Ich weiß, dass du denkst, du bist wie jeder andere Cop. Aber das bist du nicht. Du gehörst mir, und ich will dich nicht verlieren."

„Ich bin stark", sagte sie.

„Du bist zerbrechlich."

„Bin ich nicht", widersprach sie.

„Kostbare Dinge sind immer zerbrechlich."

Sie hatte keine direkte Antwort, weil er ihr mit seiner Aussage den Atem genommen hatte. *Kostbar* war kein Wort, von dem sie jemals geglaubt hätte, es aus seinem Mund zu hören. Und doch hatte er es gerade benutzt, wie zögerlich auch immer.

Er fügte hinzu, wie um sie abzulenken: „Am Anfang habe ich nur mit dir geschlafen, damit du dich versetzen lässt."

„Ich weiß", sagte sie ohne Groll.

„Wir haben den Einsatz noch erhöht, Moonbeam. Du kannst nicht mehr meine Partnerin sein, aber ich will dich auch keinem anderen anvertrauen."

Hope nahm einen Schluck Kaffee. „Lass uns nicht streiten. Heute nicht."

Sein steinerner Gesichtsausdruck entspannte sich ein wenig. „Ich dachte, du hast gesagt, ich bin niedlich, wenn ich wütend bin."

Sie lachte. „Bist du. Aber ich will heute trotzdem nicht mit dir streiten."

„Warum nicht?"

Die Wahrheit. Nichts als die Wahrheit. „Ich fühle mich gerade zu gut, und ich will das nicht verderben."

Er schlang einen Arm um sie. „Es gehen einige besondere Gaben damit einher, ein Raintree-Kind zu gebären, Gaben, die zu einem Raintree gehören. Du wirst schneller heilen, länger leben, gesünder sein. Du und alle Kinder, die wir bekommen, werden Schutzzauber tragen, dafür werde ich sorgen. Und trotzdem würde ich dich, wenn ich könnte, an einem Ort einsperren, wo du immer in Sicherheit bist. Einem Ort, wo niemand dir oder Emma wehtun kann."

„Und wo genau ist dieser Ort, Gideon?"

Er antwortete nicht, weil es keine Antwort darauf gab. Ein solcher Ort existierte nicht.

„Außerdem“, sagte sie, „muss ich dir dabei helfen, Frank Stiles hinter Gitter zu bringen. Zu wissen, dass er es war, ist schön und gut, aber wir brauchen Beweise.“

Er schien nicht abgeneigt, das Gespräch beruflichen Dingen zuzuwenden. Seinem Beruf, Monster zu fangen. „Es gibt keine. Er hat das Haus abgebrannt, nachdem er Johnny Ray Black umgebracht hat. Wir haben nichts in der Hand.“

„Dann brauchen wir ein Geständnis – oder einen Zeugen.“

„Damit kann ich nicht dienen.“

Sie lächelte ihn an. „Du hast mir noch keine Chance gegeben, es zu versuchen. Ich bin sehr gut darin, Geständnisse zu entlocken.“

Er lächelte schief. „Ich wette, das bist du.“

Sie starrte auf den Ozean hinaus, labte sich an der Schönheit, als könne auch sie seine Kraft in sich aufnehmen. Wie war es möglich, dass sie sich bereits zu Hause fühlte? Nicht im Haus, nicht am Strand. Bei Gideon. Gideon Raintree war ihr Zuhause.

Es war ein seltsam tröstlicher und gleichzeitig erschreckender Gedanke, genau wie die Vorstellung, Mutter zu werden – und alles, was damit zu tun hatte.

14. KAPITEL

Samstag – Mittag

Der Wagen, den Tabby vor vier Monaten gefahren hatte, brachte sie nicht weiter. Gideon hatte es Charlie übertragen, allen Informationen nachzugehen, und war dann hierhergekommen.

Das Motelzimmer, in dem Lily Clark umgebracht worden war, war versiegelt worden. Niemand bis auf die Spurensicherung war in diesem Zimmer gewesen, seit sie ermordet worden war. Ihr Geist stand in einer Ecke des Zimmers, fast wirklich und wütend.

Hope bestand darauf, dass sie nicht auch nur einen Anflug von übersinnlichen Gaben hatte, und trotzdem blieb sie ein Stück zurück und rieb sich die Arme, als sei ihr an diesem warmen Tag auf einmal kalt. Sie spürte die Wut und die Traurigkeit; sie spürte den Nachhall der Gewalt.

„Du hast gesagt, du wirst sie fassen", sagte Lily, so wütend, dass ihr Abbild flackerte.

„Ich arbeite daran", sagte Gideon leise.

Hope stand hinter ihm, nur einige Schritte entfernt, und hörte zu. Er musste zugeben, dass es schön war, seine Gabe nicht verstecken zu müssen. Es war schön, mit Lily reden zu können, ohne seinen Partner unter einem fadenscheinigen Vorwand aus dem Raum zu schicken, oder so zu tun, als würde er mit sich selbst reden.

„Tabby war lange in diesem Raum", sagte Hope sanft. „Zu wissen, dass sie Lily Clark umgebracht hat, ist eine Sache, aber wir brauchen richtige Beweise. Es muss irgendetwas geben. Sie muss einen Hinweis hinterlassen haben."

„Sie ist vorsichtig", sagte Gideon, als er am Fußende des Bettes auf und ab ging.

„Sie hat ein Haar am Sherry-Bishop-Tatort hinterlassen. Bei Marcia Cordell gab es einen Zeugen, und das ist einfach nur schlampig. Hier muss es auch irgendetwas geben." Hope ging weiter in den Raum hinein. „Alles, was die Spurensicherung gefunden hat, waren ein paar Fasern, die schon seit Tagen hier sein könnten. Sogar seit Wochen. Das hier ist nicht gerade das sauberste Motel der Stadt. Tabby muss etwas berührt und vergessen haben, es abzuwischen, oder sie muss etwas hinterlassen haben …"

„Sie hat geduscht, nachdem ich tot war", sagte Lily sanft und schon weniger wütend. „Das musste sie, weil sie voller Blut war. Mein Blut war auf ihrem Gesicht, in ihren Haaren, ihrer Kleidung ... Ich glaube, das hat ihr gefallen ..."

„Was hat sie mit der blutigen Kleidung gemacht?", fragte Gideon.

„Ich weiß es nicht."

Gideon nickte Hope zu. „Mein Handy ist heute mehr als nutzlos." Morgen war die Sommersonnenwende, und die Elektrizität wallte öfter in ihm auf als normalerweise. „Ruf Charlie an und lass ihn die Spurensicherung herschicken, um sich den Duschabfluss anzusehen. Heute noch", fügte er nachdrücklich hinzu.

Hope zog ihr eigenes Handy heraus und erledigte den Anruf, und Gideon ging näher zu Lily Clarks viel zu beständigem Abbild. „Du kannst die Kleidung für uns finden", sagte er. „Dein Blut, ein Teil von dir, hängt daran, und wenn du dich konzentrierst, kannst du sie finden. Ich kann nicht garantieren, dass die Sachen uns zu der Frau führen, die dich umgebracht hat, aber es ist eine Möglichkeit."

„Ich weiß nicht, wie ich das machen soll", flüsterte der Geist.

„Du kannst jetzt so viel mehr sehen, wenn du es nur versuchst. Denk an jene Nacht. Erinnere dich, was danach geschehen ist. Du hast gesehen, wie Tabby aus der Tür gegangen ist."

„Ja", flüsterte Lily. „Ich habe sie angeschrien, aber sie hat mich nicht gehört. Ich habe versucht, sie aufzuhalten, aber ich konnte nichts tun."

„Hatte sie die Kleidung bei sich? In einem Knäuel vielleicht oder in einer Tasche oder ..."

„Sie hat mein Lieblingskleid angehabt", wimmerte Clark. Für sie war das nur noch eine weitere Demütigung. „Die hat Nerven."

„Was ist mit den Sachen, die sie anhatte, als sie dich umgebracht hat? Hatte sie die bei sich, als sie gegangen ist?"

Lily legte den Kopf schief und versuchte, sich an die Nacht zu erinnern, auch wenn sie zweifellos nichts weiter wollte, als sie zu vergessen. Vielleicht *würde* sie vergessen, wenn der Fall erledigt und sie weitergegangen war. Niemand sollte so schmerzhafte Erinnerungen eine Ewigkeit mit sich herumtragen. „Nein", sagte sie nachdenklich. „Sie hatte nur ihre Handtasche dabei. Das Messer war da drin, frisch abgewaschen und in eines von meinen Nachthemden gewickelt, und in ihrer Tasche war kein Platz für noch mehr Sachen. Sie liebte dieses Messer", fügte der Geist noch hinzu. „Sie hat es berührt, als wäre es lebendig."

Gideon drehte sich zu Hope um, die gerade mit ihrem Anruf fertig war. „Ihre Kleidung ist noch irgendwo hier."

„Das Zimmer wurde durchsucht", sagte sie.

Gideon ging ins Badezimmer. „Lily, hat Tabby die blutigen Sachen je aus dem Badezimmer gebracht? Nachdem sie geduscht hatte, hat sie die Sachen wieder mit rausgebracht?"

Der Geist schüttelte den Kopf. Gideon sah hinauf zu den Fliesen an der Decke.

Es würde einige Tage dauern, bis sie handfeste Beweise aus der Kleidung und dem Handtuch bekommen würden, die Gideon hinter den Deckenfliesen gefunden hatte, aber es war ein weiterer Schritt. Sie hatten nicht erwartet, dass Tabby ihren Namen und ihre Adresse in ihre Sachen gestickt hatte, aber wenigstens hatten sie etwas Konkretes, und es musste einfach verwertbare DNS geben. Alles, was sie jetzt noch brauchten, war Tabby.

Das Fahrzeug war eine Sackgasse gewesen, aber das war alles, was sie aus Dennis Floyd herausbekommen hatten. Er war jetzt im Hale-County-Gefängnis eingesperrt, immer noch fast wahnsinnig vor Angst, dass Tabby ihn irgendwie finden würde. In North Carolina war kein einziger blauer Ford Taurus auf den Namen Tabby oder Tabitha registriert, und auch Catherine ergab keine Treffer. Jetzt mussten sie alle weiblichen Fahrzeugbesitzer durchsuchen. Die Liste war verdammt lang, und Hope bezweifelte, dass ihnen genug Zeit blieb, ehe Tabby wieder zuschlug.

Gideon lenkte den Mustang an den Bordstein vor dem „Silbernen Kelch", und Hope beugte sich zu ihm, um ihn kurz zu küssen. „Sei um sieben hier, wenn du es schaffst", sagte sie, und dann lächelte sie. „Sunny kann besser kochen als ich, also musst du lernen, dir eine gute Mahlzeit zu sichern, wenn sich die Gelegenheit bietet."

„Erzählen wir ihnen die Neuigkeiten bei einer Portion Auflauf?", fragte Gideon.

„Noch nicht." Hope war sich nicht sicher, wie sie ihrer Mutter und ihrer Schwester sagen sollte, dass sie diesen Mann heiraten würde, den sie erst am Montag kennengelernt hatte. Für Emma gab es sowieso keine logische Erklärung. Nicht, dass ihre Mutter je für irgendetwas eine logische Erklärung verlangt hätte.

Gideon nickte sichtbar erleichtert. Vielleicht war er auch noch nicht bereit für Erklärungen. „Ich bin um sieben zurück." Er fuhr aufs Revier, um Charlie bei der Fahrzeugsuche zu helfen. Er konnte noch nicht aufgeben. Konnte keine Pause machen. Sie nahm an, das war etwas, an das sie sich einfach gewöhnen musste.

„Bist du sicher, dass ich nicht mitkommen soll?"

„Es ist Samstag, und du solltest Zeit mit deiner Schwester verbringen, ehe sie wieder nach Hause fährt."

„Ja, Partner oder nicht, wir sind ja nicht an der Hüfte zusammengewachsen." Warum also hasste sie schon allein die Vorstellung, dass er wegfuhr? Tabby hatte sich ein paar Tage lang still verhalten. Es war möglich, sogar wahrscheinlich, dass sie die Stadt verlassen hatte, nachdem sie auf Gideon eingestochen hatte. Wenn sie ein bisschen Grips im Kopf hatte, war sie noch in der gleichen Nacht davongelaufen. Gideon hatte sie gesehen, und Hope ebenfalls. Hope bezweifelte, dass Tabbys Gedanken logisch funktionierten – aber wie dem auch sei, alles war möglich.

Sogar falls Tabby noch hier war, konnte Raintree auf sich selbst aufpassen. Und sie auch. Sie hatten beide Schutzzauber, Waffen und überdurchschnittlich gute Instinkte. Ihr Blick wanderte zu einem Gebäude auf der gegenüberliegenden Straßenseite.

„Sie sind immer noch da", sagte Gideon.

„Wie lange noch?"

„Bis wir Tabby fassen, oder den Beweis dafür haben, dass sie verschwunden ist."

„Ich würde sie lieber fassen."

„Ich auch."

Er küsste sie noch einmal, und sie stieg aus dem Mustang aus. Der „Silberne Kelch" war voll, wie oft am Samstagnachmittag. Touristen und Stammkunden sahen sich die angebotenen Waren an, und im Hinterzimmer fand irgendein Kurs statt. Meditation, Heilung durch Stimmvibration … irgendwas, was Hope immer für Unsinn gehalten hatte.

Doch heute sah sie die Menschen im Laden ihrer Mutter mit neuen Augen. Vielleicht wussten sie mehr als Hope. Vielleicht sahen, hörten oder berührten sie Dinge, die für sie immer unsichtbar gewesen waren, genau wie Gideon es tat.

Eine auf den Kopf gestellte Welt war nicht so beunruhigend, wie sie es sich vorgestellt hatte. Im Grunde fand sie es sogar tröstlicher, als sie es sich jemals hatte vorstellen können.

Tabby ließ die große Handtasche von ihrer Schulter rutschen und stellte sie hinter einen Schaukasten mit Kupferglocken, halb verdeckt von einem Buchregal. Diese Ecke des Ladens war vollgestellt mit Waren und im Moment auch menschenleer.

Normalerweise würde sie sich nicht eine Sekunde länger als nötig an diesem Ort aufhalten. Die Menschen hier suchten nach positiver Energie und waren größtenteils friedlich und ruhig. Dieser Ort bescherte Tabby kein Machtgefühl oder Vergnügen; um ehrlich zu sein, er machte sie sogar ein bisschen nervös. Trotzdem konnte sie schlecht in den Laden rennen, die Bombe fallen lassen und wieder hinausspazieren. Also tat sie so, als interessierte sie sich für die Auslagen.

Sie sah auf, als die Tür sich mit einem Klingeln öffnete, und lächelte, als sie sah, dass Raintrees Frau hereinkam. Das war doch ein netter Zusatzbonus.

Auch wenn dieser Cop sie das Flussufer entlanggejagt hatte, fürchtete Tabby sich nicht, als sie sie hier und heute sah. Sie trug eine kurze dunkle Perücke und ein weites Kleid, das ihre Figur verbarg. Sie beugte sich vor, um kleiner zu wirken. Nichts an ihr würde ihr bekannt vorkommen, auch wenn die Polizistin sie bemerken sollte. Und die Frau schöpfte ja nicht einmal einen Verdacht. Sie schien so glücklich zu sein, sie wirkte regelrecht abgelenkt.

Tabby spürte dieses Glück auf die gleiche Art, wie sie Angst und Schrecken fühlen konnte, aber es bereitete ihr kein Vergnügen und schenkte ihr keine Kraft. Was ihr Vergnügen bereitete, war, dass ihr Glück von kurzer Dauer sein würde.

Sie entfernte sich und ließ ihre übergroße Handtasche zurück.

Es war schwer zu helfen, wenn man sich vom Computer lieber fernhalten sollte, aber Gideon versuchte es. Er sah sich die Fahrzeugakten an, die Charlie ausgedruckt hatte, und auch die eingescannten Fotos von Führerscheinen, so lange, bis die Gesichter alle ineinander verschwammen. Vielleicht hieß Tabby am Ende wirklich nicht Tabby. Vielleicht war das Auto in einem anderen Bundesstaat gestohlen worden, vielleicht waren die Nummernschilder ausgetauscht, und man hatte sie bereits gefunden oder verbrannt. Egal, was der Grund war, sie kamen einfach nicht weiter.

Er schickte Charlie dankbar und mit einer Einladung in sein Strandhaus nach Hause und setzte sich an die Akten der ungelösten Mordfälle, die vielleicht Tabbys Werk waren. Einige Fälle ließen sich leicht lösen. Mörder waren normalerweise nicht gerade die Hellsten und hinterließen jede Menge Beweise. Tabby, falls das ihr Name war, tat das nicht. Sie wischte Türgriffe ab, sie beseitigte ihre Spuren. Dennis Floyd, die blutige Kleidung aus dem Hotel und ein paar Haare waren alles, was sie hatten. Und das alles würde ihnen erst etwas nützen, falls – wenn – sie sie gefasst hatten. Wenn sie sie erst hatten, würde die Beweislast ausreichen, um sie für immer einzusperren.

Sein Handy klingelte, und weil niemand in der Nähe war, der es für ihn beantworten könnte, nahm er selber ab. Die Nummer auf dem Display war aus Charlotte, also war es wahrscheinlich Echo. Sie wollte wohl wissen, ob sie heimkommen konnte. Sie würde einen Anfall bekommen, wenn er Nein sagte.

Die Verbindung rauschte so laut, dass er sie kaum hören konnte. Sie war außer sich, so viel war klar, und er hörte nur ein Wort. *Traum.* Er sagte ihr, sie solle ihn noch einmal auf dem Festnetz in seinem Büro anrufen. Sie hatte offensichtlich einen prophetischen Traum gehabt, der sie aufgebracht hatte. Er hatte sie schon hunderte Male beruhigt, nachdem sie eine verstörende Prophezeiung gemacht hatte.

Er konnte nicht anders, sie tat ihm leid. Er konnte mit seiner Gabe wenigstens etwas anfangen. Zwar erschien es ihm oft so, also würde er nie genug tun können, aber er veränderte den Gang der Dinge ein wenig. Echo konnte das nicht. Ein Raintree trug seine Gaben *niemals* in die Öffentlichkeit. Und außerdem – wie sollte man eine Katastrophe verhindern, wenn die Warnung immer so kurz vor dem Eintreten des Ereignisses kam? Manchmal nur Minuten. Nie mehr als ein paar Stunden. Vielleicht, wenn sie daran arbeiten würde, ihre Gabe auszufeilen, würden die Warnungen früher kommen, aber Echo war darauf bedacht, genau das nicht zu tun.

Wenn Emmas Gabe eine so traurige sein würde, würde er dann wohl wollen, dass sie sich darin schulte, in jedem ihrer Träume Schreckliches zu sehen?

Das Telefon auf seinem Schreibtisch klingelte, und er nahm ab. „Raintree."

„Ich habe Mittagsschlaf gemacht", sagte Echo ohne Einleitung. „Ich bin einfach … auf der Couch eingeschlafen, weißt du, und ich hatte diesen Traum. Ich verstehe ihn nicht, Gideon. Er ist nicht wie die anderen."

„Erzähl mir davon", sagte er ruhig.

„Es gab eine Explosion. Ich konnte nicht sehen, wo, aber es waren Menschen da", sagte sie mit leiser, zitternder Stimme. „Viele Menschen. Sie wussten nicht, was auf sie zukommt. In einer Minute waren sie noch glücklich und haben gelacht, und dann … Da war so viel Blut, und da war Feuer, und die Leute haben geschrien …"

Wahrscheinlich war es schon zu spät, um irgendwem zu helfen, aber er musste es versuchen. „Beruhige dich, und versuch dich zu erinnern. Es muss in deinem Traum einen Hinweis darauf gegeben haben, *wo* die Explosion stattfindet. Atme einfach tief durch und erinnere dich, Echo. Du kannst es." Ob sie es wollte oder nicht, sie *konnte* es.

Er hörte, wie sie tief einatmete. „Es ergibt keinen Sinn", sagte sie, nur wenig ruhiger. „Es waren nicht nur Menschen, Gideon. Ich meine, da waren eine Menge Menschen, und sie hatten alle Schnitte und Brandwunden. Aber die Sonne ist explodiert, ein großer, heller Regenbogen ist verblasst und verloschen, dann ist der Mond in eine Million kleine Stücke gesprungen …"

„Ich weiß, was es bedeutet!" Gideon knallte den Hörer auf die Gabel, hob wieder ab und wählte den „Silbernen Kelch". Normalerweise würde er auf dem Weg anrufen, aber sein blödes Handy nützte ihm ja zurzeit nichts. Er konnte es nicht riskieren, die Verbindung zu verlieren oder von Hope nicht verstanden zu werden. Rainbow nahm ab, und sein Herz begann, fast wieder normal zu schlagen. Er war nicht zu spät. „Hier spricht Gideon. Ich muss mit Hope sprechen."

„Hope ist hier irgendwo", sagte Rainbow Malory gelassen. „Ich habe gerade gesehen, wie sie sich die neuen …"

„Es ist ein Notfall", unterbrach Gideon sie. „Ihr müsst alle raus aus dem Laden."

„Aber …"

„Jetzt."

Er hasste es, das zu tun, aber ihm blieb keine andere Wahl. „In deinem Laden ist eine Bombe." Dann knallte er den Hörer auf und rannte aus dem Büro. Das Handy würde reichen müssen, Störung hin oder her.

Auf ihrem Platz im Café auf der gegenüberliegenden Straßenseite vom „Silbernen Kelch" murmelte Tabby ein Schimpfwort, als die Kunden aus dem Laden strömten. Sogar aus der Entfernung konnte sie erkennen, dass sie Angst hatten und verwirrt waren. Sie sah *und* spürte es. Jemand hatte die Bombe gefunden.

Das bedeutete nicht, dass sie nicht explodieren würde oder dass sie Gideon Raintree nicht immer noch genau da haben würde, wo sie ihn haben wollte, aber es wäre nett gewesen, ein kleines Feuerwerk genießen zu können, ehe die Sache richtig losging. Panik genoss sie immer am meisten, und der Schrecken, das Wort *Bombe* zu hören, rief die verschiedensten Empfindungen in ihr wach.

Sie betrachtete die Menschen, die aus dem Laden kamen, und wartete darauf, dass der weibliche Cop auftauchte. Der Menschenstrom wurde zu einem Rinnsal, und die Frau war nicht bei ihnen. Tabby hörte aus der Ferne Sirenen. Gideon Raintree war zweifellos direkt hinter den Rettungswagen. Er würde vielleicht sogar vor ihnen ankommen.

Tabby nahm mehr als genug Bargeld, um ihren Kaffee zu bezahlen, aus der tiefen Tasche ihres weiten Kleides und legte es auf den Tisch. Dann, verborgen unter der Tischplatte, zog sie ihr Messer aus seiner ledernen Scheide an ihrem Schenkel und steckte es in die Tasche, damit sie es griffbereit hatte. Nicht, dass sie es brauchen würde. So gerne sie auch mit der Klinge arbeitete, an der Hintertreppe des Gebäudes gegenüber hatte sie eine viel wirksamere Waffe versteckt.

Wieder einmal für Raintree bereit, und entschlossen, ihre Aufgabe hier und jetzt zu erledigen, stand Tabby auf und ging nach draußen.

Die Besitzerin des „Silbernen Kelchs" stand auf den Zehenspitzen und suchte in der Menschenmenge nach ihrer Tochter. Tabby lächelte. Vielleicht würde sie ihren Bonus doch noch bekommen.

Hope hatte nur vorgehabt, sich umzuziehen, aber ihr Bett hatte so verlockend ausgesehen, dass sie sich für ein kurzes Nickerchen hatte hineinfallen lassen. Immerhin hatte sie diese Woche nicht gerade viel Schlaf bekommen. Einschlafen fiel ihr leicht, eingekuschelt in ihr eigenes Bett, bis auf die Knochen durchgewärmt auf eine ganz besondere Art, die sie schon seit langer Zeit nicht mehr gespürt hatte.

Sie träumte von Gideon und vom Strand, und von einem dunkelhaarigen kleinen Mädchen mit einem wirklich tollen Lachen. Es waren angenehme Träume, unberührt vom Stress ihrer Arbeit oder Unsicherheiten in der Zukunft. Es gab keine Monster dort, keine menschlichen, und auch keine anderen.

Kostbar. Gideon hielt sie für kostbar. Ob er es aussprach oder nicht, das war Liebe.

Eine Tür knallte zu, unterbrach ihren angenehmen Traum von Sand und Lachen, und sie hörte, wie Gideon ihren Namen rief. Seine Stimme klang unnötig scharf, und es dauerte einen Moment, bis sie begriff, dass das, was sie hörte, nicht mehr Teil ihres Traumes war.

Hope öffnete die Augen, als er ins Zimmer gestürmt kam. „Ist es schon sieben?", fragte sie, während sie sich aufsetzte und die Arme über den Kopf streckte.

„Ich glaube, unten ist eine Bombe", sagte er knapp. „Raus hier." Er wartete nicht darauf, dass sie antwortete, sondern hob und zog sie vom Bett.

„Ich brauche meine Schuhe", protestierte sie, noch verwirrt durch den Schlaf.

„Keine Zeit", antwortete er und zog sie zur Tür, die zur Treppe in den Laden führte.

Sie war immer noch im Halbschlaf, ihre Gedanken wie in Watte gepackt und verwirrt, und sie wollte ihre Schuhe und ihre Handtasche, und außerdem eine oder zwei Antworten. „Was soll das heißen, du *glaubst*, hier ist eine Bombe?" Das ergab überhaupt keinen Sinn. Entweder gab es eine Bombe oder nicht.

„Echo hatte einen Traum." Gideon biss die Zähne zusammen, und ein Muskel in seinem Kiefer zuckte.

„Ich hatte mich schon gewundert, wie du so schnell von der Bombe erfahren hast."

Sie drehten sich beide erschreckt um. In der Küchentür stand eine Frau. Sie hielt eine Pistole in einer Hand, riss sich mit der anderen die dunkle Perücke vom Kopf und befreite ihre langen, blonden Haarsträhnen. Tabby war heute nicht bewaffnet wie sonst. Und sie sah nicht aus, als hätte sie vor, wegzurennen.

Gideon hatte eine Hand am Türknauf zur Treppe, die andere umfasste Hopes Arm. Er platzierte seinen Körper geschmeidig vor ihren.

„Gideon Raintree", sagte Tabby mit einem schiefen Lächeln. „So hatte ich es zwar nicht geplant, aber ich kann nicht sagen, dass ich enttäuscht bin. Als ich die Bombenentschärfer gesehen habe, war ich schon ein bisschen enttäuscht. Ich hatte gehofft, ein wenig Zeit mit deiner Freundin verbringen zu können, ehe du auftauchst. Na ja, ich nehme an, so geht es auch."

Gideon ließ Hopes Arm los und stieß sie zur Seite, während er geschickt seine Waffe zog. Ihre eigene Waffe lag im anderen Zimmer auf dem Nachttisch. Sie hatte nie geglaubt, dass sie sie hier brauchen würde und verstand im gleichen Augenblick, wie angegriffen sich Sherry Bishop und Marcia Cordell und alle anderen Opfer gefühlt hatten, als Tabby in ihr Zuhause eingedrungen war.

Tabby verlor ihr Ziel keine Sekunde aus den Augen. Ihr Lächeln verblasste nicht, als sie sich Gideons Waffe betrachtete. „Erschieß mich, und du findest nie heraus, wo die zweite Bombe ist."

*W*as willst du?" Gideon versuchte, Hope in Richtung Tür zu manövrieren, und tat sein Bestes, um immer zwischen den beiden Frauen zu stehen.

„Zuerst mal will ich, dass du und deine Freundin von der Tür da weggeht."

„Sie ist meine Partnerin, nicht meine Freundin", sagte Gideon, weil er wusste, dass eine enge Verbindung zu ihm gerade jetzt in diesem Augenblick nur Ärger bedeuten konnte.

„Lügner", sagte Tabby. „Eure Verbindung umfließt euch wie die Gezeiten vor deinem Fenster."

Anscheinend hatte die Blonde ihn und Hope zusammen gesehen. Sie wusste auch, wo er lebte, was mehr als beunruhigend war. „Du brauchst sie nicht", sagte Gideon und trat einen Schritt auf Tabby zu.

„Du hast keine Ahnung, was ich brauche, Raintree", fuhr Tabby ihn an. „Wenn deine Freundin versucht, abzuhauen, dann werde ich sie nicht nur erschießen, ich werde auch dafür sorgen, dass du nie erfährst, wo die zweite Bombe ist."

Er trat noch einen Schritt auf die Frau mit der Waffe zu. „Ich frage dich noch einmal. Was willst du?"

„Ich will, dass ihr beide am Ende des Tages nicht mehr lebt, und ich will Echo. Wo zur Hölle ist sie?"

„Du willst Echo?", fragte Gideon ruhig. „Ist das alles? Sag mir, wo die zweite Bombe ist, und wir reden darüber."

Tabby hielt ihre Waffe, als fühlte sie sich wohl damit, als hätte sie schon viele Male in dieser Haltung gestanden. „So einfach würdest du deine Cousine aufgeben?"

Er musste sie in dem Glauben lassen, dass er seine Cousine opfern würde, um viele andere Leben zu retten, also blieb er bei seiner Antwort möglichst ruhig. „Ja. Für die Bombe und Hope kannst du sie haben."

„Eiskalt", sagte Tabby. „Vernünftig und edel, das war vorauszusehen, aber eiskalt. Bleib wo du bist, und leg die Waffe ganz vorsichtig auf den Boden."

Lily Clark erschien neben Tabby und schlug vergebens nach der Frau, die sie umgebracht hatte. „Es gibt keine zweite Bombe. Hör nicht auf sie, Gideon! Sie versucht dich reinzulegen. Sie hat mich reingelegt und noch andere Menschen. Das weiß ich jetzt. Fall nicht auf sie rein."

Wusste Lily etwas, was er nicht wusste, oder vermutete sie nur? Vielleicht gab es wirklich keine andere Bombe, aber er konnte sich nicht sicher sein.

„Nichts, was wir hier tun, wird etwas nützen, wenn wir uns nicht beeilen", sagte Gideon, als er sich vorbeugte und seine Pistole auf den Boden legte. „Wie viel Zeit haben wir, bis die Bombe unten hochgeht?" Er wollte wissen, wie viel Zeit ihm blieb, um Hope in Sicherheit zu bringen, falls die Sprengstoffexperten es nicht rechtzeitig schafften. Sie waren gerade jetzt im Laden unter ihnen und arbeiteten an der Bombe; er hörte männliche Stimmen und das Brummen ihrer motorisierten Ausrüstung.

„Wir haben noch ein paar Minuten", sagte Tabby und schüttelte ihre Haare. Sie wirkte wie eine groteske Karikatur weiblichen Charmes. „Lange genug, um unser Geschäft abzuschließen. So gerne ich auch ein bisschen mehr Zeit mit dir und deinem Mädchen verbringen würde, ich muss mich beeilen. Ich muss heute Abend auf eine wichtige Party, und ich will mich dafür ganz besonders chic machen."

Gideon wusste, dass es eine kaum genutzte Hintertreppe gab, die immer abgeschlossen war, außer wenn Rainbow den Müll hinters Haus brachte. Offensichtlich war Tabby auf diesem Weg ins Haus gekommen. Sie hätte ihnen beiden in den Rücken schießen können. Niemand hätte sie bemerkt, bis es zu spät gewesen wäre. Warum hatte sie das nicht getan? Warum war sie so versessen darauf, ihre Begegnung auszudehnen?

Und wo zur Hölle war das verdammte Team, das er engagiert hatte, um ein Auge auf das Haus zu haben? Verdammt, irgendwer musste wissen, dass Tabby hier war. Sie hätten alle Eingänge beobachten sollen, ob sie abgeschlossen waren oder nicht.

Eine Tatsache blieb: Hätte Tabby ihn nur umbringen wollen, wäre er schon längst tot.

„Dann lass uns die Sache zu Ende bringen." Er könnte Tabby mit einer einzigen Bewegung niederstrecken, aber erst musste er ihre Waffe aus dem Weg räumen. Hope durfte keine Kugel abbekommen, falls sich ein Schuss löste.

Die Psychopathin fasste in die weite Tasche ihres Kleides und zog das Messer hervor, mit dem sie Sherry Bishop und Lily Clark und so viele andere umgebracht hatte. Das war es also. Sie wollte ihn umbringen, langsam und nah. Das war seine Chance.

„Sag mir, warum", verlangte Gideon, während er noch einen Schritt nach vorne ging. Da er selbst unbewaffnet war und sie gleich zwei Waffen hatte, fühlte Tabby sich überhaupt nicht bedroht, also befahl sie ihm auch nicht, stehen zu bleiben.

„Wen interessiert der Grund?", fragte Lily Clark wild und sprang dabei auf und ab. „Bring sie einfach um! Lass sie nicht damit davonkommen."

Gideon richtete seinen Blick auf den Geist. Lily war stark. Sie hatte die Macht, die Realität zu beeinflussen, wenn sie es nur genug versuchte. Wenn sie es wirklich wollte. „Du musst die Waffe für mich aus dem Weg schaffen."

„Ich mache gar nichts", sagte Tabby, die nicht merkte, dass Gideon nicht mit ihr sprach. Lily merkte es auch nicht.

„Du musst den Lauf der Waffe wenden, weg von Hope und mir."

Lilys Augen weiteten sich, und ihr Umriss flackerte. „Ich?"

„Ja, du."

Tabby zählte endlich zwei und zwei zusammen. „Du sprichst gar nicht mit mir, oder? Na, viel Glück. Ich habe eine Menge Menschen umgebracht. Manchmal hatte ich sogar das Gefühl, dass ihre Geister mich beobachten. Aber keiner von ihnen hat mich je angefasst. Und weißt du, warum? Weil sie es nicht können. Sie sind *tot*. Alles was bleibt, wenn ich fertig bin, ist eine bemitleidenswerte Pfütze aus Energie, die nichts weiter kann, als dir die Ohren vollzuheulen. Wirklich erbärmlich."

Lilys durchscheinende Hand griff nach Tabbys Waffe und fuhr hindurch, ohne irgendetwas auszurichten.

„Versucht hier irgendwer, mir meine Waffe zu entreißen?", fragte Tabby und wedelte wild mit ihrer Pistole. „Davon merke ich nämlich nichts. Siehst du? *Ich* habe hier die Kontrolle. Kein Geist berührt mich *oder* meine Waffe." Sie hörte auf, mit der Waffe zu wedeln, und richtete sie auf Hope. „Ich will dich mit meinen eigenen Händen umbringen, Raintree, ich will es spüren. Die da ist mir egal. Die kann sofort draufgehen."

Gideon warf sich zwischen Hope und die Waffe, und im selben Moment traf Lily endlich. Die neblige Geisterhand griff nach dem Lauf der Pistole und riss sie nach oben. Eine überraschte Tabby verlor die Kontrolle über die Waffe. Sie schwang unkontrolliert nach oben und zur Seite, und eine Kugel schoss harmlos und laut in die Decke, ehe es Lily gelang, Tabby die Waffe aus der Hand zu schlagen.

Die Pistole schlug auf dem Boden auf, schlitterte dann halb unters

Sofa. Hope rannte los, um die Waffe in ihren Besitz zu bringen, während Gideon die Hand hob und einen Blitz auf Tabby schleuderte. Aus dieser Entfernung könnte er ihr Herz durchbrennen lassen, aber er wollte sie nicht umbringen. Noch nicht.

Gab es eine zweite Bombe oder nicht? Er musste es wissen. Der Blitz, den er losließ, warf Tabby zurück und auf den Boden, wo sie hart aufprallte. Aber sie lockerte ihren Griff um das Messer nicht.

„Was zur Hölle war das?", fragte sie atemlos und sah zu Gideon auf. „Die haben mir nicht gesagt, dass du so was kannst."

„Wer, Tabby?" Wenn sie nicht alleine arbeitete, dann war es noch lange nicht vorbei.

„Das würdest du wohl gerne wissen, was?"

Gideon zog die Blonde wieder auf ihre Füße und riss ihr das Messer aus der Hand. Er warf es weg. Sie versuchte zu kämpfen, aber sie war geschwächt. Hope hielt Tabbys Waffe fest und holte ihre eigene Pistole, die sie starr auf Tabby richtete.

„Wo ist die andere Bombe?", fragte er.

Tabby lächelte nur, und er versetzte ihr einen kleinen Stromschlag, um sie daran zu erinnern, wozu er in der Lage war. „Ich kann dein Herz mit einem Schlag anhalten", sagte er ruhig. „Ich kann dich mit mehr Elektrizität aufladen, als dein Gehirn verarbeiten kann. Glaub nicht, dass ich das nicht tun würde."

„Mach ruhig. Auf mich wartet Schlimmeres, wenn ich hier rausgehe und du immer noch lebst. Außerdem gehen wir jeden Augenblick hoch. Ticktack. Ticktack." Sie grinste ihn an. „Angst?" Sie schloss die Augen und atmete lange und tief ein. Sie sog die Luft tief in ihre Lungen und hielt sie dort.

„Hope, sieh nach den Sprengstoffexperten", sagte Gideon, ohne sich zu ihr umzudrehen. „Wenn sie die Bombe noch nicht entschärft haben, dann raus."

Sie ging vorsichtig zur Tür. „Ich besorg dir einen Lagebericht, aber ich gehe hier nicht ohne dich weg."

„Sei nicht so dumm."

Hope verließ den Raum, ohne zu antworten, und ließ ihn mit Tabby allein. „Wie rührend", flüsterte sie und öffnete die Augen wieder. „Was hast du vor, Raintree? Heiraten und kleine Freaks zeugen? Sesshaft werden und so tun, als wärst du nur irgendein Cop? Viel Glück. Sogar wenn ... Ach, lass uns einfach sagen, das wird nie passieren, und wir beide wissen das."

Er ignorierte ihren Versuch, ihn abzulenken. „Wo ist die andere Bombe?"

„Das wüsstest du wohl gerne."

„Es ist in deinem Interesse, zu kooperieren, Tabby. Heißt du wirklich so?", fragte er fast beiläufig. „Tabby?"

Die Frau antwortete nicht. Sie bewegte ihren Mund merkwürdig, und ehe Gideon merkte, was sie vorhatte, biss sie auf etwas. Ihr Körper bäumte sich sofort auf, und ihre Augen rollten in ihren Kopf zurück. Einige Sekunden später sackte sie in sich zusammen.

Gideon zischte alle Flüche, die ihm einfielen, als er Tabby aus dem Zimmer zog. Hope begegnete ihm auf der Treppe. „Die Bombe ist entschärft. Was ist passiert?"

„Tabby hatte irgendein Gift in ihrem Mund versteckt, und als sie gemerkt hat, dass ihr kein Ausweg mehr bleibt, hat sie draufgebissen, verdammt!" Wenn man den fast lähmenden Puder bedachte, den sie ihm ins Gesicht geschleudert hatte, hätte er damit rechnen müssen. Er musste herausfinden, wo die andere Bombe war! Er wollte auch wissen, wen sie mit „die" gemeint hatte. Gab es da draußen noch andere, die seine Gabe kannten? Dann stand vielleicht jemand hinter der nächsten Ecke und nahm ihren Platz ein.

„Ist sie tot?"

„Noch nicht." Wenn sie tot wäre, würde er ihren Geist sehen.

„Hat sie dir gesagt, wo die zweite Bombe ist?"

„Nein. Ich weiß weder wo noch wann noch ob es die Bombe überhaupt gibt."

Ein Krankenwagen war bereits vor Ort, und die Sanitäter kamen auf sie zugerannt, als sie zu dritt aus dem Gebäude eilten. Gideon wusste nicht, was Tabby genommen hatte, also konnte er auch nicht helfen. Er warnte die Rettungsassistenten, dass sie sie fesseln sollten, falls sie wieder aufwachte. Jeder, der ihr im Weg war, stand in Gefahr, umgebracht zu werden.

Gideon sah einen der privaten Sicherheitsleute, die er angeheuert hatte, um den „Silbernen Kelch" und das Apartment darüber zu bewachen. Er bahnte sich grob seinen Weg durch die Menschenmenge aus Polizisten und Schaulustigen, dann packte er den Mann am Kragen und drückte ihn gegen die Wand. „Wo zum Henker seid ihr gewesen?"

Der Junge gab sich sofort geschlagen. „Als alle zum Laden gerannt sind, wurde einer Frau die Handtasche geklaut. Sie hat geschrien, und die Leute sind weggerannt und haben über eine Bombe geredet.

Es war alles durcheinander, und ich war abgelenkt. Es tut mir leid."

„Wo ist der andere Mann?", fragte Gideon. „Ich habe ausdrücklich um *zwei* Wachen pro Schicht gebeten."

Der Junge – er war wirklich noch ein Kind – wurde blass. „Joe ist mit dem ersten Krankenwagen ins Krankenhaus gefahren. Er hat die Umgebung abgesucht, und eine Frau hat ihm hinter dem Haus in den Bauch gestochen. Er hatte Schmerzen, aber er konnte den Officers noch sagen, was passiert war, ehe der Krankenwagen abgefahren ist. Die Sanitäter sagen, dass alles wieder in Ordnung kommt."

Gideon ließ den Jungen los und schüttelte seine Wut ab. Er fuhr mit zitternden Fingern durch seine Haare und drehte sich weg. Hope redete mit ihrer Mutter, vielleicht erklärte sie die Situation oder bot einige töchterliche, beruhigende Worte an. Als ihre Blicke sich trafen, legte sie ihrer Mutter eine Hand auf den Arm, streichelte sie sanft und ging dann weg, auf Gideon zu.

Er schlang die Arme um sie und hielt sie fest, als sie sich trafen, egal, wer ihnen zusah und was sie dabei dachten.

„Ich liebe dich", flüsterte er.

„Ich liebe dich auch", sagte sie behaglich, als hätte sie sich bereits mit allem abgefunden. Mit ihrer Liebe, mit Emma, mit dem, was er war und wer er war, und wer und was aus ihr werden würde. Erstaunlich für eine Frau, die erst vor ein paar Tagen ohne Vorbehalt behauptet hatte, dass sie an nichts glaubte, was sie nicht sehen oder berühren konnte.

„Lass uns nach Hause gehen", sagte sie und strich ihm eine wilde Haarsträhne aus dem Gesicht. „Wir können dem Krankenhaus die Nachricht hinterlassen, dass sie uns anrufen sollen, falls Tabby aufwacht. Oder wenn sie es nicht tut. Ich will nur nach Hause."

Es lag so eine Sehnsucht in ihrer Stimme bei den Worten. Zu Hause. Sein Haus. Ihr Haus. „Ja. Ich muss vorher nur noch eine Sache erledigen."

Er ließ Hope los und drehte sich zu dem um, was von Lily Clarks Geist übrig war. Sie verblasste endlich. „Danke."

Der Geist lächelte ihm fast schüchtern zu. „Ich habe wirklich geholfen, oder?"

„Ohne dich hätte ich es nicht geschafft."

Die Gerechtigkeit, nach der sie verlangt hatte, hatte sie bekommen, aber Lily war noch nicht ganz bereit zu gehen. Ihr Lächeln verblasste. „Falls sie stirbt, wird sie dann dort sein? Wo ich auch hingehe? Werde ich mich ihr noch einmal stellen müssen?"

Gideon musste nicht fragen, wer sie war. „Nein. Tabby geht an einen anderen Ort." Er wusste nicht, wohin oder wie, und er wollte es auch nicht wissen, aber er wusste mit Sicherheit, dass Lily ihre Mörderin nie wiedersehen würde.

Lily sah auf, als sie begann, zu verschwinden. „Sie sind so stolz auf dich", sagte sie, ihre Stimme immer weiter entfernt.

„Wer?"

„Deine Mom und dein Dad. Sie sind so …" Lily Clark verblasste nicht. Sie verschwand einfach mit einem leisen und deutlichen Knall, den nur Gideon hören konnte.

Wie seltsam, dass dieses Haus ihr Zuhause war. Nicht das Apartment ihrer Mutter, nicht das Haus, in dem sie aufgewachsen war, und auch nicht das Apartment in Raleigh, in dem sie fünf Jahre lang gelebt hatte. Hier.

Das Krankenhaus hatte keine fünf Minuten, nachdem sie nach Hause gekommen waren, angerufen. Tabby war tot. Sie hatten das Gift aus der Kapsel in ihrem Mund noch nicht identifiziert; das konnte Tage dauern. Aber es hatte sie umgebracht.

Hope nahm sich vor, Montag früh im Labor anzurufen und nach dem Staub zu fragen, den Tabby Gideon ins Gesicht geworfen hatte. Vielleicht gab es ja eine Verbindung.

Gideon war abgelenkt. Er hatte sie langsam ausgezogen und sie geliebt, ohne ein Wort zu sagen. Heute Nacht schummelte er nicht. Er erregte sie nicht mit Berührungen, die von Blitzen gefärbt waren oder ließ sie mit nur einer Berührung kommen. Er drang einfach in sie ein und streichelte sie, bis sie zum Höhepunkt kam, und fand dann seine eigene Befriedigung in ihr. Er leuchtete immer noch ein bisschen im Dunkeln, wie ihre ganz persönliche Taschenlampe.

Sein warmes Leuchten verblasste schließlich, und er zog ihren Körper an seinen und hielt sie fest. Hätte sie nicht seinen Atem gespürt und seine Hand, die sie ab und zu streichelte, sie hätte angenommen, er sei eingeschlafen. Aber das war er nicht. Er war nicht einmal kurz davor. Sie spürte es, sie wusste es, weil sie ihn *kannte*.

„Du kannst mir alles sagen, Gideon", flüsterte sie. „Woran denkst du gerade?"

Zuerst dachte sie, er würde sie ignorieren, und dann antwortete er: „Ich habe meine Eltern nie gesehen."

„Was meinst du?"

„Nachdem sie gestorben sind. Ich habe ihre Geister nie gesehen. Überall wo ich hinsah, waren Geister, aber ihre waren nicht dabei. Nie. Ich war so wütend auf sie, weil sie nie zurückgekommen sind. Eine Zeit lang war ich auf die ganze Welt wütend."

Sie streichelte sein Gesicht mit den Fingerspitzen.

„Kurz nachdem sie ermordet wurden, habe ich angefangen, Ärger zu machen." Er hob seine Hände, betrachtete sie, als gehörten sie nicht zu ihm, sondern zu einem Fremden, Hände, die er weder kannte noch verstand. „Überleg mal. Kein Sicherheitssystem kann mich davon abhalten, zu bekommen, was ich will. Kein Gefängnis kann mich einsperren. Mit ein paar Blitzen kann ich jedes Schloss knacken. Ich würde einen großartigen Einbrecher abgeben, und eine Zeit lang war ich so wütend auf die ganze Welt, dass es fast so weit gekommen wäre."

Er wusste vielleicht nicht, dass es nie so weit gekommen wäre, aber sie wusste es. Gideon war einer der Guten. Mit Herz und Seele. „Was hat dich abgehalten?"

„Mein Bruder. Meine Schwester. Zu wissen, dass vielleicht meine Eltern zusehen, auch wenn ich sie nicht sehen kann."

„Du hast deine Wahl vor langer Zeit getroffen, Gideon. Warum denkst du jetzt darüber nach?"

„Lily Clark … Sie hat gesagt, dass meine Eltern stolz auf mich sind, als ob … als ob sie mit ihnen gesprochen hätte. Vielleicht hat sie das. Und du. Du lässt mich über Dinge nachdenken, denen ich mich noch nicht gestellt habe. Emma … da weiß ich nicht einmal, wo ich anfangen soll."

Hope führte seine Hand zu ihrem nackten Bauch. „Du wirst unserer Tochter alles beibringen, was deine Eltern dir beigebracht haben. Was ihre Gabe auch sein mag, du wirst sie das Richtige lehren." Sie grinste. „Und ich werde ihr beibringen, wie man schießt und eine ganze Reihe von Selbstverteidigungsmanövern."

Gideon küsste sie. Durch die tiefe Stille drang Musik in den Raum. Honey und das brünette Dummchen von nebenan gaben eine Party, und sie hatten ihre Stereoanlage voll aufgedreht. Sie konnten auch anschwellendes Gelächter hören, als die Party ihren Lauf nahm.

Gideon löste seinen Mund von ihrem und setzte sich abrupt auf. „Party. Tabby hat gesagt, sie geht heute Abend auf eine Party. Du glaubst doch nicht …"

„Es ist Samstagabend, Gideon. Da steigen eine Menge Partys." Bisher hatten sie nichts von einer weiteren Explosion gehört. Vielleicht gab es wirklich keine andere Bombe, und Tabby *hatte* geblufft.

Gideon glitt aus dem Bett und griff nach seinen Sachen. „Ich gehe kurz rüber und sehe mich um, nur für alle Fälle. Sie hat die Brandung vor meinem Fenster erwähnt, ich muss also davon ausgehen, dass sie die ganze Zeit wusste, wo ich wohne. Wenn Tabby hier im Laufe des Tages eine Bombe versteckt hat, dann wahrscheinlich unter dem Haus."

„Ich komme mit."

„Nein." Er beugte sich zu ihr und küsste sie. „Du bleibst, ich bin gleich wieder da." Er verließ sie durch die Terrassentür, trat hinaus auf das Sonnendeck, das in Mondlicht getaucht war.

Hope ließ sich in die Kissen zurückfallen und schloss die Augen, aber an Schlaf war nicht zu denken. Nach ein paar Minuten verließ sie das Bett und zog sich eines von Gideons alten T-Shirts an, dann trat sie selbst auf das Sonnendeck hinaus. Sie lehnte sich gegen die Brüstung und sah über den Weg zwischen den Häusern zur dicht bevölkerten Terrasse nebenan. Es war sehr feierlich und sehr fremd. Hope war nie ein Partygirl gewesen. Sie war immer zu ernst gewesen, zu sehr darauf bedacht, alles richtig zu machen und angemessen zu handeln.

Junge und schöne Menschen tranken Bier und tanzten und lachten auf der vollen Terrasse. Die meisten von ihnen trugen Badekleidung, auch wenn sie nicht so aussahen, als würden sie sich auch nur in die Nähe des Wassers begeben. Hope konnte Gideon nicht ausmachen, aber von hier aus konnte sie auch nur einen kleinen Teil des Hauses erkennen.

Honey hatte einen Arm um einen zu dünnen jungen Mann mit halblangem blondem Haar und einer unglaublichen Sonnenbräune geschlungen. Das brünette Dummchen war auf gleiche Weise beschäftigt. Sie und ihr junger Mann tanzten. Sie waren gebräunt und in leuchtende Farben gekleidet, und wahrscheinlich hatten sie Stunden gebraucht, um ihre scheinbar lässigen Frisuren genau so hinzubekommen.

Das Leben, das diese Frauen führten, war Hope vollkommen fremd. War sie jemals so jung gewesen? Hatte sie je so gelächelt, ohne über irgendetwas anderes nachzudenken, als welche CD sie als Nächstes spielen sollte? Nein. Noch nie. Aber die meisten Menschen auf dem Sonnendeck waren genau so. Sie lächelten, als hätten sie nicht die geringsten Sorgen. Sie tanzten und berührten und küssten sich und lachten.

Sie hatte so etwas noch nie erfahren, aber auf eine unerwartete Art hatte sie es jetzt. Auf ihrer Party waren vielleicht nur zwei Leute – oder vielleicht drei – aber Gideon Raintree brachte sie zum Lachen. Manchmal wurde ihr bei ihm direkt schwindelig. Er machte sie wirklich glücklich, zum ersten Mal, seit sie erwachsen war.

Hope betrachtete die Partygäste, während sie darauf wartete, dass Gideon zurückkam. Eine blonde Frau, die ein kurzes, buntes Kleid trug, das gut an den Strand passte, stand alleine an der Brüstung, so wie Hope es tat, und drehte sich zu Gideons Haus, als wüsste sie, dass sie beobachtete wurde. Als sie Hope sah, hob die Frau eine Hand und winkte. Hopes Herz setzte einen Schlag aus, und ihre Knie wurden weich.

Tabby.

16. KAPITEL

*F*alls jemand in Honeys Haus eine Bombe versteckt hatte, dann wahrscheinlich darunter – vielleicht unter dem Sonnendeck – oder in der Garage. Gideon brauchte keine fünfzehn Minuten, um sicherzustellen, dass sich an keinem dieser Orte etwas Außergewöhnliches befand. Vielleicht hatte Lily Clark recht gehabt, und Tabbys Gerede von einer zweiten Bombe war nichts weiter als ein Bluff gewesen.

Gideon ging nicht direkt nach Hause, sondern erst noch zum Meer. Der Sonnenuntergang und die kurze Dämmerung danach waren eine so wunderschöne Tageszeit, friedlich und mächtig. Wenn sich nicht dreißig oder mehr Menschen auf Honeys Sonnendeck befunden hätten, er hätte sich hier und jetzt an der Energie gelabt, die der Ozean für ihn bereithielt. Aber auch wenn viele der Partygäste bereits betrunken waren, konnte er das Risiko nicht eingehen. Jemand könnte ihn sehen. Das war zu gefährlich.

Vielleicht würde er sich eines Tages eine Insel kaufen und ein Haus für seine Familie darauf bauen, ein Haus, das so abgeschieden war, dass er sich aufladen konnte, wann immer er wollte, und wo keine Monster es wagen würden, ihm oder Hope oder Emma zu nahe zu kommen. Das war ein sehr tröstlicher Gedanke, aber konnte er das tun? Konnte er sich vor der Welt verstecken?

Nein, konnte er nicht und Hope auch nicht. Irgendwie würden sie in der richtigen Welt klarkommen müssen, mit all den Bösewichten und Herzschmerz und Unsicherheit.

Er wandte sich wieder seinem Haus zu, und Honey – in ein Bikinioberteil und einen Schal, den sie wie einen Rock trug, gekleidet – winkte ihm zu. „Komm rüber!", rief sie.

Gideon schüttelte den Kopf. „Kann nicht, tut mir leid."

Sie zog einen übertriebenen Schmollmund, als noch jemand auf dem überfüllten Sonnendeck begann, ihm zuzuwinken. Tabbys Geist.

Mist. Sie sah erschreckend real aus. Bedeutete das, dass sie für eine Weile bleiben würde? Bedeutete das, dass sie ihm überallhin folgen würde?

Der Geist hörte auf zu winken und ging auf die Treppe zu. Sie ging tatsächlich an den Partygästen vorbei, als würde sie befürchten, mit ihnen zusammenzustoßen. Glaubte Tabby, sie sei immer noch am Leben? Gideon hielt an, grub seine Füße in den Sand und wartete auf sie. Irgendwie musste er sie für immer loswerden. Er hatte allerdings keine Ahnung, was man mit einem dunklen Geist anstellte, der nicht gehen wollte.

Tabby kam auf ihn zu und lächelte ihr krankes, selbstbewusstes Lächeln. Wenn eine traurige Seele wie Lily Clark Einfluss auf diese Welt hatte nehmen können, wozu war dann wohl ein Geist in der Lage, der so böse war wie Tabbys?

Je näher sie auf ihn zukam, desto mehr drehte sich Gideon der Magen um. Tabby sah zu real aus, zu körperlich. Ihre Füße hinterließen Abdrücke im Sand.

Sie war kein Geist.

Sie zog einen kleinen Revolver aus ihrer Tasche. Ihr Messer war als Beweismittel beschlagnahmt worden, aber sie schien sich auch mit der Pistole wohlzufühlen. „Überrascht, mich zu sehen?"

„Ja. Ich dachte, du bist tot."

„Nicht so richtig. Nur eine Zeit lang. Stell dir vor, wie überrascht sie in der Pathologie sein werden, wenn die Autopsie ansteht und die Leiche fehlt."

„Wo ist die Bombe?"

Tabby nickte in Richtung Sonnendeck. „Da oben bei den Tänzern."

Er glaubte nicht, dass sie bluffte. Sie genoss den Schmerz von anderen zu sehr, um diese Chance nicht zu nutzen. „Wie lange noch?"

„Nicht sehr lange."

Gideon hatte seine Waffe auf der Kommode liegen lassen, also war er im Grunde leichte Beute. Bei Spaziergängen am Strand oder wenn er am Ende des Tages auf dem Sonnendeck saß und den Wellen zuhörte, trug er sie nicht, und auch nicht, wenn er sich mit den Nachtstürmen verband.

„Wahrscheinlich könntest du mir wieder einen Schlag verpassen", sagte sie, „aber wie willst du das den Leuten erklären, die uns zusehen? Und sie sehen her, Raintree. Sie sind neugierig, und ihnen ist langweilig, und die Blonde hätte es wirklich gern, wenn du sie flachlegst. Sie wird sich in der Zwischenzeit auch mit jedem anderen Mann zufriedengeben, aber in Wirklichkeit will sie dich. Sie ist traurig, dass deine neue Partnerin so viel Zeit hier verbringt. Traurig und eifersüchtig, gehässig und neidisch."

„Was willst du?"

Tabby legte den Kopf schief. „Ich will das Gleiche wie deine Nachbarin, nur auf eine ganz andere Art." Sie hob ihre Waffe und feuerte ab. Gideon sah es kommen und warf sich zur Seite. Eine Kugel streifte seine Schulter, ehe er hart aufprallte und im Sand abrollte. Er spürte einen stechenden Schmerz in seiner Schulter, aber er konnte aufstehen und rennen. Er rannte nicht vor Tabby weg, sondern auf sie zu. Sie richtete erneut ihre Waffe auf ihn.

Er musste ihr nahe genug kommen, um sie durch einen Schlag zu lähmen, ohne jeden Menschen am Strand auf ihn aufmerksam zu machen. Es war riskant, aber er musste einfach auf seinen Schutzzauber vertrauen. Einen Schritt näher, und er würde sie aufhalten können, ohne seine Gabe preiszugeben. Noch einen Schritt oder zwei ...

„Gideon!"

Er und Tabby drehten sich beide ruckartig nach dem Schrei um. Hope sprang vom Steg auf den Sand, ihre langen Beine nackt unter seinem T-Shirt. Die Waffe in ihrer Hand war ruhig. „Fallen lassen!", befahl sie.

Tabby drehte sich um, zielte und feuerte wütend ab. Diesmal nicht auf Gideon, sondern auf Hope. Hope fiel nicht, sie feuerte zurück. Zwei Mal. Es war Tabby, die in den Sand fiel, einen Schuss durch ihre Stirn, einen mitten durch die Brust. Gideon schnellte vor und nahm den Revolver, den Tabby hatte fallen lassen, als sie zusammengebrochen war. Er warf ihn weit weg von ihrem Körper, als Hope bei ihnen ankam.

„Jetzt kommst du nicht mehr, Miststück", sagte Hope leise. Dann sah sie Gideon an und sagte weniger giftig: „Du blutest."

Gideon drehte sich um und rannte los. „Die Bombe ist auf Honeys Terrasse."

Hope war dicht hinter ihm. „Ich rufe die Sprengstoffexperten an."

„Keine Zeit."

Gideon rannte die Stufen, die zur Party führten, hinauf. Die Musik spielte immer noch laut, aber es gab kein Gelächter mehr und niemand tanzte. Die Stimmung der Gäste war gedämpft, niemand von ihnen hatte schon einmal gesehen, wie jemand erschossen wurde.

„Ich habe die Polizei gerufen", sagte ein junger Typ.

„Gut", antwortete Gideon. Er fand Honey inmitten ihrer Gäste. „Die Frau, hat sie irgendetwas hier oben gelassen?"

„Was zum Beispiel? Sie hat gesagt, sie ist eine Freundin von dir und dass du später noch nachkommst. Was wollte sie ..."

„Hat sie etwas hiergelassen?", wiederholte Gideon angespannter.

Honey sah sich auf dem Sonnendeck um. „Sie hatte eine große Handtasche dabei. Wahrscheinlich hat sie die …" Sie hob ihre Hand. „Das ist sie, da drüben beim Bier."

Gideon rannte an den betrübten Partygästen vorbei, griff sich die Tasche und flüchtete vom Sonnendeck.

„Hey!", rief Honey ihm nach, „du blutest ja!"

Gideon rannte auf das Wasser zu, die schwere Handtasche in einer Hand. Hope stand immer noch in der Nähe von Tabbys Körper, ihre Augen im Wechsel auf ihn und auf die Tasche gerichtet. „Geh zurück ins Haus!", rief er.

„Auf keinen Fall, Raintree."

Er sah ihr genau in die Augen, als er an ihr vorbeirannte. „Für Emma, nicht für mich."

Hope tat zögernd, was er von ihr wollte, eilte vom Strand weg, während er ins Wasser rannte. Die Wellen brachen sich an seinen Waden, als er die Tasche weit in die Brandung hineinschleuderte. Sie flog durch die Luft, drehte sich und segelte. Er betete, dass die Bombe nicht stärker oder komplizierter war als die, die Tabby im „Silbernen Kelch" deponiert hatte. Falls sie gleich war, war sie weit genug entfernt. Hope und Honeys Gäste waren weit genug weg. Wenn nicht …

Er konnte nicht zulassen, dass eine scharfe Bombe auf den Ozean hinaustrieb und vielleicht irgendwo angespült wurde, wo sie in unschuldige Hände fiel. Als die Bombe im Wasser landete, schickte er einen Strom aus Elektrizität in die Wellen. Sie explodierte, als der Funken die Tasche berührte. Die Kraft der Explosion warf Gideon zurück aus dem Wasser und in den nassen Sand. Nach nur einem Augenblick war es vorbei, und alles was blieb, waren kleine Bombentrümmer, die in den Wellen schwammen.

Weniger als eine Minute später war Hope bei ihm. Sie half ihm nicht auf, sondern ließ sich stattdessen neben ihm in den Sand fallen.

„Du kannst gut schießen", sagte er, als er einen Arm um sie legte.

„Kling nicht so überrascht."

„Das ist Erleichterung, nicht Überraschung."

Hope legte ihren Kopf gegen seine unverletzte Schulter. In der Ferne hörten sie, dass Sirenen näher kamen. „Heute Nacht habe ich eine Sekunde lang, nur eine Sekunde, gedacht, ich kann Geister sehen." Sie rutschte näher. „Das ist nicht gerade lustig."

„Nein.“

„Ich dachte, mein Herz springt mir aus der Brust.“

Er vergrub seine Finger in ihren Haaren. „Du bist nicht in Panik geraten.“

„Nein. Ich drehe nur durch, wenn mir aus Versehen ein Fruchtbarkeitszauber um den Hals hängt“, neckte sie ihn. „Ich habe den Vorfall gemeldet, mir meine Waffe geschnappt, und bin rausgegangen, gerade rechtzeitig, um zu sehen, wie sie dir an den Strand folgt.“

Die Nacht brach schnell herein, aber die Laternen auf Honeys Sonnendeck beleuchteten den Strand genug.

„Du wirst eine gute Partnerin abgeben.“

„Das habe ich ja die ganze Zeit versucht, dir klarzumachen.“

„Der Chief wird versuchen, uns zu trennen, sobald wir verheiratet sind. Diese blöden Vorschriften und so.“

„Vorschriften sind da, um sie zu brechen. Wir finden schon einen Weg.“ Hope stand auf und bot ihm ihre Hand an, als zwei Sanitäter und zwei uniformierte Beamte auf den Strand gerannt kamen. „Komm schon, Raintree. Lass uns reingehen und einen Blick auf deine Schulter werfen, ehe du den Krankenwagen in die Luft jagst.“

Die Polizei und die Sanitäter und Tabbys diesmal wirklich toter Körper waren weggeschafft worden, und den Nachbarn hatte man irgendeine Erklärung geliefert – was nicht leicht gewesen war, weil einige junge Männer schworen, dass sie gesehen hatten, wie aus Gideons Fingern Blitze gekommen waren, ehe die Bombe explodiert war. Glücklicherweise hatten sie viel getrunken, und niemand schenkte ihren Erzählungen viel Beachtung.

Hope zitterte immer noch ein wenig. Sie hatte ihre Waffe noch nie in einer Situation abgefeuert, die nicht kontrolliert gewesen war. Zielübungen, Training und Prüfungen, und das war es. Aber als sie gesehen hatte, wie Tabby auf Gideon schoss, hatte sie keine andere Wahl gehabt. Sie hatte nicht an Emma gedacht oder an Hochzeit oder an besondere Gaben – oder an Nächte auf dem Sonnendeck, in denen sie sich im Mondlicht liebten.

Diese Irre hatte auf ihren Partner geschossen!

Alle Beamten waren schon wieder gegangen, und die Party bei Honey war vorbei. Hope schloss die Türen ab und führte Gideon ins Badezimmer. Sie zog ihn aus und sich selbst dabei gleich mit. Sie fuhr mit den Fingern über den Verband an seiner Schulter. Es war nur ein

Kratzer. Ob er ihn mit seiner Magie heilen würde? Oder würde er ihn sich selbst überlassen?

„Ein paar von den Typen bei Honey haben mich gesehen, oder?", fragte er. Er klang unbekümmert.

„Ja, aber ich habe sie davon überzeugt, dass sie zu betrunken waren, um irgendetwas zu erkennen. Als ich fertig war, haben sie es geglaubt."

„Du warst sehr überzeugend."

„Danke."

Sie lehnte sich gegen seine nackte Brust und legte ihren Kopf in den Nacken, um ihm in die Augen zu sehen. „Ich habe am Montagnachmittag einen Termin, um Frank Stiles zu verhören."

„Du willst, dass er dir ein Geständnis liefert?"

Hope nickte. „Ja. Du hast deinen Teil erledigt, jetzt mache ich meinen."

Sie war gut darin, Kriminellen ein Geständnis abzuringen. Sie und Gideon hatten noch nicht lange genug zusammengearbeitet, als dass er das über sie wissen konnte, aber er würde es merken. Früh genug.

„Warum bist du so gut darin, jemanden zum Gestehen zu bringen?", neckte Gideon sie und strich eine Haarsträhne zurück, die ihr über die Wange gefallen war. „Meinst du, nur weil du hübscher bist als alle anderen Detectives, fressen dir die Mistkerle aus der Hand?"

„Nein. Ich bin eine sehr gute Pokerspielerin, Raintree. Ich bin sehr gut darin, mich zu einem Geständnis zu bluffen. Du gibst mir genug Informationen, und ich bringe Stiles dazu, zu gestehen."

„Der arme Kerl hat keine Chance."

„Was soll's, das Leben ist eben nicht fair."

Gideon hielt sie fest, und sie schmolz in seinen Armen. Es fühlte sich gut an, voll Liebe und Leidenschaft und unerwarteter Zärtlichkeit umarmt zu werden. Sie hatte nicht geahnt, dass es so gut sein würde. Am Ende des Tages einen Ort zu haben, um sich auszuruhen, und einen besonderen Menschen, mit dem sie sich ausruhen konnte.

„Ich habe mir solche Sorgen um dich gemacht", gestand sie. „Als ich gesehen habe, wie Tabby ihre Waffe auf dich gerichtet und abgefeuert hat, und dann bist du gefallen …"

„Es geht mir gut", sagte Gideon.

„Ich weiß, aber …" Die Worte blieben ihr im Hals stecken. Mit dem Guten kam das Schlechte, und mit ihrem Glück die Sorgen.

Gideon drückte Hope ein Stück zurück und küsste ihren Hals. „Da du dich gerade verletzlich fühlst, sollten wir vielleicht noch mal über Sex auf dem Schreibtisch sprechen …"

* * *

Sonntag – 11:36 Uhr

„Wenigstens ist sie diesmal nicht wieder aufgestanden und uns weggelaufen", sagte der Pathologe, während er um Tabbys zugedeckten Körper herumging.

Gideon hatte versucht, Hope davon zu überzeugen, dass sie an diesem Morgen besser zu Hause blieb, aber sie wollte nichts davon hören. Sie hatte darauf bestanden, mit ihm zu kommen. Er würde damit aufhören müssen, sie so sorgsam beschützen zu wollen. Es gefiel ihr nicht besonders.

Aber heute würde er noch nicht damit aufhören.

„Der Kopfschuss hat sie umgebracht", sagte der Pathologe emotionslos. „Die Kugel, mit der sie in die Brust getroffen wurde, hat das Herz verpasst und sich in ihre Wirbelsäule gegraben. Das allein hätte sie nicht umgebracht. Aufgehalten hätte es sie allerdings sofort."

Hope, die vorher noch nie jemanden umgebracht hatte, wurde ein wenig blasser. Sie war es gewesen, die den Abzug betätigt hatte, um Tabby aufzuhalten. Sie hatte getan, was getan werden musste. Keiner von ihnen verspürte auch nur einen Hauch von Schuld. Tabby war eine der bösesten Menschen, die sie je kennengelernt hatte, und sie hatte keinen Platz auf dieser Welt verdient.

„Was sollte ich mir ansehen?", fragte Gideon. Er hasste diesen Ort. Er konnte hier unten jahrelang leben und würde nie einen Weg finden, alle diese Geister an einen friedlicheren Ort zu schicken.

Mithilfe eines Assistenten deckte der Pathologe die Leiche auf der Bahre auf und drehte sie vorsichtig um. „Ich habe so etwas noch nie gesehen. Erst dachte ich, es handelt sich um eine Tätowierung, aber es ist ein Muttermal. Ich weiß, dass einige dieser Male von der Form her an etwas anderes erinnern, aber dieser Mond ist absolut makellos. Und er hat so eine ungewöhnliche Farbe. Ich dachte, es könnte vielleicht helfen, um sie zu identifizieren."

Gideon starrte das blaue Muttermal auf der Schulter des Leichnams an. Es war wie eine Mondsichel geformt. Es war, wie der Pathologe bereits angemerkt hatte, absolut perfekt in Form und Farbe.

„So ein Mist", sagte er leise.

„Was ist los?", fragte Hope.

Gideon rannte zur Tür und griff nach seinem Handy, und Hope folgte ihm. „Tabby hat *die* gesagt", murmelte er. „Und sie hatte Angst um ihr eigenes Leben, falls sie mich nicht umbringt. Natürlich hatte sie Angst. Und sie wollte auch Echo. Das hat sie im Apartment deiner Mutter gesagt."

„Raintree." Hope rannte hinter ihm die Treppe hoch. „Wovon redest du?"

Er bekam keinen Empfang, also beschimpfte er das Telefon, als sie aus dem Gebäude und in den Sonnenschein traten. „Ihr Name ist Tabby Ansara. Wir dachten, sie wären erledigt. Bezwungen und machtlos und … Verdammt. Dadurch ändert sich alles."

Während er sich vom Gebäude wegbewegte, um besseren Empfang zu bekommen, klingelte sein Telefon. Dieses Mal reichte er es nicht an Hope weiter, wie er es in den vergangenen Tagen so oft getan hatte. Dieses Mal nahm er das Gespräch selbst an, doch er hörte fast nur statisches Rauschen.

Es war Dante. Gideon konnte nicht jedes Wort verstehen, aber die, die am wichtigsten waren, hörte er sehr deutlich.

„Geh zu Mercy!", brüllte sein Bruder. „Die Ansara greifen Sanctuary an!"

Ansara.

Nach Hause.

Gideon drehte sich zu Hope um. Er liebte sie. Und auch wenn sie nicht von ihm beschützt werden wollte, würde er sie dem, was jetzt auf ihn und auf seine Familie zukam, nicht aussetzen. Er wollte es nicht, und er konnte es nicht. „Ich muss nach Hause. Ich muss nach Sanctuary."

Die Sorge stand ihr deutlich ins Gesicht geschrieben, erschreckend klar in ihren leuchtend blauen Augen. Hatte er ihr schon gesagt, dass er ihre Augen liebte? Noch nicht. Falls er zurückkehrte, musste er es ihr unbedingt sagen. Er hatte ihr noch so viel zu sagen.

„Ich komme mit."

„Nein."

Ihre Augen weiteten sich. „Was soll das heißen, nein?"

„Unsere Heimstatt ist in Gefahr, oder sie wird es bald sein." In unvorstellbarer Gefahr. „Du und Emma, ihr müsst in Sicherheit sein."

„Ich habe eine Waffe", sagte sie. „Ich weiß, wie man sie benutzt."

Wie sollte er ihr nur erklären, dass in der Schlacht, die bevorstand, eine Waffe nicht reichen würde? „Bleib hier", sagte er bestimmt. „Bitte."

Hope seufzte und akzeptierte seinen Befehl, aber es fiel ihr nicht leicht. Würde es das je? „Ruf mich an, wenn du da bist."

„Mache ich." *Wenn ich kann.*

„Ich verstehe immer noch nicht, wieso ich nicht mitkommen kann", murmelte sie. „Ich weiß doch alles über deine Familie. Es ist ja nicht so, als hättest du noch etwas zu verbergen." Er sah das unausgesprochene *Oder doch?* in ihren Augen.

Er nahm Hopes Gesicht in seine Hände. „Ich liebe dich. Ich liebe dich so sehr, dass es mir Angst macht. Ich habe nicht erwartet, je für jemanden so zu fühlen, wie ich für dich fühle, und es ist alles so schnell passiert, dass mir immer noch schwindelig ist. Ich will, dass wir eine echte Chance haben. Eines Tages nehme ich dich mit auf unser Familienanwesen, das verspreche ich", sagte er. „Aber nicht heute."

„Ich verstehe es nicht", sagte sie leise.

„Ich weiß, und es tut mir leid."

Er küsste sie, lange, aber nicht annähernd so lange, wie er wollte, und dann sprang er in seinen Mustang. „Ruf Charlie an und lass dich von ihm nach Hause bringen. Ich rufe an, sobald ich kann."

Gideon ließ eine verwirrte Hope auf dem Parkplatz stehen. Sie war keine Frau, die daran gewöhnt war, zu warten, das wusste er. Aber auf ihn würde sie warten, daran zweifelte er keinen Augenblick.

Heute war Sommersonnenwende. Das konnte kein Zufall sein – ebenso wenig wie Tabbys Versuche, Echo und ihn umzubringen. Die Ansara wollten Sanctuary, das Anwesen der Raintree, die Wiege des Clans angreifen. Sie wollten die Macht, die darin lag, an sich reißen. Das war schon immer so gewesen.

Es würde ihnen nicht gelingen.

Eines Tages würden seine Frau und seine Tochter die Schönheit und Kraft des Ortes entdecken, den die Raintree immer ihre Zuflucht genannt hatten. Es war Gideons Pflicht, diese Zuflucht zu beschützen, ebenso wie es seine Pflicht war, Hope und Emma zu beschützen und alle weiteren kleinen Raintree, die in den nächsten Jahren folgen würden. Es war seine Pflicht und eine Frage der Ehre, zu beschützen, was *sein* war, und wenn zu diesem Privileg Geister und elektrische Ströme und der eine oder andere Kampf gehörten, dann war das eben so.

Gideon fuhr so schnell, wie der Mustang es zuließ. Der Wind peitschte durch sein Haar, und sein Zuhause kam mit jeder Sekunde näher. Als ein unerwarteter Sturm im Süden aufzog und sich dunkle Wolken über seinem Auto ballten, war meilenweit keine Menschenseele mehr zu sehen.

– ENDE –

Der dritte Teil der großen Raintree-Saga: Wird Liebe oder Hass über das Schicksal des Clans entscheiden?

Als Hüterin des Raintree-Heiligtums kann Mercy Wunden in Herz und Seele heilen. Aber in ihrem eigenen Herzen bewahrt sie ein tiefes Geheimnis: Vor sechs Jahren hat sie eine Nacht der Leidenschaft mit Judah Ansara verbracht und mit ihm eine Tochter gezeugt. Auf keinen Fall darf Judah von der kleinen Eve erfahren – schließlich ist er der Fürst der Ansara und damit ihr Todfeind. Mercy glaubt sich und das Kind in ihrem Versteck, dem Heiligtum des Clans, sicher. Doch Judah findet sie, und Mercy weiß: Mit ihm ist die Entscheidung für alle gekommen, die sie schützt und heilt. Dennoch ist sie wehrlos gegen das Begehren, das zwischen ihr und ihrem Erzfeind erneut aufflammt …

Beverly Barton

Der Liebe geweiht

Roman

Aus dem Amerikanischen von
Justine Kapeller

PROLOG

Sonntag, 9:00 Uhr

C ael Ansara wartete darauf, dass der Hohe Rat sich versammelte. Es war ein außergewöhnlicher Tag im Juni, nur eine Woche vor der Sommersonnenwende. Cael allein wusste, wie bedeutend dieser Tag für die Ansara und die Zukunft seines Volkes werden würde. Vor zweihundert Jahren hatten sie die Schlacht mit ihrem erbittertsten Feind verloren. Dabei waren sie so gut wie ausgelöscht worden. Die wenigen Überlebenden ihres Clans hatten auf der Insel Terrebonne in der Karibik Zuflucht gefunden. Hier vermehrten sie mit jeder Generation sowohl ihre Anzahl als auch ihre Macht. Wie der sprichwörtliche Phönix hatten die Ansara sich aus der Asche erhoben. Sie waren jetzt stärker und mächtiger als je zuvor.

Ein Mitglied des Hohen Rates nach dem anderen fand sich an diesem Sonntagmorgen hier in Beauport ein, wie sie es regelmäßig einmal im Monat taten. Sie unterhielten sich ruhig und verglichen ihre Aufzeichnungen über die verschiedenen, breit gefächerten Geschäfte der Familie, während sie darauf warteten, dass der Dranir eintraf. Judah Ansara, der allmächtige Herrscher, der zu gleichen Teilen respektiert und gefürchtet wurde, hatte diesen Titel von seinem Vater geerbt. Von *ihrem* Vater.

Was würde der Rat sagen? Was würden seine Mitglieder denken, wie würden sie reagieren, wenn sie erfuhren, dass der Dranir der Ansara tot war? Cael wusste: Sobald die Nachricht von Judahs Ermordung sie erreichte, musste er schnell handeln, um die Kontrolle an sich zu reißen und zu sichern, was ihm schon längst zustand. Natürlich würde er so tun, als sei er genauso geschockt wie alle anderen. Und er würde den brutalen Mord an seinem jüngeren Halbbruder vor aller Augen betrauern.

Ich werde sogar in Judahs Namen Rache schwören. Ich werde versprechen, seinen Mörder zu jagen und hinzurichten.

Caels Mund verzog sich zu einem angedeuteten Lächeln. Auch wenn ihn einige Mitglieder seines Clans verdächtigen sollten, hinter dem Mord an Judah zu stecken: Niemand würde ihm beweisen können, dass er einen erfahrenen Krieger geschickt hatte, um die einzige Hürde auf seinem Weg zu allumfassender Macht zu beseitigen. Und niemand würde beweisen können, dass er es gewesen war, der diesem

Krieger einen Zauber für grenzenlose Macht und unglaubliches Geschick auferlegt hatte, damit er seinem Gegner ebenbürtig, wenn nicht sogar überlegen war. Aber alle würden schon bald merken, dass Judah, der Unbesiegbare, besiegt worden war.

Nachdem er sein Leben lang der Bastard, der uneheliche Sohn gewesen war, nach all dem Warten, nach all dem Planen, würde er endlich seinen Platz als Dranir einnehmen. War er nicht der älteste Sohn des Dranir Hadar? War er nicht ebenso mächtig wie sein jüngerer Bruder Judah, vielleicht sogar noch mächtiger? War er nicht viel besser dazu geeignet, den großen Clan der Ansara zu führen? War es nicht sein Schicksal, den Feind zu zerstören, jeden einzelnen Raintree zu vernichten?

Judah behauptete, dass die Zeit nicht reif war für einen Angriff, für einen totalen Krieg. Er war der Meinung, die Ansara seien noch nicht bereit. Beim letzten Ratstreffen hatte Cael seinen Bruder damit konfrontiert.

„Wir sind ein mächtiges Volk. Unsere Gaben sind stark wie nie. Warum noch warten? Hast du Angst davor, dich den Raintree zu stellen, mein Bruder?", hatte Cael ihn gefragt. „Wenn das so ist, tritt zurück und lass mich unser Volk zum Sieg führen."

Zu diesem Zeitpunkt hatte Cael seine Intrige bereits geschmiedet und Aufgaben für die Ansara erstellt, die sich von ihm führen ließen. Er hatte jeden der jungen Krieger mit Schutzzaubern belegt. Erst würde der grausamste seiner Anhänger – Stein – Judah umbringen. Dann würde Greynell einen tödlichen Schlag mitten im Herzen der Raintree ausführen, in ihrer Heimstätte auf dem Land, seit Generationen das Heiligtum der Familie. Sanctuary. Danach würde Tabby die Seherin der Raintree auslöschen, um zu verhindern, dass Echo sah, was dem Clan an Leid und Zerstörung bevorstand.

Unglücklicherweise war nur ein Mitglied des Rates auf Caels Seite, eines von zwölf. Alexandria, die schönste und mächtigste Frau in der königlichen Familie und dritte in der Thronfolge, war seine Cousine ersten Grades. Sie war Judah treu ergeben gewesen, aber sie hatte die Seiten gewechselt, als ihr Cael einen Platz an seiner Seite versprochen hatte, wenn er Dranir sein würde. Was machte es schon, dass er nicht die Absicht hatte, seine Macht mit irgendjemandem zu teilen – auch nicht mit Alexandria? Wenn er erst einmal über die Ansara herrschte, würde es niemand wagen, sich ihm entgegenzustellen.

„Es sieht Judah nicht ähnlich, zu spät zu kommen", sagte Alexandria gerade zu den anderen.

„Ich bin mir sicher, dass es einen guten Grund gibt." Claude Ansara, ein weiterer Cousin, war seit Kindertagen Judahs engster Vertrauter. Claude war zweiter in der Thronfolge, direkt nach Cael selbst. Sein bereits verstorbener Vater war der jüngere Bruder von Caels und Judahs Vater gewesen.

Gemurmel erhob sich unter den Wartenden. Einige schienen ob Judahs Verspätung besorgt, andere spekulierten, dass zweifellos ein Notfall vorliegen musste. Der Dranir war noch nie zu spät zu einer Ratsversammlung gekommen.

Warum hat es keinen Anruf gegeben? fragte sich Cael. Warum hat uns noch niemand von Judahs Tod in Kenntnis gesetzt? Stein hatte den Befehl bekommen, direkt nachdem er Judah umgebracht hatte, zu verschwinden. Er sollte nicht wieder auftauchen, ehe Cael unwiderruflich die Macht über die Ansara in der Hand hielt. Dann würde er ihm den Befehl erteilen, zurückzukehren, um gegen die Raintree zu kämpfen. Bald. Am Tag der Sommersonnenwende.

Wenn die Raintree erst zerstört waren, würden die Ansara die Welt regieren. Und *er* würde die Ansara regieren.

Plötzlich sprangen die Türen auf, als ob ein mächtiger Wind sie aus ihren goldenen Angeln gerissen hätte. Eine dunkle, zähnefletschende Kreatur mit blutbeflecktem Hemd stürmte in ihre Mitte und durchsuchte mit eiskalten grauen Augen den Raum. Judah Ansara knurrte wie ein wildes Tier. Die verglaste Wand, die aufs Wasser hinauszeigte, klirrte unter seiner Wut.

Cael spürte, wie ihm das Blut aus dem Gesicht wich. Sein Herzschlag setzte einen schreckerfüllten Moment lang aus. Judah hatte den Anschlag auf sein Leben überlebt. Er hatte einen Krieger besiegt, der unter einem von Caels mächtiger Magie geschaffenen Zauber stand. Und das bedeutete, dass Judahs Macht zweifellos sehr viel größer war, als Cael es angenommen hatte. Aber das war gerade nicht wichtig. Sogar die Tatsache, dass Stein tot war, trat in den Schatten einer viel größeren Sorge: Cael musste wissen, ob der Krieger lange genug gelebt hatte, um ihn zu verraten.

„Lord Judah." Alexandria eilte an seine Seite, zögerte aber, ehe sie ihn berührte. „Was ist geschehen?"

Judah wirbelte zu ihr herum und sah sie mit scharfem Blick aus zusammengekniffenen Augen an. „Jemand aus den Reihen meines eigenen Clans wünscht mir den Tod." Seine Stimme vibrierte mit der kehligen Intensität eines Mannes, der seine Wut kaum unter Kontrolle hatte. „Der Krieger Stein ist im Morgengrauen in meine Räume eingedrungen und hat versucht, mich im Schlaf zu ermorden. Die Frau, mit der ich mein Bett geteilt habe, war seine Verbündete. Sie glaubte, mich letzte Nacht betäubt zu haben. Aber sie waren beide dumm. Sie nahmen an, dass ich die Gefahr nicht spürte und entsprechend handelte. Ich vertauschte meinen Drink mit dem der Lady, sodass sie fest schlief, während ich kampfbereit war. Stein, der mit einem starken Zauber belegt war, kam durch einen Geheimgang in meine Räumlichkeiten. Nur Ihr, der Hohe Rat, kennt diesen Gang."

Cael wurde klar, dass er sprechen musste, dass er entrüstet reagieren musste, damit der Verdacht nicht sofort auf ihn fiel. „Willst du andeuten, dass jemand aus dem Rat …?"

„Ich deute nichts an." Judah spießte Cael mit einem tödlichen Blick auf. „Aber sei dir sicher, Bruder, dass ich die Identität der Person aufdecken werde, die Stein vorgeschickt hat, um ihre Drecksarbeit zu verrichten. Und wenn es an der Zeit ist, werde ich mich rächen." Als Judah sich die blutige Schulter rieb, erschien ein frischer Fleck auf seinem Hemd.

„Mein Gott, du blutest immer noch." Claude ging auf Judah zu und besah ihn gründlich nach Zeichen von weiteren Verletzungen.

„Einige Stichwunden. Mehr nicht", sagte Judah. „Stein war ein außergewöhnlicher Gegner. Wer ihn auch ausgewählt haben mag, er hat seine Wahl gut getroffen. Nur eine Handvoll Ansara-Krieger sind in der Schlacht ebenso gut wie ich. Steins Fähigkeiten kamen meinen sehr nahe."

„Niemand hat Fähigkeiten, die den deinen gleichen", sagte Ratsherr Bartholomew, während er und die anderen Mitglieder des Rates sich um Judah scharten. „Du bist auf jede Art überlegen."

„Wenn dein Kampf mit Stein im Morgengrauen stattgefunden hat, warum bist du dann immer noch blutverschmiert?", fragte Alexandria. „Hättest du dich vor dem Ratstreffen nicht waschen und umziehen können?"

Judah lachte. Er klang tief, heiser und freudlos. „Als meine Männer damit fertig waren, Steins Leiche und die seiner Komplizin, dieser Hure Drusilla, zu beseitigen, hat ein Anruf aus den Vereinigten Staaten – aus North Carolina – meine Pläne unterbrochen. Was ich in diesem Gespräch erfahren habe, erforderte sofortiges Handeln. Ich habe unverzüglich mit Varian gesprochen." Er führt die Einheit, die das Heiligtum der Raintree observiert.

Die Mitglieder des Rates murmelten laut untereinander. Dann trat die Ratsherrin Sidra vor, um für die anderen zu sprechen. „Sagt uns, mein Lord, hatte der Anruf mit den Raintree zu tun?"

Judah nickte und richtete seinen Blick dann direkt auf Cael. „Dein Protegé Greynell ist in North Carolina."

„Ich schwöre dir …"

„Schwöre nicht auf eine Lüge!"

Cael zitterte vor Angst. Er hasste sich dafür, dass er unter der Wut seines Bruders zusammenzuckte. Er drückte die Schultern durch und sah Judah direkt in die Augen, stellte sich dem Zorn des Dranir. Er musste sich daran erinnern, dass er ihm ebenbürtig war. Er war der ältere Sohn. Er hatte es verdient, über die Ansara zu herrschen. Dass sein neuester Plan, seinen Bruder zu entthronen, fehlgeschlagen war, bedeutete nicht, dass es nicht sein Schicksal war, zu regieren. Egal was Judah sagte oder tat: Er würde das Unvermeidliche nicht aufhalten können. Jetzt nicht mehr. Es war zu spät.

„Wusstest du, dass Greynell nach North Carolina gegangen ist?", verlangte Judah zu wissen.

„Ich wusste es", gab Cael zu. „Aber ich habe ihn nicht dorthin geschickt. Er hat aus eigenem Entschluss gehandelt."

Judah knurrte. „Und du weißt auch, was seine Mission ist?"

Cael sehnte sich danach, seinen Bruder hier und jetzt vernichten zu können, es endlich hinter sich zu bringen. Aber er wagte es nicht. Wenn Judah starb, dann durfte sein Blut nicht an Caels Händen kleben.

„Ja, mein Lord, ich weiß, dass einige der jungen Krieger ungeduldig werden. Sie wollen nicht länger damit warten, den Raintree den Krieg zu erklären. Einige von ihnen haben es selbst in die Hand genommen. Sie handeln bereits jetzt, statt darauf zu warten, dass du die Zeit für reif befindest."

Judah fluchte ausgiebig. Die Fenster zitterten und sprangen. Feuerbälle regneten von der Decke. Der marmorne Boden unter ihren Füßen bebte und die Wände vibrierten.

Claude legte eine fleischige Hand auf Judahs Schulter und redete ihm leise zu. Das Beben der Ratskammern ebbte ab. Die Feuer, die im ganzen Raum brannten, erloschen, und die zerbrochenen Fensterscheiben klirrten laut, als sie aus dem Rahmen fielen und auf dem Boden zerbarsten.

Judah atmete schwer. „Greynells Mission ist es, in das Heiligtum der Raintree einzudringen. Sanctuary."

Cael schluckte schwer.

„Wer ist sein Ziel?", verlangte Judah zu wissen.

Sollte er jetzt lügen? Schwören, dass er es nicht wusste? Oder sollte er gestehen? Cael konnte fühlen, wie Judah in seine Gedanken eindrang, und wie er versuchte, den Schutzwall zu durchbrechen, den Cael nur mit viel Kraft aufrechterhalten konnte. Wenn er nicht selbst so mächtig wäre, würde er der rohen geistigen Macht seines Bruders erliegen.

„Mercy Raintree." Cael sprach den Namen mit Ehrfurcht aus. Diese Frau mochte eine Raintree sein, aber ihre Fähigkeiten waren unter den Ansara genauso legendär wie unter ihren eigenen Leuten. Sie war der derzeit mächtigste Empath. Niemand konnte sich wie sie in die Gefühle und Gedanken anderer hineinversetzen.

Judah blähte seine Nasenlöcher auf. „Mercy Raintree", sagte er mit tödlich leiser Stimme und eiskalter Zurückhaltung, „gehört mir. Mir allein gebührt es, sie zu töten."

1. KAPITEL

*W*ie jeden Morgen bewegte sich Sidonia langsam durch die große Küche. Sie bereitete das Frühstück vor. Die Küche war, wie auch die anderen Zimmer in dem alten Haus, vor zweihundert Jahren erbaut worden, als die Raintree sich in den Bergen von North Carolina niedergelassen hatten. Kurz nach der Schlacht. Dante und Ancelin Raintree hatten sich neunhundertneunundneunzig Morgen Wildnis abgesteckt und dort eine Heimstätte für den Clan errichtet, eine sichere Zuflucht. Hier konnten sie sich erholen und heilen, nachdem sie den vernichtenden Krieg mit den Ansara geführt hatten. Ehre, Pflichtgefühl und die Liebe zur Familie würde es hier immer geben.

Das Haupthaus lag inmitten eines Waldes aus uralten Bäumen, der von Bächen durchzogen war und in dem eine Vielzahl wilder Tiere lebten. Das erste Haus aus Holz und Stein war vor hundert Jahren mit Backstein ummauert worden, und der ursprünglichen Struktur waren Flügel hinzugefügt worden. Innerhalb dieser Grenzen standen zwei Dutzend Cottages wie hingetupft in der Landschaft. Einige wurden von Verwandten bewohnt. Viele aber standen die meiste Zeit leer, immer bereit für den Besuch von Mitgliedern des Raintree-Clans. Die Familie war immer willkommen.

Sidonia war eine entfernte Verwandte der königlichen Familie. Sie begann als junges Mädchen von achtzehn Jahren bei Dranir Julian und seiner Frau Vivienne zu arbeiten, die ihr erstes Kind trug. Der junge Prinz Michael war viele Jahre lang ein Einzelkind gewesen und Sidonia für ihn wie eine zweite Mutter. Da war es nur natürlich, dass er, als er selbst erwachsen und geheiratet hatte, sie als Kindermädchen für seine eigenen Kinder wählte, als er zum ersten Mal Vater wurde. Und als Michael und seine geliebte Frau Catherine vor siebzehn Jahren brutal ermordet worden waren, war es ihr zugefallen, sich um die drei königlichen Nachkommen zu kümmern: Dante, Gideon und Mercy.

Dante lebte heute in Reno, Nevada. Er führte dort sein eigenes Spielkasino und war immer noch ledig, obwohl er genau wusste, dass man von ihm einen Erben erwartete. Als Dranir herrschte er über den Clan der Raintree und kümmerte sich um ihre Finanzen. Er hatte das immense Vermögen der Familie in den letzten zehn Jahren fast verdoppelt. Sein jüngerer Bruder Gideon lebte in Wilmington und arbeitete dort als Detective bei der Polizei. Auch Gideon war noch ledig, und er hatte allen und jedem grundsätzlich klargemacht, dass er nicht vorhatte, je zu heiraten und ein Kind in die Welt zu setzen. Mercy blieb als Hüterin auf Sanctuary. Wie ihre Großtante Gillian war sie als mächtige Empathin geboren worden, also fiel es ihr zu, die Familie und alles, was mit den Raintree zu tun hatte, zu beschützen.

Das Land der Raintree lag auf einer Störungslinie zwischen den Erdplatten, aber immer wenn es Erschütterungen oder kleine Erdbeben gab, verschonten die Kräfte der Natur das Anwesen. Die Raintree nahmen diese Energie, die von der Erde freigegeben wurde, in sich auf. Vor langer Zeit hatte eine Triade königlicher Raintree einen Zauber wie einen schützenden Mantel über das Land gelegt, und Mercy und ihre Brüder erneuerten diesen uralten Schutz jedes Jahr am Tag des Frühlingsanfangs. Nur jemand, der den königlichen Raintree ebenbürtig oder überlegen war, konnte diese unsichtbare Barriere durchbrechen, die das Heiligtum vor Fremden schützte.

Sidonia schauderte, als sie an die schrecklichen Märchen über die Ansara und die Legende über *die Schlacht* dachte, die diesen Clan böse gesinnter Krieger vernichtet hatte. Nur eine Handvoll war entkommen. Man hatte nie wieder von ihnen gehört.

Sidonia rollte den Milchbrötchenteig weiter aus und tat so, als würde sie das kleine Kind nicht bemerken, das auf Zehenspitzen in die Küche geschlichen kam. Sie liebte dieses Mädchen mit einer Hingabe, die fast an Sünde grenzte. Prinzessin Eve Raintree, ein wunderschöner, betörender, altkluger kleiner Kobold, hatte Sidonia bereits das Herz gestohlen, als sie sie das erste Mal angesehen hatte. Mercy hatte zu Hause entbunden, in ihrem Schlafzimmer im ersten Stock. Nur Sidonia war an ihrer Seite gewesen, wie Mercy es gewünscht hatte. Ihre Wehen waren heftig, aber es gab keine Komplikationen. Ihr Kind war als perfektes Exemplar weiblicher Schönheit auf die Welt gekommen. Sie hatte das goldene Haar und die feinen Gesichtszüge ihrer Mutter – und die bezaubernden grünen Raintree-Augen. Sie waren ein dominant vererbtes Merkmal, das jeder wahre Raintree besaß.

Sidonia weigerte sich, über das andere kleine, aber unendlich wichtige Merkmal zu sprechen, das das Kind seit seiner Geburt besaß. Ein Mal, das nur sie und Mercy kannten. Dieses eine Detail machte Eve anders als alle anderen. Und es machte sie auf eine Art besonders, die sogar vor Dante und Gideon geheim gehalten werden musste.

Eve schlich sich von hinten an Sidonia an, die den Atem anhielt und abwartete, was die Kleine an diesem Morgen aufbieten würde. Plötzlich flog Sidonia das Nudelholz aus der Hand, tanzte durch die Luft und landete mit einem dumpfen Aufprall auf dem Küchenboden. Sidonia gluckste, drehte sich um und presste sich die Hand aufs Herz.

„Du hast mich halb zu Tode erschreckt, kleine Prinzessin."

Eve kicherte. „Das habe ich gerade erst gelernt. Mom sagt, es heißt Le-vi-ta-tion. Ich werde bestimmt ziemlich gut darin, meinst du nicht?"

Nachdem Sidonia sich die Hände an ihrer Schürze abgewischt hatte, tippte sie Eve auf die Nase. „Ich glaube, du wirst ziemlich gut in vielen Dingen sein. Aber du musst lernen, deine Gaben zu kontrollieren, und sie immer nur mit Weisheit einsetzen."

„Das sagt Mom auch."

„Deine Mutter ist eine sehr kluge Frau." Ja, Mercy *war* klug. Und gut und nett und liebevoll. Und die mächtigste Empathin der Welt. Sie konnte die Schmerzen eines anderen spüren, sie ihm nehmen und sie heilen. Aber der Preis, den sie dafür zahlte, waren ihre eigenen Schmerzen, die sie oft für Stunden, manchmal ganze Tage lang schwächten.

„Sie ist auch sehr hübsch", sagte Eve. „Das bin ich auch."

Sidonia lachte leise. Es war nicht schlecht, seine eigenen Stärken zu kennen. „Ja, du und deine Mom, ihr seid beide schön."

Mercy war innen wie außen schön, aber Sidonia befürchtete, dass das auf ihre geliebte kleine Eve nicht zutreffen könnte. Sie war ein gutes Kind mit einem guten Herzen, aber sie hatte schon ein paarmal die Kontrolle über ihr Temperament verloren und Mercy und ihr damit gezeigt, was für unglaubliche, ungelenke Macht sie besaß.

„Wo ist Mom? Frühstückt sie heute Morgen nicht mit mir?", fragte Eve, während sie auf einen Hocker kletterte.

„Sie ist zum Amadahy Pointe gegangen, um zu meditieren. Ich erwarte sie bald zurück." Sidonia wandte sich wieder ihrer Arbeit zu. Sie hob das Nudelholz auf, wusch es ab, und benutzte es dann, um ihren Teig zu einem fingerdicken Kreis auszurollen.

„Ist irgendetwas nicht in Ordnung?", fragte Eve mit einer Weisheit, für die sie noch viel zu jung war.

Sidonia zögerte, doch da sie wusste, dass Eve auch die Fähigkeit hatte, ihre Gedanken zu lesen, antwortete sie. „Soweit ich weiß, ist alles in Ordnung. Mercy hatte nur das Gefühl, dass ihr eine Meditation guttäte."

Sidonia schnitt den Teig in Stücke und legte die rohen Milchbrötchen auf ein rechteckiges Backblech, das sie dann in den heißen Ofen schob.

„Darf ich ein Glas Apfelsaft haben, während ich warte?" Eve sah zur Kühlschranktür.

„Natürlich darfst du."

Die Kühlschranktür öffnete sich plötzlich, und der Glaskrug mit Saft schwebte durch die Küche. Eves mädchenhaftes Kichern klang durch den ganzen Raum.

Sidonia griff den Krug mitten aus der Luft und stellte ihn auf den Tresen. „Du bist eine kleine Angeberin."

„Mom hat gesagt, Übung macht den Meister, und wenn ich meine Gaben nicht trainiere, dann werde ich sie nie beherrschen." Sidonia seufzte schwer. Bühnenreif. Das Kind hatte einen Hang zum Melodram. „Mom hat die Stirn gerunzelt, als sie mir das gesagt hat. Ich glaube, sie macht sich Sorgen um mich. Sie glaubt, ich habe unwahrscheinlich viel Macht."

„Wir machen uns beide Sorgen, weil du noch so jung bist und noch nicht weißt, wie du deine Gaben lenken kannst. Deshalb hat deine Mom dir gesagt, dass du üben musst. Ihr und ihren Brüdern ging es nicht anders. Auch sie mussten lernen, mit ihren Gaben umzugehen."

„Aber ich bin anders. Ich bin nicht wie Mom und Onkel Dante und Onkel Gideon."

Sidonia atmete scharf ein. War es möglich, dass das Kind das Geheimnis seiner Empfängnis kannte? Sidonia schüttelte den Kopf, um ihn von so albernen Gedanken zu befreien. Eve war vielleicht viel talentierter als jedes andere Raintree-Kind, und vielleicht hatte sie mächtige Gaben, um die sie sogar die erwachsenen Mitglieder des Clans beneiden würden. Aber sie war immer noch ein kleines Mädchen. Sie konnte vielleicht die Gedanken von anderen Menschen lesen, aber sie verstand nicht immer alles, was sie hörte.

„Natürlich bist du anders. Du bist ein Mitglied der königlichen Familie! Dein Onkel ist unser Dranir, und deine Mutter die mächtigste Empathin der Welt."

Eve schüttelte den Kopf. Ihre langen blonden Locken tanzten um ihre Schultern. „Ich bin mehr als nur eine Raintree."

Ein Schauer aus reiner Angst durchfuhr Sidonia. Das Kind spürte die Wahrheit, auch wenn es noch nicht wusste, was die Wahrheit war.

Sidonia nahm ein Glas aus dem Schrank, hob den Krug und goss Apfelsaft für Eve ein. „Ja, du bist mehr als eine Raintree. Du bist etwas ganz, ganz Besonderes, mein Schatz."

Und du wirst nie erfahren, wie besonders du bist, wenn es deiner Mutter und mir gelingt, dein Geheimnis zu bewahren.

Mercy Raintree saß mit geschlossenen Augen auf dem festen, mit Gras bewachsenen Boden und hatte die Hände im Schoß gefaltet. Immer, wenn sie etwas beschäftigte, meditierte sie auf dem Amadahy Pointe, um ihre Gedanken zu sammeln und ihre Kräfte zu erneuern. Der Sonnenschein umspielte sie wie ein unsichtbarer Mantel, der sie in Licht und Wärme hüllte. Eine Frühlingsbrise liebkoste sie, zärtlich wie die sanfte Berührung eines Liebhabers. Mit geschlossenen Augen und offener Seele, empfangsbereit für die positive Energie, die sie aus diesem heiligen Ort ziehen konnte, konzentrierte sie sich auf das, was ihr am Wichtigsten war.

Ihre Familie.

Mercy spürte die drohende Gefahr. Aber von wem oder was sie ausging, wusste sie nicht. Auch wenn ihre mächtigsten Gaben darin bestanden, Empathin und Heilerin zu sein, besaß sie auch verborgene hellseherische Fähigkeiten. Sie waren weniger launisch als die ihrer Cousine Echo, aber nicht so stark ausgeprägt. Als Kind hatten Mercy ihre verschiedenen mitfühlenden Gaben wahnsinnig genervt, aber langsam, Jahr für Jahr, hatte sie gelernt, sie zu kontrollieren. Und mittlerweile konnte sie auch dann noch etwas aus den äußeren Grenzen des Bewusstseins von Dante und Gideon empfangen, wenn ihre Brüder sich dagegen abschirmten.

Dante und Gideon waren in Schwierigkeiten. Aber sie wusste nicht, warum. Vielleicht hatten sie einfach nur Ärger in ihrem jeweiligen Beruf? Oder persönliche Probleme?

Wenn ihre Brüder glaubten, dass sie ihnen helfen könnte, hätten sie sie schon längst darum gebeten. Dieses Wissen bekräftigte sie in der Annahme, dass die Probleme der beiden tatsächlich auf der menschlichen Ebene lagen und nicht mit etwas Übersinnlichem zu tun hatten. Ihre Brüder waren, wie sie beide ihr mehr als einmal deutlich gemacht hatten, erwachsene Männer, und durchaus dazu imstande, sich ohne die Hilfe ihrer kleinen Schwester um sich selbst zu kümmern.

Sie wusste aus Erfahrung, dass ihre Brüder nach Hause kamen, wenn ihre Seelen gestärkt und ihre Lebensgeister genährt werden mussten. Die Heimstätte im Land der Raintree, tief in den Bergen von North Carolina, wurde von einer mächtigen Magie geschützt, die von ihren Vorfahren vor zwei Jahrhunderten nach *der Schlacht* ins Leben gerufen worden war. Keine lebende Kreatur konnte die Grenzen dieser sicheren Morgen Land überschreiten, ohne dass der dort lebende Hüter davon Kenntnis hatte. Mercy Raintree war diese Person. Sie war die Hüterin der Heimstätte, wie ihre Großtante Gillian es bis zu ihrem Tod mit hundertneunzehn Jahren gewesen war, und wie zuvor Gillians Mutter Vesta, die erste Hüterin des Heiligtums.

Mit einem tiefen, reinigenden Atemzug öffnete Mercy ihre Augen und sah auf das Tal hinunter, das wie eine Festtafel vor ihr ausgebreitet lag. Später Frühling in den Bergen. Ein unglaublich blauer Himmel, der nie zu enden schien. Riesige grüne Bäume, die uralten, die alten und die jungen, wuchsen nebeneinander und streckten sich in den Himmel. Lebendiges Grün, prall und fruchtbar, wirkte süß auf die Sinne. Eine Unzahl wilder Blumen blühte mit verschwenderischer Pracht, ihr Duft war verlockend, ihre Farben schmeichelten dem Auge.

Mercy war sich nicht sicher, was es war, aber sie spürte eine anhaltende Unruhe, die nichts mit ihren Brüdern oder irgendeinem anderen Mitglied der Raintree zu tun hatte. Nein, die Unruhe war in ihr, eine Sehnsucht, die sie im Zaum halten musste, weil sie war, wer sie war, wegen ihrer Pflicht der Familie und ihrem Clan gegenüber. Immer, wenn diese seltsamen Gefühle sie aus dem Tritt brachten, bestieg sie den Berg bis an diese geheiligte Spitze und meditierte, bis die Unsicherheit nachließ. Aber heute blieb die Unsicherheit aus einem Grund, den sie nicht kannte, an ihr kleben.

War das eine Warnung?

Vor sieben Jahren hatte sie zugelassen, dass dieser Hunger sie in Gefahr brachte. Was folgte, war eine Begegnung, die ihr Leben verändert hatte. Sie wollte – konnte – sich der Angst nicht ergeben. Und bis auf die kurzen Besuche bei Gideon oder Dante würde sie den Schutz von Sanctuary nicht mehr verlassen. Nie wieder.

Pax Greynell kannte keine Furcht. Woher sollte er auch? Er war jung, stark, mutig. Ein erstklassig ausgebildeter Krieger. Und er war ein Ansara. Das Blut der königlichen Familie floss durch seine Adern, genau wie durch Caels. Wie der wahre Dranir der Ansara war auch er unehelich geboren. Er war ein Cousin von Cael und Judah. Sein ganzes Leben lang war er dem Clan treu ergeben gewesen, und seit Judah zu ihrem Herrscher gekrönt worden war, hatte er auch ihm gedient. Aber im letzten Jahr hatte er, zusammen mit einigen anderen jungen Kriegern, genug davon gehabt, zu warten. Sie hatten genug davon, dass man ihnen sagte, dass die Zeit noch nicht reif war, dass die Ansara noch nicht bereit waren, eine Schlacht mit den Raintree zu schlagen.

Cael hatte sie verführt. Er hatte ihnen eine neue Ordnung versprochen, in der sie Mitglieder seines Hohen Rates werden würden. Aber er hatte auch angedeutet, dass Judah nur Angst hatte, den Raintree entgegenzutreten, und er, Cael, nicht. Und auch wenn Pax an Cael glaubte und ihm in jeder Schlacht zur Seite stehen würde, wusste er doch, dass Judah Ansara vor nichts und niemandem Angst hatte.

Dieser Gedanke hätte Greynell verunsichert, wenn Cael ihm nicht einen Zauber auferlegt hätte, der ihn schützte. Er würde die nächsten achtundvierzig Stunden unbesiegbar sein. Niemand würde ihm Schaden zufügen können. Nur Cael oder ein Ansara, der ihm ebenbürtig war, konnte den unsichtbaren Schutzschild durchdringen, der ihn umgab. Vierundzwanzig Stunden waren mehr als genug Zeit, um seine Mission zu erfüllen und danach zu entkommen, ohne gefasst zu werden. Danach würde er auf Nachricht von Cael warten. Und dann würde er sich seinem Meister und den anderen anschließen, um in die letzte Schlacht zu ziehen.

Greynell rückte sein Fernglas zurecht und beobachtete, wie Mercy Raintree sich mit der Eleganz einer Balletttänzerin von der Erde erhob. Ihr blondes Haar glänzte in der Morgensonne. Sie war schön. Und wenn sie eine einfache Sterbliche gewesen wäre, hätte er sie vergewaltigt, ehe er sie umbrachte. Aber sie war keine Sterbliche, genauso wenig wie er selbst. Er wagte es nicht, seine Mission in Gefahr zu bringen, nur um sich mit ihr zu vergnügen, egal wie groß die Verlockung war.

Er behielt sie durch sein Fernglas fest im Blick und beobachtete, wie sie allein dastand, so nahe und doch unerreichbar für ihn. Cael hatte ihm eingebläut, dass er nicht versuchen solle, das Heiligtum der Raintree zu betreten. Er hatte ihn angewiesen, einen Weg zu finden, Mercy herauszulocken, fort von dem Schutz, den die Heimstätte ihr bot.

Er grinste über seine eigene Verschlagenheit, berauschte sich am Anblick der Raintree-Prinzessin und stellte sich vor, wie er sich brutal an ihr verging, ehe er ihr Leben beendete. Ebenso wie ihre Brüder und ihre Cousine Echo war sie dem Tode geweiht. Zuerst mussten sie die königliche Familie zerstören, ihre mächtigsten Mitglieder ausschalten. Dann würde sich der Rest wie von selbst ergeben.

* * *

Sonntag, 15:15 Uhr

Der Privatjet der Ansara war vor einer halben Stunde in Asheville, North Carolina, gelandet. Ein Mietwagen stand bereits für Judah bereit, also konnte er sich so gut wie sofort auf den Weg machen. Er wusste nicht, wie viel Zeit ihm blieb, bis Greynell zuschlug, und er war sich nicht sicher, wie er Mercy Raintree retten konnte. Er hatte gewusst, dass sein leichtsinniger junger Cousin ein Sicherheitsrisiko war, und dass er genau wie einige der anderen jungen Krieger versessen auf eine Schlacht war. Aber er war sich nicht im Klaren darüber gewesen, wie viel Macht Cael über den Jungen hatte, und wie sehr Greynell schon aus dem Gleichgewicht geraten war.

Cael würde versuchen, sich mit Greynell in Verbindung zu setzen, um ihn zu warnen. Mittlerweile musste er allerdings gemerkt haben, dass seine telepathischen Fähigkeiten eingefroren waren und er für den Moment außer Kraft gesetzt worden war. Ob ihm auch schon klar geworden war, dass er Judahs Macht unterschätzt hatte? Oder glaubte Cael immer noch, dass er Judah überlegen war?

Judah hatte Cael bisher nur aus einem einzigen Grund nicht zu einem Duell auf Leben und Tod herausgefordert: Weil sie Brüder waren. Aber wenn er sich erst um Greynell gekümmert hatte – entweder bevor oder nachdem der junge Krieger die wichtigste Empathin der Raintree umgebracht hatte – würde Judah seinen Bruder besiegen müssen, und damit seine Bemühungen, ihn zu entthronen, ein für alle Mal unterbinden. Für Judah gab es wenig Zweifel daran, wer den Mordanschlag an diesem Morgen zu verantworten hatte. Auch wenn er seinen Verdacht nicht beweisen konnte.

Judah fuhr auf dem Highway 74 in Richtung Südwesten, auf die östlichen Ausläufer der Great Smoky Mountains zu. Sanctuary grenzte an das östliche Reservat der Cherokee-Indianer.

Von Kindesbeinen an hatte Judah den mächtigen Feind studiert. Er wusste, dass es sein Schicksal sein würde, eines Tages Rache zu nehmen für die Niederlage der Ansara in *der Schlacht* vor zwei Jahrhunderten, dass es sein Schicksal war, jedes einzelne Mitglied der Raintree auszulöschen. Aber die Zeit war noch nicht gekommen. Cael war zu voreilig, und seine Anhänger ebenfalls. Wenn sie sich zu früh gegen die Raintree auflehnten, würden sie zum Versagen verdammt sein. Aber Judah konnte seinem Bruder nicht verständlich machen, wie wichtig es war, Geduld zu bewahren. Warte noch. Bald. Jetzt noch nicht.

Es war bedauernswert, dass Mercy Raintree gemeinsam mit ihren Brüdern und den anderen Mitgliedern ihres Klans sterben musste. Aber trotz aller Vorteile, die ihm daraus erwachsen könnten, sie am Leben zu lassen, sie zu seiner Sklavin zu machen – er konnte nicht zulassen, dass auch nur ein einziges Mitglied der Raintree überlebte. Nicht einmal Mercy.

Greynell allerdings hatte kein Anrecht auf sie. Jedes Mitglied der Ansara wusste, dass Mercy Judah gehörte. Er hatte ein Anrecht auf sie, genau wie auf Dante Raintree. Es war Judahs Vorrecht, ihre Gaben in sich aufzunehmen, wenn sie starben. Und der andere Bruder, Gideon, gehörte Claude. Cael war rasend vor Wut gewesen, als Judah Claude das Recht eingeräumt hatte, den dritten königlichen Raintree umzubringen.

Cael war Judah schon viel zu lang ein Dorn im Auge. Er hatte seinen Bruder gewähren lassen, hatte ihm seine Sünden immer und immer wieder vergeben, aber jetzt war Schluss. Cael war unglaublich gefährlich geworden. Nicht nur für Judah, sondern für die Ansara. Er konnte es nicht länger vor sich herschieben, sich um seinen machthungrigen Bruder zu kümmern.

Der Anruf kam um neunzehn Uhr zweiundvierzig am Sonntagabend. Mercy, Eve und Sidonia saßen auf der ausladenden Terrasse hinter dem Haus. Sidonia wiegte sich in ihrem Schaukelstuhl, und Eve saß bei Mercy auf der Schaukel und hatte den Kopf in ihren Schoß gelegt. Am westlichen Horizont schien nur noch eine dünne Linie orangefarbenen Abendlichts, umspielt von fedrigen Wolken wie watteweiche rosa und lila Daunen. Grillen zirpten und Laubfrösche quakten zufrieden, während sich die Nacht über Sanctuary senkte.

Ruhe. Frieden.

Mercy war den ganzen Tag unruhig gewesen. Und jetzt, nach dem Anruf, wusste sie, warum sie sich Sorgen gemacht hatte. Sie verließ Sanctuary nur selten für längere Zeit. Während der Jahre hatte sich ihre empathische Gabe weiter verstärkt. Es war immer schwieriger für sie geworden, sich in einer Menschenmenge aufzuhalten. Einfach nur die Straße in Waynesville entlangzugehen, erwies sich oft schon als Herausforderung. Die Gedanken und Gefühle anderer Menschen bombardierten sie bereits, wenn sie ihnen nur in die Augen sah. Und Gott bewahre, dass jemand sie aus Versehen berührte. Sie hörte ihre Gedanken, spürte ihren Schmerz, fühlte ihre Freude. Und jeder Schutzzauber, den sie verwandte, hatte seine Grenzen und seine Nachteile, also benutzte sie so etwas nur, wenn es wirklich notwendig war.

Als Teenager hatte sie sich, nachdem ihre Eltern ermordet worden waren, danach gesehnt, Ärztin zu werden. Sie wollte Menschen retten, so wie die Ärzte in Asheville es so tapfer bei ihren Eltern versucht hatten. Sie hatte dummerweise geglaubt, dass ihre angeborene empathische Gabe ihr dabei helfen würde, eine bessere Ärztin zu sein. Sie hatte falsch gelegen. Dr. Huxley, der älteste Arzt in der Gegend und ein Freund von Mercys Vater, hatte sie schließlich unter seine Fittiche genommen und sie sogar zu Notfällen mitgenommen, wo ihre empathische Gabe für die Patienten oft zwischen Leben und Tod entschied. Dr. Huxley war in der Nähe von Sanctuary aufgewachsen. Er verstand, was für ein besonderes Volk die Raintree waren und wie außerordentlich Mercys Gabe sogar innerhalb ihres eigenen Stammes war. Die Raintree vertrauten Dr. Huxley wie kaum einem anderen Menschen. Sie wussten instinktiv, dass er sie nicht verraten würde. Doch dann, nachdem sie ihr ganzes Leben lang zu Hause unterrichtet worden war, hatte sie die Berge verlassen, um mit achtzehn Jahren aufs College zu gehen. Die Universität von Tennessee war aufregend gewesen, aber auch beängstigend, weil sie so dicht bevölkert war. Mithilfe ihrer Familie – Dante hatte dafür gesorgt, dass mehrere Angehörige ihres Clans das gleiche College besuchten – hatte Mercy es geschafft, ihren Abschluss zu machen. Aber außerhalb der Grenzen des Heiligtums zu leben hatte ihr gezeigt, dass sie ihren Traum nie würde verwirklichen können, dass sie nie Ärztin werden konnte. Ihre empathische Gabe war ebenso sehr ein Fluch wie ein Segen.

Dr. Huxley rief sie jetzt nur noch selten zu Hilfe. Heute Nacht war eine dieser Gelegenheiten. Es hatte einen Unfall gegeben, und Dr. Huxley wusste, dass es Mercy gelingen würde, vor allen anderen am Unfallort zu sein – kaum eine Meile entfernt von der Grenze zum Raintree-Land.

„Sei vorsichtig", sagte Sidonia, die neben Mercys weißem Escalade stand, Eve an ihrer Hüfte. „Bist du sicher, dass ich Brenna nicht bitten soll, bei Eve zu bleiben und mit dir zu kommen?"

Mercy streichelte Sidonias zerfurchte Wange. „Du machst dir zu viele Sorgen. Ich komme schon zurecht. Dr. Huxley ist mit der Polizei auf dem Weg, und das Rettungsteam sollte auch bald am Unfallort eintreffen. Ich werde nicht lange allein dort sein."

„Übertreib es nicht. Du weißt, wie schwach …"

„Falls etwas passiert, wird Dr. Huxley sich um mich kümmern und sicher nach Hause bringen."

Mercy setzte sich hinter das Steuer ihres neuen Geländewagens, einem Geschenk von Dante. Während sie aus der Ausfahrt fuhr, warf sie einen Blick in den Rückspiegel und sah, wie Sidonia und Eve ihr nachwinkten. Sie konzentrierte sich auf die Straße, die vor ihr lag, und drückte aufs Gaspedal. Wahrscheinlich lag das Leben der Unfallopfer jetzt in ihren Händen.

Weniger als fünf Minuten, nachdem sie die Grenzen von Sanctuary verlassen hatte, fand sie die zwei Fahrzeuge, die frontal zusammengeprallt waren. Wie konnte so etwas passieren, bei klarer Sicht, ohne Nebel oder Regen, noch dazu auf einem relativ geraden Abschnitt des Highways? Hatte einer der Fahrer etwas getrunken oder Drogen genommen? Mercy lenkte ihren Wagen auf den Seitenstreifen, öffnete die Tür und eilte auf das nächstgelegene Fahrzeug zu, einen roten Sportwagen, der fast bis zur Unkenntlichkeit zusammengedrückt worden war. Ohne den blutüberströmten Körper des Fahrers auch nur zu berühren wusste sie, dass er tot war.

Sie wünschte seiner Seele eine sichere Reise ins Jenseits. Das war alles, was sie für ihn tun konnte. Aber sie konnte Leben im anderen Fahrzeug spüren, einem silbernen Geländewagen. Als sie auf den rauchenden Ford zuging, hörte sie Stöhnen und Schreien aus dem Inneren. Sie musste schnell arbeiten, um das Paar zu befreien. Der Fahrer, ein Mann mittleren Alters, war hinter dem Steuer gefangen, das seinen Brustkorb zerquetschte. Die Frau neben ihm war es, die die Geräusche von sich gab. Ihr blasses Gesicht war mit Blut beschmiert – ihrem eigenen und dem des Mannes.

Mercy fasste mit beiden Händen durch die zerbrochene Scheibe auf der Beifahrerseite und berührte die Frau. Die schrie verängstigt auf, wurde jedoch plötzlich sehr still, als Mercy begann, den Schmerz aus ihrem geschundenen Körper zu ziehen. Ohne ein Wort zu sagen verständigte Mercy sich mit der Frau, tat ihr Bestes, um sie zu beruhigen und zu trösten.

„Ich heiße Mercy. Ich bin hier, um dir zu helfen."

Endlich gelang es der Frau zu sprechen. „Ich bin Darlene und – mein Gott, mein Mann. Keary ..."

Mercy nahm eine Hand von Darlene und streckte sie tiefer ins Innere des Wagens, um über Kearys rechte Schulter zu streichen. Sie spürte kein Leben. Der Mann war tot.

Sie wandte sich wieder der Aufgabe zu, Darlene zu heilen. Sie musste verhindern, dass sie vollkommen in einen Schockzustand fiel, um sie vor dem Verbluten zu retten. Mercy konzentrierte sich vollkommen darauf, das Leben der Frau zu erhalten. Sie zog den Schmerz und das Leiden in ihren eigenen Körper.

Mercy zitterte unter den Qualen, die fast unerträglich waren. Sie musste es schaffen, bei Bewusstsein zu bleiben. Sie benutzte ihre innere Kraft und die mächtigen Gaben der Raintree, mit denen sie gesegnet war, und begann, ihre Magie wirken zu lassen.

Judah hatte Greynells Fährte aus etwa zwanzig Meilen Entfernung aufgenommen. Mit seinen hellseherischen Fähigkeiten hätte er den genauen Aufenthaltsort des Kriegers schon früher zielgenau bestimmen können, aber Greynell hätte vielleicht gemerkt, wenn er in seine Gedanken eingedrungen wäre. Das Letzte, was Judah wollte, war, seinen Gegner zu warnen. Er hatte keinen Zweifel, dass er seinen Cousin mit Leichtigkeit besiegen konnte, aber er hatte heute bereits einmal bis auf den Tod gekämpft, und würde es vorziehen, sich Greynell einfacher vom Hals zu schaffen.

Nachdem er seinen Mietwagen in einiger Entfernung von Greynell abgestellt hatte, schlich Judah sich in den Wald. Er ließ sich vom Geruch seiner Beute in ein dicht bewachsenes Gebiet leiten, nur wenige Meilen entfernt vom Land der Raintree.

Plötzlich, ohne jede Vorwarnung, durchfuhr Judah ein heftiger Schlag, eine Erkenntnis, die so stark war, dass er für einen Augenblick innehalten musste. War es Cael gelungen, sich von dem Zauber zu befreien, mit dem Judah ihn belegt hatte, und versuchte er jetzt, seine Aufmerksamkeit zu erlangen? Nein, daran lag es nicht. Die Verbindung, die er so heftig spürte, führte ihn nicht zu Cael, sondern zu einer Frau. Sie befand sich irgendwo in der Nähe. Und sie war keine Ansara. Nein, diese unglaublich mächtige Magie kam von seiner Erzfeindin. Mercy Raintree.

Er spürte sie tief in sich, als wäre sie ein Teil von ihm. Sie war ihm nah, so nah wie Greynell. Und sie befand sich gerade mitten in einem mächtigen Heilungszauber. Mercy war keine durchschnittliche Empathin. Sie besaß auch die seltene Gabe, andere durch ihren Geist zu heilen. Und aus irgendeinem Grund benutzte sie gerade all ihre Macht für irgendein menschliches Leben.

Warum sie sich für einen einfachen Sterblichen die Mühe machte, war ihm ein Rätsel. Sie verausgabte sich und verlor schnell an Energie. Damit machte sie sich verwundbar für Greynell, ohne dass sie es wusste. Aber genau das war es, was der junge Krieger gewollt hatte. Deshalb hatte er den Unfall verursacht, der Mercy aus den sicheren Grenzen von Sanctuary gelockt hatte.

Er konnte die unglaublich starke Energie, die von Mercy ausging, nicht abschütteln, also nahm er sie einfach in sich auf. Kurze Blitze ihrer Sanftheit, ihrer Gutmütigkeit und ihrer liebevollen Berührungen bombardierten ihn. Sie war jetzt noch viel mächtiger, als sie es vor sieben Jahren gewesen war. Mit dreiundzwanzig war sie kein Gegner für ihn gewesen. Heute war sie wahrscheinlich die einzige Frau auf Erden, die ihm nahezu ebenbürtig war.

Er verbarg sich in einem Unsichtbarkeitszauber, schottete sowohl seine körperliche wie auch seine geistige Präsenz von der Außenwelt ab und ging wieder tiefer in den Wald. Der ausgebildete Krieger in ihm übernahm die Kontrolle, während er sich seinem Ziel immer weiter näherte. Er hielt inne, während Pax Greynell sich an Mercy anschlich und ein dunkles Seil um ihren schlanken Hals schlang. Sie war zu tief in ihrer empathischen Trance gewesen, um die Anwesenheit ihres Angreifers zu bemerken. Sie griff nach dem Seil und versuchte verzweifelt, es zu lockern, aber sie schaffte es nicht.

Judah zog seinen Dolch aus der juwelenbesetzten Scheide in seiner Jacke. Er rannte mit Lichtgeschwindigkeit los, um einer Frau das Leben zu retten, die ihm auf eine Art gehörte, wie es nie eine andere Frau getan hatte oder tun würde. Sie war sein, und nur sein. Nur er, Dranir Judah Ansara, hatte das Recht, sie zu töten.

Greynell wurde von seinem Angreifer genauso überrascht, wie

Mercy von ihm. Judah rammte ihm seinen Dolch tief in den Rücken, durchdrang eine Niere. Er tötete ihn, ohne einen weiteren Gedanken daran zu verschwenden. Mercy rang nach Luft, als das Seil um ihren Hals sich endlich lockerte. Der Körper ihres Angreifers brach zusammen.

Judah beeilte sich, Greynells Leiche mithilfe eines stark geladenen Blitzes in einen Haufen Staub zu verwandeln.

Er hatte seine Mission erfüllt. Es war Zeit zu gehen. Aber er zögerte – nur den Bruchteil einer Sekunde, aber lange genug, um zu spüren, dass Mercy in Schwierigkeiten war. Die Heilung, die sie an dem Unfallopfer vollzogen hatte, hatte sie ausgezehrt. Jetzt war Mercy nicht nur gefährlich schwach; durch den Kampf mit Greynell war sie kurz davor, das Bewusstsein so weit zu verlieren, dass sie vielleicht nicht wieder erwachen würde.

Judah handelte nur nach seinem Beschützerinstinkt. Er packte Mercy, ehe sie in Ohnmacht fallen konnte. Die Frau im Geländewagen lebte noch. Mercys Magie hatte sie geheilt. Sie schlief friedlich an der Seite ihres toten Mannes.

Das laute Geheul mehrerer Sirenen erinnerte Judah daran, dass er fliehen musste, aber er konnte Mercy nicht zurücklassen. Wenn er das täte, könnte sie sterben. Er, und nur er, konnte ihr Leben retten.

Sidonia beschloss, Dante anzurufen, wenn Mercy nicht bis Mitternacht zurückkam. Dr. Huxley hatte sich vor zwei Stunden gemeldet und gefragt, ob Mercy gut nach Hause gekommen war.

„Ich weiß, dass sie am Unfallort war, weil die einzige Überlebende mir gesagt hat, dass Mercy ihr das Leben gerettet hat", hatte Dr. Huxley gesagt. „Ich verstehe nicht, wieso sie nicht auf mich gewartet hat. Ich hätte dafür gesorgt, dass jemand sie sicher nach Hause bringt, falls sie zu schwach war, um selbst zu fahren."

„Machst du dir Sorgen um meine Mom?", fragte Eve.

Sidonia drehte sich erschrocken zu der Sechsjährigen um, die im Türrahmen zwischen Foyer und vorderem Empfangszimmer stand. „Ich dachte, ich hätte dich vor Stunden zu Bett gebracht. Hat dich etwas geweckt?"

„Ich habe gar nicht geschlafen."

Sidonia ging zu ihr, entschlossen, sie zurück ins Bett zu bringen. „Es ist nach elf. Zeit für alle braven kleinen Mädchen, tief und fest zu schlafen."

„Ich bin kein braves kleines Mädchen. Ich bin eine Raintree." Eve kniff ihre ausdrucksvollen grünen Augen zusammen. „Ich bin mehr als eine Raintree."

Ein kalter Schauer der Vorahnung lief Sidonia den Rücken hinunter. „Das sagtest du schon, und ich habe dir zugestimmt. Also lass uns nicht noch einmal darüber sprechen. Nicht zu so später Stunde." Sie griff nach Eves Hand. „Komm mit. Deine Mutter wird mit uns beiden böse, wenn sie nach Hause kommt und du nicht im Bett bist."

„Sie wird nach Hause kommen", sagte Eve. „Bald schon. Vor Mitternacht."

Sidonia hob fragend eine Augenbraue. „Und das weißt du, weil …?"

„Weil ich sie sehen kann. Sie schläft. Aber bald wacht sie auf."

War Mercy irgendwo da draußen, ganz allein und so schwach, dass sie das Bewusstsein verloren hatte? War es das, was Eve sah? „Weißt du, wo sie ist? Kannst du mir genau sagen, wo ich sie finden kann?"

„Sie ist in ihrem Auto, in dem, das Onkel Dante ihr geschenkt hat", sagte Eve. „Es ist irgendwo geparkt, wo es dunkel ist. Aber es geht ihr gut. Er ist bei ihr. Er berührt sie. Er kümmert sich um sie. Er gibt ihr etwas von seiner Stärke ab."

„Wer?" Sidonias Stimme zitterte. „Wer ist bei deiner Mom?"

Eve lächelte gleichzeitig süß und verschmitzt. „Na ja, mein Daddy natürlich."

2. KAPITEL

*M*ercy Raintree war jetzt noch viel schöner, als sie es mit Anfang zwanzig gewesen war. Und sie war noch gefährlicher. Obwohl sie gerade geschwächt war, spürte Judah die unglaubliche Macht, die in ihr ruhte. Sie war, wie er es schon erwartet hatte, ihm jetzt ebenbürtig. Merkwürdig, dass er, der sie vernichten musste, sie vor einem Mitglied seines eigenen Clans gerettet hatte; dass er ihr half, wieder zu Kräften zu kommen, statt ihr den Hals zu brechen oder ihr das Leben mit nur einem Gedanken auszusaugen. Aber er würde sie umbringen – wenn die Zeit dazu gekommen war. Wenn die Ansara die Raintree angriffen und den gesamten Stamm auslöschten. Im Gegensatz zu den Raintree würden die Ansara niemanden überleben lassen, nicht einen einzigen Mann, keine Frau, kein Kind. Aber er würde seiner schönen Mercy gegenüber Gnade zeigen und ihr Leben schnell und so schmerzlos wie möglich beenden.

Während sie bewusstlos in seinen Armen lag, versuchte er, in ihre Gedanken einzudringen, aber es war unmöglich. Sie hatte eine Blockade zwischen sich und der Außenwelt errichtet, einen Schutz, der es verhinderte, dass jemand ihre privaten Gedanken belauschte. Er könnte ihre Barriere durchbrechen, wenn er sich ein wenig mehr anstrengte, aber warum sollte er sich die Mühe machen? Schließlich brauchte er keine Informationen von ihr. Ohne Greynells unüberlegten Angriff wäre er überhaupt nicht hier bei ihr. Er wäre nicht einmal in einem Umkreis von tausend Meilen um sie herum. In den letzten sieben Jahren hatte er immer dafür gesorgt, dass sie sich nicht begegneten. Dass er sich so weit wie möglich von den Bergen von North Carolina und der Heimstätte der Raintree fernhielt.

Ihre Augenlider zuckten, ihr Bewusstsein kämpfte sich an die Oberfläche, ihr Geist versuchte, den Schatten zu entfliehen. Aber Judah wusste, dass sie erst in vielen Stunden wirklich aufwachen würde. Nach einer so auslaugenden Heilung und dem Kampf um ihr Leben, konnten ihr Körper und ihr Geist sich nicht ohne eine Ruhepause erholen, nicht einmal mit der Stärke, die er ihr geschenkt hatte. Sie lag hilflos in seinen Armen, vollkommen verwundbar. Aber sie war nicht schutzlos. Sie hatte ihre eigenen Waffen und einen Schutz, der noch wirksamer war als die Barriere, die ihre Gedanken vor der Außenwelt verschloss.

Wenn es Greynell gelungen wäre, sie umzubringen, dann wäre die Hölle los gewesen. Im wahrsten Sinne des Wortes. Eine ganze Heerschar ihrer Stammesmitglieder wäre nach Hause, zu ihrem Heiligtum, gestürmt, allen voran Dante und Gideon. Was, wenn der Dranir der Raintree und sein jüngerer Bruder den Verdacht hegten, dass der tödliche Schlag von einem Ansara verübt worden war? Das Risiko, dass der Tod der Raintree-Prinzessin ihren Stamm davon in Kenntnis setzte, dass die Ansara wiederauferstanden waren, war einfach zu hoch.

Judah sah zu Mercy hinab. Sie saß auf seinem Schoß auf der Beifahrerseite des Wagens und lehnte friedlich gegen ihn. Ihr Kopf ruhte an seiner Schulter, ihre schlanken Arme hingen entspannt hinunter, ihre vollen, runden Brüste hoben und senkten sich mit jedem ihrer Atemzüge.

Er strich ihr mit dem Handrücken über die Wange.

Erinnerungen, die er schon vor Jahren durch reine Willenskraft aus seinen Gedanken verbannt hatte, befreiten sich aus ihren Fesseln und entführten ihn in eine andere Zeit, an einen anderen Ort, als er diese Frau in seinen Armen gehalten hatte. Er hatte sie berührt. Er war ihr Mentor gewesen.

Er hatte gewusst, wer sie war, schon als sie sich das erste Mal begegnet waren. Dass sie eine Raintree-Prinzessin war, hatte seinen Appetit auf sie nur noch angeregt. Sie hatte keine Ahnung gehabt, wer er wirklich war, und dass sie seinem Charme so einfach erlegen war, hatte ihn amüsiert. Sie war für ihn wie ein offenes Buch gewesen. Ihre Gaben waren noch unreif gewesen und nur zum Teil gebändigt. Er hingegen hatte sich geschützt, hatte ihr seine wahre Identität absichtlich vorenthalten. Sie hatten weniger als vierundzwanzig Stunden miteinander verbracht, aber für ihn war sie in dieser kurzen Zeit wie ein Fieber gewesen. Egal, wie oft er sie genommen hatte – er hatte sie nur noch mehr gewollt.

„Du warst eine bezaubernde kleine Jungfrau", erzählte Judah der schlafenden Mercy. „Süß. Sinnlich. Reif, gepflückt zu werden."

Er strich über ihren langen, schlanken Hals und erlaubte seinen Fingerspitzen, auf ihrem Puls zu verweilen.

Judah … Judah …

Er erstarrte, als er hörte, wie Mercy in Gedanken seinen Namen flüsterte. Er schloss seine Hand um ihren Hals fester, bemerkte plötzlich, was er tat, und lockerte seinen Griff wieder.

Irgendwie spürte sie seine Anwesenheit. Das war nicht gut. Wie sollte er ihr erklären, warum er hier war, warum er sich gerade zufällig auf einer der Hinterstraßen in den Bergen von North Carolina aufhielt, genau in dem Moment, in der ein Verrückter versuchte, sie umzubringen?

Er musste sie nach Hause und in Sicherheit bringen, ehe sie aufwachte. Wenn sie sich dort an irgendetwas erinnerte, dann würde sie vielleicht glauben, von ihm geträumt zu haben.

Träumte sie wohl manchmal von ihm? Oder war er nicht mehr als eine verschwommene Erinnerung?

Was kümmert mich das? Diese Frau bedeutet mir nichts. Sie hat es damals nicht getan. Sie tut es jetzt nicht. Sie war nicht mehr als ein Zeitvertreib.

Ein Zeitvertreib, der ihn viel zu lange verfolgt hatte, nachdem sie einen Tag und eine Nacht miteinander verbracht hatten. Er hatte nicht vergessen können, wie er aus einem tiefen Schlaf erwacht war und sie nicht mehr finden konnte. Sein Bett war leer gewesen. Er war wütend geworden, weil sie weggerannt war, und gleichzeitig neugierig darauf, warum sie das getan hatte. Aber sein gesunder Menschenverstand hatte ihn davon abgehalten, ihr zu folgen. Viele Monate danach hatte er sich noch gefragt, ob sie irgendwie gemerkt hatte, wer er war. Ihr Todfeind. Ob sie geflohen war, um ihre Brüder vor der Existenz eines mächtigen neuen Dranir der Ansara zu warnen? Aber weder Dante noch Gideon hatten ihn aufgespürt und Rache dafür genommen, dass er ihrer Schwester die Unschuld geraubt hatte.

Sie wusste nicht, wer ich bin.

Judah setzte Mercy vorsichtig auf den Beifahrersitz. Er stellte ihre Sitzlehne zurück, bis sie halb lag, und schloss dann ihren Sicherheitsgurt. Sie wimmerte. Die Muskeln in seinem Bauch zogen sich schmerzhaft zusammen. Er hasste es, dass er sich nach sieben Jahren immer noch daran erinnern konnte, wie süß und weiblich sie gestöhnt hatte, als er sie das erste Mal genommen hatte. Und das zweite. Und das dritte …

Nachdem er den Motor des Cadillacs angelassen hatte, legte Judah einen Gang ein, wendete den Wagen und fuhr die Landstraße zurück. Er würde Mercy nach Hause bringen, sie dort abgeben und zurück nach Asheville fahren. Er wollte nicht länger als nötig in den Vereinigten Staaten bleiben. Seine Heimat war Terrebonne, seit zweihundert Jahren Heimstätte der Ansara. Sobald der Jet auf der Insel gelandet war, würde er eine außerplanmäßige Ratssitzung einberufen müssen.

Cael und seine Anhänger mussten aufgehalten werden, ehe ihre leichtsinnigen Taten die Ansara gefährdeten und Judahs Pläne, die Raintree zu vernichten, in die Quere kamen.

Cael wollte Dranir sein. Jeder wusste, dass sein älterer Halbbruder glaubte, er wäre um den Titel betrogen worden, nur weil er unter den falschen Umständen geboren war. Cael war Erster in der Thronfolge, was Judah mehr als beunruhigte. Er hätte längst verheiratet und Vater eines Kindes sein sollen. Doch auch wenn er selbst sich leicht vor Caels bösen Machenschaften beschützen konnte, zögerte er, das Leben eines unschuldigen Kindes in Gefahr zu bringen. Wenn er sich erst einmal um Cael gekümmert und die Raintree eliminiert hatte, konnte Judah immer noch eine angemessene Dranira wählen und sich fortpflanzen.

Fünf Minuten, nachdem er einfach seinen Instinkten gefolgt und auf sein Ziel zugefahren war, konnte er die hohen Eisentore erkennen, die die Einfahrt zu Sanctuary schützten. Judah drosselte die Geschwindigkeit und drückte dann den Knopf im Wagen, der die massiven Tore öffnete. Ehe er hindurchfuhr, sprach er einige uralte Worte, mit denen er eine mächtige Magie heraufbeschwor. Mit der schlafenden Mercy an seiner Seite fuhr er die private Straße hinauf bis auf die Spitze des höchsten Berges, wo das Anwesen der königlichen Familie hoch über dem Tal thronte.

Die Lichter auf der Veranda hießen sie willkommen, erinnerten Judah aber auch daran, dass im Haus jemand auf Mercy wartete, der sich wahrscheinlich auch um ihr Wohlergehen sorgte. Ein Ehemann? Hatte sie einen Raintree geheiratet? Oder hatte sie einen einfachen Sterblichen gewählt?

Was machte das schon? Wer auch immer jetzt an ihrem Leben teilhatte – Liebhaber oder Ehemann oder sogar Kinder – sie würden alle an einem schicksalsträchtigen Tag in naher Zukunft von den Ansara umgebracht werden. Judah parkte den Geländewagen, stieg aus und ging um die Motorhaube herum. Nachdem er die Beifahrertür geöffnet hatte, nahm er Mercy in seine Arme. Sie schmiegte sich an ihn, als ob sie sich instinktiv bei ihm sicher und geschützt fühlte.

Judah riss sich zusammen. Er würde es nicht zulassen, dass diese verlockende Kreatur ihn in Versuchung führte. Sie war nur eine Frau, eine wie viele andere. Er hatte mit ihr geschlafen, wie er mit unzähligen Frauen geschlafen hatte. Sie war nicht besser gewesen. Kein Unterschied.

Lügner, verspottete ihn eine unwillkommene innere Stimme.

Cael fluchte laut, während er das Wohnzimmer in seiner Villa mit Meeresblick in Beaufort zerlegte. Er nannte diesen Ort sein Zuhause, seit Dranir Hadar ihn als seinen Sohn anerkannt hatte. Seinen ungewollten, unehelichen Sohn. Er war der Bastard aus einer vorehelichen Affäre des Dranirs mit der beliebten Dranira Seana. Judahs heilige Mutter war bei seiner Geburt gestorben, nachdem sie bereits mehrere Fehlgeburten durchlitten hatte. Fehlgeburten, für die ein Fluch verantwortlich war. Caels Mutter Nusi, eine begabte Zauberin, hatte sie damit belegt. Nachdem er von diesem Fluch erfahren hatte, hatte Hadar die öffentliche Hinrichtung seiner früheren Geliebten angeordnet.

Cael biss die Zähne zusammen. Die Wut aus seiner Kindheit und auf die neue Situation zerfraß ihn. Sein Zorn drohte aus ihm herauszuexplodieren. Wie war es möglich, dass Judah seine telepathischen Gaben hatte erstarren lassen? Wie konnte er es wagen! Sein Bruder musste viel gefährlicher sein, als Cael es angenommen hatte. Wenn er Caels angeborene Gaben kontrollieren konnte, dann musste Cael einen Weg finden, sich vor den Eingriffen seines jüngeren Bruders zu schützen.

Cael knurrte wie ein verwundeter Bär und schlug mit der Faust durch die Wand. Der Zement riss auseinander wie Küchenpapier.

„Immer mit der Ruhe", sagte Alexandria spöttisch.

Cael wirbelte wütend zu ihr herum. Sie stand in den offenen Doppeltüren, die auf die Terrasse hinausführten. „Du bist wie eine Schlange, Cousine, wie du dich leise durch alle Winkel windest und dich an deine unschuldigen Opfer heranschleichst."

Alexandria lachte, tiefer und kehliger noch als ihre raue Stimme. „Du bist nicht mein Opfer. Aber so wie du dich benimmst, musst du das Opfer eines tückischen Zaubers sein, den der Dranir heraufbeschworen hat, damit du Greynell nicht warnen kannst."

Cael stürmte zu seiner Cousine. „Was weißt du davon?"

„Ach du liebe Zeit. Judah hat deine Gaben doch nicht wirklich erstarren lassen?"

„Hat er nicht!"

„Vielleicht sind nur deine geistigen Fähigkeiten betroffen, besonders die telepathischen. Du hast Greynell nicht mehr warnen können, nehme ich an?"

„Hast du mit Judah gesprochen?"

„Nein, habe ich nicht", sagte Alexandria, „und es gibt auch offiziell noch keine Nachricht von ihm. Allerdings hat Claude telepathisch eine Nachricht von unserem hoch verehrten Dranir erhalten, als ich zufällig gerade bei ihm war."

Cael hielt nur einen Schritt vor seinem ungeladenen Gast inne. „Du bist nie zufällig irgendwo."

Sie verzog ihre Lippen zu einem schmalen Lächeln. „Ich hielt es für sinnvoll, in Claudes Nähe zu bleiben, weil ich wusste, dass Judah sich am ehesten mit unserem lieben Cousin in Verbindung setzen würde."

„Wenn du erwartest, dass ich jetzt um deine Informationen bettele ..."

„Stell dich nicht so an. Ich erwarte jetzt noch gar nichts von dir. Aber wenn du Dranir bist, erwarte ich, an deiner Seite zu herrschen."

„Und das wirst du auch." Er schloss die Lücke zwischen ihnen, legte eine Hand in ihren Nacken und zog sie an sich. Nahe genug, um ihre Lippen mit seinen zu berühren. „Du wirst meine Dranira sein."

Alexandria seufzte zufrieden und schlang ihre Arme um Caels Hals. „Greynell ist tot. Judah hat ihn umgebracht, um ihn davon abzuhalten, Mercy Raintree zu beseitigen."

„Idiot. Hurensohn. Er hat sich gegen seine eigene Familie gewendet, um eine Raintree zu retten. Der Rat wird ..."

„Der Rat wird zu einem außerordentlichen Treffen zusammenkommen, sobald Judah zurückkehrt."

Cael atmete scharf ein. „Warum? Um mehr über den Anschlag auf sein Leben herauszufinden? Das wird ihm nicht gelingen. Es gibt keine Spur zu mir."

„Claude hat mir gesagt, dass wir, die Mitglieder des Rates, uns mit Judah verbünden müssen, um die abtrünnigen Ansara aufzuhalten. Judah glaubt wirklich, dass wir noch nicht bereit sind, gegen die Raintree zu kämpfen." Sie sah Cael direkt in die Augen. „Bist du dir sicher, dass wir gewinnen können, wenn wir am Tag der Sommersonnenwende in den Krieg ziehen?"

Mit einem herablassenden Lächeln zog Cael sie fester an sich. „Judah kann uns nicht mehr aufhalten. Jetzt nicht mehr. Die Krieger sind auf ihren Posten, jederzeit zum Angriff bereit. Auch wenn es Judah gelungen ist, Greynell aufzuhalten, gegen die anderen kann er nichts mehr tun. Nicht einmal er kann an zwei Orten zugleich sein."

„Was genau hast du in der Hinterhand?" Alexandrias Herz schlug schneller. Cael spürte ihre Aufregung.

„Tabby ist in Wilmington und kümmert sich um Echo Raintree. Und auf mein Kommando hin wird sie danach Gideon auslöschen."

„Tabby ist ein unkalkulierbares Risiko. Was, wenn du sie nicht unter Kontrolle hast? Morden bereitet ihr eine perverse Freude. Sie könnte viel zu leicht Aufmerksamkeit erregen."

„Tabby weiß, was ich mit ihr tun werde, falls sie versagt."

„Unser Erfolg könnte davon abhängen, ob es gelingt, die königlichen Nachkommen der Raintree zu vernichten, ehe wir in die Schlacht ziehen. Aber noch leben sie alle, und es geht ihnen gut."

„Aber nicht mehr lange." Cael grinste. „Dante steht heute Nacht eine ziemliche Überraschung bevor. Und wenn Judah erst nach Terrebonne zurückgekehrt ist, werde ich einen weiteren Krieger aussenden, der sich um Mercy kümmert."

Sidonia hörte, wie das Auto die Auffahrt heraufkam. Sie hatte Eve zurück in ihr Zimmer gebracht und sie zum zweiten Mal zugedeckt, aber auch wenn sie das Kind diesmal ermahnt hatte, liegen zu bleiben, bezweifelte sie, dass es schlief. Eve machte sich Sorgen um Mercy, genau wie sie selbst.

Sidonia ging zur Eingangstür und sah durch das linke Fenster. Sie schnappte erschreckt nach Luft, als sie den großen, dunklen Mann sah, der mit der bewusstlosen Mercy in seinen Armen auf die Veranda zuging. Das einzige Fahrzeug in Sichtweite war Mercys Escalade, wer war also dieser Fremde? Und warum war er bei Mercy?

Sidonia schloss die Augen und bat ihre Helfer aus dem Reich der Tiere, aufzuwachen und zu ihr zu kommen. Innerhalb kurzer Zeit, gerade, als der Fremde einen ersten Schritt auf die Veranda setzte, erschienen Magnus und Rufus, ihre treu ergebenen Rottweiler, im Vorgarten, einer links, der andere rechts neben der Veranda.

Die alte Frau öffnete die Eingangstür, trat einen Schritt über die Schwelle und stellte sich dem Fremden. Er hielt inne, als hätte er sie erwartet. Er begegnete ihrem Blick. Er war kein Raintree. Seine Augen waren stahlgrau, hart und kalt, ohne jegliches Gefühl.

„Ich habe deine Herrin heimgebracht, alte Frau", sagte der Mann in einer tiefen Baritonstimme, die gewöhnt schien, Befehle zu erteilen.

Nein, er war kein Raintree. Aber er war auch kein gewöhnlicher Sterblicher.

Ein unruhiger Schauder durchfuhr Sidonia. Wenn er kein Raintree war, und auch kein Sterblicher, dann bedeutete das …

„Du vermutest richtig", sagte er, „ich bin ein Ansara."

Magnus und Rufus knurrten, als sie Sidonias Angst witterten.

Der Mann starrte erst Rufus an, dann Magnus. Sie hörten sofort auf zu knurren. Sidonia wagte es, kurz nach beiden Seiten zu blicken. Die beiden Tiere standen starr wie Marmorstatuen da.

„Was hast du mit ...“

„Es geht ihnen gut. In einer Stunde sind sie wieder wie immer und legen sich schlafen.“

„Was machst du mit Mercy? Hast du ihr wehgetan? Wenn du das hast, dann wird der Zorn der Raintree dich ...“

„Sei still, alte Frau, und zeig mir, wohin ich deine Herrin bringen kann, damit sie sich von ihrer Tortur erholt. Sie hat heute Nacht eine sterbende Frau geheilt.“

Dass dieser Ansara sich um Mercy sorgte, verwirrte Sidonia. Sie zögerte, doch dann trat sie zurück und erlaubte ihm, einzutreten. Er sah teuflisch gut aus. Breite Schultern, mindestens eins neunzig groß, langes schwarzes Haar, das in einem einfachen geflochtenen Zopf seinen Rücken hinunterhing. Seine gemeißelten Gesichtszüge ließen ihn wie eine Statue aussehen.

„Ihr Zimmer ist oben, aber ich glaube, es ist am besten, wenn du ...“

Er ignorierte Sidonia und ging zur Treppe.

„Warte!“

Statt zu warten, nahm er zwei Stufen auf einmal. Sidonia folgte ihm, so schnell sie ihre alten Beine trugen. Als sie im ersten Stock angekommen war, hatte er bereits die Tür zu Mercys Schlafzimmer geöffnet. Sein Instinkt schien ihn zu leiten.

Sidonia hastete den Korridor entlang und kam gerade hinter dem Ansara ins Zimmer, als er Mercy auf ihr Bett legte. Vom Türrahmen aus beobachtete sie, wie er Mercy eine ganze Minute lang anstarrte, sich dann umdrehte und auf die Tür zuging.

„Wer bist du? Wie heißt du?“, verlangte Sidonia zu wissen. *Er konnte nicht* der *Ansara sein, oder? Bestimmt nicht.*

„Ich bin Judah Ansara.“

Sidonia schnappte nach Luft.

Er lächelte spöttisch. „Ich hatte mich schon gefragt, ob Mercy je vermutet hat, dass ich ein Ansara bin, und ob das der Grund war, dass sie an diesem Morgen vor so langer Zeit so schnell vor mir geflohen ist.“

„Hör auf, meine Gedanken zu lesen!“ Gott, steh mir bei! Er durfte es nicht erfahren! Halt den Mund, du dummes Ding, schalt sie sich selbst. Dann schloss sie ihre Augen und sprach einen alten Zauber, der sie schützen sollte, falls dieser teuflische Ansara weiter versuchte, in ihre Gedanken einzudringen.

„Spar dir die Mühe, Sidonia", sagte ihr Judah. „Ich lasse deine Gedanken in Ruhe. Aber wenn ich gehe, dann bleibt mir leider nichts anderes übrig, als meinen Besuch hier aus euren Erinnerungen zu löschen."

„Wage es nicht, dich noch einmal an meinen Gedanken zu vergreifen, du Bestie."

Judah lachte.

„Ich amüsiere dich also? Glaube nicht, dass meine Fähigkeiten nicht genauso stark wie immer sind, nur weil ich über achtzig bin."

„Ich würde dich nie beleidigen, indem ich deine Fähigkeiten unterschätze."

„Warum bist du bei Mercy?", verlangte Sidonia zu wissen. „Was tust du auf dem heiligen Grund der Raintree? Wie ist es dir gelungen …"

„Warum ich hier bin spielt keine Rolle. Ich habe Mercy bewusstlos gefunden und sie nach Hause gebracht. Du solltest mir dankbar sein."

„Dankbar! Ansara-Abschaum wie dir? Niemals!"

„Denkt Mercy genauso über mich? Hasst sie mich?"

„Natürlich hasst sie dich. Sie ist eine Raintree. Du bist ein Ansara."

Er warf einen Blick auf das Bett, in dem Mercy ruhte. Die Versuchung, die Gedanken der alten Frau nach Antworten zu durchkämmen, war groß. Judah schnaubte, von sich selbst angewidert, weil er sich für Mercys Gefühle interessiert hatte.

„Du kannst nicht bleiben", sagte Sidonia, „du musst wieder gehen. Sofort."

„Ich habe nicht vor zu bleiben", sagte Judah zu ihr, „ich lasse deine Herrin in deinen fähigen Händen."

„Ja, ja. Geh jetzt, und geh schnell."

Als Judah sich umdrehte, um das Haus zu verlassen, konzentrierte er sich auf einen Zauber, der Sidonias Erinnerung an seinen Besuch auslöschen würde. Doch dann fiel sein Blick auf einen kleinen Schatten hinter der alten Frau. Er hielt inne und wartete, da er vermutete, dass das Kindermädchen der Raintree einen todbringenden kleinen Geist beschworen hatte, der ihm nachfolgen würde, sobald er das Haus verließ. Aber plötzlich bewegte der Schatten hinter Sidonia sich und betrat das Schlafzimmer. Aus dem Korridor fiel Licht von hinten auf die Gestalt. Sie erstrahlte wie in weißgoldenes Mondlicht getaucht. Ihm wurde klar, dass der Schatten ein Kind war. Ein Mädchen.

Judah starrte die Kleine an und sah, dass ihre Augen ganz Raintree-grün waren, und dass ihr helles blondes Haar in langen, glänzenden Locken bis auf ihre Taille hinabhing. Wenn seine Augen ihm nicht bereits verraten hätten, dass Mercy die Mutter dieses Kindes war, dann hätte sein zweites Gesicht es getan.

Also hatte Mercy geheiratet und Kinder bekommen, oder wenigstens ein Kind. Dieses außergewöhnlich hübsche kleine Mädchen sah seiner Mutter so ähnlich, und doch …

Was hatte dieses Kind an sich, das ihn so verwirrte? Es war ein Raintree-Kind, daran bestand kein Zweifel. Aber es war anders.

Sidonia streckte eine Hand nach dem Kind aus und versuchte, die kleine Schönheit hinter sich zu zerren, aber das Kind befreite sich aus dem Griff seines alten Kindermädchens und ging furchtlos auf Judah zu.

„Nein, Kind, nicht!", rief Sidonia aus. „Bleib von ihm weg. Er ist böse."

Das Kind hielt ein Stück von Judah entfernt an, dann sah es hoch und ihm verwegen in die Augen.

„Ich habe keine Angst vor ihm", sagte das Kind. „Er wird mir nicht wehtun."

Judah lächelte. Er war beeindruckt von ihrem Mut.

Erfahrene Krieger waren schon beim bloßen Anblick von Judah Ansara erzittert.

Als Sidonia vortrat, um sich das Kind zu greifen, hob das Mädchen einen Arm und streckte der alten Frau eine Hand entgegen. Sie blieb auf der Stelle stehen, gelähmt von Magie.

Erstaunlich. Ihre Gaben waren für einen so jungen Menschen stark ausgeprägt.

„Du hast sehr große Macht, Kleine", sagte Judah. Er hatte noch nie einen Raintree oder Ansara getroffen, der schon so jung so viel Magie in sich trug. „Ich kenne sonst keine Fünfjährige, die …"

„Ich bin sechs", sagte sie ihm mit durchgedrückten Schultern und gehobenem Kopf. Eine wahre Prinzessin.

„Hmm … Aber auch für sechs Jahre bist du den anderen Raintree-Kindern weit voraus, oder nicht?"

Sie nickte. „Ja. Weil ich mehr bin als nur eine Raintree."

„Bist du das?" Er bemerkte den erschrockenen Ausdruck auf Sidonias teilweise erstarrtem Gesicht. Und dann bemerkte er, dass das Mädchen nicht nur die Glieder der alten Frau hatte erstarren lassen.

Sie war für den Moment auch stumm.

„Du weißt nicht, wer ich bin, nicht wahr?", fragte das kleine Mädchen.

Als es ihn anlächelte, zog sich Judahs Magen zusammen. In seinem Lächeln lag etwas, was ihm unglaublich vertraut war.

„Ich nehme an, du bist Mercy Raintrees Tochter?"

Sie nickte.

„Weißt du, wer ich bin?", fragte er, neugierig geworden durch die frühreife Art des Kindes. Er spürte eine unnatürliche Stärke in ihm … und eine Verbundenheit, die unmöglich schien.

Die Kleine nickte wieder, und ihr Lächeln wurde breiter. „Ja, das weiß ich."

Dieses Kind konnte unmöglich wissen, wer er war. Er hielt seine wahre Identität vor allen verborgen, die nicht Ansara waren. „Wenn du weißt, wer ich bin, wie lautet dann mein Name?"

„Ich kenne deinen Namen nicht", gab sie zu.

Judah seufzte innerlich erleichtert auf, weil er die Fähigkeiten des Kindes überschätzt hatte. Er musste sich geirrt haben, als er einen Augenblick lang so etwas wie eine familiäre Bindung zu dem Mädchen gespürt hatte. Er fühlte sich von dem Kind merkwürdig angezogen, ging auf es zu, kniete vor ihm nieder, sodass sie sich direkt in die Augen sahen, und sagte: „Mein Name ist Judah."

Sie streckte ihre kleine Hand aus.

Er sah auf die angebotene Hand hinunter. Komischerweise machte ihn der Gedanke daran, dass er das Kind umbringen musste, traurig. Er würde sicherstellen, dass sein Tod ebenso kurz und schmerzlos vonstatten ging wie der von Mercy.

Judah nahm ihre Hand. Im gleichen Moment durchfuhr ihn ein elektrischer Schlag, anders als alles, was er je erlebt hatte. Mit roher, ungezähmter Macht erkannten sie einander und nahmen sich gegenseitig in Besitz.

„Hallo, Daddy. Ich bin deine Tochter. Eve."

Ein ohrenbetäubender Schrei erschütterte das halbdunkle Schlafzimmer. Mercy Raintree war aus ihrem heilenden Schlaf erwacht.

3. KAPITEL

*I*hr Schrei dröhnte laut in Mercys Kopf. Für den Bruchteil einer Sekunde glaubte sie, dass sie träumte. Dass ihr schlimmster Albtraum Wirklichkeit geworden war. Doch als ihr Schrei, das Überbleibsel einer unerträglichen Angst, überall um sie herum widerhallte und bebte, wachte sie auf. Und sah, dass es stimmte: Ihr schlimmster Albtraum war Wirklichkeit geworden. Sie öffnete die Augen und gewöhnte sich schnell an das Halbdunkel ihres Schlafzimmers.

„Mommy!" Eves besorgter Ruf setzte Mercy in Bewegung. Sie stieg schnell aus dem Bett und zog ihre Tochter in eine beschützende Umarmung.

„Was ist los?", fragte Eve. „Du musst keine Angst haben."

Der Moment, von dem Mercy gebetet hatte, er würde nie eintreten, war gekommen. Er war auf sie niedergekommen wie eine böse Pest aus den Tiefen der Hölle. Judah Ansara, der wahre Fürst der Finsternis, stand über ihr und Eve und starrte sie mit eiskalten, grauen Augen an, die Antworten verlangten.

„Sidonia?", fragte Mercy aus Angst, Judah hätte sich ihrer geliebten Kinderfrau entledigt.

„Oh!", rief Eve erschreckt, löste sich aus Mercys Armen, drehte sich um und machte eine Handbewegung.

Mercy folgte dem Blick des Kindes bis dorthin, wo Sidonias Körper wieder zum Leben erwachte, nachdem das Kind den lähmenden Zauber gelöst hatte. „Eve, hast du …?"

„Es tut mir leid, Mom, aber Sidonia wollte nicht, dass ich meinen Daddy treffe. Sie hat versucht, zu verhindern, dass ich mit ihm rede."

Mercys Blick traf erneut auf Judahs. Seine kalten Augen brannten mit heißer Wut.

Sie ist von mir! Judahs unausgesprochene Worte füllten den Raum, breiteten sich aus, explodierten, ließen die Wände und die Fenster erbeben.

„Hör auf!", rief Mercy und schob Eve hinter sich. „Deine Wut bringt doch nichts."

Judah packte Mercy an den Schultern, grub seine Finger in ihr Fleisch. Als Mercy vor Schmerz wimmerte, legte Eve eine Hand auf Judahs Arm.

„Du musst behutsam mit meiner Mom umgehen. Ich weiß, dass

du ihr nicht wehtun willst."

Judahs beharrlicher Griff lockerte sich, als er zwischen Eve und Mercy hin und her sah. „Ich werde deiner Mutter nicht wehtun." Er sah hinüber zu Sidonia, die ihn voll von bitterem Hass anstarrte. „Geh mit deinem Kindermädchen, Kleine. Ich muss mit deiner Mutter allein sprechen."

„Aber ich will nicht …", quengelte Eve.

Tu, was ich dir sage. Mercy hörte die stumme Nachricht, die Judah Eve übermittelte. Sie merkte, dass er instinktiv wusste, dass Eve seine Gedanken hören würde.

Eve sah zu ihrer Mutter. Mercy nickte. „Geh mit Sidonia. Lass dich von ihr ins Bett bringen. Du und ich werden uns morgen früh unterhalten."

Eve küsste Mercy auf die Wange. „Gute Nacht, Mom." Dann zog sie an Judahs Arm, damit er sich vorbeugte, was er auch tat, nachdem er Mercy losgelassen hatte. Sie küsste auch ihn auf die Wange. „Gute Nacht, Daddy."

Weder Mercy noch Judah sagten ein Wort, bis Sidonia Eve fortgebracht und die Schlafzimmertür hinter sich geschlossen hatte.

Sobald sie allein waren, drehte Judah sich zu Mercy um. „Das Kind ist von mir?"

Mercy stand auf und stellte sich ihrer größten Angst. Dem Vater ihres Kindes. „Eve ist meine Tochter. Sie ist eine Raintree."

„Ja, sie ist eine Raintree", entgegnete Judah, „aber sie ist mehr. Sie hat es mir selbst gesagt."

„Eve hat mächtige Gaben und ist noch viel zu jung, um sie zu begreifen. Sich selbst einzureden, dass sie mehr ist als eine Raintree, hilft ihr, sich diese Dinge zu erklären, damit ihr kindlicher Verstand sie akzeptieren kann."

„Willst du leugnen, dass sie von mir ist?"

„Ich leugne es nicht, aber ich bestätige es auch nicht …"

„Sie hat mich sofort erkannt", sagte Judah.

Gab es einen Weg, diesen Mann zu belügen und ihn zu überzeugen, dass Eve nicht sein Kind war? Fast sieben Jahre lang, seit dem Moment, in dem sie Judah Ansaras Kind empfangen hatte, hatte sie dieses Wissen vor ihm und der ganzen Welt geheim gehalten, sogar vor ihren Brüdern. Nur Sidonia kannte Eves wahren Vater. Bis jetzt.

„Was hast du auf dem heiligen Land der Raintree zu suchen?", fragte Mercy.

Er musterte sie abschätzig. „Erinnerst du dich nicht?"

Sie war sich nicht sicher, was er meinte, also antwortete sie nicht. Zunächst arbeitete sie sich durch ihre letzten zusammenhängenden Gedanken, bevor sie ohnmächtig geworden war. Es war für sie nicht ungewöhnlich, nach einer Heilung das Bewusstsein zu verlieren oder einfach einzuschlafen, aber diesmal war ihr heilender Schlaf viel tiefer gewesen als gewöhnlich. Sie erinnerte sich an den Unfall und daran, die einzige Überlebende gerettet zu haben, indem sie ihr den schrecklichen Schmerz nahm und ihr dann genug ihrer eigenen Stärke und heilenden Kraft übertragen hatte, um die Frau am Leben zu erhalten.

Plötzlich spürte sie die Erinnerung an einen festen Griff um ihren Hals, der ihr die Luft nahm, der sie würgte. Mercy keuchte. Ihr Blick richtete sich direkt auf Judah. Sie atmete ruhig ein und aus, während sie sich die erschreckenden Momente vor Augen hielt, die tief in ihrem Unterbewusstsein vergraben waren. Jemand hatte versucht, diese Erinnerungen auszulöschen.

„Du wolltest nicht, dass ich mich daran erinnere, dass jemand versucht hat, mich umzubringen."

Judah starrte sie unverwandt an.

„Willst du, dass ich glaube, dass du es warst, der versucht hat, mich zu erwürgen?", fragte sie. „Ich weiß, dass du es nicht warst."

Er sagte nichts.

„Du willst nicht, dass ich mich an meinen Angreifer erinnere. Warum nicht? Und was wolltest du so nah an der Heimstätte der Raintree?"

„Zufall." Sein tiefer Bariton grollte nur das eine Wort.

„Nein. Das glaube ich dir nicht. Du wusstest, dass jemand mich … Bist du gekommen, um mich zu retten? Aber ich verstehe nicht …" Wie konnte Judah wissen, dass ihr Leben in Gefahr war? Und warum sollte er sich die Mühe machen, bis in die Berge von North Carolina zu kommen, nur um sie zu retten, sie, eine Raintree-Prinzessin?

„Warum sollte ich die Mutter meines Kindes nicht retten?"

„Du wusstest nicht, dass es Eve überhaupt gibt. Das hast du erst erfahren, als du schon hier warst. Als sie sich dir selbst vorgestellt hat."

„Warum ich gekommen bin, ist nicht von Bedeutung", sagte Judah. „Jetzt nicht mehr. Alles, was wichtig ist, ist, dass du mir ein Kind geboren hast und es sechs Jahre lang vor mir verheimlicht hast. Wie konntest du so etwas tun?"

Mercy lachte. Es klang falsch und nervös. „Eve ist mein Kind. Es ist egal, wer ihr Vater ist." Oh Gott, wenn das nur stimmen würde. Wenn nur …

Judah knurrte, ein Geräusch so bestialisch wie der Mann selbst. Egal, was passierte, er könnte nie zulassen, dass sie ihn als irgendetwas anderes sah als das, was er war – ein Dämon, ein Ansara. Es war egal, dass sie sich auch jetzt, da sie wusste, wer und was er war, rein körperlich zu ihm hingezogen fühlte. Er hatte Macht über sie, das konnte sie nicht verleugnen. Aber sie konnte – und würde – widerstehen.

Judah betrachtete Mercy von Kopf bis Fuß mit einem wohlwollenden, sinnlichen Blick.

„Der Schutzzauber, den du über Eve gesprochen hast, muss sehr mächtig sein. Es muss einen großen Teil deiner Stärke aufzehren, ihn aufrechtzuerhalten."

Mercy zitterte. „Es gibt nichts, was ich nicht für Eve tun würde. Sie ist …"

„Sie ist eine Ansara."

„Eve ist eine Prinzessin der Raintree, die Enkelin von Dranir Michael, die Tochter von Prinzessin Mercy."

„Ein seltenes und überaus einzigartiges Kind", sagte Judah. „Seit Tausenden von Jahren wurden die Stammbäume nicht mehr vermischt, nicht mehr seit der ersten großen Schlacht, in der alle Ansara und Raintree zu Erzfeinden geworden sind. Alle halbblütigen Nachkömmlinge wurden vor oder kurz nach der Geburt beseitigt."

„Wenn du auch nur einen Funken Anstand im Leib hast, dann wirst du sie nicht für dich beanspruchen", sagte Mercy. „Wenn sie gezwungen wird, sich zwischen zwei Linien zu entscheiden, wird sie das zerreißen. Und du weißt genauso gut wie ich, dass dein Volk sie niemals akzeptieren würde. Sie würden versuchen, sie umzubringen."

Judahs Lächeln ließ Mercy kalte Wellen der Angst über den Rücken laufen. „Dann gibst du also zu, dass sie von mir ist."

„Ich gebe überhaupt nichts zu."

Judah streckte eine Hand aus und packte ihren Nacken. Seine große Hand schloss sich fest, seine kräftigen Finger verwoben sich in ihren Haaren. Wenn sie es wollte, könnte sie sich hier und jetzt mit ihm duellieren, körperlich und magisch. Aber sie hatte schon von jungen Jahren an gelernt, ihre Schlachten weise zu wählen und ihre Stärke für den Moment aufzubewahren, in dem sie sie am meisten brauchte. Sie hielt sich tapfer, widerstand seinem Griff nicht, ließ ihn aber auch nicht zu sehr Besitz von ihr ergreifen. Dann sah Mercy ihrem Todfeind in die Augen.

„Wann hast du gemerkt, dass sie Ansara ist?", fragte Judah.

„Als ich sie empfangen habe", gab sie zu.

Sein Griff wurde fester, als er sie näher zu sich zog. Er senkte seinen Kopf, bis seine Lippen nur noch eine Haaresbreite von ihren entfernt waren. „Das muss gewesen sein, als wir das letzte Mal miteinander geschlafen haben. Wenn es davor geschehen wäre, bei einem der anderen Male, hättest du mich früher verlassen."

Ich habe dich nicht einmal dann verlassen, nach dem letzten Mal, als dein Samen in mir Wurzeln geschlagen hat und ich wusste, dass ich einem Ansara Leben schenken würde. Ich bin bei dir geblieben, bis du mithilfe eines alten Schlafzaubers, den Sidonia mich gelehrt hat, eingeschlafen warst. Und als ich wusste, dass du für Stunden nicht aufwachen würdest, habe ich das Mal der Ansara in deinem Nacken gefunden, verborgen von deinen langen Haaren.

Judah berührte ihre Lippen mit seinen. Sie schnappte nach Luft.

„Ich wusste vom ersten Moment, in dem ich dich gesehen habe, dass du eine Raintree bist", sagte er. „Ich habe gegen mein besseres Wissen gehandelt, das mir gesagt hat, ich solle dich meiden, weil du Ärger bedeutest. Aber ich konnte dir nicht widerstehen. Du warst das Schönste, was ich je gesehen habe."

Und ich konnte dir nicht widerstehen. Ich wollte dich, wie ich nie zuvor einen Mann gewollt hatte. Du warst ein Fremder, und doch gab ich mich dir völlig hin.

Ich habe dich geliebt.

Sogar jetzt noch fand Mercy es schwer, die ganze Wahrheit zuzugeben, so abscheulich war sie. Der Gedanke allein, dass sie sich in einen Ansara verliebt hatte, war unerträglich. War Betrug an ihrem Volk. Ein unverzeihlicher Verrat.

Und wenn Dante und Gideon jemals herausfanden, dass ihre geliebte Nichte zur Hälfte eine Ansara war …

„Du warst ein amüsanter Zeitvertreib", sagte Judah, sein heißer Atem auf ihren Lippen. „Aber glaube nicht, dass ich in den letzten Jahren auch nur einen Gedanken an dich verschwendet hätte. Du hast mir damals nichts bedeutet, und du tust es auch jetzt nicht. Aber Eve …"

Angst stieg in Mercy auf, die Angst einer Mutter, die um jeden Preis ihr Kind schützen will. „Du müsstest mich schon umbringen, um Eve zu bekommen."

„Ich könnte dich so einfach umbringen, wie ich ein Insekt unter meinem Fuß zerquetsche."

Seine Worte drückten Gleichgültigkeit aus, aber seine Taten sagten etwas anderes. Judah bedeckte Mercys Lippen mit einem besitzergreifenden, erobernden Kuss, der sie erschreckte, der aber auch den einen Hunger in ihr weckte, den sie bisher nur für diesen einen Mann gespürt hatte. Sie versuchte, ihm zu widerstehen, aber sie merkte bald, dass sie machtlos war. Nicht gegen seine Kraft, sondern gegen ihr eigenes Verlangen.

Wie konnte sie ihn wollen, wo sie doch wusste, was er war?

Als sie beide außer Atem und erregt waren, beendete Judah den Kuss und hob seinen Kopf. „Du gehörst mir also immer noch?" Er verzog spöttisch den Mund. „Ich könnte dich hier und jetzt nehmen, und du würdest nichts dagegen tun."

Mercy wandte sich beschämt durch ihre eigenen Taten von ihm ab.

„Ich bin eine Raintree. Eve ist eine Raintree", sagte Mercy. „Du kannst keine von uns für dich beanspruchen."

Judah fuhr mit dem Zeigefinger über Mercys Lippen, über ihr Kinn und ihren Hals hinab. In der Mitte ihres Brustkorbs, zwischen ihren Brüsten, hielt er inne. „Du bist nicht wichtig. Du warst nicht mehr als ein Gefäß, in dem mein Kind gedeihen konnte. Aber Eve ist sehr wichtig für mich. Sie ist eine Ansara, und wenn die Zeit gekommen ist, dann werde ich sie für mich beanspruchen."

Mercy spürte eine erschreckende Wahrheit, als sie einen kurzen Blick in Judahs Gedanken erhaschte. In dem Moment, da er feststellte, dass sie in seine Gedanken eingedrungen war, verhüllte er sie vollkommen. Aber nicht, ehe sie ihren eigenen Tod erblickt hatte. Ihren Tod. Durch die Hand des Vaters ihres Kindes.

„Wenn du mich umbringst, werden Dante und Gideon …"

„Dante und Gideon sind im Moment die letzten meiner Sorgen."

Sie starrte ihn verwirrt an. „Wenn du mir irgendeinen Schaden zufügst, wenn du versuchst, mir Eve zu nehmen, werden meine Brüder dich bis auf den Tod bekämpfen."

„Die Zeit ist noch nicht reif, anderen von Eves Existenz zu berichten." Er packte Mercy bei den Schultern und schüttelte sie unsanft. „Ich habe einen Feind, der Eve umbringen würde, wenn er wüsste, dass sie mein Kind ist. Und viele andere würden ihr das Leben nehmen, nur weil sie gemischtes Blut hat."

Seine Hände auf Mercys Körper ließen sie spüren, wie er sie mit seinen Gedanken und seinem Körper wahrnahm, ohne dass er es verhindern konnte.

„Der schützende Umhang, den ich um Eve gehüllt habe, schon bevor sie geboren war, ist zerrissen", sagte Mercy. „Das ist deine Schuld. Wenn du wirklich willst, dass sie in Sicherheit ist, dann musst du mir helfen, eine noch stärkere Barriere um sie herum aufzubauen. Jetzt, da sie dich wahrnimmt und du sie, müssen wir beide zusammenarbeiten, um sie zu schützen. Wirst du mir helfen?"

„Vertraust du wirklich darauf, dass ich sie schütze?" Judah fuhr mit seinen Händen Mercys Arme hinauf und hinab und ließ sie dann los. „Immerhin ist sie zur Hälfte eine Raintree, und die Ansara haben den Eid geschworen, solche Kinder zu vernichten."

„Sie ist auch zur Hälfte eine Ansara, und trotzdem liebe ich sie von ganzem Herzen und würde sie mit meinem Leben beschützen."

„Warum glaubst du, dass ich das Gleiche tun würde?"

Mercy sah durch die stählerne Schale hindurch mitten in Judahs Seele. Keine weiche oder nachgiebige Seele, keine, die sich leicht von den Schmerzen und Leiden anderer rühren ließ, aber eine männliche Seele. Stark, entschlossen, treu, besitzergreifend und instinktiv dazu geneigt, zu beschützen. Diesen Teil von sich hatte er vor sieben Jahren nicht vor ihr verbergen können, und er konnte es auch jetzt nicht.

„Der Lockruf des Blutes", sagte Mercy. „Es gibt ihn unter den Menschen, aber noch viel mehr unter den Raintree und Ansara."

„Wenn du wusstest, dass ich Eve nicht schaden könnte, warum hast du sie dann all die Jahre vor mir versteckt?"

Mercy zögerte. Sie spürte, wie Judah versuchte, wieder in ihre Gedanken einzudringen.

„Ich hatte Angst, du würdest sie mir wegnehmen", sagte sie. „Das konnte ich nicht zulassen. Wenn du das versucht hättest – wenn du es jetzt versuchst, werden sich Dante und Gideon mit mir verbünden, und wir werden dich davon abhalten, sie mitzunehmen."

„Das könnt ihr vielleicht versuchen, aber …"

Mercy merkte, dass Judah mehr als nur das Offensichtliche gesehen hatte.

Judah verzog grimmig und nachdenklich seinen Mund. „Dante und Gideon wissen nicht, dass Eve eine Ansara ist? Du hattest Angst davor, wie sie reagieren. Vielleicht hattest du Angst, dass sie sie umbringen."

„Nein! Meine Brüder würden Eve nie wehtun. Die Raintree ermorden keine unschuldigen Kinder."

„Wen hast du dann geschützt, indem du ihnen die Wahrheit verwehrt hast?"

„Ich hatte gehofft, Eve vor der Wahrheit zu beschützen", sagte Mercy. „Ich hätte wissen sollen, dass sie bald von selbst merken würde, dass sie mehr ist als nur eine Raintree, und dass sie dich am Ende sowieso gesucht und auch gefunden hätte."

„Der Lockruf des Blutes", wiederholte Judah ihre Worte.

„Dann sind wir uns einig – wir beschützen Eve."

„Wir werden uns nie einig sein", sagte er. „Aber zunächst einmal werde ich dir helfen, dein Geheimnis zu bewahren. Es wird schwierig werden, jetzt, da Eve weiß, dass ich ihr Vater bin. Weil sie so jung ist, hat sie noch keine ausreichende Kontrolle über ihre Gaben, und das allein bringt sie schon in Gefahr. Da sie ihre Macht nicht kontrollieren kann, müssen wir es für sie tun. Zu ihrem eigenen Schutz."

„Du kannst es gerne versuchen. Ich habe es von Zeit zu Zeit geschafft, ihre Gaben zu dämpfen und sie teilweise unter meine eigene Kontrolle zu bringen, aber ..." Sie zögerte damit, diesem Mann die Wahrheit zu gestehen, diesem Ansara, der versuchen könnte, die unvergleichlichen Kräfte ihrer Tochter gegen die Raintree zu nutzen.

„Ist ihre Macht so groß?", fragte er.

Mercy schwieg. Sie hatte Angst, schon zu viel verraten zu haben.

„Eve hat ihre Macht zu gleichen Teilen von den Ansara und Raintree", sagte Judah erstaunt. „Sie hat deine Gaben und auch meine geerbt, richtig? Mein Gott, ist dir klar ... Unser Kind hat mehr Macht als irgendwer sonst."

„Mehr als du oder ich." Mercy senkte ihren Kopf und sprach schweigend einen uralten Zauber.

Judah packte sie. Sie fauchte ihn erschreckt an. Ihr war nicht aufgefallen, dass er ihr Vorhaben durchschaut hatte.

„Es wird nicht funktionieren", sagte er ihr. „Du kannst deine Magie nicht gegen mich benutzen. Du wirst doch wohl wissen, dass ich nicht zulassen werde, dass du ..."

Mercy konzentrierte sich und versetzte ihm kraft ihrer Gedanken einen heftigen Schlag in den Magen. Er stöhnte auf, als die Schockwelle ihn traf. Dann kniff er die Augen zusammen, brannte durch den Schutzzauber, der Mercy umgab, und erwiderte ihren Angriff mit einem brennenden Schmerz, der in ihrem Bauch begann und immer weiter ausstrahlte. Sie schrie auf, ehe sie das Feuer in sich bezwingen konnte.

„Glaubst du wirklich, dass du genauso stark bist wie ich, dass du mich besiegen kannst?", fragte er.

„Ja."

Er sah sie skeptisch an, konnte nicht glauben, dass ihre Macht seiner nicht nur ebenbürtig war, sondern sie vielleicht sogar übertraf. Judah betrachtete sie eingehend, während sie sich wütend anstarrten und weder aufgaben, noch den Kampf beginnen ließen.

„Du hast dich verändert", sagte er ihr. „Und nicht nur, dass du zu der ausgezeichneten Empathin herangewachsen bist, die heute vor mir steht. Das ist immer dein Schicksal gewesen."

Sie hielt den Atem an, als sie merkte, dass er kurz davor war, eine Wahrheit zu verstehen, die sie selbst nie ganz hatte akzeptieren wollen.

„Mein Kind zu bekommen hat dich verändert", sagte Judah. „Eve zu gebären hat deine Macht vergrößert. Du bist ebenfalls mehr als eine Raintree, habe ich recht?"

„Nein, ich bin nicht ..."

„Sei still!", fuhr Judah sie im Befehlston an. „Halte deine Zunge und deine Gedanken im Zaum."

„Warum? Wovor hast du so viel Angst? Ist dieser Feind, von dem du gesprochen hast, stark genug, um dein Leben zu bedrohen?"

Judah herrschte über die Ansara. Seine Macht war größer als die jedes anderen, auch die seines Halbbruders. Er, nicht Cael, war der Überlegene, der mächtigste aller Ansara. Aber er konnte seinen Bruder nur bis zu einem gewissen Grad kontrollieren, und nur für kurze Zeit. Cael kämpfte gerade in diesem Moment gegen den Zauber an, mit dem Judah seine telepathischen Fähigkeiten auf Eis gelegt hatte. Seine feindseligen Flüche bombardierten Judah, der wusste, dass er nicht mit Mercy Raintree und Cael Ansara zur gleichen Zeit fertig werden konnte. Beide waren mächtige Geschöpfe, und sie waren beide seine Feinde.

Caels Gedanken hatten sich zu einer verworrenen Masse aus Hysterie und Wut vermischt, doch während er Judahs Zauber bekämpfte, gab er mehr von seinem Innersten preis, als ihm klar war. Cael war entschlossen, den bevorstehenden Krieg so bald wie möglich zu beginnen. Es sollte die letzte Schlacht zwischen Ansara und Raintree werden, und er hatte bereits eine Kettenreaktion von Ereignissen ausgelöst, die nicht mehr aufzuhalten war.

In Judahs Kopf hämmerte das Wissen, dass sein Bruder ihn betrogen hatte – nicht nur ihn selbst, sondern den ganzen Stamm. Die Ansara waren noch nicht bereit für die letzte Schlacht. Wenn Cael sie zwang, jetzt zu kämpfen, würden sie besiegt werden. Und dieses Mal konnten sie sich nicht auf die Milde der Raintree verlassen. Vor zweihundert Jahren hatten sie einer Handvoll Ansara das Leben gelassen. Eine von ihnen war die jüngste Tochter des alten Dranirs gewesen. Durch sie – Dranira Melisande – hatte der königliche Stammbaum fortbestanden.

„Judah?", rief Mercy erneut seinen Namen.

„Still!"

Erteile mir keine Befehle, sagte sie ihm telepathisch.

Wenn du willst, dass dein Kind in Sicherheit bleibt, dann achte nicht nur auf deine gesprochenen Worte, sondern auch auf deine Gedanken, warnte Judah sie.

Sie starrte ihn an, sagte jedoch nichts. Dann spürte sie, wie sich zwischen ihnen ein Schutzwall erhob. Selbst wenn Mercy nichts von Cael wüsste, verstand sie jetzt, dass irgendjemand eine Bedrohung für Eve darstellte. Jemand anderer als Judah.

*D*iese Bestie bleibt nicht über Nacht hier bei uns in Sanctuary", sagte Sidonia mit Bestimmtheit. „Das kannst du nicht zulassen."

„Er bleibt", entgegnete Mercy, „bis wir uns entschlossen haben, wie Eve am besten zu schützen ist."

Sidonia schloss ihre Hand um Mercys Arm. „Er ist es, vor dem du sie beschützen musst. Er ist ein Ansara, die schlimmste Kreatur auf Erden. Das reine Böse."

„Sprich leiser", warnte Mercy sie.

„Es ist mir egal, ob er mich hören kann." Sidonia verzog ihr runzliges Gesicht zu einer grimmigen Miene und spuckte auf den Boden.

„Ich will nicht, dass Eve dich hört. Sie weiß, dass Judah ihr Vater ist."

„Das arme kleine Lämmchen." Sidonia betete Eve an. Sie würde alles für sie tun. Aber sie hatte auch Angst um sie, des Blutes wegen, das dank ihres Vaters durch ihre Adern floss. Sie hielt wachsam Ausschau, ob sich ein Kampf zwischen Gut und Böse in ihrem kleinen Mädchen ankündigte.

Mercy seufzte tief. „Judah wird nicht einfach wieder gehen, und ich fürchte, ich kann ihn auch nicht zwingen. Nicht, solange Eve möchte, dass er bleibt. Verstehst du, was ich sage?"

„Ja, ich verstehe dich nur zu gut. Die gemeinsame Macht von Vater und Tochter ist größer als deine allein. Und weil Eves Gaben noch nicht ausgebildet sind, könnte sie gefährlich werden, ohne es selbst zu wollen."

Mercy nickte, ehe sie im Flüsterton weitersprach. „Judah macht sich Sorgen um einen Mann, der sein Feind ist. Einen Mann, der Eve umbringen würde, wenn er von ihrer Existenz wüsste. Ich weiß nicht, wer dieser Mann ist, aber ich bin mir sicher, er ist ein Ansara."

„Wir hätten sie vor zweihundert Jahren ausrotten sollen, als wir die Gelegenheit dazu hatten. Der alte Dranir Dante hat einen schrecklichen Fehler begangen, als er auch nur einer Handvoll von ihnen das Leben gelassen hat."

„Das ist doch alles schon so lange her."

Sidonia starrte Mercy wütend an. „Warum ist Judah Ansara hierhergekommen? Und warum warst du heute Nacht bei ihm?"

„Ich weiß nicht, warum er nach North Carolina gekommen ist.

Und warum ich bei ihm war … Ich erinnere mich nicht an alles, nur daran, dass jemand versucht hat, mich umzubringen, und dass Judah mir das Leben gerettet hat."

„Warum sollte ein Ansara das Leben einer Raintree retten?" Sidonia sah sie misstrauisch an. „Du hattest wirklich keinen Kontakt mit ihm, seit du Eve empfangen hast?"

„Natürlich nicht!"

„Hmm … Da steckt noch mehr dahinter. Ich glaube, du solltest dich mit Dante in Verbindung setzen und ihm sagen, dass ein Ansara hier aufgetaucht ist. Vor allem, dass es ihm gelungen ist, unseren Schutzzauber zu durchdringen."

„Dante wird wissen wollen, wieso ihm das gelungen ist."

„Das wird er mit Sicherheit."

„Ich kann ihm nicht sagen, dass es wegen Eve sein könnte … weil sie halb Ansara ist."

„Du musst tun, was getan werden muss", sagte Sidonia zu Mercy.

„Und das entscheide ich."

„Dieser Ansara stellt für uns alle eine Bedrohung dar. Für alle Raintree."

„Judah ist für niemanden eine Bedrohung außer für Eve", sagte Mercy. „Er ist ein einzelner Ansara, nur ein Mann. Was könnte er denn tun, was unserem gesamten Stamm schadet?"

„Ruf Dante an."

„Nein."

„Es ist schon lange an der Zeit, dass du deinen Brüdern die Wahrheit über Eve erzählst."

„Nein. Und du wirst Dante auch nicht anrufen, hörst du?"

Sidonia nickte. „Dieser Mann hat dich schon einmal hintergangen. Er hat dich in sein Bett gelockt und dich geschwängert. Lass dich nicht noch einmal von ihm hereinlegen."

„Ich wusste damals nicht, dass er Ansara ist. Jetzt weiß ich es."

„Vor sieben Jahren wollte er deine Unschuld. Jetzt will er etwas viel Wertvolleres. Er will *dein* Kind."

„Sie ist auch *sein* Kind, egal wie sehr ich mir wünschte, dass es nicht so wäre."

„Ich glaube, er wusste bereits von Eve, ehe er hergekommen ist", sagte Sidonia. „Es ist die einzige Erklärung dafür, dass er nach all den Jahren zu dir gekommen ist. Ist es möglich, dass du irgendwie unterbewusst …?"

„Nein! Ich habe mich vor Judah abgeschirmt, genau wie ich Eve abgeschirmt habe."

„Keine von euch beiden war abgeschirmt, als du Eve geboren hast. Du wolltest ihn bei dir haben. Du hast immer wieder nach ihm gerufen."

Mercy wandte ihren Blick ab und drehte Sidonia den Rücken zu.

Sidonia stellte sich neben sie und legte einen dünnen Arm um Mercys Schultern. „Ich habe in dieser Nacht mein Bestes getan, um dich und das Kind zu beschützen, weil du es nicht konntest. Und wenn du euch beide jetzt aus irgendeinem Grund nicht mehr beschützen kannst, dann musst du zulassen, dass ich mich mit Dante in Verbindung setze."

„Bitte, geh zu Bett und schlaf ein wenig. Ich muss allein sein. Ich brauche Zeit zum Nachdenken."

Sidonia klopfte Mercy zärtlich auf den Rücken. Sie hatte keine eigenen Kinder und liebte die Nachkommen der königlichen Familie, als wären sie ihre Enkel. Aber wie sehr sie Dante und Gideon auch liebte, Mercy hatte sie immer am liebsten gehabt. Sie war ein so schönes Kind gewesen, mit dem Gemüt eines Engels. Sogar als kleines Mädchen war ihr Herz voller Güte und Freundlichkeit gewesen. Und als sie sechs Jahre alt war – so alt wie Eve jetzt – war klar geworden, dass Mercy eine empathische Gabe besaß.

„Ich werde tun, worum du mich bittest", sagte Sidonia, „aber sei vorsichtig. Erlaube deinem Herzen nicht, über deinen Verstand zu entscheiden."

Sie ließ Mercy allein. Aber sie ging nicht in ihr Zimmer. Stattdessen sah sie nach Eve. Die kleine Prinzessin lag in ihrem Himmelbett. Ihre goldenen Locken leuchteten im Mondlicht, das durchs Fenster fiel. Schlafend war Eve die reine Unschuld. Wach war sie ein liebenswerter kleiner Frechdachs, der immer zu Streichen aufgelegt war.

Mein kostbarer kleiner Schatz. Du musst beschützt werden. Deine Mom würde sterben, damit du in Sicherheit bist. Und ich auch. Wir haben das Geheimnis um deinen Vater seit deiner Geburt bewahrt, haben gebetet, dass weder du noch er je die Wahrheit erfahrt. Aber jetzt, da ihr es beide wisst, jetzt, da Judah Ansara gekommen ist, um dich zu seinem Eigen zu machen, habe ich nicht nur Angst um deine Sicherheit, sondern um die Sicherheit unseres ganzen Volkes. Und deine Mutter scheint eine besondere Schwäche für diesen Ansara zu haben, die sie verwundbar macht.

Sidonia berührte die Wange des schlafenden Kindes, während sie sich an die Nacht erinnerte, in der Eve geboren worden war. Mercy hatte darum gebeten, dass niemand außer Sidonia bei ihr sein sollte, und sie hatte ihr einen Schwur der vollkommenen Geheimhaltung abgenommen, ehe die Wehen angefangen hatten.

Eve war schreiend auf die Welt gekommen, als würde sie laut und deutlich verkünden wollen: „Da bin ich!" Rund und rosa, mit Strähnen weißblonder Haare und den angeborenen grünen Augen war Eve eine perfekte kleine Raintree. Bis auf das Mal in ihrem Nacken, dort, wo die Wirbelsäule begann. Eine indigoblaue Mondsichel. Das Zeichen der Ansara.

Mercy hatte in dieser Nacht nach Sidonias Hand gegriffen und sie flehend angesehen. „Du darfst es nie jemandem verraten. Niemand darf jemals wissen, dass der Vater meines Babys ein Ansara ist."

„Wie ist das möglich?"

„Ich wusste nicht, dass Judah ein Ansara ist, bis … bis ich Eve empfangen hatte."

„Du hast nach ihm gerufen, als du in den Wehen lagst. Sogar jetzt, wo du weißt, was er ist, sehnst du dich noch nach ihm."

Mercy wendete mit tränennassen Augen den Blick ab.

In diesem Augenblick war Sidonia klar geworden, dass Mercy den Vater ihres Kindes liebte.

Gott schütze sie.

Mercy spürte Judahs Anwesenheit. Nicht in der Nähe, aber nahe genug. Draußen.

Sie durchschritt den Raum, zog die Gardine an ihrem Fenster zurück, und blickte hinunter in den Hof. Dort stand Judah auf der Steinterrasse im Mondlicht, starr wie eine Statue, sein Gesicht und sein Körper nur ein schattenhafter Umriss. Er trug seine Haare offen und ließ sie seine Schultern hinabfallen, so frei und wild wie der Mann selbst. Er hatte eine ungezähmte Schönheit an sich, und strahlte eine Aura aus Stärke und Männlichkeit aus, der keine Frau widerstehen konnte.

Einmal war es auch ihr selbst unmöglich gewesen, zu widerstehen. Und für den kurzen Zeitraum eines Tages und einer Nacht hatte sie an seine Lügen geglaubt; sie war seinem Charme erlegen, hatte sich ihm freiwillig und vollkommen hingegeben.

Für Eve hatte sie gehofft, dass sie Judah niemals wiedersehen musste. Und auch für sich selbst. So sehr sie ihn auch verachtete, sie hasste ihn nicht. Ihn zu hassen würde bedeuten, einen Teil von Eve zu hassen.

Auch wenn ihr klar war, dass er immer noch eine gewisse sinnliche Gewalt über sie hatte, wusste sie doch, dass Judah ihr Feind war. Und auch wenn er Eves Vater war, war er auch ihr Feind. Es war sein Clan, der bestimmt hatte, dass jedes Kind umgebracht werden musste, das aus einer Vereinigung von Raintree und Ansara stammte. Sie duldeten kein Halbblut.

War Judah wirklich gekommen, um Eve umzubringen?

Nein, das war vollkommen unmöglich. Oder nicht? Er war wirklich erschrocken gewesen, als er von Eves Existenz erfahren hatte.

Aber jetzt, da er es wusste …

Es war egal, was er wusste. Er war nur ein einzelner Ansara, auch wenn er anscheinend ein mächtiger Magier war. Aber Mercy besaß schließlich genauso viel Macht wie er. Und auch Sidonia war nicht machtlos, genauso wenig wie die Raintree, die sich gerade auf heiligem Grund befanden und in den umliegenden Cottages wohnten. Es gab keinen Grund, Dante oder Gideon zu rufen. Wenn es nötig wurde, konnte sie Sidonia und die anderen dazuholen, um Judah zu vernichten … Falls er wirklich eine Bedrohung für Eve darstellte.

Falls?

Gab es wirklich irgendeinen Zweifel daran, dass Judah ein großes Problem darstellte? Er würde Eve entweder als sein Eigen beanspruchen oder sie umbringen. Beides war absolut nicht akzeptabel.

Während sie nach draußen starrte und Judahs dunklen Rücken betrachtete, fragte Mercy sich laut: „Wie konnte ich dich jemals lieben?"

Es war keine Liebe gewesen, sagte sie sich selbst. Nur eine Schwärmerei. Sie war jung gewesen, hatte noch nichts von der Welt gewusst, und was sexuelle Anziehung betraf, war sie eine wahre Jungfrau gewesen. Sie wusste jetzt, dass Judah sie absichtlich verführt hatte, weil er sie als Raintree erkannt hatte. Nicht nur irgendeine Raintree, sondern eine Prinzessin. Seine Gabe, sich gegen ihr empathisches Vortasten zu schützen – etwas, das für sie ebenso natürlich war wie Atem zu holen –, bedeutete, dass er entweder sehr mächtig war oder dass ihn ein mächtiger Magier mit einem starken Zauber beschenkt hatte. Ihr Instinkt sagte ihr, dass Ersteres zutraf. Und das führte zu weiteren Fragen.

Wer bist du wirklich, Judah Ansara? Warum bist du nach Sanctu-
ary gekommen? Warum hast du mein Leben gerettet? Und wie viele
Ansara gibt es wieder da draußen in der Welt?

Die Raintree hatten dem Clan der Ansara in den vergangenen zweihundert Jahren wenig Beachtung geschenkt. Dann und wann traf ein
Raintree auf einen einzelnen Ansara, aber das war ein so seltenes Vor-
kommnis, dass sie dazu übergegangen waren zu glauben, dass die Ansara nach *der Schlacht* nicht wiederauferstanden waren. Dass sie nie
wieder eine Bedrohung für die Raintree darstellen würden.

Und es gab auch jetzt keinen Grund, warum Mercy etwas anderes
annehmen sollte. Trotz Judahs unglaublicher Macht war er doch nur
eine Bedrohung für Mercy und Eve. Was auch immer seine Gründe
waren, nach North Carolina zu kommen – er war allein. Wenn er ihr
half, Eve zu beschützen, und das Geheimnis um seine Vaterschaft für
sich behielt …

Plötzlich drehte Judah sich um und sah zu ihrem Fenster hinauf –
und ihr in die Augen. Mercy keuchte erschreckt auf, aber sie wich nicht
zurück und wich auch seinem intensiven Blick nicht aus.

Mercy.

Sie hörte, wie er ihren Namen sprach. Telepathisch.

Schließ ihn aus, sagte sie sich selbst, *hör nicht hin.*

Und dann hörte sie sein Lachen. Tief, kehlig. Ihre Reaktion amüsierte ihn.

Verdammt sollst du sein, Judah Ansara!

Ohne Vorwarnung fühlte Mercy das Gefühl zärtlicher Fingerspitzen auf ihrer Haut. Für einen Augenblick wurde sie von der verführerischen Berührung in ihrem Bann gehalten.

Erinnere dich.

Diese Worte zu hören durchbrach den Zauber und erlaubte es ihr,
einen Schutzwall gegen die Versuchung aufzubauen.

Judah drehte Mercy seinen Rücken zu und ging weiter auf den Hof
hinaus. Es war nicht so, als hätten die Ansara nicht seit mindestens
hundert Jahren gewusst, wo der heilige Grund der Raintree zu finden
war oder dass die königliche Familie dort ihren Hauptsitz errichtet
hatte; aber bis Judahs Generation an die Macht gekommen war, hatten die Ansara es nicht gewagt, ihren Erzfeind zu provozieren. Als er
noch ein Junge war, hatte sein Vater Judah erzählt, dass es sein Schicksal sein würde, sein Volk in die Schlacht gegen die Raintree zu führen.

Sein Schicksal. Nicht Caels.

Aber die Zeit war noch nicht reif. Es würde noch mindestens fünf weitere Jahre dauern, bis die Ansara bereit waren, sich ihrem größten Feind zu stellen und ihn zu besiegen. Wenn sie taten, was Cael wollte, und zu früh in die Schlacht zogen, standen die Chancen schlecht für sie. Und wenn die Ansara wieder besiegt werden sollten, dann würden die Raintree keine Gnade mehr zeigen. Das wusste er, weil er wusste, wer ihr Dranir war – Dante Raintree, ein Mann, der Judah auf viele Arten glich. Ein passender Gegner. Einer, der genauso wild und brutal sein konnte wie Judah selbst.

Außerdem war er Mercys älterer Bruder.

Judah hatte sie beide für sich beansprucht, wollte sie beide eigenhändig umbringen. Dante, weil es sein Recht als Dranir der Ansara war, gegen den Dranir der Raintree anzutreten. Und er hatte Mercy für sich beansprucht, weil …

Weil sie ihm gehörte. Und niemand sonst das Recht hatte, ihr das Leben zu nehmen.

Und was war mit Eve?

Wie hatte er Mercy in dieser Nacht schwängern können? Seit er in die Pubertät gekommen war, hatten er und sein Cousin Claude sich regelmäßig gegenseitig mit Schutzzaubern beschenkt, die der Verhütung dienten. Wenn sein eigener Vater so einen Schutz gehabt hätte, würde es Cael nicht geben. Und man stelle sich vor, wie viel einfacher das Leben für alle Ansara ohne Cael wäre.

Judah wusste, dass dieser spezielle Zauber bei den Ansara-Frauen wirkte und bei sterblichen Frauen ebenfalls. Warum also sollte er bei einer Raintree versagt haben?

Spielte das wirklich eine Rolle? Eve war Realität. Sie war sechs Jahre alt. Und sie war seine Tochter.

Sie mochte vielleicht eine kleine Nachbildung von Mercy sein, mit den typischen grünen Raintree-Augen, aber sie war zur Hälfte Ansara. Es war in ihrem Geist, in ihrer Seele. Und in ihren Gaben. Gaben, die eines Tages die eines jeden Raintree und Ansara übertreffen würden.

Vor langer Zeit hatten die Ansara einen Erlass verabschiedet, der gebot, dass jedes Kind zu töten war, das aus einer befleckten Verbindung entsprang. Aber es waren seit Jahrhunderten keine solchen Kinder mehr geboren worden. Als Dranir besaß er die Macht, diesen Erlass aufzuheben.

Aber wollte er das auch?

Würde es nicht alles viel einfacher machen, wenn er Eve jetzt umbrachte, ehe sich ihre Macht vollständig entfaltete?

Aber wie könnte ich sie umbringen? Sie ist mein Kind.

Wenn es zum Besten der Ansara wäre, seine eigene Tochter zu töten, würde er es tun? *Könnte er es tun?*

Eve war eine Komplikation, die er nicht erwartet hatte.

Ein scharfer Schmerz, so intensiv, dass es kaum auszuhalten war, stach in seinem Kopf, brannte in seinen Gedanken.

Er presste seine Finger gegen seine Schläfen, schloss die Augen und kämpfte gegen die Qualen an. Cael bombardierte ihn mit seiner Wut. Mit Flüchen. Drohungen. Düsteren Warnungen.

Wie kannst du es wagen, meine telepathische Gabe einzufrieren?, brüllte Cael. *Dazu hast du kein Recht!*

Nein, Bruder! Wie kannst du es wagen, meine Autorität zu unterwandern und Greynell auszuschicken, um Mercy Raintree umzubringen?

Greynell ging es wie vielen deiner jungen Krieger. Er hatte es satt, noch länger damit zu warten, den Raintree entgegenzutreten. Wenn du nicht bald zuschlägst, werden sie dich für einen schwachen Anführer halten, für eine alte Frau.

Du hast die jungen Krieger gegen mich aufgebracht, obwohl du wusstest, dass wir noch nicht bereit für eine Schlacht mit den Raintree sind, sagte Judah. *Deine Handlungen grenzen an Verrat. Pass auf, dass du mich nicht dazu zwingst, dich umzubringen.*

Stille.

Judah spürte, wie sein Bruder weiter versuchte, sich in seine Gedanken zu graben. Er sperrte Cael sofort aus. Er ließ niemanden in seinen Kopf, am wenigsten einen Mann, der darauf aus war, ihm sein Geburtsrecht streitig zu machen. Cael würde nicht zufrieden sein, bis er zum Dranir gekrönt worden war. Und Judah würde nie zulassen, dass eine solche Ungeheuerlichkeit geschah. Sein Bruder würde ihr Volk in sein sicheres Verderben führen.

Wir haben viel zu besprechen, viele Entscheidungen zu treffen. Wann kommst du heim?, fragte Cael und durchbrach damit die Stille.

Wenn ich es für richtig halte, antwortete Judah und blockierte Cael endgültig.

Sein Ausflug nach North Carolina, der nur dem Zweck hatte dienen sollen, Greynell davon abzuhalten, Mercy umzubringen, um Caels

Intrigen ein Ende zu bereiten, war nicht so ausgegangen, wie Judah es geplant hatte. Er hatte die Szene unbemerkt betreten und wieder verlassen wollen, ohne dass Mercy sich an seinen Besuch erinnerte. Aber dass es Eve gab, machte die Sache viel komplizierter.

Im Moment hatte er schon genug Ärger, ohne sich noch um ein Kind kümmern zu müssen. Cael im Zaum zu halten, nahm seine gesamte Zeit in Anspruch. Und dass vor Kurzem ein Anschlag auf sein eigenes Leben verübt worden war, hatte das Schicksal seines Bruders endgültig besiegelt. Judah hatte keinen Zweifel daran, dass sein Bruder hinter dem missglückten Mordversuch steckte. Als Dranir der Ansara war es nicht nur sein Recht, sondern auch seine Pflicht, die Monarchie vor einem derart giftigen Einfluss zu beschützen.

Er sollte gleich am nächsten Morgen nach Terrebonne zurückkehren. Je länger er fortblieb, desto mehr Chaos würde Cael um sich herum schaffen.

Aber was war mit Eve?

Mercy hatte sie sechs Jahre lang beschützt, und sie würde es auch weiterhin tun. Niemand außer ihnen beiden – und dem alten Kindermädchen – wusste, dass in Eves Adern zu gleichen Teilen das Blut der Ansara und das der Raintree floss.

Eve wusste es.

Wer würde Eve vor sich selbst beschützen?

Es war nur eine Frage der Zeit, ehe sie den Schutzzauber ihrer Mutter durchbrechen konnte, wenn sie es wollte. Und falls Eve versuchte, sich mit ihm in Verbindung zu setzen, was würde dann geschehen? Wenn sie einfach eine Nachricht hinaus ins Universum schickte, dann konnte man nie wissen, wer sie noch empfing.

Wenn Cael von ihrer Existenz erfuhr … würde er Eve gegen Judah benutzen.

In diesem Moment wurde Judah klar, dass er nicht wollte, dass seiner Tochter etwas geschah. Ein Kind zu haben, machte ihn angreifbar.

Der Gedanke daran, eine Schwachstelle zu haben, machte ihn wütend. Aber er konnte die Zeit nicht zurückdrehen. Er konnte Eves Empfängnis nicht verhindern.

Das Besitzergreifende in seinem Wesen beanspruchte Eve als Teil seiner selbst. Als eine Ansara, um die er sich kümmern, die er nähren und angemessen ausbilden musste, und die um jeden Preis zu beschützen war. Seine Tochter war nicht einfach nur eine Ansara und eine Raintree – sie war die Erbin zweier königlicher Blutlinien! Das musste er unbedingt für sich behalten. Wenn Mercy wüsste, dass die Ansara wieder erstarkt waren, dass sie von einem Dranir geführt wurden, der ebenso mächtig war wie ihr Bruder Dante, dann würde sie merken, was für eine Bedrohung sein Stamm für ihren war.

Wenn die Zeit gekommen war und die Raintree endgültig vernichtet, konnte Eve ihren Platz als Prinzessin an der Spitze der Ansara einnehmen. Bis dahin würde er sie bei Mercy lassen. Aber ehe er sie verließ, musste er sicherstellen, dass sie beide in Sicherheit waren.

Ja, *beide*. Sowohl Mutter als auch Tochter.

Bis er sich um Cael gekümmert hatte und sich sicher sein konnte, dass Eve gut bei seinen Leuten aufgehoben war, brauchte er Mercy, um ihr Kind zu beschützen. Wenn er seinen Bruder erst einmal ausgeschaltet und den alten Erlass aufgehoben hatte, würde er sich nehmen, was ihm gehörte.

Aber wie konnte er Mercy Eve fortnehmen, ohne Mercy umzubringen und sich den höllischen Zorn von Dante und Gideon zuzuziehen?

Falls es sie überhaupt gab, würde die Antwort auf diese Frage nicht leicht zu finden sein.

Immer, wenn er ruhelos war, wenn Sorgen schwer auf seinen Schultern lasteten, ging Judah spazieren. Manchmal meilenweit. Er brauchte die kühle Nachtluft jetzt mehr als je zuvor, um einen klaren Kopf zu bekommen und noch vor Morgengrauen einen Plan zu ersinnen.

Cael gab den Türen, die auf das Sonnendeck vor seinem Strandhaus führten, einen heftigen Stoß. Die Wut auf seinen Bruder hatte sich zu Bitterkeit verflüchtigt. Judah war stolz und arrogant, und er war sich seiner Stellung als Dranir sicher. Der geliebte Sohn. Der Auserwählte.

Wut siedete ein paar Grad vor dem Aufkochen in Cael, gerade genug, dass in der Ferne Donner grollte, aber nicht stark genug, um einen Blitz hinabfahren zu lassen oder gleißendes Feuer zu entfachen.

Judahs Tage waren gezählt. Cael hatte die letzten Jahre damit verbracht, nach und nach die Saat der Anarchie in die Blutlinie der Ansara zu streuen. Wenigstens die Hälfte der jungen Krieger war bereit für den Kampf und versessen darauf, sich selbst zu beweisen. Aber nur eine Handvoll waren Cael bedingungslos ergeben. Judah hatte seinen Stamm fest im Griff.

Cael zog seinen Bademantel aus, trat von seinem Sonnendeck an den Strand und ging direkt ins Meer. Er und das Wasser wurden eins. Unbegreiflich mächtig. Ursprünglich. Eine Kraft, mit der man rechnen musste. Mit jedem Zug gelangte er weiter und weiter hinaus auf See. Furchtlos. Waghalsig.

Und dann hielt er inne und zwang seinen Körper, zu treiben, sich mit der Strömung ziehen zu lassen, so sehr Teil des Ozeans zu werden wie die Kreaturen, die das Erdenwasser ihr Zuhause nannten. Er benutzte nur seinen Geist und die übersinnlichen Gaben, die er von seinen Eltern geerbt hatte. Er konzentrierte sich darauf, sich zurück aufs trockene Land zu bringen, ohne einen Muskel zu bewegen. Stumm flüsterte er uralte Worte, die seine Mutter ihm beigebracht hatte, und fügte damit seinen Gaben eine starke Magie hinzu.

Sein Körper zitterte, als eine Welle reiner Energie ihn durchströmte. Er spürte, wie er aus dem Wasser hob. Bisher waren alle vorherigen Versuche, sich selbst zu teleportieren, gescheitert. Doch jetzt, das wusste er, würde er sein Ziel erreichen.

So plötzlich, wie er aus dem Wasser gestiegen war, fiel er auch wieder. Es gab ein lautes Klatschen, als sein Körper gute drei Meter hinab in den Ozean fiel. Jetzt musste Cael alle seine Energie darauf verwenden, sein Leben zu retten. Er war gezwungen, sich darauf zu konzentrieren, wieder an die Oberfläche zu kommen. Nachdem es ihm gelungen war, sich wieder zu fangen, schwamm er an die Oberfläche und dann zurück durch das Meer an den Sandstrand.

Er schleppte sich aus dem Ozean, stand am Rande des Wassers, wo die Wellen über seine Füße wuschen, und fluchte gen Himmel. Verfluchte seine eigene Unfähigkeit. Wie konnte er darauf hoffen, Judah zu besiegen, wenn es ihm nicht gelang, seinen Bruder in Stärke und Macht zu übertreffen? Der Tag würde kommen – bald schon –, an dem er und Judah sich ihrem Schicksal stellen mussten. Einem gemeinsamen Schicksal. Gewinnen und verlieren, zwei Seiten derselben Münze. Judahs Niederlage. Caels Triumph.

Warum bist du immer noch in Amerika, Bruder, immer noch in North Carolina, nahe dem Heiligtum der Raintree? Was hält dich dort nur einen Augenblick länger als nötig?

Als er sich mit Judah unterhalten hatte, hatte Cael ein kurzes Aufblitzen wahrgenommen, nur ein Zucken von etwas, ehe Judah ihn ausgeschlossen und seine Gedanken abgeschottet hatte.

Nein, kein Aufzucken von etwas, sondern von *jemandem*.

Der Anflug einer Vision, plötzlich da, im nächsten Augenblick verschwunden.

Grüne Raintree-Augen.

Ich muss herausfinden, was Judah vor mir verbirgt. Es gibt etwas, das ich nicht wissen soll. Ein Geheimnis. Ein Geheimnis mit grünen Raintree-Augen.

5. KAPITEL

Montagmorgen, 5:00 Uhr

Judah stand auf einem kleinen Hügel, der weniger als eine halbe Meile außerhalb der Grenzen des Heiligtums lag. Dunkelheit umgab ihn. Er war allein und er hatte viele Entscheidungen zu treffen. Plötzlich vibrierte das Telefon in der Innentasche seiner Jacke. Er warf einen Blick auf das Display. Es war Claude. Er und sein Cousin kommunizierten manchmal telepathisch, aber da telepathisches Austauschen immer wertvolle Energie kostete, riefen sie sich normalerweise einfach an. Und da Telepathie die Gedanken auch für andere offenlegte, die die gleiche Gabe besaßen, war eine abhörgeschützte Telefonleitung sicherer. Das Letzte, was er jetzt gebrauchen konnte, war, dass Cael versuchte, seine privaten Gespräche abzuhören.

„Du bist schrecklich früh wach", sagte Judah zu seinem Cousin.

„Wo bist du?", fragte Claude.

„Was ist los?"

„Ich weiß nicht genau. Vielleicht gar nichts."

„Für gar nichts würdest du mich nicht anrufen. Gibt es ein geschäftliches Problem oder …"

„Bartholomew hat vor Kurzem nach mir schicken lassen", sagte Claude. „Sidra hatte eine Vision."

Diese zwei älteren Mitglieder des Rates waren schon seit über fünfzig Jahren verheiratet. Bartholomew besaß viele verschieden stark ausgeprägte Gaben, seine Frau dagegen nur wenige, und nur eine von ihnen war wirklich stark. Sie war eine Hellseherin, die auf der Welt ihresgleichen suchte.

Judahs Eingeweide zogen sich zusammen. „Sag es mir."

„Sie hat Feuer und Blut gesehen. Im Zentrum des Feuers lag die Krone eines Dranirs. Die des Raintree-Dranirs. Und in der Blutlache lag eine Waffe, die Blitze schießen konnte."

„Wir wissen, dass Dante Raintree viele Gaben besitzt, die mir ebenfalls gegeben sind. Dazu gehört auch die Herrschaft über das Feuer."

„Ja. Deshalb dachten wir uns schon, dass ihre Vision mit ihm zu tun hat, und …" Claude zögerte einen Augenblick. „Prinz Gideon arbeitet als Detective bei der Polizei, oder? Und wir glauben, dass seine größte Gabe darin besteht, sich mit elektrischer Energie und mit den Elementen verbinden zu können, zum Beispiel mit Blitzen."

„Du vermutest, dass Sidra eine Vision über die zwei Prinzen der Raintree hatte, aber du hast mir noch nicht gesagt, was das alles mit uns zu tun hat … mit den Ansara."

„Das Feuer, das die Krone verzehrt hat, und das Blut, in dem die Waffe lag, kamen von Cael. Sidra hat es gesehen. Ehe sie in einen tiefen Schlaf fiel, hat sie Bartholomew gesagt, dass sie nicht die Zukunft gesehen hat, sondern die Vergangenheit. Diese Dinge sind bereits geschehen. Sie glaubt, dass Cael bereits einen Anschlag auf den Dranir der Raintree und auf seinen Bruder verübt hat."

Der Boden unter Judahs Füßen bebte. In ihm kochte Wut hoch und entzündete heiße Flammen an seinen Fingerspitzen. Er ballte die Hände, um das Feuer zu ersticken. Kleine Rauchwolken stiegen aus seinen geschlossenen Fäusten.

„Cael muss aufgehalten werden", sagte Judah.

„Er hat eine Handvoll Anhänger. Nicht viele, aber sie sind ihm treu. Wir werden uns auch um sie kümmern müssen."

„Wir müssen schnell handeln", sagte Judah, „Sprich nur mit denen, denen du wirklich vertraust. Trag Informationen zusammen. Ich bin heute Abend zurück."

„Warum die Verzögerung? Sidra glaubt, wir müssen sofort etwas tun, um Caels Handlungen entgegenzuwirken."

„Es gibt hier einige Komplikationen."

„Wo ist ‚hier'?"

„Ich bin in Sanctuary."

„*In* Sanctuary?"

„Ja."

„Haben die dort kein Kraftfeld? Wie hast du deine Gaben benutzt um hineinzukommen, ohne jemanden zu …"

„Ich erkläre dir alles Weitere, wenn wir uns heute Abend sehen."

„Haben diese Komplikationen mit Mercy Raintree zu tun?", fragte Claude.

„Was?"

„Du bist doch nach North Carolina geflogen, um sie vor Greynell zu retten, oder nicht?"

„Er hatte nicht das Recht, sie zu töten. Sie gehört mir. Ich dachte, du und alle anderen Mitglieder des Rates verstehen, warum ich hergekommen bin."

„Niemand stellt dein Recht infrage, sie und ihren Bruder Dante in *der Schlacht*, die vor uns liegt, zu töten, aber … Ich kenne dich, Judah. Ich kenne dich besser als jeder andere. Ich habe schon oft in deine Seele geblickt."

„Und ich in deine. Aber ich verstehe nicht, worauf du hinauswillst."

„Ich habe Mercy Raintree früher oft in deinem Kopf gesehen, ehe du es geschafft hast, die Gedanken an sie ganz zu verbannen."

Judah könnte Claudes Anklage verleugnen, aber sein Cousin würde wissen, dass er log.

„Du weißt, dass ich vor Jahren mit ihr geschlafen habe", sagte Judah. „Ich habe der Raintree-Prinzessin ihre Unschuld genommen."

„Dann ist sie es, die dich dort hält?", schnaubte Claude. „Zweifellos hat sie *dich* auch nie vergessen."

„Sie ist nicht wichtig. Ich muss nur noch etwas mit ihr begleichen, ehe ich nach Terrebonne zurückkehre."

„In Ordnung", sagte Claude. „Ich rede mit Benedict und Bartholomew. Wir berufen für heute Abend eine Versammlung ein und besprechen, wie wir Cael aufhalten können."

„Pass auf dich auf", warnte ihn Judah. „Kehre Cael nicht den Rücken zu! Nicht mal für nur einen Moment. Wenn er mutig genug ist, einen Mörder nach mir zu schicken, dann bist du auch nicht vor ihm sicher. Niemand, der mir treu ist, ist mehr vor ihm sicher."

* * *

Montagmorgen, 5:35 Uhr

Mercy griff nach dem klingelnden Telefon auf ihrem Nachttisch, setzte sich auf und warf die Laken zurück. Sie hatte kaum mehr als ein paar Minuten am Stück geschlafen und hatte immer noch ihre Kleidung vom letzten Tag an. Das Display des Telefons zeigte Gideons Nummer.

„Was ist los?"

„Mach dir keine Sorgen", sagte ihr Bruder. „Es geht mir gut. Dante geht es auch gut."

„Aber?"

„Aber in Dantes Kasino hat es gebrannt."

„Wie schlimm ist es?"

„Er hat gesagt, es könnte zwar schlimmer sein, aber es sei auch so schon schlimm genug."

„Bist du sicher, dass es ihm gut geht?"

„Ja, es geht ihm gut. Er hat mich vor ein paar Stunden angerufen und mich gebeten, dir Bescheid zu sagen. Er wollte nicht, dass einer von uns es in der Zeitung liest oder im Fernsehen sieht."

„Das Feuer muss wirklich schlimm gewesen sein, wenn Dante denkt, dass sie es in den überregionalen Nachrichten bringen."

„War es wahrscheinlich."

„Wenn ihr zwei mich nur nicht immer ausschließen würdet. Wenn du …"

Gideon knurrte leise. „Du bist unsere kleine Schwester. Wir wollen nicht, dass du in unseren Köpfen herumkramst und dich in unser Privatleben einmischst."

Mercy ignorierte diese Erklärung, wie sie es in der Vergangenheit schon oft getan hatte. „Fährst du nach Reno?" Wenn sie nicht zu Hause alle Hände voll zu tun hätte, könnte sie nach Ashville fahren und den nächsten Flug nehmen. Aber mit Judah Ansara fertig zu werden war alles, was sie zurzeit tun konnte.

„Dante hat gesagt, wir sollen bleiben, wo wir sind. Er kommt gut ohne unsere Hilfe zurecht. Aber er wird in den nächsten paar Tagen ziemlich beschäftigt sein, also mach dir keine Sorgen, falls er sich nicht meldet."

„Wenn du noch einmal mit ihm sprichst, grüß ihn von mir. Sag ihm … Gideon?"

„Was ist los?"

„Nichts", log sie, „es ist nur … ich mache mir Sorgen um dich und Dante."

„Wir sind schon groß. Wir können auf uns selbst aufpassen. Sorg du dafür, dass zu Hause die Öfen brennen und es Eve gut geht."

„Das schaffe ich."

„Ich muss los."

„Ich hab dich lieb", sagte Mercy.

„Ja, ich dich auch."

Mercy legte den Hörer auf und seufzte tief. Konnte sie sich wirklich um Eve kümmern, jetzt, wo sie sie vor ihrem eigenen Vater beschützen musste? Sie hatte Judah seit letzter Nacht nicht mehr gesehen und hatte keine Ahnung, wo er an diesem Morgen war. Er war nicht im Haus, das wusste sie mit Sicherheit. Sie hätte seine Anwesenheit gespürt. Fürs Erste war Eve vor ihm sicher. Aber wo war er, und was tat er gerade? *Schmiedet Pläne gegen mich*, dachte Mercy. *Wahrscheinlich plant er, mir Eve wegzunehmen.*

Oder Schlimmeres.

Die Ansara waren nicht wie die Raintree, aber sie waren auch nicht wie einfache Sterbliche. Wenn man sie richtig provozierte, konnten und würden sie ihre eigenen Nachkommen umbringen. Das Böse, das vor Jahrhunderten in ihnen Wurzeln geschlagen hatte, hatte den gesamten Clan verändert. Aus einem Stamm, der einst Verbündeter der Raintree gewesen war, war ihr ärgster Feind geworden. Judah war ein Ansara. Er war böse. Sie konnte es sich nicht gestatten, etwas anderes zu denken. Egal, wie sehr sie sich danach sehnte.

Während der letzten sieben Jahre hatte sie auf unzählige Arten versucht, die Erinnerungen an die Nacht, die sie in seinen Armen verbracht hatte, auszulöschen. Sie war seine willige Schülerin gewesen, hatte sich ihm ganz und gar hingegeben, hatte sich danach gesehnt, alles zu lernen, was er ihr beibringen konnte. Erinnerungen an seine Lippen auf ihren, an seine großen, starken Hände, die ihren Körper streichelten, an seine hitzigen Worte der Leidenschaft quälten sie, hielten ihr vor, was für ein leichtsinniges junges Dummchen sie gewesen war. Dumm und viel zu vertrauensselig.

Aber sie würde diesen Fehler nicht noch einmal begehen.

* * *

7:00 Uhr

„Was soll das heißen, du weißt nicht, wo er ist?" Sidonia starrte Mercy wütend an. „Hat er letzte Nacht nicht hier geschlafen?"

Mercy deckte den Tisch für vier Personen. Sie wusste instinktiv, dass Judah sich zu ihnen gesellen würde. Wo er auch war, den heiligen Grund hatte er nicht verlassen. Wenn er das hätte, würde sie es wissen. Sie spürte die Anwesenheit von jedem lebenden Wesen in den Grenzen ihrer neunhundertneunundneunzig Morgen. Ihre Heimat. Ihre Verantwortung.

„Er hat nicht hier im Haus geschlafen", antwortete Mercy", aber er ist immer noch hier."

„Hm." Sidonia beschäftigte sich mit den Vorbereitungen ihrer Mahlzeit, aber sie sah immer wieder zu Mercy, prüfte sie. Während Sidonia mit dem Rücken zu Mercy die Zutaten aus den Schränken nahm, sagte sie: „Heute Morgen hat sehr früh das Telefon geklingelt …"

„Gideon hat angerufen. In Dantes Kasino hat es gebrannt. Ihm geht es gut, aber es hat anscheinend einen großen Schaden verursacht. Vielleicht bringen sie das Feuer in den Nachrichten."

Mercy spürte Judahs Anwesenheit sofort, als er den Raum betrat, nur einige Sekunden, nachdem sie gesprochen hatte.

„Es überrascht mich, dass keiner der Raintree-Seher das Feuer voraussagen konnte", sagte er.

Mercy antwortete ihm nicht. Sie durchschritt den Raum, ging zur Vorratskammer, nahm Papierservietten heraus und legte eine neben jedes Gedeck. Sidonia starrte ihn wütend an, sagte aber ebenfalls nichts.

„Wir müssen reden", sagte Judah zu Mercy. „Allein."

„Sidonia macht gerade Frühstück. Isst du mit? Eve kommt bald runter, und ich nehme an, du würdest sie gerne noch sehen, ehe du gehst."

Judahs Lippen verzogen sich kaum merklich, als würde Mercy ihn amüsieren. „Interessant. Ein Raintree ist gastfreundlich zu einem Ansara."

„Nicht zu irgendeinem Ansara. Du bist immerhin Eves Vater."

„Was du lieber vergessen würdest, und was du vor mir und deinen Brüdern sechs Jahre lang verheimlicht hast."

„Ich kann vernünftig sein, wenn du es auch bist", sagte Mercy und sah Judah endlich an. Sie wünschte, sie hätte es nicht getan. Er war kein Mann, den sie einfach ignorieren konnte. Weder körperlich noch geistig, noch … sinnlich …

„Und vernünftig zu sein, würde bedeuten …?", fragte er.

„Ich wäre damit einverstanden, wenn du Eve besuchst. Wir können arrangieren, dass …"

„Nein."

„Wenn du sie lieber nicht sehen willst, ist das …"

„Ich würde sie lieber mitnehmen."

„Das würde ich nie zulassen."

„Ich habe aber auch nicht gesagt, dass ich es *tue*, nur so viel, dass es mir lieber wäre."

Die Küchentür schwang auf. Eve kam in einem rosa Pyjama in die Küche gesprungen. In der Hand hielt sie einen ausgestopften Löwen, der schon bessere Tage gesehen hatte. Sie lief erst zu Mercy, die sie in die Arme nahm und ihr einen Gutenmorgenkuss gab. Mercy betrachtete Judah. „Wir unterhalten uns allein weiter, nach dem Frühstück."

„Bleibt Daddy zum Frühstück?", fragte Eve.

„Ja, das tut er", antwortete Mercy.

Eve wand sich in ihren Armen, bis Mercy sie wieder auf dem Boden absetzte. Dann ging sie zu Judah und sah zu ihm hoch. „Guten Morgen."

„Guten Morgen." Judah betrachtete seine Tochter.

Mercy wusste, dass ihr Kind von Judah erwartete, irgendetwas Väterliches zu tun, ihr die Haare zu raufen oder sie zu küssen oder sich mit ihr zu unterhalten. Als er das nicht tat, nahm Eve die Sache selbst in die Hand. Sie hielt ihren Plüschlöwen hoch und zeigte ihn Judah.

„Ich habe viele Kuscheltiere und Puppen", sagte Eve. „Diesen hier habe ich am liebsten. Ich habe ihn mir selbst ausgesucht, als ich noch klein war, richtig, Mom?" Sie sah zu Mercy, die zustimmend nickte. „Sein Name ist Jasper."

Judahs Gesichtszüge wurden härter, als hätte Eve etwas gesagt, was ihn verärgerte.

„Bist du böse mit mir, Daddy?", fragte Eve.

„Nein."

„Woran denkst du?" Eve sah Judah fragend an. „Ich kann deine Gedanken überhaupt nicht lesen, aber das ist in Ordnung. Mommy lässt mich ihre auch nicht lesen."

„Als ich ein Junge war, hatte ich auch einen Löwen zum Spielen – einen echten", sagte Judah.

„Und der hieß auch Jasper, stimmt's?" Eve strahlte vor Freude, als hätte sie gerade ein wichtiges Rätsel gelöst.

„Ja", sagte Judah nur.

Eve streckte ihre Arme aus und griff nach Judahs Hand. Für einen Augenblick flackerten ihre Augen, wechselten ihre Farbe von Grün zu Gold und wieder zurück zu Grün. Mercys Herz stand für den Bruchteil einer Sekunde still.

Ich habe es mir eingebildet, versuchte Mercy sich einzureden. Aber sie wusste es besser. Etwas Mächtiges war zwischen Judah und Eve geschehen, auch wenn keiner von ihnen sich dessen bewusst war.

Mercy aber wusste es. Sie spürte es tief in ihrem Inneren.

Eve plapperte während des gesamten Frühstücks. Sie klärte Judah darüber auf, was sie mochte, was sie nicht mochte, wie sie den Tag verbrachte. Im Grunde erzählte sie ihm ihre ganze Lebensgeschichte. Mercy stocherte nur in ihrem Essen herum, aber Judah aß mit herzhaftem Appetit.

„Wenn du fertig bist, können wir jetzt ins Arbeitszimmer gehen", sagte Mercy zu Judah, als sie ihren Stuhl zurückschob und aufstand.

Er sah über seine Schulter zu Sidonia. „Das Frühstück war sehr gut. Danke.“

Sidonia verzog den Mund und bedachte ihn mit einem vernichtenden Blick.

Er lachte leise, warf seine Serviette auf den Tisch und stand auf. Er machte eine wohlerzogene Handbewegung und sagte: „Nach dir.“

Eve sprang aus ihrem Stuhl. „Ich auch.“

„Nein“, sagte Mercy, „du bleibst hier bei Sidonia. Judah … dein Vater und ich müssen …“

„Ihr wollt über mich reden.“ Eve stemmte beide Hände in ihre Hüften und runzelte die Stirn. „Ich sollte dabei sein, damit ich euch beiden sagen kann, was ich denke.“

„Nein.“ Mercy schüttelte den Kopf.

„Doch.“ Eve stampfte mit dem Fuß auf.

„Du bleibst bei Sidonia.“

Eve sah zu Judah. „Ich will mitkommen, Daddy, bitte.“

Ehe Judah antworten konnte, sagte Mercy: „Das ist genug, junge Dame. Du bleibst hier bei Sidonia.“ Sie starrte Judah an, als wartete sie nur darauf, dass er ihr widersprach.

Plötzlich flog ein leeres Glas vom Tisch und zersprang an der Wand, dann ein Weiteres und noch eins. Innerhalb einer Minute flog jeder Teller, jedes Glas und jeder Becher vom Tisch in die Luft und wirbelte wild herum, dann schlug ein Teil nach dem anderen auf dem Boden auf und zersprang zu Scherben aus Glas und Ton.

Mercy kniff die Augen zusammen und konzentrierte sich auf Eve. Sie benutzte ihre Gaben, um denen von Eve entgegenzuwirken und ihren Wutausbruch einzudämmen. Mit jedem Jahr, das verstrich, wurden Eves Gaben stärker, und Mercy wusste, dass der Tag kommen würde, an dem ihr Kind mächtiger sein würde als sie selbst. Sie betete, dass Eve, wenn es so weit war, reif genug war, um eine so unglaubliche Macht zu bewältigen.

„Du wirst tun, was deine Mom dir sagt“, sagte Judah, „du bleibst bei deinem Kindermädchen.“

Eve wusste, dass sie verloren hatte. Sie verzog ihre Lippen zu einem Schmollen und quetschte sich eine einzelne Träne aus dem Augenwinkel.

„Sidonia, ich will nur, dass Eve das Chaos, das sie verursacht hat, beseitigt“, sagte Mercy, „und ich will nicht, dass du ihr hilfst.“

„Daddy!“ Eve flehte Judah mit den Augen an, sie von ihrer Strafe zu befreien.

Judah ignorierte Eve vollkommen, griff Mercys Arm und führte sie aus der Küche. Sobald sie den Korridor erreicht hatten, der zu ihrem Arbeitszimmer führte, machte Mercy sich von ihm los und hielt kurz inne, um sich zu sammeln.

„Sie ist ganz schön schwierig, was?", sagte Judah.

„Du klingst, als wärest du noch stolz darauf."

„Hättest du lieber eine wimmernde kleine Maus?"

„Du warst wahrscheinlich als Kind auch ziemlich schwierig."

„Das bin ich immer noch", sagte er neckend.

Das war der Judah, an den sie sich erinnerte. Ein charmanter Mann mit Sinn für Humor. Hätte sie nur vor all den Jahren gewusst, dass sich dahinter ein wildes Tier verbarg … Dass er dazu in der Lage war, ihr das Herz herauszureißen … Sie entfernte sich von ihm und ging den Korridor hinunter zur offenen Tür ihres Arbeitszimmers. Ohne sich umzusehen wusste sie, dass er ihr gefolgt war. Nachdem sie das Arbeitszimmer betreten hatten, schloss Mercy die Tür hinter ihnen.

„Setz dich bitte." Mit einer ausholenden Handbewegung deutete sie auf einen bestimmten Stuhl.

Er schlug die Beine übereinander, lehnte sich zurück und sah sie an.

Sie setzte sich ihm gegenüber auf ihr Sofa und faltete ihre Hände sittsam im Schoß.

„Eve ist mein Kind. Sie ist eine Raintree. Ich werde nicht zulassen, dass du ihr wehtust, und ich werde nie zulassen, dass du sie mitnimmst."

„Du lässt uns nicht viele Möglichkeiten, einen Kompromiss zu schließen."

„Das stimmt."

„Dann lass uns – jedenfalls für den Moment – sagen, dass ich dir zustimme. Ich werde Eve bei dir lassen, in dem Wissen, dass du mein Kind genauso beschützen wirst, wie du es getan hast, schon bevor sie geboren war."

Mercy vertraute Judah nicht. Und zwar mit gutem Grund. Er hatte gesagt „für den Moment." Bedeutete das, dass er eines Tages doch Eve für sich beanspruchen würde?

„Eve wird hier bei mir bleiben, bis sie erwachsen ist." Mercy wollte, dass Judah sie genau verstand.

„Wir sollten uns jetzt nicht über die Details und das Wo und Wann streiten. Jetzt nicht", sagte Judah. „Ich fahre heute Nachmittag wieder, und Eve bleibt bei dir."

„Aber du hast vor, wiederzukommen."

„Eines Tages."

„Tu das nicht."

„Soll das heißen: Geh nicht?", fragte er betont beiläufig.

„Komm nie mehr wieder."

„Ich hatte vergessen, wie temperamentvoll du bist." Er sah sie von oben bis unten an. „Ich hatte vieles vergessen."

Mercy zwang sich, keine Gefühlsregung zu zeigen. Sie stand langsam auf. „Es gibt keinen Grund für dich, noch länger zu bleiben. Wenn du willst, dann hole ich sofort jemanden, der dich zum Flughafen fährt."

Judah sank noch entspannter zurück in seinen Sessel. „Ich fahre heute Nachmittag. Darum kümmere ich mich schon selbst."

„Warum willst du noch bleiben?"

„Ich will einfach nur ein paar Stunden mit meiner Tochter verbringen."

„Nein."

„Mach hieraus doch keine Kraftprobe." Judah stand auf und sah Mercy direkt an. „Wir wollen doch nicht, dass die Sache hier ausartet. Nicht vor unserer Tochter."

„Wenn ich dir ein wenig Zeit mit Eve gestatte, versprichst du mir dann, ihr auf keine Weise Leid zuzufügen? Und das schließt ein, dass du nicht versuchst, sie zu belehren oder ihren Geist oder ihre Gefühle zu brechen. Und wirst du diesen Ort danach ohne sie verlassen und nie mehr zurückkehren?"

„Ich verspreche dir, dass ich ohne sie fahre. Und es gibt auch keinen Grund, warum ich versuchen sollte, die Raintree in Eve zu brechen. Die Ansara in ihr schläft vielleicht noch, aber eines Tages wird Eve eine wahre Ansara sein."

Mercy hasste Judah dafür, dass er ihr die Zukunft so fürchterlich ausmalte, aber er hatte nichts gesagt, woran sie nicht selbst Tausende Male gedacht hatte, seit ihr Kind geboren war.

„Du darfst ein paar Stunden mit Eve verbringen, aber nicht allein", sagte Mercy. „Sidonia wird bei ihr bleiben."

„Nein, nicht Sidonia", antwortete Judah. „Wenn du nicht willst, dass sie mit mir allein ist, kannst *du* bei ihr bleiben. Bei *uns*."

* * *

Cael genoss sein Frühstück auf der Terrasse. Allein. Auch wenn er und Alexandria ihre Beziehung vollzogen hatten und sie glaubte, dass sie eines Tages seine Dranira sein würde, hatte er nicht vor, ihr jetzt oder in Zukunft treu zu sein. Er bevorzugte es, mit sterblichen Frauen zu schlafen, weil er sie leichter kontrollieren konnte. Er hielt sich einen kleinen Harem verzauberter Frauen in einem geheimen Bordell, das allein seinem körperlichen Genuss diente. Er teilte seine Huren oft mit jungen Kriegern, die er in seinen Dienst locken wollte.

Während Cael ein Glas frisch gepressten Orangensaft trank, sah er durch die offenen Türen in sein Haus. Sein Blick blieb am Fernseher hängen. Der Nachrichtensender zeigte schon wieder Bilder von dem vernichtenden Feuer, das in einem Kasino in Reno ausgebrochen war. Dante Raintrees Kasino. Cael lächelte.

Er hatte mehrere seiner besten Krieger nach Reno geschickt, und sie hatten nur ein Ziel: Raintree zu zerstören. Dante lebte noch, aber sie hatten ihm einen schweren Schlag verpasst. Mission wenigstens teilweise erfüllt. Und Cael hatte eine ganz besondere Ansara nach Wilmington, North Carolina geschickt, um einen sehr besonderen Raintree umzubringen. Tabby war eine furchtbar bösartige kleine Schlampe, was sie ideal für den Job machte, für den er sie ausgeschickt hatte. Vor *der Schlacht* mit den Raintree, die jetzt weniger als eine Woche entfernt war, wollte Cael die königlichen Geschwister und noch einige weitere wichtige Mitglieder der Raintree-Familie vernichtet haben, egal wie. Unglücklicherweise lebten die Geschwister noch – aber nur für den Augenblick. Wenigstens Echo, die Seherin der Raintree, war jetzt tot, Tabby sei Dank.

Cael hatte einen Zauber ausgesprochen, der die Fähigkeiten der anderen Raintree-Seher umwölkte, aber Echo war zu mächtig gewesen. Deshalb musste sie eliminiert werden. Auch wenn Cael glaubte, dass die Ansara mehr als bereit waren, gegen die Raintree zu kämpfen und zu gewinnen, wollte er doch den Vorteil eines Überraschungsangriffs auf seiner Seite wissen. Und das war einfacher, wenn Echo Raintree tot war und die Vernichtung ihres Volkes in der nahen Zukunft nicht voraussehen konnte.

Rache an den Raintree. Wie süß würde dieser Sieg schmecken!

Caels Pläne fügten sich gut ineinander, auch wenn er nur eine

Handvoll treuer Anhänger hatte. Schon jetzt war es zu spät, umzukehren. Zu spät, als dass Judah das Unvermeidliche noch aufhalten konnte. Es würde nur eine Frage der Zeit sein, bis die Raintree bemerkten, dass die Ansara für die Angriffe in den letzten Tagen verantwortlich waren. Der Hohe Rat würde einsehen, dass es Zeit war, zuzuschlagen, noch ehe die Raintree vermuteten, dass die Ansara wieder ein starker und mächtiger Stamm geworden waren. Und Judahs Verlangen, noch fünf weitere Jahre zu warten, würde auf taube Ohren stoßen. Sogar er, der scheinbar unbesiegbare Dranir, würde keine andere Wahl haben, als an Caels Seite in die Schlacht zu ziehen.

Judah würde natürlich im Kampf umkommen. Dafür würde Cael sorgen. Und ihr Volk würde um Judah trauern. Aber auf den Schwingen des süßen Triumphes würde Cael zu seiner rechtmäßigen Position als neuer Dranir aufsteigen.

Er konnte nicht zulassen, dass etwas seine Pläne durcheinanderbrachte. Er war so kurz davor, zu bekommen, was er wollte. Zweifel konnte er nicht zulassen. Um noch einmal alles zu überdenken, war es zu spät.

Aber er konnte nicht vergessen, was er am Abend zuvor für nur eine Sekunde in Judahs Gedanken hatte aufblitzen sehen. Wenn er nur mehr gesehen hätte, ehe Judah ihn ausgeschlossen hatte! Aber es hatte gereicht, um ihn zu beunruhigen. Warum war Judah nicht heimgekehrt? Was hielt ihn in Amerika?

Nein, nicht was, sondern wer? Wer auch immer es war, er hatte grüne Raintree-Augen.

Mercy Raintree vielleicht.

Hatte Judah mehr getan, als das Leben der Prinzessin zu retten?

Was Judahs Geheimnis auch sein mochte, Cael hatte vor, es zu lüften. Er nahm sein winziges Handy vom Glastisch und erledigte einen eiligen Anruf. Sobald Horace, einer seiner treuen Anhänger, abhob, sagte Cael: „Ich muss so viel wie möglich über Mercy Raintree herausfinden, und über jeden anderen, der zurzeit in Sanctuary lebt. Sei diskret! Wir können nicht riskieren, dass Judah etwas merkt. Verstanden?"

„Ja, mein Lord. Ich habe verstanden."

„Ich brauche die Informationen *sofort*."

Cael legte das Telefon zurück auf den Tisch, nahm seine Gabel und verschlang die Eier Benedict, die sein Koch für ihn zubereitet hatte. Perfekt. Genau nach seinen Anweisungen. Wenn er erst einmal Dranir war, würde alles nach seinen Anweisungen erledigt werden. Jeder auf der Erde würde ihm gehorchen. Nicht nur jeder Ansara, auch jeder Mensch würde ihn verehren wie den Gott, der zu werden er bestimmt war.

6. KAPITEL

Montag, 11:00 Uhr

Judah hatte immer gewusst, dass von ihm als Dranir der Ansara erwartet wurde, eines Tages einen Erben für die Thronfolge zu zeugen. Aber er hatte noch keine großen Gedanken daran verschwendet. Und wenn doch, hatte er sich als Vater eines männlichen Erben gesehen. Frauen waren anders, egal ob sterblich, ob Ansara oder Raintree. Eine Tochter brauchte Schutz vor Männern, wie er selbst immer einer gewesen war. Daran brauchte man bei einem Sohn nicht zu denken.

Während er beobachtete, wie Eve wilde Blumen auf einer Lichtung pflückte, dachte er darüber nach, was sie bedeutete. Nicht nur für ihn, sondern für die Raintree. Ein gemischtrassiges Kind war schon seit Ewigkeiten nicht mehr geboren worden, und keines hatte seine Kindheit überlebt. In seiner Jugend hatte er die Geschichte der beiden Stämme studiert. Die alten Sagen um diese Kinder waren nichts mehr als Erfindungen der ehrwürdigen Schriftführer der Ansara. Angeblich besaß so ein Kind nicht nur die einzigartigen Gaben beider Elternteile, was es mächtiger machte als die Eltern allein, dem Kind wurde auch die Gabe zuteil, einen neuen und einzigartigen Stamm zu gründen, der weder Ansara noch Raintree war.

Bist du das, meine kleine Eve? Mutter eines neuen Stammes?

Unsinn! Eines Tages würde Eve vollkommen Ansara sein, und auch wenn er in Zukunft weitere Kinder zeugen sollte, konnte sie immer noch Dranira der Ansara werden. Das würde dann seine eigene Entscheidung sein.

Aber würde Eve einen Stamm regieren wollen, der das Volk ihrer Mutter vernichtet hatte? Würde sie sich dem Mann willentlich anschließen, der ihre Mutter getötet hatte?

„Daddy, guck!", rief Eve und ließ ihren gepflückten Blumenstrauß auf den Boden fallen, „ich kann eine Rolle machen."

„Sei vorsichtig", warnte Mercy sie, „und gib nicht an."

Eve ignorierte ihre Mutter, ließ sich auf alle viere nieder und überschlug sich, wieder und wieder, bis sie sich so schnell bewegte, dass ihr kleiner Körper nur noch ein verschwommener Fleck war.

Judah lächelte. Es war offensichtlich, dass sie angab. Für ihn.

„Eve! Hör auf, ehe du dir wehtust!"

„Lass sie doch", sagte Judah. „Sie hat ihren Spaß. Ich habe früher auch alles Mögliche gemacht, um die Aufmerksamkeit meiner Eltern zu erregen."

Plötzlich wurde Eve langsamer. Die Kraft, die sie benutzt hatte, um ihre Geschwindigkeit aufzubauen, warf im plötzlichen Stillstand ihren kleinen Körper gute zehn Meter in die Luft.

„Oh, mein Gott!", rief Mercy aus.

Ehe Eves Körper auf dem Boden aufkam, schwebte sie ein Stück über der grasigen Erde, auf die sie aufgeprallt wäre, wenn ihre Eltern nicht eingegriffen hätten. Mercy und Judah sahen sich an. Erstaunt stellte er fest, dass sie beide ihre Gaben eingesetzt hatten, um Eve zu beschützen.

Judah hielt Eve weiter kraft seiner Gedanken in der Luft fest, während er eilig die Lichtung überquerte. Sie drehte ihren Kopf zur Seite und lächelte ihn an, als er auf sie zukam. Er streckte seine Arme aus und zog Eve an sich.

„Mom ist wütend", sagte Eve.

„Überlass deine Mutter mir."

Mercy stellte sich neben Judah und starrte Eve wütend an. „Ich habe dir gesagt, du sollst aufpassen. Du kannst deine Kraft noch nicht kontrollieren, und bis du es kannst, musst du dich zurückhalten mit …"

„Aber sich ausprobieren muss sie doch?", sagte Judah, während er Eve wieder auf ihre Füße stellte.

Eve sah bewundernd zu Judah auf. Mercy zuckte zusammen.

„Es gibt sicherere Wege", sagte Mercy.

Eve griff nach Judahs Hand, als spürte sie, dass er sie vor dem Zorn ihrer Mutter beschützen würde. „Daddy kann mir bei meinen Lektionen helfen."

„Nein!" Mercy schrie ihre einsilbige Antwort fast.

„Warum nicht?", quengelte Eve.

„Weil dein Vater heute wieder fährt." Mercy warf Judah einen warnenden Blick zu. Er sollte es nur wagen, ihr zu widersprechen.

„Nein, Daddy, bitte fahr nicht." Eve zog an Judahs Arm. „Ich will, dass du bleibst."

„Ich muss", sagte er, „ich kann nicht bleiben."

„Du schickst ihn weg!", schrie Eve Mercy an. „Ich hasse dich! Ich hasse dich!"

Eve knirschte mit den Zähnen, kniff ihre Augen zu schmalen Schlitzen zusammen und konzentrierte sich ganz auf ihre Mutter. Ohne Vorwarnung kam ein starker Wind auf, und der Himmel überzog sich mit grauen Wolken. Blitze zuckten herab und fuhren rund um Mercy in die Erde.

Stopp!, befahl Judah seiner Tochter. *Ich weiß, dass du wütend bist, aber du könntest deiner Mom wehtun. Das willst du doch gar nicht, oder?*

Der Wind legte sich augenblicklich, auch wenn der Donner weiterhin grollte. Innerhalb kürzester Zeit klarte der Himmel auf, und die Sonne begann wieder zu scheinen.

Judah fing an, die wahren Kräfte seiner Tochter zu begreifen. Er hatte noch nie ein Kind von sechs Jahren gekannt, das nur halb so viel zustande brachte wie das, was er von Eve gesehen hatte. Und er verstand auch Mercys Sorge um ihr Kind. Unausgebildete Kraft, wie Eve sie besaß, konnte nicht nur für andere gefährlich sein, sondern auch für Eve selbst.

Mit Tränen in ihren langen, honigfarbenen Wimpern rannte Eve auf Mercy zu und warf ihre Arme um die wackligen Knie ihrer Mutter. „Es tut mir leid, Mommy. Ich habe es nicht so gemeint. Ich würde dir nie wehtun. Ich hab dich lieb. Ich hasse dich gar nicht."

Mercy hob Eve in ihre Arme und drückte sie fest an ihre Brust. Judah wechselte einen Blick mit Mercy und bemerkte den Schimmer von Tränen in ihren Augen.

„Ich weiß. Ich weiß", beruhigte Mercy ihr reuiges Kind. „Du musst mir versprechen, dass du noch mehr versuchst, deine Launen unter Kontrolle zu halten. Und dass du deine Gaben nicht mehr einsetzt, wenn du wütend bist."

„Ich … ich verspreche … ich werde es versuchen." Eve klammerte sich fest an ihre Mutter.

Judah drehte sich um und begann, sich zu entfernen.

„Daddy!"

Er hielt inne und sah über seine Schulter zurück. Eve lehnte gegen die Hüfte ihrer Mutter. In ihren leuchtenden Raintree-Augen schimmerten Tränen. „Kommst du mich bald wieder besuchen?"

„Ich komme zurück zu dir, wenn die Zeit gekommen ist", antwortete Judah.

* * *

Das Haus war ungewöhnlich ruhig. Sidonia arbeitete in ihrem Kräutergarten, und Eve hielt ihr Nachmittagsschläfchen. Mercy saß allein in ihrem Arbeitszimmer. Sie hatte die Vorhänge geschlossen, das Licht gelöscht und dachte über ihre Situation nach. Judah war fort. Aber für wie lange? Er war gegangen, ohne dass sie sich auf irgendetwas geeinigt hatten. In weniger als vierundzwanzig Stunden hatte er ihr das Leben gerettet, herausgefunden, dass er eine Tochter hatte, und ihre Welt auf den Kopf gestellt.

Wer hatte letzte Nacht versucht, sie umzubringen, und warum? Wie hatte Judah davon wissen können? Und warum sollte er sich die Mühe machen, ihr das Leben zu retten? War es möglich, dass es ihm ging wie ihr? Dass er ihre kurze gemeinsame Zeit nie hatte vergessen können?

Hör auf mit diesem romantischen Unsinn!

Judah Ansara ist kein sterblicher Mann, und er ist auch kein Raintree. Er liebt nicht, er erobert. Und das ist alles, was du für ihn warst: eine ganz besondere Eroberung. Vergiss niemals, dass er wusste, dass du eine Raintree-Prinzessin bist, ehe er dich in sein Bett gelockt hat.

All die Jahre war sie davon überzeugt gewesen, dass sie nur Angst um ihr Kind fühlen würde, wenn sie Judah noch einmal treffen sollte. Sie hatte Angst, tödliche Angst davor, wozu Judah noch in der Lage war. Aber sie würde sich selbst nicht belügen. Sie fühlte mehr für ihn als nur Angst.

Sexuelle Anziehung kann sehr machtvoll sein.

Sie hatte den Verdacht, dass sie Judah auch nicht so egal war, wie er es scheinen ließ. Und wenn das stimmte, konnte sie es vielleicht zu ihrem Vorteil benutzen. Wie weit wollte sie gehen, um Eve zu beschützen? So weit wie eben nötig. Auch wenn es bedeutete, Judah zu verführen.

Sei ganz ehrlich mit dir selbst. Du weißt, was getan werden muss.

Ja, das wusste sie. Es gab nur einen einzigen Weg, wie sie Eve wirklich vor ihrem Vater beschützen konnte. Auch wenn Eve ihr das nie verzeihen würde, blieb Mercy keine andere Wahl, als Judah zu töten.

Der Gedanke, den Mann, den sie einst geliebt hatte, umzubringen, zog ihr die Brust zusammen. Sie war als Heilerin geboren. Leben zu nehmen lag ihr nicht. Aber sie war auch Prinzessin der Raintree. Das Blut von Kriegern, Männern und Frauen floss in ihren Adern.

Mercys Blick fiel auf die Wand über dem Kaminsims. Sie betrachtete das goldene Schwert, das dort hing. Das Schwert der Dranira Ancelin, das Schwert, das sie in *der Schlacht* gegen die Ansara geführt hatte. Ihre Ahnin war ebenfalls eine Empathin gewesen, eine Heilerin, die ihre Gaben für das Gute eingesetzt hatte. Aber als sie gerufen wurde, um ihren Clan zu verteidigen, hatte sie an der Seite ihres Mannes gekämpft. Und als sie sich in den Bergen von North Carolina niedergelassen und eine Zuflucht für sich und ihren Stamm errichtet hatten, hatte Ancelin das Schwert über den Kamin gehängt, genau in diesem Raum, der damals das Wohnzimmer gewesen war. Das juwelenbesetzte, goldene Schwert war seit zwei Jahrhunderten nicht mehr von diesem Platz entfernt worden.

„Dieses Schwert besitzt große Macht", hatte ihr Vater ihr einmal erzählt. „Es kann zu keinem anderen Zweck benutzt werden, als unseren Stamm zu verteidigen. Nur eine weibliche Nachkommin von Ancelin kann es von dieser Wand nehmen."

Sie hatte immer gewusst, dass das Schwert ihr gehörte, und dass es eines Tages ihre Berufung sein würde, es zu führen. Aber sie hatte nie gedacht, dass sie es benutzen würde, um den Vater ihres Kindes umzubringen.

„Judah. Oh, Judah …"

Mercy?

Sie hörte Judahs Stimme so deutlich, als stünde er neben ihr.

Hatte er ihre Gedanken gehört? Wusste er, dass sie …?

Judah?

Warum kontaktierst du mich?, fragte er sie telepathisch.

Das habe ich nicht. Du hast mit mir Verbindung aufgenommen.

Stille.

Mercy verbarg ihre Gedanken schnell, auch wenn sie sich bereits vor Eindringlingen in ihren Geist in Sicherheit geglaubt hatte.

Sie hörte Judahs Lachen.

Ich will nicht mit dir reden, sagte sie ihm, *geh weg.*

Das würde ich, wenn ich könnte.

Was soll das heißen?

Rede mit unserer Tochter. Sag ihr, dass sie uns nicht noch einmal verbinden soll.

Eve hat das getan?, fragte Mercy. *Diese hinterlistige kleine … Eve, hörst du zu? Unterbrich die Verbindung sofort. Dein Vater und ich wollen nicht …*

Früher oder später müsst ihr wieder miteinander reden, sagte Eve. Stille. Eve hatte die Verbindung zu Judah unterbrochen. Und die zu sich selbst gleich mit.

Mercy seufzte, ging dann durch den Raum und hielt vor dem Kamin inne. Sie streckte ihre Hand nach Ancelins Schwert aus und strich über die Juwelen, die in einem aufwendigen Muster auf dem Griff glänzten.

Wenn Judah zurückkehrte – und sie wusste, dass er eines Tages wiederkehren würde, um Eve zu holen – dann würde sie tun, was jede Mutter tun würde, um ihr Kind vor der sicheren Verdammnis zu beschützen. Sie würde mit dem Teufel um die Seele ihrer Tochter kämpfen.

* * *

Beauport, auf der Insel Terrebonne
Montagabend, 20:15 Uhr

Als Judah bei Claudes Haus ankam, das eine halbe Meile von seinem Palast entfernt lag, wurde er an der Tür von Claudes Ehefrau Nadine begrüßt. Nachdem sie sich erst vor ihm verbeugt und ihn dann auf die Wange geküsst hatte, führte sie ihn in das große, offene Empfangszimmer ihres eleganten Heims. Auf Judahs Befehl hin hatte Claude diejenigen Mitglieder des Hohen Rates versammelt, denen er voll und ganz vertraute. Alle standen auf und verbeugten sich, als Judah den Raum betrat. Claude und Nadine standen Judah so nahe wie geliebte Geschwister. Und er respektierte kaum jemanden so sehr wie Ratsmann Bartholomew und Ratsfrau Sidra. Er warf einen schnellen Blick auf die anderen Versammelten und sah Galen, Tymon, Felicia und Esther. Seine Cousine Alexandria fehlte. Kein Zweifel, Claude teilte Judahs Verdacht und glaubte ebenfalls, dass Alexandria sich auf Caels Seite geschlagen hatte.

Judah richtete sich an Claude. „Was hast du herausfinden können?"

„Wie du weißt, haben wir mehrere Spione in Caels Lager", sagte Claude. „Jeder von ihnen erstattet einem anderen Ratsmitglied Bericht, getarnt als Versuch, dieses Ratsmitglied auf Caels Seite zu locken."

„Ja, ja", sagte Judah ungeduldig.

Claude sah Galen an, der sich vor Judah verbeugte, ehe er sprach. „Ich habe erfahren, dass Cael Alexandria versprochen hat, sie würde an seiner Seite Dranira werden, wenn er zum Dranir aufsteigt. Es besteht kein Zweifel daran, dass sie mit Cael gegen Euch arbeitet, mein Lord."

Judah nickte. Dass sein Verdacht bestätigt wurde, überraschte ihn nicht.

Claude wandte sich an Tymon, der sich ebenfalls erneut vor Judah verbeugte, ehe er sprach. „Auch wenn wir keinen Beweis dafür haben, wissen wir doch, dass Cael Stein ausgeschickt hat, um Euch zu töten." Tymon sah sich im Raum um. „Wir sind uns darin einig, dass dieses Verbrechen nicht ungestraft bleiben darf."

„Das wird es nicht", versicherte ihnen Judah.

„Wenn wir Cael stürzen, wird das auch andere treffen", sagte Claude. „Eine Gruppe von jungen Kriegern sowie Alexandria und zwei weitere Ratsmitglieder."

„Wir werden uns um sie alle kümmern", versicherte Judah seinem Cousin.

„Wann?", fragte Galen.

„Bald", antwortete Judah.

Galen neigte seinen Kopf als Zeichen seines Respekts.

Claude richtete seinen Blick auf Felicia, die vortrat, sich verbeugte und Judah dann in die Augen sah. „Mein Lord, Euer Bruder hat nicht nur Greynell ausgeschickt, um die mächtige Empathin, Prinzessin Mercy, zu töten. Er hat auch Anschläge auf die zwei königlichen Brüder veranlasst."

Felicia wartete auf eine Antwort von Judah. Als keine kam, sprach sie weiter. „Und neben den Anschlägen auf Dante und Gideon hat er auch befohlen, Echo Raintree zu ermorden. Alle Anschläge sind missglückt. Das Kasino der Raintree in Reno ist von einem Feuer so gut wie zerstört worden, aber Dante lebt. Tabby wurde ausgeschickt, um erst Echo und dann Gideon zu töten. Unglücklicherweise hat sie stattdessen Echos Mitbewohnerin, die ihr sehr ähnlich sieht, umgebracht. Echo ist untergetaucht."

„Dieser verdammte Idiot." Judahs Stimme grollte wie Donnerschlag. „Caels Handlungen haben den Raintree doch quasi laut verkündet, dass die Ansara erstarkt und auf dem Kriegspfad sind. Es ist nur noch eine Frage der Zeit, bis sie herausfinden, wer diese Anschläge auf sie verübt hat – falls sie es nicht schon wissen."

Claude legte eine Hand auf Judahs Schulter. „Ich fürchte, es kommt noch schlimmer. Wir glauben, dass Cael vorhat, schon sehr bald Sanctuary anzugreifen."

„Wir sind noch nicht bereit", sagte Judah. „Wir können einen Krieg mit ihnen jetzt noch nicht gewinnen."

„Cael glaubt, dass wir bereit sind", sagte Bartholomew. „Er hat nicht vor, zu warten, bis Ihr beschließt, dass wir stark genug sind, um die Raintree zu vernichten. Er wird angreifen, wenn *er* es für richtig hält.

„Und wann wird das sein?", fragte Judah.

„Das wissen wir nicht, aber lange kann es nicht mehr dauern. Wahrscheinlich in ein paar Monaten oder sogar noch früher", antwortete Bartholomew.

„Er will mich zum Handeln zwingen." Judah biss seine Zähne zusammen. Es fiel ihm schwer, seine Wut unter Kontrolle zu halten. „Mein Bruder ist verrückt, wenn er glaubt, dass wir bereit sind, uns den Raintree in der Schlacht zu stellen. Und bedauerlicherweise hat er andere mit seinem Wahnsinn angesteckt."

„Was sollen wir nur tun?", fragte Sidra, die zum ersten Mal sprach. „Wenn du Cael aufhältst, werden seine Anhänger sich gegen uns auflehnen, und ein Bürgerkrieg bricht aus. Dann können wir unsere Existenz nicht länger vor den Raintree verbergen. Wenn du aber am Tag von Caels Angriff den Raintree in einer Schlacht gegenübertrittst, sehe ich das Ende unseres Stammes kommen."

Judah ging durch den Raum zur alten Sidra, nahm ihre beiden Hände in seine und sprach zu ihr so ehrerbietig wie ein Sohn zu seiner Mutter. „Du bist eine weise Frau. Deine Visionen haben uns dein ganzes Leben lang gute Dienste geleistet. Beide Möglichkeiten, die mir bleiben, scheinen unseren Stamm in die Verdammnis zu stürzen."

Sidra fasste Judahs Hände fester, schloss die Augen und begann, von Kopf bis Fuß zu zittern. Judah versuchte, sich ihr zu entziehen, aber sie hielt ihn energisch fest. „Die Zeit der Ansara neigt sich dem Ende zu."

Judah riss sich von ihr los. Sidra öffnete die Augen. „Vor Euch liegen schwierige Entscheidungen, mein Lord. Was auch immer Ihr beschließt, wir, Eure treuen Untertanen, werden Euren Befehlen gehorchen."

Judah konnte sich nicht sicher sein, aber er spürte, dass Sidra von Eve wusste.

„Der Dranir ist müde von seiner Reise", sagte Claude zu den anderen. „Wie Sidra schon sagte, er hat schwierige Entscheidungen zu treffen. Entscheidungen, die Zeit brauchen und über die er intensiv nachdenken muss."

Innerhalb von zehn Minuten waren alle Mitglieder des Rates verschwunden, und Nadine hatte sich in ihre privaten Gemächer zurückgezogen. Judah war mit Claude allein.

„Ich glaube, du brauchst einen Drink", sagte Claude und ging zur Bar.

„Nein, für mich nichts."

Claude hielt inne und drehte sich zu Judah um. „Sidra könnte sich irren oder ihre Visionen falsch auslegen. Sie ist nicht unfehlbar."

„Ob ich Cael bekämpfe oder die Raintree doch nach seinem Zeitplan angreife, ist nicht die einzige Entscheidung, die ich treffen muss." Judah blickte tief in Claudes Seele. Konnte er es wagen, sein Geheimnis mit seinem Cousin zu teilen?

„Hat diese Entscheidung etwas damit zu tun, warum du das Heiligtum der Raintree so problemlos betreten konntest? Und warum du dort geblieben bist, nachdem du Greynell davon abgehalten hast, Mercy Raintree umzubringen?"

„Mercy Raintree hat ein Kind. Eine sechs Jahre alte Tochter."

Claude starrte Judah fragend an.

„Meine ... Affäre mit Mercy liegt sieben Jahre zurück."

Claude begann zu verstehen. „Das Kind ist von dir!" Ihm blieb der Mund offen stehen. „Sie ist ein Halbblut? Halb Ansara und halb Raintree?"

„Ja, das ist sie." Judah richtete seinen Blick auf seinen Cousin. „Meine Tochter besitzt unvergleichliche Macht. Sie könnte unsere Geheimwaffe gegen die Raintree werden."

„Sie könnte auch unser Untergang sein", sagte Claude.

Cael bat Horace in sein Haus und schenkte seinem treuen Untertanen einen Drink ein. Auch wenn er darauf brannte, zu erfahren, was sein brillanter Spitzel über Mercy Raintree herausgefunden hatte, würde er erst den pflichtbewussten Gastgeber spielen, damit Horace sich weiterhin mit ihm gegen Judah verbündete. Er rechnete mit guten Nachrichten, mit einer Entdeckung, die er gegen seinen Bruder benutzen konnte. Bis hierhin waren die ersten zwei Tage dieser überaus wichtigen Woche furchtbar enttäuschend verlaufen. Stein hatte bei seinem Mordanschlag auf Judah versagt. Und nicht nur Gideon und Dante Raintree waren noch am Leben, sondern auch Echo. Es hatte sich herausgestellt, dass Tabby die falsche Frau umgebracht hatte. Nichts war bisher wie geplant gelaufen.

„Setz dich hin, entspann dich", sagte Cael.

„Danke, mein Lord." Horaces Hand zitterte, als er das Glas mit fünfzigprozentigem Whisky an die Lippen setzte. Nachdem er einen Schluck genommen und scharf eingeatmet hatte, als der Alkohol seine Kehle hinabfloss, setzte er sich, wie Cael ihn angewiesen hatte.

In der Hoffnung, den Mann zu beruhigen, setzte sich Cael ihm gegenüber und tat sein Bestes, um nicht übereifrig zu wirken. „Ich bin sehr zufrieden damit, wie schnell du daran gearbeitet hast, einen Bericht über Mercy Raintree zu verfassen."

Horace nahm noch einen Schluck Whisky und stellte das Glas dann beiseite. „In der Außenwelt weiß man nicht viel von ihr. Sie verlässt Sanctuary nur selten, höchstens bei Notfällen in der Nähe oder ab und zu, um ihre Brüder zu besuchen."

„Genau was ich erwartet hatte. Sie ist immerhin die Hüterin der Heimstätte der Raintree."

Horace nickte. „Eine Position, die ihr zuteil wurde, als die alte Hüterin Gillian vor sechseinhalb Jahren gestorben ist. Vor dieser Zeit …"

„Es interessiert mich wirklich nicht, was vor dieser Zeit im Leben der Prinzessin passiert ist", sagte Cael, der langsam ungeduldig wurde.

„Gut, gut. Wo soll ich anfangen, mein Lord?"

„Mit der Gegenwart", sagte Cael. „Mit diesem Jahr."

Scheinbar erstaunt starrte Horace Cael an. „Wie ich bereits sagte, ist nicht viel von ihr bekannt. Unsere Hellseher haben versucht, mehr über sie herauszufinden, aber sie hat einen mächtigen Schutz um sich gehüllt. Ihre Brüder ebenso. Wir wissen nur, dass sie die Hüterin ist, die Beschützerin, und die mächtigste Empathin der Raintree."

„Sie ist die mächtigste Empathin der Welt", korrigierte ihn Cael.

„Ja, mein Lord."

„Hat sie Sanctuary in diesem Jahr verlassen, ohne bei Notfällen in der Nähe zu helfen?"

„Nein, mein Lord. Das hat sie nicht. Dranir Dante und Prinz Gideon haben sie Ende März besucht, wie sie es jedes Jahr tun, aber sie hat keinem von ihnen seit letztem Jahr einen Besuch abgestattet. Das letzte Mal ist sie mit ihrer Tochter nach Wilmington gereist, um Prinz Gideon zu besuchen."

Ihre Tochter? „Hast du gesagt ‚ihre Tochter'?"

„Ja, mein Lord."

„Mercy Raintree hat ein Kind?"

„Ja, mein Lord. Ein sechs Jahre altes Mädchen."

„Und ihr Ehemann?"

„Ich habe kein Anzeichen auf einen Ehemann gefunden", sagte Horace.

„Willst du mir sagen, dass die Prinzessin der Raintree einen Bastard geboren hat?"

„Es scheint ganz so."

„Wer ist der Vater?"

„Ich weiß es nicht."

„Hmm …"

„Wenn Ihr wollt, schicke ich Euch den gesamten Bericht per E-Mail." Horace rutschte nervös hin und her.

„Wo hat Mercy gelebt, ehe sie das Kind geboren hat? Wer waren ihre Freunde? Und in welchem Krankenhaus hat sie das Kind zur Welt gebracht?"

„Es gibt in keinem Krankenhaus irgendwelche Aufzeichnungen von der Geburt des Kindes. Wir nehmen an, dass sie zu Hause entbunden hat." Horace schluckte. „Prinzessin Mercy ist in Sanctuary aufgewachsen, genau wie ihre Brüder auch. Sie wurde zu Hause unterrichtet. Als sie das College besucht hat, wurden mehrere Raintree mit ihr geschickt, um sie zu beschützen."

„Wovor zu beschützen? Vor wem? Die Raintree betrachten die Ansara schon seit zweihundert Jahren nicht mehr als Bedrohung."

„Es ist Tradition, dass eine Prinzessin, die noch nicht volljährig ist, Begleiter zur Seite hat. Und genau wie unsere Empathen muss auch jeder junge Raintree mit empathischer Gabe von Mitgliedern des eigenen Clans vor der Außenwelt geschützt werden. Die anderen müssen die Gedanken und Gefühle der Menschen um sie herum aufnehmen, ehe sie den Empathen erreichen und seine Sinne überfluten."

„Ja, natürlich." Caels Gehirn arbeitete mit Höchstgeschwindigkeit, um die verschiedenen Informationen zu verarbeiten. „Ist dir eine Zeit bekannt, in der die Prinzessin allein in der Welt unterwegs war, sagen wir vor sieben Jahren, ehe sie die Hüterin wurde?"

„Nein, mein Lord, aber wenn ihr es wünscht, kann ich noch weiter nachforschen und sehen, was ich für Euch herausfinden kann."

„Tu das."

Horace nickte.

„Gibt es Fotos von dem Kind?"

„Nein, mein Lord."

„Oder eine Beschreibung?"

„Nein, aber ich kann versuchen, auch diese Informationen zu bekommen, wenn ihr es wünscht."

„Ja, tu das." Als Horace begann aufzustehen, bedeutete Cael ihm mit einer Handbewegung, noch zu warten. „Trink aus, ehe du gehst."

Cael stand auf, ging durch den Raum und öffnete die Türen zu seinem Sonnendeck. Bis vor ein paar Minuten hatte er geglaubt, dass es keinen Raintree-Erben gab. Er hatte darauf spekuliert, dass es einen Kampf zwischen den thronberechtigten königlichen Cousins geben würde, wenn er die drei königlichen Geschwister vor der großen Schlacht ausschaltete. Aber jetzt wusste er, dass Prinzessin Mercy eine Tochter hatte. Eine Nachkommin.

Das Kind ist ein Bastard.

Egal. Sie würde nicht der erste Bastard sein, der zum Herrscher aufstieg. Er selbst war ebenfalls ein Bastard und würde eines Tages Dranir sein.

Cael war sich nicht sicher, warum die Neuigkeit, dass Prinzessin Mercy eine Tochter hatte, ihn so beunruhigte. Das Kind würde schließlich zusammen mit ihrer Mutter und ihren Onkeln in *der Schlacht*, die kurz bevorstand, umkommen. Und wenn die Ansara erst einmal Sanctuary eingenommen hatten, würden sie danach in alle Welt ausschwärmen und alle Raintree an allen Orten auslöschen.

Plötzlich hörte Cael eine Stimme, so deutlich, als würde jemand in der Nähe sprechen.

Das Kind ... das Kind. Sie könnte unser Untergang sein.

Woher kam dieser Gedanke? Es war nicht seiner. Wessen Gedanken hatte er empfangen? War es möglich, dass noch ein weiterer Ansara von Mercy Raintrees Kind wusste und an das Mädchen dachte? Aber warum würde jemand glauben, dass ein Raintree-Kind eine Bedrohung für die Ansara darstellte?

7. KAPITEL

Montagnacht, 22:30 Uhr

*M*ercy sah aus ihrem Schlafzimmerfenster hinunter in den Hof, wo noch gestern Nacht Judah Ansara gestanden hatte. Vor ihrem inneren Auge konnte sie sehen, wie er zu ihr hinaufgeblickt, wie er mit seinem heißen Blick ihren Körper verschlungen und wie sie sich dabei gefühlt hatte. Begehrt. Verwegen. Beschämt. Wie konnte sie noch Gefühle für diesen Mann haben? Warum sehnte sich ihr verräterischer Körper immer noch nach seiner Berührung?

Bis vor ein paar Augenblicken, als Eve endlich eingeschlafen war und Sidonia beschlossen hatte, sich im Nebenzimmer ein wenig hinzulegen, war Mercy zu beschäftigt gewesen, um über ihre Gefühle für Judah nachzudenken. Nachdem er gegangen war, hatte sie sich um Eves Tränen kümmern müssen. Ihr mütterliches Herz verstand die Verzweiflung ihrer Tochter darüber, den Vater wieder zu verlieren, den sie gerade erst kennengelernt hatte. Und Mercy konnte Eve einfach nicht erklären, was für eine Art Mann Judah war. Wie konnte sie dem Kind sagen, dass ihr Vater Ansara war, Mitglied eines von Grund auf bösen Stammes, dem Todfeind der Raintree?

Als sie Eve endlich beruhigt hatte, indem sie ihr erlaubte, einige ihrer Gaben bis zu einem gewissen Grad auszuprobieren – Eve liebte es, das zu tun – sah sich Mercy einer Raintree-Krise gegenüber. Die Schwestern Lili und Lynette waren in Sanctuary angekommen, überreizt und furchtbar verstört. Sie hatten beide plötzlich ihre mächtigste Gabe verloren: ihre Fähigkeit, in die Zukunft zu sehen. Lili und Lynette waren beide Ende zwanzig und entfernte Cousinen der königlichen Familie. Sie waren gut, aber mit Echo konnten beide es nicht aufnehmen. Wenn Echo erst reif genug war und gelernt hatte, ihre große Macht in die richtigen Bahnen zu lenken, würde sie die oberste Seherin der Raintree werden.

Mercys erster Eindruck war, dass jemand einen Zauber auf die Schwestern gelegt hatte, der ihnen die Sicht nahm. Aber wer würde etwas so Hinterhältiges tun, und zu welchem Zweck? Sie hatte den Schwestern ein Cottage zugeteilt und ihnen versprochen, am nächsten Tag wieder mit ihnen zu arbeiten, damit sie ihre verlorene Gabe bald wiedererlangen. Wenn es ihr nicht gelingen sollte, sie zu heilen, dann würde ihr keine andere Wahl bleiben, als Dante zu informieren. Aber nicht diese Woche. Nach dem Brand in seinem Kasino hatte er genug eigene Probleme.

Und als wäre es noch nicht genug für einen Nachmittag gewesen, Eve beschwichtigen zu müssen und die Heilung bei Lili und Lynette in Gang zu setzen, hatte man sie auch noch gerufen, um sich um einen Sterblichen zu kümmern, der versucht hatte, das Heiligtum zu betreten. Das schützende Kraftfeld, das ihr Land umgab, hatte ihn das Bewusstsein verlieren lassen. Mercy hatte ihn wiederbeleben müssen und ihm versichert, dass er einen schweren Schlag an einem elektrischen Zaun bekommen hatte. Es war einfach gewesen, die falsche Erinnerung in seine Gedanken zu pflanzen. Er war nicht der erste Sterbliche, der versucht hatte, ihr Gebiet unbefugt zu betreten, und er würde wahrscheinlich auch nicht der Letzte sein.

Mercy war müde. Ihre Gedanken und Gefühle waren ausgelaugt, ihr Körper erschöpft. Viel Schlaf würde sie in der Nacht nicht bekommen. Sie musste darüber nachdenken, was sie mit Judah machen würde.

Du meinst wohl, wie du ihn umbringst, sagte eine innere Stimme.

Aber sie musste sich noch nicht heute Nacht überlegen, wie sie Judah vernichtete. Immerhin war es nicht so, als würde er gleich morgen wiederkommen, um Eve zu holen. Es konnte Monate dauern, sogar Jahre, ehe er wiederkam. *Aber was, wenn nicht? Was, wenn …?*

Das Telefon klingelte. Mercy zitterte erschreckt und warf einen Blick auf ihren Wecker. Ein so später Anruf konnte nur noch mehr schlechte Nachrichten bedeuten. Sie hastete zum Telefon auf ihrem Nachttisch, stolperte über den Wollteppich und schaffte es gerade noch, sich zu fangen. Tollpatsch. Sie erreichte das Telefon, ehe es fünfmal geklingelt hatte, und sah gar nicht erst aufs Display.

„Hallo?", sagte Mercy.

„Geht es dir gut? Du bist ja ganz außer Atem."

„Echo?"

„Ja, ich bin's."

„Es geht mir gut. Aber dir wohl nicht, nehme ich an?", sagte Mercy, die die Unruhe ihrer Cousine spürte. „Sag mir, was los ist."

„Ehe du dich furchtbar aufregst: Ich bin noch ganz und in Sicherheit."

„Sicher wovor?"

„Gideon hat dich noch nicht angerufen, was?"

„Er hat heute Morgen angerufen, um mir vom Feuer in Dantes Kasino zu erzählen, aber von dir hat er nichts gesagt."

„Da wusste er es noch nicht."

Mercy schloss die Augen und konzentrierte sich, um ihre empathischen Kräfte mit ins Spiel zu bringen. Sie hatte es sich angewöhnt, ihre weniger ausgeprägten Gaben, wie zum Beispiel ihre Fähigkeit, den emotionalen und körperlichen Zustand eines Menschen aus der Entfernung zu spüren, nur dann einzusetzen, wenn es notwendig war.

Echo war ein emotionales Wrack, verschanzte sich aber hinter einer mutigen Fassade. Sie hatte Angst.

„Vor wem fürchtest du dich?", fragte Mercy.

„Herrje, ich wünschte wirklich, du würdest vorher fragen. Du wühlst in meinem Innersten herum, das habe ich dir nicht erlaubt."

„Du hast mich angerufen", erinnerte Mercy sie.

„Stimmt. Es tut mir leid. Ich bin in Charlotte bei Dewey. Ich hab dir von ihm erzählt."

„Der Saxofonspieler?"

„Genau der. Gideon weiß, wo ich bin. Im Grunde hat er mich irgendwie sogar hergeschickt. Es ist nämlich so … weißt du … jemand hat meine Mitbewohnerin umgebracht. Sherry. Letzte Nacht … und, na ja … du weißt ja, wie Gideon mit Geistern redet, und so …"

„Möchtest du nach Sanctuary kommen?", fragte Mercy.

„Bloß nicht, nein! Mir geht es hier ganz gut. Ehrlich. Es ist nur so, dass es sein kann, dass Sherrys Mörder einen Fehler gemacht hat. Verstehst du, sie hat ihre Haare blond und pink gefärbt, genau wie meine, und …"

„Hattest du in letzter Zeit irgendwelche Visionen, dass du in Gefahr sein könntest?"

Echo lachte nervös. „Das hat Gideon auch gefragt."

„Und?"

„Ich weiß auch nicht. Du weißt ja, wie das bei mir ist. Ich bekomme immer nur diese merkwürdigen Visionen."

„Komm nach Hause", sagte Mercy.

„Nein, ich bleibe ein paar Tage hier. Und dann sehen wir weiter."

„Echo, sei vorsichtig. Für alle Fälle."

„Klar doch."

Gedankenverloren hielt Mercy den Telefonhörer noch in der Hand, nachdem Echo längst aufgelegt hatte. Erst als eine elektronische Stimme sie aufforderte, noch einmal zu wählen, legte sie den Hörer auf die Station und setzte sich auf die Bettkante. Echo war furchtbar unabhängig, ein freier Geist. Mercy machte sich Sorgen um sie, weil ihre Eltern es nicht taten. Sie waren zu sehr damit beschäftigt, die Welt zu bereisen.

Wer würde ein liebes Mädchen wie Echo umbringen wollen? Na gut, sie hatte ein paar verrückte Freunde wie Dewey, den Saxofonspieler, und sie spielte selbst in einer Band. Musiker waren dafür berüchtigt, Drogen zu nehmen. Hatte Echo etwas gehört oder gesehen, was sie nicht sollte? Oder konnte es noch beunruhigender sein? Vielleicht hatte sie eine Vision gehabt, die jemanden bedrohte.

Mercy gefiel es gar nicht, dass gleich drei der Raintree-Seher …

„Mommy!"

Mercys Herz stand still, als sie Eves angsterfüllten Schrei hörte. Sie sprang auf, riss ihre Schlafzimmertür auf und rannte über den Flur ins Zimmer ihrer Tochter. Als sie die Tür aufstieß und in das Halbdunkel hineineilte, sah sie, dass Sidonia bereits versuchte, Eve zu beruhigen. Aber Eve kämpfte nicht nur mit all ihrer körperlichen Kraft dagegen an, sie setzte auch etwas Magie dazu ein. Bücher und Puppen und Plüschtiere flogen im Zimmer herum, drehten sich und wirbelten umeinander, als hingen sie an unsichtbaren Drähten und würden von einem Sturm angetrieben.

„Mommy!"

Mercy konzentrierte sich darauf, den Energiefluss, der die Gegenstände in der Luft hielt, zu durchbrechen. Eve wehrte sich nicht gegen ihre Mutter, sodass innerhalb weniger Sekunden alle Dinge auf den Boden fielen. Ein Buch traf Mercy dabei am Arm, und zwei Plüschtiere streiften Sidonias Kopf. Sidonia ging zur Seite, als Mercy sich auf die Bettkante setzte und Eve in ihre Arme schloss.

„Alles in Ordnung, Liebling. Mommy ist ja da. Mommy ist da."

Eve klammerte sich an Mercy. Ihr kleiner Körper zitterte.

„Hattest du einen Albtraum?", fragte Mercy.

„Es war kein Albtraum." Eves Stimme zitterte.

Als Mercy Eves lange, blonde Locken aus ihrer Stirn strich, merkte sie, dass ihre Tochter stark schwitzte. Ihre Haare und ihr Gesicht waren ganz nass vor Schweiß.

„Daddy ist in Schwierigkeiten", sagte Eve. „Wir müssen ihm helfen."

Mercy wechselte einen kurzen, besorgten Blick mit Sidonia und konzentrierte sich dann ganz auf ihr Kind. „Es muss ein Albtraum gewesen sein. Ich bin mir sicher, deinem Vater geht es gut."

„Er will meinen Daddy umbringen."

„Wer will deinen Vater umbringen?"

„Dieser böse Mann. Er hasst meinen Daddy und will ihn umbringen."

„Was?"

„Ich werde nicht zulassen, dass er meinem Daddy wehtut." Eve griff nach Mercys Hand. „Wir müssen Daddy helfen."

„In Ordnung", sagte Mercy, „morgen setzen wir uns mit deinem Vater in Verbindung, und du kannst ihn davor warnen, dass jemand Böses vorhat, ihm zu schaden."

„Warum kann ich nicht heute Abend mit Daddy reden?"

Da sie wusste, wie stur ihre Tochter war, war Mercy auch klar, dass sie ihre Tochter nur auf eine Art beruhigen konnte. „Wenn du Judah jetzt gleich benachrichtigen musst, dann tu es."

„Nein!", rief Sidonia. „Was denkst du dir denn dabei, sie einfach so solche Macht benutzen zu lassen? Und diesen Mann zu benachrichtigen …"

Mercy sah über ihre Schulter zu Sidonia. „Eve hat bereits mit ihrem Vater gesprochen. Um ehrlich zu sein, hat sie meinen Geist mit Judahs verbunden und dabei gelauscht. Stimmt's, du kleiner Quälgeist?"

„Der Himmel steh uns bei", murmelte Sidonia.

„Geh schlafen, Sidonia", sagte Mercy. „Ich bleibe bei Eve."

Warnungen vor sich hin murmelnd, schüttelte Sidonia traurig den Kopf und ließ Mutter und Tochter allein.

Eve sah zu Mercy auf. „Darf ich jetzt mit Daddy sprechen?"

„Ja, darfst du."

Mercy zweifelte nicht daran, dass es außer ihr noch jemanden gab, der Judah Ansara umbringen wollte. Auch wenn sie nur sehr wenig über ihn wusste, ahnte sie doch, dass er wahrscheinlich furchtbar reich war. Als sie sich das erste Mal getroffen hatten, hatte sein Lebensstil auf einen Mann mit großem Vermögen schließen lassen. Er hatte ihr gesagt, dass er im internationalen Bankgeschäft tätig war. Als Ansara war er kaum ein ehrlicher Geschäftsmann. Es war schlecht abzuschätzen, wie viele illegale Geschäfte er getätigt und wie viele Feinde er sich über die Jahre geschaffen hatte.

Eve schloss die Augen und konzentrierte sich. Tief in Gedanken versunken hielt Mercy Eves Hand und verband sich mit dem Bewusstsein ihrer Tochter.

Daddy.
Keine Antwort.
Daddy, kannst du mich hören?
Stille.
Eve öffnete die Augen und sah Mercy an. „Er antwortet mir nicht. Er lässt mich nicht rein."

Mercy spürte, dass ihr Kind am Rande eines weiteren Wutanfalls stand. Sie drückte Eves Hand. „Wir versuchen es zusammen."

Eves kostbares Lächeln ließ das Herz ihrer Mutter dahinschmelzen. *Judahs Lächeln.*

Mercy war dankbar, dass Eve so sehr wie sie selbst aussah, mit ihrem schmalen Körperbau und ihrem blonden Haar, und zum Glück war sie mit den grünen Augen der Raintree geboren worden. Leider trug sie auch das Mal der Ansara, den blauen Halbmond, unter ihren Haaren verborgen. Und von Eves erstem Lächeln an hatte Mercy gewusst, dass sie den Mund ihres Vaters geerbt hatte.

Eve schloss zuerst die Augen, dann tat Mercy es ihr gleich, und gemeinsam riefen sie nach dem gleichen Mann.
Daddy.
Judah.

* * *

Beauport, Terrebonne, im königlichen Palast, 23:00 Uhr

Judah saß allein in seinem Schlafzimmer. Er fand keine Ruhe. Seine Gedanken kreisten immer wieder um das geheime Ratstreffen früher am Abend. Es musste einen Weg geben, Cael aufzuhalten, ohne die Ansara in einen blutigen Bürgerkrieg zu stürzen. Es hatte sie zweihundert Jahre gekostet, sich neu zu ordnen. Nachdem sie sich auf der karibischen Insel versteckt hatten, waren sie langsam gewachsen und erstarkt, bis sie wieder ein mächtiger Stamm geworden waren. Jetzt herrschten die Ansara über ein riesiges Wirtschaftsimperium, das mehr oder weniger legal die ganze Welt umspannte. Die sterbliche Welt hielt Judah Ansara für einen Banker.
Daddy.
Judah.
Was zur Hölle?
Er hörte Eves Stimme. Und Mercys.

Daddy, bitte antworte mir. Ich muss dich warnen.

Hör sofort auf!, schickte Judah mit grober Kraft aus. Sein Stoß reichte, um Mercy zu erschrecken, aber Eve nicht zu schaden. *Wenn ihr mich kontaktieren müsst, ruft auf dem Handy an.* Er sagte ihnen seine Nummer. Ein einziges Mal. Und dann sorgte er dafür, dass seine Tochter und ihre Mutter durch eine starke Blockade von weiteren Kontaktversuchen abgehalten wurden.

Als Judah nach seinem Handy auf dem runden Tisch neben den Terrassentüren, die auf einen Balkon im zweiten Stock hinausführten, griff, vibrierte das Telefon bereits.

Er nahm sofort ab. „Ja?"

„Judah, Eve besteht aber darauf, mit dir zu sprechen", sagte Mercy.

„Du darfst nie wieder erlauben, dass sie telepathisch mit mir in Kontakt tritt. Verstehst du?"

„Nein, das verstehe ich nicht", sagte Mercy. „Erklär es mir."

Judah schnaufte. Er war der Dranir der Ansara. Er erklärte sich niemandem.

„Ich habe Feinde."

„Feinde mit der Fähigkeit, telepathische Nachrichten abzufangen?"

Wie sollte er ihr antworten? Halbwahrheiten waren immer am besten. Keine direkte Lüge, aber eben auch nicht die ganze Wahrheit. „Ja. Ich habe einen Halbbruder. Wir waren früher Geschäftspartner, jetzt sind wir erbitterte Feinde."

„Dann muss er der böse Mann sein, von dem Eve glaubt, er wolle dir schaden."

Judah hörte, wie Eve sagte: „Lass mich mit ihm reden, Mom."

„Eve will dich sprechen."

Die nächste Stimme, die er hörte, war die seiner Tochter. „Daddy?"

„Ja, Eve."

„Er hasst dich, Daddy. Er will dich umbringen. Aber ich werde das nicht zulassen. Mom und ich werden dir helfen."

Auch wenn er das Kind bewunderte, das eine leidenschaftliche Nacht mit Mercy Raintree hervorgebracht hatte, konnte Judah doch nicht anders, als zu lächeln. Mercy musste es hassen, dass Eve sich auf seine Seite geschlagen hatte.

Aber Mercy wusste nicht, dass er der Dranir war. Und sie wusste nicht, dass die Ansara wieder ein mächtiger Stamm geworden waren, der schon bald so mächtig und groß wie die Raintree selbst sein würde.

„Eve, ich will nicht, dass du dir Sorgen um mich machst. Ich weiß, wer dieser Mann ist, und ich kann ihn allein bekämpfen. Ich brauche deine Hilfe dabei nicht."

„Doch, das wirst du, Daddy. Das wirst du."

„Gib mir deine Mutter", sagte Judah.

„Sei sehr vorsichtig", warnte Eve ihn.

„Judah?" War da eine Spur von Sorge in Mercys Stimme? Sicherlich nicht. Sie hasste ihn doch, oder nicht?

„Lass nicht zu, dass Eve sich noch einmal mit mir in Verbindung setzt."

„Und wenn ich sie nicht aufhalten kann?"

„Überrede sie dazu", sagte Judah.

„Vielleicht, wenn du sie ab und zu anrufen würdest …"

„Ich dachte, du willst, dass ich aus ihrem Leben verschwinde. Hast du deine Meinung geändert?"

„Nein, ich habe meine Meinung nicht geändert", sagte Mercy ihm, und ihr Tonfall ließ daran keinen Zweifel. „Aber Eve ist nicht bereit, auf dich zu verzichten, und ich will nicht, dass sie die ganze Zeit traurig ist."

Was für ein Spiel spielte Mercy mit ihm? Geh weg. Komm zurück. Du darfst Eve nie wieder sehen. Ruf sie doch ab und zu an.

„Sag Eve, ich rufe sie bald an."

„Sage ich ihr. Und Judah …"

„Ja?"

„Du weißt, was ich über dich denke."

Judah lächelte. „Ich weiß. Ich bin ein Ansara, und du bist eine Raintree. Wir sind Todfeinde."

„Ganz genau. Ich wollte nur sichergehen, dass wir uns verstehen."

„Schlaf gut Mercy. Und träum von mir."

* * *

Dienstag, 13:45 Uhr

Cael war darüber informiert worden, dass Judah am Tag zuvor spät zurück nach Terrebonne gekommen war. Er hatte den Morgen in seinem Büro verbracht, wo er sich auch jetzt noch aufhielt. Unglücklicherweise hatte Cael dort keine Spitzel.

Er hatte den ganzen Morgen damit verschwendet, herauszufinden, wessen Gedanken er in der letzten Nacht zufällig belauscht hatte. *Das*

Kind ... das Kind. Sie könnte unser Untergang sein. Eine männliche Stimme. Sie kam ihm bekannt vor. Aber sie war zu leise und nachdenklich und deshalb nicht deutlich zu erkennen gewesen.

Sein Versagen frustrierte ihn. Um seine Wut auszulassen, war er vor einer Stunde in sein Bordell gefahren, hatte eine seiner Huren verprügelt und danach mit Gewalt genommen. Dieser Zeitvertreib hatte ihn erfrischt. Er war bereit für eine neue Taktik. Wenn er schon nicht herausfinden konnte, wer seiner Sorge um ein gewisses Kind eine Stimme gegeben hatte, dann konnte er vielleicht das Kind selbst finden.

„Wer bist du? Wo bist du?", fragte Cael laut.

Es klingelte an der Tür, aber Cael ignorierte es. Einer seiner Bediensteten würde sich darum kümmern und öffnen. Er selbst ließ sich nicht zu so weltlichen Tätigkeiten herab.

War das Kind eine Bedrohung für die Ansara? *Unser Untergang.* Welches Kind könnte die Macht besitzen, die mächtigen Ansara zu bedrohen?

Mein Kind? dachte Cael.

Aber er hatte keine Kinder. Dafür hatte er gesorgt.

Judahs Kind?

Warum sollte das Kind des Dranir, noch dazu ein Mädchen, eine Bedrohung für die Ansara darstellen?

Bist du da draußen irgendwo, Kleine?

Habe ich eine Nichte, die versteckt wird, damit ich sie nicht finden kann? Hatte Judah heimlich geheiratet und ein Kind gezeugt? Er konnte sich nicht vorstellen, dass sein Bruder einen Bastard zeugte.

Bastard. Das Kind ... das Kind. Sie ...

Mercy Raintree hatte einen Bastard!

Könnte es sein, dass dieses Raintree-Kind aus irgendeinem Grund eine Bedrohung für die Ansara darstellte?

Kleine Raintree-Prinzessin, öffne mir deinen Geist, erlaube mir einzutreten.

Nichts.

Mercy Raintrees Tochter, ich möchte mit dir sprechen.

Totenstille.

Wenn er nur den Namen des Kindes wüsste.

Wenn du die Namen deiner größten Feinde wissen willst, wiederhole diese Worte neunmal, und neun Namen werden in deinem Geist erscheinen. Der Letzte ist es, den du am meisten fürchten musst. Sogar jetzt, nach all den Jahren, konnte er die Stimme seiner Mutter deutlich hören.

„Danke, Mutter", sagte Cael und sprach dann die alten Worte des mächtigen Zaubers, den sie ihm beigebracht hatte, als er noch ein kleiner Junge war.

Er wartete darauf, dass die Namen erschienen. Langsam erschien der erste Name, wie auf eine Wolke aus grauem Rauch gedruckt, dann der zweite, der dritte und der vierte. Namen von Ratsmitgliedern, die Judah treu ergeben waren. Der fünfte erschien. Nadine. Der sechste. Claude. Der siebte war Sidra. So weit überraschte ihn keiner dieser Namen.

Aber der achte verwirrte Cael.

Judah.

Er hatte geglaubt, dass sein Bruder sein größter Feind war. Wie konnte jemand eine größere Gefahr für ihn darstellen als der Dranir?

Und dann erschien der neunte Name, ein Name, den Cael nicht erkannte.

Eve.

Wer war Eve?

Die Vision endete, und Caels Gedanken wurden wieder klar.

Eve, wer bist du? Wenn du mich hören kannst, öffne mir deinen Geist.

Ein kraftvoller Schlag aus mentaler Energie durchfuhr ihn und zwang ihn auf die Knie. Als der Schmerz sich in ihm ausbreitete und dann schnell verflog, fluchte er laut und verdammte, welche Kraft auch immer ihn angegriffen hatte.

Jemand wollte nicht, dass er mit Eve Kontakt aufnahm. Könnte es Eve selbst sein?

Du hast mich überrascht, sagte Cael. *Ich bin mächtiger als jeder andere Ansara. Du kannst in einem Kampf gegen mich nicht gewinnen. Hörst du mich, Eve?*

Ein weiterer Schlag ließ ihn durch das halbe Zimmer fliegen und gegen die gegenüberliegende Wand prallen.

Verdammt! Ich habe dich gewarnt. Du willst mich nicht zu deinem Feind haben. Das würdest du bereuen.

Ich habe keine Angst vor dir, antwortete die Stimme eines Kindes. *Du wirst meinem Daddy nicht wehtun.*

Caels Herz schlug schneller. *Wer ist dein Vater?*

Ich bin Eve, und ich hasse dich!

Cael zapfte die Wut des Kindes an und schickte ihr einen mentalen Schlag zurück. Er lachte, als er die Schreie des kleinen Mädchens hörte.

Eve schrie und krümmte sich vor Schmerzen. Dann fiel sie auf den Boden, als hätte eine gigantische Faust sie getroffen. Sidonia, die in der Schaukel gesessen und Eve beobachtet hatte, während sie über den Hof rannte und mit Magnus und Rufus spielte, eilte so schnell zu dem Kind, wie ihre alten Beine es ihr erlaubten. Mercy, die gerade Pfirsiche von den unteren Zweigen eines der vielen Bäume im Obstgarten gepflückt hatte, sah vor ihrem inneren Auge, was mit ihrem Kind geschah. Jemand hatte Eve angegriffen! Mercy rannte los, so schnell sie konnte.

Als sie bei Eve ankam, lag ihre Tochter bereits in Sidonias tröstenden Armen.

Ihr altes Kindermädchen sah sie direkt an. „Das ist das Werk eines Ansara."

„Mommy …" Eves Stimme war kaum mehr als ein Flüstern.

„Ich bin hier, Baby. Mommy ist hier." Sie nahm Eve aus Sidonias Armen und drückte sie fest an sich.

„Er ist ein sehr böser Mann."

„Wer, Baby? Wer hat dich angegriffen?"

„Der Mann, der meinen Daddy umbringen will."

Mercys Herz blieb stehen. Nein! Bitte, Gott, nein. Wie hatte Judahs Halbbruder, sein früherer Geschäftspartner und jetziger Todfeind, von Eve erfahren? War das überhaupt wichtig? Anscheinend dachte dieser Mann, wie immer er auch heißen mochte, dass er irgendwie durch seine Tochter an Judah herankommen konnte.

Eine halbe Stunde später, als Eve sich ein wenig beruhigt hatte, fragte Mercy sie, was geschehen war. Es gab nur einen Weg, auf dem jemand durch die schützende Barriere dringen konnte, die Mercy um ihre Tochter gelegt hatte.

Eve musste es erlaubt haben.

„Warum hast du ihn eingelassen?", fragte Mercy.

„Habe ich nicht. Ehrlich, habe ich nicht. Ich habe nur gehört, wie er meinen Namen gerufen hat. Er hat Eve gesagt. Und ich wusste gleich, wer er war. Ich habe ihm einen Schlag versetzt, damit er weggeht, aber das hat er nicht getan."

Nein, das war unmöglich. Nur jemand, der so mächtig war wie sie selbst, wie Dante oder Gideon, könnte durch solch eine starke Schutzmauer brechen.

„Ich weiß, wer er war. Der Feind meines Daddys. Also habe ich immer und immer wieder zugeschlagen."

„Oh, Eve, das hast du nicht."

„Doch, und ich habe ihn gewarnt, dass ich nicht zulassen werde, dass er meinem Daddy wehtut."

„Oh, Gott, Eve, was soll ich nur mit dir machen?"

„Er glaubt, er ist mächtiger als mein Daddy, aber das stimmt nicht. Ich werde es ihm zeigen."

Mercy schüttelte Eve sanft. „Du darfst nicht mehr mit diesem Mann reden. Hörst du?"

„Ja, Mom." Eve ließ ihren Kopf hängen.

„Jetzt lauf in die Küche und lass dir von Sidonia ein Glas Milch und ein paar Kekse geben."

Eve nahm Mercys Hand. „Komm mit, Mom. Wir können zusammen Tee trinken."

„Geh schon vor. Ich komme in ein paar Minuten."

„In Ordnung."

Sobald Eve im Eingang verschwunden war, ging Mercy direkt in ihr Arbeitszimmer. Nachdem sie die Türen hinter sich geschlossen hatte, benutzte sie ihr Handy, um einen Anruf zu erledigen.

Eine raue männliche Stimme antwortete. „Warum zur Hölle rufst du …"

„Dein Bruder weiß von Eve", unterbrach Mercy Judah. „Vor weniger als einer Stunde hat unsere Tochter sich telepathisch mit ihm geprügelt."

8. KAPITEL

*N*ur zwei der Seher der Ansara waren Cael treu: Natalie, ein zwanzig Jahre altes Mädchen, das vorhergesagt hatte, dass in der bevorstehenden Schlacht mit den Raintree viele Ansara ihr Leben lassen mussten, sie aber nicht verlieren würden; und Risa, älter, weiser und vorsichtiger. Sie war eine von Judahs abgelegten Geliebten, die jetzt oft Caels Bett wärmte. Keine der Frauen besaß auch nur die Hälfte von Sidras Macht. Die alte Ratsfrau, Judah brennend treu ergeben, war die begabteste Seherin der Ansara. Soweit er wusste, war bei den Raintree-Sehern Echo die Einzige, die das Potenzial hatte, auf Sidras Ebene zu gelangen. Aber diese kleine Schlampe würde lange tot sein, ehe sie ihre Gabe nutzbar machen und kontrollieren konnte.

Auf sein Geheiß kamen Natalie und Risa, die sich gegenseitig nicht ausstehen konnten, gemeinsam bei ihm zu Hause an. Cael begrüßte die beiden Frauen höflich und führte sie dann persönlich ins Wohnzimmer, wo er ihnen Erfrischungen anbot. Nachdem sie sein Angebot abgelehnt hatten, gehorchten sie seinem Befehl und setzten sich auf das glatte Ledersofa.

Er stellte sich vor sie und sah von einer zur anderen. „Ich brauche Informationen, die ich auf normalem Weg nicht bekomme. Ihr versteht?"

„Ja, mein Lord", antworteten sie gleichzeitig und starrten einander danach wütend an.

„Was ihr jetzt erfahrt, darf diesen Raum nicht verlassen. Wenn es das doch tut, wird es ernsthafte Konsequenzen geben."

Natalie sah ihn mit angespanntem Gesicht an. „Ich schwöre Euch meine Treue. Ich werde einen Bluteid schwören, wenn ihr es wünscht, Dranir Cael."

Mit einem Lächeln liebkoste Cael die gebräunte Wange der Blonden. Sie lächelte zurück.

Er schlug sie ins Gesicht. Sie zuckte zurück und sah ihn erschrocken an.

„Ich habe Euch verärgert?" Ihre Stimme zitterte.

„Überhaupt nicht", sagte er. „Das war nur ein Test, um zu sehen, wie du reagierst."

„Ja, mein Lord", antwortete Natalie.

„Ich würde auf eine solche Prüfung lieber verzichten", sagte ihm Risa, als er sich ihr zuwandte. „Ich bin deine treue Dienerin, aber ich bin nicht dein Fußabtreter. Daran solltest du lieber denken."

Cael konzentrierte sich ganz auf Risa, groß und elegant, schlank, mit schwarzem Haar und dunklen blauen Augen. Wenn er Dranir war, würde er ihr schon zeigen, dass sie genau das war, was immer er wollte. „Daran werde ich denken", sagte er.

„Warum hast du uns herbestellt?", fragte Risa mit einem weiteren verärgerten Seitenblick auf Natalie.

„Ich will, dass ihr zusammenarbeitet, um die Antwort auf eine Frage zu finden. Ihr sollt für mich ein Kind namens Eve ausfindig machen. Ich glaube, sie ist Mercy Raintrees Tochter. Das kleine Mädchen ist sehr mächtig, also seid gewarnt", fügte Cael noch hinzu.

„Wie alt ist das Kind?", fragte Risa.

„Sechs."

Natalie lachte. „Eine Sechsjährige mit Gaben, vor denen wir uns fürchten sollen?"

Cael nickte. „Ungewöhnlich, aber nicht undenkbar. Sie ist eine Raintree-Prinzessin."

„Was wollt Ihr über dieses Kind wissen?", fragte Natalie.

„Ich will wissen, wer ihr Vater ist."

„Warum in aller Welt ist die Vaterschaft irgendeines Raintree-Kindes für Euch von Interesse, mein Lord?", fragte Risa.

Es fiel Cael schwer, seine Wut im Zaum zu halten. Wie konnte Risa es wagen, ihn zu hinterfragen? Aber fürs Erste würde er ihren Mangel an Respekt nicht bestrafen. Ihm war klar, dass sie eifersüchtig war, weil er Interesse an Natalie zeigte. Außerdem hatte er, indem er sie beide zu sich nach Hause bestellt hatte, die jüngere Seherin auf eine Ebene mit der älteren gehoben. Noch brauchte er Risa. Wenn sie ihren Zweck erst einmal erfüllt hatte …

„Warum ich mich für dieses Kind interessiere, ist nicht deine Sorge", sagte er. „Jedenfalls jetzt noch nicht."

Anscheinend hatte sie endlich gemerkt, dass sie zu weit gegangen war, denn Risa verstummte ohne weitere Fragen. Sie neigte ihren Kopf und wandte sich dann an Natalie. „Bereite dich darauf vor, deinen Geist mit meinem zu verbinden."

Die zwei Frauen setzten sich einander gegenüber. Risa nahm Natalies Hände in ihre und sah der jungen Frau tief in die Augen. „Konzentrier dich auf dein Inneres und reise über den Ozean bis zum heiligen

Grund der Raintree, aber sende deine Gedanken nicht in die Zukunft. Konzentrier dich nur auf das Kind namens Eve."

Natalie nickte.

„Ich werde den Weg für euch frei machen, damit ihr die Gedanken des Kindes lesen könnt", sagte Cael. Er war sich sicher, dass er jetzt, wo er einmal mit Eve in Verbindung getreten war, die Barriere immer wieder durchbrechen konnte. Die Erwartung berauschte ihn geradezu.

Judah ging am Strand entlang. Claude war neben ihm, wie so oft. Sein Cousin stand ihm zu Seite, sowohl sprichwörtlich als auch tatsächlich, seit sie kleine Jungen waren. Sie hatten sich über die Jahre viele Dinge geteilt: ihren ersten Schluck Alkohol, ihre erste Frau, ihren ersten Mord. Sie hatten die Insel zusammen verlassen, um in Amerika aufs College zu gehen, und sie hatten sich als junge Männer gemeinsam der Geschäftswelt angeschlossen.

„Könnte es irgendein Trick sein?", fragte Claude.

„Zu welchem Zweck? Wenn es nicht die Wahrheit ist, warum sollte Mercy mir dann sagen, dass Cael über Eve Bescheid weiß? Warum sollte sie mir erzählen, dass er sich im Geiste mit meiner Tochter geschlagen hat?"

„Um dich zurück nach North Carolina zu locken?"

„Und warum das? Die Frau verabscheut mich und hat es mehr als deutlich gemacht, dass sie mich nicht einmal in der Nähe von Eve sehen will."

„Vergib mir die Frage, aber bist du dir sicher, dass Eve deine Tochter ist? Kann es nicht sein, dass …"

„Sie ist es." Judah war sich so sicher, wie er sich auch sicher war, dass die Sonne am nächsten Morgen im Osten aufgehen würde.

„Wenn Cael vermutet, dass sie dein Kind ist, wird er versuchen, sie umzubringen", sagte Claude. „Und niemand würde ihn aufhalten oder sein Verhalten infrage stellen, denn er würde nur dem alten Erlass gehorchen, der befiehlt, jedes gemischte Kind sofort zu töten."

„Ich werde gleich heute Abend ein Ratstreffen einberufen. Nur die, die mir treu sind. Und ich werde verkünden, dass ich den alten Erlass aufhebe. Es braucht nur meine Unterschrift vor den Augen zweier Ratsmitglieder, und ich kann jeden Erlass aufheben."

„Der Rat wird wissen wollen, warum …"

„Ich bin der Dranir. Ich bin niemandem Rechenschaft schuldig, nicht einmal dem Hohen Rat."

Claude hielt inne, legte eine Hand auf Judahs Schulter und sah ihm direkt in die Augen. „Ist jetzt die richtige Zeit, um dir auch nur ein Mitglied des Rates zu entfremden? Cael bereitet sich auf einen voreiligen Krieg mit den Raintree vor. Je mehr Ratsmitglieder er gegen dich aufbringen kann, desto leichter wird es ihm fallen, seine Pläne umzusetzen." Claude drückte Judahs Schulter. „Dein Bruder wird nicht aufhören, bis einer von euch den anderen umgebracht hat."

Judah löste sich von seinem Cousin. „Du willst sagen, dass ich meine Tochter nicht beschützen soll?"

„Ich sage nur, dass deine Priorität darin liegen sollte, Cael im Zaum zu halten. Nur du kannst ihn davon abhalten, uns zu zerstören."

„Und du denkst, ich sollte dafür das Leben meiner Tochter riskieren? Glaubst du nicht, dass ich Eve und auch mein Volk vor meinem wahnsinnigen Bruder beschützen kann?"

„Warum ist das Kind dir so wichtig? Du hast dir die Vaterschaft nicht ausgesucht. Du wusstest bis vor zwei Tagen nicht einmal, dass es sie gibt. Und du darfst nicht vergessen, dass sie eine Raintree ist."

Judah kochte vor Wut. „Eve ist Ansara!"

„Nein, ist sie nicht", sagte Claude. „Sie ist nur zur Hälfte Ansara. Die andere Hälfte ist Raintree. Und sie ist in den letzten sechs Jahren auf dem heiligen Gebiet der Raintree aufgewachsen. Prinzessin Mercy hat sie erzogen. Wenn deine Tochter sich zwischen dir und ihrer Mutter entscheiden müsste, zwischen Ansara und Raintree, wen, glaubst du, wird sie wählen?"

Sand wirbelte in kleinen Stürmen vom Strand auf und hoch in die Luft. Aus Judahs Fingerspitzen schossen Flammen, und der Boden unter ihren Füßen bebte.

„Hör auf, ich versteh schon", sagte Claude. „Du bist sauer, weil ich die Wahrheit sage."

Claude verstand Judah wie kein anderer. Statt sich von Judahs leicht reizbarer Laune irritieren zu lassen, schien sein Cousin normalerweise eher belustigt. Manchmal beneidete Judah Claude um dessen angeborene Ruhe, um einen inneren Frieden, den er selbst nicht besaß.

Als Judahs Wut sich verflüchtigte, erstarben auch die Wirbelstürme, einer nach dem anderen. Er schleuderte rote, heiße Blitze hinaus aufs Meer, wo sie in der salzigen Brandung zischten und verloschen. Keiner der beiden Männer sprach ein Wort. Die tropische Junisonne wärmte sie, und gleichzeitig kam eine kühle Brise vom Meer her. Die Ansara lebten im Paradies.

„Ich kann Eve erst nach *der Schlacht* für mich beanspruchen. Erst wenn die Raintree geschlagen sind", sagte Judah. „Wenn ich es vorher versuchen sollte ..."

„Was wirst du mit Prinzessin Mercy machen, jetzt, wo du weißt, dass sie die Mutter deines Kindes ist?"

„Nichts hat sich geändert. Ich werde Mercy umbringen." Judah hielt inne und sah hinaus auf den Ozean. Sein Blick verlor sich am Horizont. Jetzt, wo sie gelernt hatte, ihre Gaben voll auszuschöpfen, würde Mercy eine würdige Gegnerin sein. Sie würde ihn mit all ihrer Kraft bekämpfen. „Solange die Raintree noch existieren, stellen sie eine Bedrohung für uns dar."

„Es wird nicht leicht sein, die Mutter deines Kindes umzubringen."

„Mein Vater hat Caels Mutter hinrichten lassen. Er hat es nie bereut."

„Onkel Hadar hat Nusi gehasst für das, was sie deiner Mutter angetan hat. Nusi war eine böse Zauberin, und sie war verrückt, genau wie ihr Sohn es ist."

„Und Mercy ist eine Raintree. Das allein ist Grund genug, sie umzubringen."

Ehe Claude antworten konnte, bemerkten beide einen Palastdiener, einen Jungen namens Bru, der die Treppe zum privaten Strand hinunterrannte. Er winkte mit beiden Armen und rief nach dem Dranir.

Als Bru sie erreichte, verbeugte er sich eilig und schnappte ein paarmal tief nach Luft. „Ratsherrin Sidra wartet auf Euch, mein Lord. Sie lässt ausrichten, dass sie Euch sofort sprechen muss. Sie hat schlimme Nachrichten."

Judah fing an zu rennen, flog die Felsentreppe hinauf, und Claude und Bru folgten dicht hinter ihm. Zweifelsohne hatte Sidra eine weitere Vision gehabt. Wenn sie sagte, die Nachricht sei schlimm, dann war sie das auch. Sie geriet nie in Panik und übertrieb nie die Wichtigkeit ihrer Vorhersagen.

Als sie vor dem Palast ankamen, fanden sie die alte Seherin auf einer der unteren Terrassen sitzend, ruhig, die faltigen Hände im Schoß. Ihr Mann, Bartholomew, stand hinter ihr, wie immer ihr grimmiger Beschützer.

Judah ging zu Sidra, und als sie versuchte, auf unsicheren Beinen aufzustehen, half er ihr zurück in ihren Stuhl und kniete sich neben sie. Als Dranir verbeugte er sich vor niemandem, aber Sidra war nicht irgendwer. Sie war nicht nur die mächtigste der Seherinnen, sie war auch eine Hofdame seiner Mutter und ihre beste Freundin gewesen.

Sidra drückte Judahs Hände. „Ich habe die Mutter eines neuen Stammes gesehen. Sie ist ein Kind des Lichts. Goldenes Haar. Goldene Augen."

Judahs Magen zog sich zusammen. Er würde nie den Moment vergessen, in dem der goldene Funke nur eine Sekunde lang in den Augen seiner Tochter aufgeglommen war. „Dieses Kind ... Was bedeutet es für die Ansara?"

„Veränderung", sagte Sidra.

Judah sah auf zu Bartholomew und dann hinüber zu Claude. *Veränderung? Nicht Auslöschung? Nicht ihr Untergang? Und auch nicht ihre Erlösung?*

Sidra presste noch einmal fest ihre Hände zusammen. Judah konzentrierte sich auf sie. „Wenn du dein Volk retten willst, musst du dein Kind beschützen vor ..." Sidras Stimme wurde schwach, ihre Augenlider flatterten müde. „Schütze dich vor Cael, gegen sein Böses. Du musst den alten Erlass aufheben ... Heute noch." Sidra fiel in einen plötzlichen, erholsamen Schlaf, wie sie es immer tat, wenn eine mächtige Vision ihr die Kraft geraubt hatte.

Bartholomew nahm den Mantel von seinen Schultern und deckte seine Frau damit zu. Dann wandte er sich an Judah. „Mein Lord, Ihr wisst, von welchem Erlass sie gesprochen hat."

Judah erhob sich. „Ja, ich weiß."

„Sidra glaubt, dass ihre Vision wahr ist", sagte Bartholomew. „Und wenn es stimmt ... dann gibt es da draußen irgendwo ein Halbblut. Ein Kind, das halb Ansara und halb Raintree ist."

„Ja, das gibt es."

„Ihr wisst bereits von diesem Kind?", fragte Bartholomew.

Judah zögerte. „Ja."

„Nach dem, was Sidra gesehen hat, denke ich ebenfalls, dass du das Kind beschützen musst", sagte Claude. „Schreib einen neuen Erlass nieder und unterzeichne ihn. Bartholomew und ich sind Zeugen. Heb den alten Erlass auf, der den Tod aller gemischten Nachkommen verlangt."

„Claude hat recht, mein Lord." Bartholomew sah liebevoll hinab zu seiner Frau. „Sidra glaubt, dass Cael versuchen wird, das Kind umzubringen, und das dürft ihr nicht zulassen. Ohne das Kind sind die Ansara verdammt."

„Ich schwöre bei der Ehre meines Vaters, dass ich nicht zulassen werde, dass dem Kind etwas geschieht", sagte Judah.

Ich werde dich beschützen, Eve. Hörst du mich? Niemand wird dir wehtun. Nicht jetzt und niemals.

Mercy spürte, wie drei miteinander verwobene Gedankenströme in den Grenzen des Heiligtums herumsuchten – mächtige Gedanken, die sich verbunden hatten, um ihre Kraft gegenseitig noch zu verstärken. Instinktiv spürte sie, dass diese Eindringlinge von weither kamen. Sie legte das Buch beiseite, das sie gerade las – eine uralte Handschrift voller Zauber und Rituale, die dem Schutz dienten – und konzentrierte sich vollkommen auf die feindselige Energie. Sie brauchte keine Minute, um die Gefahr zu erkennen.

Ansara!

Ein Gedankenstrom führte die anderen beiden. Er lenkte sie, während er versuchte, mit Eve in Kontakt zu treten.

Ich werde es nicht zulassen. Sie schloss die Augen, nahm einen tiefen, stärkenden Atemzug und konzentrierte sich darauf, Eve fest einzuschließen. Sie stärkte den magischen Schutz, der sie sowieso schon umgab.

Es ist alles in Ordnung, Mom. Ich habe keine Angst vor ihm. Er kann mir nicht wehtun.

Oh, Gott, Eve. Tu es nicht! Was immer du auch vorhast, tu es nicht!

Du bist doof, Mommy.

Du solltest lieber auf mich hören, Eve Raintree!

Nein. Ich bin Eve Ansara.

Mercy öffnete die Augen. Sie bemühte sich, Eves zweiten Schutzwall aufrechtzuerhalten, und rannte auf der Suche nach ihrer Tochter aus ihrem Arbeitszimmer. Sie fand Eve auf einem Kissen auf den Boden des Wohnzimmers, umgeben von einer Armee aus Kuscheltieren, die in Reih und Glied um sie herummarschierten. Ihre kleinen, ausgestopften Gliedmaßen schlugen in regelmäßigen Abständen auf dem Holzfußboden auf.

„Eve!"

Eve keuchte. Ihre Augen weiteten sich, als sie Mercy ansah, und sie unterbrach sofort den Zauber, mit dem sie ihre Kuscheltiere belebt hatte.

„Ich habe nur geübt." Eves verführerisches Lächeln bat sie um Verständnis.

„Dieser Mann … der Feind deines Vaters … Hast du irgendetwas gesagt oder getan …"

„Mach dir keine Sorgen." Eve stand auf, drückte die Schulter durch und hielt den Kopf gerade. Sie war selbstsicher wie nur wenige andere Sechsjährige. Eine wahre Prinzessin.

„Ich habe ihn und die anderen zwei fortgeschickt", sagte Eve. „Sie wollten wissen, wer mein Vater ist, und …"

„Du hast es ihnen doch nicht etwa gesagt?"

„Natürlich nicht." Eve machte einen Schritt über einen Tiger und einen Bären, als sie auf Mercy zuging. „Ich habe sie ausgesperrt. Das hat sie wütend gemacht." Sie sah zu Mercy hoch. In ihren grünen Raintree-Augen war nichts als Unschuld.

Eve war schon dickköpfig, stur und nicht leicht zu kontrollieren gewesen, ehe Judah in ihr Leben getreten war. Aber sie war immer Mercys süßes kleines Mädchen, das den Wünschen ihrer Mutter vielleicht manchmal widerstand, aber am Ende doch immer gehorchte. Ohne genau sagen zu können, wann es passiert war, wurde Mercy klar, dass sie Eve nicht länger vollkommen unter ihrer Kontrolle hatte. Vielleicht wäre es irgendwann sowieso passiert, wenn Eve älter war, egal ob sie ihren Vater getroffen hätte oder nicht. Doch irgendwie hatte es Eve verändert, Judah zu begegnen. Und es hatte Mercys Beziehung zu ihrer Tochter verändert. Für immer.

„Ich liebe dich genauso sehr wie immer." Eve schlang ihre Arme um Mercys Taille, legte ihren Kopf auf Mercys Bauch und umarmte sie.

Mercy strich über Eves Kopf. „Ich liebe dich auch."

Eve löste sich ein Stück von Mercy und sah zu ihr auf. „Es tut mir leid, dass du traurig bist, weil ich eine Ansara bin."

Mercy biss sich auf die Unterlippe, um nicht zu weinen oder zu schreien. Sie seufzte tief und sah Eve dann direkt an. „Ich bin eine Raintree. Du bist meine Tochter. Du bist eine Raintree."

„Mom, Mom." Eve schüttelte den Kopf. „Ich wurde in den Stamm der Raintree hineingeboren, aber ich wurde für die Ansara bestimmt. Für meinen Vater."

Mercy fuhr ein eisiger Schauer den Rücken hinunter, als ihr die Wahrheit mit einem kalten, harten Schlag klar wurde. Die Angst, die sie tief in sich vergraben hatte, seit sie Eve geboren hatte, brach hervor. Sie platzte aus ihr heraus, und der Sturm, der damit einherging, erschütterte das ganze Haus.

Mercy verlor nur selten die Kontrolle über ihre Gaben. Ihre Reaktion war vollkommen unfreiwillig gewesen; eine reflexartige Antwort auf ihre schon lange gehegte Vermutung, dass es das Schicksal ihrer Tochter war, den Todfeind zu retten.

Eve griff nach Mercys Hand, und sie beruhigte sich sofort. Für einen kurzen Augenblick verbanden sich die Mächte von Mutter und Tochter, und Mercy spürte, was für enorme Kraft ihre Tochter besaß.

Als sie sich wieder unter Kontrolle hatte, sagte Mercy: „Das Volk deines Vaters, die Ansara, und mein Volk, die Raintree, sind schon seit ewiger Zeit verfeindet. Sidonia hat dir die Geschichten unseres Volkes erzählt. Sie hat dir erzählt, wie wir vor langer Zeit die Ansara in einer schrecklichen Schlacht geschlagen haben. Und sie hat dir erzählt, dass nur eine Handvoll ihrer Art überlebt hat."

„Ich liebe es, wenn Sidonia mir diese Geschichten erzählt", sagte Eve. „Sie erzählt mir immer, wie gemein und böse die Ansara sind und wie gut und freundlich die Raintree. Bedeutet das, ich bin gut *und* böse?"

Wie konnte es sein, dass Eve in einer Minute weiser und mächtiger war, als es ihrem Alter guttat, und in der Nächsten war sie wieder nur eine anbetungswürdige Sechsjährige?

„Wir sind alle gut und schlecht", sagte Mercy.

„Auch mein Daddy?"

„Ja, vielleicht." Mercy brachte es nicht über sich, Eve zu erzählen, dass Judah genauso hinterhältig und böse war wie alle seiner Art. *Aber woher weißt du, dass das stimmt?*, fragte eine verführerische innere Stimme. *Judah ist der einzige Ansara, den du je gekannt hast. Der einzige, den du je getroffen hast.*

Dass die Ansara böse waren, wussten die Raintree aus historischen Schriften, die zweihundert Jahre alt waren.

Und Mercy wusste es aus einem angeborenen Instinkt heraus, den sie nicht verleugnen konnte.

* * *

Dienstag, 20:45 Uhr

Cael lehnte sich in seine schwarzen Satinlaken zurück und ließ sich von drei Huren aus seinem privaten Bordell streicheln und beglücken. Risa und Natalie hatten ihn bitter enttäuscht. Er hatte beide Frauen fortgeschickt. Er wollte sie nicht mehr sehen. Er machte nur die beiden Seherinnen dafür verantwortlich, dass er es nicht geschafft hatte, in Eve Raintrees Gedanken einzudringen. Er hatte stundenlang vor Wut gekocht, bis sich der Druck bis zur Explosion angestaut hatte.

Um seinem Zorn Herr zu werden und wenigstens für den Moment an etwas anderes zu denken, hatte er sich Ablenkung schicken lassen. Jede seiner Huren hatte seine Peitsche zu spüren bekommen. Sie hatten um Gnade gebettelt, während er auf ihre Rücken und Hintern einschlug, bis die Striemen blutig waren. Ihre Schmerzen erregten Cael fast unerträglich und machten so den Akt selbst zu einem noch intensiveren Erlebnis. Während die Rothaarige mit der talentierten Zunge ihn zu einem weiteren Höhepunkt brachte, krallte Cael sich in die Haare auf ihrem Kopf. Sie schrie vor Schmerzen, als die Erlösung seinen Körper zum Zittern brachte.

Er ruhte sich aus, befriedigt und schläfrig, als die Doppeltür zu seinem Schlafzimmer so heftig aufsprang, als hätte sie ein Sturm aus den Angeln gerissen. Cael lachte, als er sah, wie Alexandria in seine privaten Gemächer gestürmt kam. Natürlich würde sie einen eifersüchtigen Wutanfall bekommen.

„Schick deine Huren weg", sagte sie mit merkwürdig ruhiger Stimme. „Ich muss dich ohne Zuschauer sprechen."

Nackt und mit dem Geruch nach Sex auf der Haut schob Cael die Frauen zur Seite, während er sich zum Rand des Bettes bewegte und aufstand, um Alexandria entgegenzutreten. Als er ihr in die Augen sah, entdeckte er dort weder Wut noch Eifersucht.

Mit einer Handbewegung schickte er seine Huren fort. „Geht. Lasst mich allein. Verschwindet!"

Die Frauen gehorchten sofort. Sie beeilten sich, ihre Morgenmäntel anzuziehen und den Raum zu verlassen. Als sie verschwunden waren, ging Cael zu Alexandria und lächelte sie an.

„Du enttäuschst mich, meine Liebe. Ich hatte einen Wutanfall und Eifersucht erwartet."

„Du bildest dir zu viel ein! Es ist mir egal, mit wem du es noch so treibst, ob jetzt oder in Zukunft. Solange ich an deiner Seite als Dranira regiere, kannst du dir so viele Huren halten, wie du willst."

Caels Lächeln wurde breiter. „Wir sind das perfekte Paar."

„Nur, wenn du die Raintree vernichten und Judah umbringen kannst."

Cael hob seinen schwarzen Seidenmorgenmantel vom Boden auf und zog ihn an. „Ich habe beides schon sehr bald vor." Er streckte die

Hand aus und streichelte Alexandrias Wange. „Was führt dich hierher? Du hast gesagt, du musst allein mit mir sprechen."

„Ich habe von einem geheimen Treffen des Dranirs mit drei Ratsmitgliedern erfahren."

„Wann?"

„Heute Nachmittag."

„Wer hat sich mit Judah getroffen und warum?"

„Claude war dort, zusammen mit Bartholomew und Sidra."

„Sidra?"

„Ich weiß nicht, wer das Treffen arrangiert hat, aber Sidra und Bartholomew sind im Palast aufgetaucht und mehrere Stunden dortgeblieben."

„Die alte Hexe hatte wahrscheinlich irgendeine Vision. Ich habe meine Pläne gut verborgen. Nur ich kenne den genauen Moment, in dem wir die Raintree angreifen. Ich kann nicht riskieren, dass Sidra …"

„Wir haben noch andere Sorgen, als dass Sidra deine Pläne vorhersieht", sagte Alexandria. „Judah hat das Undenkbare getan."

Cael spürte pure Angst in sich aufsteigen. Er hasste es, dass sein Bruder ihm solch ein Gefühl bereiten konnte. „Was hat er getan?"

„Er hat einen uralten Erlass aufgehoben. Judah hat die Nichtigkeitserklärung unterschrieben. Claude und Bartholomew waren seine Zeugen."

„Welchen Erlass?"

„Dass alle Kinder umgebracht werden müssen, die gemischtes Blut in sich tragen."

„Warum sollte Judah …?" *Das Kind, das Kind. Sie könnte unser Untergang sein.* „Was ist los?", fragte Alexandria. „Was weißt du?"

Cael packte Alexandrias Arm und riss sie an sich. Er sah ihr in die Augen und knurrte. „Es besteht kein Zweifel, dass es so ein Kind gibt. Und damit Judah einen Erlass aufhebt, der schon seit Hunderten von Jahren besteht, muss dieses Kind ihm sehr wichtig sein."

„Willst du andeuten, dass Judah einer Raintree ein Kind geschenkt hat?"

Cael verzog den Mund. „Nicht irgendeiner Raintree. Einer Prinzessin. Mercy Raintree hat eine Tochter namens Eve. Ein kleines Mädchen mit außergewöhnlichen Fähigkeiten."

* * *

Mittwochmorgen, 1:49 Uhr

Mercy wog ihre Möglichkeiten gegeneinander ab. Sie konnte versuchen, mit der Situation allein klarzukommen. Sie konnte Dante anrufen und ihm die Wahrheit über Eves Vater verraten. Oder darauf vertrauen, dass Judah Eve beschützte.

Wenn sie nur eine andere Wahl hätte.

Aber egal, welche Entscheidung sie traf, sie musste es bald tun. Am besten noch vor dem nächsten Morgen.

Sidonia klopfte an, ehe sie Mercys Arbeitszimmer betrat. Sie hielt einige Schritte vor der Stelle an, an der Mercy vor dem Kamin stand und zu Ancelins Schwert hinaufsah.

„Eve schläft endlich", sagte Sidonia. „Es ist Zeit, dass auch du ins Bett gehst. Du brauchst Erholung."

„Ich kann nicht schlafen, ehe ich nicht entschieden habe, was zu tun ist."

„Ruf Dante an."

„Vielleicht bleibt mir keine andere Wahl, so sehr ich den Gedanken daran auch fürchte, meinem großen Bruder meine Sünden zu gestehen."

„Er wird wütend sein, daran besteht kein Zweifel. Er wird Judah Ansara jagen und ihn umbringen wollen", sagte Sidonia. „Ist es das, was dich davon abhält? Willst du nicht, dass Dante Judah umbringt?"

Mercy wirbelte herum und sah Sidonia wütend an. „Es ist auch möglich, dass Judah Dante umbringt."

„Unwahrscheinlich. Du weißt genauso gut wie ich, dass Dante nicht nur seine eigenen Gaben hat, sondern auch die, die jedem Dranir zuteilwerden. Judah wäre kein ebenbürtiger Gegner für ihn."

„Wir wissen nicht, welche Gaben Judah besitzt, aber sie müssen sehr mächtig sein, wenn er Eve so unglaubliche Fähigkeiten vererbt hat."

Sidonia ging zum Schreibtisch hinüber und hob das Telefon ab. „Ruf Dante an. Tu es jetzt."

Mercy starrte das Telefon an, während in ihrem Inneren noch ein unsicherer Krieg tobte.

Die Tür des Arbeitszimmers sprang auf. Eve kam in ihrem rosa Pyjama hereingehüpft. Sie war hellwach und lächelte breit. Das Kind rannte zu Mercy und nahm ihre Hand. „Komm mit!"

„Wohin?", fragte Mercy.

„Zur Haustür. Daddy kommt. Ich habe ihn schon reingelassen."

9. KAPITEL

*J*udah ist …?"

„Komm schon. Er ist fast da." Eve zerrte an Mercys Hand.

„Verbanne diesen schwarzen Teufel aus unserem Haus", sagte Sidonia.

Mercy ignorierte diese Warnung und ging mit Eve hinaus auf den Korridor, der ins Foyer führte. Sidonia folgte ihnen, murmelte dabei aber immer wieder laut ihre Befürchtungen vor sich hin.

Sobald sie die Eingangshalle erreicht hatten, machte Eve eine Bewegung mit ihrer kleinen Hand, und die Eingangstür schwang auf. Judah Ansara, die Hand zum Klopfen erhoben, stand auf der Veranda. Er war von Dunkelheit umhüllt, nur das Mondlicht umzeichnete seinen Umriss. Er sah wirklich wie der schwarze Teufel aus, als den Sidonia ihn bezeichnet hatte.

„Daddy!", rief Eve, lies Mercys Hand los und rannte zu ihrem Vater.

Judah trat über die Schwelle, und mit ihm der Nachtwind, der sein langes Haar zerzaust hatte. Sein Blick fiel als Erstes auf Eve. Ohne zu zögern ließ er den Koffer, den er in der Hand hielt, fallen, hob Eve in seine Arme und schob die Tür mit dem Fuß hinter sich zu.

Eve schlang ihre Arme um seinen Hals und gab ihm einen Kuss auf die Wange. „Ich wusste, dass du zurückkommst. Ich hab es gewusst."

Mercy sah diesem Austausch zwischen Vater und Tochter fasziniert zu. Auch ohne ihre empathische Gabe hätte sie die Verbindung erkennen können, die sich bereits zwischen den beiden formte. Und die Angst davor, zu wissen, dass sie nicht die Macht hatte, aufzuhalten, was geschehen würde, erschütterte sie bis ins Mark.

Eves Worte hallten in Mercys Kopf wider. *Ich bin für die Ansara geboren.*

Sie konnte Sidonias ständiges Murmeln nicht länger ignorieren, bedachte das alte Kindermädchen mit einem vernichtenden Blick und forderte es telepathisch auf, den Mund zu halten. Sidonia starrte Mercy wütend an und schüttelte den Kopf, dennoch verstummte sie zögerlich und ging dann mit schleppenden Schritten die Treppe hinauf.

Mercy trat einige zögerliche Schritte auf Judah zu. Als würde er erst in diesem Augenblick bemerken, dass Mercy auch da war, schob er Eve auf seine Hüfte und sah sie an.

Sie konnte ihre Gefühle nicht einmal sich selbst erklären. Sie verachtete Judah, und es gefiel ihr nicht, dass er den heiligen Boden ihres

472

Stammes und das Leben ihrer Tochter betreten hatte. Aber gleichzeitig versicherte ihr seine Anwesenheit, dass er sich wirklich um Eve sorgte und dass er bereit dazu war, ihr zu helfen, ihr gemeinsames Kind zu beschützen. Ihre Blicke trafen sich für den Bruchteil eines Augenblicks, doch dann konzentrierte sich Judah wieder ganz auf seine Tochter.

„Ich will, dass du mir etwas versprichst", sagte er zu Eve.

„Was denn?"

„Versprich mir, dass du deine Gaben nicht mehr benutzt, um mit irgendwem zu sprechen außer mit deiner Mom und mir, und zwar so lange, bis ich dir sage, dass du es wieder darfst."

Die Arme immer noch um Judahs Hals geschlungen, lehnte Eve sich zurück, legte den Kopf an die Seite und sah ihrem Vater direkt in die Augen. „Er ist ein böser Mann, oder, Daddy? Er will uns wehtun."

„Ja, er ist ein böser Mann." Judah runzelte die Stirn. „Jetzt versprich mir, dass …"

„Ich verspreche es", sagte Eve.

So einfach war sie Judahs Bitte nachgekommen. Mercy seufzte innerlich. Sie fürchtete, dass Eve die Befehle ihres Vaters nie infrage stellen würde.

Judah stellte Eve zurück auf den Boden. Sie griff nach seiner Hand, und er sah zu ihr hinab und lächelte. „Es ist spät. Du solltest längst im Bett liegen und schlafen."

„Hab ich ja schon", sagte Eve. „Aber als ich gehört habe, wie du mich gerufen hast, bin ich aufgewacht und hab dich reingelassen. Das wolltest du doch, oder nicht?"

Judah seufzte. „Ja, das wollte ich. Aber jetzt will ich, dass du wieder nach oben gehst und in dein Bett springst." Er sah Mercy an. „Deine Mutter und ich haben einiges zu besprechen."

„Ich will auch ein Versprechen." Eve sah von einem Elternteil zum anderen. „Vertragt euch, okay?"

„Ich vertrage mich, wenn Mercy es auch tut", sagte Judah.

Eve lächelte siegreich und sah dann auf Judahs Koffer. „Du bist doch morgen früh noch da, wenn ich aufwache?"

„Ich bin noch da."

Eve hüpfte glücklich und voller Energie die Treppen hinauf.

Mercy sprach erst, als Judah und sie allein waren. „Ich lasse ein Cottage für dich herrichten."

„Nein, ich werde hier im Haus bleiben." Er ging so schnell auf sie zu, dass sie nicht reagieren konnte, bevor er sie am Oberarm gepackt hatte. „Ich muss in Eves Nähe sein … und in deiner."

Mercys Herz schlug schneller. *Er ist ein Meister der Betörung*, rief sie sich selbst ins Gedächtnis. Er würde alles sagen, was sie hören wollte, um zu bekommen, was er wollte. Und sie selbst konnte auch nicht nur einen Augenblick lang vergessen, dass Eve das war, was er wollte.

„Du kannst nicht lange bleiben." Sie zwang sich, ihm weiterhin in die Augen zu sehen, um ihm zu beweisen, dass sie keine Angst vor ihm hatte. Dass er keine Macht über sie besaß, nur weil sie sein Kind geboren hatte. „Deine Anwesenheit hier geheim zu halten wird nicht länger als ein oder zwei Tage gut gehen. Es sind noch andere Raintree hier. Mehr als die Hälfte der Cottages sind besetzt. Was auch immer du tun musst, um Eve vor deinem Bruder zu beschützen, tu es schnell. Und dann geh wieder."

„Ich fürchte, die Sache wird etwas komplizierter werden."

Mercy sah ihn misstrauisch an.

Er schloss seine Hand fester um ihren Arm. „Du hast jedes Recht, Angst zu haben."

Mercy sah in Judahs kalte graue Augen und spürte seine hypnotische, männliche Anziehungskraft. Sie konnte sich nur von diesem Mann befreien und ihn davon abhalten, ihr ihre Tochter wegzunehmen, indem sie ihn umbrachte. Aber noch nicht. Nicht, ehe sie wusste, dass Eve sicher vor Judahs Feinden war.

Er sah sie mit seinem durchdringenden Blick an, als würde er sie damit ausziehen, und ließ sie dann langsam los. Mercy bebte.

„Du musst nur darum bitten", sagte Judah, „und ich gebe dir, was du willst."

Mercy ballte die Hände zu Fäusten und zwang sich dazu, nicht zuzuschlagen, um ihm das selbstverliebte Grinsen vom Gesicht zu fegen. „Ich will, dass du stirbst", sagte sie ihm.

„Das war nicht sehr nett von dir."

„Nein, war es nicht, aber es ist die Wahrheit."

„Nur die halbe Wahrheit." Sein Blick schien sie zu liebkosen und rief in ihr einen dumpfen Schmerz wach. Aber er berührte sie nicht noch einmal. „Du willst, dass ich dich befriedige, ehe du mich umbringst. Du willst unter mir liegen und …"

„Du bist ein egoistisches Schwein."

„Und du bist eine Frau, die sich nach etwas verzehrt, was nur ich ihr geben kann."

„Du bedeutest mir nicht mehr als ich dir", sagte Mercy ihm. „Wenn du nicht Eves Vater wärst ..."

„Aber das bin ich." Er konzentrierte sich ganz auf ihre Lippen. „Und du kannst nie vergessen, wie es zwischen uns gewesen ist, in jener Nacht, in der du mein Kind empfangen hast. Die Aufregung. Die Leidenschaft." Er kam auf sie zu, bis ihre Körper sich fast berührten, und wandte dabei seinen Blick nie von ihren Lippen. „Ich erinnere mich daran, wie du gewimmert und gebettelt hast. Wie du dich an mich geklammert hast, zitternd und stöhnend."

Unfreiwillig, wie von einer Kraft geleitet, die sie nicht unter Kontrolle hatte, streckte Mercy ihre Hand aus und legte sie auf Judahs Brust. Ihre Handfläche lag auf seinem Herzen.

„Ich habe dir gezeigt, was wahre Befriedigung ist", sagte er. „Und du hast es geliebt." Er sah hinab zu ihrer Hand. „Du hast *mich* geliebt."

Mercy riss ihre Hand von ihm los. „Nein, ich habe dich nie geliebt", belog sie sowohl ihn als auch sich selbst. Sie *hatte* ihn geliebt, wenn auch nur für die kurzen Stunden, ehe sie erfahren hatte, wer er wirklich war. Ein Ansara.

Judah stand groß und erhaben über ihr, seine Schultern durchgedrückt. „Dein Schicksal war es, mir ein Kind zu schenken. Das hast du getan. Du hast deinen Zweck erfüllt."

Mercy starrte ihn an. Plötzlich wurde ihr klar, dass sie ihm irgendwie wehgetan haben musste. Er war innerhalb von Sekunden von verführerischem Charme zu gleichgültiger Bosheit gewechselt. Hatte sie seine Schwachstelle entdeckt? Männlichen Stolz? Oder war es viel persönlicher als das?

Sie hob sich diese Erkenntnis auf, um sie vielleicht später einmal zu benutzen. „Wird er versuchen, Eve zu schaden?"

„Was?"

„Dein Bruder. Wird er hierher auf heiligen Boden kommen und versuchen, Eve zu finden? Deshalb bist du doch hier, oder nicht? Du willst sicherstellen, dass er ihr nicht wehtut?"

„Die Tage meines Bruders sind gezählt. Es war unvermeidlich, dass ich eines Tages gezwungen sein würde, ihn umzubringen."

„Ich kann mir nicht vorstellen, meinen eigenen Bruder so sehr zu hassen, dass ich gezwungen bin, ihn umzubringen."

„Es ist Caels Hass, der mich zwingt, ihn umzubringen. Er lässt mir keine andere Wahl."

„Was ist mit euren Eltern? Können die nicht ..."

„Unser Vater ist leider schon tot. Und Caels Mutter hat meine umgebracht."

„Oh."

Judah nahm seinen Koffer. „Zeig mir ein Zimmer in der Nähe von Eve."

„Das am nächsten gelegene Zimmer ist meines. Dazwischen liegt nur das Kindermädchenzimmer, das beide verbindet."

„Ist das eine Einladung?" Judahs Lippen verzogen sich zu einem verführerischen Lächeln.

„Vielleicht ist es das." Mercys Lippen ahmten seine nach. Es war ein Lächeln ohne Wärme oder Ehrlichkeit. „Aber wenn du in mein Bett steigst, wirst du mit einem offenen Auge schlafen müssen, damit ich dich nicht im Schlaf ermorde."

„So verlockend dieses Angebot auch sein mag …"

„Am Ende des Flurs befindet sich ein Gästezimmer. Du kannst heute Nacht dort bleiben."

„Und morgen Nacht?"

„Bist du verschwunden", sagte ihm Mercy. „Du und ich werden diese Sache gleich morgen klären, und dann wirst du Sanctuary verlassen und nie wieder zurückkehren."

Sie spürte, wie Judah versuchte, in ihre Gedanken einzudringen, während er sie betrachtete.

Versuch's erst gar nicht, warnte sie ihn.

Wenn ich dir ein kleines bisschen von mir zeige, zeigst du mir ein bisschen von dir?

Nein!

Bist du gar nicht neugierig?, fragte er.

Nein!

Lügnerin.

„Komm mit. Ich zeige dir dein Zimmer", sagte Mercy laut. „Und wenn du irgendwann morgen früh aufwachst, dann bleib auf jeden Fall in der Nähe des Hauses. Wenn du tagsüber zu weit weggehst, könnte dich jemand sehen und fragen, wer du bist."

„Glaubst du nicht, ich könnte mich als Raintree ausgeben?"

„Nicht mit deinen eiskalten grauen Augen."

„Auch wieder wahr", sagte Judah.

Mercy führte ihn die Treppe in den ersten Stock hinauf. Er hielt inne, als sie an Eves Zimmer vorbeigingen, drückte die Tür ein Stück auf und sah hinein zu seiner schlafenden Tochter.

„Warum sind ihre Augen wohl grün?"

„Weil sie eine Raintree *ist*", antwortete Mercy.

Als Judah Eves Schlafzimmer betrat, ging Mercy ihm nach, hielt ihn aber nicht auf. Er stand neben Eves Bett. Sie schlief auf dem Bauch. Ihre Arme hatte sie neben ihrem Kopf auf das Kissen gestreckt. Er berührte ihr langes, helles Haar.

Mercy hielt ihren Atem an. Er hob Eves Haar an und teilte es mit den Fingern, um das unverkennbare blaue Mal aufzudecken. Die Mondsichel, die ihre Abstammung verriet. Das Brandzeichen der Ansara.

Judah ließ Eves Haare zurückfallen. Er streichelte ihren kleinen Kopf, drehte sich dann um, sah Mercy an und lächelte. Und für diesen einen Augenblick konnte Mercy Liebe in Judahs Augen erkennen. Liebe zu seiner Tochter.

* * *

Mittwochmorgen, 8:45 Uhr

Judahs Handy klingelte ihn aus seinem tiefen Schlaf.

Verdammt! Wer auch immer ihn anrief, sollte besser einen guten Grund haben.

Er griff sich das klingelnde Telefon von seinem Nachttisch und sah auf das Display, ehe er abhob. „Claude?"

„Cael hat Terrebonne heute Morgen verlassen."

Judah setzte sich auf. „Wann genau?"

„Vor einer Stunde."

„War er allein?"

„Nein."

„Wie viele?"

„Wir sind uns nicht sicher, aber Sidra sagt, dass nur drei mit ihm gegangen sind."

„Wer?", fragte Judah.

„Wir glauben, dass er Risa, Aron und Travis mitgenommen hat."

„Sie könnten schon heute Nachmittag in North Carolina sein."

„Aber den heiligen Grund können sie nicht betreten, oder?", fragte Claude.

„Nein, ich denke nicht. Es sei denn …"

„Es sei denn was?"

„Es sei denn, sie können Eve irgendwie dazu benutzen."

„Ist das möglich?"

„Das kann ich nicht mit Sicherheit sagen. Es ist möglich, dass ihre Anwesenheit das Kraftfeld stört, das Sanctuary vor der Außenwelt schützt."

„Wie du ganz genau weißt, schützt dieses Kraftfeld die Heimstätte auch vor denjenigen, die weniger Macht besitzen als Mercy Raintree", sagte Claude. „Wenn dieser Schutz geschwächt ist … Stell dir vor, wie viel einfacher es dann für uns sein würde, ihr Heiligtum einzunehmen! Wir könnten …"

„Nein." Judah senkte seine Stimme. „Auch mit diesem Vorteil sind wir noch nicht bereit, gegen die Raintree anzutreten."

„Jetzt noch nicht, aber sicherlich eher, als wir dachten."

„Ehe wir unseren Zeitplan für die nächste große Schlacht umstellen, muss ich erst dafür sorgen, dass Eve in Sicherheit ist."

„Das wird bedeuten, dass du Cael umbringen musst, ehe er ihr Schaden zufügen kann. Oder ehe er einen Weg findet, sie gegen dich zu benutzen."

„Ja, ich weiß. Aber entweder, ich stelle mich einem möglichen Bürgerkrieg, wenn seine Anhänger rebellieren, oder ich ziehe gegen die Raintree in den Krieg, ehe wir bereit dazu sind. Jetzt gegen Cael vorzugehen, ist das kleinere von zwei Übeln."

„Soll ich Cael und den anderen jemanden nachschicken?", fragte Claude. „Ich kann auch selbst …"

„Nein! Bleib, wo du bist. Ich brauche dich in Terrebonne. Ich glaube nicht, dass Cael selbst auftauchen wird. Er wird Aron und Travis schicken. Wenn sie ankommen, werde ich bereits auf sie warten. Und wenn sie versuchen, Sanctuary zu betreten, werde ich Cael das, was von ihnen übrig sein wird, als Geschenk verpackt zurückschicken."

„Vielleicht hättest du den Erlass noch nicht aufheben sollen", sagte Claude. „Cael muss daraus schlussgefolgert haben, dass es hier draußen ein Kind gibt, das halb Ansara ist und halb Raintree. Dein Kind."

„Ich hatte keine andere Wahl. Hätte ich den Erlass nicht aufgehoben, hätten unzählige Ansara den Tod meiner Tochter gefordert."

„Es tut mir leid, dass ich deine Entscheidung infrage gestellt habe. Wenn Sidra sagt, dass das Kind beschützt werden muss, dann müssen wir es beschützen."

„Tu alles, was in unserer Macht steht, um Cael zu überwachen. Und es macht nichts, wenn er herausfindet, dass er beobachtet wird. Im Grunde ist es sogar besser, wenn er es weiß."

Die Tür zu Judahs Schlafzimmer ging auf, und Eve kam hereingeschwebt wie ein kleiner Sonnenstrahl, so hell und so fröhlich.

„Guten Morgen, Daddy."

Mist! Judah schlief nackt, also saß er auch jetzt splitternackt auf seiner Bettkante. Er presste das Handy mit einer Hand gegen sein Ohr und griff sich mit der anderen den Bettüberwurf, den er zu sich hochriss, um sich damit von der Hüfte bis zu den Knien zu bedecken.

„Mit wem telefonierst du da?" Eve sprang auf sein Bett und lächelte ihn an.

Er vergrub die Finger im Bettüberwurf, damit er an seinem Platz blieb, während sie zu ihm herüberrutschte. „Ich rufe dich zurück", sagte er zu Claude.

„Leg nicht auf", sagte Eve, „ich will deinem Freund Hallo sagen."

Judah schüttelte den Kopf. „Wo ist deine Mom?", fragte er dann.

Eve ignorierte die Frage, zog sich an ihm hoch und streckte die Hand nach seinem Telefon aus. Judah sah sie streng an.

Sie zögerte, aber dann rief sie laut: „Hallo, Claude! Ich bin Eve."

Claude lachte leise. „Hast du ein Problem mit Disziplin? Sie ist eine ziemlich gute kleine Hellseherin, wenn sie meinen Namen einfach so gewusst hat."

„Ich will mit Claude sprechen." Eve griff erneut nach dem Telefon.

„Die Gaben meiner Tochter sind recht beeindruckend", gab Judah zu. „Sag ihr einfach kurz Hallo, in Ordnung?" Er gab Eve das Handy.

Sie lächelte. „Danke, Daddy." Dann hielt sie sich das Telefon ans Ohr. „Hallo. Du rufst von ziemlich weit weg an, glaube ich."

„Ja, das stimmt", antwortete Claude. „Woher weißt du das?"

„Ich weiß es einfach. Ich habe viele Gaben, aber meine Mom lässt mich sie nicht benutzen, weil sie nicht immer auf mich hören." Eve senkte ihre Stimme zu einem Flüstern. „So wie ich nicht immer auf sie höre."

Sie kicherte. Claude lachte.

„Ich kannte früher einen kleinen Jungen, der war genau wie du. Er besaß mächtige Gaben, aber als er in deinem Alter war, konnte er sie genauso wenig kontrollieren wie sein Vater ihn."

Eve kicherte wieder. „Das war mein Daddy, stimmt's?" Sie sah Judah mit reiner Bewunderung in ihrem Blick an.

Diese verdammten grünen Raintree-Augen!

Sie glichen Mercys so sehr.

„Sag deinem Cousin Claude Auf Wiedersehen", befahl Judah ihr.

„Auf Wiedersehen, Cousin Claude. Wir sehen uns bald."

Sie gab Judah sein Handy zurück und schmiegte sich an ihn, während er immer noch den Bettüberwurf gegen sich presste. Er schickte Mercy einen telepathischen Hilferuf.

„Deine Kleine ist ja sehr charmant", sagte Claude zu Judah. „Wie der Vater so die Tochter, was?"

„Könnte schon sein."

„Warum glaubt sie, dass wir uns bald sehen?", fragte Claude. „Hast du ihr gesagt, dass du sie nach Terrebonne mitnimmst?"

„Nein. Wir haben noch gar nicht darüber gesprochen."

Eve tippte Judah auf die Schulter. Er drehte den Kopf zur Seite und fragte: „Was?"

„Sag Cousin Claude, ich habe gesagt, dass wir uns bald sehen, weil er hierher nach Sanctuary kommt."

Judah starrte seine Tochter an.

„Warum glaubt sie …?", begann Claude.

„Eve Raintree, komm sofort her!" Mercy stand in der Tür, die Hände in die Hüften gestemmt.

Eve hüpfte vom Bett und rannte zu ihrer Mutter. „Ich habe mit Cousin Claude gesprochen. Er kommt schon bald her."

Mercy sah zu Judah, doch in seinen Augen stand genauso viel Sorge und Verwirrung wie in ihren.

„Wir reden später", sagte Judah zu Claude. „Halt mich über die Sache auf dem Laufenden."

Er wartete keine Antwort mehr ab, sondern legte auf und warf sein Handy auf den Nachttisch. „Eve, warum gehst du nicht mit deiner Mutter, und ich dusche in der Zwischenzeit und ziehe mich an?"

Mercys Blick fiel auf Judahs nackte Brust und Schultern. Sie fand seinen durchtrainierten Körper anziehend, auch wenn sie sich dessen nicht bewusst war. Er erwiderte ihren bewundernden Blick. Mercy war ebenfalls eine Augenweide. Als er sie vor sieben Jahren zum ersten Mal gesehen hatte, war ihm gleich aufgefallen, wie schön sie war. Er hatte sie schon gewollt, ehe er in ihre leuchtend grünen Augen gesehen und sie als Raintree erkannt hatte.

Mercy räusperte sich und griff nach Eves Hand. „Es ist nicht nett, ins Zimmer zu platzen, ohne hereingebeten worden zu sein." Sie sah Judah an. „Es tut mir leid, dass sie dich gestört hat. Das wird nicht wieder vorkommen." Aber als sie an Eves Hand zog, stellte diese sich quer.

Judah grinste.

Eve zog an Mercys Hand und bedeutete ihr, sich zu ihr zu beugen, was Mercy auch tat. Eve flüsterte laut: „Ich gehe jetzt in mein Zimmer und spiele ein bisschen. Du und Daddy, ihr müsst noch ein bisschen über mich reden."

Mercy hatte keine Gelegenheit zu antworten, ehe Eve schnell wie ein Blitz aus dem Zimmer zischte und die Tür hinter sich schloss.

„Kann es sein, dass sie manchmal ein wenig herrisch ist?", sagte Judah.

„Sie ist eine Raintree-Prinzessin. Befehle zu erteilen, liegt ihr im Blut, und das ist auch gut so. Unglücklicherweise hat sie die hohe Kunst der Diplomatie noch nicht erlernt."

„Diplomatie wird sowieso überbewertet. Ich bevorzuge es, zu handeln statt zu reden, und ich nehme an, meiner Tochter geht es genauso."

„Eve möchte, dass alles nach ihrem Kopf geht. Aber sie ist noch jung, und sie wird lernen müssen, dass man nicht immer alles haben kann."

Judah warf das Laken, das seinen nackten Körper bedeckte, zur Seite und stand auf. Mercy schnappte nach Luft. Er grinste.

„Wenn du etwas siehst, was dir gefällt, kannst du es haben. Jetzt sofort."

Mercy starrte ihn an, saugte seinen Anblick in sich auf. Ihr Blick blieb an seiner Erektion hängen. Dann sah sie ihm direkt in die Augen. „Manchmal ist das, was wir wollen, sehr schlecht für uns. Und wir lernen aus Erfahrung, Gefahren zu meiden."

Judah kam einen langsamen, aufreizenden Schritt auf sie zu. Sie blieb stehen, wich nicht zurück, und hielt ihren Blick fest auf sein Gesicht gerichtet.

Als er seine Hand ausstreckte und mit dem Handrücken ihre Wange berührte, schloss sie ihre Augen. „Du willst mich immer noch."

Sie sagte nichts.

Doch auch durch diese eine kurze Berührung konnte er ihr Verlangen spüren. „Ich will dich auch." Er legte seine Hand in ihren Nacken und beugte sich zu ihr. Sie seufzte. Sein Atem vermischte sich mit ihrem. Sie öffnete ihre Augen, und nur für einen Augenblick, in dem sie sich ihrer Verletzlichkeit nicht bewusst war, ließ sie zu, dass die Barriere um ihre Gedanken schwächer wurde.

Mein Gott!

Er riss sie an sich, presste sich gegen sie. Wenn sie so nackt wäre, wie er es war … „Es hat keinen anderen nach mir gegeben? Du gehörst mir jetzt genauso wie in dieser einen Nacht."

Als er sie hungrig küsste, zwang sie sich, steif und unbeweglich dazustehen. Aber als er seinen Kuss zärtlicher werden ließ, seufzte sie. Während er sich mit sanfter Leidenschaft an ihrem Mund verging, drückte sie beide Hände gegen seine Brust und versuchte, ihn von sich wegzuschieben.

Judah packte sie und zog sie mit sich, bis er gegen das Bett stieß. Sie jetzt zu nehmen, wäre fast wie beim ersten Mal. Sie war nie von einem anderen Mann berührt worden, war unerfahren, fast noch Jungfrau.

Er stieß sie rückwärts ins Bett und folgte ihr direkt nach, legte sich über sie und hielt ihre gehobenen Arme auf beiden Seiten fest, während sie sich gegen seine überlegene Kraft wehrte. Er setzte sich rittlings auf sie, hielt ihre Hüften mit seinen Beinen fest, und starrte hinab in ihr gerötetes Gesicht, in dessen Ausdruck sowohl Verlangen als auch Wut lag.

„Glaubst du wirklich, ich lasse zu, dass du mich vergewaltigst?" Sie spuckte ihm die Worte ins Gesicht.

„Es wäre keine Vergewaltigung, das wissen wir beide. Du willst mich."

Mercy atmete schwer, kniff die Augen zusammen und konzentrierte sich auf ihn.

Er heulte vor Schmerzen auf, rollte sich von ihr und auf die Seite. Verdammt! Sie hatte mit ihren Gedanken einen Schlag in den empfindlichsten Teil seiner Anatomie geschickt. Es fühlte sich an, als hätte sie ihm ihr Knie zwischen die Beine gestoßen. Während er nach Atem rang und Flüche murmelte, stieg sie aus dem Bett und ging zur Tür. Sie hielt kurz inne und sah ihn über die Schulter an.

„Ich lasse dich nur Eve zuliebe am Leben", sagte sie.

Er schleuderte einen Regen aus Feuerblitzen auf sie, deren glühende Spitzen den Umriss ihres Körpers nachzeichneten. Sie löschte sie, ehe sie die Tür hinter ihr versengen konnten.

„Du kannst dir meinen Tod wünschen, aber du wirst mich nicht umbringen." Sein kalter Blick ließ sie auf der Stelle erstarren. „Und ich werde dich nicht umbringen. Nicht, ehe ich dich noch einmal im Bett gehabt habe."

*J*udah verbrachte den ganzen Morgen mit Eve. Unter Mercys Aufsicht, natürlich. Sie versuchte, sich zurückzuhalten, die meiste Zeit jedenfalls, aber sie hatte nicht genug Vertrauen zu Judah, um ihre Tochter mit ihm allein zu lassen. Vater und Tochter zuzusehen, zeigte ihr eine Seite von Judah, von der sie lieber gar nichts gewusst hätte. Er war so fasziniert von seinem Kind und betete es so sehr an, dass er sich von keinem Raintree-Vater unterschied. Er spielte mit Eve, er las ihr vor, aß mit ihr am späten Morgen einen Snack aus Obst, Käse und Crackern, und er beobachtete sie dabei, wie sie einige ihrer Gaben ausprobierte. Er übte mit ihr, wie sie ihre Fähigkeiten kontrollieren und richtig einsetzen konnte. Er lobte sie, wenn sie Erfolg hatte, und wenn sie versagte, tröstete er sie damit, dass sie noch Erfahrung brauchte.

Freundlichkeit, Geduld und die Fähigkeit zu lieben waren keine Charakterzüge, die Mercy an Judah Ansara je vermutet hätte. Seit sie an diesem Morgen vor sieben Jahren aus seinem Bett geflohen war, hatte sie ihn für einen Charmeur gehalten, einen Verführer, einen unbedachten, gefühllosen Hurensohn. Sie hasste ihn dafür, dass er ein Ansara war, ein Mitglied eines Clans, den sie von Kindheit an nur als Ausgeburt der Hölle gekannt hatte.

„Lasst uns ein Picknick machen", bestimmte Eve, als Sidonia fragte, ob „dieser Mensch" zum Mittag bleiben würde.

„Eve, mein Schatz, ich glaube nicht …", versuchte Mercy einzuwenden.

„Picknick ist eine großartige Idee." Judah zwinkerte Eve zu. „Warum plündern wir zwei nicht die Küche, während deine Mutter sich umzieht?"

Mercy sah an sich hinunter: ordentliche blaue Stoffhosen, ein beigefarbener Baumwollpulli und schlichte blaue Halbschuhe. Was stimmte damit nicht?

Als hätte er ihre Gedanken gelesen – oder hatte er das? –, sagte Judah: „Hättest du es in Jeans oder Shorts nicht bequemer?"

„Ja, Mommy. Zieh dir Shorts an, wie meine."

„Ich ziehe mich um, ehe wir losgehen." Mercy erkannte ihre Niederlage und konnte sie akzeptieren, jedenfalls in dieser einen Sache. „Erst mal gehe ich mit euch allen in die Küche und helfe dabei, unser Picknick herzurichten." Aus dem Augenwinkel konnte sie erkennen, wie Sidonia missbilligend den Kopf schüttelte.

Eine halbe Stunde später fand Mercy sich in abgeschnittenen Jeans und einem roten T-Shirt auf einer alten Steppdecke unter einem riesigen Eichenbaum in der Mitte einer nahe gelegenen Lichtung wieder. Keine einzige Wolke befleckte den blauen Himmel. Die nachmittägliche Junisonne schien durch die Äste des Baumes und tauchte sie alle in Flecken goldenen Lichtes.

Eve plapperte fröhlich vor sich hin, während sie ihr Sandwich mit Hühnchensalat und Kartoffelchips dazu aß. Judah konnte dann und wann ein Wort einbringen und schien amüsiert vom ständigen Gebrabbel seiner lebhaften Tochter. Mercy fiel auf, dass Judah während des Essens mehrere Male auf seine Armbanduhr sah. Und wenn er glaubte, dass sie es nicht merkte, starrte er sie an. Sie tat so, als spüre sie seinen Blick nicht.

Nachdem sie noch zwei Schokoladenkekse verschlungen und sie mit Milch aus ihrer Thermosflasche hinuntergespült hatte, sprang Eve auf und sah von Judah zu Mercy. „Ich will noch ein bisschen üben." Sie rannte ein ganzes Stück weit fort. „Schau, Mom. Sieh mich an, Daddy."

Ohne auf eine Erlaubnis zu warten, konzentrierte sich Eve, bis sie sich langsam vom Boden abzuheben begann. Erst ein paar Zentimeter. Dann dreißig. Dann sechzig.

„Sei vorsichtig", warnte Mercy sie.

„Daddy, wie heißt das?", fragte Eve, breitete die Arme aus und bewegte sie auf und ab, als wären es Flügel.

„Levitation", antwortete Judah, als Eve schon gute drei Meter über dem Boden schwebte.

„Oh, richtig. Mom hat es mir schon gesagt. Le-vi-ta-tion."

Mercy beugte sich vor, um Eve auffangen zu können, falls sie fiel, und hielt den Atem an. Wenn Eve nur nicht so dickköpfig und abenteuerlustig wäre.

„Du behütest sie viel zu sehr." Judah legte seine Finger um Mercys Handgelenk. „Lass ihr ihren Spaß. Sie will nur unsere Aufmerksamkeit und unser Lob."

Mercy starrte ihn wütend an. „Eve ist seit dem Tag, an dem sie geboren wurde, der Mittelpunkt meines Lebens gewesen. Aber es ist mein Job als ihre Mutter, angemessenes Verhalten zu loben und nicht angebrachtes Verhalten zu schelten. Und mehr als alles andere ist es meine Pflicht, sie zu beschützen, auch wenn das bedeutet, sie vor sich selbst zu beschützen."

Judah schnaubte. „Du hattest die ganze Zeit Angst, dass der Ansara-Teil in ihr hervorbricht. Jedes Mal, wenn sie sich aufgespielt hat … wenn sie ungehorsam war … wenn sie einen Wutanfall hatte … Jedes Mal hast du dich gefragt, ob das ihre angeborene böse Seite ist."

„Ich schwebe noch höher", rief Eve. „Seht her! Seht her!"

Als Eve sich gute sechs Meter über den Boden erhoben hatte, sprang Mercy auf und ging auf ihre Tochter zu. „Das ist hoch genug, Liebling. Das war toll." Sie klatschte ein paarmal in die Hände. „Jetzt komm wieder runter."

„Muss ich?", fragte Eve. „Das macht Spaß."

„Komm runter, dann spielen du und ich ein Spiel", sagte Judah.

Eve kam herabgeschwebt. Sie tat es langsam und vorsichtig, als wollte sie Mercy zeigen, dass kein Grund zur Sorge bestand. Sobald ihre Füße den Boden berührten, rannte Eve zu Judah.

„Was für ein Spiel wollen wir spielen?"

Er sah Mercy an, als solle sie es nur wagen, ihn zu unterbrechen. „Hast du schon mal mit Feuer gespielt?"

Eve wirbelte herum und sah hinauf zu Mercy. „Mom sagt, ich bin zu jung, um mit Feuer zu spielen, wie Onkel Dante es macht. Sie sagt, wenn ich älter bin …"

„Wenn zu deinen Fähigkeiten die Macht über das Feuer gehört, ist es am besten, wenn du so jung wie möglich damit umzugehen lernst", sagte Judah direkt zu Eve, während er eine Hand auf Mercys Schulter legte. „Mein Vater hat mit meinem Unterricht begonnen, als ich sieben war."

„Oh bitte, Mommy, bitte", flehte Eve, „lass Daddy mich unterrichten."

Jede Entscheidung konnte sich hinterher als falsch erweisen. Sie war sich nicht ganz sicher, dass ein Nein nichts mit der Abscheu zu tun hatte, die sie für Judah empfand – und dafür, dass er in ihrer beider Leben eingedrungen war.

Mercy nickte. „In Ordnung. Nur dieses eine Mal." Sie bedachte Judah mit einem eiskalten Blick. „Du musst die ganze Zeit die Kontrolle behalten. Als sie zwei Jahre alt war …" Mercy zögerte, diese Informationen mit ihm zu teilen, aber schließlich tat sie es doch, „… hat Eve das Haus in Brand gesteckt."

Judah machte vor Überraschung große Augen, dann lächelte er. „Sie war dazu schon in der Lage, als sie erst zwei war?"

„Ich bin sehr begabt", sagte Eve. „Mom sagt, das ist, weil ich etwas Besonderes bin."

Judah strahlte vor väterlichem Stolz, als er seine Hände auf Eves kleine Schultern legte. „Deine Mutter hat recht – du *bist* etwas Besonderes." Er nahm Eves Hand. „Komm, lass uns da rüber zu dem kleinen Teich gehen und ein kleines Feuerwerk veranstalten. Was sagst du?"

Eve grinste von einem Ohr zum anderen und hüpfte vor Aufregung auf und ab.

Auch wenn sie ihre Bedenken hatte, folgte Mercy ihnen zum Teich. Um zuzusehen und um einzuschreiten, falls Judah Eve etwas wirklich Gefährliches erlaubte ...

Eve hatte sich völlig dabei verausgabt, unter Judahs Aufsicht eine Gabe nach der anderen zu trainieren. Ihm war inzwischen klar geworden, dass Mercy am meisten befürchtet hatte, dass Eve ihm zeigen könnte, wie mächtig sie wirklich war. Und es gab für ihn keinen Zweifel daran, dass seine Tochter das Potenzial hatte, die mächtigste Kreatur auf Erden zu werden. Mächtiger als jeder andere Ansara oder Raintree.

Er sah zu Eve hinunter, die fest zusammengekauert auf der Steppdecke lag und einen tiefen, erholsamen Schlaf schlief. Ein Gefühl, das ganz anders war als alles, was er bisher kannte, wallte in ihm auf. Das dort war sein Kind. Schön, klug und außerordentlich begabt. Und sie hatte ihn sofort als ihren Vater erkannt und ihn ohne weitere Fragen in ihr Leben aufgenommen.

Er erinnerte sich an Sidras Worte: *Wenn du dein Volk retten willst, musst du das Kind beschützen.*

In genau diesem Augenblick wurde Judah klar, dass er Eve um der Ansara willen beschützen würde. Aber was viel wichtiger war: Er würde sie beschützen, weil sie seine Tochter war und er sie liebte.

Er drehte sich um und sah hinaus über die Lichtung, während er versuchte, mit dem, was mit ihm geschah, fertig zu werden. Als Dranir traf er oft Entscheidungen über Leben und Tod, ohne mit der Wimper zu zucken. Sein Wort war Gesetz. Wie sein Vater vor ihm hatte er die vollkommene Herrschaft über sein Volk inne. Schon als kleiner Junge hatte er gewusst, dass er dazu geboren war, oberster Ansara zu werden, das mächtigste Mitglied seines Clans, der Dranir. Er konnte gnadenlos sein, wenn die Situation es verlangte, aber er war immer gerecht. Er hatte sein Leben nach dem Ehrenkodex der Ansara ausgerichtet. Am Tag seiner Krönung zum Dranir hatte er seinem Volk ewige Treue geschworen.

Und er hatte das schwere Los akzeptiert, das das Schicksal ihm auferlegt hatte: Er musste sein Volk in eine weitere große Schlacht gegen die Raintree führen.

Den größten Teil von Judahs Leben war Cael kaum mehr als ein kleiner Störfaktor gewesen, ein Bruder, den er weder liebte noch hasste. Aber nach und nach hatte sich Cael als hinterhältige Kreatur entpuppt, die vom gleichen bösen Wahnsinn getrieben wurde, der auch seine Mutter verdammt hatte. Und nun musste er ein für alle Mal aufgehalten werden.

„Judah?", sagte Mercy ruhig und stellte sich neben ihn.

Er sah zu ihr.

„Wir haben noch nicht darüber geredet, warum du nach Sanctuary zurückgekehrt bist", sagte sie. „Ich habe dir Zeit mit Eve zugestanden. Aber du kannst nicht bleiben. Du kannst nicht Teil ihres Lebens werden."

„Eve ist in Gefahr. Bis sie vor Cael sicher ist, werde ich ein Teil ihres Lebens bleiben, ob du es erlaubst oder nicht." Er kniff warnend die Augen zusammen. „Versuche nicht, mich zum Gehen zu zwingen."

„Sonst noch was?" Mercy ging aufrecht auf Judah zu und baute sich vor ihm auf. Trotzig. Furchtlos.

Am liebsten hätte er ihr gesagt, wie leichtsinnig er sie fand, aber auch wie mutig. Mächtige Männer erzitterten vor ihm. Er hatte Arme und Beine gebrochen, Köpfe abgerissen und Verräter in den Feuertod geschickt. Er war Dranir Judah. Aber er konnte sich kaum als Herrscher eines mächtigen Clans zu erkennen geben. Nicht, solange die Raintree glaubten, dass die Ansara, die sie nach der großen Schlacht am Leben gelassen hatten, über die ganze Welt verstreut und zum großen Teil in der sterblichen Bevölkerung aufgegangen waren. Es war das Beste, wenn sie weiterhin glaubten, dass es nur wenige verstreute Ansara wie ihn gab, nur eine Handvoll, die noch die alten Gaben besaßen. Mit einem Ansara hier und da konnte man leicht fertig werden. Aber ein wiedergeborener Stamm mächtiger Krieger stellte eine Bedrohung dar.

„Wir sollten uns nicht streiten", sagte Judah, „schließlich haben wir ein gemeinsames Ziel. Wir wollen Eve beschützen."

„Der einzige Unterschied ist, dass ich sie nicht nur vor deinem Bruder, sondern auch vor dir beschützen will."

„Du glaubst wohl wirklich, ich sei der leibhaftige Teufel."

„Du bist ein Ansara."

„Ja, das bin ich. Und ich bin stolz darauf. Aber du scheinst zu glauben, dass ich mich schämen muss, einer so edlen, alten Rasse anzugehören."

„Edel? Die Ansara? Wohl kaum. Wenn du glaubst, die Ansara seien edel, dann haben wir wohl von Grund auf verschiedene Auffassungen von der Bedeutung dieses Wortes."

„Loyalität zu Familie, Freunden und Clan. Unsere Gaben dazu einsetzen, die Menschen zu beschützen, für die wir die Verantwortung tragen. Die Älteren, die großes Wissen besitzen, verehren. Uns gegen unsere Feinde verteidigen."

Mercy starrte ihn verwirrt an. Hatte er zu viel gesagt? Hegte sie den Verdacht, dass es mehr als nur einen Ansara gab, der genauso viel Macht wie jeder Raintree besaß? Fragte sie sich, wie viele außer ihm es noch da draußen gab?

„Die Ansara haben ihre Gaben benutzt, um sich zu nehmen, was sie wollten – von Sterblichen wie auch von den Raintree. Wenn man zugelassen hätte, dass dein Volk sich uneingeschränkt weiter ausbreitet, hättet ihr jeden Bewohner dieser Erde unterworfen, statt harmonisch mit jenen, denen keine Gaben geschenkt wurden, zusammenzuleben, wie die Raintree es seit Tausenden von Jahren tun."

„Ihr Raintree habt es auf euch genommen, die Beschützer der menschlichen Rasse zu werden. Indem ihr das getan habt, habt ihr die einfachen Sterblichen über eure eigene Art gestellt. Diese Entscheidung hat unsere Stämme in einen scheinbar immerwährenden Krieg getrieben."

„Die Ansara sind nicht unsere Art", sagte Mercy nachdrücklich. „Sogar deine alten Dranire haben das anerkannt. Deshalb haben sie den Erlass ausgegeben, alle halbblütigen Kinder töten zu lassen."

Ich habe diesen Erlass aufgehoben! Aber Judah konnte Mercy nicht sagen, was er getan hatte. Er wagte es nicht, sich ihr als Dranir der Ansara preiszugeben.

„Du willst also sagen, dass du dem Erlass zustimmst?", fragte Judah, nur um sie zu ärgern. „Glaubst du, alle gemischten Nachkommen sollten getötet werden?"

„Nein, natürlich nicht! Wie kannst du so etwas fragen?"

„Eve ist eine Raintree", sagte Judah. „Sie ist deine Art. Aber sie ist auch eine Ansara, also ist sie auch meine Art. Ihre Blutlinie geht über siebentausend Jahre zurück, bis zu dem Volk, von dem Ansara und Raintree gleichermaßen abstammen. Wir waren einst der gleiche Stamm."

„Und aus diesem Grund haben Dranir Dante und Dranira Ancelin die Ansara nach *der Schlacht* vor zweihundert Jahren nicht vollkommen ausgelöscht. Sie hatten die Hoffnung, dass sie lernen würden, mit den nicht Begabten zusammenzuleben. Dass sie die Menschlichkeit wiederfinden würden, die sie vor Tausenden von Jahren mit den Raintree gemeinsam hatten." Sie sah Judah in die Augen. „Aber da ich dich kenne, weiß ich, dass diese Hoffnung enttäuscht wurde. Du und dein Bruder hassen einander. Seine Mutter hat deine Mutter umgebracht. Und er will dich umbringen. Er will Eve Leid zufügen, und du willst sie mir wegnehmen. Die Ansara sind immer noch gewalttätig und grausam und gefühllos und …"

Judah packte sie an den Schultern. Mercy verstummte sofort und starrte ihn wütend an. Ihre aufrechte Haltung schien ihn herauszufordern. „Du verurteilst mich, ohne mich zu kennen", sagte er ihr. „Mein Halbbruder ist nicht typisch für unsere Art, ebenso wenig wie seine Mutter. Cael ist wahnsinnig, genau wie sie es gewesen ist."

Als er spürte, wie Mercy sich entspannte, lockerte er seinen Griff, ließ sie aber nicht los. Sie standen mehrere Minuten lang einfach nur da, sahen einander an. Jeder versuchte zu spüren, was der andere dachte. Mercy gab nicht nach, hielt ihre Schutzbarrieren aufrecht. Er tat das Gleiche, konnte es nicht riskieren, dass sie merkte, wer er wirklich war.

„Um Eves willen würde ich dir gerne glauben", sagte Mercy. „Ich würde gerne überzeugt sein, dass ihr Ansara-Blut in ihr sie nie in jemanden verwandeln wird, der mir vollkommen fremd ist. Ich weiß, dass sie temperamentvoll und frech ist, aber …" Mercy schluckte. „Was du mir angetan hast, war grausam und gefühllos. Streitest du das ab?"

Judah fuhr mit den Händen ihre Arme entlang, von den Schultern bis hinab zu den Handgelenken und ließ sie dann los.

„Damals fand ich es nicht grausam. Ich wollte dich. Du wolltest mich. Wir haben ein paarmal miteinander geschlafen. Du hast mich befriedigt, ich habe dich befriedigt. Wir haben uns nichts versprochen. Ich habe dir nicht meine unsterbliche Liebe gestanden."

Mercys Gesichtszüge verhärteten sich. Sie wurde blass. „Nein. Aber ich habe dir gesagt, dass ich dich liebe." Sie senkte ihren Kopf, als würde sein Anblick ihr wehtun. „Du musst das sehr amüsant gefunden haben. Du hattest nicht nur einer Raintree-Prinzessin die

Unschuld genommen, sie hat dir auch noch ihre Liebe gestanden."

Judah fasste unter ihr Kinn und hob es an, damit sie gezwungen war, ihm ins Gesicht zu sehen. „Ich wusste, dass du mich nicht geliebt hast. Du warst nur verliebt in ein Gefühl. Wirklich guter Sex kann diese Wirkung auf eine Frau haben, besonders, wenn die Erfahrung für sie neu ist."

„Wenn ich gewusst hätte, dass du ein Ansara bist …"

„Wärst du so schnell es ging davongerannt." Er schnaubte. „Im Grunde hast du genau das getan, nachdem du es herausgefunden hast." Er sah sie kurz prüfend an. „Warum hast du deine Schwangerschaft nicht abgebrochen? Warum hast du mein Kind nicht einfach abgetrieben?"

„Es war auch mein Kind. Ich könnte nie …"

Plötzlich wurde Mercy unbeweglich wie eine Statue. Ihr Blick richtete sich in die Ferne, und ihre Augen rollten in ihren Kopf zurück. Sie zitterte. Judah wurde schnell klar, dass sie sich in einer Art Trance befand.

„Mercy?" Er hatte so etwas Ähnliches schon bei den Sehern und Empathen der Ansara gesehen. Er berührte sie nicht. Er wartete einfach ab.

So schnell sie untergegangen war, so schnell tauchte sie auch wieder auf. „Jemand greift den Schutzwall an. Und er ist nicht allein."

Judah hatte nicht gedacht, dass sein Bruder dumm genug war, um tatsächlich in Sanctuary aufzutauchen, obwohl er genau wusste, dass Judah ihn erwartete und ihn niemals auch nur in Eves Nähe lassen würde. Aber er konnte hören, wie Cael ihn rief. Es war noch keine Herausforderung, sondern einfach nur eine vorausgeschickte Warnung.

„Es ist Cael", sagte Judah.

„Dein Bruder? Wie kannst du so genau wissen, dass …"

„Ich weiß es."

„Wir müssen ihn aufhalten! Er versucht, mit Eve im Schlaf Verbindung aufzunehmen."

„Er spielt nur mit uns", sagte Judah. „Er versucht, mir zu zeigen, wie verwundbar Eve wirklich ist."

Mercy packte seinen Unterarm. „Und wie verwundbar ist sie genau? Wie viel Macht hat dein Bruder?"

„Genug." Judah nahm ihre Hand von seinem Arm und drückte sie dabei, um ihr Mut zu machen. „Du bleibst hier und beschützt Eve, egal wie. Sprich den stärksten Zauber, den du kennst. Beschütze sie vor Caels Versuchen, in ihre Träume einzudringen. Mein Bruder besitzt die Gabe des Traumwandelns. Er kann telepathisch in Träume anderer eindringen und sie dadurch beeinflussen."

Mercy klammerte sich an seine Hand. „Was hast du vor?"

„Ich werde mich mit Cael unterhalten."

„Ich sollte mit dir gehen, um …"

„Ich brauche dich nicht." Judah zog sich von ihr zurück. „Ich kann mit meinem Bruder umgehen. Kümmere du dich um Eve."

„Du wirst ein Fahrzeug brauchen. In der Garage steht ein alter Laster. Den kannst du nehmen", sagte Mercy zu ihm. „Der Schlüssel steckt."

Einen Augenblick lang schienen sie sich vollkommen zu verstehen. Ein gemeinsames Ziel einte sie, das sowohl die Feindschaft zwischen ihren Stämmen als auch ihre persönliche Abneigung verdrängte.

Mercy stärkte den Schutzzauber, der Eve vor der Außenwelt beschützte, und legte dann noch einen besonderen Schutz um ihre Träume. Schließlich sprach sie noch einen Schlafzauber über ihre Tochter, einen milden, der sie für eine kurze Zeit ausschalten würde, ohne irgendwelche Nachwirkungen zu hinterlassen. Sie konnten unmöglich wissen, was Eve tun würde, wenn sie ihre Eltern in Gefahr glaubte. Schließlich, so sanft wie eben möglich, hob Eve ihre Tochter hoch und trug sie ins Haus zurück.

Sidonia, die gerade die schweren Winterbetten von der Wäscheleine hinter dem Haus nahm, hob den Kopf und sah sie kommen. Sie ließ die sonnengetrockneten Decken in den großen Weidenkorb zu ihren Füßen fallen und eilte auf Mercy zu.

„Was ist passiert?", fragte Sidonia. „Hat sie sich wehgetan? Hat er …"

„Es geht ihr gut. Sie schläft bloß. Ich habe sie mit einem leichten Schlafzauber belegt." Mercy übergab Sidonia ihr Kind. „Hier, nimm sie, und geh dann rein und bleib bei ihr, bis ich wieder zurück bin. Ich habe sichergestellt, dass sie gut beschützt ist, aber dennoch … Schütze sie mit deinem Leben!"

Sidonia nahm Eve in die Arme und sah Mercy dann ernsthaft an. „Was geschieht hier? Wohin gehst du?"

„Ich schließe mich Judah an. Sein Bruder ist hier. Judah ist schon vorgefahren, um ihn zu treffen. Um ihn davon abzuhalten, den uralten Erlass zu vollstrecken."

„Lieber Gott! Dieses schreckliche Gesetz, die Kinder umzubrin-gen." Sidonia sah Mercy flehend an. „Ruf die anderen, die hier in Sanc-tuary sind, damit sie dir helfen. Vertrau nicht darauf, dass Judah An-sara unsere kleine Eve rettet."

„Bring sie jetzt rein", befahl Mercy. „Und sag niemandem sonst et-was. Judah und ich schaffen das schon allein."

„Oh, mein armes Mädchen!" Sidonia schnalzte traurig mit der Zunge. „Du vertraust ihm doch nicht etwa wirklich?"

„Ich … ich weiß es nicht, aber … doch, ich glaube, dass er Eve vor seinem Bruder beschützen wird. Ich glaube, er sorgt sich um Eve, so sehr wie ein Ansara eben dazu in der Lage ist."

Mercy eilte an Sidonia vorbei ins Haus. Sie holte die Schlüssel zu ihrem Escalade aus einer Schale auf dem Küchentresen und rannte dann nach draußen und direkt zur Garage. Sie glitt hinter das Steuer ihres Wagens, ließ den Motor an, fuhr rückwärts aus der Garage und dann die Straße hinauf.

Als sie am Eingang zu Sanctuary ankam, sah sie sofort den alten Truck, der direkt vor den eisernen Toren geparkt war. Ihr Herz schlug schneller. Sie parkte hinter dem Truck, sprang heraus und blieb dann wie erstarrt stehen. Judah hatte das Gelände verlassen. Er stand vor den geschlossenen Toren und hatte ihr den Rücken zugekehrt. Vier Fremde – drei Männer und eine Frau – standen auf der anderen Stra-ßenseite. Alle schienen sich auf Judah zu konzentrieren. Die Frau, wahrscheinlich Mitte dreißig, stand ein Stück abseits der anderen drei. Zwei junge Männer, kaum mehr als Teenager, flankierten den Mann in der Mitte. Er war groß und blond. Seine Augen blitzten genauso silb-rig kalt wie die von Judah.

Cael. Der mordlustige Halbbruder.

Plötzlich bemerkte die Frau Mercy. Sie tauschten einen hasserfüll-ten Blick, und die Frau richtete ihre Konzentration ganz auf Mercy. Sie schickte einen kurzen telepathischen Schock in ihre Richtung. Mercy unterbrach diesen mittelmäßigen Angriffsversuch, versorgte ihn mit ein bisschen mehr Kraft und schickte ihn an die Absenderin zurück. Der Schock warf die Frau so heftig nach hinten, dass sie ihre Balance kaum halten konnte.

„Wie ich sehe, bist du nicht allein", sagte Cael zu Judah, der kei-nen Muskel bewegte. „Deine Raintree-Hure scheint zu glauben, dass du Hilfe brauchst."

Judah stand unbewegt da und reagierte überhaupt nicht auf ihn.

Mercy ging die Straße hinunter auf das Tor zu. Sie stellte sich ein Stück links von Judah, von ihm nur durch kaum einen Meter Boden und das geschlossene Tor getrennt.

„Das Kind ist nicht sicher", sagte Cael. „Es ist mir gelungen, den Zauber zu durchbrechen, der diesen Ort umgibt, also können andere es auch schaffen. Als Eltern solltet ihr darauf achten. Man kann nie wissen, wann jemand versuchen wird, Eve Leid zuzufügen."

„Jeder, der versucht, meiner Tochter zu schaden, bekommt es mit mir zu tun", sagte Judah.

Cael lächelte. Kalt, berechnend und unheimlich. Und angefüllt mit einem Blutdurst, den Mercy noch bei keinem anderen Lebewesen so stark gespürt hatte. Sie merkte, dass dieser Mann Judah genauso wenig ähnelte wie Dante oder Gideon. Er war das, wofür sie immer alle Ansara gehalten hatte: das reine Böse.

„Ich nehme nicht an, dass ihr mich hineinbitten wollt, um Eve ihren Onkel Cael vorzustellen?" Judahs Bruder sah Mercy für einen Augenblick direkt in die Augen. „Ich verstehe, warum du sie genagelt hast, Bruder. Sie ist außergewöhnlich bezaubernd. Was hat dir mehr Spaß gemacht – einer Raintree-Prinzessin die Unschuld zu nehmen oder sie lächerlich zu machen?"

„Verlasse sofort diesen Ort", sagte Judah, „wenn du es nicht tust ..."

Cael brüllte wie eine Bestie, die Wut in ihm kaum unter Kontrolle. Meterhohe Flammen schossen zwischen ihm und Judah aus der geteerten Straße. Mercy wollte das Tor öffnen, aber Judah befahl ihr telepathisch, zu bleiben, wo sie war. Er zog seine Faust zurück, öffnete sie zu einer Kralle und stieß seine Hand in die Luft. Aus dem Nichts fiel Regen genau in die Flammen, die Cael erschaffen hatte. Das Wasser löschte das Feuer und ließ nur graue Rauchsäulen zurück.

Anscheinend hatte Judah nicht nur die Gabe, Feuer zu erschaffen, er konnte es auch löschen. Herrschaft über das Feuer war eine Gabe, die nur wenige Raintree besaßen. Ihr Bruder Dante war einer von ihnen.

„Wir können das Ganze hier und jetzt beenden", sagte Judah zu seinem Bruder. „Ist es das, was du willst?"

Cael lächelte wieder. „Noch nicht. Aber bald." Er sah wieder zu Mercy. „Hat er dir gesagt, dass er sein eigen Fleisch und Blut umgebracht hat, um dein Leben zu retten?"

Dann drehte er sich lachend um und ging fort zu einer schwarzen Limousine, die ein Stück die Straße hinunter geparkt war. Die anderen folgten ihm wie gehorsame Welpen, die die Füße ihres Herrchens leckten.

Judah bewegte sich nicht von der Stelle und sprach auch kein Wort, bis die Limousine außer Sichtweite war. Dann drehte er sich um und sah Mercy an. Das geschlossene Tor lag immer noch zwischen ihnen. „Frag nicht", sagte er.

„Wie kann ich nicht fragen? Ich weiß, dass am Sonntag jemand versucht hat, mich umzubringen, und dass du ihn aufgehalten hast. Woher hast du es gewusst? Warum solltest du mich retten?"

„Ich habe gesagt, du sollst nicht fragen." Judah starrte das Tor an. „Ich könnte das Heiligtum ohne deine Hilfe betreten, aber es würde einen großen Teil meiner Energie kosten. Und ich will Eve nicht stören."

Mercy öffnete das Tor und streckte ihm ihre Hand entgegen. Judah nahm sie und trat durch den schützenden Schild, der den heiligen Boden der Raintree von der Außenwelt abschirmte. Aber er ließ sie nicht los. Stattdessen zog er sie an sich und sah sie mit einem Blick an, der sie bis ins Mark erschütterte. Er meißelte sich durch die Barrieren, die ihre Gedanken schützten. Sie versuchte nicht, ihn aufzuhalten. Denn sie wusste, dass er seine eigenen Gedanken und Gefühle selbst ungeschützt ließ, während er zu ihren vordrang.

Sie spürte große Trauer und wahre und tiefe Sorge für die, die er liebte. Liebte? War Judah wirklich dazu fähig, zu lieben?

„Überrascht dich das?", fragte er, als er merkte, dass sie seine Gefühle aufgefangen hatte.

Mercy richtete ihre Barrieren wieder auf und trennte ihre mentale Verbindung, zog ihre Hand zurück und drehte sich von ihm weg. „Ich will, dass du so bald wie möglich verschwindest. Du kannst nicht bleiben. Wenn die anderen herausfinden, dass du hier bist, bist du nicht mehr sicher."

„Du kannst Eve jetzt nicht mehr ohne meine Hilfe beschützen", sagte Judah.

Sie drehte sich wieder zu ihm um. „Dann verfolge deinen Bruder und ... und tu, was immer du tun musst, um unsere Tochter zu beschützen. Ich verstehe nicht, wieso du ihn nicht jetzt gerade eben umgebracht hast."

„Weil er nicht allein war", sagte Judah. „Ich hätte ihn mit Leichtigkeit umbringen können, und die drei, die er bei sich hatte, ebenfalls, aber ..." Er zögerte, als sei er sich nicht sicher, ob er diese Information mit ihr teilen wollte. „Da waren noch zehn andere – eine kleine

Gruppe Ansara, die meinem Bruder treu sind – in der Nähe, die darauf gewartet haben, dass Cael sie zu sich ruft. Wenn ich ihn zu einem Kampf auf Leben und Tod herausgefordert hätte, wäre ich im Nachteil gewesen."

„Ich hätte Hilfe holen können", sagte Mercy und wurde blass, als ihr klar wurde, wie absurd ihre Situation war. „Wenn ich meine Leute gerufen hätte, wärst du für sie ebenso der Feind gewesen wie für deinen Bruder."

„Ich verzehre mich nicht gerade danach, als einzelner Mann zwischen Ansara auf der einen Seite und Raintree auf der anderen zu stehen."

„Und was machen wir jetzt?"

„Wir sorgen dafür, dass Eve in Sicherheit ist."

Cael und seine kleine Anhängerschaft aus Ansara-Kriegern erreichten sein Anwesen an der Interstate 40 zwischen Asheville und dem heiligen Grund der Ansara lange vor Sonnenuntergang. Während die anderen aßen und tranken und es miteinander trieben – alles taten, um sich für die Schlacht aufzuheizen, die nur wenige Tage entfernt lag –, schloss Cael sich in seine privaten Räumlichkeiten ein und dachte über seinen nächsten Schritt nach. Er hatte dieses Anwesen vor über zwei Jahren gepachtet, gleich nachdem er sich für ein genaues Datum für den Angriff der Ansara auf die Heimstätte der Raintree entschlossen hatte. Langsam, vorsichtig und heimlich hatte er die Welt nach abtrünnigen Ansara durchkämmt, die bereit waren, alles zu tun, was er ihnen befahl, und die am gewählten Tag an seiner Seite kämpfen wollten. Seine Armee hatte jetzt mehr als hundert Krieger. Sie war klein im Gegensatz zu dem, was Judah kommandierte, aber ausreichend für den Angriff, den Cael geplant hatte. Bis Samstag würden sie alle hier auf diesem abgeschiedenen Gelände ankommen, bewaffnet und bereit zum Kampf.

Der Überraschungsmoment war wichtiger als alles andere, wenn seine Strategie Erfolg haben sollte. Er würde eine Armee aus Ansara-Kriegern gegen eine Handvoll Raintree, die gerade zufällig zu Besuch waren, und ihre einsame Hüterin, Prinzessin Mercy, die Wächterin des Heiligtums, in die Schlacht führen. Ehe weitere Raintree zu Hilfe gerufen werden konnten, würde die Nachricht von seiner Tat bereits in Terrebonne angekommen sein. Dann würde allen Ansara-Kriegern keine andere Wahl bleiben, als sich Cael in der letzten großen Schlacht der zwei verfeindeten Stämme anzuschließen. Dieses Mal würden die Ansara siegreich sein, und sie würden die Raintree vernichten. Er würde Judah und seinen Bastard Eve eigenhändig umbringen, und dann würde er dafür sorgen, dass jeder Raintree, der auf Erden wandelte, getötet wurde.

Er würde über alles herrschen. Sein Volk würde ihn als siegreichen Helden feiern. Diejenigen ohne Gaben würden zu Sklaven der Ansara werden, und er würde sie dazu zwingen, ihn auf Knien zu verehren.

Die Gedanken an die Zukunft schmeckten ihm süß. Sieg. Vernichtung der Raintree. Judah geschlachtet. Die gesamte Menschheit ihm unterworfen.

Ich werde ein wahrer Gott sein.
Aber nur, wenn Judah stirbt.

Cael fluchte laut und schleuderte mehrere Blitze durch die Wand. In ihnen entlud er seine Frustration über die Jahre des Wartens darauf, zu bekommen, was ihm rechtmäßig zustand.

Judah im Dunkeln darüber zu lassen, wann genau er das Heiligtum angreifen würde, war für seinen Erfolg unvergleichlich wichtig. Sein Bruder mochte vermuten, dass er ein Verräter war. Und wahrscheinlich wusste er auch, dass Cael vorhatte, den Krieg gegen die Raintree nach seinem eigenen Zeitplan zu führen. Aber ohne Beweis konnte Judah ihn nicht vor den Rat bringen und seine Hinrichtung verlangen.

Was für eine glückliche Fügung, dass die göttliche Vorsehung ihm die kleine Eve Raintree ausgerechnet jetzt beschert hatte! Sie war die perfekte Ablenkung für seinen Bruder. Judah war besitzergreifend; er wollte alles beschützen, was er als das Seine betrachtete. Ein wenig zu edel für Caels Geschmack. Genau wie seine Mutter Seana, diese geistlose Empathin, die sein Vater zu seiner Dranira gemacht hatte, war Judah schwach. Die alten Methoden der Ansara wählte er nur dann, wenn alles andere versagte. Er war viel mehr Geschäftsmann als Krieger.

Lügner!, spottete Caels innere Stimme. *Du wünschst, Judah wäre kein wahrer Ansara-Krieger, aber unser Vater hat ihn auf allen Gebieten gut ausgebildet. Ein Dranir muss ein Krieger sein, ein Geschäftsmann und ein wahrer Anführer, der in der Lage ist, zu richten und zu handeln.*

Egal. Sein Bruder mochte ihm ein würdiger Gegner im Kampf sein, aber er, Prinz Cael, würde sich als der Überlegene erweisen.

Bleib wo du bist mit deiner Raintree-Schlampe, und beschütze die kleine Eve Tag und Nacht, lieber Bruder. Konzentrier dich ganz darauf. Und während du die Angelegenheiten in Terrebonne vernachlässigst, werde ich meine Armee um mich versammeln und Anarchie unter den Ansara säen.

Wir greifen das Heiligtum an *Alban Heruin* an, wenn die Sonne am mächtigsten ist und wenn auch ich auf dem Höhepunkt meiner Macht stehen werde. Ich werde dein Kind und deine Frau zuerst umbringen, damit ich das Vergnügen habe, zu beobachten, wie du ihnen beim Sterben zusiehst. Und dann werde ich *dich* umbringen.

„Du kannst ihm nicht erlauben, hierzubleiben!", rief Sidonia. „Nichts Gutes kann dabei herauskommen."

„Er muss hier sein, um Eve zu beschützen", erklärte ihr Mercy.

„Wenn er seinen Bruder sowieso umbringen wird, warum tut er es nicht einfach jetzt gleich?"

„Sprich leiser. Eve könnte dich hören."

Sidonia schnaubte. „Unwahrscheinlich. Sie ist zu sehr damit beschäftigt, Zeit mit ihrem Vater zu verbringen."

Mercy sprach mit ruhiger Stimme weiter. „Cael hat eine Gruppe von Freunden, die ihm den Rücken freihalten. Bis Cael Judah zu einem Duell herausfordert – und Judah glaubt, dass das bald geschehen wird –, ist es am Klügsten, seinem Bruder nicht nachzujagen."

„Er könnte dich genauso gut zum Narren halten. Schon wieder." Sidonia sah Mercy in die Augen. „Es könnte genauso gut eine List sein, um sich bei dir einzuschmeicheln. Er versucht, sich selbst in einem günstigen Licht erscheinen zu lassen. Und in Wirklichkeit schindet er nur Zeit heraus, in der er Eve an sich bindet, damit sie freiwillig mit ihm geht, sobald die Zeit gekommen ist."

„Eve geht eine Verbindung mit Judah ein, das stimmt. Und er hat vor, sie mir wegzunehmen", sagte Mercy. „Aber sein Hass auf seinen Bruder und Caels Drohungen sind die Wahrheit. Ich weiß es."

Sidonia nickte. „Du hast es gespürt, und du bist dir sicher?"

„Ja."

Da sie wusste, dass Mercy sie in einer so lebenswichtigen Angelegenheit nicht belügen würde, ließ Sidonia sich doch noch umstimmen. „Na gut. Lass ihn bleiben. Wenn jemand fragt, ist er einfach ein menschlicher Gast. Fürs Erste kämpft ihr gemeinsam gegen seinen Bruder. Und später dann, wenn der Bruder keine Gefahr mehr darstellt, wirst du gegen Judah kämpfen müssen, um Eve zu retten."

„Ich weiß."

„Und wenn diese Zeit gekommen ist, wirst du Dante und Gideon brauchen."

„Wahrscheinlich. Aber noch nicht. Jetzt noch nicht."

„Wann? Du darfst nicht warten, bis es zu spät ist."

„Eve wird wissen, wann Judah beschließt, sie mitzunehmen. Sie wird mir sagen, wenn die Zeit gekommen ist."

In Sidonias Blick standen viele Fragen.

„Eve kann Sanctuary nicht verlassen, ohne dass ich vorher weiß, was geschehen wird", sagte Mercy.

Sidonia schnaufte. „Nein! Sag, dass du das nicht getan hast!"

„Ich habe es getan. Ich hatte keine andere Wahl."

„Aber wann? Ein anderer Raintree hätte dir dabei helfen müssen."

„Eve hat mir geholfen. Sie war erst ein paar Stunden alt und vollkommen von mir anhängig. Ich konnte nicht wissen, ob Judah nicht doch irgendwie merken würde, dass ich sein Kind in mir trage. Ich hatte Angst, dass er mir folgen würde – um sie umzubringen oder um sie mit sich zu nehmen. Ich habe den alten Bindungszauber benutzt, weil ich keine andere Wahl hatte. Ich musste immer und überall wissen, wo Eve war."

„Hättest du nur deinen Brüdern gesagt, wer der Vater deines Babys ist, ehe sie geboren wurde. Dann müssten wir uns jetzt weder mit Judah noch mit seinem Bruder herumschlagen. Sie hätten ihn ausfindig gemacht und ermordet."

Sidonia kniff die Augen zusammen, als sie Mercy eindringlich ansah. „Du armes Kind. Ich weiß. Ich weiß. Du hast ihn geliebt. Du wolltest nicht, dass er stirbt."

„Genug jetzt! Darüber haben wir wirklich schon viel zu oft gesprochen."

„Du liebst ihn wohl immer noch?"

„Natürlich nicht!"

Sidonia griff nach Mercys Arm. „Was, wenn er nicht nur Eve will, sondern auch dich? Würdest du mit ihm gehen?"

„Sei still! Hör auf mit dem Unsinn." Mercy rannte aus der Küche. Sie durchquerte das Haus und hielt erst an, als sie die offene Vordertür erreichte und Eve lachen hörte.

Sie öffnete die Fliegentür und trat hinaus auf die Veranda. Dämmerlicht hatte sich über das Tal gelegt. Ein orange-rosafarbenes Leuchten lag auf dem Abendhimmel und ein Schleier aus durchsichtigen Wolken schmiegte sich an die Berge, die sie umgaben. Draußen, in der Mitte des dicht mit Gras bewachsenen Hofes, stand Judah, ein Glas in der Hand. Er hatte Löcher in den Metalldeckel gestochen und sah Eve zu, die Glühwürmchen jagte. Im Glas blinkten schon mehrere kleine Gefangene.

Eve konzentrierte sich auf einen weiteren leuchtenden Käfer und fing ihn zwischen ihren hohlen Händen. „Ich hab ihn! Ich hab ihn!" Sie rannte zu Judah, der den Deckel des Glases nur einen Spaltbreit öffnete, gerade genug, damit Eve ihre Beute in ihr Glasgefängnis entlassen konnte.

Als Eve Mercys Anwesenheit spürte, sah sie sie an und lächelte. „Daddy hat noch nie Glühwürmchen gefangen, nicht mal, als er selber noch klein war. Ich musste ihm erst erklären, dass ich ihnen nicht wehtue, und dass ich sie alle wieder freilasse, nachdem ich gezählt habe wie viele es sind."

„Na, ich glaube, die Zeit der Befreiung ist gekommen", sagte Mercy. „Es ist nach acht. Du musst noch ein Bad nehmen, bevor es ins Bett geht, meine kleine Prinzessin."

„Nein, noch nicht. Bitte, nur noch eine Stunde", wimmerte Eve und legte die Hände wie zum Gebet zusammen. „Daddy und ich haben so viel Spaß." Sie drehte sich zu Judah um. „Oder nicht, Daddy? Sag es ihr. Sag ihr, dass ich jetzt noch nicht ins Bett muss."

Judah gab Eve das Glas mit den Glühwürmchen. „Lass sie frei."

Eve legte den Kopf auf die Seite und sah zu ihm hoch. „Das heißt wohl, ich muss machen, was Mom mir sagt."

Er strubbelte durch ihre Haare. „Das heißt es wohl."

Schon wieder ließen Judahs Taten ihn so wie jeden anderen Vater erscheinen. Wie war es möglich, dass ein Ansara wie ein Raintree sein konnte? Vielleicht hatte Sidonia recht. Judah könnte sie zum Narren halten. Ihr nur zeigen, was sie in ihm sehen wollte. Ihr einen falschen Eindruck vermitteln.

Eve schraubte nur zögerlich den Deckel ab und schüttelte das Glas sanft, damit die Glühwürmchen in die Freiheit flogen. Als das Letzte entkommen war, ging sie auf die Veranda, gab Mercy das Glas und setzte ihr trauriges Gesicht auf, das sie immer benutzte, um Mitleid zu erregen.

Mit einem tiefen Seufzer sagte Eve dramatisch: „Ich bin fertig – wenn ich unbedingt gehen muss."

Mercy gelang es kaum, ihr Lächeln zu verbergen. „Geh rein und lass dir von Sidonia mit deinem Bad helfen. Ich komme später noch hoch und gebe dir einen Gutenachtkuss."

„Daddy auch?"

„Ja", sagten Mercy und Judah gleichzeitig.

Sobald Eve im Haus verschwunden war und dabei die Fliegentür laut hinter sich zugeschlagen hatte, stellte Mercy das leere Schraubglas auf die Veranda und ging in den Hof hinunter. Judah sah in den Himmel hinauf, und auf die hoch aufragenden Berge, die sie umgaben. Erst danach richtete er seinen Blick auf sie.

„Ein schöner Abend", sagte er. „Es ist ziemlich friedlich hier in den Bergen. Wird dir nicht langweilig?"

„Ich weiß mich zu beschäftigen", sagte sie ihm.

„Indem du die Körper, Herzen und Gedanken der Raintree heilst?"

„Ja, wenn ich es kann. Es ist meine Aufgabe, meine Gaben als empathische Heilerin zu nutzen, um allen zu helfen, die zu mir kommen." Sie sah ihm in die Augen und blickte nicht wieder weg. „Aber das wusstest du ja schon, nicht war? Du wusstest schon an dem Tag, als wir uns das erste Mal begegnet sind, dass ich die Auserwählte war."

„Als ich deine Augen gesehen habe, wusste ich, dass du eine Raintree bist. Es ist mir gelungen, lange genug in deine Gedanken zu sehen, um zu erfahren, dass du eine Prinzessin bist und dass die Aufgabe vor dir lag, eine Hüterin von irgendetwas zu werden", gab Judah zu. „Ich habe nur einige Bruchstücke abgefangen, ehe ich gemerkt habe, dass deine Gedanken zum größten Teil hinter einem Schutzwall lagen."

„Du hast auch einen Schutz benutzt. Einen mächtigen Schutz. Ich habe es damals nur nicht gemerkt", sagte sie. „Ich fand es komisch, dass ich dich überhaupt nicht lesen konnte. Wenn ich dich berührte, habe ich nur gespürt, dass ich dir vertrauen kann. Du hast mich vollkommen ausgeschlossen und mir einen falschen Eindruck vermittelt."

„Ich habe getan, was ich tun musste, um zu bekommen, was ich wollte."

„Und du wolltest mich."

„Sehr sogar."

Warum klang seine Antwort so, als spräche er über die Gegenwart und nicht die Vergangenheit? Auch wenn er sie jetzt noch wollte, er wollte doch nur ihren Körper benutzen, wie er es in dieser einen Nacht vor sieben Jahren getan hatte.

Nein, das war nicht die ganze Wahrheit. Er hatte in dieser Nacht mehr als ihren Körper gewollt. Er hatte die Unschuld einer Raintree-Prinzessin nehmen wollen, und er hatte gewollt, dass sie sich in ihn verliebte. Er hatte beides erreicht.

„Warum hast du in jener Nacht keinen Schutz verwendet?", fragte Mercy.

Sein Mund verzog sich zu einem sarkastischen Lächeln. „Warum hast *du* keinen benutzt?"

„Ich könnte sagen, dass es daran lag, dass ich jung und dumm war und dass ich von Gefühlen überwältigt wurde, die ich vorher noch nie erlebt hatte. Aber die Wahrheit ist, dass ich, als ich wusste, dass ich die Nacht mit dir verbringen und mich dir hingeben würde …

ich habe versucht, einen Kurzzeitschutz herzuzaubern. Hat anscheinend nicht geklappt."

„Anscheinend."

„Und was ist deine Entschuldigung?"

„Ich dachte, ich wäre geschützt", gab er zu.

Sie riss die Augen weit auf. „Du hast auch einen Verhütungszauber benutzt?"

Er nickte. „Etwas in der Art. Ein Geschenk. Mein Cousin Claude und ich tauschen es schon aus, seit wir Teenager waren. Es hat bisher immer funktioniert."

„Wenn wir beide geschützt waren, wie kann dann ... Oh, mein Gott. Anscheinend funktionieren sexuelle Schutzzauber nicht, wenn ein Raintree sich mit einem Ansara verbindet."

„Wenigstens nicht in unserem Fall", stimmte Judah zu.

„Ich verstehe das nicht. Es hätte funktionieren sollen. Wir hätte geschützt sein müssen."

„Die einzige Erklärung, die ich dafür habe, ist, dass Eve vorherbestimmt war."

„Du glaubst, eine höhere Macht hat dafür gesorgt, dass Eve empfangen wurde?"

„Es ist möglich. Vielleicht wurde sie aus einem speziellen Grund geboren."

Judah klang sich so sicher, fast, als wüsste er mehr als sie. Aber das war doch wohl unmöglich. Er mochte ein talentierter Ansara mit vielen Gaben sein, aber die Zukunft konnte er nicht vorhersagen.

„Hat jemand dir gesagt, dass Eve vorherbestimmt ..."

„Niemand bis auf dich und Sidonia wusste bis vor drei Tagen von ihrer Existenz. Wie hätte mir jemand etwas von ihr sagen können?"

„Ja, natürlich."

„Sie ist ein unglaubliches Kind, unsere kleine Eve."

Als er Mercy anstarrte und sie dabei mit den Augen auszog, wie er es oft tat, sah sie weg. „Wenn du zufällig einen anderen Raintree treffen solltest, während du hier bist, sag ihm, dein Name sei Judah Blackstone und du seist ein alter Freund vom College. Wir haben schon vorher Besucher das Heiligtum betreten lassen, Freunde meiner Familie, die den Frieden und die Ruhe brauchten, die die Heimstätte bietet. Niemand wird weitere Fragen stellen."

„Und wie sollen wir damit umgehen, wenn Eve jemandem sagt, dass ich ihr Vater bin?"

„Ich werde mit ihr reden und ihr sagen, dass das fürs Erste unser kleines Geheimnis bleiben muss."

„Judah Blackstone, hm?"

„Der Name ist so gut wie jeder andere." Sie drehte sich um und ging auf die Stufen der Veranda zu. „Ich gehe Eve Gute Nacht sagen. Kommst du mit?"

„Ja, ich komme." Er folgte ihr auf die Veranda und ins Haus. Erst als sie schon im Empfangszimmer standen, sprach er wieder. „Hattest du einen alten Freund namens Blackstone? Muss ich eifersüchtig werden?"

Seine Frage warf sie aus der Bahn. Sie drehte sich um und starrte ihn wütend an.

Judah lachte leise. „Haben Raintree denn keinen Sinn für Humor?"

„Ich weiß nicht, was an unserer Beziehung lustig sein soll. Du und ich sind Feinde, die sich kurzfristig verbünden mussten, um einen gemeinsamen Zweck zu verfolgen. Wir müssen unsere Tochter beschützen. Aber wenn sie erst einmal nicht mehr in Gefahr ist …" Mercy entfernte sich von ihm und ging auf die Treppe zu.

Er trat hinter sie und packte sie am Ellenbogen. Sie blieb stehen, aber sie sah nicht zu ihm zurück. Seine Berührung wärmte sie, jetzt genauso wie früher. Es war, als würde ein Feuer tief in ihr auflodern. Sie neigte den Kopf und sah zurück über ihre Schulter. Er war ihr zu nah, seine Brust berührte fast ihren Rücken.

Er neigte seinen Kopf. „Wenn Eve nicht mehr in Gefahr ist, dann können du und ich sie uns nicht teilen, das weißt du. Sie wird entweder eine Ansara oder eine Raintree werden, je nachdem, wer von uns den anderen umbringt. War es das, woran du gerade gedacht hast?"

„Wenn du schwören würdest, fortzugehen, uns in Ruhe zu lassen und dich nie wieder mit Eve in Kontakt zu setzen, dann müsste es nicht so enden. Eve müsste nicht mit der Gewissheit aufwachsen, dass ihre Mutter ihren Vater umgebracht hat."

„Oder dass ihr Vater ihre Mutter umgebracht hat."

Mercy schloss die Augen und atmete tief ein. Judah hatte keine Skrupel, sie umzubringen, um sein Kind zu bekommen. Wenn sie selbst nur genauso herzlos wäre. Wenn sie ihn nur umbringen könnte, ohne es zu bereuen.

„Meine süße Mercy." Judah schlang seinen Arm um ihre Taille und zog sie grob an sich. Sein Brustkorb presste sich gegen ihren Rücken. Sie spürte seine Erregung.

Nein, das durfte nicht sein. *Kämpf gegen deine Gefühle an*, sagte sie sich selbst. *Gib dem Verlangen nicht nach, das dich bei lebendigem Leibe verzehrt, das in dir danach schreit, dich ihm hinzugeben.*

„Ich finde es sehr aufregend, dass du gleichzeitig in der Lage bist, Leben zu schenken und es wieder zu nehmen", sagte Judah. Sein Atem brannte heiß in ihrem Nacken. „Du, meine Liebe, bist sehr paradox. Eine Heilerin und eine Kriegerin." Seine Lippen fuhren in einer Reihe von verführerischen Küssen über ihren Nacken. „Du liebst mich und du hasst mich. Du willst, dass ich lebe, und doch würdest du mich umbringen, um Eve zu beschützen." Seine Zunge löste seine Lippen ab, und er zog einen feuchten Pfad von ihrem Schlüsselbein zu ihrem Ohr.

Ihr eigenes Verlangen lähmte sie. Mercy schloss die Augen und genoss für den Augenblick die Berührungen dieses sündigen Mannes. Seine Hand wanderte langsam von ihrer Taille zu ihrer Brust. Sie zitterte. Erregung jagte wie ein elektrischer Schlag durch ihren Körper. Während er ihre Brust durch ihre Bluse hindurch massierte, spielten seine Fingerspitzen mit ihrer Brustwarze.

Mit einem Seufzen legte Mercy ihren Kopf zurück an seine Schulter. *Hör sofort damit auf*, verlangte ihr Verstand. Aber die Bedürfnisse ihres weiblichen Körpers waren lauter als jeder gesunde Menschenverstand.

Judah umkreiste mit seiner Zunge ihr Ohrläppchen und fuhr mit der Hand zwischen Mercys Schenkel. Er streichelte sie durch die weiche Baumwolle ihrer Hose und ihres Slips. „Du gehörst mir, Mercy Raintree. Du bist ganz mein."

Mercy schrie auf. Sie wehrte sich endlich gegen seine hypnotische Macht über sie und gegen ihre eigenen lüsternen Bedürfnisse.

Sie befreite sich, floh von ihm, rannte fort von einer Versuchung, die fast zu mächtig war, um ihr zu widerstehen.

Mitternacht. Die Stunde der Hexen. Und Mercy *war* verhext. Sie war gefangen in den Erinnerungen an eine zufällige Begegnung vor sieben Jahren. Sie hatte nie einem anderen Menschen verraten, wie sehr diese aufregenden Stunden sie verfolgten und wie oft das Bild von Judah Ansara vor ihr erschien, wenn sie nachts allein war. Sie hatte noch nie jemanden so gehasst, wie sie ihn hasste. Oder jemanden so innig und leidenschaftlich geliebt. Und auch nach all dieser Zeit war es ihr nicht gelungen, ihre widersprüchlichen Gefühle zu vereinen. Liebe und Hass. Angst und Verlangen. Sogar jetzt wollte sie ihn. Obwohl sie wusste, dass er ein Ansara war. Obwohl sie wusste, dass er sie nicht liebte und sie nie geliebt hatte. Obwohl sie wusste, dass er vorhatte sie zu bekämpfen, bis auf den Tod. Um Eve für sich zu haben.

Wenn sie nur nie darauf bestanden hätte, einen einzigen Urlaub ganz allein zu verbringen. Eine Woche, nur sie selbst, ohne Dante und Gideon, ohne Freunde, die ebenfalls Raintree waren und sie beschützten, weit entfernt von Sidonias wachsamem Blick. War das zu viel verlangt gewesen? Tante Gillian hatte Mercys Bitte nur zu gut verstanden. Als alte Hüterin der Heimstätte wusste sie genau, welche Anforderungen vor Mercy lagen.

Gillian war selbst eine mächtige Empathin gewesen. Sie hatte Mercy das Geschenk gemacht, während ihres Urlaubs nicht die Gedanken und Gefühle anderer Menschen spüren zu müssen. Wie viele andere Geschenke auch, hielt dieser Zauber nur neun Tage.

Und so war Mercy allein in die Welt hinausgezogen, bereit, das Leben zu erleben, ohne dabei ständig von den Gedanken und Gefühlen aller Menschen um sie herum bombardiert zu werden. Neun Tage lang würde sie keine Prinzessin sein. Sie würde keine begabte Empathin sein. Sie konnte es einfach genießen, jung und hübsch und ohne Aufsicht zu sein.

Mercy hatte nicht wissen können, dass ihre stillgelegten Gaben sie davon abhielten, die Gefahr zu erkennen – selbst, wenn sie ihr den Boden unter den Füßen wegzog. Wortwörtlich. Ein Kellner stolperte am Pool des Hotels, in dem sie Ferien machte, gegen einen Gast, der seinerseits eine Kettenreaktion auslöste, bei der Tische, Getränke, Stühle und Menschen durcheinanderpurzelten. Wie aus dem Nichts wurde Mercy hochgehoben und davor bewahrt, ein weiteres Opfer des Domino-Effekts zu werden.

Mercy trug zum ersten Mal in ihrem Leben einen Bikini. Sie fühlte sich sehr nackt, als ihr Fleisch gegen die überwältigend maskuline Brust gepresst wurde, die zu dem Mann gehörte, der sie gerettet hatte. Nachdem sie ihre Arme um seinen Hals geschlungen hatte, um sich an ihm festzuklammern, sah sie ihm in die Augen. Sie waren kalt und grau wie der Winterhimmel. Er setzte sie nicht sofort wieder ab, sondern hielt sie fest und lächelte breit. Sein Körper wärmte ihre Haut und entfachte in ihrem Inneren ein Feuer.

Mercy drückte mit den Fingerspitzen gegen ihre Schläfen. Sie schloss die Augen und schnaubte laut. „Raus aus meinem Kopf, Judah Ansara!"

Sie hatte versucht, ihn aus ihrem Gedächtnis zu löschen, war sogar versucht gewesen, einen Zauber zu benutzen, der jeden Gedanken an ihn vertrieb. Aber sie hatte nicht gewagt, so extreme Schritte zu ergreifen. Nur sie und Sidonia wussten, dass Eve eine halbe Ansara war, und Sidonia allein hätte Eve nicht beschützen können.

Mercy warf das Laken und die dünne Decke, mit der sie sich zugedeckt hatte, zur Seite und stand auf. Sie öffnete die Tür und schlich leise den Flur entlang. Eves Tür war wie immer offen. Mercy trat über die Schwelle. Sie stand einfach da und sah ihrer Tochter beim Schlafen zu.

Wenn ich Judah nie begegnet wäre ... wenn wir uns nie geliebt hätten ...

Dann gäbe es Eve nicht.

Sie hörte Judahs Stimme in ihrem Kopf. *Eve war vorherbestimmt.*

Wenn sie auch sonst nichts glaubte, was Judah je gesagt hatte: Das glaubte sie ihm. Das Leben ihrer Tochter war vorherbestimmt. Aber wozu?

Dass Mercy während nur einer Nacht schwanger geworden war, grenzte schon praktisch an ein Wunder, besonders weil sie beide Verhütungszauber benutzt hatten. Das hätte die Empfängnis unmöglich machen sollen.

Das Geschenk von seinem Cousin. *Geschenk!*

Mein Gott! Warum war ihr nicht sofort aufgefallen, was es bedeutete ... *Ein Geschenk. Mein Cousin Claude und ich tauschen es schon aus, seit wir Teenager waren.*

Nur Mitglieder der königlichen Familie hatten bei ihrem Clan die Macht, anderen besondere Zauber zu schenken. Warum sollte das bei den Ansara anders sein? Diese Gabe war uralt. Sie stammte aus der Zeit ihrer ältesten Vorfahren, die vor Tausenden von Jahren gelebt hatten. Zu der Zeit, als Raintree und Ansara noch eins waren.

War Judah ein königlicher Ansara?

Wenn er das war, hatte sie sehr viel mehr zu befürchten als nur einen Vater, der sein Kind beanspruchte. Wenn Judah ein Prinz war ...

Nein, das konnte nicht sein. Die Ansara waren schon lange kein großer Clan mehr. Bei ihnen gab es keinen mächtigen Dranir mehr, keine Dranira. Es gab keine königliche Familie mit Geschwistern,

Tanten, Onkeln und Cousins. Vielleicht besaß Judah königliches Blut? Hätten die Ansara *die Schlacht* vor zweihundert Jahren gewonnen, dann wäre er heute ein mächtiger Prinz … Das würde erklären, warum er die Gabe hatte, Zauber zu verschenken und sie mit seinem Cousin auszutauschen.

Mercy hatte nicht vor, irgendetwas dem Zufall zu überlassen. Morgen früh würde sie ihn mit ihren Zweifeln konfrontieren. Um Eves willen musste sie die Wahrheit herausfinden.

12. KAPITEL

*M*ercy wartete bis nach dem Frühstück, ehe sie Judah um ein Gespräch unter vier Augen bat. Um Eve zu beschäftigen und sie aus dem Haus zu bekommen, hatte sie sie mit Sidonia losgeschickt, um den Besuchern in den Cottages frisches Backwerk zu bringen. Auch wenn alle Küchen gut ausgestattet waren, machte es Sidonia Freude, ihre selbst gemachten Brote, Muffins, Kuchen und Pasteten mit den Gästen zu teilen. Als geselliges und neugieriges Kind machte Eve kaum etwas mehr Spaß, als die verschiedenen Mitglieder des Raintree-Stamms kennenzulernen, also war dieser Ausflug an einem Donnerstagmorgen mit ihrem Kindermädchen für sie eine echte Belohnung.

Als sie mit Judah allein in ihrem Arbeitszimmer war, machte sich Mercy als Erstes auf die unvermeidliche magnetische Anziehungskraft gefasst, die sie zu ihm ziehen würde. Wenn sie leugnen wollte, dass es eine sexuelle Verbindung zwischen ihnen gab, müsste sie sich selbst belügen. Was sie aber tun konnte und auch würde war, gegen diese Anziehung anzukämpfen. Während der Jahre, seit sie ihn das letzte Mal gesehen hatte, hatte sie sich davon überzeugt, dass ihre Gefühle für ihn in der kurzen Zeit, die sie zusammen verbracht hatten, gar nicht so leidenschaftlich und aufregend gewesen waren, wie sie es in Erinnerung hatte. Aber ihre Begegnung auf der Treppe in der Nacht zuvor hatte ihr das Gegenteil bewiesen. Die außergewöhnliche Anziehungskraft zwischen ihnen ließ sie immer noch schwach und verwundbar werden, zwei Dinge, die ein Raintree vor einem Ansara nie sein wollte.

„Mach schon! Bring es hinter dich." Judahs Augen funkelten vergnügt. Sein Gesichtsausdruck ähnelte Eves, wenn sie nichts Gutes vorhatte.

Mercy drückte ihre Schultern durch. „Und was genau sollte ich deiner Meinung nach tun oder sagen?"

„Ich nehme an, du wirst wegen letzter Nacht auf mich eindreschen wollen. Also mach einfach und sag mir, dass du nie wieder zulassen wirst, dass so etwas geschieht. Stell die Regeln auf. Zeig mir, wer hier der Boss ist."

Nichts hätte sie lieber getan, als ihm das selbstzufriedene Grinsen aus seinem Gesicht zu wischen. Sie war wirklich mehr als versucht, ihm kraft ihrer Gedanken eine Ohrfeige zu verpassen. Aber das würde nur beweisen, wie leicht er sie auf die Palme bringen konnte. Sie hatte bestimmt nicht vor, ihm diese Befriedigung zu verschaffen, also ignorierte sie seinen offensichtlichen Versuch, ihr eine Reaktion zu entlocken.

„Wie kann es sein, dass du und dein Cousin euch gegenseitig Zauber schenken könnt?"

„Was?"

Gut! Sie hatte ihn überrascht.

„Redest du von dem Verhütungszauber, den Claude und ich …?"

„Ich rede von der Tatsache, dass nur Mitglieder der königlichen Familie die Macht haben, sich gegenseitig Zauber zu schenken. Bist du königlicher Abstammung? Und wenn ja, soll das dann heißen, dass es wieder eine königliche Familie der Ansara gibt?"

Er antwortete nicht sofort, und das beunruhigte sie. Er dachte ernsthaft über seine Antwort nach. Dachte er sich eine Lüge aus?

„Dir muss doch klar sein, dass es immer eine königliche Familie der Ansara gegeben hat. Eine der Töchter des alten Dranir, Prinzessin Melissande, hat *die Schlacht* überlebt. Sie hat geheiratet, hatte Kinder, Enkelkinder und so weiter. Und um deine anderen Fragen zu beantworten: Ja, Claude und ich haben königliches Blut in uns. Jedenfalls haben unsere Eltern uns das erzählt."

„Bist du ein Prinz?"

„Nein."

Log er sie an? Konnte sie es wagen, ihm zu glauben?

„Wo lebst du?", fragte sie.

„Warum dieses plötzliche Interesse an meinem Privatleben? Wenn du wegen Eve fragst, dann kann ich dir versichern, dass ich stark, gesund und geistig fit bin und alle Macht habe, die einem königliches Blut verleiht."

„Warum zögerst du, mir zu sagen, wo du lebst?"

„Ich lebe auf der ganzen Welt. Ich bin ein internationaler Geschäftsmann."

„Und die anderen Ansara? Wie viele gibt es? Wo residieren Dranir und Dranira? Ist dein Volk über die ganze Welt verstreut wie wir Raintree?"

„Die wenigen von uns, die es gibt, halten sich bedeckt", erklärte Judah ihr. „Wir sind nicht bereit, uns den Raintree zu stellen. Wir vermeiden es, Aufmerksamkeit auf uns zu ziehen."

„Aber das habt ihr, nicht wahr? Vor sieben Jahren hast du absichtlich eine Raintree-Prinzessin verführt. Ich würde sagen, das zieht eine Menge Aufmerksamkeit auf sich."

„Aber damals wusstest du nicht, dass ich ein Ansara bin. Und wenn du nicht mein Kind empfangen hättest, hättest du es nie erfahren."

Was er sagte, entsprach den Tatsachen, aber trotzdem zog ein ungutes Gefühl ihre Bauchmuskeln zusammen, bis ihr schlecht wurde. War es möglich, dass die Ansara in nur zweihundert Jahren ihren Clan so weit wieder aufgebaut hatten, dass er eine wirkliche Bedrohung für die Raintree darstellte? Bestimmt nicht. Wenn die Ansara wieder ein mächtiges Volk wären, würden die Raintree es wissen. Einer ihrer vielen Hellseher hätte die steigende Macht der Ansara gespürt. Es sei denn ... es sei denn, sie hätten sich mit einem Massenschutzzauber absichtlich vor der Entdeckung abgeschirmt ... Aber war das möglich?

„Was ist mit eurem Dranir und eurer Dranira?", fragte Mercy.

„So viele Fragen." Judah kam auf sie zu.

Sie blieb standhaft, weigerte sich, sich vor ihm zu ducken.

„Der Dranir der Ansara ist Single", sagte Judah. „Manche halten ihn für einen Playboy. Er hat eine Villa in der Karibik und eine in Italien sowie verschiedene Häuser und Apartments auf der ganzen Welt. Er besitzt eine Jacht und einen Jet, und die Frauen liegen ihm zu Füßen."

„Klingt nach einem tollen Kerl", sagte Mercy sarkastisch. „Und du bist mit ihm verwandt. Ihr scheint euch ziemlich ähnlich zu sein."

„Wie ein Ei dem anderen." Judah konnte ein Grinsen nicht verbergen. „Und ich verwalte auch sein Geld."

Mercy fragte sich, warum Judah ihr so offen über seinen Dranir und sein Volk Auskunft gab. Entweder waren sie, wie er gesagt hatte, keine Bedrohung für die Raintree, oder er verriet gerade genug von der Wahrheit, um ehrlich und offen zu erscheinen. Aber warum sollte eine Raintree einem Ansara vertrauen?

Immer, wenn Judah ihr so nahe war wie jetzt, wenn ihre Körper sich fast berührten, fiel es Mercy schwer, sich zu konzentrieren, und das wusste er ganz genau. *Achte nicht darauf, dass dein Herz schneller schlägt und deine Brustwarzen hart sind*, beschwor Mercy sich selbst, *er weiß nicht, dass du vor Verlangen vergehst, dass dein Körper sich nach seinem verzehrt.*

„Könnten wir unsere gemeinsame Zeit nicht besser verbringen? Immer diese Gespräche." Judah beugte sich gerade genug zu ihr vor, dass sie Nase an Nase, Mund an Mund standen. „Wenn ich mich richtig erinnere, braucht keiner von uns Worte, um das zu bekommen, was er will."

Innerlich bebte sie so heftig, dass es ihr kaum gelang, ihren Körper davon abzuhalten, zu zittern. Ihr Atem ging schneller. Ihre Nasenlöcher blähten sich auf. Ihr Unterleib zog sich vor Sehnsucht zusammen.

„Warum hasst dein Bruder dich so sehr, dass er dich umbringen will?"

Ihre Frage hatte den gewünschten Effekt. Judah war abgelenkt, hob seinen Kopf und zog sich von ihr zurück – wenigstens weit genug, dass sie wieder frei atmen konnte.

„Ich habe dir schon gesagt, dass Caels Mutter meine umgebracht hat. Zwischen uns hat es unser ganzes Leben lang böses Blut gegeben."

„Wenn seine Mutter deine umgebracht hat, solltest du es sein, der ihn hasst. Du solltest derjenige sein, der ihn umbringen will. Warum ist es andersrum?"

„Ich bin der rechtmäßige Sohn meines Vaters. Cael nicht. So einfach ist das. Ein wahnsinniger Geist braucht wenig Ausreden, um sich irrational zu verhalten."

Mercy redete sich ein, dass sie Judah ausfragte, um mehr Informationen über die Ansara zu bekommen. Aber das war nur einer von vielen Gründen. War sie neugierig? Vielleicht. Alles, was sie wusste, war, dass sie ein großes Bedürfnis verspürte, diesen Mann, den Vater ihres Kindes, kennenzulernen.

„Wie alt warst du, als deine Mutter gestorben ist?", fragte sie.

Judah biss seine Zähne fest aufeinander. „Meine Mutter ist ermordet worden." Er verengte seinen Blick, bis seine Augen fast geschlossen waren.

Wie von selbst streckte sich ihre Hand aus und legte sich auf die Mitte seiner Brust, um sein Herz zu bedecken. Für eine Millisekunde, in der seine Gefühle ihn verwundbar machten, konnte Mercy seine geheimsten Gedanken in sich spüren. Er war noch ein Kind gewesen, als seine Mutter gestorben war, zu jung, um sich an ihr Gesicht oder den Klang ihrer Stimme zu erinnern. Die Traurigkeit dieses kleinen Jungen war immer noch tief in Judah verwurzelt, genau wie der Hunger nach Liebe. Und er verleugnete vor sich selbst, je von jemandem geliebt werden zu müssen.

„Das mit deiner Mutter tut mir sehr leid", sagte Mercy. „Kein Kind sollte ohne eine Mutter aufwachsen, die es bedingungslos liebt."

Mit zusammengebissenen Zähnen, schmalen Augen und ange-spannten Gesichtszügen packte Judah ihre Hand und entfernte sie grob von seiner Brust. „Ich will und brauche dein Mitleid nicht."

Ein Schwall aus Wut und Abneigung ließ Mercy nach Atem ringen. Die Wut in ihm lief auf sie über, hüllte sie ein, begrub sie fast unter sich. Es war ihre Schuld, nicht seine. Sie hätte es besser wissen sollen, als ihm Freundlichkeit und Mitgefühl entgegenzubringen, da er doch von beidem nichts verstand. Außerdem hätte sie ihn nicht berühren dürfen.

Mercy strengte sich an, um sich aus dem unheilvollen Chaos zu befreien, das Judahs Wut in ihr anrichtete. Sie hatte sich irgendwie empathisch mit ihm verbunden, und so sehr sie es auch versuchte, sie konnte die Verbindung nicht trennen. Eine Schwere legte sich auf ihre Brust, ein Gewicht, das ihr den Atem nahm. Sie schnappte nach Luft und rang nach Worten.

Judah packte ihre Schultern. „Was ist los mit dir?"

Ihr gelang nur ein leises Stöhnen.

„Mercy!" Er schüttelte sie.

Sie spürte, wie sie von Minute zu Minute schwächer wurde. Der Sauerstoff war ihr abgeschnitten, als würde jemand sie würgen. *Hilf mir. Bitte, Judah, hilf mir.*

Sag mir was ich tun soll.

Mercy schwankte auf ihn zu, kaum noch bei Bewusstsein. *Sei nicht wütend auf mich. Hasse mich nicht.*

Habe ich dir das angetan?

Er fing sie auf, als ihre Knie versagten, und zog sie in seine Arme. „Süße Mercy."

Sie schloss die Augen und sank auf eine Ebene gerade unterhalb des Bewusstseins. Judah senkte seinen Kopf und presste seine Wange gegen ihre, während er sie sicher in seinen Armen hielt. So schnell die negative Energie in ihren Körper eingedrungen war, so schnell verflog sie auch wieder. Sie floss aus ihr ab wie auch aus ihm. Einmal spürte sie ein kurzes Aufblitzen von Sorge und echter Reue, ehe er eine schützende Barriere zwischen sie stellte.

Mercy war sehr geschwächt. Sie öffnete die Augen und begegnete Judahs besorgtem Blick.

„Ich wollte nicht, dass das geschieht", sagte er ihr.

„Es war meine Schuld", sagte sie. „Ich habe nicht aufgepasst."

„Das ist gefährlich, besonders, wenn ich in der Nähe bin.

Sie nickte. „Würdest du mich bitte loslassen? Es geht mir bald wieder gut."

„Bist du sicher? Ich könnte ..."

„Nein, danke. Lass mich einfach runter."

Er stellte sie vorsichtig ab und entließ sie zum Verrücktwerden langsam aus seinen Armen. Ihre Körper berührten sich. Als er sie losließ, schwankte sie, und er fasste sie an den Oberarmen, damit sie nicht fiel.

„Soll ich Sidonia holen?", fragte er.

„Nein, ist schon in Ordnung. Bitte ..." Sie wand sich, versuchte, seinen festen Griff um ihre Arme zu lockern.

Er ließ sie los.

„Ich muss eine Weile allein sein", sagte sie ihm und kehrte ihm dann den Rücken zu. Sie hatte Angst, dass sie ihrer Schwäche für diesen Mann erliegen würde, der nicht nur für sie, sondern auch für ihre Tochter gefährlich war. Sekunden später schloss sich die Tür zu ihrem Arbeitszimmer. Judah hatte den Raum verlassen.

Nachdem er eine halbe Stunde mit Claude telefoniert hatte, um zu erfahren, dass Cael nicht nach Terrebonne zurückgekehrt und vollkommen vom Radar verschwunden war, machte Judah sich auf die Suche nach seiner Tochter. Er musste so schnell wie möglich eine starke Bindung zu Eve aufbauen. Nur wenn sie ihm vollkommen vertraute, konnte er sie überreden, Sanctuary mit ihm zu verlassen. Also verbrachte er an diesem Donnerstagmorgen und am Nachmittag mehrere Stunden mit ihr, allerdings immer unter der Aufsicht von Kindermädchen Sidonia. Die alte Frau beobachtete ihn wie ein Raubvogel, als ob sie erwartete, dass ihm jederzeit Hörner und ein Schwanz wachsen würden. Sie wäre sicher ziemlich schockiert, wenn genau das geschah ... Er konnte es wahr werden lassen, wenigstens die Illusion von Hörnern und Schwanz erschaffen. Genug, um der alten Frau einen ordentlichen Schrecken einzujagen. Würde ihr ganz recht geschehen. Aber es könnte auch Eve erschrecken, und sie würde vielleicht den falschen Eindruck von ihm bekommen. Er war sich sicher, dass die grantige alte Schachtel ihn bereits bei seinem Kind schlecht gemacht hatte und dass sie Eve alle möglichen unwahrscheinlichen Geschichten von den bösen Ansara erzählt hatte.

Sicher war in diesen Erzählungen ein Fünkchen Wahrheit enthalten. Die guten Raintree. Die bösen Ansara. Aber nicht alle Raintree waren Heilige, und nicht jeder Ansara war der leibhaftige Teufel.

Von jeher hatte sich das gesamte Volk der Raintree für den rechten Weg entschieden, für die moralische, für die gute Seite. Sie hatten eine Schwäche für das Wohlergehen der Unbegabten, und hatten Frieden dem Kriegszustand vorgezogen. Sie waren Zauberer mit einem viel zu großen Gewissen.

Die Ansara tolerierten die Menschheit. Sie manipulierten sie, wenn es ihnen gerade passte, und beachteten sie sonst nicht weiter. Die Ansara waren stolz auf ihre kriegerischen Fähigkeiten und verteidigten ihren Besitz bis auf den Tod. Aber sie waren keine Monster, keine bösen Dämonen. Sie lebten und liebten und verehrten ihre Familien. Darin waren sie den Raintree vollkommen gleich.

Aber es gab auch Ansara wie Cael. Ein paar in jeder Generation. Sie waren entartet. Böse. Wahre Monster. Oft war ihnen die Zauberei angeboren, und sie besaßen immer die Fähigkeit, den Bodensatz der Ansara-Gesellschaft in ihren Dienst zu locken. Sie töteten, weil es ihnen Freude bereitete. Es machte ihnen Spaß, Schmerzen zuzufügen und andere zu foltern. Sie waren Judah und seinen Leuten genauso unähnlich, wie sie es den Raintree waren.

Judah hatte selbst schon getötet, wenn die Umstände es erfordert hatten. Um sich selbst und andere zu schützen. Oder aus Notwendigkeit, wenn Mord eine einfache Geschäftsentscheidung war. Er tolerierte weder Ungehorsam noch Mangel an Respekt. Als Dranir hatte er uneingeschränkte Macht über sein Volk.

Er mochte Macht. Er hatte Respekt vor der Macht.

Er benutzte Frauen und ließ sie fallen, wie es ihm passte, egal ob Anasara oder Mensch. Und einmal sogar eine Prinzessin der Raintree.

Eve zog an seiner Hand und erinnerte Judah daran, dass er durch ihre gemeinsame Tochter an Mercy gebunden war. Sie hatten eine Verbindung, die nur der Tod brechen konnte.

Sidonias aufgeregte Stimme rief Eves Namen.

„Beeil dich, Daddy, oder sie erwischt uns." Eve drängte ihn, schneller zu gehen. Sie taten, als ob sie Verstecken spielten, aber in Wirklichkeit schlichen sie sich immer weiter von Sidonia weg.

Judah hob Eve hoch. „Halt dich fest", sagte er ihr.

Als sie ihre Arme um seinen Hals geschlungen hatte, rannte Judah los und entkam mit seiner Tochter der ungewollten Überwachung. Außer Hörweite von Sidonias Drohungen stellte Judah Eve wieder auf den Boden.

„Wir haben es geschafft!" Mit einem siegreichen Grinsen klatschte Eve in die Hände. „Sie weiß nicht wo wir sind, und sie kann uns nicht finden."

„Was willst du jetzt machen, wo wir allein sind?"

„Hmmm …" Eve dachte ein paar Augenblicke über ihre Möglichkeiten nach und lachte dann aufgeregt. „Ich will dir etwas ganz Besonderes zeigen. Etwas, was ich kann." Sie sah mit Feuereifer in den Augen zu ihm hinauf. Mit Mercys grünen Augen.

„Etwas Neues?", fragte er. „Du hast mir schon gezeigt, wie begabt du bist."

„Es ist etwas, das ich noch nie ausprobiert habe, aber ich weiß, dass ich es kann."

Judah sah sich um. Nördlich und östlich lag die offene Lichtung, im Süden befand sich ein sprudelnder Bach, im Westen bewaldetes Gebiet. Wenn Eve ihre neue Fähigkeit ausprobierte und dabei etwas schiefging, konnte sie hier draußen nicht viel Schaden anrichten. Außerdem war er bei ihr, um das Schlimmste zu verhindern.

„In Ordnung, Prinzessin Eve, probier deine Gaben aus. Versuch etwas Neues. Zeig es mir."

Eve lächelte strahlend. Dann stand sie sehr still da und konzentrierte sich. Sekunden verstrichen. Sie richtete ihre Konzentration ganz nach innen und rief ihre Macht zu sich. Der Boden unter ihren Füßen bebte.

„So ist es gut. Kontrollier deine Macht", sagte Judah, „du hast die Kontrolle."

Die Finger an Eves rechter Hand begannen zu zucken und bewegten sich schneller und schneller. Ein kleiner Kreis aus Energie bildete sich in ihrer Handfläche. Die Kugel aus goldenem Licht, die wie ein reiner Diamant glänzte, wurde größer und immer größer, bis sie ihre ganze Hand ausfüllte.

Mein Gott! Eve hatte einen Kugelblitz aus Energie geschaffen, die mächtigste und tödlichste Gabe, die ein Ansara oder Raintree überhaupt haben konnte. Kein Kind hatte es je zuvor geschafft, einen solchen Energiestoß zu erschaffen, und nur wenige Erwachsene waren in der Lage dazu.

„Eve, sei vorsichtig."

„Ist es nicht hübsch?"

Er konzentrierte sich ganz auf den Kugelblitz, den seine Tochter so nachlässig in der Hand hielt als wäre er ein Baseball. „Es ist wirklich hübsch, aber auch sehr gefährlich."

„Oh." Eve weitete erstaunt die Augen. Ein Funken Neugierde glomm in ihrem Gesicht auf. „Was ist es?"

Judah dachte über seine Möglichkeiten nach. Er konnte den Ball wahrscheinlich auflösen, aber dabei könnte Eves Hand verletzt werden. Er könnte sie auch bitten, ihm den Ball zu geben, und dann versuchen, ihn loszuwerden. Oder er konnte ihr erlauben, selbst herauszufinden, was man mit einer solchen Gabe anstellen konnte – natürlich unter seiner strengen Aufsicht.

„Dreh dich um, bis du den Wald siehst", sagte Judah zu ihr. Sie gehorchte ihm. „Jetzt such dir einen Baum aus."

„Den da." Sie deutete auf eine riesige Ulme.

„Ziele mit deiner Energiekugel auf den Baum und schleudere sie dann durch die Luft."

Eve schwang ihren rechten Arm zurück, hob ihn über ihren Kopf und schleuderte den Kugelblitz in Richtung des Baumes, den sie sich ausgesucht hatte. Sie und Judah sahen zu, wie ihr Blitz den Baum vollkommen verfehlte, daran vorbeisauste und erst explodierte, als er in eine Gruppe von sechs Meter hohen Pinien geriet. Wenigstens ein halbes Dutzend der immergrünen Bäume splitterte in winzigkleine Stücke und regnete in dicken Ascheflocken auf den Grund des Waldes nieder.

Du liebe Zeit! Sein kleines Mädchen hatte gerade einen der gewaltigsten Kugelblitze geschossen, den Judah je gesehen hatte – und sie hatte damit nicht nur ein Ziel vernichtet, sondern gleich sechs.

„Ich habe meinen Baum nicht getroffen, Daddy. Ich habe nicht getroffen." Eve verzog ihren Mund zu einem Schmollen, und ihre Unterlippe zitterte.

Er kniete sich vor ihr nieder und hob ihr kleines Gesicht mit den Knöcheln seiner Finger unter ihrem Kinn an, sodass sie ihn direkt ansehen musste. „Du hast vielleicht die Ulme verfehlt, aber sieh doch, was dein Blitz angerichtet hat. Alles, was du brauchst, ist Übung. Und dann triffst du dein Ziel jedes Mal."

Tränen hingen an Eves langen, goldenen Wimpern, und ihre Augen schimmerten feucht, aber sie lächelte und schlang die Arme um Judahs Hals.

„Ich liebe dich, Daddy."

Judah musste schlucken. *Ich liebe dich auch.*

Sie umarmte ihn noch fester. „Mom kommt."

„War ja klar."

„Was?"

„Nichts." Judah löste sich langsam aus Eves Umarmung und stand auf. „Lass mich das machen, okay? Wenn deine Mutter uns findet, wird sie nicht sehr glücklich sein, also sagen wir ihr, dass ich es war, der den Kugelblitz geschossen hat. Dann wird sie nicht wütend auf dich."

„Aber das ist gelogen, Daddy, und lügen ist falsch."

Judah stöhnte. Raintree-Logik. „Im Grunde genommen ist es eine Notlüge, also wirst du dafür keinen Ärger bekommen."

„Mom wird wissen, dass ich es war. Sie weiß alles."

Judah konnte sich ein Lächeln nicht verkneifen. „Dann wollen wir sie mal auf die Probe stellen."

Als Eve zu ihm aufsah, zwinkerte er ihr zu.

Sie zwinkerte zurück. „Okay."

Exakt fünf Minuten und sechzehn Sekunden später spürte Judah, wie Mercy hinter sie trat. Er saß mit Eve am Rande des Baches und hielt die Füße ins kalte Wasser. Ein Blick über seine Schulter zeigte, dass sie noch gute acht Meter entfernt war. Als er sich umdrehte, sagte Eve: „Mom ist ziemlich aufgebracht."

„Denk dran, lass mich reden."

„Ich glaube, Mom ist die Einzige, die reden wird."

Mercy kam auf sie zu, und Judah und Eve drehten sich gleichzeitig zu ihr um.

„Hi, Mommy. Daddy und ich kühlen uns ein bisschen ab. Es ist heute so heiß."

Mercy starrte Judah wütend an. „Was habt ihr getan?"

Judah zuckte mit den Schultern. „Eve hat nichts getan. Ich war es. Ich habe vor meiner Tochter ein bisschen angegeben."

„Stimmt das?" Mercy sah Eve streng an.

Eves Wangen wurden knallrot. „Hmm."

Mercy sah sich in der ganzen Gegend um. Als ihr Blick auf die leere Stelle im Wald fiel, die durch die Abwesenheit von sechs großen Pinien verursacht wurde, atmete sie scharf ein.

Sie sah Eve durchdringend an. „Ich will die Wahrheit wissen, junge Dame. Hast du das getan?" Sie machte eine Kopfbewegung in Richtung des Waldes.

„Was getan?", fragte Eve.

Mercy warf Judah einen wütenden Blick zu. „Du hast nicht zur zugelassen, dass sie etwas extrem Gefährliches tut, du hast ihr auch beigebracht zu lügen."

„Nein, Mom, bitte. Sei nicht böse auf Daddy." Eve zog ihre Füße aus dem Bach und sprang auf. „Ich war es. Ich hab eine ganze Menge Bäume hochgehen lassen. Ich hatte nur auf einen gezielt, aber ...", sie streckte ihre Hände offen zu beiden Seiten aus, „... mein Kugelblitz ist irgendwie durchgedreht, und die ganzen Bäume haben einfach so Peng gemacht."

„Oh Gott, oh Gott", murmelte Mercy leise und wandte sich dann an Judah. „Hast du ihr dabei geholfen, einen Kugelblitz zu erschaffen?"

Judah richtete sich zu seinen vollen ein Meter neunzig auf und sah Mercy ruhig an. „Unsere Tochter brauchte keine Hilfe. Sie war sehr gut allein dazu in der Lage, einen Kugelblitz zu erschaffen. Und falls du es noch nicht gemerkt hast, sie hat mit diesem Blitz sechs Bäume gefällt."

„Sie hat ... Natürlich hat sie." Mercy stakste hinüber zu Judah, ihre Nasenlöcher gebläht und mit blitzenden Augen. „Und du bist wohl auch noch stolz auf sie?"

„Verdammt, ja, das bin ich. Und du solltest es auch sein."

„Ich *bin* stolz auf Eve, aber ... Sie hätte sich verletzen können. Oder jemand anderen."

„Das hätte ich nicht zugelassen."

Sie standen nur eine Haaresbreite voneinander entfernt da und starrten einander an. Die Spannung zwischen ihnen war körperlich spürbar. Sie kochte vor Wut auf ihn. Er liebte das an ihr, ihre Leidenschaft, die grimmige, beschützende Tigermutter in ihr. Und er wollte nichts mehr, als sie hier und jetzt zu nehmen. Wäre Eve nicht bei ihnen – die Versuchung wäre schmerzhaft groß gewesen.

Sie wusste, was er dachte. Er konnte es in ihren Augen sehen. Und er konnte ihr Verlangen spüren. Wie Tiere, die dem Lockruf der Paarung nicht widerstehen können, konnten sie ihren Blickkontakt und auch die psychische Verbindung, die sie in ihrem Bann hielt, nicht brechen.

Bann! So weit kam es noch! Er war kein liebeskranker, junger Dummkopf. Und er war ganz sicher nicht verliebt in Mercy. Wenn er sie erst noch einmal genommen hatte, würde sich das Fieber in seinem Blut schon abkühlen.

„Mercy!", rief Sidonia, die gefolgt von drei weiteren Raintree über das offene Feld gelaufen kam. „Geht es Eve gut? Hat dieser Teufel ...?"

„Es geht ihr gut", rief Mercy zurück.

„Ich hab es verdammt satt, dass sie mich immer Teufel nennt", sagte Judah.

„Oh, großartig. Einfach großartig." Mercy seufzte tief und genervt. „Sie hat Brenna und Geol und Hugh dabei."

„Und ohne Zweifel sind sie alle gekommen, um mich zu lynchen." Judah drehte sich um, um seinen Henkern ins Gesicht zu sehen.

„Ihr seid still." Sie sah Judah und Eve streng an. „Ihr beide. Lasst mich reden."

Keuchend und nach Atem ringend blieb Sidonia ein Stück von Mercy entfernt stehen. „Ich habe ihnen nur zwei Sekunden den Rücken gekehrt, und schon war er mit ihr verschwunden."

„Es ist in Ordnung", sagte Mercy. „Es wird nicht wieder vorkommen. Oder?" Sie sah von Vater zu Tochter.

Eve schüttelte den Kopf und sah dann voller Reue zu Boden. Vollkommen falsche Reue, selbstverständlich.

Judah antwortete nicht.

„Was ist hier passiert?" Hugh, ein kräftiger, grauhaariger Raintree, deutete auf den breiten leeren Fleck im Wald. „Du lässt doch nicht jetzt Holz fällen, oder, Mercy?"

„Nur ein kleines magisches Missgeschick", antwortete Mercy. „Es ist alles meine Schuld."

Hugh trat vor, sah Judah von oben bis unten an, und streckte ihm seine Hand entgegen. „Ich bin Hugh Sullivan, und Sie sind …?"

„Das ist Judah Blackstone", sagte Mercy. „Judah und ich waren zusammen auf dem College. Er ist für ein paar Tage zu Besuch."

Judah zögerte, nahm dann die Hand des Mannes und tauschte mit ihm ein höfliches Handschütteln.

Hugh sah Judah mit seinen grünen Raintree-Augen genau an. „Sie *sind* ein gut aussehender Teufel, das stimmt." Hugh lachte leise. „Mir war nicht ganz klar, warum Sidonia Sie immer ‚den Teufel' nennt."

„Ich fürchte, Sidonia und ich haben uns bei meiner Ankunft auf dem falschen Fuß erwischt", sagte Judah. Dann sah er dem Kindermädchen direkt in die Augen. „Eve und ich hatten so viel Spaß – es ist uns überhaupt nicht in den Sinn gekommen, dass Sie sich vielleicht Sorgen machen. Tut mir leid."

„Hm." Sidonia sah ihn vernichtend an.

Judah blickte zu dem anderen Mann und der Frau, die von seiner Anwesenheit genauso fasziniert zu sein schienen, wie Hugh es gewesen war. Er nickte ihnen zu.

„Hallo", sagte die Frau." Ich bin Brenna Drummond, eine entfernte Cousine von Mercy."

Der andere Mann streckte ihm die Hand entgegen. „Ich bin Geol Raintree, ein nicht ganz so entfernter Cousin."

„Vergeben Sie uns unsere Neugierde, Mr Blackstone, aber dass ein alter Freund Mercy besucht, ist ein ziemlich großes Ereignis." Brenna lächelte Mercy wissend an, als wollte sie ihr Wohlwollen zeigen.

„Judah war nicht mein ..." Ehe Mercy den Satz beenden konnte, legte Judah ihr einen Arm um die Taille. Sie wurde steif wie ein Brett. Wie aufs Stichwort kuschelte Eve sich an Judahs andere Seite.

„Na, es sieht aus, als würde unsere kleine Eve Sie schon mögen, Mr Blackstone", sagte Hugh. „Es ist immer ein gutes Zeichen, wenn das Kind einer Frau einen mag."

„Hugh grillt heute Abend ein paar Forellen, und ich mache hausgemachte Eiscreme", sagte Brenna. „Warum kommt ihr nicht alle zu uns zum Abendessen?"

„Danke, aber ich fürchte ..."

Noch einmal unterbrach Judah Mercy mitten im Satz. „Das würden wir sehr gerne, nicht wahr?"

„Juhu!", rief Eve. „Brenna macht die beste Eiscreme der Welt."

Mercy zwang sich zu einem Lächeln. Nachdem die Suchmannschaft ihrer getrennten Wege gegangen war und Mercy Eve mit Sidonia zusammen ins Haus zurückgeschickt hatte, baute sie sich vor Judah auf.

„Was bezweckst du damit, mit meinen Gästen zu Abend zu essen?"

„Ich habe mir Mühe gegeben, höflich zu sein, damit sie nicht glauben, ich sei ein Wolf unter Schafen. War es nicht das, was du von mir wolltest?"

„Was ich will ist, dass du aus meinem Leben verschwindest und nie wiederkommst."

„Wenn ich das täte, würdest du mich vermissen."

„Wie ich die Pest vermissen würde."

„Ich gehe bald genug." *Nach Hause, nach Terrebonne, um gegen meinen Bruder zu kämpfen und ihn zu töten*, fügte er stumm hinzu.

„Nachdem du dich um Cael gekümmert hast, komm bitte nicht hierher zurück. Lass uns in Ruhe. Du bist schlecht für Eve. Das musst du doch merken."

„Als Prinzessin der Raintree bist du es vielleicht gewöhnt, dass man deine Befehle befolgt, aber ich bin keiner deiner treuen Untertanen. Bei uns beiden bin ich aber der Überlegene und du meine willige Sklavin."

„Da kannst du lange warten!"

13. KAPITEL

Freitagnachmittag,
Cael Ansaras Anwesen in North Carolina

Cael hatte keinen Erfolg gehabt bei seinem Versuch, die Barriere um Eve Raintrees Geist zu durchbrechen. Aber alle Schutzmechanismen, egal wie stark sie waren, konnten durchbrochen werden. Es war einfach eine Frage des richtigen Schlüssels. Jeder Zauberspruch hatte einen Gegenzauber. Jeder Talisman konnte zerstört werden. Gegen jede Macht konnte man einen Schutzwall aufbauen. Mit genug Zeit konnte er einen Weg in Eves Gedanken finden, damit er ihr Denken beeinflussen konnte. Aber Zeit war genau die eine Sache, die er nicht hatte. In zwei Tagen würde er seine Truppen gegen das Heiligtum der Raintree führen. In zwei Tagen würde er seinen Bruder umbringen und Dranir der Ansara werden. Nur eines stand ihm dabei im Weg: Die kleine Prinzessin Eve. Auch sie musste sterben – zusammen mit ihren Eltern.

Aber das Kind war ein unbekannter Faktor. Halb Ansara, halb Raintree. Diese Kinder besaßen Gaben von beiden Elternteilen. Und Eves Eltern waren beide königlicher Abstammung, also könnten die Fähigkeiten des Mädchens einzigartig ausgeprägt sein.

Cael lachte über seine eigene Dummheit. Eve war sechs Jahre alt. Egal welche Gaben sie geerbt hatte, sie würden unreif und unausgebildet sein. Ihre übernatürlichen Fähigkeiten konnten keine Bedrohung für ihn darstellen. Aber dass sie Judahs Tochter war, konnte ihm gefährlich werden.

Cael übertrug in Gedanken eine Nachricht an einen bestimmten Empfänger. *Kannst du mich hören, kleine Eve? Hörst du mir zu? Ich bin dein Onkel Cael. Willst du nicht mit mir sprechen?*

Stille.

Rede mit mir, Kind. Sag mir, warum ich deinen Vater nicht umbringen sollte. Und ich werde mir anhören, was auch immer du zu sagen hast. Vielleicht kannst du mich umstimmen.

Keine Antwort.

Du willst Judah doch helfen, oder nicht? Wenn du mit mir redest, werde ich zuhören.

Ein lauter Knall, verursacht durch psychische Energie, donnerte durch Caels Kopf. Das Geräusch betäubte ihn, und der Schlag fuhr mit einer Kraft durch seinen Körper, die ihn in die Knie zwang. Als er sich vor Schmerzen auf dem groben Holzfußboden seines Anwesens wand, erteilte ihm eine empörte Stimme eine Warnung.

Lass die Finger von meiner Tochter, sagte Judah. *Sie ist für dich tabu. Versuch nicht noch einmal, dich mit ihr in Verbindung zu setzen.*

Der Schmerz hörte genauso schnell auf, wie er ihn getroffen hatte. Cael richtete sich schwankend wieder auf, stieß seine Faust in die Luft und verfluchte seinen Bruder.

Mach dich bereit. Ich komme. Hörst du mich, Judah? Und wenn du stirbst, wird unser Volk jubeln, dass sie endlich einen wahren Ansara als Führer bekommen. Einen, der sie in die alten Tage zurückführen kann, in denen wir die Welt regiert haben.

Judah hörte Caels Drohungen nur noch wie ein entferntes Echo, als er die Tiraden seines Halbbruders ausblendete. Cael hatte endlich den schmalen Grat zwischen Labilität und vollkommenem Wahnsinn überschritten. Das überraschte ihn nicht. Es war immer eher eine Frage des Wann gewesen, nicht des Ob.

Er wusste, dass Cael ihn früher oder später dazu zwingen würde, zu handeln. All die Jahre hatte Judah nur aus einem Grund aufgeschoben, Cael umzubringen: Es war der letzte Wunsch seines Vaters gewesen.

„Tu alles, was du kannst, um deinen Bruder zu retten. Töte ihn nur, wenn du wirklich musst."

Auf seine eigene Art hatte ihr Vater Cael geliebt und deshalb viele seiner Fehler nicht sehen wollen. Aber tief im Herzen wusste er, dass die Saat des Wahnsinns nur wenig Nahrung brauchte, um aufzuplatzen und zu erblühen.

Töte ihn nur, wenn du wirklich musst.

Ich muss, Vater. Um die Ansara zu retten. Um Eve zu retten.

Daddy?

Nein, Eve. Benutze nicht deine Gedanken, um mit mir zu sprechen.

Es tut mir leid. Aber der böse Mann hat versucht …

Schhh … Ich komme zu dir.

Zweifellos hatte Eve Caels Drohungen gehört. Verdammt sollte sein Bruder sein! Zur Hölle mit ihm! Judah nahm zwei Stufen auf einmal auf dem Weg nach unten.

Er fand Eve allein im Wohnzimmer. Sie saß auf dem Boden und hatte buntes Faltpapier und eine Menge Buntstifte um sich herum verstreut. Sie sah zu Judah auf, als er das Zimmer betrat, aber sie stand nicht auf, um zu ihm zu gehen.

„Ich habe ihn gesehen, Daddy", sagte Eve. „Ich habe ein Bild von ihm gemalt, und von dem Ort, wo er war, als er versucht hat, mit mir zu reden. Schau."

Judah stellte sich direkt hinter Eve und sah sich ihre Kunstwerke an. Seine Muskeln verkrampften sich, als er sah, wie ähnlich Cael das Bild war, das sie mit ihren Buntstiften hingekritzelt hatte. Sie hatte ihren Bruder stehend dargestellt, seine Faust in die Luft gestreckt, ein Ausdruck reinen Wahnsinns auf seinem attraktiven Gesicht. Der Hintergrund schien eine Wand aus grauen Betonblöcken zu sein, dazu ein grober Holzfußboden und Metallmöbel, die längst aus der Mode waren. Mit so etwas gab Cael sich eigentlich nicht zufrieden. Sein Bruder bestand vor allem anderen auf Luxus.

„Unglaublich", sagte Judah, beeindruckt vom Talent seiner Tochter. „Du bist wirklich eine begabte kleine Künstlerin."

Eve sah zu ihm hoch, lächelte und legte den gelben Buntstift zurück, den sie benutzt hatte, um Caels Haare zu schattieren. „Bin ich, Daddy? Mom sagt das auch. Aber sie hat mir gesagt, dass sie keine Ahnung hat, woher ich so ein Talent habe, weil sie und Onkel Dante und Onkel Gideon nicht solche Bilder malen können wie ich."

„Meine Mutter war eine berühmte Künstlerin der Ansara", sagte Judah. „Der Pala…" Er unterbrach sich gerade noch rechtzeitig, ehe das Wort „Palast" über seine Lippen kam. „Mein Zuhause ist voll von ihren Bildern."

„Sie war nicht die Mommy deines Bruders", sagte Eve mit Bestimmtheit. „Seine Mutter war böse, genau wie er böse ist."

„Ja, Nusi war eine sehr böse Frau."

Eve stand auf und sah Judah an. „Keine Sorge. Ich werde nicht zulassen, dass er meiner Mom so wehtut wie Nusi meiner Großmutter Seana wehgetan hat."

Judah starrte seine Tochter an. Schon wieder erstaunte ihn, wie schnell sie die Dinge begriff. Ihre Fähigkeiten waren nicht nur für ihr junges Alter ungewöhnlich stark ausgeprägt, sie hatte auch mehr übersinnliche Gaben als die mächtigsten Mitglieder jedes einzelnen Stammes. „Woher wusstest du, was mit meiner Mutter geschehen ist?"

Eve legte ihre Hand auf ihr Herz. „Ich weiß es hier drin. Das ist alles. Ich weiß es einfach."

„Was weißt du?" Mercy stand in der offenen Tür. In ihren Gesichtszügen stand schwere Sorge.

Eve rannte zu ihrer Mutter. „Rate mal? Ich weiß jetzt, woher ich so gut malen kann." Sie schenkte Judah ein strahlendes Lächeln. „Ich habe es von meiner Großmutter Seana."

Mercy sah Judah fragend an.

„Meine Mutter war eine begabte Künstlerin", sagte Judah. Seana Ansara war die begabteste Ansara-Künstlerin seit vielen Generationen gewesen. Nusis bittere Eifersucht hatte nicht nur Judah die Mutter und Hadar seine liebende Frau genommen, sie hatte der Welt auch ein künstlerisches Genie geraubt.

„Hast du etwas für Daddy gemalt?"

„Ich habe ein Bild von dem bösen Mann gemalt, von Daddys Bruder." Eve eilte zu ihren Bildern, hob die Zeichnung auf und hielt sie hoch, um sie Mercy zu zeigen.

„Wann hast du diesen bösen Mann gesehen?", fragte Mercy und starrte das erstaunlich treffende Porträt von Caels Wahnsinn an. Judah merkte, dass sie ihr Bestes tat, um nicht zu zeigen, wie aufgewühlt sie war.

„Er hat wieder versucht, mit mir zu reden", sagte Eve. „Er ruft immer wieder meinen Namen und sagt, dass er mir zuhört, falls ich mit ihm reden will." Eve runzelte die Stirn, warf dann das Bild auf den Boden und trampelte darauf herum. „Aber ich habe nicht mit ihm geredet. Und Daddy hat ihm gesagt, dass er mich lieber nicht noch einmal belästigen soll, sonst würde es ihm leidtun. Stimmt's, Daddy?"

Judah räusperte sich. „Cael kann nicht in Eves Gedanken eindringen, wenn sie ihn nicht willentlich einlässt. Die Barriere, die du um sie errichtet hast, wird sie beschützen."

„Ja, ich weiß." Mercy zeigte auf Eve. „Komm mit, Liebes. Sidonia hat das Mittagessen fertig. Dein Lieblingsessen – Makkaroni mit Käse. Und zum Nachtisch frische Pfirsiche mit Schlagsahne."

Eve sah auf ihre Bilder und auf das Papier und die Buntstifte auf dem Fußboden. „Muss ich nicht erst aufräumen?"

„Das kannst du nach dem Essen machen." Mercy warf Judah einen Wir-müssen-reden-Blick zu und schubste Eve dann in Richtung Tür. „Lauf und sag Sidonia, dass Judah und ich gleich bei euch sind."

Eve zögerte und sah dann von einem Elternteil zum anderen. „Ihr werdet euch aber nicht schon wieder streiten?"

„Nein, werden wir nicht", versprach Mercy.

„Das will ich hoffen." Eve ließ ihre Schultern hängen, seufzte und schlenderte langsam hinaus in die Eingangshalle.

Judah wartete nicht darauf, dass Mercy ihn anfuhr. „Er wird kommen. Bald schon."

„Ich verstehe." Sie trat einige Schritte zurück und schloss die Doppeltüren. „Ich nehme an, Eve hat gehört, wie er das zu dir gesagt hat."

„Sie hat mir nicht gesagt, dass sie ihn gehört hat, aber ja, ich nehme an, das hat sie."

„Wenn er kommt, dann kannst du ihn nicht auf Raintree-Gebiet bekämpfen."

Judah nickte. „Ich verstehe deine Sorge. Aber wenn er einen Weg findet, das Schutzschild um eure Heimstätte zu durchdringen, bleibt mir keine andere Wahl."

„Nur jemand, der mir oder meinem Bruder Dante an Macht ebenbürtig ist …"

„Ehe du fragst: Nein, Cael ist nicht Dranir der Ansara", sagte Judah. „Aber er *ist* ein mächtiger Zauberer, und er kennt sich sehr gut in Schwarzer Magie aus."

„Wenn er hier auf den heiligen Grund kommt und nach dir verlangt, dann wird Eve seine Anwesenheit spüren, und sie wird etwas tun wollen, um dir zu helfen."

„Wir können sie nicht in Caels Nähe lassen. Irgendwie müssen wir ihr begreiflich machen, dass der Kampf zwischen meinem Bruder und mir stattfinden muss."

„Sie wird sich anhören, was wir sagen, aber ob sie uns gehorchen wird, ist eine ganz andere Frage."

„Ich werde einen Weg finden, es ihr verständlich zu machen."

„Du kannst es jedenfalls versuchen."

„Wenn die Zeit gekommen ist, musst du bei Eve bleiben", sagte Judah. „Wenn ich dadurch abgelenkt werde, dass ich sie beschützen will …"

„Du musst mit Eve reden. Du musst ihr auf eine Art, die sie versteht, erklären, wie wichtig es ist, dass sie sich nicht einmischt."

„Würdest du mir Zeit allein mit ihr zugestehen, ohne ihren Wachhund?"

„Ja. Ich sage Sidonia, dass du Eve heute Nachmittag zu einem Spaziergang mitnehmen darfst, während ich arbeite."

Judah bemerkte Mercys Stirnrunzeln und das Misstrauen, das sie nicht vor ihm verbergen konnte.

„Du warst den ganzen Morgen fort, und Sidonia weigert sich, mir zu sagen, wo du gewesen bist. Eve hat gesagt, du machst kranke Leute gesund."

„Es ist kein Geheimnis, dass ich eine Heilerin bin", sagte Mercy. „Heute früh war ich bei zwei Raintree, deren Blick in die Zukunft getrübt ist."

„Hast du ihre Gabe wiederherstellen können?"

„Nein. Noch nicht. Das passiert manchmal, besonders wenn man eine Gabe zu viel benutzt oder … Ich glaube, mit Ruhe und Meditation wird es ihnen bald besser gehen."

„Und was machst du heute Nachmittag?"

„Wir hatten gestern einen Neuzugang. Sie hat vor sechs Monaten ihren Mann und beide Kinder bei einem Autounfall verloren und hat unerträgliche emotionale Schmerzen."

„Und du wirst diesen Schmerz aufnehmen. Wie kannst du das ertragen? Warum setzt du dich so einer Folter aus, wenn du es nicht musst?"

„Weil es falsch ist, die Gaben, mit denen wir gesegnet sind, nicht zu nutzen. Ich bin eine empathische Heilerin. Es ist nicht nur etwas, das ich tue – es ist meine Bestimmung."

„Ja, du hast recht. Deine Bestimmung. Ich verstehe." Judah fragte sich, ob Mercy verstehen würde, dass es die Bestimmung ihrer Tochter war, sein Volk zu retten.

Judah sprach jeden Morgen und jeden Abend mit Claude. Sie benutzten sichere Mobiltelefone, auch wenn sie beide ausgeprägte telepathische Fähigkeiten besaßen. Ein Gespräch am Telefon konnte Cael nicht so leicht mithören.

„Er ist noch nicht nach Terrebonne zurückgekehrt", sagte Claude.

„Wo zur Hölle ist er dann?"

„Ich habe keine Ahnung. Es ist, als wäre er vom Erdboden verschwunden. Nicht einmal Sidra kann ihn ausfindig machen. Er muss seinen Aufenthaltsort hinter einem Schutzzauber verborgen haben."

„Eve hat heute ein Bild von ihm gemalt, nachdem er versucht hat, mit ihr zu reden."

„Könnte sie ihn für uns finden?"

„Sie könnte es vielleicht", sagte Judah, „aber ich kann nicht riskieren, dass sie ihm so nahe kommt. Er könnte ihre Gedanken auffangen und sie hypnotisieren oder in ihre Träume eindringen und sie todkrank machen."

„Wo auch immer er ist und was auch immer er tut, er hat nichts Gutes vor."

„Was ist mit den Kriegern, die Terrebonne mit ihm verlassen haben? Sind sie zurückgekehrt?"

„Nein, und es werden immer mehr vermisst."

„Dann hat es angefangen. Er stellt eine Armee auf."

„Lass ihn." Claude atmete schnaufend aus. „Er ist ein Dummkopf, wenn er meint, dass ein paar Dutzend abtrünnige Krieger eine Armee sind."

„Er hat mir gesagt, dass er bald zu mir kommen wird."

„Und wenn er es tut, wirst du ihn umbringen."

„Wir sollten unser Todesduell auf Terrebonne austragen", sagte Judah. „Aber vielleicht ist es genau das, was er von mir erwartet: Dass ich nach Hause komme und Eve ohne Schutz zurücklasse."

„Sie hat Schutz. Ihre Mom und …"

„Raintree. Das ist nicht genug für ein Kind wie Eve."

„Dann tu, was du tun musst. Bring Cael auf Raintree-Boden um, und dann bring deine Tochter nach Hause. Nach Terrebonne, wo sie hingehört."

Nach dem Abendessen mit seiner Tochter und der ständig wachsamen Sidonia wollte Judah einen Spaziergang machen. Er würde Eve aber noch Gute Nacht sagen, ehe sie zu Bett ging. Sie hatten an diesem Tag viele Stunden gemeinsam verbracht. Er hatte sie davon überzeugt, dass sie ihm am besten half, indem sie sich nicht in den Kampf mit Cael einmischte. Jetzt musste er Mercy finden und ihr versichern, dass Eve ihm zugehört hatte und dass sie ihr gehorchen würde, wenn die Zeit gekommen war.

„Ich wünschte, du würdest dich um Mom kümmern", rief Eve ihm nach, als er durch die Hintertür hinausging. „Sie ist sonst fast immer zum Abendessen zu Hause. Meta muss furchtbar krank sein, wenn sie so viel Zeit mit ihr verbringt."

„Deiner Mom geht es gut." Sidonia warf Judah einen warnenden Blick zu. „Sie braucht nichts. Wenn sie mit ihrer Arbeit fertig ist, wird sie nach Hause kommen."

„Mach dir keine Sorgen um deine Mutter", sagte Judah. „Ich bin mir sicher, Sidonia hat recht und ihr geht es gut."

„Nein, geht es ihr nicht, Daddy. Ich glaube, sie braucht dich."

Draußen stand die Sonne tief im Westen und eine warme Brise wehte herüber. Judah begann, über Eves Sorge um Mercy nachzudenken. Er hatte sich bereits selbst gefragt, was Mercy von einem Abendessen mit ihrer Tochter fernhalten konnte, und er hatte den Verdacht, dass Eve mit ihrer Einschätzung des Problems ganz richtig lag. Zweifellos war die Frau, die Mercy behandelte – Eve hatte sie Meta genannt – ernsthaft krank. War diese Meta die Frau, von der Mercy ihm erzählt hatte? War sie es, die ihren Mann und ihre Kinder vor sechs Monaten verloren hatte?

Hatte Mercy sich zu sehr in den Schmerz dieser Frau vertieft? Hatte sie zu viel von ihrem Leid in sich selbst aufgenommen? War sie in so schlechter Verfassung, dass sie nicht nach Hause kommen konnte? Oder wollte sie nicht, dass Eve sie so sah? Hatte Eve recht? Brauchte Mercy ihn?

Verdammt. Was für einen Unterschied machte das? Warum sollte es ihn kümmern, wenn Mercy sich vor Schmerzen krümmte oder vielleicht bewusstlos dalag und von den Leiden gefoltert wurde, die rechtmäßig jemand anderem zustanden?

Denk nicht an Mercy. Denk an Cael. Daran, dich ihm endlich im Kampf zu stellen.

Denk an Eve. Denk daran, dass sie bald in Sicherheit ist und du sie mit nach Hause nehmen kannst.

Aber er konnte sich nicht helfen: Seine Gedanken kehrten zurück in die Vergangenheit und an das Versprechen, das er einst geleistet hatte.

Es tut mir leid, Vater. Ich habe alles getan, was ich kann. Cael ist nicht mehr zu retten. Er ist ebenso wahnsinnig, wie Nusi es war. Sogar nach ihrem Tod ist ihre Macht über ihn noch zu stark. Vergib mir, aber ich habe keine andere Wahl, als meinen eigenen Bruder zu töten.

Als er weniger als eine Stunde allein spazieren gegangen war, traf Judah auf Brenna und Geol, die ebenfalls einen Abendspaziergang machten. Aus der Art, wie sie sich an der Hand hielten, und den Schwingungen, die sie aussendeten, spürte er, dass sie entweder schon ein Liebespaar waren oder es bald sein würden.

„Bist du ganz allein unterwegs?", fragte Geol. „Wo ist Mercy?"

„Sie ist bei einem Neuankömmling hier in der Heimstätte", antwortete Judah, „einer Frau namens Meta."

„Oh, ja, die arme Meta." Brenna schüttelte traurig den Kopf. „Sie hätte schon vor Monaten zu Mercy kommen sollen. Ich fürchte, es könnte jetzt zu spät für sie sein."

„Was meinst du mit ‚zu spät'?", fragte Judah.

„Hat Mercy es dir nicht gesagt? Meta hat versucht, sich umzubringen. Und sie wird es wahrscheinlich wieder tun."

„Nein, das hat sie mir nicht gesagt."

„Wir haben uns alle abgewechselt", sagte Brenna, und senkte ihre Stimme dann zu einem Flüstern. „Eine Selbstmord-Wache."

„Wo ist Meta untergebracht?", fragte Judah, und fügte dann schnell hinzu: „Ich dachte, ich könnte mich mit Mercy treffen und sie nach Hause begleiten."

Brenna lächelte. Liebende gingen immer davon aus, dass die ganze Welt ebenfalls verliebt war. Brenna war jung. Ihre Gedanken lagen vor ihm wie ein offenes Buch, also konnte er leicht lesen, dass sie an Romantik dachte. Sie nahm an, dass Judah Blackstone, Mercys alter Freund aus dem College, vielleicht Eves Vater sein könnte, und sie hoffte, dass ihre Romanze noch eine Chance bekam.

Ohne zu zögern beschrieb sie Judah den Weg; dann verschwand sie Arm in Arm mit Geol in die fortschreitende Dämmerung. Im Westen glühte der letzte Rest Tageslicht am Himmel, der rote und orangefarbene und rosa Farbwolken auf den Horizont malte.

Metas Cottage war ungefähr eine Viertelmeile entfernt, eines von drei Gebäuden an der Bergseite. Das oberste lag an einem kleinen Wasserfall, der gleichmäßig über die glatt geschliffenen Steine plätscherte, bis er einen der Bäche erreichte, die durch das Land der Raintree flossen.

Als Judah sich Metas Häuschen näherte, bemerkte er, dass alle Türen und Fenster offen standen. Ein neblig-grünes Licht stieg aus ihnen empor. Er hielt inne, um sich zu erinnern, ob er so etwas Ungewöhnliches schon einmal gesehen hatte. Das hatte er nicht. Auch wenn einige Ansara Empathen waren, hatten sich nur zwei oder drei von ihnen entschlossen, die heilenden Aspekte ihrer Fähigkeit zu vertiefen. Es brauchte eine ganze Menge Selbstlosigkeit, um sein Leben dem Heilen zu verschreiben.

Er hatte Geschichten gehört, die davon erzählten, wie in längst vergangenen Zeiten die Ansara empathische Heilerinnen nur zu einem Zweck eingesperrt hatten: Sie entleerten ihre Schmerzen in diese Frauen, als wären sie Mülleimer. Er konnte sich gut vorstellen, dass jemand wie Cael zu so einer unmenschlichen Handlung fähig war und dass es ihm sogar Spaß machen würde, jemanden auf diese Art zu foltern.

Judah ging vorsichtig auf die offene Eingangstür zu, blieb aber sofort stehen, als er sah, dass Mercy über eine Frau gebeugt dastand, die auf dem Boden saß. Beide Frauen hatten ihre Arme ausgestreckt, als würden sie einen Liebhaber in ihre Umarmung empfangen wollen. Das unheimliche grüne Licht kam aus Mercy. Es umgab sie, hüllte sie ein und ergoss sich aus ihr wie Wasser aus einem offenen Brunnen. Die schwarzhaarige Frau, von der Judah annahm, dass es Meta war, hatte die Augen geschlossen. Tränen liefen ihr die Wangen hinunter.

Mercy sprach sehr leise in einer fremdartigen Sprache. Doch Judah war Dranir. Er besaß die einzigartige Gabe der vielen Zungen: Er verstand jede Sprache auf Anhieb. Er lauschte Mercys beruhigender Stimme, mit der sie alle verbleibenden Schmerzen überredete, Metas Herz und ihren Geist zu verlassen und in sie selbst einzudringen. Schwaden grünen Nebels waberten aus den Fingerspitzen der Frau und drangen über ihre Finger in Mercys Körper ein.

Als Mercy laut aufschrie und den Schmerz verfluchte, spannte Judah sich an. Und als sie stöhnte, zitterte und sich vor Leiden wand, brauchte es Judahs ganzen Willen, nicht in das Zimmer zu stürmen und sie aufzuhalten. Aber der Moment verging, und der grüne Nebel floss durch Mercy wie durch einen Filter und löste sich an der Luft auf. Dort hinterließ er nur einen ruhigen türkisfarbenen Schimmer. Judah seufzte so tief, dass es fast ein Stöhnen war.

Mercy nahm Metas ausgestreckte Hände in ihre und zog sie hoch. Wieder in der alten Sprache sprechend gab Mercy Metas Geist Gelassenheit, ihrem Herzen Trost und ihrer Seele Frieden, und ein weißes Licht strahlte von Mercys Körper in den von Meta.

Judah sah zu und wartete.

Endlich ließ Mercy Metas Hände los. „Ruh dich jetzt aus. Morgen wirst du dich darauf vorbereiten, in die nächste Phase deines Lebens einzutreten."

„Danke." Meta wischte sich die Tränen von ihren nassen Wangen. „Wenn du nicht … Ich kann dir nie zurückgeben, was du für mich getan hast."

„Gib es mir zurück, indem du ein langes und ausgefülltes Leben lebst."

Judah konnte aus der flüsternden Weichheit von Mercys Stimme und daran, wie sie leicht schwankte, erkennen, dass sie kurz davor stand, zusammenzubrechen. Als sie sich umdrehte und auf die Tür zuging, bewegte sie sich langsam, als trüge sie schwere Gewichte an den Füßen. Judah löste sich aus dem Türrahmen und wartete draußen auf sie. Als sie an die kühle Nachtluft trat, stolperte sie und hielt sich am Türrahmen fest, um sich einen Augenblick zu sammeln. Als der Moment der Schwäche vergangen war, schloss sie die Tür hinter sich. Dann sah sie Judah.

„Was machst du hier?"

„Ich warte auf dich, um dich nach Hause zu begleiten."

Sie starrte ihn wütend an.

„Was du da drinnen getan hast war sehr bemerkenswert", sagte er.

„Wie lange bist du schon hier?"

„Erst ein paar Minuten, aber lange genug, um zu sehen, was du getan hast. Es geht ihr jetzt besser, ja? Sie wird nicht noch einmal versuchen, sich umzubringen."

„Woher weißt …? Wer hat dir von Meta erzählt?"

„Ich habe Brenna und Geol getroffen. Brenna hat mir von Meta erzählt, und auch wie ich euch finden kann. Wusstest du, dass Brenna glaubt, dass wir uns früher geliebt haben und dass ich Eves Vater bin?"

Mercy rieb sich die Stirn. „Ich bin zu müde, um mich darum zu sorgen, was Brenna denkt. Solange sie nicht den Verdacht hegt, dass du ein Ansara bist …"

„Tut sie nicht."

Mercy nickte. „Gut. Jetzt muss ich nach Hause gehen und mich ausruhen. Ich bin sehr müde. Wenn du über etwas Bestimmtes mit mir sprechen wolltest, muss das ein paar Stunden warten."

„Ich bin wirklich nur gekommen, um dich nach Hause zu begleiten."

Sie sah ihn misstrauisch an. Judah ging neben ihr her, sagte aber kein weiteres Wort. Eine Weile gingen sie stumm nebeneinander her, während um sie herum die Nacht langsam zum Leben erwachte.

Plötzlich hielt Mercy an. „Judah?"

„Ja?"

„Ich … ich glaube nicht …"

Sie schwankte unsicher und fiel dann in einer langsamen Bewegung zu Boden. Judah rief ihren Namen. Sie lag zu seinen Füßen wie ein seliger Engel, der den letzten Rest Lebenskraft für andere gegeben hatte. Er kniete sich neben sie, hob sie in seine Arme und sah dann hinauf zu dem Häuschen, das sich neben dem Wasserfall an den Berg schmiegte.

Mercy erwachte von einem Augenblick auf den anderen, richtete sich auf und rang nach Luft. Sie fühlte sich orientierungslos und seltsam ängstlich. Wo war sie? Nicht zu Hause. Sie betastete die Oberfläche um sich herum. Sie war in einem Bett, nur nicht in ihrem.

„Wie fühlst du dich?", fragte Judah.

Judah?

Sie wandte sich dem Klang seiner Stimme zu. Er stand ein Stück entfernt im Zimmer, neben den Fenstern. Das Mondlicht betonte seinen muskulösen Körper.

„Wo sind wir?", fragte sie.

„In dem Cottage am Wasserfall."

„Was ist passiert?" Sie hob eine Hand, ehe er antworten konnte. „Nein, schon in Ordnung. Ich erinnere mich. Mir war schwindelig, und … Warum hast du mich hierhergebracht statt nach Hause?"

Er ging langsam auf sie zu. Sie rutschte an den Rand des Bettes und stand auf, um ihm ins Gesicht zu sehen.

„Ich dachte, wir könnten ein wenig Zeit für uns gebrauchen. Ohne Sidonia. Ohne Eve."

„Eve wird sich Sorgen machen, wenn wir nicht nach Hause kommen."

„Ich habe sie bereits wissen lassen, dass alles in Ordnung ist und ich bei dir bin. Sie schläft jetzt."

„Ich bleibe nicht hier." Mercy ging einige schwache, vorsichtige Schritte, doch dann stolperte sie.

Judah fing sie auf, ehe sie fallen konnte, hielt sie auf den Füßen und schlang seine Arme um sie. „Warum sollten wir gegen das Unvermeidliche ankämpfen? Ich will dich, und du willst mich."

Als sie versuchte, sich aus seiner störrischen Umarmung zu befreien, hielt er sie fest.

Sie neigte ihren Kopf, sodass sie ihm direkt in die Augen sehen konnte. „Du bist ein Ansara. Ich bin eine Raintree. Wir hassen einander. Wenn du deinen Bruder umgebracht hast, werden du und ich um Eve kämpfen, und ich werde dich umbringen."

Er senkte seinen Kopf, bis seine Lippen dicht über ihren schwebten. Sie versuchte wieder, sich zu befreien, erfolglos.

„Und es würde dich stören, mit mir zu schlafen und dann zu versuchen, mich umzubringen. Wie wundervoll naiv du bist, meine süße Mercy."

„Nenn mich nicht so."

„Warum? Weil ich dich in der Nacht, in der wir Eve gezeugt haben, so genannt habe? In der Nacht, in der wir nicht genug voneinander bekommen konnten?"

„Lass mich los. Tu das nicht. Bring mich nicht dazu, heute Nacht mit dir zu kämpfen."

„Ich will nicht kämpfen."

Sie wand sich gegen seine überlegene körperliche Stärke, konnte ihn aber nicht überwältigen. „Hast du vor, mich zu vergewaltigen?"

Er lockerte seinen Griff um sie, und sie befreite sich und schaffte es bis zur Tür, ehe ihre Knie nachgaben. Als sie stolperte, streckte sie ihre Arme aus und fing sich selbst ab. Sie blieb nur auf den Beinen, weil sie sich gegen die Tür lehnen konnte. Judah stellte sich hinter sie und presste sich sanft gegen ihren Körper. Er hielt sie zwischen seinem muskulösen Körper und dem Holz der Tür gefangen. Als sie seinen warmen Atem in ihrem Nacken spürte, begann sie zu beben.

„Ich habe dich noch nicht einmal berührt …", raunte er mit sinnlicher Stimme.

„Ich hasse dich."

„Hasse mich, so viel du willst."

Judah strich mit der Hand über ihre Schulter und daran hinab. Er fuhr über ihre Taille und legte sie dann mit festem Druck auf ihren Hintern. Sogar durch die Baumwolle ihres Sommerkleides und ihres Slips spürte sie die Hitze seiner Berührung. Und, Gott steh ihr bei, sie wollte ihn. Ganz und gar.

Als er nach dem Saum ihres Kleides fasste und ihn langsam in seiner Hand zusammenraffte, schloss sie die Augen und stöhnte leise. Seine Fingerspitzen bewegten sich unter dem Kleid nach oben bis zu ihrem Slip.

Sie brachte nur ein einziges Wort heraus. „Nicht."

„Schh…", flüsterte er ihr ins Ohr, während seine Fingerspitzen an ihrem Rücken entlangwanderten. „Entspann dich, süße Mercy. Lass mich dich verwöhnen."

Judah, bitte … Bitte …

Er massierte ihr Kreuzbein, den besonders empfindlichen Punkt direkt über ihrem Po, mit einem Finger. Schneller und schneller, fester und fester. Mercy hielt den Atem an, während die Gefühle in ihr anschwollen. Plötzlich schoss ein Blitz aus elektrischer Energie aus Judahs Fingern direkt in sie hinein.

Mercy zuckte unkontrolliert und schrie auf, als sie kam.

14. KAPITEL

*W*ie hatte sie nur zulassen können, dass so etwas geschah? Sie hätte vor ihm fliehen können. Hätte ihn aufhalten können. Warum hatte sie es nicht getan?

Weil du es wolltest. Weil du ihn wolltest.

Judah zog seine Hand behutsam unter ihrem Kleid hervor und ließ den Rock wieder über ihre Beine fallen, bis der Saum über ihre Schenkel strich. Aber er drückte sie weiterhin gegen die Tür. Seine Brust drückte sich gegen ihren Rücken, und seine pralle Härte pulsierte gegen ihren Po.

Als die Nachwellen des Orgasmus sich verzogen hatten, trug Mercy einen inneren Kampf aus. Ihr Herz führte Krieg gegen ihren Verstand. Das Herz flüsterte leise von leidenschaftlichem Verlangen, aber jeder logische Gedanke befahl ihr, fortzulaufen.

Kämpf gegen dein Verlangen an.

Kämpf gegen Judah an. Lass nicht zu, dass er dir das antut.

„Lass mich los", flehte sie ihn an. „Du willst mich nicht so, nicht gegen meinen Willen."

„Ich nehme dich, egal auf welche Art", murmelte er gegen ihren Hals. „Und mach dir nichts vor, Mercy. Ich will dich haben. Heute Nacht." Er presste sich fest gegen sie und rieb seine Härte gegen ihre Pobacken.

Mercy nahm alle Kraft, die sie in den wenigen Stunden Schlaf gesammelt hatte, zusammen und konzentrierte sich darauf, Judah zu überwältigen. Sie brauchte nur einen einzigen Augenblick kräftiger Energie, um ihn zu überraschen und sich zu befreien. Während er mit seinen Händen ihren Körper erkundete und sie seinen heißen Atem in ihrem Nacken spürte, schoss sie einen Blitz von ihrem Körper in seinen. Er heulte vor Schmerz auf, als die Schockwellen auf seine Nervenenden trafen.

Sie löste sich von ihm, packte den Türgriff und riss die Tür auf.

Lauf. Schnell. Solange du kannst.

Wenn sie nur einfach davonfliegen könnte …

Mercy schaffte es keine zehn Schritte aus dem Cottage, ehe Judah sie einfing und sie herumwirbelte, um ihr ins Gesicht zu sehen. Seine Züge waren hart vor Wut darüber, was sie getan hatte. Er richtete seinen eisigen Blick auf ihren Körper und besah sie von Kopf bis Fuß. Sie spürte die Eindringlichkeit seines Blickes, spürte ein Gefühl, das erst heiß war, und dann kalt an ihr hinunterrann, zwischen ihre Brüste, über ihren Bauch, zwischen ihre Schenkel. Ihr Kleid platzte dort auseinander, wohin er seinen Blick richtete, genau wie ihr BH und ihr Slip. Judah ließ sie los und trat einen Schritt zurück, um sein Werk zu begutachten.

Sie nahm das bisschen Kraft, das sie in der Zwischenzeit gesammelt hatte, zusammen und schickte ihm einen gedanklichen Rückschlag entgegen, aber er fing die Energie mitten im Flug ab und ließ sie zersplittern, als sei sie aus dünnem Glas. Ihre einzige Hoffnung war jetzt eine Beschwörung. Aber hatte sie noch die Kraft dazu? Und sollte sie einen defensiven oder einen offensiven Zauber verwenden?

Als Judah schon siegessicher lächelte, blieb sie ganz still, als könne sie sich nicht bewegen. Aber die ganze Zeit über arbeitete sie fieberhaft, rezitierte im Kopf die alten Worte in der Sprache ihrer Vorfahren und beschwor einen gefährlich mächtigen Zauber, der ihr sofort genug Kraft geben würde, um sich selbst zu verteidigen.

Judah hielt plötzlich inne. Sein ganzer großer Körper spannte sich an. *Weißt du, was du da tust? In deinem geschwächten Zustand könnte so ein Zauber dich umbringen, wenn seine Wirkung nachlässt.*

Woher wusste er, was sie vorhatte?

Er war in ihrem Kopf und belauschte sie!

Woher kennst du die Sprache meiner Ahnen?, verlangte Mercy zu wissen.

Weil sie auch meine Ahnen waren. Und genau wie deine Ältesten dir die Sprache beigebracht haben, haben meine Ältesten sie mir beigebracht.

„Und zu wissen, wozu ich bereit bin, um mich vor dir zu retten, sagt dir gar nichts?", schrie sie ihn an.

Judah antwortete nicht.

Plötzlich spürte sie, wie er versuchte, in ihren Geist einzudringen. Nein! Er versuchte, die mystischen Verbindungen, die sie geknüpft hatte, zu lösen. Eines nach dem anderen verschwanden die Worte aus ihrem Geist. Sie rang danach, sie zu ersetzen, aber er arbeitete schneller als sie, entfernte mehr, als sie erschaffen konnte, bis die Magie der Worte in ihr explodierte, ihre letzte Energie mit sich zersprengen ließ und sie komplett verwundbar zurückblieb.

Er kam entschlossenen Schrittes wieder auf sie zu.

„Du bist ein Monster! Ein Wilder!" Sie kroch rückwärts, hatte vor, sich umzudrehen und fortzurennen, aber er war auf ihr, noch ehe sie merkte, was er vorhatte. Er ging auf sie nieder wie ein riesiger Raubvogel auf seine Beute.

Sie wand sich unter ihm, schlug mit den Fäusten gegen sein Gesicht und seine Brust, zappelte wie ein Fisch am Haken. Während sie körperlich gegen ihn ankämpfte, tauchte sie tief in sich hinein, suchte den inneren Kern ihrer Kraft. Sie konnte noch so schwach und ausgelaugt sein, aber die Essenz ihrer Macht, die Quelle ihrer Energie, blieb ihr. Immer.

Judah drückte ihre Handgelenke in einer Hand zusammen. Sie trat ihm gegen die Knöchel. Er schob sein linkes Knie zwischen ihre Schenkel und wand sein Bein um und hinter sie, damit sie ihre Balance verlor. Sie fielen zusammen auf den Boden, Mercy auf den Rücken. Alle Luft wich aus ihren Lungen. Judah lag schwer auf ihr.

Sie keuchte nach Luft, ihre Brust schmerzte, und ihre Lungen rangen nach Atem.

Er hob sich gerade genug von ihr, damit sie Luft holen konnte, aber ehe sie die Chance hatte, ihren Kampf wieder aufzunehmen, tauchte Judah seine Hand zwischen ihre Schenkel und riss die letzten Fetzen ihres Slips von ihrem Körper. Mercy bäumte sich auf, versuchte, ihn aufzuhalten. Doch dabei lenkte sie seine Finger nur, ohne es zu wollen, in ihre feuchte Mitte. Er strich mit dem Daumen über ihren empfindsamen Knopf und tauchte gleichzeitig zwei Finger in sie ein.

Sie wimmerte leise, als pure Lust sie unter sich begrub.

Er senkte seinen Kopf und schob die zerfetzten Ränder ihres Oberteils und des BHs auseinander, um ihre linke Brust freizulegen. Er neckte ihre Brustwarze mit der Spitze seiner Zunge, bis ein paar leise Seufzer ihrer Kehle entkamen. Während seine Finger sie weiter erforschten, bedeckte er ihre Brustwarze mit seinem Mund und saugte gierig daran.

Mercy hob ihre Arme und versuchte, gegen seine Brust zu drücken, aber ihre Bewegungen waren schwach. Nicht, weil sie nicht länger die Kraft hatte, gegen ihn zu kämpfen, sondern weil sie nicht länger den Willen hatte, gegen sich selbst zu kämpfen. Sie wollte Judah so sehr, wie sie ihn vor sieben Jahren gewollt hatte, als sie noch nicht gewusst hatte, dass er ein Ansara war. Nein, das stimmte nicht ganz. Sie wollte ihn jetzt sogar noch mehr.

Sie schlang ihren Arm um seinen Hals. Ihre Finger grub sie in sein langes, schwarzes Haar, legte sie in seinen Nacken und presste ihn fester gegen ihre Brust. Ihre andere Hand wanderte zwischen ihre beiden Körper, und sie berührte seine geschwollene Härte mit der offenen Handfläche.

Judah knurrte wie ein wildes Tier. Er schob ihre Hand zur Seite und öffnete seinen Reißverschluss.

Er sah zu ihr hinab. Ihre Blicke trafen sich. Leidenschaft entflammte zwischen ihnen und ließ um ihre Körper herum Funken aufglimmen. Sie schlang ihren Arm um seinen Rücken und zog sein Hemd aus seiner Hose. Und Judah schob seine Hände unter ihre Hüften und hob sie an, um mit einem kurzen, harten Druck in ihren Körper einzudringen. Er nahm sie mit unnachgiebiger Kraft, schien vollkommen außer Kontrolle. Mercy klammerte sich an ihm fest. Sie nahm alles, was er zu geben hatte, war vom gleichen wilden Hunger besessen wie er. Sie kam jedem seiner Stöße entgegen. Sie erwiderte jeden heißen Kuss. Sie antwortete auf jedes ursprüngliche, erotische Wort.

Eine so intensive Leidenschaft musste hoch auflodern und schnell vergehen, sonst hätte sie beide zerstört. Mercy kam zuerst, löste sich auf, explodierte mit einer Leidenschaft, die fast schmerzhaft war. Sie wünschte, das Gefühl würde ewig dauern. Während sie unter ihm bebte, keuchte und stöhnte, kam er so hart, dass seine Erlösung die Erde unter ihnen zum Beben brachte. Judah versank in ihr, sie zog die Schwere seines muskulösen Körpers fest an sich, sehnte sich danach, diesen einen perfekten Augenblick festzuhalten, in dem sie eins waren, ihre Körper immer noch verbunden.

Er hob den Kopf und sah zu ihr hinunter. „Süße, süße Mercy."

Sie streichelte seine Wange.

Er rollte sich von ihr auf den Boden und blieb neben ihr liegen. Als sie zu ihm hinübersah, bemerkte sie, dass er in den sternenklaren Nachthimmel starrte. Sie wusste nicht, was sie sagen oder tun sollte. Hatte ihm das, was gerade zwischen ihnen geschehen war, mehr bedeutet als nur irgendeine Eroberung? Jetzt, wo er sie gehabt hatte, würde er sie nicht noch einmal wollen?

„Judah?"

Er antwortete nicht.

Sie lag mehrere Minuten lang auf dem Boden, ehe sie sich aufsetzte und ihr zerrissenes Kleid um sich zusammenzog. Sie hielt es an der Taille fest, stand auf und sah dann zu Judah hinab; ihr zerrissener Slip lag neben ihm. Sie drehte sich weg und ging fort. Die Richtung war ihr egal.

Als sie den Wasserfall erreichte, stieg sie den schmalen Pfad hinab, der zu der kleinen Höhle dahinter führte. Nachdem sie die Überbleibsel ihres Kleides und ihres BHs ausgezogen hatte, trat sie unter das hinabstürzende Wasser und ließ den kühlen, klaren Strahl den Duft von Judah Ansara von ihrem Körper waschen.

Einen Mann zu lieben, sollte einer Frau Freude bringen, nicht Sorgen. Eine Liebesnacht sollte ein Gefühl von Zusammengehörigkeit verströmen. Wie konnte sie Judah so vollkommen, so verzweifelt lieben, obwohl er ein Ansara war? Wie konnte sie sich danach sehnen, bei ihm zu sein, neben ihm zu liegen, für immer seine Frau zu sein, wenn sie ihm nichts bedeutete?

Wo war ihr Stolz? Ihre Stärke? Ihr Verstand?

Ohne Vorwarnung störte Judah ihre Dusche. Er stand vollkommen nackt vor ihr im Wasserfall, legte seinen Kopf zur Seite und warf sein Haar zurück über seine nackten Schultern. Dort im Mondlicht, unter dem kühlen, brausenden Wasser, streckte er die Hand nach ihr aus. Sie konnte nicht widerstehen und gab sich seiner Umarmung willig hin. Er nahm ihren Mund zu einem Kuss, der deutlicher sprach, als Worte es konnten. Er sagte ihr, dass er sie noch einmal wollte, dass er noch lange nicht fertig war mit ihr. Der Kuss wurde tiefer, als ihre Leidenschaft erneut entbrannte, heiß und überwältigend. Er hob sie hoch und wiegte ihren Hintern in seinen großen Händen. Sie schlang ihre Beine um seine Hüften, als er sie aus dem Wasserfall trug und gegen den Fels dahinter lehnte. Er balancierte sie auf der felsigen Oberfläche und drang tief in sie ein. Sie keuchte vor reiner Wollust, von ihm so vollkommen ausgefüllt zu werden. Er stieß immer wieder in sie hinein, sie klammerte sich an ihn, und innerhalb weniger Momente kamen sie gemeinsam. Judah ließ sie vorsichtig hinab auf ihre Füße. Ihr nackter Körper strich dabei langsam über den seinen, sein Mund war auf ihren Lippen, ihren Wangen, in ihrem Haar, auf ihrem Hals; er verschlang sie geradezu.

„Ich kann nicht genug von dir bekommen." Er knurrte die Worte, als würde er sie verabscheuen.

„Ich weiß", flüsterte sie, und konnte sich nicht von ihm entfernen. „Es geht mir genauso. Was sollen wir tun?"

Er nahm ihr Gesicht in beide Hände. „Für den Rest der Nacht vergessen wir, wer wir sind. Du bist nicht Mercy Raintree, und ich bin nicht Judah Ansara. Wir sind einfach ein Mann und eine Frau, ohne Vergangenheit und ohne Zukunft."

„Und morgen?"

Er antwortete nicht. Aber sie kannte die Antwort auf ihre Frage. Morgen würden sie wieder Feinde sein, Krieger in einer ewig währenden Schlacht, Stamm gegen Stamm, Raintree gegen Ansara.

Judah wachte im Morgengrauen auf, als die Stimme seines Cousins Claude in seinem Kopf ihn weckte. Er drehte sich um und spürte den weichen, nackten Körper, der neben ihm lag und einen Arm um seine Taille geschlungen hatte. Mercy. Seine süße Mercy. Sie hatten sich in der Nacht immer und immer wieder geliebt, sich vollkommen verausgabt. Und trotzdem erregte ihn allein ihr Anblick über alle Maßen.

Judah, antworte, rief Claude.

Was willst du?

Warum gehst du nicht an dein Telefon?

Sein Telefon? Verdammt, wo war sein Telefon?

Gib mir eine Minute.

Judah stieg vorsichtig aus dem Bett, um Mercy nicht zu wecken. Er ging leise durch das Zimmer, bückte sich, nahm seine Hose und griff in die Tasche. Sein Handy vibrierte und zeigte einen eingehenden Anruf an. Nachdem er seine Hose angezogen hatte, verließ er das Schlafzimmer und ging ins Wohnzimmer.

Er legte das Telefon an sein Ohr. „Claude?"

„Wird auch Zeit, dass du rangehst."

„Was ist los?", fragte Judah mit leiser Stimme.

„Ich versuche seit einer Stunde, dich zu erreichen, ehe ich endlich aufgegeben und Telepathie verwendet habe. Trotz des hohen Risikos."

„Weißt du, wie spät es ist? Hier ist noch nicht einmal Tag."

„Du solltest wissen, dass ich dich nicht stören würde, wenn es nicht dringend wäre. Wir haben Riesenärger."

„Warte."

Judah sah zur offenen Schlafzimmertür. Mercy schlief immer noch. Er bewegte sich leise, damit er sie nicht störte, und ging nach draußen. Er sprach erst wieder, als er einige Meter vom Cottage entfernt war.

„Okay, sag mir was los ist."

„Caels Anhänger waren sehr fleißig und haben auf ganz Terrebonne das Gerücht verbreitet, dass Dranir Judah ein Kind mit einer Raintree gezeugt hat."

„So ein Mist!", fluchte Judah. „Wie schlimm ist es?"

„Es breitet sich aus wie ein Lauffeuer. Wenn die Sonne aufgeht, wird die halbe Insel Bescheid wissen, und bis zum Mittagessen weiß es die andere Hälfte. Ist dir klar, dass Cael versucht, einen Aufstand anzuzetteln?"

„Wir müssen den Schaden sofort eindämmen. Beruf eine Notversammlung des Rates ein. Sag Sidra, dass ich sie heute Abend brauche, damit sie den Leuten von der Prophezeiung erzählt."

„Du musst nach Hause kommen, Judah. Du musst an Sidras Seite stehen, wenn sie bestätigt, dass du eine Tochter hast, die halb Ansara und halb Raintree ist."

„Ich kann Eve nicht alleinlassen", sagte Judah. „Cael erwartet doch von mir, dass ich so schnell wie möglich heimkehre, wenn ich von den Gerüchten über Eves Existenz erfahre. Einer der Gründe, warum er das hier getan hat, ist, mich nach Terrebonne zurückzulocken und Eve schutzlos zurückzulassen."

„Wenn es so weit kommt, dass du dich zwischen Eve und deinem Volk entscheiden musst ..."

„Es gibt keine Entscheidung. Sidra hat vorausgesagt, dass Eve für das Fortbestehen der Ansara wichtig ist. Sie hat mir gesagt, dass ich Eve beschützen muss, um mein Volk zu retten."

„Ich weiß nicht, wie gut Sidras Prophezeiung aufgenommen werden wird. Sie hat gesagt, dass Eve die Mutter eines neuen Clans sein wird und dass sie die Ansara verändern wird."

„Die Leute wissen, dass Sidra uns in ihren neunzig Lebensjahren nur mit unfehlbar wahren Prophezeiungen über die Zukunft beschenkt hat. Die Ansara verehren sie. Sie vertrauen ihren Voraussagen."

Claude blieb einige lange Momente lang still. Judah wartete einfach ab, denn er wusste, dass sein Cousin ihm seine Meinung sagen würde, wenn er über Judahs Worte ausreichend nachgedacht hatte.

„Wenn du dortbleiben und deine Tochter beschützen musst, dann werde ich mich heute Nacht an Sidras Seite stellen, wenn sie vor dem Volk der Ansara eine Ansprache hält", sagte Claude. „Da du nicht nach Terrebonne zurückkehren kannst, dürfte ich vielleicht einen Vorschlag machen – mein Lord?"

Claude musste Judah nicht erklären, was er tun sollte. Er wusste es. „Du willst, dass ich eine geistige Verbindung mit dir eingehe und durch dich zu meinem Volk spreche."

„Ich werde mich später wieder mit dir in Verbindung setzen, wenn unsere Pläne ausgereift sind und wir einen Zeitpunkt für Sidras Ansprache festgelegt haben." Claude zögerte einen Moment, ehe er noch etwas hinzufügte. „Es sind gefährliche Zeiten für die Ansara. Es wäre sehr unklug, dich verwundbar zu zeigen, ganz besonders vor irgendeinem Raintree."

Claude legte auf und lies Judah diese geheimnisvolle Botschaft allein entschlüsseln. Claude könnte Eve meinen, da sie halb Raintree war. Aber er hatte den Verdacht, dass Claude Mercy Raintree für diejenige Raintree hielt, für die er am meisten empfänglich war.

Als Mercy bei Sonnenaufgang erwachte und merkte, dass sie allein im Cottage war, empfand sie das als Segen. Wie hätte sie sich Judah im kalten Tageslicht stellen und die Tatsache akzeptieren können, dass sie nicht länger Liebende waren, sondern wieder erbitterte Feinde? Sie kroch aus dem Bett und zog die Überdecke mit sich, um ihren nackten Körper vor der Kälte des frühen Morgens zu schützen. Auf dem Weg ins Badezimmer trat sie auf das Kleid, das Judah letzte Nacht entzweigerissen hatte.

Sie würde es flicken müssen.

Schon als sie das zerfetzte Kleid hochhob und den Riss an ihren Fingerspitzen fühlte, setzten ihre empathischen Kräfte ein. Es war durchdrungen von Fragmenten ihrer eigenen Energie und mit all den Gefühlen gesättigt, die sie gespürt hatte, als Judahs kalter, durchdringender Blick ihre Kleidung zerschnitten hatte. Wut. Angst. Verlangen.

Sie presste den Stoff an sich und vergrub ihr Gesicht darin, als sie noch einmal erlebte, wie Judah sie wild und hart auf dem Boden nahm.

Mercy nahm das Kleid mit sich ins Badezimmer, wo sie sich erst erleichterte, dann ihre Hände wusch und sich kaltes Wasser ins Gesicht spritzte. Sie sah aus wie eine Frau, die die ganze Nacht geliebt worden war.

Hör auf, an Judah zu denken und an die Stunden des Verlangens, die ihr gemeinsam verbracht habt! Hör auf, daran zu denken, wie sehr du ihn liebst.

Mercy nahm ihr Kleid vom Haken an der Tür, zog die Decke fester um ihre Brust und setzte sich. Sie richtete ihren Blick starr auf die Naht und konzentrierte sich darauf, den Stoff mittels der Hitze, die sie mit einer Berührung erschaffen konnte, zusammenzuschmelzen.

Sie war fast fertig, als sie vor der Badezimmertür Schritte hörte. Sie hielt ihre Hand still. Ihr Herz schlug schneller.

Judah?

Sie warf das Kleid fort und öffnete die Tür. Judah stand nur in seinen zerknitterten Hosen in der Mitte des Schlafzimmers. Sie sahen sich beide einen ausgesetzten Herzschlag lang an, dann kam er ruhig und entschlossen auf sie zu. Sie wartete im Türrahmen des Badezimmers auf ihn. Als er sie erreicht hatte, griff er nach einer Ecke der Bettdecke, die sie über ihrer Brust festgesteckt hatte, zog einmal daran und löste sie von ihrem Körper.

„Es wird schon hell", sagte sie.

„Dann lass uns nicht noch länger warten."

Er hob sie hoch und trug sie zurück ins Bett. Dann zog er sich seine Hose aus und folgte ihr. Sie vereinten sich mit derselben Wildheit, mit der sie sich schon beim ersten Mal in der letzten Nacht geliebt hatten.

Mercy fragte sich, ob es das letzte Mal sein würde. Würde sie nie wieder in seinen Armen liegen, nie wieder ihm gehören? Nie wieder so starke Leidenschaft verspüren und mit der gleichen Leidenschaft begehrt werden?

Nachdem sie den halben Weg zurück zum Haupthaus zusammen gegangen waren, schaffte Mercy es, sich die Hintertreppe hochzuschleichen, ohne erwischt zu werden. Sie hatte sich geduscht und angezogen, noch ehe Sidonia aufgestanden war. Sie begann ihren Tag, als sei alles ganz normal. Aber auch wenn die alte Kinderfrau nicht gefragt hatte, wieso sie am Abend zuvor nicht nach Hause gekommen war, warf sie ihr im Laufe des Tages doch einige vernichtende Blicke zu. Besonders, wenn Judah in der Nähe war.

Und um die Sache noch komplizierter zu machen, dachte Eve anscheinend, dass ihre Eltern jetzt ein Paar waren. Sie war zu jung, um zu verstehen, was es bedeutete, wenn Erwachsene miteinander intim wurden. Aber sie war intuitiv und besaß einige von Mercys empathischen Gaben und außerdem von beiden Eltern übersinnliche Fähigkeiten genug, um zu wissen, dass sich zwischen Mercy und Judah etwas geändert hatte. Auch wenn Judah sie nicht liebte, hatte Mercy jetzt akzeptiert, dass sie Judah liebte und es immer tun würde. Dass eine Raintree sich mit einem Ansara paarte war genauso unwahrscheinlich wie eine Verbindung zwischen einem Falken und einem Tiger. Aber es war nicht unmöglich. Was unmöglich schien, war, dass eine Raintree einen Ansara wirklich liebte.

Wie konnte sie je Dante und Gideon ihre Gefühle für Judah erklären? Wie würden sie reagieren, wenn sie ihnen beichtete, dass Eve halb Ansara war?

Dante konnte streng und gnadenlos sein, aber er war immer logisch und normalerweise fair. Wie die meisten Menschen, die in eine Position höchster Autorität hineingeboren waren, war er in dem Glauben aufgewachsen, die Welt läge ihm zu Füßen, und er erwartete, alle Entscheidungen für seine jüngeren Geschwister mit zu treffen. Gideon war in die Fußstapfen seines großen Bruders getreten, jedenfalls bis er erwachsen war. Dann war er sein eigener Herr geworden, der nicht immer mit dem übereinstimmte, was Dante sagte, und sich auch manchmal die Hörner mit ihm stieß.

Als Mercy ihnen gesagt hatte, dass sie schwanger war, hatten Dante und Gideon beide verlangt, den Namen von Eves Vater zu erfahren. Dass sie sich geweigert hatte, ihn zu nennen, hatte sie beide sehr aufgebracht, aber mit der Zeit hatten sie das Thema fallen lassen. Sie wusste, dass sie annahmen, Eves Vater sei ein Unbegabter oder vielleicht ein Streuner; so nannte Dante die Menschen, die Gaben entwickelt hatten und weder Raintree noch Ansara waren. Nur mit Sidonias Hilfe hatte Mercy es geschafft, Eves ungewöhnlich starke Gaben geheim zu halten und um die Wahrheit weiterhin ein Geheimnis zu machen.

Aber dieses Geheimnis konnte sie nicht sehr viel länger für sich bewahren. Wenn Judah sich erst um Cael gekümmert hatte, würde er versuchen, Eve mit sich zu nehmen.

Und egal, wie sehr sie Judah liebte, sie konnte ihm nicht ihr Kind geben. Und es gab nur einen Weg, ihn aufzuhalten.

Aber konnte sie ihn umbringen?

Nach dem Abendessen verließ Judah ohne jede Erklärung das Haus. Er wählte ein einsames Gebiet mehr als eine Meile vom Haus und weit von allen Cottages entfernt. Dort stand er allein und isoliert von allem, was Raintree war, und verband sich telepathisch mit Claude. Er konnte hören, was sein Cousin hörte, und sehen, was er sah. Er hörte zu, wie Sidra ihre Ansprache vor dem Rat hielt. Die höchsten Offiziere und viele Adlige waren in der großen Halle des Palastes versammelt. Durch die Überwachungskameras wurde ihre Nachricht in jeden Haushalt in Terrebonne übertragen.

„Ich habe ein Kind gesehen, mit goldenem Haar und goldenen Augen. Es wurde für das Volk seines Vaters geboren, um die Ansara von der Dunkelheit ins Licht zu führen. Siebentausend Jahre altes adliges Blut von Ansara und Raintree fließt durch seine Adern."

Erstauntes Tuscheln, ungeduldiges Murren und entrüstete Schreie wurden im Publikum laut.

Judah sprach durch Claude. „Wagt ihr es, Sidras Visionen infrage zu stellen? Zweifelt ihr an ihrer Liebe zu unserem Volk? Hat der Wahnsinn meines Bruders euch alle angesteckt?"

Ein Großteil des Publikums stand auf, und die Treuebekundungen für Sidra und Judah übertönten die wenigen Andersdenkenden.

Sidra sprach erneut, und ihre weisen Worte versicherten den Ansara, dass Judahs gemischtes Kind anders war als jedes andere Kind, das je geboren wurde. „Eve ist das Kind unserer Vorfahren, die Saat eines vereinten Volkes. Sie ist mehr als Ansara, mehr als Raintree. Unser Schicksal liegt in ihren Händen. Ihr Leben ist mir kostbarer als mein eigenes."

Das Publikum lauschte gebannt. Durch Claude konnte Judah ihre Zweifel und Sorgen spüren, aber auch ihre Akzeptanz und Hoffnung.

Eine einzige Frage kam von allen Ansara. Alle wollten wissen, ob Judah, wenn er nach Terrebonne zurückkehrte, Prinzessin Eve nach Hause zu ihrem Volk bringen würde.

„Prinzessin Eve wird nach Terrebonne kommen, wenn es für sie an der Zeit ist, ihren Platz als eure zukünftige Dranira einzunehmen", antwortete Judah durch Claude.

Als die Jubelrufe langsam verstummten, trat eine einzelne Frau vor und stellte eine einfache Frage. „Was ist mit der Mutter des Kindes?", fragte Alexandria Ansara. „Sollen wir glauben, dass Prinzessin Mercy Euch ihre Tochter ohne Weiteres geben wird?"

Eine lähmende Stille legte sich über die Versammlung, als sie auf Judahs Antwort wartete.

Ihr müsst ihnen antworten, mein Lord, sagte Claude zu Judah.

Während er noch über seine Antwort nachdachte, spürte Judah Sidras Hand auf Claudes Arm und merkte so, dass sie durch seinen Cousin mit ihm sprechen wollte.

Dein Schicksal ist an ihres gebunden. Deine Zukunft ist ihre Zukunft, dein Leben ihr Leben. Wenn du stirbst, stirbt sie. Wenn sie stirbt, stirbst du.

Jeder Muskel in Judahs Körper spannte sich an, jeder Nerv stand unter elektrischer Spannung. Er verstand, dass Sidra ihm noch mehr erklären würde, wenn sie es könnte. Ihre Prophezeiung war offen für Interpretationen, aber Judah wusste, dass sie von Mercy sprach, nicht von Eve. Und wenn er und Mercy um ihre Tochter kämpfen würden, würde derjenige von ihnen, der überlebte, während seiner restlichen Lebenszeit Tausend Tode sterben.

„Wenn die Zeit gekommen ist, werde ich tun, was getan werden muss", sagte Judah seinem Volk.

Der Abendhimmel war in die Farben des Sonnenuntergangs getaucht, als Mercy nach Judah suchte. Er hatte das Haus kurz nach dem Abendessen verlassen und war noch nicht zurückgekehrt. Während sie Eve gebadet hatte, hatte ihre Tochter plötzlich aufgehört, im hüfttiefen lauwarmen Wasser mit ihren Spielzeugen zu planschen, und nach Mercys Hand gegriffen.

„Es ist Daddy. Etwas stimmt nicht. Er ist sehr traurig."

„Sprichst du mit deinem Vater? Hat er dir nicht verboten …"

„Ich rede nicht mit ihm", sagte Eve, „versprochen."

„Woher weißt du dann, dass er traurig ist?"

„Ich weiß es einfach." Sie legte eine Hand auf ihr Herz. „Hier drin. So wie ich manchmal einfach Sachen weiß. Er braucht dich, Mom. Geh zu ihm."

Und hier war sie nun, von ihrer Tochter aus Mitleid auf den Weg geschickt. Aber wenn sie Judah fand, würde er ihren Trost dann annehmen oder würde er sie abweisen?

Sie benutzte alle ihre Sinne, um herauszufinden, wo er sich befand. Als sie die Spur seiner Anwesenheit erst einmal aufgenommen hatte, folgte sie dem Pfad, den seine starke Aura hinterließ.

Sie fand ihn allein und in Gedanken versunken auf einem der vielen großen Findlinge sitzend, die auf einer einsamen Lichtung im Wald lagen.

„Judah?"

Er drehte sich nach ihr um und sah sie an, sagte aber nichts.

Sie trat einige zögernde Schritte auf ihn zu. „Alles in Ordnung?", fragte sie.

„Was machst du hier?"

„Eve hat mich geschickt. Sie macht sich Sorgen um dich. Sie hat gesagt, du bist traurig."

„Geh zurück ins Haus. Sag Eve, es geht mir gut."

„Aber das stimmt nicht. Eve hat recht, irgendetwas ist mit dir, und …"

Er versetzte ihr mit seinen Gedanken einen Stoß, der Mercy rückwärtsstolpern ließ. Es war gerade genug, um sie zu warnen, aber nicht umzuwerfen. Sie stolperte nur eine Sekunde lang.

„Verstehe", sagte sie.

„Dann lass mich in Ruhe."

„Ist es Cael? Ist etwas passiert? Wenn du es mir sagst, kann ich helfen."

„Lass mich!" Judah sprang auf. Eine höllische Wut brannte in seinen Augen. „Ich will dich nicht." Während er auf sie zuging, lähmte er sie mit seiner Kraft, und sie versuchte nicht, die unsichtbaren Fesseln zu brechen, die sie festhielten. „Ich brauche dich nicht. Zur Hölle mit dir, Mercy Raintree!"

Judah packte sie an den Schultern und schüttelte sie. Seine Unzufriedenheit, seine Wut und seine Leidenschaft ließen seine Männlichkeit anschwellen. Sie spürte, was er fühlte, und ihr wurde klar, dass er sie hasste, weil er etwas für sie empfand.

„Mein armer Judah."

Er hielt ihr Gesicht zwischen seinen offenen Handflächen und verging sich mit einem besitzergreifenden Kuss an ihren Lippen. In einer Leidenschaft gefangen, die keiner von ihnen noch leugnen konnte, gab Mercy sich ihm hin. Herz. Geist. Körper.

Und Seele.

15. KAPITEL

Sonntag, 11:08 Uhr
Tag der Sommersonnenwende

Eve sprang auf das Fußende von Mercys Bett und flüsterte laut: „Ich bin schon seit Stunden wach, Mommy. Wollt ihr zwei den ganzen Tag schlafen?"

Mercy riss die Augen auf. Die fröhliche Begrüßung ihrer Tochter hatte sie aus einem tiefen, befriedigten Schlaf geweckt. „Eve?"

Eve wuselte sich das Bett hoch und machte es sich zwischen Mercy und Judah bequem. Jetzt, wo sie ihre Mutter geweckt hatte, sprach sie etwas lauter. „Sidonia hat gesagt, ich soll dich nicht stören, aber ich hatte keine Lust mehr zu warten. Also bin ich die Hintertreppe hochgeschlichen, als sie nicht geguckt hat."

„Was zum Teufel …?" Judah öffnete langsam erst ein Auge, dann das andere. „Eve?" Er setzte sich kerzengerade im Bett auf und legte damit seine nackte Brust frei.

Als Mercy sich aufrichtete, rutschte auch das Laken herunter, mit dem sie sich zugedeckt hatte, und ihr fiel siedendheiß ein, dass sie genauso nackt wie Judah war. Sie griff schnell nach dem Saum des Lakens und riss es hoch, um ihre Brüste zu bedecken.

„Hi, Daddy."

„Hallo, Eve." Judah sah zu Mercy. Wie sollten sie mit dieser heiklen Situation umgehen?

„Ihr bleibt doch nicht den ganzen Tag im Bett, oder?" Eve sah von einem Elternteil zum anderen.

„Nein, wir … äh … hm …", stammelte Mercy. „Warum gehst du nicht zurück in dein Zimmer oder runter zu Sidonia, und Daddy und ich werden …"

Sidonias Stimme bellte vor ihrer Tür. „Eve Raintree, ich dachte, ich hätte dir gesagt, du sollst deine Mutter nicht stören. Komm her, und zwar so…" Sidonia hielt abrupt im Türrahmen inne. Sie starrte das Dreigespann in Mercys Bett mit offenem Mund und großen Augen an. „Das geht so nicht", murmelte sie, „das geht so einfach nicht." Sie schüttelte missbilligend den Kopf.

„Eve, geh mit Sidonia", sagte Mercy ihrer Tochter.

Eve betrachtete ihre Mutter vom zerzausten Haar bis zu den nackten Schultern. „Warum hast du dein Nachthemd nicht an?" Sie richtete ihren Blick auf Judah. „Daddy, bist du auch nackt?"

Judah räusperte sich, konnte aber nicht verbergen, dass seine Lippen sich amüsiert kräuselten.

Wie konnte er es wagen, die Sache lustig zu finden! Mercy starrte ihn wütend an. Er lächelte nur.

„Komm mit, Kind." Sidonia streckte ihre Hand aus. „Es ist fast schon Sommer, und deiner Mom ist letzte Nacht bestimmt heiß geworden. Da hat sie ihr Nachthemd ausgezogen, um sich etwas abzukühlen." Wenn Blicke töten könnten, hätte Sidonia Judah auf der Stelle ausgelöscht. Gott sei Dank besaß das alte Kindermädchen nicht die Gabe, Blitze zu schleudern.

Eve bewegte sich kein Stück von ihren Eltern weg. „Ist dir auch heiß gewesen, Daddy?"

„Genau. So was in der Art", antwortete Judah.

„Eve, geh mit Sidonia", sagte Mercy. „*Sofort.*"

Eve verzog den Mund zu einem Schmollen, als würde sie gleich anfangen zu weinen, rutschte zurück ans Fußende des Bettes und kletterte dann wieder auf den Boden. „Ich bin aufgewacht, weil ich euch sagen musste, dass etwas passiert. Ich dachte, du und Daddy würdet das wissen wollen."

„Was auch immer es ist, es kann ein paar Minuten warten", sagte Mercy.

Als Eve mit hängenden Schultern und hängendem Kopf nur langsam auf die Tür zutrödelte, griff Sidonia nach ihrer Hand und zerrte sie zur Tür. Auf der Türschwelle begann Eve, ihre Füße nachzuziehen und sich zu sträuben. Sie sah über ihre Schulter zurück. „Ich gehe. Aber kann ich Daddy erst noch eine Frage stellen?"

„Was willst du mich fragen?" Judah sah Eve an.

„Na ja, eigentlich sind es zwei Fragen", gab Eve zu.

Als Sidonia an Eves Hand zog, bedachte sie ihr Kindermädchen mit einem strengen, warnenden Blick.

„Stell deine Fragen", sagte Judah.

„Onkel Dante hat keine Krone, obwohl er der Dranir ist." Eves Augen funkelten erwartungsvoll. „Ich wollte nur wissen, ob du eine Krone hast?"

Wie bitte? Mercy konnte die Frage ihrer Tochter nicht ganz begreifen. „Eve, warum sollte dein Vater eine …"

„Eigentlich wollte ich nur wissen: Weil ich ja eine Raintree-Prinzessin *und* eine Ansara-Prinzessin bin, bekomme ich da zwei Kronen?

Vielleicht eine ganz goldene und eine, die ganz viel funkelt mit Diamanten? Oder vielleicht nur eine richtig große Krone?"

Mercy fuhr herum und starrte Judah an, der unheimlich still geworden war. „Wovon spricht sie?"

Judah löste seinen Kiefer aus seiner Starre, ignorierte Mercy und antwortete seiner Tochter. „Ich habe keine Krone. Aber wenn du eine Krone willst oder zwei oder ein halbes Dutzend, dann besorge ich sie dir."

Eve hob ihre Schultern, streckte ihr Kinn vor und lächelte so selbstzufrieden wie eine Katze, die endlich den Kanarienvogel erwischt hatte. Sie drehte sich um und zog die erstaunte Sidonia aus dem Zimmer.

Mercy kletterte aus dem Bett, fand ihren Bademantel auf dem Boden, griff ihn sich schnell und zog ihn ebenso eilig an. Judah war ebenfalls aufgestanden, hatte seine abgelegte Hose gefunden und war gerade dabei, den Reißverschluss zu schließen, als Mercy auf ihn zukam. Sie marschierte auf ihn zu und sah ihm direkt in die Augen.

„Warum sollte Eve glauben, dass du eine Krone hast? Und warum meint sie, sie sei eine Ansara-Prinzessin?"

Er zuckte mit den Schultern. „Wer weiß, was im Kopf von so einem Kind vor sich geht."

„Nein, nein, Mister. Das funktioniert bei mir nicht."

„Ich bin am verhungern. Was ist mit dir? So, wie wir uns letzte Nacht verausgabt haben ... die ganze Nacht lang ..." Er versuchte sein schelmisches Bin-ich-nicht-sexy-Grinsen. „Ich muss neue Kraft tanken."

Mercy packte Judahs Arm. „Antworte mir. Und du bleibst besser bei der Wahrheit, ansonsten ..."

Er versuchte nicht, seine Gedanken zu verbergen und gestattete Mercy für einen Augenblick, ihre empathische Gabe zu nutzen.

Was ist die Wahrheit? Wir haben ein Kind, das wir uns nicht teilen können. Ein Leben, das wir nicht teilen können. Ich habe nie eine andere Frau so gewollt, wie ich dich will, ich habe noch nie solchen Schmerz und solche Freude verspürt. Wenn es in meiner Macht läge, die Dinge zu ändern, würde ich es tun. Aber ich kann mein Volk nicht hintergehen.

Mercy entriss ihm ihre Hand und starrte unbewegt in sein Gesicht. „Du hast mich angelogen. *Du* bist Dranir der Ansara."

„Ja, bin ich, und Eve ist eine Ansara-Prinzessin und Erbin des Thrones. Laut unserer großen Seherin Sidra Ansara wurde Eve für mein

Volk geboren. Deshalb habe ich den uralten Erlass aufgehoben, der verlangt, dass alle halbblütigen Kinder umgebracht werden müssen. Um meine Tochter zu beschützen."

„Nein! Eve ist meine Tochter. Mein Baby. Sie ist eine Raintree." Eves Worte hallten in Mercys Kopf wider. *Ich bin für die Ansara geboren.* „Nach *der Schlacht* waren nur ein paar Dutzend Ansara noch am Leben. Wie viele Ansara gibt es jetzt? Tausende? Hunderttausende?"

„Tu das nicht", bat Judah sie. „Es hat keinen Zweck, und es ändert nichts."

„Meine Güte, wie kannst du das sagen? Die Raintree haben immer geglaubt, dass die Ansara über die ganze Welt verstreut sind, und … Nein, nein!"

Sie wich vor ihm zurück. Ihre Augen leuchteten vor Angst. „Ich habe mir Sorgen gemacht, welche Auswirkungen es auf mich haben könnte, einem Kind, das zur Hälfte Ansara ist, das Leben zu schenken. Aber als ich die ganzen Jahre keine sichtbaren Zeichen bemerken konnte, habe ich angenommen, dass ich größtenteils unberührt davon blieb. Jetzt allerdings …"

„Jetzt fragst du dich, wie viel Ansara in dir ist, seit du das Kind des Ansara-Dranir geboren hast. Ich weiß es nicht, aber ich schätze, überhaupt nichts. Du scheinst vollkommen Raintree geblieben zu sein."

„Aber es ist möglich, dass irgendetwas mit mir geschehen ist und ich es nicht bemerkt habe?! Wenn eine Raintree-Frau von einem Menschen schwanger wird, wird er kein Raintree, aber wenn eine normale Frau ein Raintree-Kind bekommt, wird sie selbst eine Raintree. Da liegt es doch nahe, dass eine Frau, die ein Ansara-Kind auf die Welt bringt, noch dazu das des Dranirs, sich ebenfalls irgendwie verändert."

Mercy wusste, dass sie den Vater von Eve nicht länger geheim halten konnte. Wenn sie je den Verdacht gehegt hätte, dass Judah Dranir der Ansara war, wäre sie sofort zu Dante gegangen und hätte ihm schon vor Jahren die Wahrheit gebeichtet. War es jetzt zu spät? Es konnte kein Zufall sein, dass der Dranir der Ansara nach Sanctuary gekommen war, um sie vor einem seiner eigenen Leute zu retten. Einer von Caels Anhängern hatte versucht, sie umzubringen, aber Judah hatte ihn aufgehalten. Warum? Dass er sie liebte, war nicht der Grund.

„Cael will Dranir sein", sagte Mercy. „Deshalb will er dich umbringen. Und Eve auch. Er kann nicht zulassen, dass deine Tochter lebt, denn selbst wenn sie halb Raintree ist, macht sie ihm sein Anrecht auf den Thron streitig. Mein Gott, jetzt ergibt das alles einen

Sinn. Mein Kind steht im Mittelpunkt eines Bürgerkrieges."

„Du darfst jetzt nichts überstürzen", sagte Judah, „ich schwöre dir, Eves Sicherheit hat für mich oberste Priorität. Ich werde nicht zulassen, dass Cael ihr wehtut."

„Du hast das Böse bei uns eingeschleppt!", schrie Mercy ihn an. „Wenn du nur nie nach Sanctuary gekommen wärest, wenn du weggeblieben wärst …"

„Wärst du tot", sagte er ihr. „Greynell hätte dich umgebracht."

„Warum hast du ihn davon abgehalten?"

Judah zögerte, die kalten, grauen Augen voller Seelenqualen. „Kein anderer Ansara hat das Recht, dich zu töten."

Mercy konnte nicht mehr atmen. Ihr Puls hämmerte in ihrem Kopf, und für eine Millisekunde glaubte sie, in Ohnmacht fallen zu müssen. „Ich verstehe. Dranir Judah hat das Vorrecht, mich zu töten, bereits für sich beansprucht."

Sidonias Schreie hallten die Treppe hinauf und durch die offene Tür in Mercys Schlafzimmer.

„Eve!", schrie Mercy auf, als sie auf dem Weg aus dem Zimmer an Judah vorbeirannte.

Judah folgte ihr die Hintertreppe hinunter. Als sie in die Küche kamen, sahen sie sofort, was Sidonia erschreckt hatte. Eve schwebte ein ganzes Stück über dem Boden mitten in der Küche. Der Mund stand ihr offen, ihr kleiner Körper war ganz steif und drehte sich langsam immer wieder um sich selbst. Ihr langes Haar stand gerade nach oben und teilte sich im Nacken, wo es den Blick auf die blaue Mondsichel, das Mal der Ansara, freigab. Ihre Augen wechselten von Raintree-grün zu einem funkelnden gelb-braun, dann zurück zu grün. Ein sanftes goldenes Licht leuchtete aus ihren Fingerspitzen.

Mercy rannte zu ihrer Tochter, konnte sie aber nicht anfassen. Eine unsichtbare Barriere schützte Eve und schloss sie von allem um sie herum ab.

Judah schubste Mercy zur Seite und versuchte ebenfalls, die Mauer um Eve herum zu durchdringen. „Ich komme nicht zu ihr durch."

„Das ist vorher noch nie mit ihr passiert", sagte Mercy. „Ist es Cael? Oder bist du es?"

„Nein, ich glaube nicht, dass Cael dahintersteckt. Und ich schwöre dir, dass ich es auch nicht bin." Er starrte ihr Kind an, das mitten in einer unbekannten Art der Verwandlung steckte. „Vielleicht hat es etwas mit Sidras Prophezeiung zu tun."

Mercy packte Judahs Arm. „Was ist mit der Prophezeiung?"

„Er versucht, sie zu verändern." Sidonia deutete mit einem knochigen Finger auf Judah. „Er saugt den Raintree-Teil aus ihr heraus. Siehst du, wie ihre Augen von grün zu gold werden?"

„Sei still, Sidonia." Mercy sah Judah eindringlich an.

„Sidra sagt, dass Eve ein Kind des Lichtes ist, geboren für die Ansara." Judah konzentrierte sich ganz auf Eve. „Als ihr Vater würde ich sterben, um sie zu beschützen. Und als Dranir muss ich sie beschützen, weil es dem Wohle meines Volkes dient."

Mercy war sich nicht sicher, was sie glauben sollte. Sagte Judah ihr die Wahrheit, wenigstens die halbe Wahrheit? Oder belog er sie? „Wir müssen etwas tun, um das hier aufzuhalten." Sie versuchte noch einmal, das Kraftfeld um Eve zu durchdringen, aber sie wurde von einem elektrischen Schlag zurückgeworfen. „Es muss einen Weg geben, diesen Schild zu durchbrechen."

„Ich glaube, das wird nicht nötig sein", sagte Judah. „Sieh sie dir an. Sie scheint wieder normal zu werden."

Eve schwebte hinab auf den Fußboden und landete auf ihren Füßen. Ihr Haar fiel ihr wieder um die Schultern, und das Licht aus ihren Fingerspitzen verschwand. Sie sah von Judah zu Mercy. Ihre Augen waren wieder vollkommen Raintree-grün.

„Eve? Eve, ist alles in Ordnung?", fragte Mercy mit tränenerstickter Stimme.

Eve rannte mit ausgestreckten Armen auf Mercy zu. Mercy hob ihre Tochter hoch und presste sie an sich, als wolle sie sie nie wieder loslassen. Eve legte ihren Kopf an Mercys Schulter und klammerte sich an ihre Mutter. Als Judah auf sie zukam, warf Mercy ihm einen warnenden Blick zu. Es fehlte nicht viel, und sie hätte ihn angeknurrt, so sehr war sie instinktiv die beschützende Mutter.

Plötzlich hob Eve den Kopf und keuchte auf. „Oh, Mist!"

„Was?", fragten Mercy und Judah gleichzeitig.

„Wo hast du denn ein so hässliches Wort gelernt?", rügte Sidonia, ganz großmütterliches Kindermädchen.

Eve sah Sidonia an. „Ich habe gehört, wie Onkel Dante es benutzt hat. Und Onkel Gideon auch."

Mercy griff nach Eves Kinn, um ihre Aufmerksamkeit zu bekommen. „Wann hast du deine Onkel gehört …"

„Erst vor einer Minute", sagte Eve. „Sie haben es beide gesagt. Onkel Dante hat es benutzt, als er herausgefunden hat, dass der böse

Ansara sein Kasino angezündet hat. Und Onkel Gideon, als er herausgefunden hat, dass Echos Freundin von einer sehr bösen Ansara umgebracht wurde."

„Woher weißt du von dem Feuer?", fragte Mercy. „Und von Echos Mitbewohnerin?" Sie hatte Eve nichts davon erzählt.

„Ich habe gehört, was Onkel Dante und Onkel Gideon gedacht haben."

Wenn Eve die Gedanken ihrer Onkel richtig gehört hatte, dann konnte das nur eines bedeuten. „Sie versuchen, uns umzubringen." Mercy wurde mit einem Schlag die schreckliche Wahrheit klar. „Die Ansara sind hinter uns her – hinter Dante und Gideon und mir und … oh, Gott – Echo!" Sie drückte Eve fest an sich und begann, rückwärts zu gehen, fort von Judah. „Du hast gewusst, was geschieht. Ist alles eine Lüge gewesen? Du und dein Bruder, seid ihr in Wahrheit Verbündete?"

„Zieh bitte keine voreiligen Schlüsse", sagte Judah. „Alles, was ich dir über Cael gesagt habe, ist wahr."

„Genauso, wie alles, was du mir über *dich* gesagt hast, die Wahrheit war?"

Judah ging einige Schritte auf sie zu.

„Halt!", schrie Mercy. „Ich meine es ernst. Komm mir und Eve nicht zu nahe."

„Mommy, sei nicht wütend auf Daddy." Eve sah in Mercys Augen. Plötzlich klingelte das Telefon.

„Geh du ran, Sidonia", sagte Mercy.

Sidonia schlurfte eilig durch das Zimmer und nahm das tragbare Telefon aus der Ladestation. „Hallo." Sie seufzte. „Gott sei Dank, du bist es. Ja, sie ist hier." Sidonia brachte Mercy das Telefon und starrte dabei die ganze Zeit wütend zu Judah, als könnte der böse Blick ihn im Zaum halten. „Es ist Dante."

„Dante?", sagte Mercy, als sie das Telefon nahm.

„Rede nicht, hör nur zu", sagte er zu ihr. „Wir werden von den Ansara angegriffen. Sie stecken hinter dem Feuer im Kasino und hinter dem Anschlag auf Echos Leben. Frag nicht nach Einzelheiten. Glaub mir einfach. Es ist nur eine Frage der Zeit, bis sie in Sanctuary zuschlagen. Bald schon. Wahrscheinlich heute …"

„… weil heute Alban Heruin ist." *Licht der Küste*. Die Sommersonnenwende, zwischen *Licht der Erde* und *Licht des Wassers*, den Sonnenfesten. „Der Tag, an dem die Energie der Sonne auf ihrem Höhepunkt steht."

„Ich bin jetzt im Jet und verlasse Reno gerade. Gideon ist auch schon unterwegs. Wir sind am späten Nachmittag bei dir."

„Dante, ich muss dir etwas sagen." Wie konnte sie ihm erklären, dass alles ihre Schuld war?

„Egal was es ist, es muss warten."

„Bitte ..."

„Versuch einfach, alles irgendwie zusammenzuhalten, bis wir da sind. Verstanden?"

„Verstanden."

„Und wenn eine Frau namens Lorna versucht, dich anzurufen – sie gehört zu mir."

Das Freizeichen tönte in Mercys Ohr. „Dante?" Sie warf das Telefon auf die Küchenanrichte und drehte sich um, Judah entgegen.

„Daddy ist weg", sagte Eve.

Mercy sah sich im ganzen Raum um. Judah *war* weg. Wann war er gegangen, und wo war er jetzt?

Einige Sekunden, nachdem Dante Mercy angerufen hatte, hatte Judah von Claude eine telepathische Nachricht erhalten. *Du gehst schon wieder nicht an dein Handy. Verdammt noch mal, Judah, hier ist die Hölle los, und ich hatte keine andere Wahl als ...*

Hier ist auch die Hölle los, vermittelte Judah seinem Cousin, *Mercy weiß, dass ich der Dranir bin.*

Das ist gerade das Geringste unserer Probleme.

Judah rannte die Hintertreppe hinauf. *Hör zu, wenn du mir erzählen willst, dass Cael nicht nur jemanden auf Mercy angesetzt hat, sondern auch auf ihre Brüder und ihre Cousine Echo, dann spar es dir. Dante hat Mercy gerade angerufen, und ich habe ihr Gespräch belauscht.*

Dann haben sie es etwa zur gleichen Zeit herausgefunden wie der Hohe Rat, sagte Claude.

Sag nichts mehr. Gib mir eine Minute. Mein Telefon ist oben.

Wir haben keine Minute zu verlieren.

Judah hastete in Mercys Schlafzimmer und suchte nach seinem Handy. Er fand es endlich auf dem Boden neben seinem Hemd, unter einer seiner Socken. Er hob es auf und rief Claude an.

„Was weißt du, was ich nicht weiß?", fragte Judah.

„Wir haben Informationen erhalten, dass Cael irgendwo in North Carolina ist", sagte Claude.

„Das ist keine Überraschung."

„Wir haben den Verdacht, dass er um die Hundert Krieger bei sich hat und dass sie irgendwo zwischen Asheville und dem heiligen Grund der Raintree stationiert sind."

„Hundert! Wie zur Hölle hat er … Mist! Er muss schon eine ganze Zeit Leute für sich rekrutieren. Eigentlich keine große Überraschung."

„Na ja, das hier wird dich überraschen – laut unserem Informanten plant Cael einen direkten Angriff auf Sanctuary, und zwar irgendwann innerhalb der nächsten zwölf Stunden."

„Verdammt! Was sagt Sidra dazu? Warum hat sie es nicht vorausgesehen?"

„Sie ist sich nicht sicher, aber sie nimmt an, dass Cael irgendwie die Einzelheiten seines Plans verschleiert hat, sodass keiner unserer Ansara-Seher sie deutlich voraussehen konnte. Und wahrscheinlich hat er auch irgendeinen Zauber auf die Raintree-Seher gelegt."

„Das können wir nicht zulassen", sagte Judah.

„Wir können es aber auch nicht verhindern."

„Wir können es wenigstens versuchen. Ruf die Leibwache zusammen. Nimm den Jet und bring so viele von ihnen mit wie möglich. Lass den Rest so schnell es geht nachkommen. Bring sie hierher nach North Carolina. Flieg bis Asheville. Zivilkleidung für alle. Verstanden?"

„Ja, mein Lord. Wir müssen so unauffällig wie möglich sein. Sie können sich auf dem Weg nach Sanctuary ihre Uniformen anziehen."

„Ich sorge für euren Transport, und wenn ihr an den Grenzen des heiligen Grundes ankommt, werde ich dort auf euch warten", sagte Judah. „Ruf mich an, wenn ihr in der Nähe seid. In der Zwischenzeit werde ich sicherstellen, dass Mercy Eve während der Schlacht beschützen kann, und dann einen eigenen Schlachtplan erstellen."

„Ich weiß, dass deine oberste Priorität ist, Prinzessin Eve zu beschützen. Aber wenn sie nicht länger in Gefahr ist, wird es zu spät sein, um umzukehren … Es wird Krieg geben zwischen den Ansara und den Raintree. Cael hat uns keine andere Wahl gelassen, als heute zu kämpfen."

„Dann kämpfen wir", sagte Judah.

„Wo ist Daddy?", fragte Eve, als Mercy sich vor ihre Tochter kniete. „Wo ist er hingegangen?"

„Ich weiß es nicht", log Mercy.

Sie hatte den Verdacht, dass Judah entweder gegangen war, um sich Cael anzuschließen, oder wenigstens plante, das zu tun. „Aber du darfst dir keine Sorgen um deinen Vater machen." Sie nahm Eves hübsches Gesicht zwischen ihre Hände. „Hör mir zu, Liebes, und tu genau das, was ich dir sage."

„Okay", sagte Eve mit zitternder Stimme. „Irgendwas ist ganz und gar nicht in Ordnung, glaube ich."

„Ja, mein Schatz, es ist etwas ganz und gar nicht in Ordnung. Der Bruder deines Vaters kommt hierher, und er bringt einige sehr böse Männer mit. Also schicke ich dich mit Sidonia in die Höhlen von Awenasa. Ich werde dich mit einem Ummantelungszauber belegen, damit ihr beide in Sicherheit seid."

„Ich muss hierbleiben", sagte Eve, „bei dir und Daddy. Ihr werdet mich brauchen."

Mercys Kehle schnürte sich vor Rührung zu. „Du kannst nicht bleiben. Dein Vater und ich können nicht tun, was wir tun müssen, wenn du bei uns bist. Ich würde – *wir* würden uns zu viele Sorgen machen. Bitte, Eve, geh mit Sidonia, und bleib dort, bis ich oder Onkel Dante oder Onkel Gideon kommen, um dich zu holen."

Eve starrte Mercy an. In ihren wahrhaft Raintree-grünen Augen lag ein schwermütiger Ausdruck.

„Sag mir, dass du verstehst, was ich dir sage, und dass du tun wirst, was ich von dir verlange", forderte Mercy.

Eve legte ihre Arme um Mercys Hals und umarmte sie. „Ich werde mit Sidonia in die Höhlen gehen. Du kannst den Ummantelungszauber sprechen. Ich werde nicht versuchen, dich aufzuhalten."

Mercy atmete erleichtert auf. „Danke, mein süßes kleines Mädchen." Sie drückte Eve mit der Heftigkeit des Kriegers an sich, der bald dem Tod ins Auge blicken muss. Vielleicht würde sie ihr Kind nie wiedersehen.

Als Mercy Eve endlich losließ, stand sie auf und drehte sich zu Sidonia um. „Ich vertraue dir an, was mir am Wertvollsten auf der Welt ist."

„Du weißt, dass ich sie mit meinem Leben beschützen werde."

Eve ging zu Sidonia und nahm ihre Hand. Die zwei warteten, während Mercy die alten Worte sprach und den mächtigsten Ummantelungszauber, den sie kannte, über sie legte. Er würde es schwierig machen – hoffentlich unmöglich –, dass irgendwer Eves Spur aufnahm und sie fand.

Mercy stand in der Küchentür und wartete, während Sidonia Eve über das offene Feld auf den Gebirgszug hinter dem Haus führte. Die

Höhlen von Awenasa waren über drei Meilen entfernt. Sie lagen tief in den Wäldern, die die westliche Bergseite bedeckten. Innerhalb weniger Minuten waren Sidonia und Eve aus ihrem Blickfeld verschwunden. Der Ummantelungszauber beschützte sie davor, entdeckt zu werden und bewahrte sie vor Unheil.

Eve war in Sicherheit; sie würde spüren, wenn jemand ihren Ummantelungszauber zu durchbrechen versuchte. Also eilte Mercy nach oben und bereitete sich auf das vor, was vor ihr lag: eine Schlacht – vielleicht die letzte Schlacht – mit den Ansara.

Fünfzehn Minuten später kam Mercy die Vordertreppe herunter, gekleidet in schwarze Hosen, kniehohe schwarze Stiefel und eine blutrote Bluse. Sie ging ins Arbeitszimmer. Dante würde sich zuerst mit allen Raintree in Verbindung setzen, die nahe genug lebten, um mit dem Auto rechtzeitig bei ihr zu sein. Dann würde er sich an die Raintree auf der ganzen Welt wenden. Wie viele es tatsächlich bis auf den heiligen Grund schaffen würden, ehe die Ansara angriffen, wusste sie nicht. Nur eine Handvoll von ihnen besuchten gerade die Heimstätte – insgesamt weniger als zwanzig, und einige von ihnen waren nicht im Vollbesitz ihrer Kräfte. Sie nahm an, dass noch einmal fünfundzwanzig in ein paar Stunden hier sein konnten.

Aber sie wusste nicht, wie viele Ansara zu den Truppen gehörten, mit denen Judah und Cael Sanctuary angreifen würden – oder wann genau der erste Angriff stattfinden würde. In ein paar Stunden? Vor Sonnenuntergang?

Nachdem sie ihr Arbeitszimmer betreten hatte, nahm sie das Telefon und rief in Hughs Cottage an. Er nahm beim dritten Klingelton ab. „Hugh, ich bin's, Mercy. Du musst für mich alle Raintree zusammentrommeln, die gerade zu Besuch sind, und sie ins Haupthaus bringen. So schnell wie möglich."

„In Ordnung", antwortete er. „Worum geht's?"

„Das sage ich euch, wenn ihr hier seid."

Mercy konnte kaum glauben, was geschah. Sie kam sich so unendlich dumm vor – zum zweiten Mal in ihrem Leben. Und beide Male wegen Judah Ansara.

Wie viel von dem, was er ihr erzählt hatte, war gelogen gewesen? Ein Teil? Alles? Nur an einem zweifelte sie nicht: Er wollte Eve und war bereit, Mercy umzubringen, um sie zu bekommen.

Und sie glaubte auch, dass er einen seiner eigenen Männer umgebracht hatte, damit der sie nicht tötete. Weil Judah ihren Tod als sein

Vorrecht ansah, und es nicht zulassen würde, dass jemand anderem die Ehre zustand, die Prinzessin der Raintree umzubringen. Zweifellos würde Judah auch Dante eigenhändig umbringen. Und vielleicht auch Gideon.

Wie war es da möglich, dass sie Judah liebte, so sehr liebte, wie sie ihn hasste? Warum hatte sie ihn für ein paar Tage, ein paar Stunden, ein paar Momente an sich herangelassen?

Die ganze Zeit hatte Judah behauptet, sein Bruder stelle eine Gefahr für Eves Leben dar. Und dann war es nur eine Falle gewesen, ein Plan, den er und sein Bruder gemeinsam ausgeheckt hatten? War Judah in Sanctuary geblieben, um Mercy abzulenken?

Nein, es war nicht möglich, dass er sie so vollkommen zum Narren gehalten hatte.

Wo ist er dann? Warum ist er nicht hier und erklärt mir, was es mit allem auf sich hat?

Zur Hölle mit dir, Judah. Zur Hölle mit dir!

* * *

Reno, Nevada, 9:15 Uhr (Ortszeit)

Lorna hatte sich nicht die Zeit genommen, noch irgendwelche Anrufe in Dantes Haus zu erledigen. Stattdessen hatte sie sich sein Adressbuch geschnappt, kurz hineingesehen, ob Mercy und Gideon auch wirklich darinstanden, und war dann zu ihrem alten Corolla gerannt. Auf dem Weg zum Flughafen hatte sie ihr Handy benutzt. Sie wusste, dass sie keine Zeit hatte, einen Linienflug zu nehmen, aber sie wusste auch nicht, wie man sich einen Jet mietete. Sie hatte eine Tasche voller Bargeld und eine Kreditkarte mit einem Limit von fünftausend Dollar. Wenn das nicht reichte, wusste sie nicht, was sie tun sollte.

Der einzige Mensch, den sie in Reno kannte und der ihr vielleicht helfen konnte, war Al Rayburn. Dantes Sicherheitschef. Er stand nicht gerade auf der Liste ihrer Lieblingsmenschen, aber Dante mochte ihn nicht nur, er vertraute ihm auch – und es handelte sich um einen Notfall.

Gott sei Dank, Gott sei Dank. Auch Al stand im Adressbuch. Sie hatte befürchtet, Dante würde alle seine Nummern nur in seinem Handy speichern, und das hatte er mitgenommen. Sie achtete mit einem Auge weiterhin auf die Straße und wählte Als Nummer.

„Hallo?"

Die schläfrige Stimme erinnerte sie daran, dass es – sie warf einen Blick auf die Uhr auf dem Armaturenbrett – noch nicht einmal zehn Uhr an einem Sonntagmorgen war.

„Hier ist Lorna Clay!", brüllte sie fast, „Dante ist weg – es gibt Ärger in Sanctuary – er wird vielleicht umgebracht! Ich muss da hin. Wie mietet man einen Jet?"

„Moment mal – was sagen Sie da?"

„Sanctuary. Es gibt Ärger in Sanctuary. Ich brauche einen Jet!"

„Wie kommt Dante dorthin?"

„Ich weiß es nicht!" Warum musste er sie einem Verhör unterziehen? Warum antwortete er nicht auf *ihre* Fragen? „Er ist einfach rausgerannt. Ich liege etwa eine halbe Stunde hinter ihm, glaube ich."

„Fahren Sie zum Flughafen", sagte Al schnell. „Er hat zwei Firmenjets. Er wird den größeren, schnelleren nehmen. Ich werde anrufen und den kleineren für Sie auftanken und bereitstellen lassen. Sie werden eine oder eineinhalb Stunden nach ihm ankommen."

„Danke", sagte sie, fast schluchzend vor Erleichterung. „Ich dachte nicht …"

„Sie dachten, ich helfe ihnen nicht? Aber Sie haben das Zauberwort benutzt."

„Bitte?" Sie wusste nicht, ob sie ‚bitte' gesagt hatte, aber sie hatte auf jeden Fall ‚danke' gesagt."

„Sanctuary", antwortete er.

* * *

Wilmington, North Carolina, 1:00 Uhr

Hope Malory ging nervös in der Küche auf und ab und wartet darauf, dass das Telefon klingelte. Gideon war vor kaum mehr als einer halben Stunde gegangen, also sollte sie seinen Anruf wirklich nicht so früh erwarten, aber trotzdem … Sie machte sich Sorgen. Er schuldete ihr eine *ausführliche* Erklärung.

Als das Telefon klingelte, sprang sie fast nach dem Hörer. „Hallo?"

Sie hielt den Atem an, während sie auf Gideons beruhigende, vernünftige Stimme am anderen Ende der Leitung wartete. Ihr erster Hinweis, dass es nicht Gideon war, war das Fehlen von statischem Rauschen.

Die ruhige Stimme einer Frau ließ Hopes Herz stillstehen. „Ist das der Anschluss von Gideon Raintree?"

Großartig. Eine alte Freundin. Eine Möchtegern-Freundin. Vielleicht die Marktforschung. „Ja, aber er ist nicht …"

„Nicht da, ich weiß", sagte die Frau, diesmal nicht mehr ganz so ruhig. Ein Hauch von Panik lag kaum hörbar in ihrer Stimme. „Wir haben keine Zeit für ausführliche Erklärungen, aber …"

Sie hätte nichts Falscheres sagen können. „Ich weiß nicht, wer Sie sind, aber mit ‚keine Zeit für ausführliche Erklärungen' lässt sich bei mir heute kein Blumentopf gewinnen."

Ehe sie den Hörer auflegen konnte, lachte die Frau am anderen Ende der Leitung nervös, aber freundlich. Das machte Hope neugierig. „Ich kann es mir gut vorstellen. Dann fasse ich mich eben kurz. Mein Name ist Lorna Clay. Dante und Gideon brauchen uns. Ich lande kurz vor sechs heute Abend auf dem Fairmont Executive Airport westlich von Asheville. Wenn Sie mich abholen, erkläre ich Ihnen alles Weitere auf dem Weg zur Heimstätte der Raintree."

Hope warf einen Blick auf die Uhr an der Küchenwand und rechnete die Pferdestärken von Gideons Challenger mit ein. „Ich werde da sein."

Während des frühen Nachmittags sprach Mercy mit den achtzehn Raintree, die gerade in Sanctuary waren. Gemeinsam bereiteten sie sich auf einen Angriff vor. Später am Nachmittag kamen zehn weitere Mitglieder des Clans, die in der Nähe wohnten, mit quietschenden Reifen und lautem Hupen an. Echo war eingeflogen. Ihre übersinnlichen Kräfte waren stark, aber sie hatte sie noch nicht unter Kontrolle gebracht. Sie schöpfte aus einem Mischmasch aus Vorhersehungen und Geräuschen und Gefühlen.

Sobald Echo ins Haus stürmte, begann sie, Mercys Namen zu rufen und rannte von Zimmer zu Zimmer. Sie riss die Tür zum Arbeitszimmer auf. Mit großen Augen und ganz außer sich rannte sie auf Mercy zu und nahm ihre Hand. „Ich bin den ganzen Weg hierher fast verrückt geworden. Habe Sachen gesehen, Dinge gehört … Hilf mir, bitte." Echo presste die Hände gegen ihren Kopf. „Es hört nicht auf. Ich musste auf dem Weg zweimal am Straßenrand halten."

Mercy griff nach Echos zitternden Händen.

Blutiger Sonnenuntergang. Stille Dämmerung. Tod und Zerstörung. Mercy sah, was Echo sah, und verstand die Panik des Mädchens. Sie arbeitete schnell, zog die Angst und die Verwirrung aus dem Geist ihrer jungen Cousine und ersetzte sie durch Ruhe und einen Sinn für das Wesentliche. Aber Echos Geist kämpfte gegen das an, was ihr Unterbewusstsein als Einmischung und Kontrolle empfand.

Mercy packte Echo an den Schultern und schüttelte sie sanft. „Beruhige dich. Jetzt. Wir brauchen dich. Ich will, dass du dich konzentrierst. Kannst du das?"

Echo wurde ruhiger. „Ich … ich kann es versuchen."

„Braves Mädchen. Konzentrier dich auf die Ansara, denk an die Krieger, die das Heiligtum bald angreifen werden. Versuch, sie zu finden."

„Du meinst …"

„Ich meine, geh tief in dich und suche nach den Ansara, die nahe genug sind, um die Grenzen des heiligen Grundes vor Sonnenuntergang zu erreichen." Mercy drückte Echos Schultern. „Ich bin die ganze Zeit direkt bei dir. Ich fühle und sehe alles genau wie du."

Echo schloss ihre Augen. „Ich tue mein Bestes."

Mercy drückte noch einmal ihre Schultern, um ihr Mut zu machen. „Konzentriere dich auf den Namen Cael Ansara. Er ist der Bruder des Dranir."

Echo nickte und schloss wieder ihre Augen.

Mercy folgte Echo. Ihr Geist war von dem ihrer Cousine getrennt, und doch verbunden. Echo ging tief in sich, während Mercy Wache stand und ihre Cousine sanft auf einen einzigen, konzentrierten Weg führte.

Ein Konvoi aus Trucks, voller Männer, vorne und hinten von Jeeps begleitet, fuhr den Highway entlang. Cael Ansara, ganz in schwarz gekleidet, fuhr im ersten Jeep.

Plötzlich sah Echo nur noch Dunkelheit und hörte die Schreie der Sterbenden. Sie kämpfte, um aus ihrer Vision aufzutauchen, aber Mercy trieb sie dazu an, ihre Angst zu bekämpfen und bis zum Ende durchzuhalten. Wie im Schnellvorlauf blitzte Echos Sicht über die Gesichter der Ansara-Krieger in den Trucks, und mit Mercys Hilfe gelang es ihr, Spuren ihrer Gefühle einzufangen. Der überwältigende Hass und der wilde Blutdurst, den Echo spürte, verschreckten sie, und Mercy konnte nicht länger dafür sorgen, dass sie sich konzentrierte. Ihr wurde klar, dass es am besten war, die Sache nicht zu erzwingen, und half Echo, sich aus der Vision zu lösen. Dann nahm sie alle Gefühle der Ansara aus Echo in sich selbst auf.

„Mist!" Echo riss die Augen auf und befreite sich von Mercy. „Das waren wenigstens Hundert von denen. Und sie hatten alle nur im Kopf, hierherzukommen, jeden Raintree, den sie finden können, umzubringen und Sanctuary in Besitz zu nehmen."

Mercy schwankte, als sie versuchte, die schlechten Gefühle, die in ihr gefangen waren, aufzulösen. Sie konnte zwar hören, wie Echo mit ihr sprach und dann spüren, wie sie geschüttelt wurde, aber sie konnte nicht antworten. Sie konnte nicht ins Hier und Jetzt zurückkehren, bis sie jeden letzten Partikel der negativen Energie in sich gelöscht hatte.

Einige Minuten später sackte sie in sich zusammen. Der innere Kampf hatte sie geschwächt. Echo fing sie, ehe sie zu Boden fallen konnte.

„Verdammt, das macht mir Angst", sagte Echo. „Ich habe ja schon vorher gesehen, wie du das machst, aber es ist echt nicht schön, zuzusehen."

Mercy schenkte ihrer Cousine ein schwaches Lächeln. „Es geht mir gut."

„Du hast gesehen, was ich auch gesehen habe, ja? Es sind so viele von ihnen, und sie kommen noch heute her."

„Ich weiß. Wir müssen uns so gut auf sie vorbereiten, wie wir können. Dante und Gideon sind auf dem Weg. Ich nehme an, sie kommen irgendwann zwischen fünf und sechs."

„Wie viele Raintree sind bereits hier oder können es schaffen, bis Dante und Gideon ankommen?", fragte Echo.

„Nicht genug", sagte Mercy. „Lange nicht genug."

* * *

17:40 Uhr

Am späten Nachmittag des Tages der Sommersonnenwende war eine kleine Gruppe Raintree bereit, sich in die Schlacht zu stürzen und ihre Heimstätte zu verteidigen.

Der klare blaue Himmel wurde langsam dunkler, als Regenwolken sich vor das Sonnenlicht schoben. Das Grollen von weit entferntem Donner kündigte an, dass sich ein Sturm zusammenbraute. Aber Mercy wusste, dass nicht Mutter Natur dieses bevorstehende Unwetter erschaffen hatte. Cael Ansaras Streitkräfte hatten das schützende

Kraftfeld um den heiligen Grund durchbrochen und hielten in diesem Augenblick auf die wenigen Raintree zu.

Mercy hatte Helen und Frederik als Späher ausgeschickt, denn von den wenigen Raintree unter ihrem Kommando besaßen die beiden die stärksten telepathischen Gaben und konnten ihr deshalb sofort vermitteln, wo Caels Truppen sich aufhielten und wohin sie sich bewegten.

Wenn die Raintree in vergangenen Zeiten in die Schlacht gezogen waren, war es die Aufgabe der empathischen Heiler gewesen, sich um die Verwundeten zu kümmern. Dieses Mal blieb Mercy keine Wahl. Sie musste selbst an vorderster Front stehen. Sie musste ihr Volk in der Schlacht gegen die Ansara anführen, bis Dante und Gideon ihr zur Seite stehen konnten, und dann würde sie gemeinsam mit ihren Brüdern kämpfen. Sie würden ihre Gaben miteinander verweben und eine vereinte königliche Front stellen. Die Raintree mussten sich auf jede erdenkliche Art gegen die Ansara verteidigen; der Feind war ihnen mehr als zwei zu eins überlegen.

Verstärkung aus den umliegenden Städten hatte sich den Raintree angeschlossen, also hatte Mercy fünfundvierzig Krieger an ihrer Seite – gegenüber einhundert abtrünnigen Ansara. Aber ihre Lage würde sich verbessern, je mehr Raintree den heiligen Grund erreichten.

Sie stand allein in ihrem Arbeitszimmer, senkte den Kopf, schloss die Augen und meditierte kurz. Sie konzentrierte sich ganz auf die Herausforderung, die vor ihr lag. Nicht nur war ihr heiliger Grund, ihre Heimat in Gefahr, sondern auch das Leben ihrer Tochter.

Mercy berührte Ancelins Schwert über ihrem Kamin, jenes Schwert, das die Dranira am Tag *der Schlacht* vor zweihundert Jahren geführt hatte. Der Legende nach war das Schwert selbst viel älter, Tausende von Jahren, und mit einem ewigen Zauber belegt. Nur ein königlicher Empath konnte diese mächtige Waffe nutzen, und er konnte sie nur gegen das wirklich Böse einsetzen. Wenn die Raintree-Sage der Wahrheit entsprach, dann würde die Waffe zukünftigen Generationen als Mercys Schwert bekannt sein, wenn sie die Waffe erst einmal in die Hand genommen hatte.

Mercy hob das Schwert mit beiden Händen aus seiner Halterung und sprach die ehrenhaften Worte, die Gillian ihr beigebracht hatte. Als es in ihren Besitz überging, wurde das Schwert sofort leichter. Mercy konnte es in nur einer Hand halten.

Zu wissen, dass Eve sicher in den Höhlen von Awenasa versteckt war, von einem Ummantlungszauber verhüllt und von Sidonia beschützt, erlaubte es Mercy, sich nur darauf zu konzentrieren, ihr Volk gegen die Ansara zu führen.

Als sie sich endlich auf jede erdenkliche Art vorbereitet hatte, ging sie hinaus, um sich ihren Truppen anzuschließen. Als sie das Haus verließ, wurde sie von aufbrausenden Rufen der Versammelten begrüßt, die sie ihr als Zeichen von Respekt und Vertrauen entgegenbrachten. Zwanzig Männer und Frauen standen vor ihr. Die anderen waren bereits strategisch über das Schlachtfeld verteilt, das Mercy gewählt hatte. Die westliche Lichtung wurde von hohen Bergen auf allen Seiten geschützt, und sie war meilenweit entfernt von den Höhlen von Awenasa. Das Dutzend Raintree, das versteckt auf der Lauer lag, war bereit anzugreifen, sobald Caels Truppen weiter in das Gebiet von Sanctuary eindrangen.

Mercy hob ihr Schwert hoch in die Luft und heulte den alten Kampfschrei. Die anderen folgten ihrem Vorbild und brüllten gemeinsam. Das Geräusch ihrer zusammenklingenden Stimmen hallte über den heiligen Grund und verband sich mit dem Wind des späten Nachmittags, der den Waffenruf der Raintree in die Welt hinaustrug.

16. KAPITEL

*D*ie Berge erbebten unter dem Tosen der Schlacht. Physische Kraft verband sich mit übersinnlichen Gaben. Überall blutig zerfetzte Körper, geschunden und dem Tode nahe. Der Verstand war ihnen betäubt oder zerstört. Die Asche vieler zu Staub zerfallener Raintree und Ansara bedeckte den Boden, und der Wind trug sie über die Lichtung und in die Berge hinaus. Es war kaum eine Stunde her, seit Cael mit seinen Truppen auf den heiligen Grund der Raintree eingefallen war, und Mercy hatte bereits ein Viertel ihrer Leute verloren. Ihr einziger Trost war es, dass sie mehr als eine ausgleichende Anzahl von Ansara mit sich zerstört hatten.

Während des Gemetzels hatte sie Cael Ansara nicht gesehen, und auch von Judah war keine Spur gewesen. Hatten die Brüder ihre Truppen in den Kampf geschickt und selber darauf gewartet, dass mehr Ansara sich ihnen anschlossen?

Sie konnte sich nicht vorstellen, dass Judah sich im Hintergrund hielt und zusah, wie seine Soldaten kämpften und starben. Wenn sie Judah auch nur ein bisschen kannte, dann konnte sie sich darauf verlassen, dass er dasselbe tun würde wie sie – sich an die Spitze seiner Truppen stellen und den Angriff anführen.

Wo war er also?

Sie sollte sich keine Gedanken um Judah machen. Er war ihr Feind. Es war unvermeidlich, dass sie sich auf dem Schlachtfeld begegnen würden und einer von ihnen dabei sein Leben lassen musste. Es war egal, dass er Eves Vater oder Mercys Liebhaber war. Sie konnte nicht zulassen, dass ihre Gefühle sie beeinflussten, nicht, wenn es um den Dranir der Ansara ging.

Während der Schlacht hatte Mercy ihre Fähigkeit, kraft ihrer Gedanken elektrische Blitze zu schießen, nur wenige Male eingesetzt, weil jeder Blitz ihr einen Großteil ihrer Energie abverlangte und sie sich davon so viel wie möglich bewahren wollte. Glücklicherweise war sie nur zwei Ansara begegnet, die die gleiche Gabe besaßen, und deren Blitze hatte sie mit Ancelins Schwert abwehren können. Eine der mächtigsten magischen Fähigkeiten des Schwertes war es, seine Trägerin vor allen Angriffen zu beschützen, auch vor diesen übersinnlichen Blitzen, und sie damit so gut wie unbesiegbar zu machen.

Mercy stand allein auf einer Felsformation, die aus dem Boden aufragte, und benutzte ihre telepathischen Kräfte, um die Illusion zu schaffen, dass sie von einer Armee aus Dutzenden grünäugiger Krieger umgeben war, kampfbereit und entschlossen, ihre Prinzessin zu beschützen. Um ihre magische Wache aufrechtzuerhalten, würde sie die Illusion regelmäßig durch weitere ersetzen müssen.

Als plötzlich zwei männliche Ansara auf sie zukamen, konzentrierte sie sich darauf, genug lähmende Energie auszuschicken, um sie unschädlich zu machen. Nachdem sie mit den zwei Männern fertig war, drehte sie sich zu der rothaarigen Ansara um, die sie von links angriff. Mercy schleuderte ihr einen mentalen Blitz entgegen, der den Geist lähmte und die Angreiferin überraschte. Sie erstarrte auf der Stelle und brach dann zu einem kümmerlichen Haufen zusammen. Mercy spürte eine Bedrohung auf ihrer Rechten, wirbelte herum und schwang ihr Schwert. Sie traf den Angreifer, einen Spurenleser mit wachem animalischem Spürsinn, tödlich. Asche zu Asche. Staub zu Staub. Wie so oft, wenn jemand auf heiligem Raintree-Land starb, wurde sein zerborstener Körper sofort eins mit der Erde.

Mercy bemerkte Brenna. Sie war in einen heftigen Kampf in der Nähe des Bachs verwickelt. Zwei Ansara, und sie konnte sie kaum in Schach halten – einen riesigen Mann mit schwarzem Bart und eine große, hagere Blonde. Gleich nachdem sie ihre Truppen schon ineinander verschwimmender Schattensoldaten aufgelöst hatte, rannte Mercy über das Schlachtfeld und eilte Brenna zu Hilfe. Sie nahm sich den gefährlicheren der zwei Ansara vor: die Frau. Mercy spürte, dass sie viel mehr Macht besaß als der Mann. Die Blonde drehte sich und hob ihre Hände. Sie zeigte Mercy den glänzenden Energieball, der zwischen ihren Handflächen schwebte. Sie lächelte heimtückisch, als sie ihre Waffe losließ, aber als sie merkte, dass Mercys Schwert die Energie ablenkte und auf sie selbst zurückwarf, brachte sie sich in Sicherheit. Sie war schnell, aber Mercy stand direkt hinter ihr und stach ihr das Schwert ins Herz. Als Mercy das Schwert aus der Kriegerin herauszog, verschwand das Blut Tropfen für Tropfen, bis die Waffe wieder unbefleckt glänzte.

Brenna gelang es, ihren Gegenspieler auszuschalten, aber nicht ehe er seinen vergifteten Dolch ein Stück unter ihrer linken Schulter in ihren Körper getrieben hatte. Mercy trat über die sterbende blonde Kriegerin und beeilte sich, Brenna zu erreichen, die ihre Hand gegen ihre verwundete Seite presste. Blut rann durch ihre Finger. Mercy beugte sich über sie, hob Brennas Hand von der tiefen Wunde und fuhr mit ihren Fingerspitzen über das zerrissene Fleisch. Der Blutstrom verlangsamte sich zu einem Tröpfeln und hörte dann ganz auf. Innerhalb weniger Minuten würde der Schnitt sich verschließen, und schon am nächsten Morgen würde die Wunde komplett verheilt sein.

Mercy krümmte sich vor Schmerzen, als die Wirkung des Gifts, das sie Brenna entnommen hatte, in ihren Geist und ihren Körper eindrang. Sie kämpfte gegen die Qualen in sich selbst an, und endlich quollen sie langsam aus ihrem Körper. Mit ihnen kam ein grüner Nebel aus verbrauchter Energie, den der Wind davontrug.

Mercy hob ruckartig ihren Kopf und sah gen Osten. Dort waren ihre Brüder. Sie spürte ihre Nähe. Zum ersten Mal, seit sie ein Kind war – bis auf die kurze Zeit, in der sie sich jährlich verbanden, um das Kraftfeld um den heiligen Grund zu erneuern –, hatten Dante und Gideon ihre Gedanken für sie geöffnet. Sie verbanden sich mit ihr, um ihr Stärke und Kraft zu geben. Die gemeinsame Energie der drei königlichen Raintree-Geschwister war unübertroffen. Zusammen konnten sie das Unmögliche erreichen. Das mussten sie! Die Alternative war zu unerträglich, um sie auch nur in Betracht zu ziehen.

Mehr als zwanzig Minuten später war die Schlacht auf ihrem Höhepunkt, und Mercy erhaschte ihren ersten Blick auf Dante. Kurz danach erblickte sie auch Gideon. Innerhalb einer Stunde nach der Ankunft ihrer Brüder schlossen sich ihnen noch mehr Raintree an und kämpften an der Seite von Dante und Gideon und Mercy. Sie waren zahlenmäßig immer noch unterlegen, aber sie behaupteten sich, und sie benutzten jedes Mittel, das ihnen zur Verfügung stand.

Und dann war der Moment gekommen, den sie am meisten erwartet und gefürchtet hatte. Cael Ansara tauchte aus dem Nichts vor ihnen auf. Seine eiskalten Augen erinnerten sie, dass er wirklich Judahs Bruder war. Ihre Blicke begegneten sich über dem Schlachtfeld, und Mercy hörte seine Warnung.

Tod dem Dranir Dante. Tod dem Prinzen Gideon. Tod der Prinzessin Mercy. Tod allen Raintree!

Gideon schoss einen dünnen saphirgrünen Strahl auf den bedrohlichsten der drei Ansara, die ihn eingekreist hatten. Elektrische Spannung tanzte auf seiner Haut, färbte seinen Körper und alles in seiner Umgebung blau, und schirmte die meisten Attacken ab, die in seine Richtung kamen. Er hielt ein Schwert in der rechten Hand und benutzte die Linke, um tödliche Stromstöße zu schleudern.

Keiner der drei war in der Lage, Blitze auf ihn zu schleudern, also behielt Gideon diese besondere Energie für sich und kämpfte nur mit dem Teil seiner Macht, auf den er sich nicht besonders konzentrieren musste. Ehe die Schlacht vorbei war, würde er weitere Gedankenblitze schleudern müssen, dessen war er sich sicher. Aber jetzt brauchte er sie nicht. Die Elektrizität, die er generierte, war stark genug für die meisten Ansara, gegen die er kämpfte.

Ein langhaariger, kräftig gebauter Ansara, dessen Gabe anscheinend außergewöhnlich starke körperliche Kraft war, hatte zweimal das elektrische Feld um Gideon durchdrungen und einen tiefen, zackigen Schnitt auf seiner Schulter hinterlassen, indem er ein Messer auf ihn geworfen hatte. Gideons linker Oberschenkel schmerzte, wo ihn ein großer Stein getroffen hatte, der mit Leichtigkeit durch die elektrischen Ströme hindurchgeflogen war und ihn fast zu Fall gebracht hatte. Aber beide Verletzungen heilten, während er weiterkämpfte.

Der große Mann fiel zu Boden, als ein Blitz ihn genau in die Brust traf, aber Gideon merkte, dass der Bastard nicht tot war. Die brutale Kraft dieses Ansara-Kriegers machte es schwer, ihn mit einem Schuss umzubringen. Ihn zu Boden zu werfen gab ihm wenigstens etwas Zeit. Gideon drehte sich um, um sich die anderen zwei vorzunehmen.

Diese drei Ansara – zwei Männer und eine Frau – hatten ihn von den anderen weggelockt. Offensichtlich hatten sie vor, ihn von seinen Geschwistern, die seine Kraft verstärkten, zu trennen. Sie hatten nicht bedacht, dass die Stärke seiner Geschwister in ihm blieb, auch wenn sie körperlich getrennt waren.

Die Ansara-Kriegerin hatte kurze schwarze Haare, und ihre Gabe war es, der Luft die Hitze zu nehmen. Sie trug ein Schwert und hatte damit schon mehrmals in Richtung Gideons Kopf und Hals gestochen, nur um von einem elektrischen Strom oder Gideons eigenem Schwert abzuprallen. Die Klinge, die seine Schulter verletzt hatte, war nicht vergiftet gewesen; der wilde Soldat schien auf seine außergewöhnliche Stärke zu vertrauten. Gideon nahm an, dass die Klinge der Frau präpariert war. Sie hatte auch versucht, ihn zu erfrieren, aber er produzierte so viel Energie, dass es im Augenblick unmöglich war, ihn auch nur abzukühlen.

Der rothaarige Mann trug ein Schwert in einer Hand und ein kleines Messer in der anderen, aber er zeigte keine offensichtlich bedrohlichen magischen Fähigkeiten. Da er am Ungefährlichsten zu sein schien, wandte Gideon seine Aufmerksamkeit der Kriegerin zu, die auch noch die Frechheit besaß, zu lächeln. Es hatte eine Zeit gegeben, in der er gezögert hatte, eine Frau umzubringen, selbst wenn sie eine Ansara-Soldatin war, aber nach dem Zwischenfall mit Tabby hatte er keinen einzigen Zweifel mehr daran, dass es richtig war, durch ihre Stirn den stärksten elektrischen Schlag zu schießen, den er aufbringen konnte. Ihr Kopf knickte zurück, sie keuchte laut auf und ließ ihr Schwert fallen. Im Tod erstarrte sie augenblicklich zu Eis. Ihre Gabe hatte von ihr Besitz ergriffen.

Ihr Gefährte – der Einzige der drei, der noch aufrecht stand – lächelte nicht, als Gideon sich zu ihm umdrehte. Der zögernde Soldat hob sein Schwert, und Gideon tat es ihm gleich. Er brauchte einen Moment, um sich wieder aufzuladen, nachdem er die Mächtigere der beiden ausgeschaltet hatte. Der verbliebene Soldat sah nicht nach einer Bedrohung aus; im Grunde wirkte er sogar verdammt verängstigt. Dennoch war er nicht fortgerannt. Mutig, doch es besiegelte sein Schicksal.

Auf das Gesicht des Ansara legte sich ein Ausdruck tiefer Konzentration. Er kniff die Augenbrauen zusammen und verengte seine Augen zu Schlitzen. Gideon hatte das Gefühl, dass der Mann irgendwie versuchte, ihm mithilfe seiner Gedanken zu schaden. Versuchte er, Gedanken oder Gefühle in Gideons Geist zu pflanzen, oder wollte er vielleicht selber einen bemitleidenswerten Blitz mentaler Energie erschaffen? Was er auch versuchte, es funktionierte nicht, und als Gideon mit dem Schwert in der Hand auf ihn zutrat, schluckte der Mann kräftig.

Gideon wollte gerade mit seinem Schwert ausholen, da hörte er ein Geräusch, das ihn auf der Stelle erstarren ließ. Jemand rief mit lauter, verängstigter Stimme, die ihm nur zu vertraut war, seinen Namen. *Hope.*

Er wehrte die Klinge seines Gegners ab und drehte sich dann nach der Stimme um, die durch den Lärm der Schlacht gedrungen war. Hope erschien rennend auf der Spitze eines Hügels. Sie hielt ihre Waffe in einer Hand, ihre Augen waren geweitet vor Schrecken und Ekel über all die Grausamkeiten, die er ihr nie hatte zeigen wollen.

Aus dem Augenwinkel sah Gideon, wie der große, unnatürlich starke Ansara aufstand und die elektrische Spannung, die ihn hätte umbringen sollen, von sich abschüttelte. Langes braunes Haar fiel über das Gesicht des Soldaten, und die Muskeln an seinen Armen und seiner Brust schienen zu beben, als er sie anspannte. Dann hob der Ansara seinen Kopf, warf sein Haar zurück und bemerkte Hope.

„Bring sie um!", rief der Mann, mit dem Gideon kämpfte, wäh-

rend er noch einmal wild sein Schwert schwang. „Sie gehört zu *ihm*."
Der rothaarige Krieger musste eine Art dunkler Seher sein. Gideon
brachte ihn mit einem schnellen Stich in die Eingeweide um. Dann
wirbelte er herum und sah, wie der verbliebene Krieger auf Hope zu-
rannte.

Hope und Emma. Sie waren seine Zukunft, seine Seele, sein Zuhause. Gideon würde nicht zulassen, dass die Ansara sie ihm weg-
nahmen.

Der Feind, der sich jetzt ganz auf Hope konzentrierte, war näher
bei ihr als Gideon. Er konnte den Riesenbastard mit einem weiteren
Schlag verlangsamen – aber würde das reichen, um ihn aufzuhalten?
Oder würde es zu wenig sein, und zu spät? Der Ansara-Krieger war
zu weit entfernt, als dass Gideon ihn mit einem mentalen Schlag außer
Gefecht hätte setzen können. Vorher hatte schon viel auf dem Spiel gestanden, aber jetzt hatte der Einsatz sich noch einmal ungleich erhöht.

„Erschieß ihn!", brüllte Gideon, als er den Berg hinaufrannte.
„Jetzt, Hope! Schieß!"

Hope hatte auf dem Schlachtfeld genug gesehen, um zu wissen,
dass sein Befehl ernst gemeint war. Ehe der langhaarige Brünette sie
erreichte, hob sie ihre Waffe und drückte ab. Zweimal.

Ihre Kugeln töteten den Ansara nicht, aber sie hielten ihn auf. Der
feindliche Soldat stolperte, sah hinab auf den Blutfleck, der sich auf
seiner massiven Brust ausbreitete, und schien sehr verärgert zu sein,
dass ihm eine sterbliche Frau so einen unerwarteten Widerstand ent-
gegenbrachte. Gideon wusste: Spätestens jetzt war ihm klar, dass sie
sterblich war. Sie hatte eine Waffe abfeuern können. Kein Ansara oder
Raintree war in der Lage, auf geheiligtem Land eine Waffe abzufeu-
ern, und Hope würde erst zu einer Raintree werden, wenn sie Emma
geboren hatte.

Gideon rannte weiter, bis er endlich nahe genug war, um zu tun, was
getan werden musste. Er formte und zielte einen mentalen Schlag, einen Schlag ganz anders als die Blitze, die ihm im Blut lagen. Gold und
glitzernd prallte er auf den Ansara, und dann plötzlich war Hope nicht
mehr in Gefahr, und der Ansara-Krieger zerfiel zu Staub.

Hope rannte auf Gideon zu. Er schaltete sein elektrisches Kraftfeld
aus und sie warf sich ihm in die Arme.

„Was zum …?", begann sie atemlos. Er spürte ihr Herz gegen seine
Brust hämmern. „Das ist nicht … Oh, mein Gott … Er ist einfach …"
Sie atmete tief durch, um ein wenig ihrer Fassung wiederzuerlangen,

und sagte dann atemlos: „Du blutest schon wieder, verdammt."

Es gab keine Zeit für Erklärungen. Zwei weitere Ansara-Krieger kamen in Sicht und rannten auf sie zu. Einer hielt in jeder Hand ein Schwert, der andere trug eine schwache Flamme unnatürlichen Feuers in der offenen Handfläche. Das Glühwürmchen würde zuerst dran glauben müssen.

„Bleib bei mir", befahl Gideon und schob Hope hinter sich.

Er hob sein eigenes Schwert und errichtete eine Barrikade aus schützender Elektrizität, die sei beide umgab.

„Ich gehe bestimmt nirgendwo hin", murmelte Hope.

Dante ging in Deckung. Der Blitz zerschellte an einem Baumstamm hinter ihm. Er warf sich so weit von diesem Baum weg, wie er konnte und wagte es nicht, zurückzusehen. Wenn einer dieser riesigen Äste ihn traf, war es aus. Während er rannte, schleuderte er selbst einen Blitz.

Er hatte Mercy und Gideon in der wilden Schlacht aus den Augen verloren, aber er konnte sie immer noch spüren und seine Macht mit ihrer verweben. Zusammen war das Ganze größer als die Summe der drei Teile, und sie brauchten jeden noch so kleinen Hauch von Macht, den sie aufbringen konnten. Es waren fast dreimal so viel Ansarakrieger wie Raintreekämpfer.

Eine Ansara sprang hinter einem Baum hervor und warf geschickt eine Kette gegen seine Knöchel. Die Kette war nicht tödlich, aber wenn sie sich um seine Füße wickelte, würde er fallen und hilflos wie ein Käfer auf dem Rücken liegen. Und dann würden die Ansara Hackfleisch aus ihm machen. Die Kette blitzte auf, und Dante sprang so hoch er konnte und zog die Beine an sich wie ein Athlet auf dem Trampolin. Wie silbernes Feuer schnellte die Kette unter ihm durch und peitschte in das Gesicht eines ausgelaugten Ansara, der gerade versucht hatte, sich wieder aufzurichten. Das Gesicht des Mannes explodierte in einem feinen Sprühregen aus Blut.

Dante warf einen Blitz nach der Frau, aber sie war schnell wie ein Gepard und sprang zurück hinter einen Baum.

Er wurde langsam müde und brauchte deshalb länger, um sich zwischen den Blitzen aufzuladen. Die Ansara mussten ebenfalls langsam erschöpft sein, aber sie waren immer noch in der Überzahl.

Wann waren sie so stark geworden? Wie hatten sie sich unentdeckt wieder zu einem so mächtigen Clan aufbauen können? War vor zweihundert Jahren ein ungewöhnlich starker Ansara entkommen, dem es irgendwie gelungen war, den Clan vor den Sehern der Raintree abzuschirmen? Sie mussten irgendwo eine Heimstätte aufgebaut haben und sie benutzen, um ihre Macht zu nähren. Auf einem Energiestrudel war alles möglich.

Plötzlich brachen drei Ansara etwa dreißig Meter entfernt aus ihrer Deckung hervor und griffen ihn an. Er wirbelte zu ihnen herum, schoss einen Blitz auf den größten. Der Energiestoß traf den Mann mitten in die Brust, und er zerfiel sofort zu Staub. Aber die anderen zwei rannten weiter. Dante hatte nicht die Zeit, genug Energie aufzuladen, um beide zu besiegen.

Angst prickelte in seinem Nacken. Er hielt nicht inne, um nachzudenken, fragte sich nicht, was hinter ihm war. Er duckte sich instinktiv, rollte sich nach rechts, und richtete sich wieder auf. Ein sechs Fuß langes Schwert durchschnitt die Luft, wo er gerade noch gestanden hatte. Eine Frau, die wenigstens zwei Meter groß sein musste, führte ihre Waffe, als wäre sie ein Zahnstocher. Ihre Lippen zogen sich zu einem Fauchen zurück, als sie sie erneut hob. Dante sprang wieder zurück, aber die Spitze des Schwerts traf ihn diagonal von der linken Seite seines Brustkorbes hinab zu seinem Bauch und weiter zu seiner Hüfte.

Die Wunde tat höllisch weh, aber sie war nicht tödlich. Die Ansara war ihm zu nah, um sie mit einem Blitz auszuschalten, ohne selber vom Rückschlag getroffen zu werden. Die anderen zwei waren nur noch etwa zehn Meter entfernt. Er löste verzweifelt die mentale Blockierung ein wenig, mit der er sein Feuer zurückhielt, und ließ eine lange Flammenzunge an ihr lecken. Sie fiel in ihrer Hast, dem hungrigen roten Biest zu entkommen, rückwärts hin. Er drehte seinen Kopf den anderen zwei Angreifern zu. Sie trennten sich und flankierten ihn aus vorsichtiger Entfernung.

Feuer war auf dem Schlachtfeld eine zu gefährliche Waffe. Dante könnte jederzeit eine Wand aus Feuer erschaffen, aber die Raintree kämpften überall mit dem Feind. Seine eigenen Leute würden in den Flammen umkommen. Je größer das Feuer war, desto mehr Macht und Energie brauchte er, um es zu zügeln. Es gab ein sehr reales Risiko, dass aus seinem Feuer ein wildes Monster wurde, das er nicht mehr kontrollieren konnte, weil an jeder Ecke eine Ablenkung auf ihn wartete. Niemand benutzte Feuer in einer Schlacht.

Die riesige Frau richtete sich langsam wieder auf und grinste. Sie hielt ihr Schwert in beiden Händen und begann, ihn zu umkreisen.

Dabei schloss sie sich den anderen zwei Ansara an, die nach dem geeigneten Augenblick für einen Angriff suchten.

War sein Schicksal besiegelt? Wahrscheinlich. Aber er würde alle drei mit sich in den Tod nehmen.

Doch er wollte Lorna nicht verlassen. Der Gedanke stach wie eine spitze Lanze. Er wünschte, er hätte ihr noch einmal gesagt, dass er sie liebte, und was zu tun war, wenn er nicht zurückkehrte. Sie könnte schwanger sein. Die Wahrscheinlichkeit war gering, aber sie bestand. Er würde es nie erfahren. Er erinnerte sich an den Klang ihrer Stimme, an die Wut, als sie gebrüllt hatte: „Wohin gehst du?", und er wünschte sich, dass er sie noch einmal hören könnte.

Er hörte sie, er hörte sie wirklich, so sehr wünschte er es sich.

Nur dass sie brüllte: *„Was zur Hölle machst du da?"*

Jedes Haar auf seinem Körper richtete sich vor Schreck auf. Er drehte sich fassungslos um und verlor fast das Bewusstsein aus reiner Panik. Sie rannte ohne nach links und rechts zu sehen über das Schlachtfeld zu ihm. Ihr Haar flatterte wie eine dunkle Flamme im Wind. Ein toter Körper lag ihr im Weg, aber sie sprang einfach darüber, ohne sich aufhalten zu lassen. „Mach ihre Hintern zu Toast!", brüllte sie. Sie schien sich zu fragen, warum er seine mächtigste Gabe nicht benutzte.

Er hatte genug von der enormen Energie wieder aufgeladen, die er benötigte, um einen Blitz zu schießen, und schleuderte ihn ohne Vorwarnung auf die große Frau. Sie drehte sich instinktiv um und hob ihr Schwert, um den Blitz abzuwenden, als sei er eine zweite Klinge. Der Stoß traf auf die Breitseite der großen Waffe und zersplitterte sie. Messerscharfe Stahlscherben gruben sich in den Körper der Ansara. Sie schrie auf, von Kopf bis Fuß an hundert Stellen durchlöchert. Eine lange Scherbe ragte aus ihrem rechten Auge. Sie hob, immer noch schreiend, instinktiv ihre Hand an ihr Auge, berührte die Scherbe dabei aus Versehen und trieb sie noch tiefer in ihren Schädel. Sie fiel auf die Knie und brach zusammen, genau wie der Baum es getan hatte.

Dante schenkte ihr nicht mehr als einen flüchtigen Blick, während er im Kreis herumtänzelte und versuchte, Lorna hinter sich und außer Reichweite der Todeszone zu halten. Er versuchte auch, die übrigen beiden Ansara im Blick zu behalten. Wenn er sie abwehren könnte, bis seine Energie wieder erstarkt war …

Ohne Vorwarnung schoss einer von ihnen einen Blitz auf ihn. Nicht alle Krieger konnten genug Energie aufbringen, um diese mächtige Gabe einzusetzen. Die meisten benutzten gegenständlichere Waffen wie Schwerter, die ebenfalls mit verschiedenen Gaben belegt sein mochten, aber im Grunde immer noch traditionell geführt wurden. Dieser Bastard hatte sein Licht unter einen Scheffel gestellt. Wenn es ihre Taktik gewesen war, Dante möglichst viel Energie ausbluten zu lassen, ehe sie selbst zum Schlag ausholten – es hatte funktioniert.

Lorna bückte sich im Rennen nach einem faustgroßen Stein. „Feuer!", schrie sie immer wieder. „Benutz dein Feuer!" Sie war nur zwanzig Meter entfernt und rannte direkt in den Kreis des Todes um ihn herum. Das Blut gefror Dante in den Adern.

„Ja, Raintree, benutz dein Feuer", spottete einer der Ansara. Er wusste, dass Dante es nicht tun würde. Dann drehte der Mann sich um und schleuderte einen Blitz auf Lorna.

Er hatte sich verrechnet und ihre Geschwindigkeit nicht bedacht. Sie machte ein wütendes Geräusch und schleuderte ihren Stein auf ihn zu. Der Ansara duckte sich. „Amateur", murmelte Dante und schoss einen Blitz nach ihm – zumindest versuchte er es. Er war zu müde. Er hatte nicht mehr genug Energie.

Die Ansara umkreisten ihn immer enger, ein Rudel Wölfe. Sie genossen seine Hilflosigkeit, während sie darauf warteten, dass ihre eigene Energie sich wieder auflud. Sie hatten viel weniger benutzt als er; es würde nur noch Sekunden dauern.

„Verbinde dich mit mir!", schrie Lorna. „Verbinde dich mit mir!"

Sein Herz blieb fast stehen. Sie *wusste*, was ihr das antun würde, sie *kannte* die Qualen …

Es gab keine Zeit für Vorbereitungen. Sie konnten ihre Gedanken und Energien nicht Stück für Stück verbinden. Es war nur Zeit, mit einem Schlag in ihren Geist einzudringen und den tiefen Quell ihrer Macht anzuzapfen. Sie nährte ihn wie Wasser, das sich nach einem Dammbruch in ein Tal ergoss; sie war eine Flut aus Energie, die ihm genügte, um zwei Blitze gleichzeitig aus seinen Händen zu schießen. Da sie mit ihm verbunden waren, spürten auch Mercy und Gideon diesen plötzlichen Anstieg der Energie. Lorna nährte auch sie.

Dante feuerte wie wild Blitz um Blitz. Tränen brannten in seinen Augen, aber sie verdampften durch den Wasserfall an Energie, der durch ihn brauste. *Lorna!* Er konnte sie auf dem Boden liegen sehen. Sie regte sich nicht, aber ihre Macht ergoss sich immer noch in ihn, als hätte sie kein Ende. Er brauchte keine Zeit, um sich aufzuladen.

Die Energie war sofort da und flog in heißen, weißen Stößen aus seinen Fingerspitzen.

Die Ansara zogen sich vor der Killermaschine, zu der er geworden war, zurück, um sich neu zu gruppieren. Voller Qualen brach Dante die Verbindung mit Lornas Geist ab und rannte zu ihr. Sie lag ganz still da, und ihr Gesicht war weiß wie ein Laken. Wenn sie nicht so totenstill dagelegen hätte, hätten die Ansara sie mit Sicherheit umgebracht.

Wenn er diesen Job nicht längst für sie erledigt hatte, dachte Dante mit einem inneren Aufheulen vor wildem Schmerz. Er fiel neben ihr auf die Knie und riss sie in seine Arme.

„Lorna!"

Es gelang ihr, die Augen ein kleines Stück zu öffnen, doch dann schlossen sich ihre Lider wieder, als hätte sie nicht genug Energie, um sie offen zu halten.

Er hatte sie vollkommen ausgelaugt. Er hatte ihren Geist zu Matsch verarbeitet. Sie hatte sich schon vorher von so etwas erholt – aber würde sie es dieses Mal auch schaffen? Mercy und Gideon, die nicht wussten, was sie taten, hatten ebenfalls Macht aus Lorna gesaugt. Er konnte die Auswirkungen auf ihr Gehirn nicht voraussagen. Was er ihr angetan hatte – und das schon zum zweiten Mal – war bisher noch nie vorgekommen.

Er sah sich um, ob irgendwo Hilfe zu finden war. Die Ansara zogen sich aus der Schlacht zurück. Er fühlte sich taub. Nichts, was um ihn herum geschah, ergab einen Sinn. Er brauchte Mercy. Wenn irgendjemand Lorna heilen konnte, war sie es.

Lorna zuckte in seinen Armen. Sie schlug ihn mit einer schlaffen Hand, und er merkte, dass er sie an seiner Brust fast zerquetschte. Sein Herz tat einen Sprung, der ihn fast ersticken ließ. Er legte sie sanft zurück auf den Boden, begann entgegen aller Erwartung zu hoffen, als sie schluckte und versuchte, zu sprechen.

„Geht es dir gut?", fragte er, aber sie antwortete nicht.

Er hob ihre Hand und legte sie gegen seine Wange. Sie musste einfach sprechen. Wenn er sie sprechen hörte, konnte er sicher sein, dass ihr Gehirn sich erholen würde.

„Lorna, weißt du, wer ich bin?"

Sie schluckte und nickte.

„Kannst du sprechen?"

Sie hob die Hand wie ein Verkehrspolizist, bedeutete ihm, langsamer zu machen und aufzuhören, ihr so viele Fragen zu stellen. Langsam, mit viel Anstrengung, rollte sie sich auf die Seite und versuchte, sich aufzusetzen. Er unterstützte sie stumm, damit sie nicht wieder umfiel. Endlich konnte sie sitzen. Sie ließ den Kopf hängen und atmete tief durch. Dante rieb ihr den Rücken, dann die Arme, und fragte wieder: „Kannst du sprechen?"

Sie blinzelte, dann nickte sie. Die Bewegung kam so langsam, als würde ihr Kopf fünfzig Pfund wiegen.

Zu denken, dass sie es konnte, und es zu tun, waren zwei verschiedene Dinge. Er wartete auf einen Satz, ein einziges Wort, irgendetwas, aber sie blieb still.

Nach nur ein paar Minuten stand sie auf. Sie schwankte und starrte das Gemetzel um sie herum und die verstreut liegenden Leichen an. Er hätte alles gegeben, um ihr diesen Anblick zu ersparen. Krieg war eine hässliche Angelegenheit, und ein Krieg zwischen magischen Stämmen nichts anderes als brutal. Niemand zog in den Krieg und kam unbeschadet wieder.

„Liebling, bitte", bat er sie sanft. „Wenn du kannst, sag irgendetwas."

Sie blinzelte noch ein wenig mehr und runzelte leicht die Stirn. Dann wanderte ihr Blick wieder auf die Leichen um sie herum. Sie holte tief Atem, atmete wieder aus und sagte: „Das ist hier der reinste Massenselbstmord."

Während des scheinbar nie enden wollenden Kampfes hatte Mercy Caels Spur verloren. Sie befürchtete, dass er entweder hinter Dante oder Gideon her war. Sie hatte beide eine ganze Zeit lang nicht gesehen. Aber jetzt, wo Dante die Raintree anführte, konnte sie kämpfen und heilen, wie die Situation es von ihr verlangte, denn beides war ihr Recht und ihre Pflicht. Sie spürte Geol in ihrer Nähe. Er war schwer verwundet und dem Tode nahe. Wenn sie ihn fand, konnte sie ihn noch retten. Sie folgte dem Flackern, das von seiner Energie übrig war, und durchsuchte die aschebedeckte Lichtung, wo sich die blutigen Leichen und die Staubpartikel der toten Raintree und Ansara vermischten. Wieder vereint. Im Tod, wenn nicht im Leben.

Ein großer, muskulöser Ansara, dessen silbernes Haar zu einem schulterlangen Pferdeschwanz zusammengebunden war, hob sein Schwert mit beiden Händen und hielt auf Geol zu, der hilflos auf dem Boden lag. Mercy rief sofort alle Energie aus ihrem tiefsten Inneren zusammen und schleuderte einen Blitz auf den Rücken des an-

greifenden Kriegers. Der Schlag ließ seinen Körper in Millionen Staubpartikel explodieren. Sie eilte zu Geol, kniete sich neben ihn und legte
ihre Hände auf ihn. Damit zog sie seinen Schmerz aus ihm und heilte
seine Wunden. Aber für jede Heilung bezahlte Mercy einen hohen
Preis. Nachdem der Prozess, durch den sie die Leiden des anderen in
sich selbst aufnahm und in positive Energie verwandelte, abgeschlossen war, entließ sie diese Energie zurück an das Universum. Sie ließ
zu, dass es in Nebelform aus ihrem Körper floss, ein Nebel so grün
wie ihre Raintree-Augen.

Als sie aufstand, schwach, aber erholt genug, um weiterzumachen,
spürte Mercy, wie jemand versuchte, sich mit ihr in Gedanken zu verbinden. Dann hörte sie ohne jede Vorwarnung Eves Stimme.

Daddy kommt.

Eve?

Ein dröhnendes Brüllen brachte den Boden unter ihren Füßen zum
Beben, als Hunderte von Kriegern in blauen Uniformen auf die weite
Lichtung stürmten und das Schlachtfeld übernahmen. Mercy keuchte
vor Panik auf, als sie sah, welcher Mann diese riesige Streitkraft anführte. Judah Ansara. Er hatte Verstärkung mitgebracht, Hunderte
von Ansara, Männer und Frauen, bewaffnet und kampfbereit. Die
wenigen Raintree, die sich auf heiligem Grund zusammengefunden
hatten, hatten keine Chance gegen eine solche Übermacht. Aber sie
würden einen Weg finden, so lange wie möglich durchzuhalten, bis
mehr Raintree ankamen, und den Kampf weiterführten. Heute. Morgen. Sie würden bis zu ihrem letzten Atemzug kämpfen. Jeder Mann
und jede Frau würde das heilige Land der Raintree verteidigen. Dieses Land würde nie den Ansara gehören.

Die Schlacht wurde langsamer und hörte schließlich ganz auf. Cael
erschien wieder, und seine Krieger hoben ihn auf ihre Schultern. Er
stieß seinen Arm hoch in die Luft. Sein silbernes Schwert leuchtete.
Von seiner Klinge troff frisches Raintree-Blut.

Judahs Truppen stellten sich im Halbkreis um ihren Dranir auf,
ein blauer Halbmond aus Ansara-Stärke. Dann erschien eine Frau an
Judahs Seite. Sie musste wenigstens so alt wie Sidonia sein. Anscheinend hatte sie sich in die Schlacht teleportiert, was hieß, dass sie eine
seltene und mächtige Gabe besaß. Mercy spürte sofort den Respekt
und die Ehrfurcht, die der Frau entgegengebracht wurden. Es musste
Sidra sein, die große Seherin der Ansara.

Die kampfesmüden Raintree folgten Dante und Gideon. Sie sammelten sich am anderen Ende der Lichtung. Um zu warten. Zu beobachten. Sich bereit zu machen. Mercy bahnte sich so schnell wie möglich einen Weg zu ihren Brüdern.

Eine ehrfürchtige Stille legte sich über das Tal, als die Raintree den Ansara auf dem Schlachtfeld gegenüberstanden.

Mercy stand zwischen Dante und Gideon. Die zwei Frauen, die bei ihren Brüdern waren – Lorna und Hope, wie sie aus ihren Gedanken gelesen hatte –, blieben ein gutes Stück hinter ihnen. Mercy konnte ihre Angst nicht verleugnen. Sie könnte an diesem Tag sterben, aber sie hatte mehr Angst um Eve als um sich selbst. Wenn sie und ihre Brüder diese Schlacht nicht überlebten …

Es gab kein Anzeichen, dass Dante den Angriff beginnen würde. Die Raintree warteten weiter, beobachteten, bereiteten sich psychisch auf das vor, was vor ihnen lag.

Cael bedeutete seinen Männern, ihn wieder herunterzulassen. Als er wieder auf dem Boden stand, marschierte er wie ein eingebildetes Zwerghuhn auf Judah zu. Er war mindestens zehn Zentimeter kleiner als der Dranir der Ansara. Die Brüder standen sich gegenüber.

„Sei gegrüßt, Dranir Judah", rief Cael.

Caels Anhänger wiederholten seinen Ruf. Judahs Krieger standen stumm und aufmerksam daneben.

„Wir kämpfen heute Seite an Seite, mein Bruder", sagte Cael, „um unsere Vorfahren zu rächen."

Sidra legte ihre Hand auf Judahs Arm und bat mit einem Blick um die Erlaubnis, sprechen zu dürfen. Judah brach den Blickkontakt mit seinem Bruder nicht, aber er nickte.

„Wählt an diesem Tag, wem ihr dienen wollt." Sidras Stimme klang laut und klar, als wäre sie hundertmal verstärkt worden, und jeder Ansara und jeder Raintree in den Grenzen des heiligen Grundes konnte sie hören. Die alte Seherin hob ihre Hand und deutete auf Cael. „Wählt ihr Cael, den Sohn der bösen Zauberin Nusi? Wenn ihr das tut, folgt ihr ihm auf direktem Wege in die Hölle."

Als Cael zum Angriff auf Sidra ansetzte, hob Judah warnend den Arm.

„Oder wählt ihr Dranir Judah, Sohn von Seana und Vater von Eve, der Tochter des Lichts. Geboren von der Prinzessin der Raintree und bestimmt für den Stamm der Ansara, um uns die Gabe der Verwandlung zu schenken?"

Auch wenn Cael wütend wurde und fluchte, hörte Mercy ihn kaum über ihren eigenen Herzschlag, der zum Verrücktwerden in ihren Ohren widerhallte. Sidra hatte Mercys größtes, am besten behütetes Geheimnis mit Ansara und Raintree geteilt – und mit Dante und Gideon. Ihre Brüder starrten sie an, Gideon schockiert, Dante wütend.

„Sag mir, dass das nicht wahr ist", verlangte Dante.

„Das kann ich nicht", antwortete Mercy.

„Eve ist halb Ansara? Die Tochter ihres Dranir?", fragte Gideon.

„Ja." Mercy antwortete Gideon, aber ihr Blick verließ Dantes Gesicht nicht. „Als ich ihn getroffen habe, wusste ich nicht, wer er war."

„Wie lange weißt du es schon?", fragte Dante.

„Dass er Ansara ist? Seit ich sein Kind empfangen habe."

„Warum hast du es mir … uns nicht gesagt?"

Sidras Stimme brach sich an den Bergen, verbreitete sich wie Samen im Wind und fesselte die Aufmerksamkeit aller, die sie hören konnten.

„Es ist eure Wahl", sagte sie. „Ehrenhaft leben und sterben an der Seite eures Dranir, oder zerstört werden, zusammen mit einem Wahnsinnigen, der das Anrecht auf einen Thron erhebt, der ihm nicht zusteht!"

Verschiedene Rufe, die Zugehörigkeit bekundeten, wurden laut, als die Ansara ihre Seiten wählten. Nicht einer der blau uniformierten Krieger brach aus seinen Reihen, und nur eine Handvoll aus Caels Truppen verließen ihn und schlossen sich der Armee seines Bruders an.

„Was ist los mit der Seherin der Ansara?", fragte Dante. „Es scheint, als ob sie einen Krieg zwischen den beiden Brüdern anzetteln will." Er sah zu Mercy. „Du scheinst nicht überrascht. Du weißt, was hier los ist? Warum die Ansara mitten in der Schlacht diese Pause einlegen, um ihre familiären Differenzen auszubügeln?"

Mercy wurde klar, dass sie wirklich, jedenfalls teilweise, wusste, was im Lager der Ansara vor sich ging. „Die Brüder und ihre Krieger werden wahrscheinlich bis zum Tod gegeneinander kämpfen."

„Und woher weißt du das?"

„Das spielt keine Rolle", sagte sie. „Wir müssen uns darauf vorbereiten, gegen den Gewinner zu kämpfen."

Innerhalb weniger Minuten wurde Mercy klar, dass sie Caels Wahnsinn unterschätzt hatte. Sie hatte erwartet, dass Bruder gegen Bruder, abtrünnige Krieger gegen die Armee der Ansara kämpfen würde. Ihre Erwartung änderte sich dramatisch, als Cael seinen Truppen stattdessen befahl, die Raintree anzugreifen.

Dante erholte sich schnell von der Überraschung und begann, seinen Kriegern Befehle zu erteilen. Er befahl Mercy, so viele Verwundete wie möglich zu finden, sie zu heilen und wieder in den Kampf zu schicken.

„Wenn wir auch nur die geringste Hoffnung darauf haben wollen, Sanctuary zu halten, bis Verstärkung kommt, brauchen wir jeden Raintree-Krieger, der noch am Leben ist", sagte Dante.

Während die Schlacht um sie herum tobte, durchsuchte Mercy das gesamte Feld nach Verwundeten der Raintree. Sie fand neun, inklusive Echo, die erstarrt worden war, und Meta, deren linker Arm abgehackt worden war. Mit der Hitze ihrer heilenden Hände taute Mercy Echo langsam auf und zog die Erfrierungen aus ihrem Körper. Ehe Mercy sich von der Heilung erholt hatte, stürzte Echo sich bereits wieder in den Kampf.

Mercy gelang es, acht der neun Verwundeten zu retten, sogar Meta, deren Arm sie wieder ansetzte, auch wenn sie ihr verbieten musste, ihn im Kampf einzusetzen.

„Vollständig geheilt sein wird er erst in vierundzwanzig Stunden", warnte Mercy sie.

Nachdem sie ihre heilende Magie auf neun Menschen angewendet hatte, war Mercy stark geschwächt, so sehr, dass sie kaum stehen konnte. Sie brauchte dringend Ruhe, wenigstens einige Stunden erholsamen Schlaf. Aber dazu war keine Zeit.

Während sie ihre Suche fortführte, wurden ihre Beine immer schwächer, und ihre Arme fühlten sich an, als ob jeder von ihnen fünfzig Pfund wiegen würde. Ihre Hände zitterten. Sie stolperte, fiel auf die Knie. Sie umklammerte ihr Schwert fest, aber ihr Griff wurde immer schwächer.

Halt Ancelins Schwert fest! Lass es nicht los!

Sosehr sie es auch versuchte, sie konnte ihre Augen nicht offen halten. Sie konnte nicht dagegen ankämpfen, dass ihr Körper dringend Ruhe brauchte.

Sie fiel mit dem Gesicht voran zu Boden. Ancelins Schwert glitt ihr aus den Fingern. Sie roch den Geruch des Todes, während sie halb ohnmächtig dalag, ausgelaugt und schutzlos.

Sie musste eine Deckung finden, einen Ort, an dem sie sich verstecken konnte, bis sie wieder Kraft geschöpft hatte. Sie zwang sich, die Augen zu öffnen und streckte ihren Arm aus, bis ihre Finger das Schwert spürten. Sie umfasste den Griff locker und schleppte es mit sich zu einer kleinen Gruppe Bäume, die weniger als fünf Meter von ihr entfernt war. Sie schaffte kriechend den halben Weg, ehe ein bestiefelter Fuß ihr Ancelins Schwert aus der Hand trat und dann ihre Hand fest in den Boden stampfte. Der Schmerz strahlte ihren Arm hinab und in ihren ganzen Körper. Mercy sah hinauf in ein Paar kalte, graue Augen.

Cael Ansaras Augen.

Er hob seinen Fuß von ihrer gebrochenen Hand, packte dann ihr Haar und riss sie daran nach oben, bis sie auf ihren Füßen stand. Sie wusste, dass sie ihn so geschwächt nicht bekämpfen konnte, also rief sie in Gedanken nach Hilfe. Es war alles, was sie noch tun konnte.

Er presste ihren Rücken gegen seine Brust und fuhr mit einem Dolch unter ihr Kinn, die scharfe Klinge dicht an ihrem Hals. Er drückte seine Wange gegen ihre, und sein heißer, stinkender Atem blies ihr über das Gesicht, als er lachte.

„Judahs schöne Raintree-Prinzessin." Cael leckte ihren Hals.

Mercy krümmte sich vor Ekel.

„Schade, dass uns nicht die Zeit bleibt, um dir zu zeigen, dass ich meinem Bruder in jeder Art und Weise überlegen bin." Er presste sein halb ersteiftes Geschlecht gegen ihren Po.

Wenn es ihr nur gelänge, genug Energie zusammenzuklauben, um Ancelins Schwert zu sich zu rufen, dann könnte sie vielleicht …

„Lass sie los." Hinter ihnen erklang eine befehlsgewohnte Stimme.

Ehe Cael sich umdrehen konnte, sprang die Hand, die er gegen ihren Hals presste, auf, und sein Dolch fiel zu Boden. Erschreckt von der Gegenwart eines Mannes, der nur Sekunden zuvor nicht einmal in ihrer Nähe gewesen war, konzentrierte sich Cael für den Augenblick nur auf Mercys Retter, nicht mehr auf sie selbst. Während Cael abgelenkt war, richtete sie die Quelle ihrer inneren Stärke auf nur ein Ziel – sich aus seinem hartnäckigen Griff zu befreien.

Genau als sie es geschafft hatte, sich von Cael zu befreien, griff Judah nach ihrem Arm und zog sie an sich. Cael knurrte vor Wut, als Judah Mercy hinter sich schob.

Wo war Judah hergekommen, und wie hatte er es so schnell geschafft? Die einzige Erklärung war Teleportation. Er konnte sich beamen? Sie hatte nicht gewusst, dass er diese Fähigkeit besaß. Aber warum war er es, der erschienen war, und nicht Dante, den sie mit ihren stummen Schreien hatte herbeiholen wollen?

Als Judah sich Cael zuwandte, sprach er telepathisch mit ihr. *Du hast nicht Dantes Namen gerufen,* sagte er ihr, *sondern meinen.*

Hatte sie wirklich Judah um Hilfe angerufen, und nicht Dante? *Wie bist du …?*

Eve hat mich gebracht, sagte Judah. *Sie hat deine Hilfeschreie ebenfalls gehört, also hat sie mich zu dir geschickt.*

„Wie rührend." Caels Lippen verzogen sich zu einem spöttischen Lächeln. „Du hast tatsächlich meinen Bruder zu Hilfe gerufen. Du musst völlig verrückt sein, Prinzessin Mercy. Weißt du nicht, dass er nur aus einem einzigen Grund hier ist: um mit mir zu kämpfen? Er will das Vergnügen, dich zu töten, für sich haben. Das ist ein Leckerbissen, den er nicht mit anderen teilen will."

Judah leugnete die Anklage seines Bruders nicht. Im Grunde ignorierte er sie vollkommen. Stattdessen wies er Mercy an, ihre Hand auf seine Schulter zu legen. Als sie zögerte, sagte er: „Vertrau deinem Instinkt."

Das tat sie und legte die Hand auf seine Schulter. Sofort spürte sie, wie eine Welle von Judahs Energie in sie überging. Nicht viel, aber genug, um sie auf den Beinen zu halten, und es reichte auch, um Ancelins Schwert zu sich rufen zu können.

Cael schickte die erste Welle betäubender mentaler Blitze auf Judah, der sie ohne jede Anstrengung abwehrte und das Feuer erwiderte. Mercy bewegte sich rückwärts, fort von Judah. Er verstand, dass sie sich mit der alten Kraft von Ancelins Schwert schützen wollte, damit er sich vollkommen auf das Todesduell mit seinem Bruder konzentrieren konnte.

Cael benutzte jede Waffe in seinem Arsenal, das aus seinen angeborenen Gaben und Schwarzer Magie bestand, um Judah anzugreifen und dessen überlegenen Fähigkeiten entgegenzuwirken. Mercy sah zu, wie die beiden Brüder einander bekämpften, wie sie sich blutige Wunden zufügten, Blitze schleuderten und sich mentale Schläge versetzten, die die Bäume und Büsche und Felsen in einem großen Kreis um sie herum pulverisierten. Und dann gingen sie körperlich aufeinander los, Schwert gegen Schwert, Mann gegen Mann.

Mercy hielt den Atem an, als Cael Judahs Seite traf, sein Hemd zerriss und in das Fleisch darunter schnitt. Judah fluchte, aber die Wunde beeinflusste die geschickten Manöver nicht, mit denen er Cael weiter und immer weiter in die Enge trieb, bis es ihm gelang, Caels Schwerthand abzuhacken. Der heulte vor Schmerz auf, als sein Schwert mitsamt seiner abgetrennten Hand zu Boden fiel. Cael wich zurück und

benutzte seine gesamte Energie, um einen mentalen Blitz vorzuberei-
ten. Judah wehrte ihn ab und schleuderte ihn zurück auf Cael. Es gelang ihm nur knapp, auszuweichen. Als er auf den Boden aufschlug
und sich zur Seite rollte, trat Judah auf ihn zu.

Ehe Cael sich erholen und weiterkämpfen konnte, hob Judah sein
Schwert und trieb es tief in das Herz seines Halbbruders. Cael schrie.
Judah zog das Schwert mit einem Ruck aus seinem Herz und trennte
mit einem flüssigen, tödlichen Hieb den Kopf ab.

Caels Körper zerbarst zu Staub. Judah stand nur ganz still da. Das
Blut seines Bruders befleckte die Klinge seines Schwertes. Mercy eilte
zu ihm. Sie dachte nur daran, wie sie Judah heilen und trösten konnte.
Sie hielt Ancelins Schwert in ihrer linken Hand und fuhr mit den Fin-
gern ihrer rechten über Judahs Wunde, doch dann merkte sie, dass sein
Körper bereits begonnen hatte, sich selbst zu heilen.

Judah zog Mercy an sich und schlang einen Arm um ihre Hüfte.
Und beide hielten dabei immer noch ihre Schwerter in der Hand.

„Judah Ansara", rief Dante Raintree.

Mit einem erschreckten Keuchen hob Mercy ihren Blick, bis sie ihrem Bruder in die Augen sah.

„Lass sie los", sagte Dante. „Das hier ist unser Kampf."

Judah zog Mercy fester an sich. „Glaubst du, ich habe vor, sie umzubringen?"

In diesem Moment erst wurde Mercy klar, dass Judah nicht vorhatte, ihr Leid zuzufügen. Er hätte ihr nicht die Stärke verliehen, Ancelins Schwert zu sich zu holen, wenn er nicht wollte, dass sie überlebte.

„Er hat mich vor Cael beschützt, als ich zu schwach war, um zu
kämpfen", sagte Mercy.

„Nur, damit er dich für sich haben kann", sagte Dante zu ihr. „Hast
du vergessen, dass wir einen Krieg mit den Ansara führen?"

„Nur mit Caels Kriegern", berichtigte Judah ihn. „Oder warst du
zu beschäftigt mit dem Kämpfen, um zu merken, dass meine Armee
mehr von Caels Soldaten umgebracht hat als deine Raintree? Ich habe
meine Armee hierhergebracht, um Cael zu besiegen und meine Tochter zu retten … und ihre Mutter."

Mercys Blick begegnete Judahs, und ihre Gedanken verschmolzen
für einen kurzen Augenblick, lange genug, um zu merken, dass Judah die Wahrheit sagte.

Dante kniff die Augen zusammen. „Du lügst."

Mercy spürte, dass ihr Bruder diesen Kampf nicht aufgeben würde.

Er hatte vor, sich mit Judah zu duellieren. Dranir gegen Dranir, Raintree gegen Ansara. Bis auf den Tod. Als Dante mit gezogenem Schwert vortrat, schob Judah Mercy zur Seite und stellte sich seinem Feind.

„Nein, Dante, nicht! Ich … ich liebe ihn!", rief Mercy. Als er sie vollkommen ignorierte, wandte sie sich an Judah. „Bitte, tu das nicht. Er ist mein Bruder."

Beide Männer nahmen keine Notiz von ihr. Wenn ihre Macht nicht fast aufgezehrt wäre, hätte sie sie aufhalten können, aber so …

Genauso plötzlich und geheimnisvoll, wie Judah aus dem Nichts aufgetaucht war, um Mercy vor Cael zu retten, formte sich ein helles Licht zwischen Dante und Judah. Beide Männer starrten gebannt darauf.

Das verblassende Licht gab die Sicht auf Eve frei, die ein Stück über dem Boden schwebte. Ihr Körper glühte, ihre Haare standen nach allen Richtungen ab, ihre Augen glänzten wie poliertes Gold. Und ihr Geburtsmal, die blaue Mondsichel, die sie als Ansara kennzeichnete, war verschwunden.

„Mein Gott!" Dante starrte seine Nichte an.

„Ich bin Eve, Tochter von Mercy und Judah, geboren in den Clan meiner Mutter, geboren für das Volk meines Vaters. Ich bin Rainsara."

Eine unnatürliche Stille senkte sich auf die Lichtung, auf das letzte Schlachtfeld eines uralten Krieges, der einst als ewig galt. Raintree wie Ansara legten die Waffen nieder und hörten auf zu kämpfen. Dann ging einer nach dem anderen dorthin, wo Eve sie bereits erwartete.

Als alle Krieger versammelt waren, die Raintree hinter Dante, die Ansara hinter Judah, streckte Eve ihre Arme nach beiden Seiten ihres schimmernden Körpers aus, hob ihre Eltern hoch in die Luft und holte sie zu sich.

Judah und Mercy sahen einander an und erkannten die Wahrheit. Judah war nicht länger ein Ansara. Seine Augen waren golden wie die seiner Tochter. Mercy war nicht länger eine Raintree. Auch ihre Augen glänzten golden.

Eves Blick wanderte über die ganze Weite der riesigen Lichtung und hüllte alle Krieger in ihr Licht ein. Als sie sich zuerst den Ansara zuwandte, lösten sich wenigstens zwanzig von ihnen in glitzernden Staub auf, und alle anderen wandelten sich, ihre Augen golden wie die ihres Dranirs, und genau wie er waren sie nicht länger Ansara. Als Eve sich den Raintree zuwandte, verwandelte sich auch eine

Handvoll von ihnen, unter anderem Sidonia, Meta und Hugh. Sie waren nicht länger Raintree.

„Die Ansara gibt es nicht mehr", sagte Eve. „Und von diesem Tage an sollen Rainsara und Raintree Verbündete sein."

Dante und Judah starrten einander wütend an. Keiner von ihnen war bereit, einen Friedensvertrag zu unterzeichnen, aber beide waren weise genug, um zu wissen, dass diese Wahl nicht länger bei ihnen lag.

„Mein Vater ist jetzt Dranir der Rainsara und meine Mutter die Dranira", sagte Eve. „Wir werden nach Hause nach Terrebonne fahren, um eine neue Nation aufzubauen." Sie wandte sich den Brüdern ihrer Mutter zu. „Onkel Dante, du wirst noch viele Jahre über die Raintree regieren, und dein Sohn nach dir. Und Onkel Gideon, du wirst nie Dranir sein müssen."

Eve brachte ihre Eltern mit sich auf den Boden hinab, bis sie sicher standen, und führte ihren Vater dann zu ihrem Onkel. „Der Krieg ist vorbei, jetzt und für alle Zeit."

Keiner der beiden Männer bewegte sich oder sagte ein Wort.

Mercy nahm gleichzeitig Judahs Hand in ihre und stellte sich neben ihn, als Lorna vortrat und Dantes Hand ergriff.

Judah streckte seine andere Hand aus. Dante starrte die ausgestreckte Hand angespannt an. Er zögerte eine ganze Minute lang, ehe er seinem früheren Feind die Hand reichte.

Eine ehrfürchtige Stille breitete sich über dem Schlachtfeld aus.

Schick unser Volk heim, befahl Judah seinem Cousin telepathisch. *Bitte Sidra und die anderen Mitglieder des Rates, erst einmal hierzubleiben. Wir werden uns mit Dranir Dante und seinem Bruder beraten müssen. In ein paar Tagen nehme ich meine Dranira und unsere Tochter mit nach Terrebonne. Mercy und Eve werden Zeit brauchen, um sich zu verabschieden, aber unser Volk braucht die königliche Familie der Rainsara, um sie in die Zukunft zu begleiten.*

Claude erteile eilig Befehle. Der neue Clan der Rainsara begann, den heiligen Grund erhobenen Hauptes zu verlassen. Die Raintree versammelten sich um Dante, Lorna, Gideon und Hope.

Judah hob Eve hoch und setzte sie auf seine Hüfte. Dann schlang er einen Arm um Mercys Taille. „Wenn du noch mehr Zeit brauchst …", sagte er.

„Nein", antwortete Mercy. „Ich habe gehört, was du zu Claude gesagt hast. Du hast recht. Unser Volk braucht uns – dich und mich und Eve."

*E*ve ging zu Hope und legte ihre Hand auf ihren flachen Bauch. „Hallo, Emma. Ich bin deine Cousine Eve. Es wird dir gefallen, Onkel Gideons kleine Prinzessin zu sein."

Die Erwachsenen sahen fasziniert dabei zu, wie Eve mit Gideons und Hopes ungeborener Tochter kommunizierte. Sie konnten zwar nur Eves Seite des Gesprächs hören, aber Emma und Eve schienen eine enorm wichtige Unterhaltung zu führen.

Mercy hatte sich damit abgefunden, dass ihre Sechsjährige das mächtigste Wesen auf Erden war, und dass sie und Judah alle Hände voll mit ihr zu tun haben würden. Aber Sidonia und Sidra würden ihnen helfend zur Seite stehen. Die zwei alten Frauen benahmen sich jetzt schon wie rivalisierende Großmütter.

Eve sah zu Gideon auf, und sie lächelten einander an. „Ein Glück, dass ich durch dich so viel Übung habe", sagte er. „Ich hoffe nur, dass Emma nicht halb so viel Arbeit sein wird wie du."

„Wird sie nicht. Das verspreche ich. Emma wird die Hüterin der Heimstätte werden", verkündete Eve. Dann richtete sie ihren Blick auf Echo. „Aber bis Emma alt genug ist, um zu übernehmen, wirst du die Hüterin sein."

„Wer, ich?" Echo riss überrascht die Augen auf.

Eve lachte. „Du wirst wirklich daran arbeiten müssen, deine Fähigkeiten zu kontrollieren. Du hättest wissen müssen, dass du die Hüterin sein wirst."

„Ich kann meine eigene Zukunft nicht gut voraussehen."

Sidra legte eine Hand auf Echos Schulter. „Ich auch nicht, meine Liebe. Und ich sehe das als Segen an."

In den zwei Tagen, die seit der letzten Schlacht vergangen waren, hatten sich Judah und der Hohe Rat der Ansara mit Dante, Gideon, Mercy und den hochrangigsten Raintree getroffen. Überall auf der Welt waren Ansara im Zuge der Wandlung umgekommen, aber noch mehr waren Mitglieder des neuen Stammes geworden – der Rainsara. Sie waren jetzt Verbündete der Raintree.

Es hatte noch ein weiteres Treffen gegeben, nur zwischen Mercy und ihren zukünftigen Schwägerinnen. Sie hatte beide Frauen sofort gemocht und gespürt, dass Lorna ebenso die perfekte Partnerin für Dante war wie Hope für Gideon. Mercy wusste, dass sie Sanctuary in Echos fähigen Händen ließ, wenn sie es bald verlassen musste. Auch wenn die junge Seherin ihre eigene Fähigkeit, so eine große Verantwortung zu übernehmen, infrage stellte, hatte Mercy keine Zweifel an ihr. Eines Tages würden Echos empathische Fähigkeiten ihrer Gabe als Prophetin gleichkommen. Mercy wusste, dass sie ihre Brüder in den fähigen Händen der Frauen zurückließ, die sie liebten und die von ihnen geliebt wurden. Sie war frei, um ein neues Leben zu beginnen. Mit Judah. Ohne Schuld und ohne Reue.

„Es wird einige Zeit dauern, ehe ich meine Brüder wiedersehe", sagte Mercy zu Hope und Lorna. „Wenn alles gut geht, tolerieren sie Judah und er sie. Ich erwarte nicht, dass sie Freunde werden, aber …" Mercy räusperte sich. „Unsere Kinder werden sowohl Freunde als auch Cousins und Cousinen sein, und dann sind die Raintree und die Rainsara wirklich vereint."

Kurz bevor sie Sanctuary am Ende des Tages endgültig verließ, versuchte Mercy, ihr Schwert wieder über den Kamin in ihrem Arbeitszimmer zu hängen, aber es fiel von der Wand herunter und zurück in ihre Hand. Dasselbe geschah beim zweiten und dritten Versuch.

„Jetzt ist es Mercys Schwert", erklärte Gideon ihr.

„Nimm es mit dir", sagte Dante, „und bete, dass du es nie wieder benutzen musst."

Lorna legte Dante von hinten die Hand auf die Schulter. Sie sagte nichts. Sie musste es nicht. Mercy sah die sofortige Veränderung in ihrem Bruder, sah, wie sein Geist sich beruhigte.

Judah legte seinen Arm besitzergreifend um Mercys Schulter. „Bist du fertig?"

Mit Tränen in den Augen und einem Kloß im Hals nickte Mercy.

Als sie sich umdrehte, um zu gehen, sagte Dante noch: „Pass gut auf sie auf."

Ohne sich umzudrehen, zog Judah Mercy fester an sich und antwortete: „Das verspreche ich dir feierlich."

Stunden später flog Judahs Jet die neue königliche Familie der Rainsara von Asheville, North Carolina, in die Karibik nach Beauport, Terrebonne. Eve schlief friedlich, Sidonia schnarchte an ihrer Seite. In der Stille, hoch über dem Erdboden, nahm Judah Mercy in seine Arme und küsste sie.

„Du weißt, dass ich dich liebe", sagte sie. „Ich habe dich geliebt, seit wir uns das erste Mal begegnet sind. All die Jahre hindurch und nach allem, was passiert ist … Ich habe nie aufgehört, dich zu lieben."

Er fuhr mit den Fingerspitzen über ihre Lippen und sah sie mit einem Blick an, der sie fast anzubeten schien. Aber er sprach nicht. Mercy legte eine Hand auf sein Herz.

Ich werde nicht erlauben, dass du meine Gedanken liest. Und ich will auch deine nicht lesen, sagte er zu ihr. *Aber sieh in mich hinein. Du sollst wissen, wie ich fühle.*

Als sie sich umdrehte, sich neben ihm zusammenrollte und seine Hand in ihre nahm, schlang er die Arme um sie und drückte sie fest an sich.

Du bist mein. Und ich bin dein. Jetzt und für alle Zeit. Ich brauche dich, wie ich die Luft zum Atmen brauche. Ich liebe dich, meine süße Mercy.

– ENDE –